EUROPAVERLAG

PROLOG

Der feine Sand massierte ihre bloßen Füße, sie streifte in einem hellbeigen Sommerkleid durch die Dünen der schottischen Küste, unweit des Anwesens ihrer Familie. Das hohe Gras umschmeichelte ihre Waden. Die Sonne hüllte die Landschaft in warmes Licht. Ein leichter Wind kam über den Atlantik, spielte mit ihren dunklen Locken. Sie ließ sich sanft zu Boden gleiten und beobachtete blinzelnd das Wechselspiel der wenigen Wolken, die durch den Äther rasten. Arme und Beine streckte sie weit von sich. Ein Gefühl tiefer Geborgenheit und Leichtigkeit durchströmte ihren Körper.

Als sie sich wieder erhob, blickte sie auf das malerische Landhaus. Sie sah ihre Mutter sanft die Rosen im Vorgarten streicheln, ein Lächeln auf den Lippen.

Das plötzliche Erwachen, wie ein Riss in Raum und Zeit. Nur langsam wurde sich Rebecca ihrer Lage wieder bewusst, fühlte am ganzen Körper Schmerzen, eine ihr völlig unbekannte Benommenheit und Erschöpfung. Mühsam richtete sie sich auf der harten Pritsche auf und setzte ihre Füße auf den Boden. Hatte man sie unter Drogen gesetzt? War etwa gerade ihr Leben wie in einem Zeitraffer an ihr vorübergezogen? Jene Bilder, die einem auf den letzten Weg begleiten, bevor der Körper zu versagen drohte oder schon dem Leben entrann?

Vorsichtig versuchte sie die geschwollenen, blutverklebten Augen zu öffnen, alles um sie herum erschien grau, kalter Stein, der Boden glitschig feucht. Nur durch ein winziges Loch an einer Wand drang ein dünner Lichtstrahl, der den Raum in einem diffusen Licht erscheinen ließ. Es roch nach Moos, Schimmel und Treibstoff. Der Putz an den Wänden war größtenteils abgeblättert. Sie blickte auf ihre nackten und kalten Füße, die in einer Pfütze aus Wasser, Dreck und Ölresten standen. Die aufgeschlagene Lippe schmeckte eisenhaltig. Die Handschellen hatten ihre Gelenke blutig gescheuert. Der erste kräftige Atemzug ließ sie laut aufschreien, jeder Muskel zog sich schmerzhaft zusammen, und die Erinnerung an Tritte in die Rippen bis zur Bewusstlosigkeit wurde ihr wieder gewahr.

Dann ein Knarren, nur verschwommen sah sie zwei Gestalten den Raum betreten. Sie kamen auf sie zu, brüllten sie an. Sie verstand kein Wort. Dann ein dosierter Schlag mit einer Eisenstange auf den Oberschenkel. Ihr Körper bäumte sich auf, die Sinne versagten, das Bewusstsein wollte wieder schwinden …

EINS

LONDON, SALTWELL STREET, 22. FEBRUAR, 7.45 UHR

Rebecca fuhr im Bett hoch. Hatte sie gerade Schüsse gehört? War es so weit? Würde aus den Demonstrationen nun ein Bürgerkrieg werden? Sie rieb ihre Augen, reckte sich und hörte aus der Ferne Sprechchöre, Geschrei und Polizeisirenen. Ihre Wohnung in der Saltwell Street lag nur einige Hundert Meter von Londons Finanzzentrum Canary Wharf entfernt. Seit Wochen kam es nach einem verheerenden Hackerangriff auf die Weltbörsen und dem daraus resultierenden drohenden Zusammenbruch der Weltwirtschaft zu immer stärkeren Protesten breiter Bevölkerungsschichten. Das Epizentrum der Unruhen waren jene Orte, an denen sich schon beim letzten Crash 2008 die ausgemachten Schuldigen befunden hatten: Banker, Zocker, Großkonzerne, Hedgefonds und Politiker.

Rebecca stand auf, streckte ihren Kopf nach hinten und atmete einmal laut aus. Auf dem Weg zur Küche vernahm sie ein grollendes Geräusch, das sich zu einem fast ohrenbetäubenden Lärm steigerte. Das Gemisch aus Motorenbrummen und Sirenengeheul vor ihrer Wohnung ließ sie im Flur erstarren, die Blaulichter drangen durch das kleine Fenster der Eingangstür und reflektierten sich im Flurspiegel. Der Boden unter ihren Füßen zitterte, im Schrank klapperte das Geschirr, und das Wasser in dem Aquarium ihrer beiden Goldfische schlug kreisrunde Wellen. Rebecca ging an die Tür, öffnete sie nur einen Spalt weit und sah einen Armeewagen nach dem anderen vorbeifahren. Sie erhaschte einen Blick auf die besorgten Mienen schwer bewaffneter Soldaten. Schnell schloss sie die Tür, rannte in ihr Schlafzimmer, zog sich Strümpfe, eine graue Stoffhose und einen weiten, bunt gemusterten Wollpullover über, fuhr sich einmal durch die dunkle Lockenmähne, ging zu ihrem Schreibtisch und klickte ihren Rechner aus dem Schlafmodus.

Die Schlagzeilen konnten sie nur kurz beruhigen. Das Innenministerium brachte die Armee in London nur wegen der Überlastung der Polizei zum Einsatz, um das Finanzzentrum vor weiteren Attacken der aufgebrachten Menge zu schützen. Was jetzt wirklich geschehen würde, wie es weitergehen würde, war für Rebecca ein seit Wochen im Geiste durchgespieltes Szenario, denn als Inspector des Serious Fraud Office, einer Sonderabteilung für schwere Wirtschaftsverbrechen bei Scotland Yard, war sie an den Ermittlungen gegen die Attentäter auf die Börsen direkt beteiligt gewesen.

Die bedrohliche Kulisse dieses Morgens im Nacken, musste sie mit den Händen am Türrahmen gestützt mehrmals tief durchatmen. In das Gefühl von Angst mischten sich Schuldgefühle, denn sie war an den Tätern so nah dran gewesen, dass sie den Anschlag zumindest für den Moment vielleicht hätte aufhalten können – und genau das war das Problem gewesen. In einem Augenblick ihrer Karriere, nur einmal, war sie nicht mehr nur die Polizistin, sondern auch der Mensch Rebecca Winter, mit eigenen Überzeugungen, gewesen. Nur ein Moment des Zögerns – und der Lohn dafür waren Nachforschungen des britischen Geheimdienstes, der dem Verdacht nachging, dass Rebecca nicht entschieden genug gehandelt hatte. Und nur ihr Vorgesetzter, Superintendent Robert Allington, wusste, dass es noch weitaus schlimmer gewesen war.

Offiziell war sie beurlaubt. In Wirklichkeit war sie seit über acht Wochen vorübergehend vom Dienst suspendiert und hatte sich die meiste Zeit in ihrer Wohnung vergraben, hatte nur gelegentlich in die *Times* geschaut, die mit »*Sind wir am Ende?*« titelte, oder Berichte im Fernsehen gesehen, von Verletzten und sogar ersten Toten aus den Unruheherden Europas und dem Rest der Welt, von Hamsterkäufen, von Beschwichtigungen der Politik und den Zentralbanken oder von sich bestätigt fühlenden Mahnern, die diesem System schon lange sein Ende vorausgesagt hatten. Andere prophezeiten, dass alles, was nun geschehe, ein reinigender Prozess wäre, an dessen Ende ein Neuanfang möglich sei.

Gerade als sich die Kolonne der Armee entfernt hatte und sie in der Küche den Wasserkocher anschaltete, klingelte ihr Handy. Sie ging zum Schreibtisch und schaute auf das Display. Es war Allington. Würde sie jetzt ihre Kündigung oder gar eine Anklage erwarten? Sie atmete einmal tief durch und hob ab.

»Guten Morgen! Pack deine Sachen und komm ins Büro. Eben gerade wurde der chinesische Handelsattaché Ta Liang vor der US-Botschaft tot aufgefunden. Du kommst in die Zentrale, suchst mir die Akten raus und wartest, bis ich dich rufe, verstanden?«

»Soll das bedeuten, dass ich wieder im Dienst bin?«

»Tu, was ich sage. Bis später, es ist dringend!«, sagte Allington in einem herrischen Ton.

»Aber …«

»Ich kann es vor dem Team nicht mehr plausibel erklären, dass sich meine beste Ermittlerin seit Wochen im Urlaub befindet, während alle anderen über die Schmerzgrenze hinaus

Überstunden schieben. Also los!«, wütete Allington – und legte auf.

Für einen Moment stand Rebecca regungslos vor ihrem Schreibtisch und schaute durchs Fenster über ihren kleinen Garten hinweg in die graue Wolkendecke. Diese befehlsartige Tonlage kannte sie von Allington bisher nicht. Ein paar Schneeflocken tupften gegen die Scheiben und schmolzen binnen Sekunden. Sie nahm ihre Schlüssel vom Schreibtisch und ging ohne die gewohnte morgendliche Tasse Tee zu ihrem schwarzen Mini und fuhr los.

Auf dem Weg ins Hauptquartier von Scotland Yard war der Verkehr weitestgehend ruhig. Die Unruhen hatten sich nach einer Absperrung rund um das Regierungsviertel in den Finanzdistrikt und die Innenstadt verlagert.

In den Fluren ihrer Abteilung herrschte noch kaum Betrieb. Auf Rebeccas Schreibtisch hatte jemand einen Aktenberg abgeladen. Sie hängte ihren Mantel über einen Kleiderständer neben der Tür, setzte sich an den Schreibtisch und hielt kurz inne, noch immer ungläubig, plötzlich wieder im Dienst zu sein. Oder war dies nur ein kurzes Intermezzo, bevor sie schließlich doch noch rausgeworfen oder vor die Anklagebank gestellt würde?

Rebecca versuchte diese Gedanken abzuschütteln und startete ihren Rechner. An den Fall Ta Liang konnte sie sich kaum erinnern. Sie war an der Sache nur peripher beteiligt gewesen. Ein Kollege, der inzwischen die Stelle gewechselt hatte, hatte die Ermittlungen im letzten Jahr bis kurz vor dem Börsencrash geleitet. Sie fand eine knappe, unpersönliche Mail von Allington vor, in der er ihr auftrug, nach Hinweisen dafür zu suchen, dass der Attaché den Börsencrash für seine Zwecke missbraucht haben könnte. Das erschien ihr wenig plausibel. Soweit es ihr noch geläufig war, war es damals nicht gelungen, dem Diplomaten überhaupt irgendwelche illegalen Geldtransfers von China über den Umweg von Londoner Banken in weltweite Steueroasen nachzuweisen. Wenn der Attaché in Geldwäsche verwickelt gewesen war, dann deutlich vor dem Crash. Was der Attaché sonst noch für eine Rolle gespielt hatte, konnte sie einfach nicht mehr erinnern.

Sie suchte in den mit Namensschildern markierten Akten und zog die Mappe von Ta Liang heraus. Sie hatte ein ungutes Gefühl, gleich vorbei an den neugierigen Blicken von Kollegen in Allingtons Büro zitiert zu werden. Sie war es nicht gewohnt, in der Defensive zu sein. Ihr Ruf als hartnäckige Ermittlerin, die sich kaum eine Pause gönnte, die man meist nur mit wehenden weiten Klamotten durch die Flure huschen sah, die kaum persönliche Kontakte in der Abteilung pflegte, der man hinter dem Rücken nachsagte, sie sei zwar gewissenhaft, dabei aber pedantisch und unnahbar, reichte ihr schon. Aber die zusätzlich ungewollte Aufmerksamkeit, die ihre Person seit dem letzten Fall genoss, lag in der Natur der Sache. Schließlich war die ganze Abteilung des Serious Fraud Office über Wochen mit den Ermittlungen gegen diesen undurchsichtigen Zirkel von Wirtschaftsterroristen in vollem Einsatz gewesen. Hinzu kam, dass das MI6, der britische Geheimdienst, vorübergehend Rebeccas Büro besetzt und durchsucht hatte. Über die Gründe wurde ein Mantel des Schweigens gelegt. Dass Allington dabei wilde Spekulationen abwehren musste, dass Rebecca sich bei dem letzten Fall etwas zuschulden hatte kommen lassen, lag auf der Hand. Für eine Polizistin wie sie, die in den vergangenen Jahren bereits einige große Fische der internationalen Finanzwelt hinter Gitter gebracht hatte, war die Zwangspause eine empfindliche Strafe gewesen. Das alleine nagte schon an ihren Nerven.

Obwohl Allington ihr eingetrichtert hatte, in ihrem Büro zu warten, hielt sie es einfach nicht mehr aus. Sie klemmte sich die Mappe unter ihren Arm, stand auf und lief, ohne Notiz von anderen Kollegen zu nehmen, durch den Flur.

Allingtons Tür stand offen.

Sie atmete einmal tief durch, spähte hinein, doch der Raum war verlassen. Mit gesenktem Kopf drehte sie sich wieder um.

»Verschwinde in dein Büro und hab verdammt noch mal Geduld!«

Die leise, aber dennoch überdeutlich zischende Stimme Allingtons fuhr ihr von hinten ein wie ein Schlag.

»Robert, wir haben nun schon seit Wochen nicht mehr richtig miteinander gesprochen.«

»Ziehst du aus deinem Verhalten eigentlich irgendeine Lehre?«, fragte Allington, nun deutlich leiser, und schaute sich um.

»Es gab keine Gelegenheit, mit dir darüber zu reden.«

»Du kannst die Frage doch gar nicht beantworten. Du hast alle angelogen, nicht nur mich, sondern auch das MI6, und sogar in einem offiziellen Bericht hast du nicht die Wahrheit gesagt. Was glaubst du eigentlich, warum ich dich wie die Pest meide!«

Rebecca verschlug es angesichts der Wut, die ihr entgegenschlug, die Sprache. Allington bedeutete Rebecca, in sein Büro zu gehen, folgte ihr und schmiss die Tür mit einem solchen Knall hinter sich zu, dass Rebecca zusammenzuckte.

»Im ersten Augenblick hatte ich noch nicht begriffen, wie weit deine Konspiration gegangen war. Ich hatte nicht damit gerechnet, dass du dich auf die Seite von Leuten stellen würdest, die glaubten, Gott spielen zu können.«

Rebecca hatte Allington noch nie so erlebt, er war außer sich. Dabei war das Geschehen doch schon einige Wochen her. Sie setzte sich auf die Ledercouch vor Allingtons Schreibtisch und legte die Hände auf ihre Beine.

»Von Konspiration kann wohl kaum die Rede sein. Was hab ich denn schon wirklich falsch gemacht? Ich war in dem entscheidenden Moment völlig allein mit der ganzen Situation und musste eine Entscheidung treffen.«

Rebecca sah, wie Allington den Kopf schüttelte und sich in den schwarzen Sessel vor seinen Rechner setzte. Er schwieg einen Moment, blickte an die Decke und bewegte seinen Kopf weiter hin und her. Sein neues Büro, in dem er seit seiner jüngsten Beförderung residierte, hatte bisher kaum eine persönliche Note, ganz im Gegenteil zu seinem alten Refugium, in dem es nur so von Erinnerungsstücken in Form von Fotos und Auszeichnungen gewimmelt hatte.

»Man maßt sich als Polizist nicht an, die gesamten Zusammenhänge der Weltwirtschaft zu verstehen! *Das* war dein Fehler! Niemand hier, auch du nicht, hat das Recht, so eigenmächtig vorzugehen!«

Rebecca sah sich zwar selbst nicht als besonders harmoniesüchtig oder konfliktscheu, aber diese Ansage schlug ihr unerwartet in den Magen. Allingtons Verhalten mochte ja professionelle Motive haben, wie die nötige Distanz zu wahren, um in dieser Causa nicht selbst ins Visier zu geraten oder den Anschein zu erwecken, Rebecca über Gebühr zu schützen. Es war üblich, die Kommunikation zu Beamten einzustellen, solange gegen sie intern ermittelt wurde. Trotzdem musste er doch verstehen, dass die wochenlange Ungewissheit darüber, wie es für sie weitergehen würde, nur schwer zu ertragen war. Schließlich ging es um nichts weniger als den Vorwurf, Beweismittel zurückgehalten zu haben, die vielleicht einen der größten Zusammenbrüche der internationalen Börsen hätten verhindern können, einen Crash, der die Welt seit Wochen mit ungewissem Ausgang in Atem hielt.

Ihre einzige, aber durchaus realistische Chance, ohne Anklage und Kündigung aus der Sache herauszukommen, bestand in der allgemeinen Erkenntnis, dass dieser Erdrutsch im Finanzsektor ohnehin nicht mehr hätte verhindert werden können. Und genau das wusste Allington. Seit Jahren resultierte aus ihren gemeinsamen Ermittlungen die Erkenntnis, dass der Finanzmarkt gravierende Ungerechtigkeiten produzierte. Der Mangel an echten Reformen ließ selbst das Urgestein der Abteilung, Robert Allington, zeitweise an seinem Job zweifeln. Also was zum Teufel sollte diese Dramatisierung? Wenn er von seiner Wutrede wirklich überzeugt wäre, hätte er sie doch nicht zurück in den Dienst geholt.

Was immer man ihr vorwerfen mochte, eines hatten auch ihre Recherchen ergeben: Der Knall wäre nicht mehr aufzuhalten gewesen, sie war in dem Spiel ein viel zu unbedeutendes Rädchen gewesen. Denn unabhängig von dem Anschlag auf die Börsen waren zuvor alle Warnungen hinsichtlich der realen Wirtschaftslage ignoriert worden. Dass der Anschlag überhaupt funktionieren konnte, war einem Gemisch aus vielen Faktoren zu verdanken gewesen. Da waren die Schwachstellen der digitalen Weltbörsen, die Hacker nahezu einluden anzugreifen. Da waren die von Menschen programmierte Gier der Algorithmen im Hochfrequenzhandel und ihre Manipulierbarkeit. Und nicht zuletzt die unregulierten Banken und Konzerne sowie die globale Staatsverschuldung, die nach dem Prinzip Hoffnung verdrängt wurde. In Summe ein System, das irgendwann einfach explodieren musste. Dass die Täter vorgaben, ein auch in den Augen Rebeccas zutiefst ungerechtes System stürzen zu wollen, hatte sie in der Tat kurzfristig ihre Pflichten vergessen lassen. Doch Allington, bisher stets an ihrer Seite, nicht selten in eine fast väterliche Rolle verfallen, um seine beste Ermittlerin, wie er immer betonte, vor Schaden zu bewahren, wechselte seit ihrer Auszeit kein Wort mehr mit ihr und schon gar keines zur Sache.

Doch der Fall Ta Liang schien gerade alles zu verändern. Wie kam ihr Vorgesetzter auf den Verdacht, dass der Diplomat etwas mit dem Crash zu tun hatte? Wie sie Allington kannte, würde eine Antwort nicht mehr lange auf sich warten lassen.

»Wieso konntest du mir nicht wenigstens privat eine Nachricht zukommen lassen, wie es um die Ermittlungen gegen mich steht?«

»Bei einer internen Ermittlung? Du hast echt Nerven.«

Bevor Rebecca antworten konnte, öffnete sich die Tür, und ein Assistent winkte Allington heraus. Dieser erhob sich, atmete tief aus und ging schnurstracks auf Rebecca zu.

»Die Akte bitte!«

»War es das? Bin ich nur deswegen gekommen?«, sagte Rebecca und bemerkte selbst, wie leise und brüchig ihre Stimme klang.

Von der Seite beobachtete sie Allingtons verkniffene Mundwinkel, im nächsten Augenblick ein Kopfschütteln, dem dann aber ein kleines Lächeln folgte. Er zog ein Foto aus der Mappe, drehte sich um, verlor den kurzen Anflug guter Laune auch schon wieder, ging zur Tür und winkte in den Flur. Rebecca schaute ihm hinterher. Erst jetzt fiel ihr auf, dass seine graue Anzughose zerknittert war und die sonst stets akkurat gebundene Krawatte fehlte. Auch schien sein Gang schwerfälliger als sonst.

»Das ist er doch, oder?«, fragte Allington jemanden, den Rebecca von ihrem Platz nicht sehen konnte.

Was wird das denn? Rebecca erhob sich von der Couch, zog ihren bunt gemusterten Wollpullover über der weiten Stoffhose zurecht, ging zur Tür, riss die Augen auf und sah herab in das Gesicht eines stämmigen Mannes asiatischer Herkunft.

»Ja!«

»Gut, teilen Sie der Botschaft mit, dass wir in Zusammenarbeit mit der Mordkommission und Interpol alles daransetzen werden, den Fall zu klären. Also, ziehen Sie keine voreiligen Schlüsse«, sagte Allington dem Asiaten.

Der Mann nickte ihm zu.

»Was man davon in Peking hält, kann ich nicht beeinflussen«, antwortete der Mann, deutete eine Verbeugung an und ließ sich von einem Assistenten zum Lift begleiten.

Zusammen mit Allington blickte sie dem Asiaten nach. Dann schielte sie herunter zu ihrem Vorgesetzten, der einen halben Kopf kleiner als sie war – ein Umstand, der Allington in der Regel vermeiden ließ, sich direkt neben sie zu stellen. Doch heute schien er daran keinen Gedanken zu verschwenden. Als sie so nah bei ihm stand, sah sie, dass seine Augen rot unterlaufen waren, Schweißperlen standen auf seiner Stirn. Seine ergrauten Haare waren leicht fettig. Roch sie gerade etwa auch noch Alkohol? Er sah fürchterlich aus, als hätte er Tage nicht geschlafen.

»Was ist hier los? Was für voreilige Schlüsse? Worauf?«

»Bevor man dem Attaché eine Kugel in den Hinterkopf gejagt hat, muss man ihn seinen Verletzungen zufolge längere Zeit gefoltert haben. In Peking geht man davon aus, dass der Zeitpunkt seines Todes kein Zufall ist. Auf jeden Fall sorgt das gerade für diplomatische Verstimmungen zwischen Washington und Peking, und das ist noch milde ausgedrückt.«

»Puh, und wer war der Mann da eben?«

»Der Asiate? Das war der chinesische Konsul, und er würde gerne wissen, warum der Attaché ausgerechnet vor der US-Botschaft gefunden wurde.«

»Die glauben doch nicht wirklich, dass das die Amis waren, oder?«

Allington schüttelte den Kopf, ansonsten deutete seine Miene für Rebecca nicht darauf hin, als würde er ein Interesse daran haben, dass sie sich über die Aktenrecherche hinaus weiter für die Sache engagierte, obwohl sie als Zuständige für Interpol-Ermittlungen geradezu für solche Fälle prädestiniert war. Mit einem Schnauben ließ sie sich wieder in die Ledercouch fallen, nahm einen Bleistift und drehte ihn in ihren Händen. Den Blick nach unten gerichtet, sah sie auf ihre graue Stoffhose und ihre braunen Stiefel.

»Wir wissen noch gar nichts Genaues, Rebecca, aber es eilt«, sagte Allington, blieb vor dem Spiegel neben der Garderobe stehen, fuhr sich einmal mit der Hand übers Gesicht, ordnete seine Haare und drehte sich wieder zu Rebecca. »Ich habe kein gutes Gefühl bei der Sache. Warum, erkläre ich dir später. Du hast 24 Stunden Zeit, um dich mit dem Fall vertraut zu machen. Was mir zusätzlich Kopfschmerzen bereitet, ist, dass die letzten Transaktionen des Attachés nur wenige Wochen vor dem Crash abgewickelt wurden.«

Rebecca richtete sich von der Couch auf. In der Sekunde spürte sie das Adrenalin in ihren Adern, den Blutdruck pulsieren.

»Das heißt, ich bin wirklich wieder voll im Dienst?«

»Wozu hätte ich mir sonst den Arsch für dich aufgerissen.«

»Robert, ich muss mit dir reden.«

Allington vergrub kurz die Hände in seinem Gesicht und ging zum Fenster.

»Kurz, und nur weil ich verstehe, dass du auf glühenden Kohlen sitzt, denn wie du schon mitbekommen hast, habe ich wahnsinnig viel um die Ohren. Du bist mit deinen gerade mal 29 Jahren zwar die Jüngste in der Abteilung, aber was du geleistet hast in den letzten drei Jahren, ist wirklich beachtlich, und das weiß ich auch zu würdigen. Doch du bist einfach zu verbissen. Ich muss mich wieder auf dich verlassen können.« Er sah sie eindringlich an. »So ein Egotrip wie zuletzt darf dir nie wieder passieren, sonst kann ich dir das hier nicht anvertrauen«, schloss Allington in einem etwas milderen Ton.

Wahnsinn, sie wartete seit Wochen auf diese alles entscheidenden Worte – und Allington sagte sie nun wie nebenbei. Mit Mühe gelang es Rebecca, die Fassung zu behalten.

»Du hast keine Ahnung, wie ich mich in den letzten Wochen gefühlt habe!«

Allington sah sie an, abwägend, in welche Worte er das Folgende verpacken sollte.

»Der Fall ist abgeschlossen, Rebecca«, sagte er schließlich mit müder Stimme. »Ich hoffe einfach nur, dass dein verdammter Idealismus einen nachhaltigen Dämpfer abbekommen hat.«

»Na, danke. Wie auch immer. Ich bin aber kein Spezialist für China.«

»Du weißt, wie eng wir besetzt sind. Darien Jackson hat bis zu seinem Weggang die Ermittlung im Fall Ta Liang geleitet, und jetzt übernimmst du das! Du bekommst dafür spätestens morgen Verstärkung von Interpol China.«

»Okay!«

»Sehr schön. Ich habe eben auch schon einen Anruf aus dem Außenministerium bekommen. Der Fall hat absolute Priorität. Ich muss wissen, in was der Mann wirklich verwickelt war, und vor allem, mit wem er Geschäfte gemacht hat. Vielleicht wusste der Attaché von dem drohenden Crash und hat versucht, seine Schäfchen ins Trockene zu bringen«, sagte Allington und reichte Rebecca wieder die Mappe. »Wir haben keine Zeit zu verlieren, also stürz dich auf die Akten, fahr zur US-Botschaft und hol dir, was du brauchst. Wir sehen uns zur Lagebesprechung!« Er schmiss ihr eine weitere Mappe auf den Tisch.

»Wie, einfach so, als wäre nichts gewesen?«

»Wir stehen unter Druck, also los! Alles Weitere an Dokumenten findest du in meiner Mail. Ich will, dass du jede Minute nutzt und dich in den Fall einarbeitest. Der Attaché war schon vor unseren Ermittlungen auf der Fahndungsliste von Interpol, da er im Rahmen der Antikorruptionskampagne der chinesischen Führung zwischen die Mühlen geraten war. Er hat vermutlich Hunderte von Millionen Dollar gewaschen – aber für wen und wo? Panama? Jungferninseln oder auf den Seychellen? Wir haben die Ermittlungen letztes Jahr zu früh eingestellt, da wir nicht nachweisen konnten, welches Geld über welche Konten geflossen war. *Jesus!* Ich weiß es gerade selbst nicht mehr genau. Ich habe mich damals auch nur am Rande mit dem Fall beschäftigt, aber es gab auch den Verdacht, dass der Mann hochrangige Chinesen hätte belasten können, und du weißt, dass Interpol auch gerne missbraucht wird, um sich unliebsamer Dissidenten zu entledigen. Mein Instinkt sagt mir, dass er in mehr als das verwickelt war. Schau dir auch die politische Lage an. Knie dich rein, und dann sehen wir weiter.«

»Aber …«

»Rebecca. Ich habe die Sorge, dass dieser Fall durch den Crash noch eskaliert. Es brodelt schon länger zwischen Peking und Washington, aber jetzt ist da mehr im Busch.«

»Wie kommst du darauf?«

»Weil ich ohne Angabe von Gründen Druck aus der Downing Street bekomme. Bis heute Morgen war der Mann für Interpol längst abgehakt. Was befürchtet man da plötzlich? Schau dir ganz genau die aktuellen Lagebeurteilungen zwischen China und den Staaten an. Versuch herauszubekommen, in was der Attaché sonst noch verwickelt war. Für wen war er eine Bedrohung?«

ZWEI

LANGLEY, CIA-HAUPTZENTRALE, 22. FEBRUAR, 3.05 UHR

Für Neal Brown bahnte sich in der Hauptzentrale des Geheimdienstes in Langley ein unerwarteter Auslandseinsatz an, denn Chinaexperten waren bei der CIA absolute Mangelware. Brown kannte Peking aus unzähligen Reisen, hatte dort einen Teil seines Studiums verbracht, beherrschte neben dem Hochchinesischen, dem Mandarin, auch noch Kantonesisch, den bekanntesten Dialekt, der vor allem in Hongkong, Macau und Guangdong verbreitet war. Brown wusste nach dem nächtlichen Anruf nur, dass vor einem für die US-Wirtschaft extrem wichtigen Wirtschaftsgipfel in Peking, der bislang geheim gehalten wurde, ein internationaler Zwischenfall vermieden werden musste. Für mehr als einen Kaffee aus der Kantine war keine Zeit geblieben. Noch nie hatte man ihn mitten in der Nacht ins Hauptquartier beordert. Er rückte im Fahrstuhl seine blaue Krawatte, passend zum dunkelblauen Anzug, zurecht, strich sich mit der rechten Hand durch seine kurzen dunklen Haare und über seinen Dreitagebart. Seine dunklen Augen waren leicht geschwollen. Er hustete einmal kräftig, spürte dabei einen leichten Muskelkater vom abendlichen Krafttraining und stieg aus dem Lift.

In den Gängen seiner Abteilung eilten Mitarbeiter teils wild mit Unterlagen in den Händen gestikulierend umher, riefen sich Dinge zu, die Brown, noch schlaftrunken, kaum einordnen konnte. Eine Sekretärin lief ihm fast in die Arme. Mit seiner Größe von fast zwei Metern und breiten trainierten Schultern baute er sich kurz mit einem Grinsen vor der Dame auf, um ihr dann den Weg wieder freizugeben.

»Ziemlich spät dran«, kommentierte sie, während Brown schon zackig die Tür seines Abteilungsleiters ins Visier nahm. Er blickte durch die Flurfenster in die stockdunkle Nacht. Am Horizont war gerade mal der Mond zu sehen.

Kurz bevor er eintreten wollte, konnte er bereits Ron Spencers knarzende Stimme hören, zwei Mitarbeiter öffneten die Tür und traten mit hochgekrempelten Ärmeln und verkniffenen Mienen in den Flur. Eine dunkelhaarige junge Frau in einem schwarzen Kostüm wies ihm den längst bekannten Weg in Spencers Büro. Für einen kurzen Moment konnte er sich nur schwer von den dunklen und reizvollen Augen trennen, ging dann aber schnurstracks an ihr vorbei, die Tür schloss sich.

Ron Spencer bemerkte ihn nicht sofort. Mit bald 65 Jahren zählte er zu den alten Hasen. Er trug wie gewöhnlich einen dunkelgrauen Maßanzug mit einer Regimentskrawatte. Mit seiner silbernen Mähne, seinem kantigen Gesicht, leuchtenden blauen Augen, einer breiten Nase, dicken Wangenfalten und einer etwas rötlichen Haut wirkte er eher wie ein vom Wetter gegerbter Fischer als der Leiter einer CIA-Abteilung. In Wirklichkeit hatte Spencer den größten Teil seiner Laufbahn bis auf die zeitlich begrenzten Außeneinsätze in der Zentrale der CIA verbracht. In der Regel mit breiter Brust am Schreibtisch sitzend, hinter ihm die amerikanische Flagge und ein Bild des aktuellen US-Präsidenten, verteilte er in rauem Ton die Aufgaben an seine Mitarbeiter.

Doch an diesem Morgen sah Neal Brown seinen Boss auf dem Ledersofa neben dem Eingang mit krummem Rücken über einen Laptop gebeugt. Mit der einen Hand wirbelte er seine Lesebrille hin und her, und mit der anderen presste er sich sein Handy ans Ohr. Papiere waren über den sonst stets aufgeräumten Tisch verteilt, und Spencers schweißnasse Haare deuteten an, dass ihn etwas aus der Ruhe gebracht hatte. Als er Brown sah, schmiss er das Handy auf den Tisch und bat ihn mit einer laschen Handbewegung zu sich.

»Ron, ist alles in Ordnung?«, erkundigte sich der Agent.

»Es gibt Scheißtage und gute Tage, wen kümmert es. Setz dich. Du fliegst morgen Mittag nach London. Hier sind die ersten Unterlagen. Es geht um einen korrupten chinesischen Diplomaten, der zuletzt als Handelsattaché in London stationiert war. Die Leiche wurde vor unserer Botschaft abgeladen, um uns ... ach, ich weiß es auch nicht, es ist völlig absurd! Und jetzt versuchen zahlreiche Funktionäre in Peking das auszunutzen, da sie den Wirtschaftsgipfel in 14 Tagen mit aller Gewalt torpedieren wollen. Und das Außenministerium will wissen, warum wir das nicht auf dem Schirm hatten. Du musst ...«

»Hatten wir etwas nicht auf dem Schirm?«

»Ach«, knurrte Spencer mit seiner ungewöhnlich sonoren Stimme. Er atmete tief aus und erhob sich. Während er eine Gießkanne von der dunklen Kommode in der Ecke des Zimmers nahm und seine im Raum verteilten Pflanzen zu gießen begann, erklärte er, dass ihm Staatssekretär Bob Rodon mit einer Untersuchung des Kongresses gedroht habe, da unter anderem die Aufnahmen der Videoüberwachung in London verschwunden wären. Wer oder was auch immer dahintersteckte, müsse ermittelt werden. Auf keinen Fall dürften die Vereinigten Staaten mit dem Mord auch nur im Ansatz in Verbindung gebracht werden. Da der Attaché lange Zeit ein vehementer Gegner der USA gewesen sei, sich aber schrittweise gewandelt habe, könnte der Verdacht entstehen, er hätte spioniert oder die USA auf irgendeine Weise unterstützt, was man als Verrat chinesischer Interessen ansehen würde, und das würde die Verhandlungen quasi zunichtemachen. Weitaus bedrohlicher sei aber, dass sich das alles in einem Machtkampf zwischen der aktuellen Führung Chinas und dem Klüngel um Chinas Ex-Diktator Jiang Zemin bewegte. Einige seiner Analysten könnten sogar einen Putsch des Militärs nicht ausschließen. Im Verteidigungsministerium würde bereits rund um die Uhr gearbeitet, um mögliche Szenarien einer Eskalation durchzuspielen, und erste Kriegsschiffe wären auf dem Weg ins Südchinesische Meer.

»Ich habe Bob Rodon versichert, dass wir binnen einer Woche Beweise dafür liefern, dass wir mit diesem Mord nichts, aber auch rein gar nichts zu tun haben. Dieser verdammte Idiot stolziert wie ein aufgescheuchter Pudel herum, nur weil unser Botschafter einbestellt wurde. Inoffiziell! Du überwachst die Ermittlungen von Scotland Yard. Wir müssen wissen, was sie herausbekommen, und notfalls intervenieren. Thomas Parker ist bereits mit einem Team auf dem Weg nach London. Das MI6 stellt euch eine eigene Abteilung mit separater Überwachungseinheit zur Verfügung. Es wird gerade alles vorbereitet.«

»Warum soll ich die Ermittlungen von Scotland Yard überwachen lassen?«

»Neal!«

Es war ein üblicher Vorgang bei solchen Einsätzen, nicht oder nicht gleich in alles eingeweiht zu sein, aber Spencers offensichtliche Nervosität machte die Frage für Brown unausweichlich, schließlich war China kein ungefährliches Pflaster für CIA-Agenten. Achselzuckend lehnte er sich an Spencers Schreibtisch.

»Schon in Ordnung, ich sollte aber vorbereitet sein, falls irgendwas Unvorhergesehenes passiert ... Was wissen wir eigentlich über den Mann?«

Spencer kickte mit der geleerten Gießkanne ein Papierknäuel von der Tischplatte, stellte sie ab und setzte sich mit einem Stöhnen. Kurz blickte er auf seinen Bildschirm.

»Vielleicht zu viel. Hier sind die aktuellen Lageeinschätzungen. Mach dich auf den Weg. Sollte Interpol seine Ermittlungen nach Peking ausweiten, ist auch dort alles vorbereitet, ich wiege so lange das Außenministerium in Sicherheit.«

Brown konnte sich erinnern, dass sein Boss ihm in den Jahren seiner Ausbildung einmal sehr deutlich gesagt hatte, dass es Momente geben würde, wo seine sonst joviale Art umschlüge, wo es nur noch um die Sache gehen würde. Bei einem operativen Einsatz müsste Neal das tun, wofür er ausgebildet wurde. Für nichts anderes wäre dann mehr Platz, insbesondere nicht für Fragen zum falschen Zeitpunkt. Dieser Moment war offenbar gekommen, dachte Brown. Was immer da auf ihn zukommen würde, es musste was Größeres sein, und die ersten Analysen, die er auf dem Weg in die Zentrale bekommen hatte, schilderten vor allem das angespannte Verhältnis zwischen Peking und Washington, das in den vergangenen Jahren schon eine gefährliche militärische Rhetorik angenommen hatte. Trotz aller wechselseitigen wirtschaftlichen Abhängigkeiten beider Mächte wuchs der Druck aufgrund der Weltwirtschaftslage seit 2008 und nun verschärft durch den letzten Börsencrash gefährlich.

Obwohl er sich durch die Jahre des Trainings bei der CIA grundsätzlich sicher fühlte, zudem ausreichend Einsätze in Asien gehabt hatte, gab es andere Agenten mit weitaus mehr Erfahrung in verdeckten Aktionen. Hinzu kam, dass Neal Brown in den letzten Wochen wiederholt ein schmerzhaftes Stechen im Magen gespürt hatte. Der Arzt hatte zwei Magengeschwüre diagnostiziert, deren Behandlung und Heilung sich als äußerst zäh erwiesen. Er fingerte aus seinem Sakko eine Tablettenpackung. Neben der Eingangstür zu Spencers Büro stand auf einer Anrichte eine Karaffe Wasser mit einigen Gläsern. Brown bediente sich und schluckte das Medikament.

»Alles in Ordnung, Neal?«

»Ja, ist nur so ein scheiß Sodbrennen.«

»Wäre ein schlechter Zeitpunkt …«

»Es ist nichts, Ron«, beschwichtigte Brown, wissend, dass er eigentlich verpflichtet gewesen wäre, seine Krankheit zu melden. Nach kurzem Zögern setzte er hinzu: »Warum ich, Ron?«

»Weil du aus einer aufrechten Republikanerfamilie kommst.«

Sehr witzig, dachte Brown. Er blieb abwartend stehen und verschränkte die Arme. Er sah, wie Spencer sich aufrichtete.

»Neal, was soll das? Du bist einer unserer besten Sinologen, warst lange Jahre in Peking, bist kaltschnäuzig, lügst perfekt, stehst auf Geld, Frauen und Karriere, hast die seltene Fähigkeit, dich um keinen Preis aus der Ruhe bringen zu lassen. Du hast mehrfach bewiesen, dass du deine Loyalität nicht vor irgendwelche persönlichen, womöglich noch moralischen Erwägungen stellst. Mit anderen Worten: Du bist genau der, den wir hier brauchen. Leute, die ihren Job machen, dafür gut bezahlt werden, reichlich Privilegien genießen und schlau genug sind, diese Vorteile nicht durch Eigenmächtigkeit zu riskieren. Ich hoffe, das war ausführlich genug. Du leitest die Operation!«

Brown wusste für den Moment nicht, ob er diese Blitzanalyse schmeichelhaft finden sollte. Allerdings konnte er nichts entdecken, was an ihr falsch war. Bei den unendlichen Einstellungstests der CIA war es ein Standardverfahren, diese Persönlichkeitsmerkmale zu erkennen, aber die Wortwahl, die fast emotionslose und ungewöhnlich direkte Art Spencers hatte er bisher nicht gekannt. Doch an einem Punkt irrte Spencer sich gewaltig, und wie er es Nathalie beibringen sollte, dass er ohne Angabe von Gründen vielleicht für Wochen verschwinden müsste, schlug ihm mindestens genauso in die Magengrube wie der erste Kuss, den er ihr vor Wochen gegeben hatte. Noch in Gedanken stand er wortlos da.

»Neal. Raus jetzt. Wir dürfen keine Zeit verlieren. Du bekommst später mehr Informationen. Ich muss die ganze Operation noch planen. Melde dich, wenn du in London …«

Brown wandte sich der Tür zu, drückte die Klinke herunter. Doch als er ein Stocken in Spencers Stimme vernahm, blickte er zurück und sah den schlagartigen Wandel in dessen Gesichtsausdruck, während er wieder auf seinen Bildschirm starrte. Eine Sekunde später versuchte er sich wieder zu fassen.

»Warte, Neal … Das hatte ich fast vergessen. Ich gebe heute Abend eine Gartenparty. Ich denke, du solltest dazukommen.«

Für einen Moment wusste Brown nicht, was er sagen sollte.

»Wie komme ich denn zu der Ehre?«

»Um 18 Uhr, Neal, bis später.«

Brown ging hinaus und schloss leise die Tür. Für einen kurzen Augenblick blieb er im Flur stehen. Ron Spencer hatte seines Wissens noch nie eine Party gegeben, und Brown war sich nicht mal sicher, ob hinter Spencers Haus überhaupt ein Garten lag.

DREI

LONDON, SCOTLAND YARD, 22. FEBRUAR, 10.45 UHR

Rebecca sah Allington den Flur entlangjoggen, das Handy am Ohr. So hatte sie ihn noch nie erlebt, Robert Allington ein paar Jahre vor der Pension, eigentlich die Ruhe in Person, im Laufschritt. Was war los? Warum konnte er sich nicht etwas mehr Zeit nehmen, um mit ihr über die Ermittlung gegen sie zu sprechen? Über die Beweggründe ihres damaligen Handelns?

Gut, ein ermordeter Diplomat vor der amerikanischen Botschaft war allerdings wirklich keine Kleinigkeit, aber so nervös und aufgelöst hatte sie Allington noch nie erlebt. Was aber könnte der Attaché mit dem Crash zu tun gehabt haben? Wie kam Allington auf diesen Gedanken? Die Ermittlungen gegen ihn lagen doch Wochen vor dem Knall. Oder ging er vielmehr davon aus, dass der Tod des Diplomaten eine Folge der aktuellen Ereignisse war?

Sie schaute sich mit einem Seufzen in ihrem neuen, spärlich eingerichteten Büro um. Ein paar weiße Schränke, ein Schreibtisch, ein Sessel für Besucher. Nachdem die ganze Abteilung kurz vor ihrer Beurlaubung wegen einer Umstrukturierung in ein anderes Stockwerk umziehen musste, hatte bis auf den kleinen Stoffteddy über dem Bildschirm bisher nichts Persönliches Platz bekommen. Der kurze Adrenalinkick nach der Auseinandersetzung mit Allington verpuffte.

Sie setzte sich und blickte wieder auf den Bildschirm. Allington hatte ihr eine Reihe von Mails geschrieben. Eine der Nachrichten enthielt kommentarlos den Abschlussbericht zum Fall »Quantum Dawn«. Rebecca öffnete die Datei, überflog die Zeilen und stieß auf die alles entscheidende Stelle. Wie von ihr inständig erhofft, war die Untersuchung zu dem Schluss gekommen, dass der Zusammenbruch an den Börsen ohnehin nicht mehr hätte verhindert werden können. Nach einer Aufzählung der Ursachen, die Rebecca bestens bekannt waren, folgte die Entlastung: Es gab keine Hinweise auf Versäumnisse vom Scotland Yard.

Rebecca entfuhr ein lautes Stöhnen. Die Hoffnung jener Männer und Frauen, die hinter dem Anschlag auf die Börsen gestanden hatten, hatte sich, ganz anders als von Rebecca fälschlicherweise vermutet, nicht sofort erfüllt. Die krude Vorstellung des geheimen Zirkels von ehemaligen Bankern und geschassten Investoren, dass nur aus dem Chaos etwas wirklich Neues hervorgehen würde, könnte aber noch aufgehen, denn es schien, als wäre ein unumkehrbarer Punkt erreicht worden. Zu viel war über die Machenschaften und die Fragilität des internationalen Finanzsystems ans Tageslicht gekommen. Viele begriffen erst jetzt, dass nun auch der Westen an die Reihe kam – so titelten zumindest die meisten Tageszeitungen der letzten Wochen. Noch kämpften alle Institutionen mit allen Mitteln gegen den Untergang eines Systems, das ihnen bisher so viel Macht und Sicherheit verschafft hatte.

Rebeccas Handy piepste. Der Tatort wurde für Scotland Yard freigegeben. Wurde auch Zeit, dachte sie. Es war schon kurz nach elf Uhr. Offenbar hatten sich die Amerikaner sehr viel Zeit dabei gelassen, um sich mit dem Frühstück, das man ihnen vor die Haustür geworfen hatte, intensiv zu beschäftigen.

Sie nahm die Schlüssel aus ihrer Schublade, schnappte sich ihren Wollmantel vom Haken, blickte abermals aus dem Fenster, stand für einen Moment still und betrachtete ihr Gesicht im Spiegelbild des Fensters. Ab jetzt war sie wieder im Spiel. Die Angst der letzten Wochen, einen großen Fehler begangen zu haben und ihren Job zu verlieren, verflog langsam. »Du packst das schon«, sagte sie sich.

Als sie in den Flur trat, schauten sie die Kollegen an. Sie quittierte die neugierigen Blicke mit einem Lächeln und eilte zum Fahrstuhl.

In der Tiefgarage erreichte sie eine SMS von Allington. »Die Chinesen haben den amerikanischen Botschafter in Peking inoffiziell ins Politbüro bestellt. Wir brauchen schnelle Ergebnisse!«

Draußen knallte sie das Warnlicht aufs Dach und startete ihren schwarzen Mini.

Eine gute Viertelstunde später erreichte sie die US-Botschaft am Grosvenor Square. Die Region um das Gebäude war komplett gesperrt. Am Haupteingang nur wenige Meter von der Statue des ehemaligen US-Präsidenten Ronald Reagan lag unter einer grauen Decke offenbar die Leiche des Diplomaten, umringt von Beamten. Streng genommen befand sie sich damit aber außerhalb des Territoriums der US-Botschaft. War der Fundort der Leiche am Ende doch nur ein Zufall? Hinter dem schwarzen Stahlzaun standen bewaffnete Polizisten mit Schnellfeuerwaffen, Dutzende Journalisten versuchten aus der Entfernung Aufnahmen zu erhaschen, was ihnen durch gespannte Leinentücher erschwert wurde. Der Sarg war bereits geöffnet, jeden Moment würde der ehemalige Attaché abtransportiert werden. Rebecca zupfte ihren Ausweis aus ihrer Manteltasche, ging auf einen kleineren Beamten zu und ließ ihn kurz einen Blick auf das Dokument werfen.

»Guten Morgen, wer hat die Leitung?«

»Der Lange da«, sagte der Mann, bückte sich und legte eine Spurensicherungsnummer neben eine Blutspur.

»Sir! Guten Morgen. Ich wurde …«

»Ich bin über Ihr Kommen informiert worden, aber Ihr Vorgesetzter hat mir offenbar nicht zugehört. Es gibt hier nichts an Spuren, zumindest nichts, was Ihrer Abteilung dienen könnte.«

Der Mann sagte das mit einem Lächeln, das Rebeccas ersten Anflug von Wut abmilderte. Außerdem sah sie seine geröteten und leicht geschwollenen Augen, offenbar war er schon lange im Dienst, dachte Rebecca – und war dennoch etwas vor den Kopf geschlagen.

»Er hat nichts bei sich gehabt?«

»Ich würde sagen, er hat sogar noch weniger als das«, sagte der Beamte und ging zur Leiche.

»Ich hoffe, Sie haben einen stabilen Magen. So etwas sehe selbst ich nicht alle Tage.«

Bevor Rebecca sich vorbereiten konnte, zog der Beamte die Decke bereits zurück. Ihr Gesicht wurde heiß, die Knie begannen zu zittern, und sie spürte einen Würgereiz. Abgesehen von dem Einschusskanal am Hinterkopf und dem damit verbundenen Einblick ins Gehirn, war der komplett nackten Leiche fast die gesamte Haut vom Rücken entfernt worden, sodass die Sicht auf tiefer liegendes Gewebe freigegeben war – ein Anblick, den Rebecca nur vom Metzger kannte. Auch sonst war der restliche Körper von zahlreichen Blutergüssen und Stichwunden übersät.

»Mein Gott, wer zum Teufel macht so was?«

Auch wenn der Beamte den Leichnam hastig wieder zudeckte, suchte Rebecca Halt, wankte ein paar Schritte zurück und stützte sich kurz an der Reagan-Statue ab.

»Ms Winter, es tut mir leid. Ich wollte Sie nicht …«

»Puuhh! Das gehört wahrlich nicht zu meinem Job. Was ist mit den Kameras vor der Botschaft? Es muss doch Aufnahmen geben?«

Der Mann schaute sie mit weit geöffneten Augen an, als würde er die Frage nicht verstehen.

»Die Aufnahmen werden wir eventuell nie zu sehen bekommen. Unsere amerikanischen Freunde fürchten wohl, dass sich das Ganze zu einem internationalen Zwischenfall entwickeln könnte. Was wir aber definitiv sagen können, ist, dass der Mann hier nur abgeladen wurde. Die Schusswunde ist älter als 48 Stunden.«

»Internationaler Zwischenfall?«

»Na ja, sagen wir mal so, den wollen vermutlich alle im Moment vermeiden. Mir ist schon klar, dass unsere Freunde wohl kaum für seinen Tod verantwortlich sind, aber irgendwer wollte hier ein deutliches Zeichen setzen.«

»Eine völlig entstellte Leiche. Was für ein Zeichen soll das sein – und warum hier?«

»Nun, das wollte ich eigentlich Sie fragen, aber wenn Sie meine Meinung wissen wollen: Der Attaché könnte mit den Amerikanern zusammengearbeitet haben, Spionage, was weiß ich. Bis die Forensik dran war, kann ich im Moment auch nur raten. Hier, nehmen Sie das«, sagte der Mann und reichte ihr einen Datenstick.

»Was ist das?«

»Fotos vom Tatort und der Leiche.«

»In Ordnung. Danke!«

Rebecca stand da und fand für den Moment keine Worte. Die Spionagethese war nicht von vornherein abwegig. Bei allen Klischees und Vorurteilen hinsichtlich der Haftbedingungen und der Grausamkeit, von der die Menschenrechtsorganisationen aus chinesischen Gefängnissen berichteten, war die politische Führung in Peking stets um Diskretion bemüht, verbot sich seit Jahrzehnten jedwede Einmischung des Westens in ihre Angelegenheiten. Rebecca konnte sich aber beim besten Willen nicht an einen einzigen Fall erinnern, der die chinesische Führung mit solch einer brutalen Hinrichtung im Ausland in Verbindung gebracht hätte. Das hier sah eher aus wie ein bestialischer Ritualmord.

Während die Leiche in den Sarg gehievt wurde, versuchte Rebecca anhand der spärlichen Informationen erste Zusammenhänge zu verstehen. Ein gesuchter Handelsattaché, den in China die Todesstrafe erwartet hätte, wird in London vor der US-Botschaft schwer verstümmelt abgeworfen. Der einzige Hinweis auf ein Motiv aber bestand bisher darin, dass hinter den Konten, die bei Ta Liang gefunden wurden, vielleicht weitere korrupte Funktionäre standen, die der Attaché hätte belasten können. Aber auch das war bisher nichts als graue Theorie, denn es wäre genauso möglich, dass er auf eigene Rechnung dieses Dickicht an Konten angelegt hatte.

Rebecca wollte sich gerade von den Beamten verabschieden, als ihr Handy klingelte.

»Robert?«

»Komm zurück ins Büro. Dein neuer Partner kommt schneller als gedacht. Du hast alles, was du brauchst, auf deinem Rechner oder auf dem Schreibtisch. Lies dich ein. Ich brauch Ergebnisse, schnell. Es eilt.«

»Robert. Dem Mann wurde die gesamte …«

Aufgelegt. Ein Telefonat so abrupt zu beenden war in der Regel eher ihre Eigenschaft.

Robert Allington, was ist bloß los mit dir?, dachte sie.

VIER

LONDON, SCOTLAND YARD, 22. FEBRUAR, 13.30 UHR

Rebecca raste in ihrem schwarzen Mini zurück in die Zentrale. Die morgendlichen Schneeflocken waren einem stürmischen Regen gewichen, es schüttete binnen Sekunden in Strömen. Die Bilder des malträtierten Attachés schossen immer wieder in ihr hoch. In der Hoffnung, ihre Gedanken etwas abzulenken, schaltete sie die BBC ein: »... *Es könnte noch schlimmer kommen. Die Zahl der Arbeitslosen wird nach Ansicht der Internationalen Arbeitsorganisation (ILO) weiter wachsen. Bereits seit der letzten Finanzkrise 2008 sind ihr zufolge weltweit 61 Millionen Jobs verschwunden. Sollte sich die internationale Gemeinschaft nach dem aktuellen Börsencrash erneut nicht auf grundlegende Reformen, Schuldenschnitte und neue Wachstumsziele einigen, werde es bis Ende des Jahres weltweit rund 350 Millionen Menschen ohne Arbeit geben, heute seien es bereits 220 Millionen, so die UN-Sonderorganisation in ihrem Arbeits- und Sozialbericht. In einigen Industrieländern erreiche die Einkommensungleichheit bereits das Niveau einiger Schwellenländer. Nach Ansicht der UN schwäche die Entwicklung weiter das Vertrauen in die Regierungen und berge ein hohes Risiko für eine Eskalation der zurzeit steigenden sozialen Unruhen ...*«

Auf der Victoria Street kurz vor der Zentrale passierte ein Mann im strömenden Regen die Straße. Die Wucht der Vollbremsung in letzter Sekunde ließ ihren Kopf nur knapp das Lenkrad verfehlen. Unter seiner Kapuze hatte der Mann die Gefahr nicht einmal wahrgenommen. Während Rebecca die ersten Hupzeichen hinter sich hörte, schloss sie die Augen und atmete tief ein und aus, spürte, wie sich der Mageninhalt gerne einen Weg nach oben gesucht hätte. Sie unterdrückte den Reiz erfolgreich und fuhr langsam Richtung Tiefgarage. Für Leute, die bei der Mordkommission arbeiteten, mochten solche Bilder ja erträglich sein, aber für sie war der Anblick der Leiche eher ein Grund, den Job zu schmeißen.

Bevor sie ihr Büro aufsuchte, holte sie sich aus der Kantine einen Kaffee. Es war das erste Mal in den letzten Jahren, dass sie sich von ihrem Vorgesetzten zeitlich unter Druck gesetzt fühlte, normalerweise bremste er sie eher ein, statt sie anzutreiben. Schnellen Schrittes erreichte sie ihr Büro, schaltete den Rechner an und öffnete die Mappen mit den bisherigen Ermittlungsakten, Allington hatte weitere dazugelegt. Sie rückte ihren Stuhl zurecht und rief die Mails ab. Allington hatte sie damit geradezu bombardiert. Was machte ihn bloß so nervös? Nach und nach druckte sie die Mails aus und sortierte sie zu den alten Ermittlungsakten.

Also fangen wir von vorne an, dachte Rebecca und vertiefte sich in einen ersten Bericht über den letzten Stand der Ermittlungen, bevor Ta Liang verschwunden war. Was immer auch Allingtons Quellen berichtet haben mochten, sie konnte sich partout nicht vorstellen, warum der Mord an einem relativ unbedeutenden, korrupten Handelsattaché die Beziehungen zwischen Washington und China belasten sollte. Im Gegenteil. Sie konnte sich an einen Bericht der BBC von vor ein paar Tagen erinnern, dem zufolge beide Regierungen von einem nötigen Schulterschluss für die Bewältigung der aktuellen Krise gesprochen hatten. Sie sah auf das Foto des Attachés, dessen Aussehen für sie einen leicht mongolischen Einschlag hatte.

Den Unterlagen zufolge war der Attaché seit 2013 als Diplomat nach London entsandt worden und dann vor ein paar Monaten in den Verdacht geraten, Schmiergelder in Millionenhöhe auf Überseekonten herumgeschoben zu haben. Nachdem man in London seiner nicht mehr habhaft werden konnte und auch für die Zahlungsströme keine Beweise gefunden wurden, hatte ihr Kollege die Ermittlungen eingestellt.

So weit, so gut, dachte Rebecca. Laut einem Memo, das über dem Bericht angeheftet war, war das MI6 davon ausgegangen, dass er sich nach Australien abgesetzt hatte. Darauf hatte eine Auswertung von Flugdaten und Handybewegungen hingewiesen.

Rebecca musterte weiter die Unterlagen. Wenn sie auch nicht auf China spezialisiert war, müsste sie schnell vorankommen. Wegen Englands Rolle als ehemaliger Kolonialmacht verfügte Scotland Yard wie kaum eine andere Behörde über umfangreiche Kenntnisse, Kontakte und Daten hinsichtlich Chinas politischer und gesellschaftlicher Entwicklung.

Wie Allington es verlangt hatte, rief Rebecca sich eine Lageeinschätzung des britischen Außenministeriums ab. Seit der Parteichef Xi Jinping der Korruption den Kampf angesagt hatte, waren bereits Hunderte Gouverneure, Beamte und Politiker ins Gefängnis gewandert oder hingerichtet worden.

Rebecca legte die Stirn in Falten und öffnete als Nächstes einen Bericht von Interpol, in dem es um Chinas Kapitalflüchtlinge ging. Offensichtlich waren diese alles andere als zimperlich und durchaus bereit zu morden, um ihre Imperien zu verteidigen. In welches Fahrwasser war nun aber der Attaché geraten? Etliche Funktionäre befanden sich bereits auf der

Fahndungsliste von Interpol. Die meisten wegen Korruption gesuchten Personen waren wie der Attaché Regierungsbeamte oder Topmanager staatlicher Unternehmen. Wie schwer das Korruptionsproblem in China war, zeigte auch der Umstand, dass kein anderes Land der Welt auch nur annähernd so viele Kriminelle, die wegen Schwarzgeld-Delikten oder Bestechung verfolgt wurden, über Interpol suchte wie China. Der prominenteste der Liste war Gao Yan, der ehemalige Provinzchef von Yunnan und Vertrauter von Chinas Ex-Diktator Jiang Zemin, der mit ein paar zur Seite geschafften Millionen bis heute unauffindbar in Australien abgetaucht war. In den vergangenen 30 Jahren hatten sich über 4000 Beamte und Manager mit insgesamt 50 Milliarden US-Dollars ins Ausland abgesetzt.

Doch die Arbeit der KP-Disziplinarkommission ging über die Suche nach Kapitalverbrechen hinaus und führte zu einem Klima der Angst, das das ganze Land lähmte. Seit sie ihre Tätigkeit aufgenommen hatte, wurde der Tatbestand der Korruption weitaus schärfer ausgelegt und bezog auch behördliches Versagen mit ein, da man auch dahinter grundsätzlich Korruption vermutete. Aber die Regierung selbst handelte zum Teil völlig im Widerspruch zu der Kommission. Statt selbst mehr Transparenz walten zu lassen, wurden immer wieder Missstände verschleiert. Bei einem Chemieunfall in einem Lagerhaus in der Stadt Tianjin zum Beispiel fanden über hundert Feuerwehrleute den Tod, da die Behörden verschwiegen hatten, dass dort unter widrigen Umständen 700 Tonnen Natriumzyanid gelagert wurden – genug Gift, um theoretisch 1,3 Milliarden Chinesen auszulöschen. Und der Druck und die Angst vor Versagen waren auch dafür verantwortlich, dass die Börsenaufsicht den sich abzeichnenden Börsencrash von 2015 erst durch ihr Schweigen forcierte, anstatt einzugreifen. Genauso wurden gigantische

Umweltprobleme aus Angst, Rechenschaft ablegen zu müssen, unter den Teppich gekehrt.

Rebecca pfiff durch die Zähne und nahm einen Schluck Wasser. Sie dachte nach. Aber selbst wenn der Attaché im Fadenkreuz der Antikorruptionskampagne stand, würde er wohl kaum außerhalb des Landes auf diese Art und Weise zur Strecke gebracht werden, mutmaßte sie. Wieder vertiefte sie sich in den Bericht. Der Verfasser schloss seine Analyse mit der Bemerkung, dass die Säuberungswelle vor allem dem Vorsitzenden der Kommunistischen Partei diente, seine Macht abzusichern und sich auf diese Art leicht seiner Gegner zu entledigen. Nach den strengen Regeln der Disziplinar-Kommission ließ sich – je nach Bedarf – fast jeder auf irgendeine Art der Korruption überführen. Aber die Kampagne hatte auch ihre offiziell beabsichtigte Wirkung. Innerhalb kürzester Zeit hatten die Behörden über zehn Milliarden Dollar zurückgewinnen und etliche Beamte in den Knast oder vor ein Erschießungskommando bringen können.

Wie auch immer, ein vor der US-Botschaft abgeladener Handelsattaché passte da so gar nicht ins Bild.

Rebecca lehnte sich zurück und blickte aus dem Fenster. Für einen Moment dachte sie, dass Allington zu viel damit verlangte, sich in nur 24 Stunden alle Hintergründe dieses Falls anzueignen. Die Lage in China war mehr als komplex.

Sie blätterte weiter in den Akten. Eine Anekdote in dem Fall trieb ihr dann ein lang vermisstes Lächeln ins Gesicht, denn bevor Liang untergetaucht war, hatte man in einer seiner Wohnungen in Peking allein 80 Millionen Dollar in bar gefunden, die Geldscheine waren zum größten Teil jedoch durch die Feuchtigkeit in der Wohnung bereits verschimmelt gewesen.

Rebecca öffnete ihre Schreibtischschublade, fingerte aus einer Tüte ein Karamellbonbon und versuchte, während der süße

Geschmack ihren Mund erfüllte, die alten Spuren irgendwie einzuordnen. Sie öffnete den Browser auf dem PC und suchte nach aktuellen Nachrichten aus China. Über den Mord an dem Attaché wurde zwar spekuliert, aber nirgends schaffte der Vorfall es in die Topnachrichten. Angesichts des allgemeinen Chaos aufgrund des wirtschaftlichen Zusammenbruchs und der anhaltenden Proteste gegen die Sparpolitik und den Finanzsektor nicht wirklich verwunderlich, aber dennoch merkwürdig, da es keinerlei offizielle Stellungnahme der chinesischen Führung gab. Woher und warum also der Druck, dem Allington oder gar die Regierung ausgesetzt war?

Sie wechselte wieder zu ihrem Mailaccount und schrak auf. Allington hatte vermerkt, dass der Tod des Attachés alle Ermittlungen von Interpol China in einem Fall von groß angelegter Geldwäsche seitens hochrangiger Chinesen zunichtemachen könnte. Ohne jedoch Beweise zu haben, äußerte er den Verdacht, dass der Attaché vielleicht belastendes Material gegen die Funktionäre hatte, deren Konten er womöglich sogar als Strohmann verwaltet hatte. Hinzu kam ein Bericht der *Times*, der einen ersten Bezug zu den Verwerfungen zwischen Washington und Peking herstellte. Demzufolge war der Attaché vor Jahren an Verhandlungen über neue Freihandelszonen zwischen den USA und China beteiligt gewesen, hatte den Amerikanern aber als harter Gegner gegolten. Sollte er wirklich Interessen der Amerikaner im Wege gestanden haben, dachte Rebecca, würde man ihn aber doch unter keinen Umständen vor der eigenen Botschaft umbringen, geschweige denn foltern, das war völlig abwegig.

Im Überfliegen weiterer Dokumente stieß sie auf die konkrete Spur, die Allington angedeutet und die Scotland Yard seinerzeit zur Verzweiflung gebracht hatte. Auf einem Rechner von Ta Liang waren fast hundert Kontonummern gefunden worden. Offenbar über etliche weitere Konten auf den Bahamas und den Kaimaninseln waren Millionenbeträge verschoben worden, bis man irgendwann nicht mehr nachvollziehen konnte, wo und bei wem das Geld gelandet war – geschweige denn, woher es gekommen war. Was wäre, wenn der Attaché tatsächlich nur als Strohmann fungiert und wie ein Buchhalter die Schwarzgelder für weitere Chinesen verwaltet hatte? Sollte er die Inhaber gekannt und diese befürchtet haben, bei seiner Verhaftung aufzufliegen, wäre das zumindest ein erstes belastbares Motiv. Andererseits erschien Rebecca die Zahl der Konten als zu hoch. Gewöhnlich waren es bei solchen Geldwäscheprojekten, selbst bei groß angelegten, vielleicht ein Dutzend oder etwas mehr. Aber die alles entscheidende Frage, warum Liangs Tod aktuell eine Bedrohung für das Verhältnis zwischen China und den USA sein sollte, konnte sie sich beim besten Willen noch nicht herleiten.

Sie blickte aus dem Fenster in mittlerweile orange gefärbte Wolken. Über dem Studium der Akten und Mails waren die letzten Stunden wie im Flug vergangen. Rebeccas Magen knurrte, und die Kantine würde bald schließen, aber sie mochte sich nicht von der Recherche trennen.

Allington hatte ihr aufgetragen, sich ganz genau das Verhältnis der beiden Supermächte anzusehen. Sie öffnete am Rechner das interne Recherchesystem von Scotland Yard und druckte sich eine aktuelle Studie des Außenministeriums aus. Diese beschrieb, dass sich beide Länder zwar weiter als Rivalen verstünden, doch in Wirklichkeit aufeinander angewiesen wären wie nie zuvor. Gerade jetzt, wo die Weltwirtschaft drohte in eine der größten Rezessionen überhaupt zu rutschen, hatte Asien als letzter Joker der Weltwirtschaft, als der letzte große Motor, der die Wachstumsideologie des Westens würde retten können, an dramatischer Bedeutung hinzugewonnen. Das galt ganz besonders für China. Gleichzeitig aber führten die Spannungen zwischen Russland und dem Westen zu einer für die USA gefährlichen Allianz, denn Russland weitete die Zusammenarbeit mit Peking immer mehr aus. Die Dominanz des Westens, seine Reformunfähigkeit, was den Finanzsektor betraf, und die damit verbundenen Risiken, die sich in den letzten Wochen abermals bestätigt hatten, stießen in Peking auf massive Kritik. Frustriert über die Abhängigkeit vom Westen, hatten die Chinesen schon vor Jahren ein alternatives Finanzsystem aufgebaut und mit der Gründung der Asian Infrastructure Investment Bank eine echte Konkurrenz zur Weltbank erschaffen. Für die Vereinigten Staaten war dies eine herbe Niederlage. Zusätzlich bauten die Chinesen schrittweise ihre Dollarbestände ab. Amerika, so die Analyse, hatte sich schon vor dem Crash in einer schizophrenen Lage befunden, in der man ein starkes China fürchtete, ein wirtschaftlich schwaches aber viel gefährlicher werden könnte. Es war, als würden zwei Sumoringer miteinander kämpfen, dabei aber so ineinander verhakt sein, dass beide stürzen könnten, wenn auch nur einer stolperte. Aber die Analyse gab auch preis, dass es in China eine Reihe von prowestlichen Kräften gab. Jetzt, wo sich anscheinend alles einer globalen Depression näherte, würde jedes weitere diplomatische Zerwürfnis Öl ins Feuer gießen. Das britische Außenministerium ging sogar in seiner Einschätzung so weit, dass die Gefahr eines Krieges zwischen China und den USA täglich größer würde. Aber wie konnte es sein, dass ein korrupter Diplomat diese Bedrohung erhöhte? Was machte Allington so nervös, und warum bekam er Druck aus der Downing Street, den Fall so schnell wie möglich zu klären?

Das Telefon klingelte. Rebecca hob ab.

»Komm schnell in mein Büro!«

FÜNF

LONDON, SCOTLAND YARD, 22. FEBRUAR, 18.15 UHR

Die Tür zu Allingtons Büro stand weit offen, zwei Mitarbeiter kamen gerade heraus, Allington gab Rebecca ein Zeichen.

»Komm rein und schließ die Tür.«

Rebecca setzte sich wieder auf die Ledercouch gegenüber von Allingtons Schreibtisch und sah, wie er einen Haufen Unterlagen auf seinen Tisch schmiss. Er trat mit einem Seufzen zum Fenster und wandte ihr mit Blick in die ersten Abendsterne den Rücken zu.

»Alles in Ordnung?«

»Nein!«, antwortete Allington, drehte sich wieder zu Rebecca und ging im Raum umher. »Es gibt Gerüchte, dass man unserer Abteilung die Schuld in die Schuhe schieben wird, da wir die Sache letztes Jahr zu früh fallen ließen, und der Attaché entgegen unserer Vermutung offenbar doch noch in London war. Sein Tod hätte demnach verhindert werden können, und wir hätten die Quellen der Zahlungsströme nachweisen können müssen.«

»Spinnen die? Laut einem Memo war es doch das MI6, das uns gesagt hat, er wäre in Australien …«

Doch bevor Rebecca weiterreden konnte, unterbrach Allington sie und reichte ihr die ausgedruckte Mail eines Freundes aus dem Außenministerium. Die Befürchtungen von Allingtons Bekanntem deckten sich mit den Analysen, die sie zuvor gelesen hatte. Auch er hegte letztlich eine diffuse Angst vor einer kriegerischen Auseinandersetzung. Auch er führte die ohnehin schon prekäre Lage zwischen Washington und Peking an, die eskalieren könnte, sollte der Fall nicht schnellstens aufgeklärt werden. Die politische Situation, die Machtkämpfe innerhalb der Kommunistischen Partei böten eine gefährliche Gemengelage, und in Washington fürchtete man um den Einfluss im gesamten pazifischen Raum. Die Mail schloss mit der Vermutung, dass Teile der chinesischen Führung erbost wären, da mit dem Tod des Attachés die Bekämpfung der Korruption auf höchster Ebene erschwert würde. Teile? Was sollte das heißen? Dass andere Teile davon profitieren würden?

»Na, klasse. Trotzdem verstehe ich es nicht.«

»Diplomatisch ist es die schnellste Lösung, jemand Dritten für den Tod des Attachés verantwortlich zu machen. Alle anderen können so ihr Gesicht wahren.«

»Das ist nicht dein Ernst, es muss doch noch einen größeren Anlass geben, sonst ergibt das alles keinen Sinn.«

Rebecca saß einen Moment schweigend da, lehnte sich tiefer in das weiche Ledersofa. Gerade erst hatte Allington ihr aus der Patsche geholfen. Sie konnte es auf keinen Fall zulassen, dass man ihn zum Bauernopfer machte.

Sie sah, wie er zu seinem völlig überfüllten Schreibtisch ging. Er nahm ein Blatt Papier vom Tisch, streifte dabei einige Aktenberge, die daraufhin zu Boden rutschten.

»Ach, Scheiße. Ich hab keine Ahnung, ob uns das weiterhilft, aber das hier ist topsecret, vielleicht auch nur ein Zufall.«

Während Allington fahrig die Akten wieder auf den Tisch

hievte und sich setzte, las Rebecca die Nachricht, deren Quelle nicht nachvollziehbar war. Demnach würde es in 14 Tagen einen geheimen Gipfel zwischen den USA und China geben, der ein umfangreiches Freihandelsabkommen zum Inhalt haben würde. Innerhalb des Politbüros gebe es vermutlich zahlreiche Gegner eines solchen Abkommens, da man zu großen Einfluss der USA in China und dem gesamten pazifischen Raum fürchtete.

»Woher hast du das?«

»Ich sagte ja: topsecret, aber es könnte erklären, warum man im Außenministerium so nervös ist und Druck ausübt«, sagte Allington. »Es könnte sein, dass der Fall schlicht und einfach nur genutzt wird, um dieses Abkommen zu torpedieren.«

»Gut, ich verstehe. Wir werden verhindern, dass man uns das anhängt, Robert.«

»Mir, Rebecca, mir. Aber vielleicht können wir das gemeinsam verhindern«, sagte Allington, stand auf und ging zu einer Tür, die zwischen Schreibtisch und Sofa in einen Konferenzraum führte, der in der Regel für Lagebesprechungen genutzt wurde.

»Mr Ching, darf ich Sie bitten.«

Ohne zu wissen, warum, erhob sich Rebecca. Durch die Tür kam ein Mann, der für einen Asiaten überdurchschnittlich groß wirkte. Er war schlank, braungebrannt, hatte zwar eine sorgenvolle Mimik, dachte sie, aber seine Augen waren klar und gaben dem Gesicht eine kräftige Ausstrahlung. Er trug blaue Jeans, ein weißes Hemd und einen langen schwarzen Ledermantel, der ihm fast bis zu den Knien reichte.

»Darf ich vorstellen – Huan Ching von Interpol Peking.«

»Ms Winter, nehme ich an«, sagte Ching akzentfrei und mit einer nur leicht angedeuteten Verbeugung.

»Setzen Sie sich«, bat Allington, blieb selbst aber vor seinem Schreibtisch stehen.

»Mr Ching ist ausgewiesener Experte für Wirtschaftsverbrechen und Korruption in China. Er ist hier in London aufgewachsen. Mr Ching, in Anbetracht der Lage leiten Sie die Ermittlungen.«

Rebecca öffnete den Mund und versuchte ihre Überraschung darüber, ins zweite Glied gerückt worden zu sein, mit einem tiefen Atemzug zu unterdrücken. Als sie einen strengen Blick Allingtons auffing, realisierte sie, dass sie froh sein konnte, dass er sie überhaupt so schnell wieder in den Dienst geholt hatte. Es war nicht das erste Mal, dass er sie in ihrem instinktiven Führungsanspruch bremste. Wobei sie es dieses Mal verstehen konnte. Sie hatte keinerlei Erfahrung mit China und kannte viel zu wenige Hintergründe. Das musste aber nicht bedeuten, keine Initiative zu übernehmen.

»Gut, dann würde ich gerne gleich einen Verdacht der Mordkommission in den Raum werfen«, sagte Rebecca, ging zu Allingtons Schreibtisch, steckte einen USB-Stick in den Rechner, öffnete die Fotos vom Fundort der Leiche und drehte den Bildschirm herum.

»Der Anblick hat mir heute Vormittag den Magen verdorben. Abgesehen von den Folterspuren, wurde dem Mann die gesamte Rückenhaut entfernt. Bei aller Liebe, aber das spricht doch wohl kaum für eine Täterschaft der Amerikaner, das hat eher Merkmale eines Ritualmordes …«

»Rebecca, ich glaube, du hast die Dimension noch nicht verstanden.«

Diese Bemerkung konnte sie auf keinen Fall auf sich beruhen lassen. Wie konnte das keine Bedeutung haben? Bevor sie Allington widersprechen konnte, sah sie Ching mit zusammengefalteten Händen leicht den Kopf schütteln. Mit starrem Blick fixierte er die Bilder der Leiche.

»Verzeihen Sie, Ms Winter, es erscheint mir sinnvoll, dass wir uns zunächst auf das Wesentliche konzentrieren, denn der Mord an dem Attaché steht am Ende einer Kette von Ereignissen, er ist keineswegs deren Ursache. Wir müssen herausbekommen, welche Konten Liang verwaltet hat und wer hinter diesen Konten steht. Wir müssen die Quellen und Zahlungsströme kennen, nur dann können wir den Kreis der Täter eingrenzen. Solche Folterspuren könnten auch ein Ablenkungsmanöver sein, und die chinesische Regierung wird am besten damit zu besänftigen sein, wenn wir die Wahrheit herausbekommen.«

»Die Wahrheit, sind Sie sich da sicher?«, fragte Rebecca.

»Kaum sicher, aber weitaus schlimmer wäre es, wenn bestimmte Kräfte in Peking weiter Legenden um den Tod des Attachés verbreiten können und versuchen, ihn den Amerikanern in die Schuhe zu schieben.«

»Das heißt, Sie halten es nicht für ausgeschlossen, dass Teile der chinesischen Führung versuchen, diesen Fall für ihre Zwecke zu missbrauchen? Nun gut, daran haben wir eben auch schon gedacht«, sagte Allington.

Ching zog kurz die Schultern hoch.

»Es gibt massive Machtkämpfe in China, aber zunächst müssen wir wissen, ob und für wen der Attaché Geld gewaschen hat.«

Rebecca war von der Höflichkeit und Zurückhaltung Chings, gepaart mit einer dennoch zielorientiert und unpersönlich wirkenden Art überrascht. Während ihr in den vergangenen Jahren die Zusammenarbeit mit männlichen Kollegen zusehends Schwierigkeiten bereitet hatte, da sie sich gezwungen sah, immer das Doppelte zu leisten, um gehört zu werden und um sich durchzusetzen, wirkte Ching, als hätte er keinerlei Interesse daran, persönlich zu werden oder sich auch nur im Ansatz in den Mittelpunkt zu stellen. Obwohl sie immer noch einen leichten Groll verspürte, dass Allington ihr die Leitung der Ermittlung versagte, wollte sie Ching nicht widersprechen, zumindest noch nicht.

»Wir haben alles versucht, um dem Attaché nachzuweisen, dass er Gelder von Chinesen, womöglich sogar hochrangigen Funktionären, gewaschen hat, aber es fehlen uns Zugänge zu Daten, die wir allerdings in Peking vermuten«, sagte Allington, und schaute erst Ching und dann Rebecca achselzuckend an.

»Ermittlungen in Peking? Das wird schwierig«, warf Ching ein und erklärte, dass es besser wäre, zunächst in London nachzuforschen, schließlich habe der Attaché nach seinen Informationen die Stadt nie wirklich verlassen. »Ein Ort in London, der sich für den Attaché als Versteck aufdrängen musste, ist Soho. Dort fällt er als Chinese in der Stadt am wenigsten auf, und dort kann man sich mit genügend Geld alles kaufen, sogar eine neue Identität. Deswegen fangen wir dort am besten gleich morgen an«, sagte Ching.

»Warum erst morgen?«

»In den Etablissements, von denen ich spreche, kommt man besser tagsüber ins Gespräch, und ich muss noch ein paar Informationen einholen, damit wir gezielt vorgehen können. Jedenfalls weiß ich aus unseren Recherchen in Peking, dass der Attaché sich dort öfter aufgehalten hat!«

Rebecca konnte der Klarheit Chings weitaus mehr abgewinnen als Allingtons Nervosität an diesem Tag. Doch dann holte Ching plötzlich noch mal aus.

»Ich will Sie nicht beunruhigen, aber die politische Lage in China hat sich in den vergangenen Monaten extrem verschärft. Der Westen schielt nur auf die internationale Rivalität in der Wirtschaft. In China aber regiert seit Beginn der Antikorruptionskampagne die Angst, da die Bemühungen übers Ziel hinausgeschossen sind und vor allem politisch motiviert waren. Es ging nie darum, das System zu reformieren. Inzwischen fürchtet sich die KP vor den eigenen Geistern, die sie rief, weshalb zahlreiche Funktionäre ihre Macht dazu nutzen würden, die Kampagne zu beenden. Sie haben Angst, die Kontrolle zu verlieren, wenn immer mehr der katastrophalen Zustände innerhalb der Führung Chinas offenbar werden. Und an einer Revolution in China hat der Westen wohl selbst kaum ein Interesse. Interpol hat keine Macht in China. Das Militär hat das Sagen, und jede Recherche können wir dort nur unter extrem schwierigen Bedingungen umsetzen«, verstärkte Ching seine Befürchtungen.

Allington rieb sich nach dieser drastischen Analyse seinen Dreitagebart. Eine Geste, die Rebecca signalisierte, dass er sich echte Sorgen machte, außerdem deckten sich Chings Befürchtungen auch in diesem Bereich mit ihren Erkenntnissen aus den Unterlagen, die sie gerade erst studiert hatte.

»Dass der Westen daran kein Interesse hat, würde ich nicht pauschal unterschreiben. Ansonsten teile ich Ihre Einschätzung, was die Lage nicht leichter macht«, sagte Allington und ergänzte zur Überraschung Rebeccas, dass er dankbar sei, dass Ching deshalb seiner besten Ermittlerin schützend zur Seite stehen würde.

Seit wann bist du so diplomatisch, Robert Allington?, grinste Rebecca innerlich.

»Mr Ching, ich habe Sie bereits gestern gefragt, was es mit diesem Wirtschaftsgipfel auf sich haben könnte. Übrigens ist diese Information absolut vertraulich! Niemand darf erfahren, dass wir das wissen.«

Ching verzog keine Miene. Er blickte Allington an, rieb sich die Hände und stand auf.

»Ich kann die Bedeutung dieses Gipfels nur vermuten, aber eines ist sicher, viele meiner Landsleute hassen die Amerikaner, andere wiederum wollen ihren Lebensstil kopieren. In diesem widersprüchlichen Spannungsfeld bewegt sich auch die Führung Chinas. Alles andere ist noch reine Spekulation. Aber je schneller wir den Fall aufklären, desto weniger kann er missbraucht werden.«

»In Ordnung. Rebecca, du gehst mit Frazer von der IT noch mal die Datensätze durch. Alle Kontonummern. Sag ihm, von mir aus kann er sich in jede Bank der Welt hacken, wir müssen da rankommen.«

Rebecca zweifelte zwar an den Erfolgsaussichten, nickte dennoch und sah, wie Ching aufstand und zur Tür ging.

»Ms Winter. Ich hole Sie morgen hier um neun Uhr ab.«

Rebecca rang sich ein Lächeln ab. Im gleichen Augenblick schoss ihr ein Gedanke durch den Kopf. Was wäre, wenn die Amerikaner den Attaché doch geschmiert hätten, um seine harte Ablehnung gegenüber einem Handelsabkommen aufzugeben?

SECHS

LONDON, SALTWELL STREET, 22. FEBRUAR, 22.20 UHR

»Leise, du weckst noch die alte Schachtel auf«, sagte einer der beiden Männer, der zuvor Stunden darauf gewartet hatte, dass sich eine Nachbarin von Rebecca Winter, die unentwegt aus ihrem Fenster gaffte, endlich in ihre Wohnung verzog. Trotz der abendlichen Dunkelheit fürchtete er, dass aus einem der vielen denkbaren dummen Zufälle ihr Einsatz im letzten Augenblick noch enttarnt werden könnte.

»Sorry, bin schon fast fertig«, flüsterte sein stämmiger Kollege, nachdem ihm die Kleiderschranktür kurz entglitten und mit einem Knall wieder in die Fuge geschossen war. Nun befestigte er mit einem speziellen Haftstoff Mikrochips in weiten Pullovern, Stoffhosen und sogar in der Unterwäsche.

»Merkwürdig, das passt ja gar nicht zusammen.«

»Was redest du da?«

»Na ja, die Unterwäsche ist ja nicht schlecht, aber ansonsten sehen die Klamotten nach 80 Kilo plus aus«, flüsterte der Stämmige und schloss die Schranktür wieder.

»Oh Gott. Du hast Sorgen. Manchmal hasse ich diesen Job, vor allem, wenn wir unsere eigenen Leute verwanzen. Check mal das GPS. Ortung okay?«, kommentierte sein dunkel gekleideter Kollege.

»Das wird schon seine Gründe haben. Funktioniert alles, Kameras passen auch. Raus hier!«

»Moment, hörst du das?«

»Ja.«

Für einen Moment waren beide totenstill. Einer der Männer visierte die Tür zum Garten an und zeigte seinem Kollegen den Weg. Doch dann hörte er das Bellen eines Hundes aus der Richtung und verwarf seinen Plan. Laut seiner Kollegen vor dem Hauptquartier vom Scotland Yard hatte das Zielobjekt das Büro noch nicht verlassen. Dann war das merkwürdige Knarren vor der Tür aber auch schon wieder verstummt.

»Okay! Jetzt aber …«

SIEBEN

LONDON, SCOTLAND YARD, 22. FEBRUAR, 22.30 UHR

Ohne Erfolg suchte Rebecca seit Stunden mit einem Hacker, der seine Kenntnisse in den Dienst von Scotland Yard gestellt hatte, nach Spuren in dem Dschungel von Kontonummern, die man auf dem Rechner des Attachés gefunden hatte. Beide scheuten nicht einmal davor zurück, sich in den Zentralrechner der Bank für Internationalen Zahlungsausgleich zu hacken sowie in etliche Banken in der Schweiz und den Steueroasen in Übersee. Nichts – als wären die Kontonummern eine freie Erfindung und hätten nie existiert. Das musste aber nichts bedeuten, dachte Rebecca. Auch wenn es in der Regel schwierig und aufgrund internationaler Steuerabkommen verboten war, wäre es bei den Summen mit Sicherheit kein Problem gewesen, die Konten gegen entsprechende Zahlung nach ihrer Auflösung komplett löschen zu lassen. Dafür sprachen auch die Unmengen an verschimmeltem Bargeld, die man in China in der Wohnung des Attachés gefunden hatte. Für ihren anfänglichen Verdacht, dass hinter den Konten weitere Funktionäre standen, hatte sie weiterhin nicht den Funken eines Beweises. Aber es gab angesichts der ganzen Aufregung um den Tod Ta Liangs keine andere Spur, er musste bei dem derzeitigen Stand auf die eine oder andere Art eine Bedrohung für irgendwelche Topfunktionäre gewesen sein. Und bei der Beseitigung eines unliebsamen Zeugen haben sich amerikafeindliche Kräfte noch einen makabren, ja, einen barbarischen Akt erlaubt, um den Amis eins auszuwischen. Auch wenn ihr Hacker-Kollege sie ermutigte, nicht aufzugeben, da er noch Potenzial sah, an die Daten heranzukommen, ging Rebecca in Allingtons Büro. Sie befürchtete, dass sie diese Zeit vielleicht nicht mehr hätten.

»Robert, wir haben bisher nichts. Frazer will noch nicht aufgeben, aber es wird dauern.«

»Gut, dann hefte dich an Ching, aber ich erwarte von dir, dass du ihm folgst. Eines ist mir klar, meine Liebe, manche mögen es als Zufall oder bissige Reaktion deuten, dass man den Attaché vor der Botschaft abgeladen hat, aber da stimmt was nicht. Du hast Ching gehört. Weder der Ort noch der Zeitpunkt wurden zufällig gewählt. Deswegen bitte ich dich von Herzen, dich an Chings Anweisungen zu halten. Wir tappen da sonst in eine Falle … Versprich es mir!«

»Warum bist du dir da so sicher?«

»Für China und Amerika wäre es eine Katastrophe, wenn einer von beiden das Gesicht verliert und der Gipfel nicht stattfindet«, sagte Allington und ergänzte, dass er sich nur vorstellen könne, was bei der aktuellen Wirtschaftslage von geheimen Verhandlungen der beiden Supermächte abhängen könnte und dass sie dies recherchieren müssten. »Ching hat recht. Bevor wir weiter spekulieren, brauchen wir mehr Fakten. Will jemand diesen Gipfel verhindern, und wenn ja, wer? Und mit welchen Kräften innerhalb der KP hatte der Attaché Kontakt?«

»Okay! Wir legen gleich los.«

»Nein. Für heute reicht es. Du machst nicht wieder die Nacht durch, sondern fährst jetzt nach Hause.«

»Ist ja gut, Robert«, sagte Rebecca und verdrehte die Augen.

»Rebecca, wirklich. Du bist reif genug, dass ich, wie hast du immer gesagt, meine väterliche Rolle zurückfahren kann. Ich habe diese Rolle nie gespielt, aber meine Verantwortung als dein Vorgesetzter, die habe ich erfüllt. Jetzt ist es aber an dir.«

»Ich hab schon verstanden, aber das ist doch nicht alles. Du bist doch nicht nur wegen des Falles so aufgewühlt. Ich kenne dich, Robert Allington, also …«

»Lass es gut sein und mach deinen Job«, wiegelte Allington ab. Doch Rebecca mochte nicht lockerlassen. Sie hatte schon am Morgen bemerkt, dass er angeschlagen aussah. Die blutunterlaufenen Augen, seine leicht gebeugte Haltung und die ungewohnte Nachlässigkeit in seiner Kleidung ließen den Verdacht aufkommen, dass es in Robert Allingtons Leben plötzlich noch ganz andere Probleme gab.

»Robert, warte. Du hast mal gesagt, dass ich auch mit persönlichen Sorgen zu dir kommen könnte. Und was ist mit dir?«

»Erstens hast du das nie getan, wirst es wohl auch nie tun, und zweitens bin ich der Vorgesetzte«, sagte Allington, »und in der Tat habe ich noch andere Probleme, also danke für deinen Einsatz.«

Was für Probleme? Also ging es gar nicht nur um den Fall? Was verschwieg Allington?

ACHT

ASHBURN, VIRGINIA, 22. FEBRUAR, 18.30 UHR

Brown stand in seinem Apartment in Belmont. In Jeans, dunklem Hemd und schwarzer Lederjacke gekleidet, schnappte er sich seinen Anzugsack, die Laptoptasche, eine schwarze Ledertasche sowie eine Flasche Wein und verlud alles in seinen dunklen Jeep. Er ging noch mal in den Flur, hinterließ seiner Putzfrau den Monatslohn. Während er noch einen Mantel vom Haken nahm, begutachtete er sein Spiegelbild. »Du bist ein Alien«, hatte ihm Nathalie nach ihrer ersten Nacht gesagt. Er strich sich durch sein dichtes schwarzes Haar und prüfte seine nahezu schwarzen Augen, in denen man nur schwer die Pupillen erkennen konnte. Neben dem Flurspiegel stand ein Foto seiner Eltern. Sie waren die Einzigen, die wussten, dass er für die Firma arbeitete. Er griff sich die Schlüssel und ging zum Auto.

Spencers Haus in Ashburn war nur ein paar Autominuten entfernt. Er war bisher nur einmal abends dort gewesen, als er Spencer vor gut einem Jahr betrunken abgeliefert hatte. Bis in die Morgenstunden hatten sie in seiner Küche verweilt und hatten über ihren Beruf und die Veränderung ihres Jobs seit den Terroranschlägen von 2001 gesprochen. In den vergangenen

Jahren hatte sich das Arbeitsverhältnis zwischen beiden zu einer wertschätzenden Freundschaft entwickelt, wenngleich Spencer sein Zuhause in der Regel von beruflichen Dingen zu trennen wusste und man sich eher nach Dienstschluss in einer der umliegenden Bars oder mittags in der Kantine traf.

An den Vorgarten konnte Brown sich genauso wenig erinnern wie an den gepflegten Rasen. Das zweigeschossige Haus hatte eine schneeweiße Fassade und dunkelgrau abgesetzte Fensterbänke. Eine überdachte Veranda umzog die Villa. Neben der Eingangstür standen links und rechts Gartenmöbel und Bänke. Am hinteren Ende sah er eine alte Hollywoodschaukel und zahlreiche Pflanzen. Ein Hobby Spencers, das sich selbst in seinem Büro niederschlug. Nicht selten war er bei Gesprächen nebenbei damit beschäftigt, seine Sprösslinge zu pflegen.

Obwohl Brown noch an der Gartenparty zweifelte, stand er nun mit einer Flasche Wein vor dem für einen Abteilungsleiter der CIA bescheidenen Anwesen. Die Anzahl geparkter Autos vor dem Haus, der Geruch von gegrilltem Fleisch sowie schreiende Kinder und Jazzmusik verrieten allerdings, dass es tatsächlich eine Feier gab. Bevor Brown die Klingel betätigen konnte, öffnete Spencers Frau Penny bereits die Tür und strahlte ihn an.

»Hallo Penny, einen wunderschönen Abend, äh, ich hoffe, die Flasche ist genehm. Ron hatte mich gebeten …«

»Alles wunderbar. Er wartet bereits in seinem Arbeitszimmer auf dich. Aber bitte zerr ihn da schnell raus, damit wir wenigstens noch zusammen essen können.«

»Ich werde sehen, was ich tun kann.«

»Du weißt ja noch, wo sein Büro ist?«

»Ja.«

Ms Spencer lief den Flur entlang. An den mit weißem Holz vertäfelten Wänden hingen Bilder, die Spencers Karriere dokumentierten. Posierend mit Präsidenten, Außenministern oder während Auslandseinsätzen. Unter Browns Schuhen knarrte der alte Dielenboden. Bei Spencers Arbeitszimmer angekommen, lächelte seine Frau und ging weiter.

Brown klopfte zweimal und öffnete die Tür.

»Ah, Neal. Komm, setz dich«, sagte Spencer und deutete mit seiner Hand zu einer weißen Sofagarnitur.

»Ron, was spielst du hier?«

»Die Party war schon lange geplant und somit der beste Ort und Zeitpunkt, dich in etwas einzuweihen, also bitte.«

Spencer erhob sich und schlich zu einer alten Mahagonikommode, öffnete die Tür, nahm zwei Gläser und schenkte Scotch ein. Für einen Moment sah sich Brown im Raum um. Spencers Arbeitszimmer war übersät mit dunklen Bücherregalen, nahezu ausschließlich mit politischen Werken gefüllt, dazwischen hingen wie im Flur gerahmte Fotos. Ein massiver Kolonialschreibtisch stand auf einem dunkelblauen Teppich, überhäuft mit Unterlagen und Zigarrenschachteln, ebenso wie der Tisch vor ihm kaum noch Platz bot. Jede Menge Pflanzen und Zeitungen waren im ganzen Raum auf diversen kleinen Ziertischen verteilt, ein Flatscreen war in die Wand eingelassen.

Spencer setzte sich zu ihm, reichte ein Glas, hob ein Papier vom Tisch und legte es mit eindringlichem Blick und einem Fingerzeig vor Brown ab.

»Ron, hast du deiner Frau nicht versprochen, weniger zu trinken?«

»Halt die Klappe«, monierte Spencer.

Brown stellte seinen Scotch auf dem Tisch ab, lehnte sich zurück und las ein Memo aus dem US-Außenministerium, das vom Botschafter in Peking stammte und eine Unterredung zusammenfasste, die in Washington für reichlich Verstimmung sorgte. Die Chinesen warfen der US-Regierung und den britischen Behörden mangelnde Kooperation bei der Ergreifung flüchtiger Krimineller vor, die dem Land durch ihr korruptes Verhalten angeblich schadeten. Diese Umstände ließen offenbar bei einem Teil der chinesischen Führung Zweifel an einem so weitreichenden Handelsabkommen wie dem derzeit in Asien geplanten aufkommen. Nachdem die Chinesen vor geraumer Zeit bereits bei der »Operation Fuchsjagd« mit Agenten innerhalb der USA Auslandschinesen gejagt hätten und von der US-Regierung zur Mäßigung gedrängt worden wären, hätten zentrale Figuren des Politbüros wohl den Eindruck gewonnen, dass man offenbar kein Interesse daran hätte, China bei der Bewältigung der Korruption zu helfen.

»Das ist doch völlig absurd …«

»Ja, klingt wie das übliche diplomatische Gequatsche, könnte man denken. Ist es aber nicht!«, sagte Spencer und reichte Brown Fotos, die die völlig entstellte Leiche des Attachés zeigten. »Das kam eben noch aus der Botschaft in London. Machen wir es kurz. Dieser Auftrag ist mit Abstand der heikelste, in den ich dich bisher geschickt habe. Weil ich dich ausgebildet habe und schätze, kommt jetzt dieser Agentenscheiß … Dieses Gespräch hat nie stattgefunden.«

»Was?«

Spencer lachte lauf auf. »Na ja, jetzt kannst du zeigen, was du draufhast.«

Spencer trank den Scotch in einem Zug aus, stand auf und setzte sich wieder hinter seinen Schreibtisch.

»Der Attaché war eine Zeit lang unter Beobachtung der CIA. Ich weiß nicht, warum, und genau das macht mir Sorgen. Dabei wird es wohl kaum nur darum gegangen sein, ihn der Korruption zu überführen, das ist nicht unser Job. Meine Quellen in London gehen vielmehr davon aus, dass er weitere Empfänger von Zahlungen offenbaren wollte, und das, mein Lieber, könnte tatsächlich die ganze Stabilität des politischen Systems in China gefährden. Es ist völlig egal, ob wir selbst in diese Korruption verwickelt sind oder auch nicht, was ich übrigens nicht glaube. Die Chinesen haben vielmehr Angst vor den eigenen Geistern, die sie mit der Antikorruptionskampagne gerufen haben. Es gibt zudem Gerüchte, dass es innerhalb des Militärs rumort. Ein Militärputsch ist nicht ausgeschlossen. Abgesehen davon, sind auch die Interessen amerikanischer Lobbyisten gefährdet, es geht um Zugang zu Rohstoffen und Märkte, um nicht zu sagen: unsere gesamte Wirtschaft. Am meisten Sorgen macht man sich offenbar um einen gewissen Duke Kingston«, sagte Spencer und stellte sein Glas ab.

»Du meinst, es ist am Ende irrelevant, wer da wen bestochen hat?«

»Im Prinzip ja, aber es könnte auch noch um etwas völlig anderes gehen.«

»Okay, und wer ist dieser Kingston?«

»Duke Kingston hat eine interessante Vorgeschichte. Bevor er als Berater für Parsons Corporation tätig wurde, arbeitete er für die NSA in der Auslandsaufklärung.«

In dem Augenblick wurde Brown klar, was hier vielleicht auf dem Spiel stand. Es ging um einen der Big Player der amerikanischen Wirtschaft. Firmen wie Parsons Corporation hatten in der Vergangenheit immer wieder von Krediten der Weltbank an Entwicklungs- und Krisenländer für große Infrastrukturprojekte profitiert. Aber nicht nur Parsons, auch andere US-Giganten wie Halliburton oder die Bechtel Group wurden über solche Kredite mit Aufträgen versorgt, ein nicht unerhebliches Standbein der gesamten US-Wirtschaft. Besonders Halliburton, als Zulieferer für Unternehmen aus der Erdöl- und Energieindustrie und für das US-Militär, machte in der jüngeren Vergangenheit negative Schlagzeilen. Denn der ehemalige Vizepräsident

Dick Cheney war zuvor Vorstandsvorsitzender von Halliburton und später eine treibende Kraft für die Invasion in den Irak und in dieser Rolle auch dafür verantwortlich, dass ausgerechnet Halliburton in der Folge die Zuschläge für den Wiederaufbau des Irak erhielt. Unternehmen mit dieser Macht und Größe waren nicht selten in riesige Korruption verwickelt, und in China könnte das zu großen Schwierigkeiten führen, aber nicht zu so einem Säbelrasseln. Es musste mehr dahinterstecken, dachte Brown.

»Neal, egal, was du herausfindest, bei deinem Auftrag geht es vor allem darum, die Interessen unseres Landes zu schützen und nicht die Einzelner. Verstehst du? Erst Amerika! Alle Spuren müssen beseitigt werden, oder es droht uns das absolute Chaos. Und es kann sein, dass du auf Dinge stößt, die moralisch mehr als fragwürdig sind, aber es …«

»Ron, laut deiner eigenen Blitzanalyse von heute Nacht bin ich dafür doch unempfindlich.«

Spencer lachte nur kurz. Brown fasste sich, spürte, dass für Witze gerade ein schlechter Zeitpunkt war.

»Du bist nur dazu da, alle Spuren zu verwischen, und zwar mit allen Mitteln, denn eines darf auf keinen Fall passieren«, sagte Spencer, schwieg für einen Moment, stand auf und schenkte sich einen weiteren Scotch ein, bevor er fortfuhr. »Es darf unter keinen Umständen dazu kommen, dass antiwestliche Kräfte innerhalb der KP uns mit dem Tod des Attachés in Verbindung bringen. Auch Scotland Yard darf an keinerlei Hinweise gelangen, die das vielleicht belegen, und ich weiß nicht, wie weit sie sind. Bei der fragilen Lage der Weltwirtschaft steht sonst der Frieden auf Messers Schneide.«

»Wie soll ich das bitte anstellen?«

»Du musst dafür sorgen, dass es am besten wie ein Auftragsmord aus dem Politbüro aussieht … «

»Sieht das nicht eher aus wie ein Mafiamord?«, sagte Brown mit einem Fingerzeig auf die Fotos des toten Attachés.

»Noch besser. Und genau in diese Richtung müssen dann auch alle Indizien zu deuten sein, hast du verstanden? Das ist dein Auftrag, und nur das zählt. Sollte der Gipfel in Peking scheitern, und daran haben viele Funktionäre in China ein vitales Interesse, kann niemand kalkulieren, was unsere Reaktion sein wird.«

»Unsere Reaktion?«

»Neal, nach diesem Crash der globalen Wirtschaft werden die Karten neu gemischt. Viele haben Angst, dass sich das Blatt gegen uns wendet, da geht es nicht mehr um rationales Handeln.«

In diesem Augenblick spürte Brown ein erstes wirkliches Unbehagen. Was wäre, wenn ein ehemaliger NSA-Mitarbeiter vielleicht in einen Mord an einem Diplomaten verwickelt war? Und das alles bei der unübersichtlichen Lage in Chinas Führung?

»Der *Checkpoint* hat alle Papiere und Geräte vorbereitet«, sagte Spencer. Für Brown wäre es eine Premiere, diesen neuen Dienst der CIA zu nutzen. Seit es durch die Digitalisierung immer schwieriger wurde, Agenten zu tarnen, war beim amerikanischen Geheimdienst eine eigene Einheit namens *Checkpoint* gegründet worden, deren Aufgabe es war, amerikanischen Geheimdienstlern maßgeschneiderte Identitäten zu liefern und diese immer besser vor dem Auffliegen zu schützen.

»Ist Kingston eine Gefahr? «

»Schwer zu sagen. Er ist einer der Chefökonomen von Parsons Corporation und ein ehrenwerter Mann. Fühle ihm ruhig auf den Zahn, aber du musst mit ihm kooperieren. Vielleicht kommst du so noch an Informationen, die mir vorenthalten wurden.«

Brown beobachtete Spencer. Seine Augen wirkten weitaus müder als sonst. Er schritt langsam durch den Raum. Während er ansonsten bei allen Besprechungen der letzten Jahre seelenruhig seine Gedanken zu offenbaren oder Anordnungen zu geben gepflegt hatte, war er heute kaum ein paar Sekunden an einem Platz zu halten, und am Vormittag hatte er in seinem Büro fast wie ein gebrochener Mann gewirkt.

»Neal. Es ist definitiv eine verdeckte Operation. Scotland Yard wird überwacht und nach Notwendigkeit manipuliert, ja, aber mehr nicht, es sei denn, es geht nicht anders. Du hast alle Befugnisse, Neal. Geh gut damit um. Und noch was – und das vergiss bitte auf keinen Fall: Solltest du die englischen Ermittler nicht in die Irre führen können, wirst du das Risiko kalkulieren müssen, sie so lange wie möglich gewähren zu lassen, sie sogar zu schützen, denn dann haben wir bei allen Risiken auch die Chance, herauszubekommen, was da wirklich läuft und wer die Verantwortung trägt. Am Ende könnte es darum gehen, einen Krieg zu verhindern. Dann könnte es schmutzig werden. Sollte die Operation nach Peking ausgeweitet werden, bist du mit deinem Team auf dich allein gestellt.«

»Ron, du willst mir gerade ernsthaft sagen, dass wir als Geheimdienst auf Ermittlungen von Scotland Yard angewiesen sind, während ich sie gleichzeitig verhindern soll?«

»Neal, noch mal. Wenn es dir gelingt, die Ermittlungen einfach von London aus zu blockieren – gut. Dann verhindern wir eine weitere Eskalation. Wenn aber nicht, bleibt uns nichts anderes übrig, als zu beobachten. Darin besteht dann aber auch die Chance, vielleicht eine Seilschaft innerhalb unseres Dienstes aufzudecken und aufzuräumen.«

Brown spürte, dass Spencer ihm wirklich nichts mehr vorenthielt. Alle Befugnisse zu haben war ein sehr weitreichendes Zugeständnis und ein Vertrauensbeweis, mit dem er nicht gerechnet hatte. Gleichzeitig spürte er die Besorgnis, ob er alldem wirklich gewachsen sein würde, denn erst jetzt verstand er, um welche Dimensionen es hier gehen könnte, wie viele unberechenbare Variablen es gab. Und das Briefing Spencers war trotz allem noch sehr dürftig. Deutete das nicht darauf hin, dass ihn weitaus kompliziertere Dinge erwarten könnten? Er hatte sich so einen Auftrag insgeheim immer gewünscht, doch jetzt, wo es so weit war, musste er sich eingestehen, Angst davor zu haben zu versagen. Obendrein müsste er sein vorübergehendes Abtauchen auch noch Nathalie erklären. Aber er hatte noch keine Ahnung, wie. Bisher war es ihm gelungen, seine Reisen und einige kurzfristigen Absagen von Verabredungen mit der Legende eines freiberuflichen Dolmetschers zu erklären, der als Experte für China sehr gefragt sei – eben eine Tätigkeit, die ihn oft ins Ausland zwingen würde. Nathalie hatte das bisher nicht hinterfragt, aber diesmal hatte er ihr einen gemeinsamen Urlaub versprochen. In den letzten zwei Jahren hatte er kaum Gelegenheit gehabt, einmal die Koffer auszupacken, war ständig zwischen den USA und China hin und her gereist, um neue Informanten aufzubauen oder um nach Möglichkeiten zu suchen, relevante Personen der Kommunistischen Partei auszuspionieren. Der ständige Stress, womöglich aufzufliegen, hatte ihm schlaflose Nächte bereitet. Mit Nathalie einen Neuanfang zu wagen, auch auf beruflicher Ebene, war in den vergangenen Wochen eine immer konkretere Vorstellung geworden. Nach diesem Job könnte eine Versetzung in eine andere Position Wirklichkeit werden, so hoffte er.

»Was machst du für ein Gesicht? Neal, du schaffst das. Du hast mit Thomas Parker aus der Abteilung für verdeckte Operationen und seinem Team echte Topspezialisten an deiner Seite«, sagte Spencer, öffnete eine Schublade, holte ein Handy heraus und notierte etwas auf einer kleinen Karte.

»Parkers Leute sind Teil einer Spezialeinheit der CIA, die wir vor Jahren ausgebildet haben, um Doppelagenten auszuschalten. Sie sind absolut zuverlässig, beherrschen alle Überwachungstechniken und Waffen. Von dort brauchst du keine Infiltration zu befürchten. Je mehr du sie einweihst, desto nützlicher können sie dir sein, aber auch das liegt in deinem Ermessen. Frag Thomas Parker in London nach diesem Mann, Zhou Bao. Er hat beste Verbindungen zur chinesischen Unterwelt und du wirst ihn brauchen.«

Mit nun plötzlich zuversichtlicher Miene ging er auf Brown zu und reichte ihm ein Kryptohandy und eine kleine Karte mit dem Namen eines Mannes, der ihm helfen sollte. »Nur für alle Fälle, Neal, und nur dafür. Du wirst wissen, wann du es brauchst. Es ist absolut sicher. Und diesen Namen habe ich dir nie gegeben, er ist ein operativer Einsatzagent, eine Enttarnung wäre eine Katastrophe. Seine Bezahlung wickle ich persönlich ab.«

NEUN

PEKING, BAR ATMOSPHERE, 23. FEBRUAR, 6.15 UHR

Das rötliche Licht erhellte den Raum von Pekings höchstgelegener Bar dürftig. Nur die mit Flaschen stattlich aufgefüllten Regale wurden von hinten hell erleuchtet und brachten das grauschwarze monochrome Mobiliar zum Glänzen. Der Tresen war dekoriert mit Fingerfood, die Lederstühle standen wohlgeordnet an ihrem Platz. Durch die Fensterfront sichtbar, wurde Peking durch die Morgendämmerung und den Smog in ein schummriges Licht gehüllt. Die sonst überfüllte *Atmosphere Bar* im 80. Stock war weitestgehend geleert, ein paar Angestellte machten letzte Handgriffe vor dem Feierabend. Im hinteren Bereich des Clubs waren die Tische mit flauschigen, Samt überzogenen Sofas umstellt. Nur noch drei Männer trotzten dem herannahenden Morgen.

Der US-Amerikaner Duke Kingston fixierte mit gletscherblauen Augen und das eine Bein lässig über das andere geschlagen seinen Gesprächspartner. Der 58-Jährige hatte zusammen mit einem Partner aus Hongkong die ganze Nacht versucht, Lu Han, einen dicken Parteifunktionär mit fettigen Haaren und schweißgenässter Blässe im Gesicht, von einer Zusammenarbeit zu überzeugen. Han war unter anderem für die Vergabe von Infrastrukturprojekten im Raum Peking verantwortlich. Mit meist schwindelerregenden Bausummen in Milliardenhöhe war er so für jedes Konsortium der Welt von Interesse. Besonders für die Parsons Corporation war er einer der wichtigsten Ansprechpartner.

»Han, lassen Sie uns zum Ende kommen. Ich meine, klar ist es furchtbar, was dem Attaché passiert ist. Aber, mein Gott, was wissen wir denn, in was er sich da verstrickt hat? Aber verstehen Sie? Es liegt jetzt an Ihnen, und ich werde Ihnen behilflich sein«, sagte Kingston und lockerte unter der eng über seinem stattlichen Bauch sitzenden schwarzen Anzugweste seine goldene Krawatte, strich sich durch seine schütteren grauen Haare, hob ein Glas Wasser vom Tisch und trank einen Schluck.«

Kingstons Partner und Übersetzer, ein stämmiger Chinese mit hellem Anzug und schwarzer Krawatte, beugte sich nach vorne.

»Er will wissen, was jetzt in London geschieht, wenn Interpol ermittelt.«

Kingston verdrehte die Augen und schlug beide Hände auf seine Beine.

»Wie oft denn noch. Das haben wir unter Kontrolle. Sagen Sie ihm, dass wir diese ganze Krise zu unser aller Vorteil nutzen können. Es wird jetzt viele Verlierer und einige Gewinner geben. Wo möchte er hingehören? Ich erwarte bis morgen eine Entscheidung.«

Han Lu verzog keine Miene, ganz im Gegenteil. Kingston schaute in ein vollkommen versteinertes Gesicht, doch diese Art von gespielter und kulturell antrainierter Mimik kannte er schon zu gut. Er wusste ganz genau, an welchem Punkt er treffen konnte.

»Ihr habt den Markt für seltene Erden künstlich verknappt.

Ich kann für eine solche Mine in dieser Zeit nicht mehr viel Kapital zur Verfügung stellen, und das ist mein letztes Wort.«

Han wedelte mit seinen Händen und bestellte lautstark noch eine Runde Schnaps. Dem widerwilligen Gesicht des Barkeepers begegnete er mit noch lauterem Geschrei und einem Bündel Dollarscheinen aus seiner Brusttasche.

Kingston ließ kurz den Kopf sinken. Schaute wieder hoch zu seinem Partner aus Hongkong, der unmittelbar neben ihm saß und ungefähr so müde aussah, wie Kingston sich fühlte. Han war weichgekocht und so betrunken, dass jetzt der richtige Augenblick war, andere Geschütze aufzufahren.

»Han, es gibt da noch etwas anderes, was Sie für uns tun können, und meine Regierung steht in der Sache voll hinter mir. Das könnte das Geschäft vielleicht doch noch ermöglichen.«

Der Barkeeper brachte den Bambusschnaps, von dem sie die Nacht über schon Dutzende getrunken hatten, wobei Kingston jede Gelegenheit nutzte, den Inhalt seiner Gläser in einen Palmentopf neben seinen Sitz verschwinden zu lassen und seinen Zustand durch kontinuierliches Wassertrinken stabil zu halten. Doch diesen Drink zog er genüsslich in einem Zug hinunter, denn es würde der letzte sein.

»Unterstützen Sie das Abkommen, und ich sorge für die Finanzierung der Mine.«

Wieder winkte Han ab, brach in einen Redeschwall aus und fuchtelte vor seinem Gesicht wild mit den Händen, während Kingstons Partner übersetzte und klarmachte, dass diese Nacht vielleicht vergeblich war. Doch als Han die Frage in den Raum stellte, ob Kingston oder gar die USA mit dem Tod des Attachés etwas zu tun hätten und dass ihm das alles zurzeit zu gefährlich sei, war Kingstons Laune schlagartig an einem Tiefpunkt angelangt. Er stand auf, warf mit einer verächtlichen Geste einige

Hundertdollarscheine auf den Tisch und wendete sich zur Überraschung seines Übersetzers in perfektem Mandarin direkt an Han Lu.

»Ich bin nicht verantwortlich dafür, was Liang für Fehler gemacht hat, und ich werde auch nicht für Ihre Fehler verantwortlich sein. Sie müssen selbst wissen, was Sie tun und was sich für Sie lohnt. Morgen früh, Han, morgen.«

Kingston stand auf, zog sich seine Anzughose zurecht und versuchte seinen opulenten Bauch einzuziehen. Ohne sich noch einmal umzudrehen, verließ er den Tisch Richtung Ausgang und lächelte den Barkeeper an, der sich sofort Kingstons Blick entzog. Sein Partner verneigte sich kurz vor Han und folgte Kingston nach draußen.

»Sie werden morgen noch mal zu Han gehen. Machen Sie ihm klar, was auf dem Spiel steht und dass der Tod Liangs nicht sein oder unser Problem ist. Dafür werden andere verantwortlich sein.«

»Wer?«

»Wir werden sehen!«

ZEHN

LONDON, 23. FEBRUAR, 7.15 UHR

Brown war am Morgen vom Londoner Flughafen ohne Umwege ins Taj 51 Buckingham Gate, eines der wohl ältesten Fünf-Sterne-Hotels im royalen Stil in der Nähe des Buckingham Palastes, gefahren worden, bevor er das Team der CIA in London kennenlernen würde. Es war weitaus kühler hier als in Washington. Mit hochgezogenem Kragen ging er am Empfang vorbei.

Als er sein Zimmer betrat, fragte er sich, was sich das Reisemanagement der CIA bei der Buchung gedacht haben mochte. Er stellte nur kurz sein Gepäck ab und stand für einen Moment wie angewurzelt im Raum. Es roch nach Leder und ganz dezent nach Teppichpflegemittel. Im Wohnbereich standen eng beieinander edelste Mahagonimöbel, auf zwei Beistelltischen befanden sich Lampen, deren Schirme das Wappen der City of Westminster zierte, das Bett im Kolonialstil war mit unzähligen Seidenkissen bedeckt, und in einer Vitrine stand offenkundig antikes Porzellan – für Brown war all das nur altertümlich anmutender Kitsch und überladene Insignien einer Monarchie, mit deren spießiger Dekadenz er beim besten Willen nichts anfangen konnte. Nur der überdimensionierte Flatscreen vor einer mit Messingnieten übersäten Altledergarnitur passte überhaupt nicht in das Umfeld.

Brown versicherte sich, dass die Tür geschlossen war, öffnete die Tasche, tauschte sein Hemd gegen einen grauen Rollkragenpullover, zog die schwarze Lederjacke wieder über, schloss die Tasche akkurat, schwang sie über die Schulter, verließ kopfschüttelnd das Hotel, stieg in ein Taxi und ließ sich an die Themse zum MI6 fahren.

Ganz gegen das Klischee von Londons Wetter blickte er nach Zahlung des Taxis in einen wolkenlosen Himmel und bewunderte für einen Moment das Gebäude des MI6, das mit seiner zikkuratförmigen Form nicht ganz zu Unrecht den Spitznamen Legoland verdiente und als Kulisse für zahlreiche Agentenfilme diente, die mit seiner Realität aber rein gar nichts zu tun hatten und ihm immer nur ein nachsichtiges Schmunzeln abrangen.

Er nahm seine schwarze Ledertasche und ging in die Eingangshalle. Nach einer Sicherheitsüberprüfung im Foyer kam ein schlanker Mann in einem hellgrauen Anzug und dunkler Krawatte auf ihn zu. Er hatte ein glattes Gesicht, volle dunkle Haare und wirkte für Brown auf den ersten Blick ungewöhnlich jung, um einen Überwachungseinsatz dieser Tragweite zu übernehmen. Ob der betont kräftige Händedruck zur Begrüßung diesen Umstand wettmachen sollte? Für den ersten Moment konnte Brown den Gedanken nicht ganz verwerfen, dass das Alter nicht auf die nötige Erfahrung schließen ließ, die ihm Spencer in Langley zugesichert hatte.

»Sir, guten Morgen, ich bin Thomas Parker. Wir haben in der Nacht bereits alles vorbereitet«, sagte er und wies Brown den Weg.

Brown wollte von Anfang an Druck machen. Ron Spencer

hatte von ihm verlangt, vor dem Team sofort die unmissverständliche Führung der Operation einzufordern. Er hob seine Tasche hoch und ging voran.

»Geht das auch ein wenig präziser? Was vorbereitet?«

Die kühle Reaktion hatte seine Wirkung. Das gewinnende Lächeln verschwand.

»Wir haben die Ermittler verwanzt, und unsere Botschaft in Peking wurde angewiesen, alles vorzubereiten für den Fall, dass die Ermittlungen dorthin ausgeweitet werden.«

»Wie die Operation verläuft, klären wir gleich. Ach ja, und buchen Sie mir in der Nähe ein Hotel, modern und vier Sterne reichen in London vermutlich. Langley hat es mit einer Präsidentensuite etwas zu gut gemeint.«

Schweigend liefen sie weiter, bis Parker eine schwere Tür öffnete und ihn in einen großen Raum leitete, der im Vergleich zu dem etwas altmodisch erscheinenden Flur aus hell ockerfarbenen Steinplatten und ebenso glänzenden Wandfarben frisch renoviert wirkte und noch ein wenig nach Farbe roch. Am Ende des mit gut 20 Plätzen ausgestatteten Konferenztisches war der Saal durch eine massive Glaswand getrennt, dahinter Arbeitsplätze, die sich nicht wesentlich von denen in Langley unterschieden. Alles randvoll mit Rechnern, Bildschirmen, Telefonen und anderen Geräten zur Auswertung und Überwachung. Etwa vier Leute konnte Brown entdecken, vermutlich sein Team.

Brown stellte seine Tasche ab. Das Ziel war klar definiert. Der Tod des Attachés hatte wie ein Mafiamord auszusehen, und je schneller dieser Eindruck verstärkt werden würde, desto besser. Die Unterlagen von Ron Spencer enthielten weitere Anweisungen. Dazu zählte, zügig Kontakt zu einem im Untergrund lebenden Chinesen in London aufzunehmen, der schon in der Vergangenheit der CIA dienlich war, wenn auch nur gegen eine beträchtliche Bezahlung. Auf Geld war doch immer Verlass, dachte Brown.

»Okay, kommen wir zur Sache«, sagte Brown, ging zum Fenster und ließ seinen Blick über die Themse schweifen. Er zückte die Karte, die Spencer ihm gegeben hatte, aus seiner Innentasche und schaute sich noch einmal den Namen an. »Ich brauche sofort Kontakt zu Zhou Bao«, sagte Brown und reichte Parker die Karte.

»Ich werde sehen, was sich auf die Schnelle machen lässt, Sir«, sagte Parker und rückte seine Krawatte zurecht.

»Ach, und lassen wir die Höflichkeitsformeln. Ich bin Neal. Ich werde dir und dem Team in den nächsten Tagen vielleicht einiges abverlangen. Ihr berichtet mir stündlich über die Ermittlungen von Scotland Yard«, sagte Brown mit Blick in den Überwachungsraum und auf die Mitarbeiter von Thomas Parker.

Der nickte, klemmte sich das Handy zwischen Ohr und Schulter, tippte auf einem iPad herum und verließ schließlich den Raum.

Brown setzte sich, öffnete seine Tasche, zog einen Laptop heraus und startete ihn. Selbst wenn Spencer diesem Team das volle Vertrauen ausgesprochen hatte – Browns Instinkt war auf absolute Vorsicht programmiert. Niemand durfte jemals erfahren, was er dem chinesischen Doppelagenten für Anweisungen geben würde. Diese Verbindung sollte schnell und unkompliziert dafür sorgen, dass Scotland Yard auf eine Spur fixiert werden würde, die den Attaché am besten als korrupten Einzeltäter mit fragwürdigen Verbindungen in die Unterwelt darstellte. Dass ein solcher Versuch riskant, ja vielleicht sogar waghalsig war, lag auf der Hand, aber es wäre der schnellste und angesichts der vorhandenen Spuren sowie dem Zustand der Leiche der aussichtsreichste Weg, diesen Job vorzeitig zu Ende zu bringen. In der Folge würde die Ermittlung des Serious Fraud Office in einer Abteilung für organisierte Kriminalität landen und international niemanden mehr interessieren.

Das Einzige, was ihm Sorgen bereitete, war die Haut, die man dem Attaché vom Rücken gezogen hatte. Was hatten die Mörder damit bezweckt? Oder war es am Ende ein Hinweis, der ihm sogar helfen könnte, eine falsche Fährte zu legen oder aber auch an die wahren Hintermänner zu kommen? Könnte es so einfach werden? Oder hatten auch die Mörder ein Interesse daran, etwas nur so aussehen zu lassen, wie es am Ende gar nicht gewesen war? Gab es bei der chinesischen Mafia diese Art von Entehrung? Daran hatte offenbar noch keiner gedacht, selbst die sonst so erfahrenen Ermittler von Scotland Yard schienen einem gehäuteten Rücken nicht wirklich viel Bedeutung zuzumessen. Das ergab zumindest die erste Auswertung der abgehörten Gespräche, die Brown bereits vor seinem Abflug erreichten.

Die Tür öffnete sich, und Brown wurde durch die Rückkehr Thomas Parkers aus seinen Gedanken gerissen. »Neal. Das Treffen mit Zhou Bao ist für übermorgen 16 Uhr organisiert.«

»Das ist zu spät. Ich brauche den Kontakt morgen. Komm schon, Thomas, das kann doch nicht wirklich eine Hürde sein«, sagte Brown, stand auf, klopfte dem jungen Mitarbeiter auf die Schulter und machte sich auf den Weg zu dem offenbar abhörsicheren Raum vor ihm. Bevor ihm einer der Männer die Tür öffnete, sah Brown, wie Thomas Parker bereits wieder telefonierte. Er motivierte ihn noch mal mit hochgehobenen Daumen, bevor er die Tür hinter sich schloss.

Für einen Moment musste er innerlich grinsen. Der Mann war seinem Aussehen nach genau in dem Alter, das er selbst gehabt hatte, als er seinen Job in Langley angetreten hatte. Aber aus seiner Akte, die Brown noch kurz vor seiner Abreise einsehen konnte, war ein großer Unterschied zu entnehmen. Thomas Parker war mehrmals bei Einsätzen im Irak und Syrien dabei gewesen, um zwischen den Fronten Aufklärungseinsätze zu absolvieren, die kurze Zeit später die Basis für Drohneneinsätze geliefert hatten. Ein Job in ständiger Lebensgefahr. Für Brown hingegen war der Schritt, in die CIA zu gehen, ein Weg gewesen, sich einem möglichen Kriegseinsatz an der Front zu entziehen. Brown hatte nach dem Studium zunächst eine Stelle an einer Sprachschule für amerikanische Elitestudenten in Boston innegehabt. Doch dann war 2003 der Irakkrieg gekommen, und er war noch genau in dem richtigen Alter gewesen, um eingezogen zu werden. Die ständige Angst und die guten Beziehungen seines Vaters zum Pentagon hatten ihn letztlich eine andere Wahl treffen lassen, denn wer bei der CIA arbeitete, wurde nicht mehr eingezogen. Trotz eines handfesten Patzers beim Einstellungsgespräch, bei dem er zwar seine Loyalität gegenüber Amerika betont, aber den Krieg als solchen abgelehnt hatte, war Neal Brown in die CIA aufgenommen worden. Aber der Weg hatte zunächst über eine offizielle Ausbildung auf der Bolling Air Force Base in Washington geführt. Abwechselndes Training von geordnetem Rückzug, Flucht, geheimen Grenzüberquerungen, maritime Infiltration, Fallschirmsprüngen, Schießübungen mit Pistole, Gewehr, Maschinenpistole und Sprengstoffkunde. Am Ende war ein zweimonatiger Kurs in paramilitärischen Operationen im Camp Peary gefolgt, ungefähr 15 Autominuten von Williamsburg entfernt.

Er konnte sich erinnern, dass Spencer ihn damals schon im Auge hatte. Nachdem er seine Ausbildung mit einem Offizierspatent abgeschlossen hatte, war er kurze Zeit später in einer Abteilung der CIA gelandet, die für China zuständig war. Doch warum Spencer ausgerechnet ihn für diese verdeckte Operation ausgewählt hatte, hatte er ihm erst gestern unverblümt offenbart.

Jäh wurden Neals Gedanken an die Vergangenheit von einem Gefühl überlagert, das Spencer ihm eingeimpft hatte: Misstrauen gegenüber allem und jedem. Dass die CIA den Attaché überwachte und die Ergebnisse unter Verschluss hielt, hatte Spencer bei ihrem privaten Treffen in Ashburn nicht ohne Grund die Sorgenfalten ins Gesicht gezeichnet. Es war in der Tat besorgniserregend, denn woher sollte Brown die Sicherheit nehmen, dass sein Team wirklich zuverlässig wäre und nicht ebenfalls auf einem anderen Spielfeld tätig war?

Für einen Moment zerrten diese Zweifel eine alte Debatte zwischen Spencer und ihm hervor, die sie vor Monaten in Washington nach einem Termin im Pentagon in einer Bar geführt hatten. Spencer war dabei ungewöhnlich offen und kritisch gewesen bezüglich der Veränderungen innerhalb der Firma, besonders der Tatsache, dass der US-Geheimdienst seit 9/11 zu einer operativen Kampftruppe mutiert war, mit weltweiten Drohnenoperationen, Geheimgefängnissen und Folter von Islamisten. Seine Abteilung blieb von solchen Entwicklungen verschont, aber die Veröffentlichung des CIA-Folterberichts vor geraumer Zeit hatte nicht nur bei alten Hasen wie Spencer Spuren hinterlassen. Kaum jemand traute sich, intern den Dienst und die dahinterstehenden politischen Entscheidungen des Jahrzehntes nach 2001 offen zu kritisieren, denn von Anfang an war den Mitarbeitern klargemacht worden, die CIA mache keine Politik. Aufgabe der CIA sei es einzig und allein, Informationen und Erkenntnisse zu beschaffen, auf deren Grundlage dann der Präsident und andere Politiker ihre Entscheidungen treffen konnten. Die CIA wäre lediglich ausführendes Organ.

Eine weitere Wende brachte 2014 die völlige Eskalation im Nahen Osten. Nach dem Super-GAU in der NSA, den Edward Snowden und weitere Whistleblower angerichtet hatten, waren die Sicherheitsvorkehrungen und das gegenseitige Überwachen in manchen Abteilungen zu einer fast unerträglichen alltäglichen Belastung geworden.

Es war erst ein paar Monate her, dass Spencer in einem Wutanfall seinen Schreibtisch leer gefegt hatte, als er erfuhr, dass die NSA ihre weltweiten Überwachungs- und Spionagemöglichkeiten auch für US-Unternehmen, für reine Wirtschaftsspionage, in China und Europa eingesetzt hatten. Manchmal fragte er sich, ob die Geheimdienste nur noch das Anhängsel von Großkonzernen waren, um deren Gier nach Innovation und Information und weltweiten Vorteilen zu stillen. Der Begriff *Nationale Sicherheit* sei dehnbar, aber alles müsse seine Grenzen haben.

In seinem Job mussten Entscheidungen oft in unübersichtlichen Situationen getroffen werden, aber hier schien es wichtige Informationen zu geben, die verheimlicht wurden, und das schmeckte Brown überhaupt nicht, denn alle Fakten, die ihm jetzt vorenthalten wurden, könnten im schlimmsten Fall sein Leben bedrohen. Was, wenn es innerhalb der CIA eine Partei gab, die in den Mord an dem Attaché verwickelt war? Ein grauenhafter Gedanke, den er aber nicht verdrängen konnte. Sein Vorsprung gegenüber Scotland Yard war vermutlich verschwindend gering, aber er hatte einen. Es gab noch keinen einzigen Hinweis, wer wirklich für den Tod des Attachés verantwortlich war. Spencer hatte ihm freie Hand gegeben. Zeit, sich diesem Duke Kingston zuzuwenden, denn laut Spencers Unterlagen hatte er mehrmals Kontakt zu dem Attaché, wenngleich dies schon zwei Jahre her gewesen sein soll und nur im Rahmen der Verhandlungen über ein später verworfenes Handelsabkommen stattgefunden hatte.

Seine Hand wanderte zu seinem neuen Kryptohandy, das Spencer ihm überlassen hatte. Er blickte sich kurz um und sah in die Gesichter seiner vorübergehenden Mitarbeiter, die sich offenbar erst seit Kurzem in dem abgeriegelten, vermutlich abhörsicheren Raum eingerichtet hatten, da er weder an den Wänden noch auf den Arbeitsplätzen irgendwelche Gebrauchsspuren oder persönliche Gegenstände sah.

Ein durchtrainierter Mann mit gebleichtem Strubbelkopf erhob sich von seinem Arbeitsplatz Er trug eine olivgrüne Hose und ein schwarzes T-Shirt, beide Oberarme waren mit einer keltisch angehauchten Tätowierung verziert. Er war braungebrannt wie frisch aus dem Urlaub und strahlte Brown mit titanweißen Zähnen an.

»Guten Morgen, ich bin Ethan Maloway, der Überwachungsspezialist.«

»Neal Brown. Na dann fangen wir gleich mal an, Ethan. Sicher mir bitte einen Anruf nach Peking. Geht das von hier?«

»Ja, klar.« Der junge Mann lachte kurz auf. »Ich verbinde dich besser über einen Satelliten, den hacken nicht einmal unsere kleinen Schlitzaugen in Peking. Was die Gegenstelle angeht, sehen wir gleich weiter. In Ordnung?«

Laut der Personalakten waren Thomas Parker und Ethan Maloway erst 35 und 33 Jahre alt, waren beide im Irakkrieg gewesen und hatten mit Mitte 20 ihre Ausbildung bei einer militärischen Überwachungseinheit absolviert, bevor sie von der CIA zu Spezialisten geformt wurden. Maloway wirkte auf den ersten Blick weniger zögerlich als Parker, aber, mein Gott, dachte Brown, das alles waren nur erste Eindrücke, und vielleicht sollte er nicht so schnelle Urteile fällen. Wenn alles gut gehen würde, wäre er in ein paar Tagen schon wieder zu Hause. Aber dumme Sprüche wie der Maloways waren eine erste Gelegenheit für Brown, seine Führungsposition zu untermauern.

»Hey, lass das!«

»Was?«

»Auf solche rassistischen Floskeln kann ich hier gut verzichten. So was wie ›kleine Schlitzaugen‹ will ich nicht mehr hören«, sagte Brown, nahm sich einen Zettel, notierte eine Nummer in Peking und reichte sie dem Strubbelkopf, bevor er sich an einen der Arbeitsplätze setzte.

»Sorry, ist mir so rausgerutscht.«

Durch die Glasfront sah Brown, wie Thomas Parker im Konferenzraum mit der einen Hand an seiner Krawatte herumhantierte und mit der anderen sein Handy ans Ohr presste.

»Es dauert nicht lange, der blaue Apparat bitte.«

Brown blickte in die Runde. Neben dem Blondschopf wirkten die drei anderen an den hinteren Arbeitsplätzen etwas älter. Zwei waren erheblich größer und von athletischer Statur, ein weiterer ganz am Ende des Raumes, mit Nickelbrille und einer Blässe wie die weiße Wand, blickte regungslos in seinen Bildschirm und schaute keine Sekunde hoch.

»Okay, meine Herren. Mein Name ist vermutlich schon bekannt und die gemeinsame Aufgabe hoffentlich auch«, sagte Brown und registrierte, dass ihn alle ansahen und ihm Gehör schenkten. »Ich hoffe, dass wir das alles schnell hinter uns bringen, und zwar so, wie es von uns erwartet wird. In diesem Sinne …«

Brown hatte noch nicht ganz ausgeredet, da klingelte das blaue Telefon vor ihm auf dem Tisch. Die sichere Leitung in das Pekinger Büro von Duke Kingston stand. Er zog fragend die Schultern hoch, während Ethan Maloway sich von seinem Tisch aus zu ihm drehte, nachdem er sich zuvor ein Red Vine, eine rote Erdbeerstange, hineingestopft hatte. Als Kind hatte Brown die süchtig machende Konsistenz dieser Süßigkeit geliebt, den Geschmack von Erdbeere und einem Hauch Vanille.

»Mhh, sorry. Es sind beide Seiten verschlüsselt. Sollen wir das Gespräch aufzeichnen?«

»Nein, ihr geht alle raus, bitte.«

Wie selbstverständlich verließen alle den Raum. Dem ersten

Anschein nach musste er sich um seine Autorität keine Sorgen machen. Die Jungs schienen, wie Spencer versprochen hatte, wirklich Profis zu sein.

Brown setzte sich an den Tisch und hob den Hörer ab.

»Kingston.«

»Mr Kingston, mein Name ist Neal Brown, CIA.«

»Was immer Sie wollen – nicht so!«

»Keine Sorge. Die Leitung ist sicher, und ich habe keine Zeit zu verlieren. Ich möchte wissen, ob und in welcher Beziehung Sie oder Ihr Unternehmen zu dem Diplomaten Ta Liang standen.«

Totenstille. Was überlegte der Kerl so lange? Es war eine einfache und präzise Frage, auf die konnte man, so dem nichts im Wege stand, sofort antworten.

»Mr Kingston. Wir arbeiten im selben Interesse, und ich brauche diese Information, um …«

»Machen Sie einfach Ihren Job. Ich kann Ihnen dabei nicht helfen, und halten Sie uns da raus.«

Brown sah durch die Glasfront in den Raum, winkte Ethan Maloway heran, zeigte auf den Computer für die Aufnahme von Gesprächen. Maloway ging zu seinem Rechner, tippte kurz herum und ging wieder hinaus.

»Sir. Uns sitzt das Außenministerium im Nacken, und ich brauche schnelle Ergebnisse. Mir persönlich ist es völlig egal, wer den Kerl um die Ecke gebracht hat, aber Ihnen sollte es vielleicht nicht egal sein!«

Die Stimme am anderen Ende wurde lauter.

»Was wollen Sie damit sagen? Liang war einer von vielen Ansprechpartnern, mit denen wir versucht haben, ins Geschäft zu kommen. Wir führen keine Liste darüber, wie erfolgreich das war. Ich kann mich kaum an ihn erinnern.«

Brown hatte sich über die Jahre intensiv damit beschäftigt,

die Nuancen und Veränderungen in einer Stimme zu deuten. Wenn es auch selten eine Garantie gab, konnte es hilfreich sein, alle Faktoren von Menschen, die man noch nicht kannte, mit ihrem Leben, ihrer Aufgabe und ihren Interessen in Zusammenhang zu setzen. Aber in diesem Fall hörte er zunächst einmal nur Arroganz und Wut.

»Okay. Ich kann meinen Auftrag, die Interessen unseres Landes zu schützen, nur erfüllen, wenn ich weiß, welche Spuren ich nötigenfalls beseitigen muss, damit wir über jeden weiteren Verdacht erhaben sind, also beruhigen Sie sich. Wem könnte der Attaché im Weg gestanden haben?«

»Ich weiß es nicht. Jedenfalls ist es völlig absurd, dass die chinesische Führung uns da ins Spiel bringt. Was denken Sie denn? Der Mann ist vermutlich innerhalb des Korruptionssumpfes der KP untergegangen. Sie sollten die Lage in China ja wohl kennen, nehme ich an.«

»Sicher kenne ich die. Nochmals: Sie haben mich nicht verstanden. Mein Job ist, Sie zu schützen, und das kann ich nur, wenn Sie kooperieren.«

Wieder war es lange ruhig am anderen Ende. Was veranlasst ihn, so lange zu überlegen, da stimmt doch was nicht, dachte Brown. Na gut, was soll's, dann eben auf die harte Tour.

»Gut, machen wir uns nichts vor. Sie haben lange Jahre für die NSA gearbeitet, das heißt, Sie kennen unsere Arbeit, und der Attaché stand für eine Zeit unter Beobachtung der CIA. Er war eine Gefahr – aber für wen?«

Brown vernahm ein lautes Stöhnen.

»Oh Gott, ein Mann, der international gesucht wird, der in Milliardendeals involviert war und der Korruption überführt wird, ist wohl kaum ein tragbarer Geschäftspartner, weder für uns noch für die kommunistische Führung, und jetzt machen Sie Ihren Job, aber richtig, und am besten machen Sie das, indem ich nichts mehr davon höre. Ich habe hier ohnehin nur noch eine Kleinigkeit zu erledigen, dann gehe ich zurück in die Staaten. Danke!«

Brown runzelte die Stirn und schüttelte den Kopf. Sein Instinkt sagte, dass der Mann log. Er war wahrscheinlich nicht selbst in den Mord verwickelt, aber er wusste mehr, dessen war er sich sicher. Andererseits konnte sein Verhalten auch beinharter Pragmatismus sein. Ein überführter Verbrecher war ja wirklich keine gute Anstecknadel.

»Wie Sie meinen. Aber wenn Sie mir etwas verschweigen, was uns in weitere Schwierigkeiten bringt, machen Sie einen großen Fehler. Scotland Yard und Interpol werden da nicht so schnell lockerlassen.«

Aufgelegt! Für eine Sekunde dachte Brown, dass er zu weit gegangen war. Er sollte mit Kingston kooperieren, hatte Spencer ihm gesagt, aber dazu braucht es immer zwei Seiten. Brown wollte seine Mitarbeiter hereinwinken, doch die hatten es sich zwischenzeitlich, mit Getränken ausgestattet, im Konferenzraum gemütlich gemacht und waren ihrem Lachen nach zu urteilen noch zu Späßen aufgelegt. Warum auch nicht, dachte Brown und ging zu ihnen hinein. Blitzartig drehte sich die Truppe zu ihm.

»Okay, bereitet vorsichtshalber schon mal die Botschaft in Peking auf unseren Einsatz vor. Und, Ethan, überwach den Anschluss, mit dem ich gerade gesprochen habe«, sagte Brown und sah, wie Thomas Parker auf ihn zukam.

»Hattest du Erfolg?«

»Oh ja. Du gehst schon heute direkt in die Höhle des Löwen.«

»Drachen.«

»Was?«

»In China? Wohl eher Drachen!«

ELF

LONDON, SALTWELL STREET, 23. FEBRUAR, 7.30 UHR

Rebecca streckte sich noch im Schlafanzug in der Küche ihres kleinen Apartments. Sie machte sich einen English-Breakfast-Tee und einen Toast mit Butter, lief ins Wohnzimmer und setzte sich mit einer Decke in ihren mit rotem Samt überzogenen Ohrensessel an den Schreibtisch. Durch das Fenster blickte sie auf die ersten Knospen der Kastanien. Die neuesten Nachrichten der *Times* ließen sie unwillkürlich frösteln. Das Innenministerium drohte für den Fall einer weiteren Eskalation der Demonstrationen in der Londoner City nicht nur mit dem Verbot von öffentlichen Versammlungen, sondern mit einer nächtlichen Ausgangsperre. Ähnliche Meldungen kamen aus Italien, Griechenland, Deutschland und Spanien.

Für einen Moment verharrte Rebeccas Blick auf dem Bildschirm. Sollte es wirklich so weit kommen? Hatte die Vergangenheit so wenig gelehrt? Waren die Regierungen eigentlich noch in der Lage, die allgemeine Sicherheit zu gewährleisten, während immer mehr Fakten über die Gier der Superreichen und des Finanzsektors herauskamen? Der anhaltende Krisenmodus seit dem Crash von 2008 trieb vielen Menschen die

Furcht in den Nacken. Furcht vor völligem sozialen Abstieg, Verelendung und Gewalt.

Bis vor wenigen Wochen war Rebecca noch völlig von Staat, Gesetz und Recht überzeugt gewesen. Nun wuchsen mit jeder weiteren Nachricht über das Ausmaß der Korruption und die Reformunfähigkeit des Systems ihre Zweifel.

Schlagartig wurden ihre Gedanken durch das Klingeln an der Haustür zerrissen. Sie zuckte kurz zusammen, etwas Tee schwappte auf den Tisch. Ihre Nachbarin? Nicht um diese Uhrzeit. Sie zog ihre Filzpantoffeln über, schlurfte zur Tür und sah durch den Spion Ching in schwarzer Lederjacke und weißem Hemd auf der Treppe stehen. Er wollte sie doch um neun Uhr vom Büro abholen? Unter anderen Umständen würde sie Allington den Hals dafür umdrehen, ihre Privatadresse an einen Kollegen zu geben, und sie hatte bisher auch niemals im Schlafanzug jemandem die Tür geöffnet, außer ihrer alternden Nachbarin Ms Lohendry, die sie über die Jahre ins Herz geschlossen hatte. War sie bei Ms Lohendry, gab es für sie keine Finanzkrisen, keine Kriege, keine Flüchtlingswellen, und auch der Job war für den Moment vergessen. Nur gelegentlich wurden auch bei der alten Dame die Erinnerungen an den Zweiten Weltkrieg und die Entbehrungen in der Nachkriegszeit wach. Ihr Zuhause, diese Ruhezone, war für Rebecca unantastbar. Sie war nach all den Jahren der Ausbildung in Deutschland und London, einem Umherziehen von einer Wohngemeinschaft in die andere, einem Hin und Her in unsicheren Beziehungen mit Männern sowie einem Elternhaus, das ihr jeden Boden unter den Füßen weggezogen hatte, an einem Ort angekommen. Hier fühlte sie sich sicher. Das hatte Allington bisher zu respektieren gewusst. Er war froh, wenn sie nach ihren 14-Stunden-Tagen endlich hierher verschwand.

Irgendwie drehen gerade alle durch, dachte Rebecca und sah über ihren Ärger hinweg. Sie öffnete und sah, wie sich Ching leicht abwendete.

»Oh, es tut mir leid. Mr Allington meinte, Sie wären um diese Uhrzeit sicher schon wach. Ich kann …«

»Ist schon in Ordnung, scheint ja im Moment alles keine Zeit zu haben. Warten Sie bitte. Ich bin in fünf Minuten draußen.«

Rebecca huschte in ihr kleines Schlafzimmer, öffnete den Eichenschrank, zog frische Unterwäsche, einen ihrer geliebten Wollpullover und eine weite hellgraue Stoffhose über. Im Flur ordnete sie flink ihre zerzauste Lockenmähne, wusch sich mit den Händen durchs Gesicht und schlüpfte in schwarze Lederstiefel und ihren Mantel. Neben einem verzierten Spiegel stand eine Mahagonivitrine, von der sie rasch ihren Schlüssel und ihr Handy schnappte. Sie schloss die Tür ab und sah Ching nur einige Meter weiter vor dem Gartentor stehen.

»Also, wo geht es weiter?«

»Ich habe in der Nacht erste Kontakte geknüpft. Wir treffen in Soho auf einen, sagen wir mal, sehr gut informierten Kreis von Chinesen, die sich im Viertel bestens auskennen, und ich denke, oder besser ich hoffe, wir werden gleich einige Überraschungen erleben«, erklärte Ching.

Seine Mimik war für Rebecca seit ihrem ersten Aufeinandertreffen ein Rätsel. War es einfach ihre Unkenntnis? Die Tatsache, dass sie noch nie mit einem Chinesen länger zu tun gehabt hatte, als es brauchte, um eine Bestellung im Restaurant aufzugeben und die Rechnung zu bezahlen? *Acht Schätze, bitte. Danke. Fertig? Ja. Die Rechnung bitte. Likör? Nein, danke. Danke und auf Wiedersehen.* Sie wurde das Gefühl nicht los, dass etwas an seinem Verhalten nicht authentisch war. War es von Ching einfach eine bewusst distanziert gute Laune, die sein Lächeln andeutete, war es aufgesetzte Freundlichkeit, Höflichkeit oder peinliche Berührtheit, da er sie gestört hatte? Der Ausdruck in seinen Augen passte nicht zu den angestrengten Lachfalten, die deuteten eher auf Stress.

Merkwürdig, dachte Rebecca. Die britische Regierung hatte noch mitten in der Nacht auf Ergebnisse gedrängt, Allington war hochnervös und nun auch noch ihr neuer Partner, der gestern noch eine Ruhe und Sicherheit ausgestrahlt hatte, als könnte ihn gar nichts aus der Fassung bringen. Schätzte sie die Dramatik dieses Falles falsch ein?

»Wie sind Sie hergekommen?«

»Mit der U-Bahn.«

»Gut, dort steht mein Wagen. Heute dürften wir damit schneller sein.«

Während der Fahrt schwieg Ching, blickte einfach noch vorne oder suchte etwas in seinem Smartphone. Dann erreichten sie Soho. Londons Chinatown war ein unvergleichbar buntes, multikulturelles Viertel im Londoner Westend. Rebecca hatte es nur selten an diesen Ort verschlagen. Seit Ende des 17. Jahrhunderts hatten Einwanderer diesen Stadtteil geprägt. Heute bildeten vor allem die Chinesen die größte ethnische Gruppe zwischen Shaftesbury Avenue und Oxford Street, die Soho südlich beziehungsweise nördlich begrenzten.

»Tja, Soho steht für das pure Nachtleben, tagsüber sieht es ein wenig schäbig aus«, sagte Ching, steckte sein Handy ein und verwies mit der Hand auf einen leeren Parkplatz.

Rebecca stellte ihren Mini in der Nähe eines Coffee Shops ab, von dort wollte Ching zu Fuß weiter – ohne zu sagen, warum. Sie passierten chinesische Handwerksbetriebe, Restaurants, Modegeschäfte, Bars, Clubs und Diskotheken, bis sie in Sohos Rotlichtbezirk am Tisbury Court landeten. Zwar hatten die Behörden in den letzten Jahren zahlreiche Läden geschlossen, damit sich das Viertel weiter zu einem trendigen Shopping- und Ausgehviertel wandeln konnte, dennoch beherbergten diese paar Straßenzüge noch immer Peepshows, schlüpfrige Videoläden und andere einschlägige Etablissements.

Es hätte ihr klar sein müssen. Die gesuchten Informationen waren nur in diesem Umfeld zu finden, dachte Rebecca.

»Meinten Sie etwa dieses Nachtleben?«, sagte Rebecca und nickte in Richtung einer Table-Dance-Bar.

Ching schüttelte den Kopf und fuhr kurz mit den Fingern durch die Luft.

»Natürlich nicht, aber hier kommen wir weiter, da unterscheidet sich unsere Kultur wohl kaum von anderen in der Welt!«

Rebecca runzelte die Stirn und folgte Ching. Sie hasste jede Form von Prostitution. Aber Ching hatte natürlich recht: Dieses Milieu war nun mal eine unausweichliche Quelle. Fast alle ihrer Ermittlungen hatten sie in der Vergangenheit irgendwann in einen Puff, auf den Straßenstrich oder in die Top-Szene der Escortgirls geführt, wo die Mädchen immer wieder gute Geschichten über Londons Finanzjongleure zu erzählen wussten.

Ching nickte und wies ihr den Weg in die Stripbar *The Pleasure Lounge*. Von den Hauswänden roch es nach Urin, die Mülleimer waren überfüllt, überall lagen Dosen und Flaschen herum.

Als sie das Lokal betraten, waren die Hocker auf den Tresen hochgestellt, und auf den Tischen standen leere Aschenbecher. Das Rotlicht wurde von Neonlampen verdrängt, und es wehte Rebecca der erwartete Geruch von Alkohol und Klostein in die Nase. Auch rund um die Tanzfläche waren die Tische verwaist, zu dieser Tageszeit ruhte das Geschäft noch. Nur in einer hinteren Ecke konnte Rebecca fünf Chinesen an einem Tisch auf schwarzen Holzbänken sitzend entdecken, die sich wild gestikulierend unterhielten.

»Mischen Sie sich in dieses Gespräch am besten nicht ein. Sie sind nur zu meinem Schutz da. Zeigen Sie Ihren Ausweis und sonst nichts«, wies Ching sie an.

»Ich zu Ihrem Schutz? Geht's noch? Ich werde ja nicht einmal etwas verstehen«, konterte Rebecca, als sie ihm in die Tiefe des Lokals folgte.

Als die Männer die beiden kommen sahen, wurde es schlagartig ruhig. Rebecca sah in versteinerte Mienen, aus denen sie bestenfalls Abneigung ablesen konnte. Zwei muskelbepackte Männer saßen mit nacktem Oberkörper am Tisch. Die Szenerie wirkte abstoßend auf Rebecca, obgleich sie nicht dazu neigte, mit Vorurteilen durchs Leben zu gehen. Aber die Ausstrahlung dieser Männer war hart, die meisten wirkten mit ihren fettigen Haaren und ihrer gelblich-weißen schwitzenden Haut ungepflegt, zwei trugen so was wie einen Stoppelbart, blutunterlaufene Augen wiesen auf das nächtliche Treiben hin.

Rebecca zog ihren Ausweis, auch das wurde regungslos registriert. Die Mischung aus Schweißgeruch und Rauch hielt Rebecca dazu an, vor dem Tisch stehen zu bleiben.

Als Ching sich zu ihnen auf die Holzbank setzte, wurde einer der Männer kurz laut, seine rechte Hand landete beinahe in Chings Gesicht. Ein anderer Mann, dessen gesamter Rücken mit einer Tätowierung – einem bunten Drachen – überzogen war, verließ mit einer verächtlichen Handbewegung den Tisch. Es war alles andere als beruhigend, nichts verstehen zu können.

Ching legte ein Foto des Attachés auf den Tisch und schrie sein Gegenüber so massiv an, dass Rebecca fürchtete, die Situation würde jede Sekunde in einer wilden Prügelei oder

Schlimmerem enden. Obwohl sie verblüfft war, wie Ching plötzlich ausrastete und mit diesem Verhalten einen diametral anderen Eindruck als bei ihrer ersten Begegnung hinterließ, wirkte die Szene wie ein Ritual, als würde man sich abtasten, Grenzen ausloten und Macht demonstrieren. Dann war es schlagartig still. Ein kleiner und dürrer Mann aus der Gruppe telefonierte kurz. Ching fixierte unterdessen mit seinen Augen besonders einen Mann mit wuchtigem Stiernacken, Glatze und rundem Gesicht, der ihm direkt gegenübersaß und wie aus dem Nichts und für Rebecca ohne Anlass zu lachen begann. Die anderen Männer folgten ihm in Sekunden. Ching unterbrach das Gelächter durch eine Handbewegung und unterhielt sich weiter mit ihnen. Und auch wenn Rebecca nichts verstand, hatte sie den Eindruck, dass sie das Bild des Attachés beunruhigte und die aggressive Stimmung sich in Verunsicherung zu wandeln schien. Der Dicke zeigte auf Rebecca. Ching wandte sich zu ihr.

»Warten Sie bitte draußen auf mich. Ich bin gleich bei Ihnen.«

»Sind Sie sicher?«

Ching riss seine Augen auf.

Rebecca verließ den Laden und atmete draußen einmal tief durch. Zur Sicherheit nahm sie ihr Handy heraus und lief vor dem Eingang auf und ab. Es dauerte nur fünf Minuten, und Ching kam heraus.

»Kommen Sie, gehen wir ein Stück«, sagte er. Wieder passierten sie die unterschiedlichsten Lokale und Geschäfte. Bis sie zu Rebeccas Wagen kamen, schwiegen beide. Ching lehnte sich an den schwarzen Mini.

»Es ist, wie ich es mir gedacht habe. Der Attaché hat sich für Schutzgeld in Soho verstecken lassen. Wann er Soho verlassen hat und wer ihn umgebracht hat, wissen sie nicht. Aber er hat sich so gut wie jedes Vergnügen gekauft, das man hier bekommen kann. Vor ein paar Tagen soll es in einem Bordell mit ein paar Hongkong-Chinesen zu einem heftigen Streit gekommen sein. Seitdem war er verschwunden – bis gestern Morgen«, sagte Ching und wollte die Tür zum Auto öffnen.

Rebecca dachte nach, drehte sich um und schlug die Hände über den Kopf. Allington hatte vor lauter Nervosität und Angst, dass es sich um einen politisch motivierten Mord handeln könnte, das Offensichtliche übersehen.

»Als Sie gestern die Bilder der Leiche gesehen haben … mag ja sein, dass ich mich irre, aber ich hatte das Gefühl, dass Sie etwas erschreckt hat.«

»Sie meinen die fehlende Rückenhaut?«, fragte Ching.

»Ja. Ist es denkbar, dass dem Mann eine Tätowierung vom Rücken entfernt wurde? Genau so eine, wie ich sie gerade bei den anderen gesehen habe?«, fragte Rebecca und sah, wie Ching sich schweigend ins Auto setzte. Ein tätowierter Drache war das unmissverständliche Zeichen der Zugehörigkeit zur chinesischen Mafia, den Triaden. Doch im Moment dieses Verdachts kam ihr gleich die nächste Frage in den Sinn. Wie konnte es ein Mitglied der Triaden in den Rang eines Handelsattachés schaffen?

Sie setzte sich ans Steuer und startete den Motor.

»Können Sie mir mal aus dem Handschuhfach einen Schokoriegel geben, ich unterzuckere gleich.«

Ching öffnete das Fach und zupfte ein paar Riegel heraus.

»Einer reicht.«

»Das ist ungesund.«

»Kein Frühstück auch! Hören Sie zu. Ich möchte Sie bitten, mich von Anfang an in Ihre Gedankengänge mit einzubeziehen, es ist hinderlich genug, der Sprache nicht folgen zu können. Es wäre auch hilfreich, wenn ich nicht die ganze Zeit nur spekulieren müsste, während Sie vielleicht schon etwas erkannt haben. Was haben die Männer Ihnen noch gesagt?«

Rebecca sah, während sie akkurat eine Kurve nahm, dass Ching keinerlei Regung zeigte, selbst seine Lachfalten hatten sich geglättet. Für einen Moment war sie sich nicht sicher, ob sie gerade eine Grenze überschritten hatte. Dann drehte Ching seinen Oberkörper leicht zu Rebecca.

»Es ist richtig. Die Männer von eben sind Mitglieder der Triaden, um genauer zu sein, der 14K-Triade, einer der größten überhaupt. Sie behaupten, der Attaché sei in zahlreiche Affären verwickelt gewesen und hätte sich mit einflussreichen Chinesen angelegt, was aber nichts heißen muss. Er selbst sei vielmehr wegen unlauterer Geschäfte erpressbar gewesen.«

Rebecca spürte, wie sich ihr Blutdruck erhöhte.

»Das scheint angesichts der Spuren ja wohl das …«

»Welche Spuren?«

»Wie bitte? Das wissen Sie doch. Der Mann hat über hundert Kontonummern verwaltet, das waren wohl kaum alles seine eigenen.

»Das mag ja alles richtig sein. Aber die Triaden haben eine lange Tradition, und es gibt bestimmte Regeln, an die sich alle halten. Wie auch immer. Jetzt verstehe ich, warum Ihr Vorgesetzter mich unbedingt hier haben wollte«, sagte Ching.

Rebecca verdrehte die Augen, ihre Hände griffen fester ins Lenkrad.

»Ich will Ihre Expertise wegen der möglichen Geldwäsche überhaupt nicht infrage stellen, aber die Triaden sind nun mal eine Sache für sich. Die Männer haben eben zwar kein gutes Wort über den Attaché verloren, aber auch keine Andeutung gemacht, dass er ihnen im Weg gestanden oder irgendein Gesetz der Triaden gebrochen hätte«, sagte Ching und rieb sich mit der rechten Hand sein Kinn.

»War der Attaché nun ein Mafiamitglied oder hat man ihm die Haut nur zum Spaß abgezogen?«, fragte Rebecca leicht entnervt.

»Zum Spaß wohl kaum, aber vielleicht zur Ablenkung!«

Irgendwas schien Ching zu schaffen zu machen, dachte Rebecca und wurde im nächsten Augenblick bestätigt. Ching erzählte von einem ungewöhnlichen Fall, der Chinas Öffentlichkeit schon 2009 in eine Schockstarre versetzt hatte. 2009 war es in der Stadt Guanghan zu einem filmreifen Überfall gekommen. Vor einem gut besuchten Teehaus waren zwei Männer aus einem Auto gesprungen und hatten Dutzende Schüsse auf die Menge abgegeben. Am Ende waren drei Tote als Mitglieder der Triaden identifiziert worden, hinzugekommen waren zwei Unbeteiligte, die ebenfalls ums Leben gekommen waren. Hinter dem Attentat hatte der Unternehmer Liu Wei gestanden. Ein öffentlich angesehener Unternehmer, der als Staffelläufer für seine Region sogar die olympische Fackel hatte tragen dürfen. Aber Liu hatte noch eine andere Seite gehabt. Er war der lokale Kredithai gewesen, hatte sogar andere Mafiaclans terrorisiert, das Glücksspiel und Bauaufträge kontrolliert. Die Teetrinker, die er am helllichten Tag hatte erschießen lassen, hatten zu einer Konkurrenzbande gehört. Wei hatte untertauchen und seine Geschäfte in der Region sogar weiter fortsetzen können, da sein älterer Bruder Liu Han seine schützende Hand über ihn hielt. Der galt zu der Zeit als regionale Größe der Sichuaner Politik, hatte es zum größten Privatunternehmer gebracht, beschäftigte Zehntausende Arbeiter und hatte Beteiligungen an Bergbauunternehmen in den USA und Australien. Auf seinen Lohnlisten standen Parteifunktionäre und Spitzen der Polizeibehörden. Doch dann zerschlug die Pekinger Führung im März 2013 den Clan. Über zehn Jahre hatten sie unbehelligt alles abwehren können und immer mehr Einfluss über die lokale Politik, Wirtschaft und Justiz gewinnen können – und dann war plötzlich alles vorbei, erklärte Ching.

»Ja, und?«

»Ihr Imperium brach nur zusammen, da sie eine Grenze überschritten und ihren Zwist öffentlich ausgetragen hatten – ein absoluter Tabubruch. Und ich kann mir nicht vorstellen, dass wir hier das Gleiche erleben. Aber wer weiß …« Rebecca hatte aufmerksam zugehört und sah, dass Ching eine Kunstpause machte, er hielt noch etwas zurück. Sie schaltete einen Gang herunter, fuhr etwas langsamer, stoppte den Wagen an einer Bushaltestelle und blickte Ching an.

»Wieso fahren Sie nicht weiter?«

»Nun rücken Sie schon raus. Was hat das mit dem Attaché zu tun?«

»Ich habe es Ihnen doch gerade erklärt. Die Triaden würden so einen Mord nie öffentlich begehen. Sie arbeiten im Verborgenen wie keine andere Mafia der Welt, und sie können sich sicher fühlen, denn die Opfer von Triaden wenden sich nicht an die Polizei und schon gar nicht im Westen. Sie gilt vielen Chinesen als die Polizei der weißen Teufel. Sie um Hilfe zu bitten kommt einem völligen Gesichtsverlust gleich.«

Rebeccas Frage, warum es ein Mitglied der Triaden bis in die Diplomatenkreise schaffen konnte, schien mit der Schilderung dieses extremen Falles aus Guanghan, der bis in die höchsten Kreise der Regierungsspitze gereicht hatte, beantwortet. Es war also möglich. Aber das alles war noch keine Erklärung für Chings waghalsige These, dass man dem Attaché nur zur Ablenkung die Haut vom Rücken gezogen haben sollte, ihn zum Schein als ein Mafiamitglied hatte aussehen lassen wollen. Das ergab auch im Hinblick auf eine Racheaktion gegenüber den Amerikanern keinen Sinn, denn eine offensichtliche Mitgliedschaft bei den Triaden würde diesen Verdacht schwächen, aber nicht stärken.

»Nehmen wir an, Sie haben recht. Welchen Sinn sollte so ein Ablenkungsmanöver schon haben?«

»Eine gute Frage. Fahren wir ins Hauptquartier. Ich fürchte, der Fall wird noch viel komplizierter.«

ZWÖLF

LONDON, MI6, 23. FEBRUAR, 14.15 UHR

Neben dem Überwachungsraum knallte die Tür zu Neal Browns Büro im MI6 mit voller Wucht auf. Thomas Parker stand atemlos mit aufgerissenen Augen vor ihm.

»Was zur Hölle war das denn?«, kommentierte Brown das Hereinpreschen Parkers, das ihn aus völlig anderen Gedanken riss. Er hatte mehrfach versucht, Nathalie zu erreichen, ohne Erfolg. Sie befand sich mitten in der Facharztprüfung. Sie hatten vereinbart, dass sich Nathalie danach melden würde, was nicht funktionieren konnte, da Brown verpflichtet war, sein privates Handy während der Operation in den Staaten zu lassen. Obwohl Spencer es ihm nur für den Notfall zur Verfügung gestellt hatte, wollte er gerade das Kryptohandy nutzen – was sollte schon geschehen, wenn in der CIA jemand sehen würde, dass die Verbindungsdaten von Nathalie auftauchten? Irgendwann in absehbarer Zeit müsste er ohnehin von seiner sich anbahnenden Beziehung berichten. Eine Vorschrift, die für alle Agenten und Beamte der CIA im operativen Umfeld unumgänglich war.

Brown legte das Handy beiseite und schaute auf einen Datenstick und ein paar ausgedruckte Dokumente, die Parker auf den Tisch gelegt hatte, in der anderen Hand hielt dieser ein iPad.

»Sorry, aber ich denke, das solltest du dir sofort anhören. Huan Ching ist einer der besten Experten für die Ermittlung Interpols innerhalb der Triaden, und er war zudem in die meisten Korruptionsermittlungen der vergangenen Jahre in China involviert.«

»Das ist jetzt nicht wahr. Was heißt das?«

»Das! Die Audiodatei. Hör dir den Ausschnitt an.«

Brown steckte den Datenträger in seinen Laptop und öffnete die Datei, die den Namen Winter/Ching trug. Während Parker sich setzte und das Ende seiner Krawatte auf- und abrollte, hörte Brown einem Gesprächsausschnitt zwischen der Scotland-Yard-Ermittlerin Rebecca Winter und diesem Ching zu. In der Sekunde musste er erkennen, dass der Mann Spekulationen über den Mord an dem Attaché anstellte, die alles andere als hilfreich für das geplante Täuschungsmanöver sein könnten. Vor allem aber weckte Chings Aufforderung, die genauen Hintergründe der Konten zu ergründen, mit denen der Attaché hantiert hatte, Browns Aufmerksamkeit. Noch beunruhigender war die Tatsache, dass es den Spezialisten des Serious Fraud Office vom Scotland Yard nicht gelang, die Konten zu finden. Das Löschen von Kontendaten war in Zeiten digitaler Spuren fast unmöglich, aber eben nur fast, denn Geheimdienste wären in der Lage, das zu schaffen. War das der neuralgische Punkt? Um was für Konten ging es da und wieso hatte Spencer ihm davon nichts gesagt, nur dass der Attaché korrupt war, aber das konnte alles heißen. Gehörte diese Spur zu jenen Fakten, von denen sein eigener Dienst vielleicht mehr wusste, sich aber weigerte, diese Daten an Spencer weiterzugeben? War es das, wovor Spencer ihn eindringlich gewarnt hatte?

Wie gut, schlecht oder bedrohlich der Experte aus China am Ende wirklich sein würde, war für den Moment nicht zu ergründen. Insofern gab es keinen Grund, die Strategie zu verändern, nur Zeit blieb jetzt nicht mehr viel. Vielleicht war es zu spät, um Scotland Yard abzulenken, und die Sache würde weitaus komplexer werden und länger dauern als gedacht.

Kurz spielte er mit seiner rechten Hand an einem silbernen Armreif, den Nathalie ihm vor ein paar Tagen zu seinem 41. Geburtstag geschenkt hatte. Er blickte auf zu Parker, der wortlos abgewartet hatte, die Finger immer noch an seiner Krawatte.

»Woher stammt das?«

»Aus dem Büro des leitenden Superintendenten.«

Die selbstverständliche Tonlage, mit der Parker über eine illegale Observation sprach, hatte etwas Beruhigendes, denn er hatte keine Ahnung, welche Grenzen sie in den kommenden Tagen noch übertreten müssten.

»Das macht die Sache nicht einfacher, aber ich regle das schon. Ich werde inzwischen dafür sorgen, dass unsere Ermittlerin weiter an der These von einem Mafiamord festhält. Zumindest hoffe ich, dass dieser Doppelagent Zhou Bao uns in der Richtung hilfreich sein kann.«

»Aber …«

»Gibt es noch irgendein Problem?«

»Ja. Winter und Ching waren bereits in Soho. In einem Bordell waren Störsender, die eine Aufzeichnung unmöglich machten, aber kurze Zeit später konnten wir hören, wie Ching schlüssig und vehement widersprach, dass die Triaden als Täter überhaupt infrage kommen könnten.«

Brown war nicht wirklich überrascht. Er wusste selbst, dass die Triaden einen Mord nur selten auf diese Art ausführen würden, aber es gab für den Moment kein Zurück mehr. Er musste dafür sorgen, dass dieser Verdacht aufrechterhalten blieb – wenigstens, um Zeit für eine neue Strategie zu gewinnen.

»Wo ist das Treffen mit unserem Spezialisten vereinbart?«

»Ich habe für euch einen Tisch im *Kai Mayfair*, 65 South Audley Street, reserviert. Zhou Bao wird sich dort mit dir treffen. Kennst du ihn?«

»Nein, woher auch.«

Parker drehte sein iPad in der Hand um und zeigte das Bild des chinesischen Doppelagenten.

»Gut. Kümmere dich darum, dass wir mehr über diese Rebecca Winter erfahren. Wühl in ihrer Vergangenheit, vielleicht brauchen wir das noch. Und schau, was es über Ching gibt, ob wir ihm bei Interpol oder in China irgendwelche Schwierigkeiten machen können, damit man ihn von dem Fall abzieht. Das Gleiche gilt für diesen Abteilungsleiter, wie heißt der …«

»Robert Allington.«

»Ja. Ich will jedes Detail von diesen Leuten. Ich brauche alles, womit ich sie unter Druck setzen oder ihr Handeln berechnen kann. Also bis später.«

Statt eine Antwort zu geben, tippte Parker auf seinem iPad herum, so, als würde er noch was Wichtiges suchen.

»Ich würde dir raten«, sagte er dann, »die Fahrbereitschaft des MI6 zu nehmen, es sind überall in der Stadt Unruhen vorausgesagt, und die Metropolitan Police ist nicht mehr in der Lage, die Sicherheit an jedem Ort gleichzeitig zu gewährleisten.«

Brown hatte das kaum gehört, als ihn wieder ein Krampf im Bauch überrollte. Er versuchte den Schmerz zu ignorieren, nahm sich sein Handy, zog sein schwarzes Sakko vom Stuhl.

»Gut, mach ich«, sagte er und ging zügig hinaus, schloss die Tür, blickte nach links und rechts, sah niemanden und versuchte mit kreisenden Bewegungen den Magen zu beruhigen. Im

Foyer angekommen, bestellte er einen Wagen, was einer der Männer nur mit einer Handbewegung in Richtung des Ausgangs beantwortete. Direkt vor dem Eingang stand eine ganze Kolonne von schweren Limousinen und Jeeps.

Die Fahrt führte ihn am Victoria Memorial und dem Buckingham Palace vorbei, beides war inzwischen von der Polizei abgesperrt worden. Nur nach einer kurzen Kontrolle konnte der Fahrer passieren.

Brown schluckte derweil eine weitere seiner Magentabletten. Für einen Moment ließ der Schmerz nach, und seine Gedanken kreisten um den nächsten Schritt. Der Einsatz eines operativen Doppelagenten war von jeher eine der gefährlichsten Aufgaben, besonders zu Beginn einer Zusammenarbeit, da man sich nie sicher sein konnte, ob sie nicht aufflogen oder ein doppeltes Spiel trieben. Bei Zhou Bao musste er dies nicht befürchten. Er war schon lange im Einsatz und gut überprüft. Dennoch war immer eine doppelte Notwendigkeit von straffer Kontrolle und guter persönlicher Zusammenarbeit notwendig, was in der Regel nur durch die Gabe gelang, Menschen kühl und geschickt zu manipulieren. Da er Zhou Bao nur aus den Akten kannte, war Brown gespannt, wem er gleich gegenübersitzen würde.

Nach einer halben Stunde Fahrt hatte er das chinesische Restaurant *Kai Mayfair* erreicht. Der Chauffeur des Fahrdienstes öffnete den Wagenschlag, und Brown stieg aus.

Einen Moment blieb er im Eingangsbereich des Lokals stehen. Vor einer kleinen Bar stand neben einer mannshohen blau-weiß gemusterten Porzellanskulptur ein seidenbezogenes Sofa, dessen Lehnen mit Blattgold verziert waren, daneben ein mit chinesischen Zeichen verblendeter Mahagonischrank. Für die Größe des Lokals wirkte die Vielzahl an Möbeln und anderen Einrichtungsgegenständen etwas beengend. Es roch nach

Rosenwasser und nur sanft nach Küche. Bis auf eine dezente Hintergrundmusik war es sehr ruhig. Im hinteren Bereich waren die Wände mit zahlreichen asiatischen Kunstgegenständen aufgelockert. Ganz am Ende sah er einen Asiaten in einem schwarzen Anzug und goldener Seidenkrawatte. Es musste Zhou Bao sein.

Ein Angestellter kam auf ihn zu.

»Sir?«

»Neal Brown, ich werde erwartet.«

»Sehr wohl.«

Es waren nur wenige Gäste im Raum. Ohnehin sah das Restaurant eher nach einer Mischung aus Bar und Luxusküche aus, das sein Geschäft vermutlich vor allem zur Abend- und Nachtzeit machte. Der Kellner ging vor, nickte dann in Richtung Zhou Bao und zog sich diskret zurück.

Als Neal Brown sich dem Tisch näherte, sah er einen Mann mit chinesischen Gesichtszügen, der sicher weit über 60 Jahre alt war. Auf dem Foto, das Parker ihm gezeigt hatte, musste er erheblich jünger gewesen sein. Zhou Bao hatte eine schmale Figur, graue Haare, und sein Anzug saß eng am Körper. Als er Brown bemerkte, stand er auf und bot ihm mit einem Lächeln und einer nur angedeuteten Verneigung den Platz an.

»Mr Brown, darf ich annehmen?«

»Ja. Danke, dass Sie kurzfristig Zeit hatten. Ich denke, ich kann ohne Umschweife zur Sache kommen, denn heute Morgen hat sich unser Zeitplan etwas verändert«, sagte Brown mit gedämpfter Stimme.

Zhou Bao nickte nur. Brown zog das Foto des Attachés aus seinem Sakko und legte es auf den Tisch.

»Es ist für uns von enormer Bedeutung, dass gewisse Ermittlungen von Scotland Yard bezüglich dieses Mannes in eine Sackgasse geführt werden«, sagte Brown und beobachtete den älteren Herrn. Zhou Bao betrachtete das Foto des Attachés ohne sichtbare Regung, drehte es um, schob es zurück, winkte den Kellner herbei und bestellte sich einen Tee. Neal hatte trotz seiner morgendlichen Magenbeschwerden und einer gewissen Appetitlosigkeit den Rat seines Arztes, regelmäßiger zu essen, im Hinterkopf und orderte ebenfalls einen Tee und ein Lammgericht nach Szechuan Art.

»Jetzt können wir offener reden«, sagte der Mann plötzlich.

Das Angebot war für einen Chinesen schon ungewöhnlich genug. Neal Browns bisherige Erfahrungen mit führenden Persönlichkeiten in China waren völlig anders. Die meisten waren über Gebühr von Stolz, Härte und Verschwiegenheit geprägt. Zhou Bao sollte über beste Beziehungen in die Machtstrukturen der Mafia wie auch der kommunistischen Führung verfügen, strahlte aber eher die Aura eines alten britischen Gentleman aus, dachte er sich.

»Offener?«

Zhou Bao lehnte sich etwas nach vorne. »Ich kenne Ron Spencer seit bald drei Jahrzehnten, und wenn er sagt, ich solle mich um etwas kümmern, war das noch nie ein Fehler, aber es scheint sehr ernst zu sein«, sagte Bao und führte aus, warum sich die Lage nun zuspitzen könnte. Der Territorialstreit im Südchinesischen Meer lag seit Jahren wie eine Zündschnur herum, die nur auf den richtigen Funken wartete. »Wenn es zwischen einer alten Großmacht wie den USA und einer aufstrebenden Großmacht wie China zu Spannungen kommt«, erklärte er, »ist dies eine klassische Konstellation, die oft zum Krieg führte. Es wäre die typische Thukydides-Falle.«

»Die bitte was?«, fragte Brown.

»Thukydides war ein griechischer Historiker, der die Geschichte des Peloponnesischen Krieges zwischen den Stadtstaaten Sparta und Athen beschrieben hat. Schuld am Krieg war die

Befürchtung Spartas, Macht und Einfluss an Athen abgeben zu müssen. Sparta wurde nervös, Athen wollte mehr Macht. Auf beiden Seiten kam es zu Hetzreden und einer Aufheizung des Konflikts. Anschließend bekämpften sich beide Mächte über zwei Jahrzehnte lang«, sagte Bao.

»Ein historischer Vergleich, ich bitte Sie!«, und wunderte sich, dass der Chinese sich so gut mit altgriechischer Geschichtsschreibung auskannte.

Während der Kellner den Tee abstellte, fuhr Zhou Bao nach einer kurzen Pause fort.

»Nach diesem Börsendesaster wird es zur Sache gehen. Die USA erkennen die Territorialansprüche Chinas im Südchinesischen Meer nicht an, und die Chinesen drohen ihre Souveränität resolut zu verteidigen. Ihre Regierung hat schon vor der Verschlechterung der Wirtschaftslage die neuesten U-Boote der Virginia-Klasse und Aufklärungsflugzeuge vor Ort stationiert. Jetzt folgen immer mehr Kriegsschiffe. Mit anderen Worten: Der Tisch für den Krieg ist gedeckt, und vielleicht verfügte der Attaché über Informationen, die den Kriegstreibern auf beiden Seiten noch fehlt«, folgerte Zhou Bao und strich sich über das Kinn. Doch Brown mochte diese für ihn zu drastische Analyse nicht vollkommen teilen. Im Gegenteil. Die Beziehungen waren seit Jahrzehnten zwar angespannt, aber es hatte über Wortgefechte und symbolische Aktionen hinaus nie eine ernste Auseinandersetzung gegeben.

»Die größte Gefahr ist bestenfalls eine emotionale Überreaktion«, sagte er. »Dann könnte Ihre Thukydides-Falle zuschnappen. Aber in der Folge droht der Welt ein großer Krieg mit nicht abschätzbaren Folgen. Was wäre, wenn es genau umgekehrt wäre? Was wäre, wenn der Attaché über Informationen verfügte, die einen Krieg verhindern könnten und …«

»Das ist nur die Umkehrung des gleichen Problems«, unterbrach Bao ihn. »Vielleicht war er aber auch ein Spion? Wie auch immer, besser, wir sorgen dafür, dass kein Öl mehr ins Feuer gegossen werden kann.Verhindern wir weitere Spannungen. Dann könnte die Rivalität nämlich auch noch zu einer Erfolgsgeschichte, zu einer echten Partnerschaft werden statt zu einem weiteren Fall des Scheiterns.«

»Nun, damit kann ich schon mehr anfangen«, sagte Brown und nippte an seinem Tee. Der Mann hatte eine bemerkenswerte Trockenheit in seiner Art, die Dinge zu analysieren, und er machte einen äußerst erfahrenen Eindruck. Für einen Moment fühlte sich Brown angesichts seines Gegenübers fast wie ein Anfänger. Wer war dieser Zhou Bao? Am Ende konnte es ihm egal sein, aber es war merkwürdig, dass Spencer ihm diesen langjährigen Agenten nicht früher schon mal vorgestellt hatte. Andererseits neigte Spencer dazu, immer etwas zurückzuhalten. Es war eine für Browns Geschmack leicht pathetische Neigung Spencers, aus seinen Kontakten und seinem Wissen immer etwas Besonderes zu machen – vermutlich mit dem Ziel, sich gegenüber seinen Mitarbeitern als der alte Hase zu positionieren, dessen Autorität nicht infrage gestellt werden durfte. Das war ihm bisher auch gelungen, bis auf gestern, als Brown ihn ziemlich fahrig in seinem Arbeitszimmer angetroffen hatte.

»Nun gut, dann wird es Sie wohl auch nicht überraschen, um was ich Sie jetzt bitte«, sagte Brown leise.

DREIZEHN

LONDON, SCOTLAND YARD, 23. FEBRUAR, 16.15 UHR

Zurück in ihrem Büro im Hauptquartier von Scotland Yard, wollte Rebecca nicht mehr länger auf eine Erklärung warten. Was ging in Ching vor? Sie legte ihre Schlüssel auf dem Schreibtisch ab, ging zum Fenster und drehte sich zu Ching.

»Also bitte, was macht alles komplizierter?«

Ching, der sich in den schwarzen Ledersessel vor Rebeccas Schreibtisch gesetzt hatte, verwies mit der Hand auf den im Hintergrund laufenden Fernseher, der oben in der Ecke neben dem Eingang montiert war. Der Ton war abgeschaltet, aber Rebecca sah Bilder von den Turbulenzen auf den Finanzmärkten und neuen Unruhen in Westeuropa.

»Die Täter nutzen vielleicht die Lage aus, um den Attaché und seine Taten in einem Umfeld zu verorten, in das er nicht gehört. Wir haben bis auf ungeklärte Geldströme keinerlei handfeste Hinweise, was die wahren Hintergründe seines Todes sind«, sagte er.

»Aber Sie können mir doch nicht weismachen, dass die Leute, die wir in Soho getroffen haben, nicht mehr wissen. Ihre Reaktion auf das Foto des Attachés war ja wohl mehr als deutlich, und Ihre Regierung würde wohl kaum verrücktspielen, wenn sie …«

»Nur Teile der chinesischen Führung und auch das nur inoffiziell!«

Ching richtete seinen Blick an Rebecca vorbei aus dem Fenster, für einen Moment war nur das Surren der Halogenlampen zu hören. Rebecca lehnte sich an die Fensterbank und verschränkte die Arme.

»Schon okay!«, sagte sie. »Trotzdem, was war die Ursache für das Verhalten der Triaden, um die Organisation mal beim Namen zu nennen. Was macht die Mafia in Londons Chinatown so nervös?«

»Genau das ist es ja. Sie waren überrascht, gerieten fast in Panik. Hätte der Attaché wirklich eine Bedeutung für sie gehabt oder hätten sie gewusst, dass Interpol hinter ihm her ist, wären sie vorbereitet gewesen. Und glauben Sie mir, er wäre niemals vor der US-Botschaft gelandet.«

Rebecca konnte nicht ganz folgen, verspürte aber ein Unbehagen, schließlich war das Verschieben von unzähligen Millionen kaum möglich ohne Hilfe von äußerst begabten und einflussreichen Playern, die in den höchsten Spitzen von Regierungen und Banken zu vermuten waren – oder aber in der Mafia. Ta Liang war kein gewöhnlicher Krimineller.

»Das sehe ich anders, gerade weil sie Angst bekommen haben, sollten wir genau dort weiterermitteln. Oder wollen Sie etwa im Ernst behaupten, die Amerikaner haben doch etwas damit zu tun?«

Ching sah auf Rebeccas Schreibtisch und angelte sich einen Zettel. Es war der Kantinenplan der Woche.

»Gehen wir was essen?«

»Um die Uhrzeit? Wir können es versuchen, aber weichen Sie mir nicht aus.«

»Ich habe es Ihnen doch schon versucht zu erklären. Die Triaden machen keine Geschäfte oder Aktionen, die eine solche Aufmerksamkeit nach sich ziehen. Diese Leute sind wütend, und das macht sie zu gefährlichen Mitspielern in diesem Fall. Sie wollen da nicht mit hineingezogen werden. Ta Liang hat angeblich nur darum gebeten, dass man ihm neue Papiere besorgt, wofür er angeblich fürstlich bezahlt hat, und damit wäre die Sache für sie eigentlich erledigt gewesen.«

Rebecca stand da und wollte nicht mehr widersprechen. Sie hatte keine Argumente mehr, dennoch war sie sich sicher, dass der Attaché entweder für eine bestimmte Klientel in China eine zu große Bedrohung geworden war – oder er hatte sich mit der Unterwelt angelegt. Und diese heroische Version der ewig verschwiegenen Triaden mit ihrem Ehrenkodex erschien ihr zu dick aufgetragen, schließlich hatte sich ganz China in wenigen Jahrzehnten so schnell verändert und den westlichen Lebensstil kopiert, warum sollte das nicht auch für die Triaden und ihre Traditionen gelten?

Gerade als sie das Büro verlassen wollten, öffnete Allington die Tür. Er sah immer noch blass aus und wirkte etwas atemlos.

»Ich habe eben erfahren, dass der Bruder des Attachés in Peking tot aufgefunden wurde.«

Rebecca drehte sich zu Ching.

»Das war es dann wohl mit Ihrer Theorie!«

»Nein, das zeigt nur, dass es koordiniert abläuft und weitere Zeugen offenbar verschwinden sollen. Angesichts des Zeitdrucks schlage ich vor, dass ich versuche, Kanäle in Peking zu öffnen. Und Sie probieren weiter, an die Konten heranzukommen«, sagte Ching.

Rebecca sah zu Allington. Er schien nicht ganz bei der Sache zu sein.

»Nehmen wir doch mal an, der Attaché wurde als Doppelagent in der chinesischen Botschaft untergebracht, war zudem korrupt und erpressbar, sprich ein ideales und ertragreiches Opfer der Mafia. Was ist aber, wenn er für hochrangige Funktionäre zu einer Gefahr wurde? Dann könnten die Triaden durchaus den Auftrag bekommen haben, ihn zu töten«, folgerte Rebecca und sah Ching an. Sie erinnerte sich an einen Vorfall aus dem Jahr 2014, von dem sie im Zuge ihrer Recherchen gelesen hatte. Sie ging zu ihrem Rechner, winkte Ching und Robert herbei, da sie den Gedanken an einen Mord durch die Triaden nicht so schnell verwerfen wollte, wie ihr chinesischer Kollege es tat.

»Kommen Sie, ich zeige Ihnen was«, sagte sie und tippte eilig in die Tastatur. Vielleicht waren die Hintermänner ja bereit, die Triaden für ihre Zwecke zu missbrauchen, und nebenbei daran interessiert, es den Amis in die Schuhe zu schieben. Sie hatte recht und fand die alten Berichte im Netz. Nach tagelangen weitgehend friedlichen Protesten war es bei der kurzen Demokratiebewegung in Hongkong im November 2014 zu gewaltsamen Zusammenstößen zwischen protestierenden Studenten, Gegendemonstranten und Sicherheitskräften gekommen. Gerüchte waren laut geworden, dass bezahlte Schläger in die studentischen Protestcamps entsandt worden seien, um Unruhe zu schüren. Tatsächlich waren zahlreiche Provokateure später als Mitglieder der Triaden identifiziert worden, aber das Ziel war erreicht und die Bewegung diskreditiert worden.

Ching schüttelte den Kopf, und Allington sah nur nachdenklich auf den Bildschirm.

»Was ist? Warum schließen Sie aus, dass sich in Peking Funktionäre genau der gleichen Methode bedienen, um sich belastender Zeugen oder auch riskanter Personen zu entledigen?«

Ching setzte sich wieder in den schwarzen Ledersessel und senkte den Kopf, faltete die Hände zusammen und verstummte.

»Ich schließe es ja nicht völlig aus, aber Studenten sind keine Diplomaten, und wenn der Auftrag aus Peking kam, hätte das der Geheimdienst erledigt. Wie auch immer. So kommen wir nicht weiter. Ich werde bis morgen früh alles in Bewegung setzen, damit wir in Peking weiterermitteln können, aber das wird kein Spaziergang«, sagte Ching und blickte zu Allington, als würde er um Erlaubnis dafür bitten.

»Dafür brauchen wir Rückendeckung durch den Assistant Commissioner Harms. Ich kümmere mich darum. Ihr recherchiert bis morgen weiter. Rebecca, bitte kurz in mein Büro. Mr Ching, es dauert nur ein paar Minuten.«

Rebecca fand, dass sich Allingtons Gesichtsausdruck seit ihrer Wiederkehr mit jeder Begegnung verändert hatte – finster, leer, es war kein Leben mehr in seinen Augen. Allington war zwar schon öfter gesundheitlich angeschlagen gewesen, hatte immer wieder mal mit seinem Asthma zu schaffen oder sonstige Infekte, aber so hatte sie ihn noch nie erlebt.

Sie gingen wortlos den Flur entlang. Allington öffnete die Tür zu seinem Büro, ging an seinen Tisch. In der Sekunde sah Rebecca, dass seine Sachen ungewöhnlich aufgeräumt wirkten. Auf dem Schreibtisch lagen die Mappen wohlgeordnet, normalerweise war sein Tisch übersät mit Akten, Kaffeebechern, Stiften und zusammengeknülltem Papier von Pfefferminzbonbons. Neben den Akten lagen auch einige private Dinge, sogar die Ledergeldbörse. Rebecca hatte sie ihm nach einem Fußballspiel geschenkt, da auf einer Seite das Emblem seines Lieblingsvereins, des FC Liverpool, eingenäht war. Das war der Abend gewesen, als sie im Stadium über die Notwendigkeit von Beharrlichkeit gesprochen hatten, die es in ihrem Job brauchte. In der Abteilung für Wirtschaftsverbrechen liefen nun mal auch die großen Fälle auf, und das nicht immer zum Wohlgefallen der Mächtigen dieser Welt. Es war auch der Abend, an dem Allington von einem Ermittlungsfehler erzählt hatte, den er mal gemacht hatte, und wie er anschließend unter Druck gesetzt worden war und die Sache ausgesessen hatte.

Jetzt saß Allington zusammengekauert in seinem Stuhl und schaute an Rebecca vorbei ins Leere.

»Ich weiß noch nicht, wann ich wieder voll im Einsatz sein kann. Aber was immer auch geschieht, dich und diesen Fall werde ich als Einziges im Auge behalten und leiten, dafür habe ich …«

»Gott, Robert, was ist passiert?«

Allington beugte sich nach vorne und vergrub das Gesicht in seinen Händen, doch Rebecca konnte sehen, dass es rot angelaufen war.

»Wir hatten verdammt zu wenig Zeit füreinander, und das ist alles meine Schuld. Ich kann dir nur eines raten, verbringe viel Zeit mit den Menschen, die du liebst. Die Welt hat immer schon in Krisen gesteckt, und wer hat daran schon jemals etwas ändern können, sosehr er sich auch dafür hingegeben hat?«

Rebecca hörte ein Schluchzen, das sich zu einem Wimmern steigerte. In der Sekunde wurde ihr klar, dass es nicht um Allington ging, sondern dass etwas Furchtbares passiert sein musste. Unwillkürlich schossen ihr Tränen in die Augen.

»Rose hat verdammt noch mal einen Hirntumor, und er ist extrem aggressiv, und die Ärzte können vielleicht nichts mehr für sie tun.«

»Ach du Scheiße. Gott, Robert, es tut mir so leid. Kann ich, kann ich irgendetwas für dich tun?«

Auf alles versucht man sich im Leben vorzubereiten, schließt Versicherungen ab, tastet sich immer in der Absicht durchs Leben, nur das Richtige zu tun – und dann das. Rebecca hatte Roberts Frau nur einmal bei einem Abendessen getroffen, nachdem Allington die neu eingestellten Absolventen zu einer

Feier zu sich nach Hause eingeladen hatte. Rebecca hatte sie als herzliche und einladende Person in Erinnerung. Das war es also, was ihn die Tage so verändert hatte. Vielleicht hätte sie sich einiges von dem, was Robert ihr an den Kopf geknallt hatte, weniger zu Herzen genommen, wäre ihr das bewusst gewesen. Nun war es nicht nur ein trauriges, sondern auch ein beängstigendes Gefühl, denn in dieser Situation und bei dieser Ermittlung würde sie ihn vielleicht so sehr brauchen wie noch nie, doch es war völlig inakzeptabel, dass er auch nur einen Tag länger im Büro bliebe.

»Was machst du dann noch hier?«

»Sie will das im Moment alleine durchstehen. Es sei nicht nötig, etwas aufzuholen und …«

»Robert Allington, wenn eine Frau so was sagt, und das nach 30 Jahren Ehe, dann ist das ein verdammter Hilfeschrei!«

Obwohl es beklemmend war zu sehen, wie sich Robert Allington, ihr Boss, ihr Vorbild, von einer Sekunde zur anderen quasi alle Schutzhüllen fallen ließ, war der Anblick seiner tränengetränkten Augen so berührend, dass für den Moment alles andere vergessen war.

»Ach, Gott, ich weiß es ja, deshalb bereite ich ja gerade alles vor. Rebecca, du bist eine treue Seele, verzeih mir, dass ich so hart zu dir war, aber unser Job ist nun mal keine Bühne für Alleingänge, und ich will dich nur …«

»… schützen, schon klar, und das ist dir auch gelungen.«

»Allen Johnson übernimmt in einigen Tagen kommissarisch die Leitung der Abteilung, bis ich wieder voll da bin, aber für dich ändert sich nichts. Ich werde mir zu Hause ein Büro einrichten und einmal die Woche hier sein, bis das ausgestanden ist.«

Warum konnte Allington nicht einfach ganz loslassen? Sie traute sich nicht zu fragen, aber wie viel Zeit gaben die Ärzte

Rose noch? Ein Hirntumor konnte mit der richtigen Bestrahlung durchaus eine Zeit lang in Schach gehalten werden. Andererseits stand es ihr nicht zu, einem so erfahrenen Mann Vorschläge zu unterbreiten, und wahrscheinlich war es für ihn sogar gut, wenn er sich nicht völlig zurückzog. Und sie wiederum wäre erleichtert zu wissen, dass sie auf Allingtons Hilfe im Hintergrund bauen konnte, denn Ching mochte die Dinge einschätzen, wie er wollte – ihre Analyse ergab, dass dieser Fall so oder so ein politisches Potenzial in sich trug, bei dem sie jede nur erdenkliche Unterstützung brauchen konnte.

»Arbeite heute nicht zu lange. Ich brauche euch beide morgen ausgeschlafen, und mach dir nicht zu viele Sorgen, ich muss damit klarkommen, auf meine Weise!«

Es war ein innerer Impuls, der sie auf Allington zugehen ließ. Sie legte von hinten ihre Arme auf seinen Brustkorb und verharrte einen Augenblick. Sie spürte, wie er ihre rechte Hand nahm und drückte. So nah war sie lange niemandem mehr gekommen. Im Trost für jemand anderen wurden ihr die eigenen Wunden so bewusst, als wären sie ihr erst gestern zugefügt worden.

VIERZEHN

LONDON, MI6, 23. FEBRUAR, 18.30 UHR

Neal Brown fuhr nach seiner Begegnung mit dem Doppelagenten Zhou Bao zurück zum MI6. Seine Hoffnung lag nun in den Fähigkeiten dieses Mannes. Wie Bao für eine effektive Ablenkung der Spuren hin zu den Triaden sorgen wollte, blieb sein Geheimnis. Eine der üblichen Unsicherheiten in diesem Job, die Brown nicht weiter beunruhigte.

Im Konferenzsaal angekommen, sah er nur einen von Thomas Parkers Mitarbeitern, Ethan Maloway, der ihm schon bei ihrem ersten Meeting gestern Morgen durch seinen blonden Strubbelkopf und seine anpackende Art aufgefallen war. Er ging durch die Glastür in den Überwachungsraum. Maloway erhob sich von seinem Arbeitsplatz. Erst als er ihm entgegenkam und direkt vor ihm stand, fiel Brown auf, dass eine etwa fünf Zentimeter lange Narbe über seine rechten Wange fast bis zur Schläfe verlief. War es eine Wunde aus seinem Einsatz im Irak?

»Hier ist das letzte Abhörprotokoll.«

»Alles klar, Ethan. Ich hatte Daten angefordert über …«

»Ist alles auf dem Rechner.«

Brown setzte sich an den Tisch neben dem Eingang mit Blick in den Konferenzsaal und öffnete die Dateien. Die Informationen über Robert Allington gaben wenig her. Seine Akte war vorbildlich, in über 30 Dienstjahren gab es keine dunkle Stelle, keine Verfehlung, er führte eine vorbildliche Ehe, hatte keine Kinder. Auffällig war lediglich, dass er erst sehr spät befördert wurde, trotz aller Verdienste, was aber eher darauf hinwies, dass er sie abgelehnt hatte, um nicht als Schreibtischhengst zu enden.

Über den hinzugezogenen Experten von Interpol aus China, Huan Ching, 35 Jahre, war nur bekannt, dass er in Großbritannien als Sohn eines Diplomaten und späteren Polizeichefs von Hongkong in Oxford studiert hatte und danach zunächst in Hongkong an der Polizeiakademie und später in Peking zum Spezialisten für Wirtschaftskriminalität aufgestiegen war. Dass Ching zuletzt massiv in die Verfolgung von korrupten Funktionären und Wirtschaftsbossen involviert gewesen war, machte ihn zu genau der Gefahr, vor der Spencer gewarnt hatte und die er nach allen Möglichkeiten eindämmen sollte, da sie dem Ziel einer operativen Täuschung im Weg stand. Aber auch Chings Biografie offenbarte keinerlei Hinweise über irgendwelche Verfehlungen oder Schwächen, die Brown nutzen könnte.

Zuletzt öffnete er das Dossier von Rebecca Winter. Neben ihren persönlichen Daten war am Ende ein Geheimvermerk, der auf eine Sonderakte des MI6 verwies.

Na, da schau her, dachte Brown

Er sah hinüber zu Maloway, der sich wieder an seinen Platz gesetzt hatte.

»Hey, Ethan, wusstest du, dass das MI6 ein zusätzliches Dossier über die Ermittlerin von Scotland Yard angelegt hat?«

»Was? Äh, ja. Auf so was bekommen wir als Partnerdienst

aber nicht einfach Zugriff. Thomas kann das aber sicher regeln.«

»Okay, das könnte uns nämlich noch verdammt nützlich sein«, sagte Brown, denn offenbar wurde gerade erst eine interne Ermittlung abgeschlossen, in der man Winter einen pikanten Vorwurf gemacht hatte. Das Zurückhalten von Beweisen, die im Zusammenhang mit dem Kollaps an den Börsen standen, war ein starkes Stück. Die Untersuchung kam offiziell zu dem Schluss, dass Winters Ermittlungen die Behörden zumindest in Teilen auf dieses Szenario vorbereitet hätte und es für den Vorwurf des Zurückhaltens trotz einer nicht durchgeführten Festsetzung eines Verdächtigen keinen zwingenden Beweis gäbe. Im Hinblick auf ihre bisherigen Verdienste wäre von keinem vorsätzlichen Verhalten auszugehen. Sie hatte sich mit mehreren Ermittlungen gegen Mitarbeiter von Investmentbankern nach der ersten Finanzkrise einen Namen gemacht, die daraufhin verurteilt worden waren.

Jetzt verstand Neal Brown, warum Spencer darauf drängte, dass dieser Frau unter keinen Umständen bei der Operation der CIA etwas zustoßen dürfte – sie war zu prominent. Wer auch immer Rebecca Winter war, sie war von ihrer Ausbildung und ihren Erfahrungen her durchaus auf der Höhe von Topagenten, und ihr letzter Fall entwickelte gerade mal erst seine Nachwirkungen, die man seit Tagen in Form von Unruhen auf den Straßen sehen konnte.

Wohl nicht von ungefähr stufte der Bericht Winter als eigensinnige und auf Alleingänge kaprizierte Persönlichkeit ein, die schwer zu führen sei. Brown sah sich das Foto an. Lange Wangenknochen, umgeben von kinnlangen dunkelbraunen Locken, dunkle Augen, eine feine Blässe – ein Gesicht, das ein keckes Lächeln preisgab und ihn auf den ersten Blick ein wenig an Nathalie erinnerte, nur dass diese blonde Locken hatte. Aber

Rebecca Winters Gesicht wirkte trotz des Lächelns härter, verschlossener als Nathalies. Aber was hielt das MI6 über diese Frau sonst noch geheim? Wo waren ihre wunden Punkte?

Schließlich sah sich Brown eine Zusammenfassung des letzten Abhörprotokolls an. Seine schlimmste Befürchtung, dass sich die Ermittlung nach Peking ausweiten würde, könnte genau durch diesen Ching eintreten. Es erfolgreich zu verhindern würde angesichts der vorliegenden Fakten, Persönlichkeitsprofile, der fortgeschrittenen Ermittlungen und schon gemachten Schlussfolgerungen schwieriger werden als erhofft. Andererseits schien Winter laut Abhörprotokoll noch an ihrer These, dass es sich beim Fall Ta Liang um einen Zwist innerhalb der Mafia oder um einen Auftragsmord chinesischer Funktionäre handeln würde, festzuhalten.

Für den Moment gab es nicht mehr zu tun, als vorsichtshalber den Worst Case in Peking vorzubereiten und zu hoffen, dass Spencers Doppelagent Zhou Bao etwas inszenieren würde, das Winter in ihrer These weiter bestärken und die Ermittlungen wenigstens noch eine Zeit lang in London in eine Sackgasse führen lassen würde. Noch war die Option, alles als einen Mafiakrieg darstellen zu können, nicht vom Tisch. Aber seine Zweifel an einer schnellen Lösung stiegen mit jeder Zeile, die er las, und es schlich sich ein Gedanke ein, den er am liebsten sofort wieder verdrängen wollte.

Es gab den klaren Befehl, alle für die USA verfänglichen Beweise zu torpedieren oder zu vernichten – gleichgültig, wie stichhaltig sie wären. Gleichzeitig durfte aber unter keinen Umständen das Leben einer Scotland-Yard-Ermittlerin gefährdet oder Spuren einer Intervention der CIA hinterlassen werden. Wie sollte beides bei einer Eskalation machbar sein? Und welche Rolle würden in diesem Fall der chinesische Geheimdienst sowie die Triaden einnehmen? Und angesichts des Mangels an relevanten Informationen – welche Player würden noch auftreten?

»Neal, ein Anruf auf der sicheren Leitung, der blaue Apparat, vor dir«, riss Ethan Maloway Neal Brown aus seinen Gedanken. Brown erwartete keinen Anruf. Zwar waren die Leitungen wohl wirklich sicher, dennoch war innerhalb einer verdeckten Operation die Kommunikation zwischen Langley und den Einsatzagenten im Ausland nur für den Notfall vorgesehen.

Brown nahm den Hörer ab, und bevor er sich melden konnte, knurrte ihn Spencer schon an.

»Ich hatte dir gesagt, dass du Kingston auf den Zahn fühlen sollst, aber nicht, dass du ihn unter Verdacht stellst, Neal!«

Brown hörte an dem Unterton, dass Ron Spencer mächtig sauer war. Aber entweder war das seine Operation oder nicht. Und wenn das mit Kingston ein Fehler gewesen war, so war er doch nur mangels genaueren Briefings geschehen.

Damit war aber auch klar, dass Kingston noch immer über Drähte verfügte, die sehr schnell bei der CIA für Unruhe sorgen konnten. Alles andere als ein gutes Omen, dachte Brown.

»Du hast mir freie Hand gelassen, Ron, aber gehört die Deckung des Unternehmens oder Kingstons zu meinem Auftrag?«, fragte Brown. Am anderen Ende war nichts zu hören. »Ron, gehört das zu meinem Auftrag?«

»Soll ich dich abziehen?«

»Was?«

»Verdammt, dein Auftrag war klar formuliert!«

»Aber …«

Aufgelegt!

Was zum Teufel ging da jetzt vor? Das war nicht der Ron Spencer, dem er über Jahre vertraut hatte. In was wollte er nicht mit reingezogen werden? Brown spürte plötzlich einen Druck in seiner Brust, das Gefühl, einen großen Fehler begangen zu haben. Sein Verstand sagte ihm hingegen etwas anderes: Spencer wollte sich schützen.

Im nächsten Augenblick knallte er selbst den Hörer auf. Einen Fehler hatte er in der Tat gemacht. Er hatte nicht genau zugehört und etwas vergessen, was man ihm über Jahre beigebracht hatte. Wenn eine verdeckte Operation einmal klar umrissen gestartet wurde, gab es keine Fragen mehr, kein Erweitern oder Verkürzen eines Auftrages, und Spencer hatte ihm diesbezüglich alle Fragen beantwortet. Zuerst ging es darum, die Interessen der USA zu schützen. Die Lebensfähigkeit der eigenen Wirtschaft zu bewahren war immer schon eine zentrale Aufgabe der CIA. In dieser Hinsicht stand schon immer fest, wer die Freunde der USA waren. Für diese wurde gesorgt. Was hingegen die Feinde der US-Wirtschaftsordnung anging, so wurden alle Methoden eingesetzt, um sie zu spalten, ihre Organisationen zu durchdringen, sie zu schwächen und notfalls zu zerstören.

Brown war sich relativ sicher, dass Spencer diesen Anruf so nicht freiwillig getätigt hatte. Es gab für den Stimmungswandel keine andere Erklärung, als dass Spencer ganz offensichtlich anfing, ein doppeltes Spiel zu spielen – spielen zu müssen. Wieder erinnerte sich Brown, was Spencer ihm in der Ausbildung immer wieder eingetrichtert hatte: niemals einen Auftrag ausweiten oder von ihm abweichen. Schön, in der Theorie hörte sich das leicht an, aber was nun?

Jetzt begann er erst wirklich zu verstehen, warum Spencer sich lange Zeit gegen allzu persönliche Kontakte zu seinen Mitarbeitern gewehrt hatte, von Freundschaften ganz zu schweigen. Selbst wenn die kalte Art Spencers nur gespielt gewesen sein mag, führte sie ihm unweigerlich vor Augen, dass er ab jetzt zwar auf die ganze Logistik der CIA Zugriff haben würde, was in China nicht sonderlich viel bedeutete, aber nicht mehr auf eine Bezugsperson, die ihm aus der Patsche helfen würde, falls er Fehler beginge. Der nächste Kontakt mit Spencer würde erst stattfinden, wenn sich jene Kräfte einmischten, von denen Spencer befürchtete, sie würden die CIA für ihre Zwecke missbrauchen. Brown blickte auf die Bildschirme gegenüber von seinem Schreitisch, auf einigen liefen ohne Ton Nachrichten aus aller Welt, darunter von CNN, das gerade Bilder vom Flugzeugträger USS Ronald Reagan brachte.

»Hey, Ethan, schalt CNN mal lauter!«

Maloway nahm die Fernbedienung, drehte sich von seinem Rechner weg und stellte den Ton ein.

»... Die Freiheit der Schifffahrt dürfe nicht als Vorwand dafür benutzt werden, die Muskeln spielen zu lassen und die Souveränität und Sicherheit anderer Länder zu untergraben, kommentierte das chinesische Außenministerium den Vorfall und appellierte an die USA, seinen Fehler sofort zu korrigieren und auf weitere Provokationen zu verzichten. Das Pentagon kommentierte, dass der Einsatz des Flugzeugträgers nach internationalem Gesetz rechtens sei und dass die USA dies weltweit so handhabten.

China hatte bereits vor Jahren damit begonnen, fünf Inseln der Spratlys im Südchinesischen Meer durch künstliche Landgewinnung um insgesamt etwa 200 Hektar zu vergrößern. Bei der Inselgruppe handelt es sich um insgesamt rund 150 Felsen, Atolle und Riffe, von denen gerade einmal fünf Quadratkilometer aus dem Wasser ragen. Neben China erheben allerdings auch Vietnam, Taiwan, Malaysia, Brunei und die Philippinen Anspruch auf die Hoheitsrechte.

Washington ließ verlautbaren, dass sich die Regierung in Peking auf historische Rechte berufen mochte, aber gerade in der akuten Wirtschaftskrise sei es notwendig, diesen für die Weltwirtschaft strategisch wichtigen Seeweg, über den rund ein Drittel des weltweit gehandelten Rohöls befördert werde, für alle Staaten abzusichern. Es könne nicht zugelassen werden, dass China seine Territorialansprüche zunehmend aggressiver durchzusetzen versuche.

Das chinesische Außenministerium kommentierte dies mit einer deutlichen Warnung an Washington, dass man es keinem anderen Land erlauben würde, die chinesischen Hoheitsgewässer und den Luftraum über den Spratly-Inseln zu verletzen.«

»Du kannst es wieder abschalten. Damit sollte uns allen klar sein, auf welchem Vulkan wir gerade tanzen«, sagte Brown. Ethan Maloway knipste den Schirm aus, legte die Fernbedienung schweigend auf sein Bein und starrte wortlos weiter in den schwarzen Bildschirm.

Spencer, die Analysen, ja selbst der Agent Zhao Bao – alle sprachen von der Kriegsgefahr. Natürlich war der Attaché für sich alleine kein Grund, er war ein Symbol, er war offenbar die nötige Projektionsfläche, die jene emotionale Überreaktion hervorbringen könnte, die die von Bao befürchtete Thukydides-Falle zuschnappen lassen könnte – aber warum? Wie weit konnte, nein, wie weit musste er Scotland Yard gehen lassen, um dahinterzukommen? Wann wäre der Punkt erreicht, von dem Spencer sprach, an dem er das Risiko selbst kalkulieren musste, um einerseits an möglichst viele Fakten heranzukommen, die vielleicht sogar einen Krieg verhindern könnten, die aber andererseits auch eventuelle Maulwürfe oder einen Missbrauch der CIA zutage fördern würden, ohne dabei gleichzeitig Fehler zu begehen, die die Interessen seines Landes gefährdeten? Die Nachrichten sprachen ihre eigene Sprache.

Brown stand auf und ging zum Fenster. Er sah auf die Themse, auf der ein Touristendampfer langsam vor sich hin schipperte.

FÜNFZEHN

LONDON, SALTWELL STREET, 24. FEBRUAR, 7.15 UHR

Rebecca ging in ihrem Schlafanzug aus der Küche, setzte sich an ihren alten Mahagonischreibtisch, stellte Tee und ein Croissant neben den Rechner und stützte ihren Kopf mit Blick auf die Kastanie im Garten mit der linken Hand ab.

Abgesehen von ihrem Mitgefühl für Allington und seine Frau und von Roses schier unausweichlichem Gang in den Tod, summierten sich die schlechten Nachrichten langsam zu einem lähmenden Haufen, der nicht kleiner werden wollte. Ein einziger Lichtblick ergab sich aus einer Verlautbarung der Vereinten Nationen. In den westlichen Staaten konnten die Regierungen trotz der massiven Finanzkrise Maßnahmen zur Stabilisierung der öffentlichen Ordnung umsetzen, die teilweise schon in der Griechenlandkrise erfolgreich erprobt worden waren, wobei es ihr schwerfiel, diese als wirklich erfolgreich zu bezeichnen.

Rebecca rieb sich die geschwollenen Augen. Allington hatte ihr gestern noch Mut gemacht, dass sie als Ermittlerin doch noch mehr bewegen könnte und dass sie ihr Ziel, die Welt ein klein wenig gerechter zu machen, nicht aus den Augen verlieren sollte. Wenn die Öffentlichkeit wüsste, wie viele Beamte vom einfachen Streifenpolizisten bis hin zu leitenden Ermittlern jährlich mit Depressionen dienstuntauglich geschrieben wurden, sie würden sich nicht mehr sicher fühlen. Es waren nicht die vielen Überstunden und die Bürokratie. Es war das Gefühl, dass der gesamte Westen wie in Schockstarre von einer Krise zur nächsten getrieben wurde. Es hatte schon begonnen, kurz nachdem sie beim Serious Fraud Office ihren Dienst angetreten hatte. Zuerst waren die Erfolge bei der Verfolgung von Investmentbankern, die verurteilt wurden, für Rebecca motivierend, dann aber musste sie erkennen, dass ihnen nur das mittlere Management ins Netz ging und dass die Hochfinanz und ihre Lobby dahinter Gesetzesänderungen verhinderten und somit die systemischen Risiken bestehen blieben. Doch diese Tatsache verschwand schnell aus der öffentlichen Wahrnehmung, und es folgte eine Krise nach der anderen. Die Finanzkrise, die Flüchtlingskrise, die Ukraine-Krise, die Wirtschaftskrise, die Klimakrise sowieso, der Terror in den Metropolen und die Korruption der Eliten – eine Krise jagte die andere und verdrängte für den Moment die ungelösten Vorgängerkrisen aus den Zeitungen und Köpfen. Vielen Menschen bereitete dies Angst, aber der Wunsch nach Kontinuität danach, zu bleiben, wer, wie und was man war, war größer, und so war Verdrängung eine Tugend geworden.

Aber für Menschen wie sie, die sich tagtäglich mit den Krisen dieser Welt beschäftigen mussten, war Wegsehen keine Option. Woher Allington über so lange Zeit seine Motivation nahm, gab ihr langsam Rätsel auf. Nur vor ein paar Wochen hatte er ein wenig seiner Sicht dazu preisgegeben. In einer solchen Zeit des extremen Wandels käme es auf Flexibilität, Improvisationstalent, auf ein Sich-Durchwursteln-Können an, hatte er betont.

Rebecca kaute an dem Croissant, blickte am Laptop vorbei

in rötliche Wolken am Horizont, stöhnte laut auf und erhob sich. Als ihr Handy auf dem Tisch vibrierend herumtanzte, schaute sie auf das Display. Es war Allington. Rebecca zweifelte daran, dass es Allington wirklich gelingen würde, sich in wenigen Tagen zurückzuziehen, um Rose zur Seite zu stehen.

»Guten Morgen, Robert, geht es dir besser?«

»Ist schon in Ordnung. Pack deine Sachen und fahr an die Themse, Rotherhithe Street beim Mayflower. Es wurden zwei Chinesen am Ufer gefunden.«

Rebecca war noch hin- und hergerissen von ihren Gedanken, überlegte, ob sie Allington noch etwas sagen sollte, etwas, das ihn aufmuntern würde – aber was sollte sie schon sagen?

»Wo ist Ching?«

»Ich hab ihn gerade aus dem Hotel gejagt, ihr trefft euch am Tatort!«

»Weißt du mehr über die Personen?«

»Nein, noch gar nichts.«

»Okay, wir wursteln uns schon durch.«

»Wie bitte?«

»Ist schon gut, bis später.«

Rebecca konnte im Moment noch keinen klaren Gedanken fassen. Was für Chinesen waren da gefunden worden? Sie schaute hinaus, die Wolken verdichteten sich. Sie ging ins Schlafzimmer, schlüpfte in eine weite Wollhose und einen dunkelgrauen Pullover, schnappte sich Schlüssel und Regenschirm, blickte vor der Tür noch mal zurück. Die Goldfische. Sie ging ins Wohnzimmer und nahm eine Dose Fischfutter, das neben dem Aquarium stand. Für einen Moment beobachtete sie, wie ihre Goldfische ihre konzentrischen Kreise in immer gleichen Bahnen zogen, als würde es außerhalb ihres Glases nichts geben, keine Sorgen, keine Welt. Der Anblick ließ sie kurz innehalten. Letzte Nacht hatte Rebecca stundenlang wach gelegen. Die in

Schüben über sie hinwegrollende Welle von Resignation war immer wieder auf die felsenfeste Überzeugung geprallt, für diesen Beruf prädestiniert zu sein. Allington hatte ihr geraten, ihren Idealismus herunterzuschrauben. Aber wie machte man das? Und was wäre, wenn Allington jetzt gehen würde? Mit wem könnte sie so intensiv um den besten Weg streiten, wer würde ihr je wieder wie er nicht nur den Rücken freihalten, sondern auch stärken? Am Ende war er einer der loyalsten Menschen, den sie je getroffen hatte, und er war längst von einem Förderer zu einem väterlichen Freund, einem zentralen Bestandteil in ihrem Leben geworden, mit dem sie die Leidenschaft teilte, die Verbrecher in Nadelstreifen zu erwischen. Was würde er tun, wenn Rose gestorben war? Er hatte bis zur Pension noch gute fünf Jahre, aber würde er im Dienst bleiben? Zerbrach man nicht nach einer so langen Ehe, wenn der Partner von einem Tag auf den anderen nicht mehr da war? Hatte der Job dann noch eine Bedeutung? Sie hatte keine Ahnung, was 30 Jahre Ehe bedeuteten. Bevor sie sich entschieden hatte, alleine zu leben, hatte das Verfallsdatum ihrer Beziehungen zwischen drei Monaten und drei Jahren gelegen. Wenn sie in diesem Job bleiben wollte, ohne in einem Team völlig isoliert zu sein, war es an der Zeit, sich für neue Wege und neue Partner zu öffnen, denn eines Tages wäre die Zeit mit Robert Allington nun mal vorbei. Andere mochten sich von Zweifeln zermürben lassen, aber so nervtötend die Gedanken der letzten Zeit auch gewesen sein mochten, das alles hatte auch was für sich, dachte Rebecca. Sosehr sie mit ihrer Herkunft haderte – eines hatte sie mit ihrem Vater gemeinsam: Aufgeben war keine Option.

Sie nickte den Goldfischen ein letztes Mal zu, schnappte sich ihren Mantel und ging hinaus. Gerade als sie in den Wagen gestiegen war, fing es an zu schütten.

Die Innenstadt war heute relativ ruhig, in der Online-Ausgabe der *Times* hatte sie gelesen, dass die Drohung des Innenministers, bei einer weiteren Eskalation der andauernden Proteste eine nächtliche Ausgangssperre zu verhängen, ihre Wirkung gezeigt hatte. Die Straßen waren zwar voll mit den zu dieser Tageszeit üblichen Karossen, aber von den Demonstrationen sah man nichts mehr. Nach einer guten Viertelstunde erreichte sie den Pub *The Mayflower*. Ein halbes Dutzend Streifenwagen stand auf der Straße, ein gelbes Sperrband hatte den Tatort eingegrenzt.

Sie stieg aus, der Regen hatte aufgehört.

»Was machen Sie denn hier?«, hörte Rebecca eine Stimme von hinten und sah den Beamten der Mordkommission auf sich zukommen, der auch schon vor der US-Botschaft die Leitung gehabt hatte.

»Ich verdiene hier meinen Lebensunterhalt, sonst noch Fragen?«, entgegnete die schnippisch.

»Oh, wohl mit dem linken Fuß aufgestanden, wie? Na gut, kommen Sie, diesmal ist es auch nicht so schlimm.«

»Sie machen hoffentlich keinen Scherz.«

Rebecca folgte dem Mann vorbei an dem Pub in Richtung Themse. So ganz wollte sie der Beschwichtigung nicht trauen. Das Flussufer war hier nur sehr schmal, und hinter einem Busch sah sie die Spurensicherung die Leichen untersuchen. Auch wenn es im Moment noch keinen Anhaltspunkt dafür gab, dass die Toten in einem Zusammenhang mit dem Mord an dem Attaché standen, drängte sich der Gedanke auf, dass es kaum ein Zufall sein konnte, dass unmittelbar nach der Tat wieder zwei Chinesen tot aufgefunden wurden.

Rebecca hörte von hinten eilige Schritte durch den nassen Kies.

»Ich war, so schnell ich konnte«, sagte Ching und blickte Rebecca an, als hätte er irgendwas falsch gemacht.

»Die laufen nicht mehr weg.«

Der Leiter der Mordkommission konnte sich ein Lachen nicht verkneifen. Er reichte Ching die Hand und zeigte auf die zwei unbedeckten Leichen am Flussufer.

»Das ist keine zwölf Stunden her, und beide wurden mit einem Genickschuss hingerichtet, präzise Arbeit«, sagte er in einem ruhigen Ton.

Rebecca blickte zu den leblosen Körpern, und ihr stiegen die Bilder von gestern wieder vor Augen. Die Hosen des einen Mannes, seine Silhouette. Konnte das sein, war das etwa einer der Chinesen, die sie in Soho getroffen hatten? Ching hatte sich vor den Leichen postiert, seine weit geöffneten Augen brachten ihr eine erste Gewissheit.

Sie gingen auf die Truppe von Forensikern zu. Rebecca sah einen kleinen vollbärtigen Mann an, dessen Bauch sich unter dem weißen Schutzanzug besonders wölbte.

»Guten Morgen. Könnten Sie die Leiche bitte einmal auf den Bauch drehen und den Rücken freilegen?«, fragte Ching und zeigte zu einem der Körper. Der Mann folgte der Aufforderung, drehte die Leiche etwas unsanft um. Am Genick konnte man einen Einschusskanal sehen. Rebeccas Ekel hielt sich in Grenzen. Der Forensiker zog dem Mann den Pullover hoch. Damit war es Gewissheit.

Rebecca sah Ching an und wies auf die Tätowierung, einen übergroßen, kunstvoll verzierten Drachen. Für einen kurzen Moment vergaß Rebecca die Umstände und bestaunte die Kunstfertigkeit dieses Körperschmucks. Graziös, farbenfroh, präzise und fantasievoll gearbeitet, nichts im Vergleich zu den westlichen Motiven. Diese Zeichnung hatte sie erst gestern staunend betrachtet.

»Scheiße«, sagte Ching und schaute sich um. Während er noch den Kopf schüttelte, kam der leitende Ermittler der

Mordkommission von der Seite auf beide zu. Er hielt einen Pass und eine Geldbörse in der Hand.

»Inspector Winter. Der andere Mann hat zwar keine Tätowierung, dafür aber einen Diplomatenausweis, er war leitender Sekretär in der chinesischen Botschaft!«

»Moment. Ein Botschaftssekretär wird zusammen mit einem Mitglied der Mafia umgebracht?«

Der Leiter zuckte nur mit den Schultern und packte beides in eine Plastikhülle.

Rebecca sah, wie sich Ching auf einen Felsen setzte. Er blickte nachdenklich auf die Themse. Sie ging auf ihn zu und setzte sich neben ihn. Zwei Männer der Spurensicherung legten die Leichen auf Bahren und verfrachteten sie in die bereitstehenden Wagen.

»Nun, Ms Winter. Sie müssen noch einiges über die Verstrickungen der Triaden in unsere Kultur erfahren. Sie können das mit keiner anderen organisierten Kriminalität der Welt vergleichen«, sagte Ching und stand wieder auf.

»Aber …«

»Geduld ist nicht gerade eine Stärke von Ihnen, oder?«

Rebecca stöhnte innerlich, sie hob die Hände. Ching erzählte, dass die Triaden schon im zweiten Jahrhundert christlicher Zeitrechnung von Bauern und Mönchen gegründet worden waren, die sich gegen die Herrschaft der Ming-Dynastie auflehnten. Die meisten Mitglieder beherrschten Kampfsport genauso wie die List der geheimen Kriegsführung und lebten unter einem hohen Ehrenkodex. Aufgrund der massiven Verfolgung entwickelten sie für die Verständigung untereinander sogar bis heute gültige Geheimsymbole in Form von Fingerzeichen.

»Ich weiß. Wir haben sogar Handbücher darüber«, warf Rebecca ein und sah, wie Ching die Augen verdrehte.

»Ist ja schon gut.«

»Heute haben sich die Triaden auf der ganzen Welt verteilt. Es gibt rund 5000 Bruderschaften. Jedes Mitglied muss einen Eid auf absoluten Gehorsam und Verschwiegenheit auf Lebenszeit leisten. Je nach Lage und Herkunft nennt man sie die *Wo*-Gruppe, die *14-K-Bande* und in Paris zum Beispiel wird das 13. Arrondissement von einer Gruppe namens *Big Circle* kontrolliert. Kriminell wurden die Triaden übrigens erst mit der Kolonialisierung. Sie sind aber, wie ich schon sagte, extrem nationalistisch. Sie haben selbst erst gestern das Beispiel mit dem Einsatz von Triaden zur Niederschlagung der Studenten in Hongkong …«

»Okay, nur damit ich das richtig verstehe. Sie denken, dass der Mord an dem Attaché also doch von den Triaden begangen worden ist, es hier aber nicht um Geld ging? Also sind es politische Interessen?«

»Wir werden die Antworten wohl nur in Peking finden.«

»Das habe ich befürchtet«, sagte Rebecca und sah, wie ein Ermittler oben auf der Straße aus einem großen grauen Bus der Spurensicherung winkte.

»Wir haben was.«

Rebecca und Ching folgten dem leitenden Beamten der Mordkommission die Böschung hinauf und stiegen in den Bus. Er war zugestellt mit Stahlschränken. Auf einem der Tische standen ein Mikroskop, daneben Reagenzgläser, eine Laborzentrifuge, Saugflaschen, Petrischalen und alle möglichen Kleinteile für schnelle Untersuchungen in einem stationären Labor der Gerichtsmedizin. Auf der anderen Seite stand ein weiterer Tisch mit Bildschirm und Rechner. Diese mobilen Labore ermöglichten vor Ort nicht nur schnelle und präzise Analysen von organischen Spuren, sondern auch die Auswertung von Videos und Filmen digitaler Überwachungskameras.

»Das hat uns der Besitzer überlassen. Seit dort einmal eingebrochen wurde, wird das *Mayflower* von gleich mehreren Kameras überwacht. Die Männer fuhren exakt heute Morgen um 4.12 Uhr am Pub vorbei Richtung Ufer. Die Kennzeichen sind nicht zu erkennen und die Gesichter der drei Männer, na ja, sehen Sie selbst«, sagte der junge Beamte, der mit der Auswertung beschäftigt war.

Rebecca sah auf dem Bild nur zwei schemenhafte Figuren, die in Windeseile die Leichen abluden, und einen dritten Mann, der sie offenbar delegierte. Aber es waren keine Gesichter zu erkennen, aus denen man eine Identität oder wenigstens ihre Herkunft ableiten konnte.

»Tut mir leid, aber in besserer Bildqualität haben wir das nicht«, sagte der Mann und schaute von der Seite in das Gesicht von Ching.

»Von welchem Winkel wurde das aufgenommen?«

»Wie meinen Sie das?«

»Können Sie zumindest die Körpergröße aller drei Personen bestimmen?«

»Das sollte machbar sein, warten Sie.«

Rebecca beobachtete, wie Ching gebannt über die Schulter des Analysten auf den Bildschirm schaute. Der Mann vor ihm zoomte das Bild ein und wieder aus, tippte in eine Software verschiedene Werte ein, bis das Bild vertikal und horizontal von Linien durchzogen wurde. Erst als die Striche aus einem bestimmten Winkel zu den Personen übereinstimmten, erklang ein Piepton, und die Punkte begannen zu blinken.

»Okay, das ist interessant. Keiner von denen ist größer als …«

»… ein Durchschnittschinese«, sagte Ching. »Kommen Sie, wir haben genug, fahren wir ins Hauptquartier und bereiten alles für Peking vor.«

»Ist das einer dieser Tabubrüche der Triaden, von denen Sie

sprachen? Warum werden denn diese Morde entgegen dieser nebulösen Tradition nun doch so öffentlich zelebriert?«

»Ich habe überhaupt keine Orientierung mehr«, antwortete Ching. »Wir müssen an die Verwandten und Geschäftspartner des Attachés herankommen. Ich persönlich glaube, dass gerade die Mörder des Attachés verladen wurden.«

Die Mörder des Ermordeten wurden ermordet? Solche Tatmuster gab es überwiegend in zwei Gruppen, dachte Rebecca. In der organisierten Kriminalität und bei Geheimdiensten, die sich überflüssiger Zeugen oder Agenten entledigten, die zuvor für sie die Drecksarbeit erledigt hatten. Sie spürte kurz jenes Kribbeln in den Zellen, das Adrenalin, das einem in den Körper einfährt, kurz bevor man eine Treppe hinunterzufallen droht und sich gerade noch abfangen kann. Sie konnte Chings Zweifel förmlich spüren. Was würde der Tod eines weiteren Diplomaten nach sich ziehen?

SECHZEHN

LONDON, MI6, 24. FEBRUAR, 8.30 UHR

Brown riss die Augen auf, sah auf den Wecker und nahm das klingelnde Kryptohandy vom Nachttisch. Durch einen Spalt im Vorhang fiel etwas Sonnenlicht auf die zerwühlte Satinbettwäsche und blendete ihn. Von der Straße herauf hörte er, wie sich Menschen stritten. Thomas Parker hatte ihn in den Staybridge Suites nur ein paar Fußminuten vom MI6 untergebracht. Der Jetlag hatte seine Spuren hinterlassen, eigentlich hätte er vor einer Stunde wieder im MI6 sein sollen.

»Ja. Ich bin schon unterwegs.«

»Schalte besser schnell das Radio oder den Fernseher ein«, sagte Parker mit ruhigem Ton und legte auf.

Was war los? Hatte sich die Lage im Südchinesischem Meer verschlechtert? Hatten die Ermittler eine Überraschung parat, oder hatte sich etwas ergeben, das die ganze Sache entspannen würde?

Dann schoss ihm ein anderer Gedanke in den Kopf: Heute musste er sich unter allen Umständen bei Nathalie melden. Die Prüfungen waren vorbei. Am Abend hatte er ihr eine SMS geschickt, die sie behutsam auf die Tatsache vorbereiten sollte, dass er auf Dienstreise war. Wie würde sie reagieren? Insgeheim konnte er darauf vertrauen, dass sie Verständnis haben würde, da ihr ihre eigene Karriere sehr wichtig war. In den vergangenen Wochen hatte sie mehrere Verabredungen wegen Notoperationen absagen müssen. So bald wie möglich wollte sie sich als Ärztin mit eigener Praxis niederlassen, um endlich wieder einen geregelten Tagesablauf zu haben und dem kräftezehrenden Krankenhausdienst zu entkommen.

Brown nahm die Fernbedienung vom Tisch und zappte sich zur BBC.

Im ersten Augenblick sah er nur Kommentare über die Unruhen der vergangenen Nacht in Tottenham und die Premierministerin im Interview, und dann fuhr ihm der Schlag so ein, dass er die Fernbedienung fallen ließ. Bis eben noch schlaftrunken, lehnte er sich mit dem Rücken aufwärts im Bett sitzend an die Wand. Schon die eingeblendete Schlagzeile hatte es in sich und ließ einen unerwarteten Keim Hoffnung sprießen. Was hatte Zhou Bao gemacht?

»Dient London als Kulisse für einen offenen Krieg der chinesischen Mafia?«

Im ersten Augenblick wollte Brown sein Glück kaum fassen.

»… nach Angaben von Scotland Yard werde derzeit in alle Richtungen ermittelt. Ob der Mord an einem Sekretär der chinesischen Botschaft und einem Mitglied der Triaden aus Londons Chinatown Soho in einem direkten Zusammenhang mit dem vor zwei Tagen vor der US-Botschaft aufgefundenen ehemaligen Handelsattaché steht, ist derzeit noch völlig unklar. Aus unbestätigten Quellen des Außenministeriums wurde jedoch bekannt, dass der Fall zwischen Washington und Peking die ohnehin schon angespannten Beziehungen belaste. Gerüchten zufolge wurde vor zwei Tagen der amerikanische Botschafter in Peking ins chinesische Außenministerium zitiert. Das US-Außenministerium dementierte dies am heutigen Morgen. In einer kurzen Stel-

lungnahme wurde nur verlautbart, dass es keinen Anlass gebe, sich zu laufenden Ermittlungen der britischen Behörden zu äußern ...«

Brown starrte auf den Bildschirm. Für den Moment wusste er nicht, was er denken sollte. Er hatte Zhou Bao angewiesen, alles Erdenkliche zu tun, um Scotland Yard daran zu hindern, die Ermittlungen weiter nach Peking zu treiben und stattdessen die Spur nach Soho zu verdichten, aber von einem Mord zur Legendenbildung war nie die Rede gewesen – und selbst wenn, dann war der Tod eines Botschaftssekretärs der absolute Supergau.

»Verdammter Mist!«

Brown mochte sich nicht vorstellen, was gerade in Washington geschah. Wieder klingelte es. Es war zu erwarten, dachte Brown und nahm das Handy langsam hoch. Auf dem Display sah er, dass Spencer ihn von seinem Privatanschluss in Ashburn schon ein Dutzend Mal versucht hatte zu erreichen. Nur langsam wanderte sein Finger zur Taste, und er nahm das Gespräch an.

»Bist du völlig verrückt geworden! Hast du ...«

»Ich habe gar nichts, Ron. Zhou Bao wird vermutlich ...«

»Bao würde so was nie ohne Befehl machen. Du hast das nicht veranlasst?«

»Nein!«

Spencer schwieg einen Moment.

»Da will also jemand ganz auf Nummer sicher gehen. Bist du der Sache noch gewachsen? Stell Bao zur Rede, ich will wissen, was er dazu sagt, verdammt!«

Brown hätte nicht wenig Lust gehabt, seinen Zweifeln freien Lauf zu lassen, außerdem empfand er die Frage geradezu als lächerlich, schließlich musste er vielmehr den Eindruck gewinnen, dass seit dem Säbelrasseln zwischen Peking und Washington die Frage, wer der Sache noch gewachsen wäre, besser an andere adressiert werden sollte.

»Hör mir zu, mein Junge. Kann ich auf dich zählen?«, verstärkte Spencer seinen Druck.

»Herr Gott, ja, lass mich erst mal einen Überblick gewinnen. Ich bin keine Maschine. Vielleicht kann uns das ja sogar noch in die Hände spielen. Sollte ich scheitern, wirst du es vermutlich als Erster erfahren«, sagte Brown. Zugleich wuchs seine Entschlossenheit. Ein Versagen mochte er überhaupt nicht zu Ende denken.

»Gut, dann los! Und ab jetzt ist Funkstille, bis ihr am Ziel seid!«, sagte Spencer und legte auf.

Brown stand auf, riss sich Pullover und Hose vom Stuhl, ging ins Bad, beließ es bei einem kräftigen Schub Wasser ins Gesicht, packte seine Sachen zusammen und rief Parker an.

»Ich bin in zehn Minuten da. Was sagen unsere Ermittler?«

»Sie werden vermutlich heute noch nach Peking fliegen. Komm jetzt besser her. Es gibt da noch mehr Probleme.«

»Okay, bis gleich.«

Die Gewissheit, dass es mit einer schnellen Rückkehr in die USA nun Essig war, ließ ihn gegen das Bett treten. Für einen Moment setzte er sich noch mal. Er sah auf sein Handy. In den Staaten war es jetzt nicht einmal drei Uhr in der Früh. Es war für Nathalie durch den gewohnten Nachtdienst nicht ungewöhnlich, um diese Uhrzeit geweckt zu werden, und vielleicht gäbe es sonst keine Gelegenheit mehr, sie zu sprechen, bevor er mit seinem Team in Peking ankäme. Er wählte ihre Nummer und würgte die Verbindung doch wieder ab. Er musste einen besseren Zeitpunkt finden, dachte er, stand auf, zog sich seine Jacke über, schloss seine Reisetasche und trat kurz an das Fenster. Er hatte keine Skrupel, Nathalie notfalls zu belügen. Es war mehr ein Verantwortungsgefühl, das ihn zurückhielt. Sie lebte in einer heilen Welt. In seiner Lebensplanung hingegen war es bisher nicht vorgesehen, sich auf etwas so Verbindliches wie eine Beziehung einzulassen. Der Gedanke schmerzte, aber das Pflichtbewusstsein und die Angst, ihr zu schaden, ließen es nicht anders zu. Die Statistik sprach für sich. Nahezu 80 Prozent aller Beziehungen von operativen Agenten waren aufgrund der ständigen Unsicherheit zum Scheitern verurteilt. Noch kannten sie sich nicht so lange. Die Verletzung würde sich in Grenzen halten, würde er es jetzt beenden. Angesichts der Entwicklung konnte er nicht mehr umhin, sich einzugestehen, dass er vielleicht seine Angst beherrschen könnte, aber nicht seine Zweifel. Bei dieser Operation standen Leben auf dem Spiel und spätestens in Peking auch sein eigenes.

Er verließ das Hotel und ging den Weg zum MI6 zu Fuß. Ein paar Schneeflocken kitzelten ihn im Gesicht, der kurze Anflug von frühlingshaftem Wetter bei seiner Ankunft hatte sich wieder verabschiedet. Unterwegs besorgte er sich einen Coffee to go und erreichte nach fünf Minuten den Eingangsbereich des MI6. Er sah Parker neben der Security stehen, offenbar wartete er bereits auf ihn.

»Morgen, Thomas. Vor unserem Abflug will ich mir noch diesen Zhou Bao vorknöpfen. Und ich brauche ein zweites Kryptohandy.«

Parker schaute ihn an, als würde er sich nicht trauen, mit etwas rauszurücken. Er hatte seine bisher souveräne Ausstrahlung verloren.

»Was ist los?«

»Zhou Bao wurde in seiner Wohnung von unseren Leuten tot aufgefunden. Es gibt keinerlei Spuren von Gewalteinwirkung, und wir können keine Obduktion verlangen, ohne ihn zu enttarnen«, sagte Parker.

»Was soll das heißen? Ihr habt ihn einfach liegen gelassen? Seid ihr verrückt? Und wieso habt ihr ihn überhaupt aufgesucht?«

»Wir haben dafür gesorgt, dass er gefunden wurde, keine Sorge, aber er hat kurz vor seinem Tod in der Nacht eine Warnung abgesendet, dass er den Job nicht übernehmen könne.«

»Okay, das heißt, wenn er nicht ganz zufällig an einem Herzinfarkt gestorben ist, hat ihn jemand umgebracht. War er noch in eine andere Aktion involviert?«

»Nein. Er war über drei Jahre stillgelegt«, sagte Parker und ging voran in Richtung ihrer Räume.

Brown senkte den Kopf. Wer außer der CIA und seinem Team konnte von seinem Treffen mit Zhou Bao wissen? Hatten sie wirklich so ein drastisches Leck? Es erschien ihm fast unmöglich. Die Toten an der Themse spielten ihm jedenfalls nicht in die Hände und spülten die beiden Scotland-Yard-Ermittler vermutlich gerade schon nach Peking.

»Kann es sein, dass er abgehört wurde?«

»Er hat immer den neuesten Standard von uns erhalten. Und um es gleich zu sagen: Von uns war es sicher niemand!«

»Okay, aber so einen beschissenen Zufall kann es doch nicht geben.«

»Ich fürchte, doch. Er hatte keinen gesunden Lebensstil, war weit über 60. Er klang nach Angaben unseres Mitarbeiters am Telefon sehr schwach.«

»Thomas. Ich will das genau wissen, und zwar schnell!«

»Ich kümmere mich darum«, sagte Parker und öffnete die Tür zum Konferenzraum.

Das Gefühl, sich keinen Reim auf die beiden Toten von der Themse und Zhou Baos gleichzeitiges Ableben machen zu können, war erdrückend. Lag Spencer mit seinem Verdacht, dass sie ein Leck hatten, also richtig? Konnte vielleicht ein ehemaliger NSA-Mitarbeiter wie Kingston, so besonnen und distanziert er auch am Telefon klang, so ehrenvoll wie Spencer ihn auch bezeichnete, da seine Finger im Spiel haben? Alles nur

Spekulationen, dachte Brown, noch wusste er nicht einmal, wer von was wirklich profitieren würde.

Brown setzte sich an den Konferenztisch vor der Überwachungseinheit. Parker nahm sich eine Wasserflasche vom Tisch, goss sich ein Glas voll, trank, stellte sich mit Blick auf die Themse an ein Fenster und merkte an, dass es aus Peking zur aktuellen Entwicklung ganz entgegen der ersten Empörung nach dem Tod des Attachés keine Reaktion gab.

Brown stöhnte kurz, lehnte sich in seinem Stuhl nach hinten und schaute an die Decke. Für einen Moment dachte er, dass das Schweigen der Pekinger Regierung vielleicht ein Hoffnungsschimmer sei. Ging man nun möglicherweise auch in Chinas Machtzentrale davon aus, dass es sich um einen Mafiakrieg handelte? Es könnte ein Hinweis darauf sein, dass man nun, wo vielleicht alle Zeugen beiseitegeschafft wurden, eine neue Strategie entwickelte. Oder übten die Militärs in Peking bereits ihre Macht aus, wie Spencer es bei ihrer Besprechung in Ashburn hatte anklingen lassen?

»Scotland Yard ist sich sicher, dass es Chinesen waren, die die beiden Leichen vom Morgen an der Themse entsorgt haben, womöglich die Mörder des Attachés. Aber das alles wird Ching und Winter wohl kaum noch davon abhalten, nach Peking zu fliegen«, sagte Parker.

»An Wunder habe ich noch nie geglaubt. Sorge dafür, dass wir unsere Basis in Peking woanders aufschlagen. Von der Botschaft aus werden wir nicht sicher operieren können.«

»In Ordnung. Wir haben zwar nicht mehr viele Pensionen, aber gut, wir werden damit auskommen müssen. Wir fliegen in zwei Stunden.«

»Pensionen, auch gut.«

Mit Pensionen waren Außenposten, Basen, gemeint, die die CIA in fast jedem Land der Welt unterhielt und die für verdeckte Operationen genutzt wurden, besonders in Ländern wie China, in denen es zu gefährlich war, sich als Botschaftspersonal zu tarnen. Und genau dieser Umstand rief Brown ein weiteres Problem ins Bewusstsein, denn das größte Manko einer verdeckten Operation in Peking resultierte zurzeit aus einer Cyberattacke, die sämtliche Aktivitäten der CIA in China um Jahre zurückgeworfen hatte. Was früher nur durch Topverräter in mühsamer Kleinstarbeit unter Einsatz des Lebens gelang, hatten chinesische Hacker in ein paar Stunden erledigt, als sie Millionen Datensätze des amerikanischen *Office of Personnel Management* (OPM) gestohlen hatten. Brown konnte sich an die Aufregung in Langley noch gut erinnern. Es war der GAU des Jahres gewesen und für die Arbeit der CIA nicht weniger dramatisch als für die NSA die Enthüllungen von Edward Snowden. Binnen Tagen mussten alle Agenten aus China abgezogen werden. Man hatte damit gerechnet, dass die Chinesen die Daten der offiziell akkreditierten Diplomaten mit den erbeuteten Datensätzen abgleichen und so alle Agenten enttarnen hätten können.

»Ich werde noch was essen müssen«, sagte Brown. Er spürte, wie sich sein Magen wieder leicht verkrampfte, und ging aus dem Saal. Für einen Moment blieb er in dem langen Flur vor dem Eingang stehen, stützte sich mit einer Hand an der Wand ab, rieb sich mit der anderen seinen Magen, die Stiche steigerten sich zu einem anhaltenden schmerzhaften Krampf.

Aus einem erhofften schnellen Erfolg wurde in nur einer Nacht das absolute Horrorszenario, denn hier kämpften ganz offenbar mehrere Akteure darum, die Motive für den Tod des Attachés zu verbergen. In diesem Moment beschlich Brown das Gefühl, dass es vielleicht sogar von keiner Seite ein Interesse an einer Aufklärung geben könnte. Wenn dieser instinktive Einfall auch nur im Ansatz Substanz hatte, war alles, was Spencer ihm bisher an Informationen gegeben hatte, im Grunde genommen nichts wert.

Plötzlich riss jemand die Tür auf, und Parker stand vor ihm.

»Ich hab nur kurz verweilt, um nachzudenken«, versuchte Brown seine leicht gekrümmte Haltung zu erklären, ließ die Hand von seinem Magen und wartete innerlich gefasst auf die nächste Hiobsbotschaft.

»Die plötzliche Zurückhaltung der Regierung in Peking könnte noch andere Gründe haben«, sagte Parker und zeigte ihm einen Bericht der *New York Times*.

»Wieso?«

»Seit heute Morgen sind drei weitere Kriegsschiffe, darunter ein Flugzeugträger, vom Pentagon ins Südchinesische Meer beordert worden.«

In was gerate ich da rein, verdammt, dachte Brown.

Er blieb kurz stehen und strich sich durch seine Haare, suchte nach einer letzten Möglichkeit, Scotland Yard an einer weiteren Ermittlung zu hindern.

»Sag, Thomas, der ermordete Botschaftssekretär war doch noch ein aktiver Diplomat, also mit diplomatischem Status, richtig?«

»Ja, wieso?«

»Ich muss sofort mit der Leitung des MI6 sprechen!«

SIEBZEHN

LONDON, SCOTLAND YARD, 24. FEBRUAR, 11.15 UHR

Sie fuhren über die Dacre Street ins Hauptquartier von Scotland Yard, parkten den Wagen in der Garage und schossen die Treppen hoch.

Allington saß in seinem Büro und starrte auf den lautlos gestellten Fernseher an der Decke, bevor er beiden in die Augen blickte. Seine Tränensäcke waren nicht mehr so geschwollen, seine Krawatte saß fest am Hals, er hatte das Sakko anbehalten. Obwohl Rebecca kurz zweifelte, ob es in Anwesenheit von Ching nicht etwas unangebracht war, konnte sie nicht anders.

»Wie geht es Rose?«

»Wir fahren morgen zu einem Experten, und dann sehen wir weiter. Danke, Rebecca, es wird schon. Aber nun zur Sache, es gibt ein paar interessante Entwicklungen«, sagte Allington und bat beide mit einer Handbewegung, sich vor seinen Schreibtisch zu setzen, der inzwischen fast leer geräumt war.

»Mr Ching, was, denken Sie, hat die wundersame Vermehrung der Toten über Nacht zu bedeuten?«, fragte Allington.

Ching lachte unvermittelt auf, schaute Rebecca an, als würde er eine Art Übersetzung brauchen, denn Allingtons Art, die Frage zu stellen, hatte einen etwas drolligen Tonfall, als würde er das Ganze lächerlich machen wollen.

Da war was im Busch, dachte Rebecca.

»Mr Allington, ich fürchte, dass wir an einem Punkt sind, an dem es hier in London nicht mehr weitergehen wird. Die Mörder des Attachés sind mit an Sicherheit grenzender Wahrscheinlichkeit heute Nacht beseitigt worden. Wir haben keine Zeugen und keinen Zugriff auf die Täter. Die These wiederum, dass es sich um einen Mafiakrieg handelt, in den Regierungsbeamte verwickelt sind, halte ich für schwierig, aber ein ehemaliger Funktionär des Politbüros, ein guter Freund des Attachés, hat mich während unserer ersten Ermittlung, nachdem Ta Liang auf die Fahndungsliste kam, kontaktiert. Vielleicht kann er uns weiterhelfen, so haben wir …«

»Wir haben vor allem eine veritable Wirtschaftskrise, die beide Mächte an den Rand eines Krieges bringen könnte!«, unterbrach Allington den Chinesen in einem plötzlich lauten Tonfall. »Wir werden an der Nase herumgeführt. Gestern noch droht man mir mit Konsequenzen für den Fall, wir würden das nicht schnellstens aufklären, und nun plötzlich nach einem weiteren toten Diplomaten könnte es sein, dass uns der Fall weggenommen wird, unsere Abteilung die Schuld für die Ermittlungspannen bekommt und das MI6 die Sache übernimmt!«, wütete Allington.

Rebecca wunderte sich über Allingtons Reaktion, es war doch zumindest für ihn persönlich das Beste, was ihm passieren konnte – er hätte Zeit und Ruhe, sich um Rose zu kümmern. Und während sie selbst bis vor ein paar Wochen innerlich vor Neugier und Aufregung, einen solchen Fall weiterzuverfolgen, fast geplatzt wäre, konnte sie sich nun mit dem Gedanken anfreunden, sich von dem Schock der Ermittlungen gegen sie zu erholen, anstatt in das nächste Abenteuer mit ungewissem Ausgang gestürzt zu werden.

Doch der Gedanke war nur ein innerer Sabotageversuch, denn in Wirklichkeit war da wieder dieser Sog, dieser Kitzel, der Sache auf den Grund zu gehen. Immerhin wies hier einiges darauf hin, dass man vertuschen wollte, worum es wirklich ging. Und ganz nebenbei suchte man dafür auch noch einen Sündenbock, der gänzlich unschuldig an der Situation war.

»Wie begründet das MI6 das?«, fragte Rebecca und nahm ihr Smartphone in die Hand. Sie verband sich mit dem internen Server von Scotland Yard und suchte in einer Datenbank nach den Vorschriften bezüglich der Ermittlungszuständigkeiten in solchen Fällen.

»Da der Sekretär ein aktiver Diplomat war, sind wir raus. In so einem Fall übernehmen Sonderermittler und der Geheimdienst. Die Ermittlungen wegen möglicher Wirtschaftsverbrechen stehen dann so lange hintenan, bis wir wieder beauftragt werden. So ist das Spiel. Mr Ching, ich möchte mich für Ihren Einsatz …«

»Moment, Moment. Wir ermitteln ja nur in dem Fall Ta Liang, und der hatte keinen diplomatischen Status mehr.«

»Rebecca, das kann ich nicht machen«, sagte Allington, dann hielt er plötzlich den Atem an, rückte seinen Stuhl nach vorne und blickte auf den Bildschirm vor sich.

»Was ist?«, fragte Rebecca.

»Fletcher von der IT schreibt, dass sie sicher sind, in den kommenden Tagen zumindest an einige der Konten von Ta Liang heranzukommen. Zwar nicht an Namen, aber an die Transaktionen, sprich: Wir kommen zumindest an die Information, aus welchem Land die Zahlungen kamen. Das könnte Bewegung in die Sache bringen«, sagte Allington in einem Ton, der Rebecca schon besser gefiel.

»Das stinkt doch alles bis zum Himmel. Ich glaube nicht, dass das alles seine Konten waren, das sind einfach zu viele, außerdem müssen wir wissen, wohin das Geld geflossen ist«, sagte Rebecca.

»Keine Sorge. So leicht lass ich da nicht locker«, ätzte Allington, hievte sich mit einem Ruck aus seinem Sessel und ging zur Tür. »Bist du fit für die Sache?«

Jeden inneren Zweifel in der Sekunde verdrängend, hob Rebecca den Daumen.

»Okay, einen Moment. Ihr wartet hier. Ich bin gleich wieder da.«

»Was hast du vor?«

»Du hast recht. Ta Liang ist ein anderer Fall«, sagte Allington, und Rebecca sah nach den erschütternden Momenten mit Robert wieder ein Funkeln in seinen Augen. »Ich denke, ich kann Assistant Commissioner Harms einen Vorschlag machen.«

Ching schaute erst Allington nach und dann etwas verunsichert zu Rebecca.

»Keine Sorge, mein Boss scheint gerade eine seltene Ausnahme zu machen.«

»Wie soll ich das verstehen?«

»Er setzt sich gleich über Vorschriften hinweg«, sagte Rebecca bewusst süffisant.

Ching faltete wie schon bei ihrer ersten Begegnung seine Hände wie zu einem Gebet zusammen. Was diese Geste bedeutete, war Rebecca immer noch nicht ganz klar, aber es schien ihn zu entspannen.

»Sie pflegen ein sehr vertrautes Verhältnis zu Ihrem Vorgesetzten.«

»Ja, wir haben schon einiges durchgemacht«, kommentierte Rebecca. Eine nähere Beschreibung ihrer Beziehung zu Allington erschien ihr unangemessen. »Sagen Sie, Mr Ching, ich habe nur eine ungefähre Vorstellung davon, wie schwer es ist, in Peking zu ermitteln. Ich bin nicht besonders scharf darauf, dass man uns ununterbrochen überwacht. Können wir sicher sein, dass wir verdeckt arbeiten können?«

Ching lächelte kurz, schüttelte den Kopf und strich sich durch seine kräftigen und dichten schwarzen Haare.

»Sagen wir mal so, solange die Disziplinarkommission davon ausgeht, dass wir uns nur darum bemühen, ins Ausland geflohene Verdächtige hochgehen zu lassen und dafür Zeugen im Inland befragen müssen, passiert nichts. Ich kann uns eine Zeit lang schützen. Aber in dem Augenblick, wo wir die Machtbasis des Staatspräsidenten oder seine Kreise berühren, müssen Sie mir versprechen, dass Sie sofort aufhören und das Land verlassen.«

Bis vor ein paar Wochen hätte ich diese Art Warnung noch in den Wind geschossen, dachte Rebecca sich und nickte nur.

Die Tür ging auf, und Allington kam mit drei Kaffeebechern auf einem Papptablett zurück, stellte sie auf den Tisch und hatte ein Grinsen im Gesicht, das Rebecca erstaunte – jenes, das er nur auflegte, wenn er zufrieden war, ihm irgendeine Finte gelungen war.

»Assistant Commissioner Harms hält uns den Rücken frei. Es muss aber schnell gehen, bevor es eine offizielle Anweisung aus dem Justizministerium gibt und wir den Fall verlieren. Bucht euch die Flüge. Rebecca, du gehst offiziell als Beauftragte von Interpol nur der Frage nach, wohin und wie der Attaché seine Gelder transferiert hat und ob der britische Fiskus dabei um Steuern gebracht wurde, verstanden? Mr Ching, können Sie für die Sicherheit meiner Ermittlerin sorgen?«

»Na ja, wenn sie meinen Anweisungen folgt, dann schon.«

»Sie sitzt neben Ihnen!«, sagte Rebecca und setzte ein wohlkalkuliertes kühles Lächeln für Ching auf.

»Rebecca! Diese Frage würde ich in Zusammenhang mit jedem stellen, den ich da runterschicke«, raunte Allington.

»Ja, ja, ist schon in Ordnung.«

»Ihr fliegt getrennt!«

»Warum das denn?«

»Reiz mich nicht durch Widerspruch. Du bist in drei Tagen wieder hier, Rebecca. Ich erledige den Papierkram. Wir brauchen einen Überblick über das Beziehungsgeflecht des Attachés. Mr Ching, jemand, der als Berater und Diplomat wie der Attaché tätig war, wird vermutlich die gesamte Führungselite kennen«, wandte sich Allington wieder an den Interpol-Kollegen und trank seinen Kaffee in einem Zug aus.

»Ich habe durch unsere bisherigen Ermittlungen Zugang zu fast allen Verwandten, Partnern und politischen Günstlingen des Attachés. Wir können – mit aller Vorsicht – loslegen, und je früher einer von uns wirklich an Informationen wegen der Konten herankommt, desto gezielter können wir vorgehen. Wir bleiben am besten täglich in Verbindung«, sagte Ching.

Rebecca verspürte sofort ein Unbehagen. Die Angst, abgehört zu werden, war für sie allgegenwärtig geworden. Sie nahm ihr Handy und schob es Allington zu. Die nahezu traumatische Erfahrung ihres letzten Falles war alles andere als bewältigt. Die Ermittlungen des Serious Fraud Office waren schon seit dem Ausbruch der Finanzkrise 2008 in den Fokus der Regierung geraten, da diese durchaus ein Interesse daran hatte, dass nicht alle Betrügereien aus dem Bankensektor ans Tageslicht kamen. Allein der Gedanke, dass der Geheimdienst noch einmal seine Finger im Spiel haben könnte, brachte Rebecca innerlich zum Kochen. Gegen Cyberangriffe, auch die eines Geheimdienstes, konnte man sich von außen relativ gut schützen, aber wenn diese von innen kamen, war man chancenlos. Bis heute hatte sie keine Ahnung, wie viele Telefongespräche der britische Geheimdienst mitgehört hatte, wie viele Mails er unbemerkt gelesen hatte. Früher musste man die Zielpersonen aufwendig mit batteriebetriebenen Wanzen versehen, doch heute trugen alle ihre Wanzen in Form ihres Handys bei sich. Manchmal hatte Rebecca das Gefühl, dass das MI6 bei ihren Besprechungen dabei war, bei Zeugenvernehmungen, beim Mittagessen, dass es sie zu ihren Recherchen in die Clubs rund um das Finanzzentrum im Canary Wharf begleitete oder ihr bei ihren Selbstgesprächen mit ihren beiden Goldfischen oder dem sonntäglichen Five o' Clock Tea mit ihrer alten Nachbarin zuhörte. Es war in ihrem Schlafzimmer, wusste jederzeit, wo sie sich befand und wie weit die Ermittlungen waren.

Doch sie hatte gelernt. Mobiletelefone, Laptops und WLAN waren für sie die Pest geworden, und wo immer sie konnte, mied sie ihre Verwendung, denn die Geheimdienste überwachten eben nicht nur Verbrecher, Drogenhändler oder Terroristen. Heute reichten ein paar Programmbefehle aus, um alles und jeden abzuhören. Dass dabei mal eben Gesetze gebrochen wurden – wen kümmerte es schon? Das Serious Fraud Office war ein viel zu attraktives Ziel, da nicht wenige Politiker und andere Behörden ein großes Interesse daran hatten zu wissen, was die Ermittlungen jeweils zutage bringen würden, so was ging schon mal hinauf bis zur Downing Street. Bestimmte Bereiche der Korruption sollten offenbar unter Aufhebung der Gewaltentrennung zwischen Justiz und Politik nicht an die Öffentlichkeit geraten, und schon gar nicht durften die Schwächen des ganzen Finanzmarktes offenbar werden. Noch einmal wollte sie sich nicht benutzen und zum Sündenbock machen lassen.

Rebecca sah, wie Allington ihr das Handy wieder zurückschob.

»Das halte ich für keine gute Idee, Rebecca«, riss Allington sie aus ihren Gedanken. »Ich muss regelmäßig wissen, wo ihr steht.«

Bevor Rebecca etwas sagen konnte, warf Ching ein, dass er als Alternative von Peking aus mit abhörsicheren Handys eine Verbindung herstellen könnte, deren Verschlüsselung kein Dienst der Welt knacken würde, daran hätte sich die NSA schon Jahre die Zähne ausgebissen.

»Und was ist, wenn das auch nicht mehr geht? Was ist, wenn Sie in Peking selbst unter Beobachtung geraten oder untertauchen müssen?«

»Mr Allington, wenn wir mit dieser Angst im Rücken arbeiten, werden wir keinen Erfolg haben. Das Risiko müssen wir bis zu einem gewissen Punkt eingehen«, sagte Ching.

Rebecca wunderte sich. Ching sagte dies mit einer stoischen Ruhe, als wäre er auf genau das schon vorbereitet. Wahrscheinlich hatte es auch ungeahnte Vorteile, mit jemandem zusammenzuarbeiten, der sich in einem autoritären Staat auskannte.

»Robert, ich werde vorsichtig sein, keine Alleingänge. Mir ist klar, dass ich in einer Diktatur arbeiten werde.«

»Ist das Ihre einzige Vorstellung von China?«, fragte Ching mit einem plötzlich ungehaltenen Gesichtsausdruck.

»Nein, um Gottes willen, ich wollte nur meine Vorsicht zum Ausdruck bringen, verzeihen Sie mir!«

»Ich weiß genau, wie viele Probleme unser Land hat. Aber vergessen Sie nicht seine Geschichte, seine Größe und die großen Umbrüche der letzten Jahrzehnte. Halten Sie sich am besten mit dieser Meinung in Peking zurück.«

»Keine Sorge«, sagte Rebecca mit betont lauter Stimme, da sie nicht der Meinung war, mit ihrer Bemerkung sonderlich falschzuliegen. Und wenn der Tipp auch richtig gewesen sein mochte, hatte Ching hier kurz ein herrisches Verhalten aufblitzen lassen, das sie von ihm bislang nicht gekannt hatte. Ihr wurde plötzlich bewusst, dass sie von ihm noch immer nicht viel wusste und gerne etwas mehr über ihn erfahren würde, schließlich würde sie ab morgen von ihm abhängig sein.

»Du kannst den Fall noch immer abgeben, Rebecca. Und ich verspreche dir, dass keiner deshalb weniger von dir hält«, sagte Allington.

»Vielen Dank für das Angebot«, sagte Rebecca süffisant, »aber ich selbst würde dann definitiv weniger von mir halten«, sagte Rebecca und schwieg einen Moment. »Du solltest mich eigentlich langsam kennen, Robert. Wenn ich eine Entscheidung treffe, dann bleibe ich auch dabei.«

»Ich lasse Sie vom Flughafen abholen, Ms Winter«, sagte Ching. »Gehen Sie unmittelbar nach Ihrer Landung zum Taxistand. Und noch was. Ich hänge persönlich nicht so sehr an China. Wenn ich sie vor etwas warne, geht es mir nur um Ihre Sicherheit.« Chings Gesichtszüge hatten sich wieder entspannt. »Vergessen Sie bitte nicht, dass auch ich bei diesen Ermittlungen selbst in große Schwierigkeiten geraten kann.«

»Das ist ja in Ordnung, aber ein Kindermädchen brauche ich nicht«, entgegnete Rebecca mit einem provozierenden Lächeln. Bevor Ching zu einem Kommentar ansetzen konnte, hatte Allington plötzlich den Fernseher laut gestellt.

»… nach Angaben der chinesischen Führung zeigt man sich angesichts der aktuellen Lage zutiefst besorgt und stimmt einem Gipfeltreffen in Peking zu, bei dem auch die aktuelle Wirtschaftslage Gegenstand der Beratungen sein soll, so das chinesische Außenministerium. Jedoch gefährde das Verhalten der Vereinigten Staaten jede Entspannung. Als einen weiteren ernsten Angriff der Vereinigten Staaten auf Chinas Sicherheit und Souveränität bezeichnete die Führung in Peking die Entsendung von Kriegsschiffen ins Südchinesische Meer. Die

größte englischsprachige Tageszeitung Chinas, People's Daily, zitierte einen hochrangigen Militär. Seit 1979 haben die USA unter dem Vorwand der sogenannten Freiheit der Schifffahrt die Rechte von 30 Nationen verletzt, bis heute dringen sie regelmäßig in fremde Gewässer ein und stellen damit die Hoheitsrechte dieser Länder infrage.

Experten rätseln derzeit, wie weit Peking im aktuellen Fall gehen wird. Ein militärischer Konflikt mit den USA wäre für alle Seiten desaströs, so der China-Experte Ralph Cube von der Princeton University. Nicht zuletzt für China, das noch Ruhe und Zeit braucht, um seinen Aufstieg zur Weltmacht zu vollenden.

Der kritische Militärexperte Zhao Chu wartet noch mit einer ganz anderen Interpretation auf. Die USA seien derzeit nicht in der Lage zu einer großen Militäroperation oder gar einem Krieg in der Region, China wiederum fehle es an echtem Willen. Zhoa Chu geht vielmehr davon aus, dass die Aktion der Amerikaner vorher mit Peking abgesprochen gewesen sein könnte – als eine Art kontrollierte öffentlich ausgetragene Meinungsverschiedenheit. Auf ihn wirkt die Kommunikation und Kooperation zwischen den beiden Giganten professionell und eingespielt.

Für den US-Politologen Paul Wallert ist das neuerliche Gerangel im Südchinesischen Meer hingegen ein Vorbote für einen sich anbahnenden Großkonflikt. In der nun radikal veränderten Weltwirtschaftslage, angesichts von Chinas Dominanz geht es nicht nur um die Vorherrschaft in Ostasien. China will nach Überzeugung Wallerts die Amerikaner zurückdrängen und selbst zur regionalen Ordnungsmacht aufsteigen.

»Tja, da kann wohl keine Seite schmutzige Wäsche gebrauchen, wie? Dass es um den Gipfel geht, ist also kein Geheimnis mehr«, stellte Allington fest. Er reichte Rebecca und Ching die Hand.

»Passt auf euch auf, alle beide!«

ACHTZEHN

LONDON, MI6, 24. FEBRUAR, 13.30 UHR

Neal Brown sah sich im Konferenzraum des MI6 das aktuelle Abhörprotokoll aus dem Büro von Superintendent Robert Allington an. Thomas Parker und sein Überwachungsspezialist Ethan Maloway hatten in einer kurzen Pause allen eine Portion Fish and Chips besorgt. Nun öffnete Parker das Fenster, um den Geruch nach gebratenem Fisch zu vertreiben, setzte sich wieder und wischte sich mit der Serviette die Hände ab. Um den Tisch herum und vor dem Ausgang standen die gepackten Reisetaschen. Die Flüge waren gebucht, in einer Stunde würden sie mit einer normalen Linienmaschine als Geschäftsmänner getarnt nach Peking abheben und dort eine Basis nutzen, die alle erdenklichen technischen Voraussetzungen beherbergte, um Winter und damit auch Ching orten und abhören zu können.

»Thomas, was ist mit dem MI6-Dossier über Winter?«

»Ich habe alles versucht, aber wenn ich die Freigabe zu erzwingen versuche, werden andere zu hellhörig. Ich kann …«

»Darum geht es mir nicht. Aber wie es aussieht, muss ich davon ausgehen, dass sie damit rechnet, weiter abgehört zu werden«, sagte Brown, winkte mit dem Abhörprotokoll des letzten Briefings aus dem Büro von Robert Allington und sah Parker nur die Schultern zucken. Was sollte er auch anderes tun, keiner im Team hatte bis vor ein paar Tagen gewusst, wer diese Frau überhaupt war, und angesichts der Brisanz des Falles, in den Winter zuvor involviert gewesen war, erschien eine Observation auch nicht wirklich überraschend. Würde eine erneute Überwachung seitens des amerikanischen Geheimdienstes auch nur im Ansatz entdeckt, hätte die CIA genau den Skandal, den Spencer vermeiden wollte. Aber das wäre vielleicht das weitaus kleinere Übel. Schlimmer wirkte der Umstand, überhaupt nicht zu wissen, worauf Winter in Peking jetzt stoßen würde. Um seinen Auftrag zu erfüllen, musste Neal Brown sie bis an die Grenze gehen lassen und selbst über alles und jeden Beteiligten erhaben sein. Es gab keine andere Möglichkeit.

»Thomas, sind wir technisch in der Lage, Winter in Peking zu isolieren und die Kommunikation nach London nötigenfalls zu unterbinden?«

Parker wies mit der Hand zu Maloway, der an seinem Rechner saß, sich über die Narbe auf seiner Wange rieb, den Rest seiner Portion Chips in den Mund stopfte und abwesend wirkte.

»Ethan!«

»Ich hab ja zugehört. Wir haben eine Software, mit der wir in den Netzen Stimmen erkennen und auch gezielt suchen können. Da wir Winters und auch Chings Stimme haben, kann ich das gesamte Telefonnetz Pekings beziehungsweise die Satelliten in Echtzeit scannen, sobald sie mit jemandem sprechen. Na ja, ein paar Sekunden dauert es, und die Sache ist noch nicht absolut zuverlässig, aber ja, dann kann ich die Verbindung stören. Schwieriger wird es, wenn sie Daten verschicken will.«

Das war nicht das einzige Problem, sorgte sich Brown. Sie

mussten vielleicht ohne GPS-Ortung auf die ganz altmodische Art und Weise eine 24-Stunden-Observierung umsetzen, mit dem Risiko, sie im Dschungel dieser Metropole zu verlieren und selbst aufzufliegen. Bei den derzeitigen Spannungen als westliche Spione in einem chinesischen Knast zu landen wäre ein Höllenritt.

Thomas Parker schien in der Sekunde zu begreifen, was Browns Überlegungen hinsichtlich der Überwachungsoptionen bedeuten könnten. Er verzog den Mund und warf den Rest seines Essens in einen Mülleimer unter dem Konferenztisch. Keiner im Raum hatte davon gewusst, dass Rebecca Winter schon einmal überwacht wurde und dass mit den Ergebnissen eine Ermittlung gegen sie losgetreten wurde. Das würde nun unweigerlich dazu führen, dass Rebecca Winter mit erhöhter Aufmerksamkeit versuchen würde, einer weiteren Überwachung zu entgehen.

»Winter ist bereits auf dem Weg zum Flughafen. Ich kann die GPS-Sender und Knopfwanzen nicht mehr entfernen. Die Flughafenscanner überstehen die Dinger, aber was dann passiert, kann ich nicht sagen. Ich meine, wir haben ihre gesamte Wäsche, Taschen und Hosen damit bestückt«, sagte Ethan und hatte wieder eine dieser Erdbeerstangen im Mund. »Niemand hat uns gesagt, dass wir so schnell in Peking arbeiten werden. Wir hätten sonst andere Vorkehrungen treffen können.«

»Was sind für alle Fälle die Alternativen?«, fragte Brown, der in seiner Ausbildung zwar eine Menge über Abhörtechniken gelernt hatte, aber sich als operativer Agent nicht selbst darum kümmern musste.

Mit einem überlegen wirkenden Lächeln stand Ethan auf. Sein Gesicht hatte sich etwas gerötet, was seine weißliche Narbe umso stärker betonte. Er ging zu einem grauen Stahlschrank neben seinem Arbeitsplatz und kehrte mit einem schwarzen

Lederkoffer zurück, den er auf Browns Tisch abstellte und öffnete.

»Die alte Schule – Stethoskope und Richtmikrofone, allerdings digital verfeinert und minimiert. Damit kann ich im Freien Gespräche abhören. Bei geschlossenen Räumen kommt der Infrarotlaser infrage, die Schwingungen der Sprache kann ich auf eine Entfernung von bis zu 200, vielleicht 300 Metern abhören, aber ich brauche eine Sichtverbindung zu einem Fenster des abzuhörenden Raumes. Das war es, wir haben mehrere dieser Ausrüstungen in Peking gelagert«, erklärte Ethan.

»Gut, Ethan. Was soll ich sagen, wenn die Wanzen auffliegen … na ja, lieber einen Abhörskandal für den MI6 als einen Krieg im Südchinesischem Meer, alles klar?«

Die Gesichter seiner beiden Spezialisten deuteten zwar auf wenig Begeisterung hin, aber es schien auch keinen Widerspruch zu geben.

»Was ist mit dem Flughafen in Peking? Werden Winters Wanzen nicht spätestens da entdeckt?«, kam Brown zum nächsten Thema.

»Die Dinger haben eine spezielle Beschichtung, das wird kein Problem«, sagte Ethan, schloss den Koffer und stellte ihn zu den anderen Gepäckstücken.

»Wir haben zwei Vans mit der nötigsten Ausrüstung zur Verfügung, jede Verkehrskontrolle wird ein Risiko. Dazu einige Waffendepots außerhalb von Peking und maximal noch bis zu sechs chinesische Doppelagenten, die wir für eine direkte Beschattung einsetzen können«, sagte Parker und schloss seinen Rechner.

»Na, dann sind wir ja, so gut es geht, auf alles vorbereitet. Dann los. Wir sehen uns gleich unten. Ich hab noch was zu erledigen. Und, Ethan, färb dir die Haare schwarz, als Leuchtboje kann ich dich da unten kaum gebrauchen! Und hör auf, ständig dieses Zeug zu kauen!«, sagte Brown und zeigte auf die Tüte RedVines auf Ethans Schreibtisch. Dann stand er auf und warf sich seine Lederjacke über die Schulter.

»Und noch was. Ich brauche Zugang zu allen Servern der Abteilung von Winter. Ich will deren Recherchen verfolgen können, auch von Peking aus!«

»Das erledige ich«, sicherte Parker zu.

Brown ging in den Flur, nahm den Fahrstuhl und verließ das Gebäude des MI6. Jetzt war die letzte Chance, vor dem Abflug Nathalie zu erreichen. Direkt neben der Vauxhall Bridge stieg er eine Treppe zum Ufer der Themse hinab. Gerade als er unten angekommen war, passierten über ihm Kolonnen von Polizei und Militär die Brücke. Dass es in London seit Tagen zu heftigen Protesten mit bürgerkriegsähnlichen Zuständen gekommen war, war an Brown und seinem Team weitestgehend vorbeigegangen. Für einen Moment schaute er hinauf. Er hatte kurz das Gefühl, in einer parallelen Welt zu leben und doch an Dingen beteiligt zu sein, die das Schicksal all dieser Menschen beeinflussen könnten. War die Gefahr eines Krieges wirklich so greifbar?

Gerade als er sein Telefon in die Hand nahm, kam Parker die Treppe zum Ufer herunter.

»Neal, wir haben was Neues. Ethan hat sich die Daten aus dem Zentralcomputer des Royal London Hospital geholt. Zhou Boa hatte ein Aneurysma im Kopf.«

»Das darf doch nicht wahr sein. Arme Sau. Gut, danke. Ich komme gleich!«

Parker eilte zurück.

Eine geplatzte Schlagader – eine Todesursache, die zu keiner Methode passte, jemanden ohne sichtbare Spuren umzubringen, dachte Brown und lief ein Stück weiter. Alles andere als ein gelungener Start. Hätte es diesen Schicksalsschlag nicht gegeben, wer weiß, was Zhou Bao hätte ausrichten können. Jetzt gab es kein Zurück mehr, und die ungewisse Reise nach Peking war unausweichlich.

Er schaute auf das Handy, das er von Parker erhalten hatte, und wählte Nathalies Nummer. Es dauerte lange, bis das typische Freizeichen für Überseegespräche erklang. Nach den ersten drei Tönen setzte sich Neal auf eine Bank vor die Themse und wartete ab. Er senkte den Kopf, die Mailbox ließ die vertraute Stimme erklingen, eine Sekunde überlegte er, was und ob er ihr aufs Band sprechen sollte, legte schließlich auf und tippte eine SMS, in der er Nathalie bat, sich in der kommenden Stunde zu melden, da er für 14 Tage ins Ausland müsste. Als er Senden drückte, war er sich nicht sicher, ob er das Richtige tat. Am liebsten hätte er Spencer gebeten, er solle Nathalie in seinem Namen kontaktieren, aber der Gedanke war noch abstruser, als dass ausgerechnet diese eine Nachricht seinen verschwiegenen Beziehungsstatus entlarven könnte.

Brown senkte den Kopf, beobachtete einen Käfer, der sich mit holprigen Bewegungen seinen Weg durch den Kies bahnte. Die Gefühle für Nathalie waren die eine Seite der Medaille. Die andere Seite, die ihn schon länger verfolgte, waren die Veränderungen innerhalb der CIA und die Lage, in die die Vereinigten Staaten sich selbst manövriert hatten. An vielen Stellen im In- und Ausland schlug ihm nach dem Irakkrieg, nach Guantanamo und dem aus alldem resultierenden IS-Terror der blanke Hass entgegen.

2002, an dem Tag, bevor er den Einstellungstest bestanden hatte, hatte er am Washington-Monument gesessen. Von der Spitze des Denkmals hatte er alle Gebäude sehen können, in denen die Geschicke seines Landes gelenkt wurden, von wo aus die Unantastbarkeit der Nation verteidigt wurde, wo der pluralistische Widerstreit der verschiedenen Interessen seine Heimat hatte. An jenem Tag musste er sich eingestehen, dass er die Arbeit bei der CIA vor allem deswegen reizvoll fand, da sie ihm intime Kenntnisse über die Arbeitsweisen und Entscheidungen befreundeter und feindlicher Regierungen vermitteln würde. In seiner damaligen Vorstellung bot sie eine intellektuelle Herausforderung und ein Leben, das sich der Erhaltung und Verteidigung seiner Nation und ihrer Lebensweise widmen würde. Er erinnerte sich, wie er sich damals geradezu als Snob gefühlt hatte, als Mitglied eines exklusiven Clubs. Zu der Zeit hatte es ihn auch nicht gestört, dass er bei der CIA weniger verdienen würde als in der Wirtschaft, dass er ohne ein Netz freundschaftlicher Beziehungen zu Nachbarn und seiner Umgebung würde auskommen müssen. Die Arbeit für die CIA schien alles zu bieten, wovon er geträumt hatte.

In Wahrheit war dieses Doppelleben jedoch nichts Ganzes und nichts Halbes, wie er heute wusste. Eine CIA-Karriere und der dadurch zum Ausdruck gebrachte Patriotismus waren längst kein Türöffner mehr für eine spätere Karriere in Politik und Wirtschaft, zu viele Skandale und Fehler säumten die Geschichte der Agency. Dennoch – würde er bei diesem Job alles richtig machen, würde er befördert und aus dem Programm für Undercoveragenten ausscheiden. Dann hätte der Stress der vergangenen Jahre ein Ende. Mit einer deutlich geringeren Sicherheitsstufe würde er das bisher Undenkbare tun und eine Familie gründen können. Mit Nathalie wurde dieser Wunsch das erste Mal zu einer echten Option.

Sie hatten sich vor einigen Monaten an einem lauen Spätsommerabend in Washington kennengelernt. Brown hatte sich ein paar Tage freigenommen und hatte vor einer Bar in der Nähe des Capitols gesessen und nachdenklich die Menschen beobachtet, die wie Ameisen an der Terrasse der Bar vorbeizogen. Obwohl er zwei Tage später auf unbestimmte Zeit für die

CIA nach Peking musste und alles andere im Kopf hatte, als einen Flirt zu beginnen, konnte er sich ihrem offenherzigen Lachen nicht entziehen. Aus ihrem braungebrannten Gesicht strahlten hellblaue Augen, die blonden Locken gaben ihr eine kecke Ausstrahlung, aber was ihn vor allem in den Bann zog, war etwas, was er so noch nie beobachtet hatte. Wie sich später herausstellte, hatte Nathalie während ihrer Ausbildung zur Ärztin auch Gebärdensprache gelernt. Sie saß mit einem taubstummen Pärchen und deren Tochter an einem Tisch und schien sich köstlich zu amüsieren. Erst als sie einen Anruf annahm, wurde Brown bewusst, dass sie selbst nicht von dem Handicap betroffen war. Sie schien sich einfach um diese Leute zu kümmern und half ihnen beim Ausfüllen diverser Unterlagen.

Spätestens als ihr bewusst wurde, dass Brown sie immer wieder mit einem erstaunten Lächeln beobachtete, nahm sie ihn mit einem neugierigen Blick in Augenschein. Eines wurde Brown schnell klar: In Gedanken an seine eigenen Zweifel, dass er die Arbeit für die CIA vielleicht nicht länger mit innerer Erfüllung und Überzeugung leisten könnte, hatte er in ihrer Erscheinung ein Höchstmaß an Lebensfreude gesehen.

Nachdem sich die Familie verabschiedet hatte, Nathalie aber keinen Anstand machte zu zahlen, konnte er nicht mehr widerstehen. Eines kam zum anderen, der Alkohol hatte ihn ungewohnt offen werden lassen. Nathalies Leichtigkeit, eine für seine Welt naive Unbekümmertheit und ihr herzhaftes Lachen schufen ein erstes Vertrauen sowie das Gefühl, nichts beweisen und keine Fassade aufrechterhalten zu müssen. Sie hatte ihn nicht einmal gefragt, was er beruflich machen würde, stattdessen waren sie sehr schnell zu wesentlicheren Themen vorgestoßen und hatten einander von ihren Familien erzählt. Bei einem Teil seiner Geschichte war sie besonders aufmerksam geworden – dem Teil, der Brown selbst an so etwas wie freien Willen zweifeln ließ. Denn schon seine Eltern waren Meister der Manipulation, eine vererbte Gabe, die für seine Karriere bei der CIA durchaus förderlich war. Sie hatten ihm versichert, dass alles, was sie ihm an Schulbildung zugutekommen ließen, ein Privileg sei, dass eines Tages die perfekte Frau kommen würde, die vor allem den hohen moralischen Ansprüchen der Familie genügen würde. Einer Lehrerfamilie die sich den niederen Landarbeitern, Kleinbauern und Holzfällern überlegen fühlte und ihn davon abhielt, allzu viel Kontakt mit den Mädchen aus der Stadt zu haben, die für sie lediglich billige Flittchen waren.

Aber anstatt zu rebellieren, hatte Neal sich gefügt, hatte seine Wut unterdrückt und sie mit hervorragenden Leistungen als Schüler, Chefredakteur der Schulzeitung und einem mit Auszeichnung bestandenem Master kompensiert. Die Mutter hatte sich für Brown ein Jurastudium, eine Frau und Kinder gewünscht. Dann kam der Schock, als Brown den Weg in die CIA wählte.

Letzteres verschwieg Brown Nathalie nun schon seit dem ersten Tag ihrer Begegnung. Ansonsten hatte sie sich an diesem ersten Abend von nichts abschrecken lassen, hatte nichts weiter hinterfragt und signalisiert, aus einer ähnlich konservativen Familie zu stammen. Und am Ende waren sie in einem Hotelzimmer gelandet.

Am nächsten Morgen wusste Brown, dass diesmal alles anders war, dass er sich verlieben würde. Seit ein paar Wochen wuchsen dann tatsächlich erste Pläne, die auf eine gemeinsame Zukunft deuteten. Was nun davon übrig bleiben würde, wusste er nicht, aber mehr als diese SMS konnte er nun nicht mehr von sich geben.

Er blickte ein letztes Mal zur Themse, stand schließlich auf und ging zurück.

Vor dem Haupteingang des MI6 waren Thomas Parker und Ethan Maloway bereits dabei, ihre und Browns Taschen in einen Jeep zu laden. Parker kam auf ihn zu.

»Alles in Ordnung?«

»Ja, war nur was Privates.«

Parker holte aus seinem Sakko einen Datenstick hervor, atmete schnell, lächelte.

»Was ist das?«

»Die Akte von Duke Kingston!«

»Ah, guter Mann«, sagte Brown und klopfte Parker ein paarmal auf die Schultern. »Sehr gut! Und wann kommt Winter in Peking an?«

»Wir werden zwei Stunden vor ihr da sein und die Observierung vorbereiten.«

NEUNZEHN

PEKING, FLUGHAFEN, 25. FEBRUAR, 18.35 UHR

Der Flug von British Airlines sank langsam auf die Metropole herab. Schon aus beträchtlicher Höhe konnte Rebecca die große Mauer und die Megaskyline Pekings sehen. Die Flugzeit hatte sie genutzt, um sich von den Strapazen der letzten Tage zu erholen. Entgegen früherer Erfahrungen hatte sie fast den ganzen Flug über geschlafen.

Die Landung war etwas ruppig, und kaum hatte das Flugzeug die Parkposition erreicht, waren die Passagiere aufgesprungen und hatten begonnen, ihr Gepäck aus den Fächern zu ziehen – als würde das irgendetwas beschleunigen. Rebecca nahm ihre Tasche, wankte noch etwas benommen durch die Economy-Class und erreichte nach zehn Minuten den Ankunftsterminal. Nach einem gefühlt ewig dauernden Weg vom Terminal 3 zu den Einreisekontrollen passierte Rebecca Wechselstuben, eine Touristeninformation, zahlreiche Geschäfte und Duty-free-Shops sowie ein Business Center. Eine Gastronomie-Passage war überfüllt mit Restaurants und Cafés, es folgten ein Entertainment-Center und verschiedene Massagesalons. Die Stahl-Glas-Konstruktion über ihr war atemberaubend, besonders die wie ein Sternenhimmel dekorierte Decke, die sich im glänzenden Fußboden spiegelte. Sie war mit ihrer Familie einmal als Kind in Peking gewesen, zu der Zeit hatte es nicht annährend einen solchen Mammutbau in Chinas Metropole gegeben, alles hatte sich komplett verändert.

Noch im Terminal betrat Rebecca ein vertrautes Starbucks-Lokal, bestellte einen Cappuccino und wunderte sich darüber, dass mit der Bestellung, der Bezahlung, dem Kaffeemachen bis zum Bringen je ein Mitarbeiter beschäftigt war und bald zehn Minuten vergingen, bevor sie ihren Kaffee bekam, obwohl sie gerade der einzige Gast war.

Mit dem Becher in der einen Hand und ihrem violetten Trolley im Schlepptau, erreichte sie den Ausgang und schaute sich um. Es war für die Jahreszeit ungewöhnlich warm. Der Lärm war ohrenbetäubend, und das Gewusel der Menschenmassen überstieg Londons Rushhour um Welten, dachte Rebecca. Von hinten hörte sie ihren Namen, drehte sich um und sah in das Gesicht einer kleinen Frau. Ihr Alter war schwer zu schätzen, sie trug ein etwas steif wirkendes Kostüm mit weißer Bluse und stand kerzengerade, die Arme an die Hüften geheftet, vor ihr.

»Ich bin von Interpol. Mr Ching erwartet Sie am Donghuamen-Markt, nahe der Wangfujing. Ich bringe Sie dorthin«, sagte die Frau in perfektem Englisch, streckte ihr den Arm entgegen, um das Gepäck an sich zu nehmen, und zeigte auf ein dunkles Taxi, das neben der Reihe anderer Fahrer parkte. Rebecca spürte eine leichte Abwehr. Die Frau war zwar nicht unfreundlich, wirkte aber streng und unnahbar – und was sollte das Treffen auf einem Markt?

Außerhalb des Terminals waren weder Polizei noch anderes Wachpersonal zu sehen. Die Sonne schien, offenbar ging das auch noch ohne Anordnung des Staates, der, wie bei den Olympischen Spielen, den üblichen Smog in Peking mit der

Schließung aller Fabriken und einem strengen Fahrverbot gesenkt hatte.

Die Fahrt in die Innenstadt dauerte eine gute Stunde. Chings Kollegin war unentwegt mit ihrem Smartphone beschäftigt und wechselte kein weiteres Wort mit Rebecca. Aus dem Fenster des Wagens sah sie eine Mischung aus traditionellen chinesischen Bauten und der Skyline einer Supermetropole, ein Wolkenkratzer reihte sich an den anderen, dazwischen immer wieder alte graue Betonkästen, die an die sozialistischen Zeiten erinnerten – praktisch, farblos, trist und kalt.

Nachdem sie ein Dutzend Staus hinter sich gebracht hatten, erreichten sie in der einsetzenden Dunkelheit den Markt. Die leicht zugeknöpft wirkende Chinesin reichte Rebecca freundlich das Gepäck und zeigte auf einen der Stände ganz am Anfang des Marktes. Auf ganzer Länge des Marktes war die Straße mit roten Lampions beleuchtet, und die hübsch dekorierten Buden reihten sich perlenkettengleich aneinander. Schon der erste Blick in den Markt versprach neben den Imbissen der Pekinger Küche unzählige andere Spezialitäten aus den Regionen des Reichs der Mitte. Unendlich viele Menschen wuselten umher, und es dauerte nur einen Augenblick, bis Rebecca Ching vor einem Obststand entdeckte.

»Ching, ich bin nicht als Touristin hierhergekommen. Was wird das hier?«

Ching drehte sich um und lächelte. »Sie haben sicher Hunger«, sagte er und wollte Rebeccas Tasche an sich nehmen.

»Danke, sehr freundlich, aber die behalte ich lieber bei mir. Also, was machen wir hier?«

»Ich dachte, für einen Informationsaustausch zwischen beiden Interpolbüros wäre das doch ein guter Anfang.«

Rebecca brauchte kurz, um diesen Anflug eines Witzes zu verstehen, und konnte sich dann ein Lächeln nicht verkneifen.

»Ich kann mich dunkel an diesen Markt erinnern. Ich war mit meinem Vater einmal vor langer Zeit hier«, sagte Rebecca und beobachtete das Treiben um sie herum.

»Was macht Ihr Vater?«

»Oh, ehrlich gesagt weiß ich es nicht, ich muss gestehen, dass ich lange keinen Kontakt zu ihm hatte, es ist …«

»… vermutlich eine lange Geschichte. Ich will Ihnen nicht zu nahetreten.«

Rebecca, froh, dass Ching darauf verzichtete, weiter nachzufragen, krochen so viele Gerüche gleichzeitig in die Nase, dass sie Appetit bekam. Ching beschleunigte seinen Schritt, schaute sich immer wieder um. Es war in der Menge fast unmöglich, niemandem auf die Füße zu treten oder angerempelt zu werden, ein Meer von Stimmen und Marktschreiern, Dampf aus Wokschüsseln, von den Läden hingen gebratene oder frische Fische, Hühner, Krebse oder Frösche herab. Andere boten in ihren Auslagen Reisnudeln mit Gemüse, marinierten Sojabohnenkäse oder gedämpfte Teigbeutel mit Fleischfüllung. Nachdem sie kurz an einem Stand hielt und auf kandierte Früchte blickte, kroch ihr ein bestialischer Gestank in die Nase. Einen Stand weiter war die Quelle ausgemacht, und Rebecca blickte in einen Topf, in dem sich eine undefinierbare, halb angebrannte Masse befand, die wie eingeweichte Kohlebriketts aussah.

»Wäh, was ist das?«, rief Rebecca.

Ching drehte sich um. Als er sie vor dem Topf stehen sah, lachte er laut auf, schaute sich aber gleichzeitig wieder um.

»Wenn Sie als Kind wirklich hier waren, sollte Ihnen dieser Geruch öfter aufgefallen sein. Das ist fermentierter Tofu. Kosten Sie, es schmeckt besser, als es riecht«, sagte Ching, und seine eben noch gestresst wirkende Miene glättete sich.

Der Reiz, Chings Empfehlung zu folgen, hielt sich in Grenzen. Aber diese Verkaufsbude hatte noch mehr zu bieten. Rebecca stand inmitten von Skorpionen am Spieß und kleinen Vögelchen auf dem Grillrost. Zweifelhafte Spezialitäten, wie sie fand. Und auch bei dem Eintopf, der graue Fleischstücke mit noppenartiger Haut enthielt, wollte bei ihr keine Begeisterung aufkommen.

»Das ist Kuhmagen, auch sehr lecker«, beteuerte Ching. »Aber vielleicht ist es auch Lunge, so genau weiß man nie, was man hier gerade vor sich hat.«

»Das ist Pansen. In Italien wird er dünn geschnitten mit Zitrone verfeinert roh gegessen, eine Delikatesse, nicht wahr?«, kommentierte Rebecca etwas mürrisch und sah, wie Ching neben dem Stand in eine Seitengasse schlüpfte und sie herbeiwinkte.

»Kommen Sie!«

»Was machen Sie?«

»Ich habe Ihrem Boss versprochen, dass ich kein Risiko eingehe«, sagte Ching. Sie liefen eine schmale, dunkle Gasse entlang. Plötzlich schlug Ching einen Haken wie ein Hase, bog in eine andere Straße ein und öffnete die Tür zu einem BMW, der am Straßenrand abgestellt war.

»Wohin geht es?«

»Ich habe doch gesagt, dass ich einen Kontakt zu einem ehemaligen Mitglied des Politbüros habe, der den Attaché gut kannte. Er war sehr daran interessiert, mit uns zu sprechen«, erklärte Ching, stieg ein und öffnete Rebecca die Tür. »Aber es muss nicht jeder wissen, dass wir ihn treffen. Kommen Sie.«

Sie fuhren nur einige Blocks weiter und hielten dann vor dem Grand Hyatt Hotel. Warum waren sie das kleine Stück mit dem Auto gefahren? Ching schloss seinen Wagen ab, schaute sich dabei mehrmals um.

»Ist das mein Hotel?«

»Ich habe für Sie ein Zimmer im Hilton reserviert. Gute

20 Minuten von hier. Ich hoffe, Sie finden hier etwas für Ihren Gaumen«, sagte Ching.

Sie liefen über einen Parkplatz zum Hotel, und Rebecca erkannte das Schild eines Restaurants: *Made in China*. Treffender Name, wenngleich nicht unbedingt ein diskreter Ort, dachte Rebecca. Allein schon die großen Fenster zur Straßenseite und die vielen Gäste versprachen eigentlich wenig Intimität für ein konspiratives Treffen.

»Ich hoffe vielmehr, dass wir ein paar Antworten finden«, sagte sie und nickte höflich, als Ching ihr die Tür öffnete.

»Warten Sie. Begrüßen Sie den Mann mit einem Handschlag, nicht zu kräftig. Sprechen Sie ihn mit Mr Wuang an, machen Sie keine hektischen Bewegungen, reden Sie leise, üben Sie bitte keine offene Kritik, und warten Sie, bis er von sich aus das Gespräch auf den Attaché lenkt, ist das klar?«

Rebecca wusste nicht, ob sie alles behalten hatte, aber wenn es der Sache diente, würde sie versuchen, sich an die lokalen Gepflogenheiten zu halten. Andererseits war sie nicht hier, um ein Geschäft abzuschließen.

Das Restaurant war hell, die Einrichtung aus hellbraunem Edelholz, es gab riesige, mit Weinflaschen gefüllte Regale. Im Vergleich zum Markt roch Rebecca hier nur leichten Bratgeruch und Fisch. Das *Made in China* hatte eine Bar, eine offene Küche für Enten und einen zusätzlichen Wokstand. Alles hinter Glas, sodass man zusehen konnte, wie fast ein Dutzend Köche mit der Zubereitung der Speisen beschäftigt waren. An den Tischen saßen chinesische Familien und ausländische Geschäftsleute.

Ching ging voraus und wechselte kurz ein paar Worte mit einem großen stämmigen Chinesen, der sich ihm entgegengestellt hatte. Einen Moment später nickte er ohne sonstige emotionale Regung zu Rebecca und winkte sie durch. Als Rebecca an ihm vorbeiging, konnte sie unter seinem Jackett eine Waffe erkennen. Rebeccas Herz schlug schneller, und kurz danach standen sie schon vor einem Chinesen mit Nickelbrille, der sich von seinem Stuhl erhob. Neben ihm saßen eine Frau und zwei Kinder. Alles wirkte etwas unwirklich.

Was sollte man hier und in dieser Konstellation schon Brisantes besprechen?, fragte sich Rebecca.

»Ms Winter, darf ich annehmen? Machen Sie sich keine Sorgen«, sagte der Mann. Ihre Irritation und ihr Unbehagen waren ihr vermutlich aus dem Gesicht abzulesen. Auch wenn Sie bisher keinen konkreten Anlass gehabt hatte, Ching zu misstrauen, war sie doch vom Anblick der Waffe irritiert. Aber was wusste sie schon über die Sicherheitslage eines ehemaligen Politikers, der in Peking einfach nur essen geht.

Rebecca zwang sich zu einem knappen Lächeln und betrachtete den Mann mit Nickelbrille eingehender. Der leger wirkende Chinese trug ein schneeweißes Hemd, darüber eine graue Anzugweste und eine dunkle Seidenkrawatte. Seine Stirn war leicht schweißgenässt, seine Schläfen ergraut. Seine Augen waren hinter der kleinen Brille leicht zusammengekniffen, was seinem Gesicht eine fast komische Nuance verlieh. Den Falten an Wange und Stirn nach zu urteilen, war er um die 60 Jahre, dachte Rebecca.

Nach einem kaum wahrnehmbaren Nicken des Mannes stand seine vermutlich weitaus jüngere Ehefrau auf, nahm wortlos beide Kinder an die Hand und passierte Rebecca, ohne sie anzuschauen.

»Darf ich vorstellen, Tse Wuang, ehemaliges Mitglied des Politbüros«, sagte Ching.

Der Mann reichte Rebecca die Hand. In Erinnerung an die übergebührlichen Höflichkeitsfloskeln, die ihr Ching aufgezählt hatte, drückte sie Wuangs Hand nur leicht, blickte kurz in seine Augen, und nachdem Wuang mit einer Handbewegung zu den Stühlen deutete, setzte sie sich. Sie atmete tief durch. Normalerweise hatte sie im Laufe der Jahre als Polizistin Wege gefunden, sich nicht so leicht aus der Balance bringen zu lassen, und hatte eine distanzierte Haltung kultiviert, die ihr die Sicherheit gegeben hatte, adäquat auf jede Situation reagieren zu können. Ein Zug Rebeccas, an dem sich auch Allington oft rieb. Schon mehr als einmal hatte er moniert, sie sei gegenüber ihren Kollegen zu reserviert, was Auswirkungen auf die Stimmung im Büro hätte. Der Umstand wurde nicht verbessert durch die Tatsache, dass Rebecca aufgrund ihrer Hartnäckigkeit gerne mal die Kollegen an die Wand arbeitete, um eine deutliche Duftnote bezüglich ihrer Fähigkeiten zu hinterlassen.

Aber hier, inmitten einer völlig fremden Umgebung und Kultur, einer Ermittlung, die eine so ungewisse wie schwierige Mission war, hatte sie ihre gewohnte Sicherheit verloren. Das lag nicht an der konkreten Situation, nicht an diesem Mann und seinem bewaffneten Bodyguard – ihr Anblick hatten nur die Gedanken ausgelöst. Es waren Chinas Schattenseiten, die sie im Kopf hatte, von denen Ching eindringlich bat, sie nicht anzusprechen. Die Berichte über Verletzungen der Menschenrechte und vor allem die bestialischen Morde in London – diese Bilder waren plötzlich wieder präsent. Sie musste sich eingestehen, diese Situation nicht unter Kontrolle zu haben, denn das hier waren keine der üblichen Männer in Anzügen aus den Wolkenkratzern der Wall Street oder dem Canary Wharf, mit denen sie sonst zu tun hatte. Männer, die sich ihrer Verbrechen nicht einmal bewusst waren und die Rebecca so zahlreich verfolgt und nicht selten hinter Gitter gebracht hatte. Hier ging es um mehr. Hier ging es vielleicht um politische Verwicklungen und um Korruption auf allerhöchster Ebene. Was wäre im Falle des Falles da schon ein Menschenleben wert?

»Ms Winter. Ich bewundere Ihren Mut. Sie kommen in schwierigen Zeiten«, sagte Wuang in einem fast akzentfreien Englisch und winkte mit seiner rechten Hand, bevor Rebecca etwas sagen konnte. Zwei Kellner brachten unterschiedliche Sorten von Gemüse, Fisch und Fleisch, dazu wurden diverse Soßen serviert. Rebecca nahm sich Reis und Gemüse. Obwohl sie vor Hunger fast schon Magenschmerzen hatte, schob sie sich nur eine erste Portion in den Mund und legte die Stäbchen wieder ordentlich zur Seite. Aufmerksam versuchte sie die Szene zu beobachten, den Dingen einfach ihren Lauf zu lassen, anstatt wie gewohnt die Initiative zu übernehmen.

»Hatten Sie einen guten Flug, Ms Winter?«

»Was? Oh ja. Ich konnte sogar schlafen.«

»Gut. Die Ente, die Sie hier bekommen, ist übrigens die beste in der Stadt.«

»Danke sehr«, sagte Rebecca und nahm sich ein Stück Ente. Sie schmeckte wirklich außergewöhnlich gut. Und dennoch kaute Rebecca schnell. Sie konnte nicht länger warten, was sollte schon passieren, schließlich war dieser Mann kein Provinzpolitiker und geschult, mit westlichen Gästen umzugehen.

»Herr Wuang. Ich bitte Sie vielmals um Entschuldigung, wenn ich gleich die Gelegenheit ergreife. Was können Sie mir über den Attaché Liang sagen? Wer profitiert von seinem Tod?«

Ching schaute Rebecca nicht an, aber sie konnte seine Verlegenheit spüren, während er sich hastig, die Schüssel und Stäbchen vor dem Mund, sein Essen reinschaufelte, als wäre es seine letzte Mahlzeit. Wahrscheinlich hatte sie gerade jede seiner schönen Regeln gebrochen.

Der ehemalige Politiker lächelte, hob kurz eine Hand und wedelte in Richtung Ching, als wollte er ihn beruhigen. Dann erzählte er, dass er Ta Liang in seiner Zeit im Volkskongress als aufrechten und geradlinigen Mann kennengelernt habe. Sie seien keine großen Freunde geworden, hatten aber immer wieder im Außenministerium, in dem Wuang eine Zeit arbeitete, mit den Vorbereitungen von Gipfeln für neue Handelsabkommen zu tun, sodass ein gewisses Vertrauensverhältnis entstanden war. Kurz nach dem Amtsantritt des neuen Staatspräsidenten Xi Jinping erfuhr er, dass Liang nach London in einen niederen Job versetzt und aus allen sonstigen Funktionen des Außenministeriums entbunden worden war. Seitdem hätten sie sich nicht mehr gesehen.

»Dann hörte ich vor einem halben Jahr, dass Liang plötzlich für unsere Behörden ein Verbrecher war, der unserem Volk einen großen Schaden zufügen wollte. Angeblich half er, Geld zu waschen«, sagte Wuang so unvermittelt, dass Rebecca sich fast verschluckt hätte. »Aber das ist nur die offizielle Version. Wie weit er wirklich in den Sumpf der Korruption reingeraten ist, kann ich Ihnen nicht sagen. Aber Liang hat mich vor zwei Wochen angerufen. Er wollte neue Papiere bekommen. Er würde angeblich in London verfolgt, da er die Identität eines Amerikaners schützte, jemanden, der von den USA als Verräter eingestuft wurde. Bevor ich ihn fragen konnte, wer dieser Amerikaner ist und welche Informationen er hat, riss die Leitung ab, und seitdem habe ich nichts mehr von ihm gehört.«

Wuang war in seiner Schilderung immer dezenter geworden, so leise, dass Rebecca sich inzwischen immer weiter nach vorne gebeugt hatte. Was sie gerade zu hören bekam, warf im ersten Augenblick alles über Bord, was sie bisher angenommen hatte. Es rückte den Mord und den Platz, vor dem der Attaché gefunden wurde, in den Fokus der Vereinigten Staaten. Und es könnte auch erklären, warum die Bedeutung des Attachés plötzlich so zugenommen hatte, nachdem sein Fall bei Interpol und dem Serious Fraud Office schon in die Ablage gewandert war. Rebecca blies ihre Backen auf und entließ die Luft mit einem Zischen durch ihre Lippen.

»Was? Wieso haben Sie ihm nicht geholfen? Um was für einen Amerikaner handelt es sich? Nach unseren bisherigen Erkenntnissen hat der Attaché in der Tat unzählige Konten gehabt, über die vermutlich Gelder gewaschen wurden. Wir vermuten, dass er versucht hat, Funktionäre zu erpressen.«

Tse Wuang schaute sich kurz um und nahm eine Karaffe mit Rotwein, die neben ihm auf dem Tisch stand, und goss sich ein Glas voll. Er ordnete seine Seidenkrawatte unter der edlen Anzugweste und rückte mit dem Stuhl näher an den Tisch.

»Ich habe versucht, ihm zu helfen«, sagte Wuang und trank einen Schluck Wein. »Und was unsere Funktionäre und Teile unserer Staatsführung angeht, die glauben noch fest daran, sie wären persönlich nicht angreifbar, so viel dazu.«

»Moment. Was denn nun? Wollen Sie mir sagen, dass der Amerikaner auch die Staatsführung oder Teile davon belasten könnte? Wissen Sie, wessen Interessen dieser Amerikaner sonst noch durchkreuzen könnte?«

»Wissen Sie überhaupt, was das für Konten sind?«, war Wuangs Gegenfrage. Er nahm seine Nickelbrille ab und putzte die Gläser akkurat mit einer Serviette. »Wem gehören sie wirklich? Was immer Ta Liang wusste – man wollte ihn loswerden. Und wenn Sie die Spur zu diesem Amerikaner finden, begeben Sie sich auf die Fährte des Attachés und seiner Gegner, und wenn er den Präsidenten in Bedrängnis bringen könnte, dann tun Sie das auch!«

Für einen Moment schwiegen alle.

»Aber wenn der Attaché so aufrichtig war, wie Sie sagen, warum hat man in einer seiner Wohnungen fast 80 Millionen Dollar Bargeld gefunden?«

Wuang schüttelte den Kopf, setzte seine Brille wieder auf und nahm noch einen Schluck Rotwein. Er lächelte und lehnte sich in seinen Stuhl zurück.

»Was sind schon 80 Millionen Dollar, wenn es um eine ganze Staatselite geht!«

»Das klingt mir zu gewagt«, wiegelte Rebecca ab. Das würde ja geradezu bedeuten, man hätte ihm das Geld um der Erpressbarkeit wegen wie einem Drogendealer untergejubelt, dachte sie. Langsam wuchs in ihr eine Ahnung, warum das britische Außenministerium als Partner der USA plötzlich den Druck auf Scotland Yard erhöhte. Es gab vielleicht ein brisantes Leck. Was Wuang erzählte, schwächte auch die These eines Mafiamordes. Rebecca spürte einen Druck auf ihrem Brustkorb, ihre Hände begannen zu zittern. Ging es vielleicht in Wirklichkeit nur um diesen Amerikaner? War er ein Spion, ein Verräter? Wenn ja, schien sein Wissen so brisant zu sein, dass es Gründe gab, den Attaché zu foltern, und als er sich vielleicht weigerte, den Aufenthaltsort des Amerikaners preiszugeben, lud man ihn als Warnung oder um ein Exempel zu statuieren, symbolträchtig vor der US-Botschaft ab. Und am nächsten Tag zogen weitere Kriegsschiffe in den Pazifik.

»Mr Wuang, würden die Triaden einen Mann umbringen, der …«

»Möglich. Er wäre auf jeden Fall ein lukratives Opfer.«

»Halten Sie es für möglich, dass der Attaché ein Doppelleben führte und zu den Triaden gehörte?«

»Ich weiß. Ching hat es mir erklärt. Sie spielen auf die fehlende Rückenhaut an. Nun, schwer zu sagen – aber wenn, dann war das ein Akt absoluter Entehrung und eine Warnung an alle, die mit ihm agierten.

»Also auch an Sie? Sie wissen doch mehr, Mr Wuang. Kennen Sie etwa diesen Amerikaner?«

»In diesem Spiel gibt es viele Seiten und Motive, das wird das Problem Ihrer Recherche bleiben«, sagte Wuang und goss sich noch ein Glas Wein ein.

Wenn man die Erkenntnisse dieses Treffens so zusammenfassen wollte, lag Wuang richtig, dachte Rebecca. Teile der Staatselite wollten den Attaché also dingfest machen, um weitere Korruption aufzudecken, und andere wollten ihn so schnell wie möglich tot sehen, da er sie bedrohte. Aber es schien fast ausgeschlossen, dass es nur um Geld ging.

Erst langsam dämmerte es ihr, dass ihre Ermittlung sie vielleicht mitten in einen Machtkampf innerhalb Chinas führte, in dem auch noch ein amerikanischer Spion oder Verräter eine zentrale Rolle spielte. Ein Spion, der offenbar für beide Kontrahenten, die gerade ihre Armeen im Südchinesischen Meer zusammenzogen, eine Bedrohung bedeutete? Das wäre eine ungeahnte und überraschende Wende. Rebecca brauchte endlich diese Kontodaten, sonst bliebe alles nur bei Indizien. Doch bevor Rebecca weiter nachdenken konnte, riss Wuang sie aus möglichen Schlussfolgerungen heraus.

»Politische Macht ist in China ein lukratives Geschäft, von der viele profitieren. Aberdutzende Funktionäre der Kommunistischen Partei haben durch Bestechlichkeit riesige Vermögen angehäuft, und wer will das schon verlieren?«, sagte er mit zynischer Miene und führte weiter aus, dass etwa 70 der einflussreichsten Volkskongressabgeordneten alleine schon 90 Milliarden Dollar besäßen. Er spekulierte weiter, dass der Mord an Liang vielleicht verhindern sollte, dass dieser Reichtum öffentlich werden würde, während andere nur darauf warteten, mit solchen Fakten die Regierung zu stürzen. Welche Rolle der Amerikaner dabei hätte, sei ihm aber ein Rätsel.

Wuang richtete seinen Blick auf Ching und dann wieder zu Rebecca.

»Es wäre nicht das erste Mal, dass ein Ausländer für sein Wissen bezahlt, Ms Winter. Ching, Sie erinnern sich sicher an den Briten Neil Heywood? Er gefährdete 2011 auf die gleiche Art den linken Saubermann und Mao-Anhänger, Bo Xilai. Offiziell starb Heywood an einer Alkoholvergiftung und wurde nur zwei Tage später in Anwesenheit eines britischen Botschaftsangehörigen in Peking eingeäschert, bevor die Ermittlungen in Fahrt kamen. Zwar drängte der damalige Premierminister Cameron die Pekinger Führung, den Fall aufzuklären, aber das war nur noch diplomatisches Grundrauschen und der Öffentlichkeit ziemlich egal. Heywood hatte gedroht, die Korruption der Familie Bo zu enttarnen. Aber solche Dinge werden innerhalb des Machtzirkels erledigt, und auch Ihre Regierung, Ms Winter, spielt da gerne mit«, betonte Wuang. »Deshalb kann ich Ihnen nur zur allergrößten Vorsicht raten!«

»Meinen Sie damit etwa, dass …«

»Dass vielleicht niemand ein Interesse daran hat, dass die Hintergründe des Mordes an dem Attaché öffentlich werden, egal wie schädlich das Verhalten von Mitgliedern des Politbüros und Beamten für die eine oder andere Seite sein mag. Sie werden über den Fall keinen einzigen Bericht in China finden, und wer versucht, Verdachtsmomente oder Beweise dazu im Netz zu veröffentlichen, wird hingerichtet und verschwindet sonst wohin«, sagte Wuang mit strengem Blick zu Ching.

Eine Kellnerin unterbrach die Unterredung. Ching, der sich bisher auffällig zurückgehalten hatte, drehte sich zu Rebecca und übersetzte.

»Möchten Sie einen Maotai?«

Rebecca trank vielleicht ein- oder zweimal im Monat ein Glas Rotwein, und ihr war nicht wirklich nach einem chinesischen Schnaps zumute, aber nachdem sie Chings Nervenkostüm schon genug strapaziert hatte, nickte sie. Die Kellnerin goss ein, und bevor sie sich versah, hatten Ching und Wuang ihre Gläser schon geleert. Sie zog nach, wusste aber, dass die Gläser in Chinas Restaurants immer wieder neu gefüllt wurden, sobald sie leer waren. Als dies prompt geschah, nippte sie anschließend nur noch ein kleines Schlückchen, stellte das Glas wieder ab und sah, wie Wuang die Kellnerin anwies, die Flasche auf den Tisch zu stellen, und sie dann wieder fortschickte, um das intime Gespräch fortsetzen zu können. Rebecca spürte eine bleierne Müdigkeit, der Schnaps war ihr sofort eingefahren. »Was hat dieser Amerikaner dem Attaché bedeutet? Er wird wohl kaum nur ein Helfershelfer bei der Aufdeckung von Korruption gewesen sein«, sagte Rebecca.

Es folgte ein langsames Kopfschütteln von Wuang.

»Wie gesagt, er sagte mir nur, dass er einen Zeugen schützen würde.«

Nun mischte sich Ching doch noch ein.

»Die Amerikaner wollen nicht wahrhaben, dass jedes Imperium einmal an sein Ende kommt«, sagte Ching. Rebecca hatte keine Ahnung, warum Ching das Gespräch plötzlich auf das Feld der großen Politik lenkte. Wuang wusste doch wohl mehr über diesen Amerikaner und nahm die Ablenkung mit einem breiten Grinsen und Nicken auf.

»Warten Sie …«

»Ms Winter. Die Europäer und die USA haben zuerst ihre Beziehung zu Afrika schleifen lassen und bekommen es jetzt zu spüren. Wir sind heute Afrikas wichtigster Handelspartner. Wir gewähren Milliardenkredite, treiben die Infrastruktur voran, stellen keine Forderungen wie die nach der Einhaltung von Menschrechten und liefern auch in die umstrittenen Länder Waffen. Die Nachfrage nach billigen Handys, Fernsehern oder Autos steigt, und China produziert diese Güter in Massen. Die USA sehen ihre Felle davonschwimmen, da wir auf den Zusammenbruch der westlichen Finanzmärkte besser vorbereitet waren. Aber ein verletzter Drache ist gefährlicher als je zuvor …«

»Und die Korruption in China …«

»Hinderte uns bisher daran, die USA als Weltmacht längst abzulösen. Aber unser Reich hat schon ganze Dynastien abtreten sehen, nur sind wir daraus immer stärker hervorgegangen«, resümierte Wuang und bestellte überraschend die Rechnung. »Ich hoffe, Sie verzeihen mir diese klaren Worte, Ms Winter.«

Im ersten Reflex versuchte Rebecca ihre Wut zu unterdrücken. Gleichzeitig konnte sie dieser Offenheit, dieser zynischen Auffassung gegenüber dem Westen sogar etwas abgewinnen. Offenbar betrachtete man die Lage hier etwas schonungsloser. Die Analyse der britischen Regierung kam zu ähnlichen Schlüssen. Die Gefahr bestand vor allem darin, dass die alten Abhängigkeiten, die bisher einen Krieg verhindert hatten, in Auflösung begriffen waren. Was wäre, wenn Billionen von Dollars, die China in Form von Staatsanleihen innehatte, um die USA als Handelspartner zu stützen, aufgrund des Börsencrashs und des Einbruchs der US-Wirtschaft bald nichts mehr wert wären? Gab es innerhalb der KP wirklich Kräfte, die es jetzt darauf ankommen lassen würden? Sie beobachtete, wie sich Chings Gesichtszüge und Stirnfalten zusammenzogen. Er redete auf Chinesisch in einem fast flüsternden Tonfall auf Wuang ein.

»Danke für die Übersetzung!«, sagte Rebecca leicht genervt.

»Ist ja schon gut! Ich habe ihn gefragt, wo sich die Witwe des Attachés und der Rest der Familie befinden«, zischte Ching Rebecca an.

Der alternde Politiker legte einige Geldscheine auf den Tisch, stand auf, winkte seinen Bodyguard heran. Ohne zu wissen, welche Bedeutung die Witwe haben könnte, wollte Rebecca diesen Mann nicht einfach gehen lassen.

»Mr Wuang, was hat das zu bedeuten? Warum gehen Sie schon?«

Wuangs Augen waren ohne Regung wie der Rest seines Gesichtes.

»Ich habe eine dringende Nachricht bekommen. Sie müssen mich entschuldigen. Ich werde sehen, ob ich noch was für Sie tun kann.«

Wieder redete Ching auf Wuang in seiner Muttersprache ein, die ersten Gäste schauten sich um, der Bodyguard griff in seine Seitentasche, die Hand verharrte dort. Rebecca wollte gerade noch eine Frage stellen, als Ching sie leicht am Ärmel zog.

»Es ist gut jetzt.«

Die Blicke Wuangs wanderten durch den Raum, zu Ching und dann wieder zu Rebecca. Er setzte sich wieder, der Bodyguard ebenfalls, die Menschen schauten wieder weg. Wuang holte eine Visitenkarte aus seinem Sakko, notierte etwas darauf und reichte sie Ching mit beiden Händen.

»Gehen Sie vorsichtig damit um«, sagte Wuang und beruhigte mit einem Blick seinen Bodyguard, der immer noch seine Hand bei der Waffe hielt. »Die Witwe Wu Li schweigt sich wie unter Schock bisher aus, aber vielleicht haben Sie als Frau Fähigkeiten, die mir verwehrt bleiben«, sagte er zu Rebecca gewandt und gab Ching ein Zeichen, das Rebecca nur flüchtig sah und nicht verstand. Und doch schrak sie in der Sekunde auf – war es nicht einer der geheimen Codes der Triaden?

ZWANZIG

PEKING, HOTEL PENINSULA, 25. FEBRUAR, 19.35 UHR

Die Basis wurde kurzerhand ins Hotel Peninsula verlegt. Neal Brown hatte alle anderen Optionen und geheimen Unterkünfte der CIA ausgeschlagen, um kein Risiko einzugehen. Jeder hatte sein eigenes Zimmer in der Luxusetage, Browns üppiges Apartment in einer Mischung aus westlichem Design und chinesischem Styling, diente als gemeinsamer Arbeitsplatz. In Laufnähe waren die Verbotene Stadt und der Platz des Himmlischen Friedens sowie das Hilton, in dem Ching seine Partnerin Rebecca Winter untergebracht hatte. Und das Peninsula lag nicht unweit jenes Ortes, an dem sich gerade etwas zutrug, das Brown auf einem Ledersofa hin und her rutschen ließ.

Rebecca Winter und Ching waren dabei, sich für den nächsten Tag zu organisieren. Brown zwang sich dazu, ruhig zu bleiben. Was sein Überwachungsspezialist Ethan Maloway aus der Nähe des Restaurants, in dem Winter gerade eine erste Spur verfolgte, übertragen hatte, war berauschend und schockierend zur gleichen Zeit. Ja, dies konnte das sein, wonach sie suchten, die Quelle der Gefahr, von der Spencer sprach, das Leck. Von welchem Amerikaner sprachen sie? Hatte etwa Kingston etwas damit zu tun? »Ich habe hier ohnehin nur noch eine Kleinigkeit zu erledigen, dann gehe ich zurück in die Staaten«, hatte er ihm bei ihrem ersten Gespräch von seinem Pekinger Büro aus gesagt. Ein Verräter oder untergetauchter Agent war aber keine Kleinigkeit.

Neben der Ledergarnitur, von der aus Brown, seinen Laptop auf dem Schoß, alles verfolgte, saß Thomas Parker an einem Schreibtisch und versuchte vom Hauptrechner der CIA in Langley Informationen über verschollene Agenten oder Geschäftsleute in China zu bekommen. Bis auf zwei Agenten, von denen man wusste, dass sie in einer Pekinger Gefängniszelle ihr Dasein fristeten, bis es zu einem Austausch kommen würde, gab es keine Hinweise.

»Nichts«, sagte Thomas Parker. »Wer immer das ist, es ist kein aktiver Agent – weder vom MI6, der CIA noch der NSA, keine Einträge.«

»Verdammt. Haben wir was Neues von Kingston gehört?«

»Nein. Er hat seinen Festnetzanschluss seit dem Gespräch in London nicht mehr benutzt«, sagte Parker.

»Natürlich hat er das nicht. Wo war der Anschluss?«

»Das Büro von Parsons ist im World Financial Center. Kingston hat ein separates Büro im sechsten Stock. Ich greife gerade alle Handysignale von dort ab. Wenn ich die Metadaten habe, kann ich alle Anrufe verfolgen, die in die USA gegangen sind. Damit sollte sich die Gruppe gut eingrenzen lassen.«

Brown sah sich auf seinem Laptop die Akte von Kingston an. Sein Foto, einmal im Porträt und einmal als Passfoto. 56 Jahre, kurze graue Haare, strenger Seitenscheitel, dunkler Anzug, blaue Krawatte und einen kleinen Anstecker mit amerikanischer Flagge am Sakko. Ein aufgesetztes Grinsen und dicke Brillengläser, die seine Augen unnatürlich vergrößerten. Er war wie sein Vater auf die Yale University gegangen und dort Mitglied der legendären Studentenvereinigung Skull & Bones wie des Studentenbundes Delta Kappa Epsilon gewesen. Nach seinem anschließenden Militärdienst hatte er die Harvard Business School besucht und diese mit einem MBA abgeschlossen. Das alles klang nach Kaderschmiede. Auch der ehemalige US-Präsident George W. Bush war sowohl an der gleichen Uni gewesen wie auch in den gleichen Verbindungen. Das erklärte einiges, dachte Brown, auch Kingstons arrogantes Selbstbewusstsein, das ihm bei ihrem Telefonat in London entgegengeschlagen war. Kingstons Vater besaß ein Unternehmen, das der Zulieferindustrie für Ölbohrungen angehörte, das passte ins Bild. Der Onkel von Kingston wiederum war ein leitender Beamter der NSA. Nach dem Studium war Kingston zunächst zum Peace Corps gegangen, einer unabhängigen Behörde der Vereinigten Staaten, die das gegenseitige Verständnis zwischen den Amerikanern und den Einwohnern anderer Länder beleben sollte. Das Peace Corps war 1961 auf Initiative von John F. Kennedy eingerichtet worden und diente im Ost-West-Konflikt vor allem dem Ziel, der chinesischen und sowjetischen Einflussnahme auf andere Staaten etwas entgegenzusetzen. Schließlich landete Kingston bei der NSA in einer Spezialabteilung für technische Überwachung, bevor er drei Jahre später zunächst zu Chas. T. Main Inc. wechselte, einem Unternehmen, das später in Parsons Corporation aufging. Als Chefökonom war er unter anderem in Ecuador und anderen lateinamerikanischen Ländern zuständig gewesen für Analysen über Infrastrukturprojekte und ihre Finanzierung über die Weltbank. Mit 53 Jahren war er schließlich ins Büro von Parsons Corporations in Peking gewechselt. Er war mit einer Texanerin verheiratet und hatte drei Kinder. Kingston verfügte von seiner Herkunft her über das, was man in China als *Guanxi* bezeichnete, ein Netzwerk persönlicher Beziehungen in die höchsten politischen Kreise, ohne die in China kein größeres Vorhaben gelang. Am Ende war Guanxi ein endloser Zyklus von Gefälligkeiten, der in einer gegenseitigen Verpflichtung von Nehmen und Geben mündete.

»Neal«, sagte Parker. »Ich habe einige Verbindungen von Kryptohandys, die sich orten lassen.«

»Ein Ex der NSA hat einen GPS-Sender im Kryptohandy?«, wunderte sich Brown und legte seinen Laptop zur Seite.

»Den Akten nach zu urteilen, ist das mit der NSA 30 Jahre her. Ich sag dazu nichts. So, Moment, ich hab alles. Na, wer sagt es denn. Von einem Kryptohandy gibt es Verbindungen nach London und zu dem Unternehmen, für das Kingston arbeitet!«

An seinem zweiten Laptop öffnete Parker einen Stadtplan Pekings und zoomte ins Diplomatenviertel.

»Im Moment ist er in einer Bar und zwar im *Maggie's.* Liegt am Südeingang zum Ritan-Park, eine gute Viertelstunde von hier«, sagte Parker, suchte die genaue Adresse im Netz und öffnete die Homepage des Betreibers.

»Eine Bar?«

»Wenn man so will.«

Brown stand von seinem Sofa auf, blickte über Parkers Schulter auf den Bildschirm und sah ein Bild von einer sich rekelnden halbnackten Asiatin. In der Nähe der Bar befanden sich etliche diplomatische Vertretungen – ein sicheres Viertel für Leute wie Kingston, die amerikanische Botschaft war nur einen Katzensprung entfernt.

»Ich brauche einen Ausdruck von dem Foto. Dann packen wir hier die Sachen. Wir wechseln zur Sicherheit das Hotel. Und sag Ethan, wo wir sind. Er soll Winter auf keinen Fall aus den Augen verlieren. Du kümmerst dich weiter um Ching, und ich statte unserem Freund von Parsons einen kleinen Besuch ab«, sagte Brown, ging zum Telefon und bestellte sich ein Taxi.

»Ach, noch was. Fordere unsere Reserve für die Überwachung an und steuere sie. Ich will für alle Fälle gerüstet sein. 24 Stunden Totalobservierung. Wir schlafen in Schicht, in Ordnung?«

»Ja, wird gemacht.«

Brown wollte gerade gehen.

»Warte, Neal! Das dürfte dich interessieren. Kingston hat in den vergangenen Wochen über ein Dutzend Mal eine Nummer in London angewählt. Laut den Ermittlungsakten von Scotland Yard war es das Handy, dass der Attaché zuletzt benutzt hatte«, sagte Parker und druckte die Verbindungsdaten aus.

Brown hielt noch die Türklinke in der Hand.

»Ach ja? Sieh mal einer an. Hat Scotland Yard das nie überprüft?«

»Das weiß ich nicht.«

»Nun gut, sorg dafür, dass die Daten vernichtet werden«, sagte Brown und machte sich auf den Weg in die Lobby des Hotels.

Er stieg in das Taxi. Der Fahrer hatte ein freundliches Lächeln aufgesetzt, nachdem er das Ziel in seiner Landessprache genannt bekommen hatte.

Brown machte sich Gedanken, wie es jetzt weitergehen würde. Die Tatsache, dass die US-Geheimdienste einen Mann nicht auf der Liste der verlorenen, enttarnten oder getöteten Agenten hatten, hieß nicht, dass es ihn nicht gab. Würden er und sein Team morgen von den Chinesen hochgenommen werden – in dieser Lage würde man sie auf Nimmerwiedersehen verschwinden lassen. Es war das Schicksal von Agenten in verdeckten Operationen: Ging etwas schief, war man vogelfrei. Wenn es ihm gelänge, über Winter und Ching an die Identität und den Aufenthaltsort des Mannes heranzukommen, müsste er ihn entführen und außer Landes bringen, ihn im schlimmsten Fall liquidieren und Winter zumindest für eine gewisse Zeit mundtot machen. Das war genau die Herausforderung, die Spencer ihm klargemacht hatte. Wenn der Attaché dafür sein Leben hatte lassen müssen und der ehemalige Politiker wirklich, wie Interpol-Mitarbeiter Ching vermutete, zu den Dissidenten Chinas gehörte, könnte dieser Amerikaner ein Faustpfand werden, das den schwelenden Konflikt eindämmen könnte. Denn sein Wissen war ganz offenbar das Zündholz an der Lunte. Ihn am Leben oder im Land zu belassen könnte hingegen eine Katastrophe auslösen. Selbst wenn Kingston eine unrühmliche Rolle spielen mochte, vielleicht war er ein weitaus unwichtigeres Rädchen, als er bisher gedacht hatte.

Brown schaute in das nächtliche Peking. Die Dunkelheit verschleierte das wahre Ausmaß des Smogs, der seit Stunden wieder Einzug hielt, nur vor der Skyline der beleuchteten Hochhäuser und im Lichtkegel der Autos war der milchig gelbe Nebel zu erkennen. Der Geruch war eine Mischung aus Kohle und Motorabgasen. Brown hatte noch das alte Peking von vor 15 Jahren in Erinnerung. Auch damals war die Luftqualität nicht sonderlich gut gewesen und hatte einen an die Smogalarme im Los Angeles der 80er-Jahre erinnert, aber seit der Autoverkehr und die ungefilterten Fabriken und Kohlekraftwerke sich fast jedes Jahr verdoppelt hatten, um den Energiehunger zu stillen, bezahlten die Bewohner Pekings mit ihrer Gesundheit für den Turbokapitalismus. Selbst der Taxifahrer hatte in seinem Wagen eine Binde vor Mund und Nase getragen, die allerdings kaum geeignet war, die Stickoxide und Schwermetalle aufzuhalten.

Nach 20 Minuten hielt der Wagen vor einem oval gemauerten Eingang, über dem der Schriftzug *Maggie's* prangte. Auf der anderen Straßenseite standen Soldaten vor den Botschaften. Ein

Bordell schien sie kaum zu interessieren. Die Prostitution war zwar offiziell verboten, wurde aber nur bei Anlässen wie den Olympischen Spielen verfolgt.

Brown bezahlte den Fahrer und ging in die Bar. Abgesehen von der hell beleuchteten Bühne, war es schummrig in dem Lokal. Die Bar wie auch die Tische abseits der Tanzfläche waren von wenigen roten Lampen erleuchtet, die Gäste in eine intime Dunkelheit gehüllt. Eine Coverband versuchte sich gerade an einem Titel der Gruppe Coldplay. Sonderlich gut gelang es dem Sänger allerdings nicht, die Tonlagen zu halten, doch die überwiegend jugendlichen Menschen auf der Tanzfläche schienen sich daran kaum zu stören. An der Bar saßen vorrangig ältere westliche Männer mit ihren potenziellen Gespielinnen.

Eine fast kindlich wirkende Chinesin kam auf Brown zu. Sie war nur mit einem knappen roten Seidenkostüm bekleidet, dezent geschminkt, und für einen Moment hätte er dem Reiz dieser Frau, mit ihrer makellosen weißen Haut, ihrem geheimnisvollen Blick und dem lasziven Lächeln gerne nachgegeben. Um nicht weiter aufzufallen, machte er ihr kurzerhand klar, dass er zwar kein Interesse an einer Kuppelei hätte, sie aber einladen würde, wenn sie sich einfach neben ihn setzte. Er bestellte sich einen Whiskey, der Animierdame einen Cocktail, und zahlte, als der Barkeeper die Getränke brachte. Dann zog er das Foto von Kingston aus dem Sakko, ließ ein Bündel Yuan erkennen und fragte die junge Chinesin nach Kingston. Wie es aufgrund der Häufigkeit von dessen Besuchen nicht anders zu erwarten war, kannte sie den Amerikaner. Sie zeigte in eine dunkle Ecke am anderen Ende der Bar gegenüber der Tanzfläche. Brown drückte der Frau das Geld in die Hand, stürzte den Whiskey hinunter und ging durch die tanzende Menge, bis er vor Kingston stand.

Kingston nahm ihn im Schmusespiel mit einer vermutlich

30 Jahre jüngeren Prostituierten nicht wahr. Während er an einer Zigarette zog, schaute die Dame hoch und sah erschrocken in Browns Gesicht. Kingstons Blick folgte, wurde sofort aggressiv. Brown fackelte nicht lange, er wedelte mit der Hand, die Frau stand auf und ging. Auch ihr drückte Brown einige 100-Yuan-Scheine in die Hand.

»Was soll der Scheiß! Wer sind Sie?«

Brown griff in sein Sakko, setzte sich, zog seinen Ausweis, hielt ihn dezent vor seine Brust und ließ ihn wieder in seine Innentasche gleiten. Kingstons Gesichtsausdruck war schwer zu deuten. Kurz sah Brown ein überhebliches Lächeln, aber auch eine Erleichterung, als ob eine Angst wich. Sein Gesicht wirkte erheblich älter als auf dem Foto. Und anscheinend soff er, seine Augen hinter der aus der Mode geratenen Hornbrille waren gerötet und seine Wangen aufgedunsen.

»Wir müssen reden, und wir können das auch in der amerikanischen Botschaft machen«, provozierte Brown. »Gehen wir einfach spazieren.«

Kingston machte keine Anstalten, sich zu bewegen.

»Sind Sie verrückt, da draußen ist alles voller Abhörsender! Setzen Sie sich, bevor wir Aufmerksamkeit erregen«, sagte Kingston und winkte einer Bedienung zu.

»Whiskey?«

Brown nickte nur und setzte sich neben Kingston auf das samtige Sofa.

»Weishìjì!«, rief Kingston der Bedienung zu und reckte dazu zwei Finger in die Luft.

»Sie hatten mehr Kontakt zu Ta Liang, als Sie zugeben wollten. Also, Mr Kingston, was ist hier los?«

Kingston drückte seine Zigarette so akkurat aus, dass sie zerfetzte.

»Hören Sie, ich bin Chefökonom eines der größten Unternehmen der Vereinigten Staaten von Amerika, und ja, gelegentlich nutzen auch wir die Bestechlichkeit der Chinesen aus, aber nur um uns und unserer Nation Aufträge zu sichern. Denn wenn wir es nicht tun, dann machen es die Deutschen oder 60 andere Nationen, die vom Kuchen etwas abhaben wollen. Ta Liang hat es übertrieben und wollte Hilfe von mir, und die konnte ich ihm gerade jetzt nicht geben. Stoppen Sie jede weitere Ermittlung – zumindest, bis dieser Gipfel vorbei ist. In der aktuellen Lage der Weltwirtschaft haben sich die Koordinaten gefährlich verändert. Bisher haben wir von Chinas Wirtschaft profitiert und im Gegenzug militärisch die Handelswege abgesichert, das verändert sich gerade bedrohlich …«

»Als ob das nicht vorhersehbar war …«

»Wie auch immer. Jetzt geht es darum, ein Abkommen zu verabschieden, das das Gleichgewicht bewahrt. Wir sind schon genug von Peking gedemütigt worden, das ist für uns nicht hinnehmbar, und jetzt geht es darum, unsere Interessen durchzusetzen. Davon zahlen wir auch Ihr Gehalt.«

Das war es also. Das klassische Denken der Republikaner. Diese Einstellung hatte dem Land den Irakkrieg und den Terrorismus beschert. War Kingston nicht klar, dass China nicht der Nahe Osten war? Aber das war am Ende nicht entscheidend. Brown hatte seine Weisung – ob sie ihm gefiel oder nicht, stand auf einem anderen Zettel.

»Mein Auftrag ist es, eine Eskalation zu verhindern. Für Politik ist Washington zuständig, und wenn Sie von dort Rückendeckung haben, soll mir das recht sein, desto früher bin ich wieder zu Hause. Aber, Mr Kingston, kann es sein, dass Ihnen in letzter Zeit ein Mitarbeiter abhandengekommen ist? Jemand mit, sagen wir mal, brisanten Informationen?«

»Was?«

»Kann es sein, dass Sie von Ta Liang erpresst wurden?«

»Sie wollen es nicht verstehen, oder? Was immer da im Hintergrund läuft, da geht es nicht um mich. Es ist der denkbar ungünstigste Zeitpunkt, dass wir da mit reingezogen werden.«

Brown spürte eine Mischung aus Wut und der unbändigen Lust, Kingston einfach auf die Straße zu schleifen und zu verprügeln. Aber irgendetwas war an diesem Mann wiederum so einfach gestrickt, vielleicht überschätzte er Kingstons Rolle auch. Er trank seinen Whiskey aus und knallte das Glas mit einer solchen Wucht auf den Tisch, dass er Kingstons Augen hinter der Brille zucken sah.

»Sie mischen sich besser nicht in unsere Arbeit ein! Wenn Sie mir die Wahrheit vorenthalten, werden andere auf sie stoßen, und dann kann ich nichts mehr für Sie tun. Scotland Yard ist so lange unantastbar, bis ich oder Langley etwas anderes entscheiden.«

»Sie Arschloch!«, herrschte Kingston ihn an. »Nennen Sie das Patriotismus? Sie alle leben von uns. Wer hat Sie überhaupt in die CIA gelassen? Noch befinden wir uns in einem Wirtschaftskrieg, und es könnte ein offener werden, wenn wir jetzt falsche Entscheidungen treffen. Es ist egal, wer hier was verbockt hat …«

»Ach ja? So wie im Irak?«

»Suchen Sie Schuldige, wo Sie wollen, die finden Sie überall. Für Moral ist jetzt keine Zeit. Von diesem Kuchen wollen alle abbeißen, kapieren Sie das nicht?«

Wenigstens zeigte Kingston mit der Wahl seiner Worte etwas mehr Kante, dachte Brown und lachte ihn einfach nur an. Es hatte keinen Sinn, hier weiterzumachen. Auch wenn sich alles in ihm sträubte, musste er auch diesen Mann schützen. In welchen Sumpf er auch verstrickt war.

Wie stark Kingstons Beziehungen wirklich waren, würde sich noch erweisen müssen, dachte Brown. Die amerikanische

Regierung könnte in der akuten Bedrohungslage ihre Hände notfalls auch einfach in Unschuld waschen und die Aktivitäten von Kingstons und Parsons Corporation als die eines skrupellosen Unternehmens abtun. War es das, was Kingston neben seiner Arroganz nun zu Kraftworten hatte greifen lassen?

»Mr Kingston. Sie verfügen doch über beste Beziehungen nach Washington. Nutzen Sie sie. Ich bin in der Tat nur ein Beamter der CIA. Aber solange ich keine anderen Befehle habe, wäre es besser, Sie kooperierten mit mir.«

»Ich sehe die Welt nicht so, wie ich sie gerne hätte, sondern wie sie ist. So, wie Sie sich das vorstellen, funktioniert die Sache nicht, nicht einmal in einem schlechten Fernsehstreifen! Wir haben mit dem Ableben des Attachés nichts zu tun, aber es gibt Kräfte, die das so aussehen lassen wollen. Das ist das Problem.«

Mit grimmiger Miene schmiss Kingston einige Geldscheine auf den Tisch, stand auf, und bevor er an Brown vorbeiging, bückte er sich zu ihm herunter und dröhnte ihm fast beschwörend ins Ohr.

»Seien Sie kein Narr! Wir wollen doch alle nur, dass es unseren Liebsten weiterhin gut geht. Stoppen Sie die Ermittlungen, oder es macht jemand anders.«

EINUNDZWANZIG

PEKING, RESTAURANT MADE IN CHINA, 25. FEBRUAR, 21.40 UHR

Rebecca blickte Wuang nach, der gerade mit seinem Bodyguard den Laden verließ. Für einen Moment saß sie mit Ching in eisiger Stille alleine am Tisch. Auch wenn Rebecca asiatische Gesichter noch nicht lesen konnte, die letzten Blicke hatten Chings dunkle Seite preisgegeben, dachte sie. Wütend und vielleicht auch bereit, sich notfalls mit Gewalt durchzusetzen. Doch sie war einen guten Kopf größer, gehörte zu der Elite von Scotland Yard, und die vergangene Szene ließ sie jede Höflichkeit für den Moment vergessen.

»Ich bin durchaus bereit, gewisse Regeln zu respektieren, aber wenn Sie mich noch einmal derartig ausbremsen, landen Sie als Delikatesse auf dem Teller. Man weiß ja nie, was man hier so vorgesetzt bekommt, nicht wahr?«, zischte Rebecca und stand auf.

Ching blieb regungslos sitzen, schüttelte dann leicht den Kopf.

»Was haben Sie vor?«

»Ich lasse mich ins Hotel fahren.«

»Warten Sie. Haben Sie eigentlich begriffen, was hier gerade passiert ist? Warum Wuang so nervös wurde?«

Rebecca versuchte sich wieder zu beruhigen, der Schnaps hatte sie vielleicht etwas überreagieren lassen. Zudem wusste sie ganz genau, dass sie hier in Peking unwiederbringlich von Ching abhängig war.

»Nein, aber Sie werden es mir ja gleich sagen.«

»Wuang hat gerade durch die Blume gesagt, dass er und der Attaché quasi Dissidenten sind, sonst hätte er diesen Amerikaner längst hochgehen lassen. Er hat einen Spion oder aber einen Verräter gedeckt, zwischen beiden Dingen liegen fundamentale Unterschiede. Und was Ta Liangs Witwe angeht: In vielen Korruptionsfällen lassen die Männer in China einen Teil oder sogar alle dunklen Geschäfte von ihren Frauen oder Verwandten leiten.«

»Glauben Sie etwa, dass Tse Wuang den Amerikaner nicht kennt?«

»Er weiß, dass es ihn gibt, aber nicht, wo er ist. Aber die Witwe scheint es zu wissen, und sie wird ihre Gründe haben, es zu verheimlichen. Aber Sie haben recht. Tse Wuang hat Angst. Er war ein Wasserträger für den Attaché, und offenbar will auch er an diesen Mann aus den USA heran, das ist mir klar! Gewöhnen Sie sich daran, dass hier nichts offen gesagt wird.«

Rebecca sah in der ganzen Debatte nur eine Gewissheit. Sie war in einem Land, das zutiefst korrupt war, in dem Politiker für die richtigen Beziehungen im Partei- und im Staatsapparat sorgten und die Geschäftsmänner im Gegenzug die Familien diskret mit Geld ausstatteten.

ZWEIUNDZWANZIG

PEKING, MAGGIE'S BAR, 25. FEBRUAR, 22.15 UHR

Brown schaute auf die Tanzfläche, überlegte einen Moment, ob er Kingston folgen sollte, stand abrupt auf und bahnte sich den Weg durch die Vergnügungssüchtigen der Nacht. Die Stufen am Ausgang waren feucht von einem einsetzenden Nieselregen.

Wir wollen doch alle nur, dass es unseren Liebsten weiterhin gut geht, hatte er gesagt. War ihm denn nicht klar, dass genau das Wohl der Liebsten auf dem Spiel stand?

Brown verließ das *Maggie's*, schaute sich um und ging schnellen Schrittes die Straße Richtung amerikanische Botschaft entlang, doch von Kingston war nichts mehr zu sehen. Kryptologie hin oder her, im Botschaftsviertel konnte er nicht telefonieren, gerade hier lauerten überall die Spitzel des Ministeriums für Staatssicherheit. Er sprang in ein Taxi und ließ sich zunächst bis zum Platz des Himmlischen Friedens fahren, der auch am Abend noch von Touristen überströmt war. Er drückte dem alten Fahrer weitaus mehr Geld als üblich in die Hand, mischte sich unter die Menge und rief Parker an.

»Thomas. Ich will, dass Kingston rund um die Uhr beschattet und abgehört wird, egal, was das vielleicht bedeutet. Und sag, können wir sicher sein, dass wir selbst safe sind?«

»Vor den Chinesen oder unseren eigenen Leuten?«

»Thomas! Im Zweifelsfall vor beiden.«

»Neal! Es gibt dafür nie eine Garantie, aber wenn ich weiß, was ich abwehren soll, wird es schon leichter.«

Brown hatte in den vergangenen Tagen das Gefühl bekommen, dass er sich wirklich auf die Jungs verlassen konnte. Sie wussten ohnehin detailliert, worum es bei diesem Einsatz ging.

»Okay, abgesehen davon, dass wir es nicht riskieren können, dass die Ermittlerin oder wir dem chinesischen Geheimdienst in die Hände fallen, ist Kingston vielleicht eine ernste Gefahr. Er hat Angst, und ich habe keine Ahnung, über wie viel Rückendeckung er in Washington verfügt. Wir müssen uns sicher sein, ob und inwiefern er noch Verbindungen in die NSA hat und sie nutzt. Der Kerl ist vielleicht zu allem fähig.«

»Neal. Das kann ich weder ausschließen noch bestätigen.«

»Was?«

»Das kann ich technisch nicht beweisen. Aber sollte uns hier jemand im Visier haben, dann gute Nacht«, sagte Parker, und Brown wusste nicht, wie er das deuten sollte.

»Was denn jetzt?«

»Die NSA hat hier technische, aber so gut wie keine operativen Überwachungsoptionen, außer eben durch Cyberattacken und Satelliten. Wenn Kingston eine Gefahr ist, dann nicht hier, nicht über die NSA, das ist völlig unmöglich!«

»Also hat Spencer vielleicht recht, dann haben wir ein Leck.«

»Na ja. Hast du mal darüber nachgedacht, dass er, bevor du den Auftrag bekommen hast, die CIA über das Außenministerium um Hilfe gebeten hat, dass er also nur eine Warnung ausgesprochen hat, und zwar vor allem, um sich selbst zu schützen? Und dass er uns deshalb nur das Nötigste sagt?«

»Spekulation! Aber nicht undenkbar, das macht es nicht gerade leichter, und ich traue ihm nicht!«

Auch wenn Neal Browns Abneigung gegenüber Kingston an diesem Abend sehr groß geworden war, durfte er sich davon keinesfalls leiten lassen. Aber er musste sich die ganze Zeit Gedanken um den nächstmöglichen Worst Case machen. Auch bei einer Undercover-Aktion arbeitete Browns Team keineswegs völlig isoliert. In bestimmten Fällen wurden die Ergebnisse sogar international verbreitet wie bei Einsätzen im Irak, um jede Information zur Terrorabwehr nutzen zu können. In dieser Situation jedoch gab es nur eine Leitung, und die war nur für den Notfall mit dem Operation Center in Langley verbunden und diente der Bergung von in Not geratenen Agenten, der Liquidierung von Verrätern oder auch außer Kontrolle geratenen Doppelagenten.

Aber in diesem Fall könnte die Meldung an Langley kein gutes Ergebnis bringen, zumindest, solange nicht geklärt war, ob Duke Kingston eine Seilschaft innerhalb der CIA hatte. Spencers Anweisung »zuerst Amerika« hatte sich wie eine Tätowierung in Browns Bewusstsein gebrannt. Dazu gehörte immer noch, auch Kingston zu schützen. Die nächste Gefahr lauerte in den chinesischen Behörden, denn ein geflohener korrupter Attaché war wie ein fliegender Drache. Auch wenn er im Ausland lebte, wurde seine Schnur in China gehalten, und er konnte am besten durch seine Familie gefunden werden. Und Winter war gerade dabei, genau diese Schnur aufzunehmen und ihn zu einem unbekannten Verräter oder Doppelagenten zu führen. Welchen Preis sie dafür zahlen müsste, war auch für Brown nur schwer zu kalkulieren.

DREIUNDZWANZIG

PEKING, HILTON HOTEL, 26. FEBRUAR, 7.55 UHR

Rebecca war mit der korrupten, bösen Seite des Kapitalismus schon in vielerlei Gestalt konfrontiert worden. Investmentbanker, Hedgefondsmanager, Rohstoffhändler, deren Geschäft der Hunger war und die mehr Leid zu verantworten hatten als der ein oder andere Diktator – Menschen, die für Geld bereit waren, das Blut von Fremden zu vergießen, am Bildschirm oder auf dem Börsenparkett. Aber nichts war mit den brutalen Methoden der chinesischen Mafia zu vergleichen. Die Bilder aus London hatten sie wieder im Schlaf verfolgt. Sie blickte kurz vor acht Uhr auf ihr Handy. Ching hatte es ihr am Abend noch in die Tasche gesteckt. Angeblich war es abhörsicher. Sie las seine SMS. Er wäre noch im Büro von Interpol und würde erst gegen neun Uhr eintreffen.

Neuere Hilton-Hotels hatten die dumme Eigenschaft, dass sich die Fenster nicht öffnen ließen. Bei dem Smog in Peking war das vermutlich sogar von Vorteil, aber die Klimaanlage verbreitete nicht nur dieses monotone surrende Geräusch, es machte die Luft so trocken, dass Rebecca im Display des Handys ihre geschwollenen Augen betrachte. Den Wecker hatte sie überhört, und die Lust aufzustehen hielt sich in Grenzen.

Sie richtete sich auf und tapste über den weichen dunklen Teppichboden, zog die Vorhänge zurück, legte sich wieder ins Bett und atmete einmal tief aus. Sie nahm das Handy und tippte Ching eine Nachricht, dass sie sich in der Lobby um Punkt neun treffen würden.

Schließlich riss sie sich doch die Decke vom Leib. Vor dem Schreibtisch suchte sie in ihrem dunkelvioletten Trolley nach wärmerer Kleidung, zog sich einen weiten bunt gemusterten Wollpullover über, ärgerte sich kurz, dass sie einige Sachen zu Hause in der Hektik vergessen hatte und schlüpfte in ihre dunkle Stoffhose. Auf dem Schreibtisch lag eine weiße Mundmaske, die in dieser Stadt offenbar schon zum Standardoutfit gehörte. Sie steckte sie für alle Fälle in ihren Wollmantel. Vor dem Spiegel rieb sie sich die Augen, als das Handy klingelte.

»Sagten Sie nicht neun Uhr?«

»Kommen Sie schnell runter. Allington hat was gefunden, er meldet sich gleich.«

»Schon unterwegs!«

Unten angekommen und immer noch von der Nacht leicht benommen, ging sie durch die Lobby. Kurz vor dem Frühstücksraum stand Ching, ein Handy in der Hand. Die Geräuschkulisse, die aus dem Raum voller Touristen drang, war eine leichte Überforderung. Ching kam auf sie zu.

»Was ist passiert?«

»Klingt spannend, am besten, Allington erklärt es Ihnen selbst«, sagte Ching mit gelassener Miene.

Rebecca griff nach dem Handy. »Robert, was habt ihr?«

»Fletcher von der IT hat eine Vermutung. Aber zuerst das: Für einen Teil der Konten haben wir Zahlungsströme, aber noch keine Empfänger. Das Geld wurde über Dutzende Zwischenbanken hin- und hergeschoben, wir arbeiten weiter dran. Bisher sind wir auf Zahlungen von 230 Millionen Dollar gestoßen, und zwar aus den USA. Aber jetzt kommt es. Wir haben uns die Kontonummern genau angeschaut. Hast du vor Augen, wie so eine IBAN aufgebaut ist? Eine IBAN dient der Identifikation des Empfängers. Sie besteht aus dem Länderkennzeichen, der Prüfziffer und der Basic Bank Account Number. Und jetzt pass auf: Bei exakt jeder zweiten Kontonummer auf der Liste des Attachés stimmt die Prüfziffer nicht«, sagte Allington.

Rebecca sah Ching an, der nur die Schultern hob.

»Kann das nicht einfach hinzugedichtet worden sein, um die Konten zu tarnen oder für Verwirrung zu sorgen?«

»Nun warte doch. Fletcher sagte eher beiläufig, dass eine IBAN, die ja eine Länge zwischen 20 und 30 Zeichen hat, auch als extrem sicheres Passwort dienen könnte«, sagte Allington.

»Passwörter zu welchen Daten?«, fragte Rebecca, um im nächsten Augenblick innerlich zu schalten, dass Allington das wohl kaum schon wusste. »Sorry, schon klar. Danke für die Info. Im Übrigen … wie geht es Rose?«

»Sie liegt im Marsden Hospital und bekommt eine neuartige Strahlentherapie. Photonen, oder frag mich was«, sagte Allington.

Er klingt aufgeräumt und klar, dachte Rebecca.

»Hör zu, Rebecca. Es herrscht hier eine merkwürdige Stille. Ich konnte zwar die Einstellung eurer Ermittlungen verhindern, frage mich aber ehrlich gesagt, warum? Das war irgendwie zu leicht. Pass einfach auf. Nicht dass wir wieder am Ende die Drecksarbeit machen, die andere nicht wahrhaben wollen. Welche Fortschritte habt ihr gemacht?«

»Robert, ich bin gestern erst angekommen. Ich melde mich morgen wieder. Alles andere schicke ich dir besser per Mail.

Bye«, sagte Rebecca, legte auf und winkte Ching zu sich. In ihrem Kopf ratterten mal wieder die Rädchen.

»Haben Sie sich die Liste von Konten, mit denen der Attaché operiert haben soll, genau angesehen?«

»Ja, aber erst vor ein paar Tagen.«

»Hat Sie da nichts stutzig gemacht?«

Ching wirkte irgendwie nicht bei der Sache, dachte Rebecca.

»Wie gesagt, ich habe den Fall erst seit ein paar Tagen auf dem Tisch. Auf die Idee, die Ihre IT hat, wäre ich im Traum nicht gekommen«, sagte Ching fast lapidar, als würde ihn das nur unwesentlich interessieren.

Seltsam, dachte Rebecca. Ohnehin wirkte Ching seit ihrer ersten Begegnung zwar gewissenhaft und irgendwie auch respektvoll, aber der Fall selbst schien ihn seltsam kaltzulassen. Und die bedrohlichen Nachrichten, die den schwelenden Konflikt im Südchinesischen Meer beschrieben, von dem Allington, Teile der britischen Regierung und die Medien befürchteten, dass er jetzt eskalieren könnte, schienen ihn zumindest nicht sichtlich zu bewegen. Aber sie hatte auch gelernt, dass das Gesicht eines Chinesen wenig über seine wahren Gefühle aussagte.

»Sagen Sie mal, wie sind Sie eigentlich als Hongkong-Chinese in die Pekinger Polizei gekommen? Ist das nicht etwas ungewöhnlich?«

»Nicht wirklich. Ich habe den größten Teil meines Lebens in London verbracht und bin dort sozialisiert worden. Von Integration kann man wohl, abgesehen von der Sprache, nicht wirklich reden. Ich esse chinesisch, ich rede chinesisch, und ich habe ein chinesisches Herz. Aber so konnte ich durch Beziehungen immerhin bei Interpol das machen, was Sie Karriere nennen«, sagte Ching und öffnete Rebecca die Tür nach draußen. »Ich sehe meinen Job als Job, und glauben Sie mir, das spart viel Kraft.«

»Klingt nicht sehr euphorisch.«

Rebecca blickte in Chings Gesicht. Seine Augen hatten plötzlich das Leuchten verloren.

»Es tut mir leid. Ich wollte Sie nicht verletzen«, setzte sie nach.

»Haben Sie nicht. Mein Vater war Leiter einer Sondereinheit und schaffte es dann, als Diplomat nach Hongkong und London zu gehen«, sagte Ching, während Rebecca mit ihrer Mundmaske herumhantierte. »Als Interpolbeauftragter habe ich den Vorteil, dass ich mich etwas freier und mit weniger bürokratischer Kontrolle bewegen kann«, ergänzte Ching und wies auf einen alten Lada vor dem Hotel.

»Was ist mit dem BMW?«

»Der Lada fällt weniger auf. Kommen Sie, wir fahren zur Witwe von Ta Liang«, sagte er.

Unter den Blicken einiger wohlbetuchter Hotelgäste, die sie passierten, setzte sich Rebecca in den rostigen Wagen. Sie verkniff sich die Bemerkung, dass von Freiheit in China wohl kaum die Rede sein konnte. Sie kannte kaum ein Land, in dem eine Diktatur so scheinheilig eben nicht als solche benannt wurde. Während die *Times* vor geraumer Zeit Chinas Staatschef zitiert hatte, sein Land sei dabei, ein Verfassungs- und Rechtsstaat zu werden, der die Macht des Staates in einen Käfig von Regeln sperren würde, hatte die Partei erst vor Kurzem ein Gesetz beschlossen, das von der Verwaltung des Internets bis zur Arbeit ausländischer Nichtregierungsorganisationen so gut wie alle Lebensbereiche zu Angelegenheiten nationaler Sicherheit erklärt hatte. Aber irgendwie schienen die Menschen das hier völlig anders wahrzunehmen, besonders Ching. Rebecca hatte Chings Stolz gespürt, als er über seine Familie und seinen Vater gesprochen hatte. Etwas, das für sie alles andere als selbstverständlich war.

Die milchigtrübe Sonne vor Augen, fuhren sie weiter durch die Stadt.

Eines schätzte sie an Ching. Er war zwar distanziert, aber zuvorkommend und hatte gute Umgangsformen, war somit ein angenehmer Kollege. Er stellte keine dummen Fragen oder ließ sich zu anzüglichen Kommentaren hinreißen. Nur sein Fahrstil hatte es in sich. Um im Stau möglichst schnell voranzukommen, lenkte er blitzschnell in entstandene Lücken, gab immer wieder Vollgas, um im nächsten Moment wieder ruckartig zu bremsen.

»Damit kriegt man jeden Hund zum Kotzen!«

»Was haben Sie gesagt?«

»Egal. Wo genau fahren wir hin?«

»Ich kenne den Ort selbst nicht. Tse Wuang hat dort jedenfalls noch einen Landsitz. Dort treffen wir die Witwe Wu Li. Der Kreis Yanqing liegt eine knappe Stunde von hier.«

Da Rebecca für den Moment keinen weiteren Impuls verspürte, Ching zu hinterfragen, ließ sie sich in den Sitz rutschen und versuchte, den mangelnden Schlaf wenigstens etwas nachzuholen. Und tatsächlich fielen ihr kurz darauf die Augen zu.

Erst als Ching etwas abrupt in eine Auffahrt abbog, schreckte sie hoch und sah gerade noch ein Straßenschild, das den Weg zur Chinesischen Mauer wies. Am Ende der Zufahrt stand auf einer bewaldeten Erhebung ein einstöckiges altchinesisches Holzhaus. Seinem geschwungenen Dachstuhl nach zu urteilen, stammte es vermutlich noch aus der Zeit der Qing-Dynastie Ende des 18. Jahrhunderts. Vor dem Haus stand nur ein heller Geländewagen.

Noch bevor Rebecca und Ching ausstiegen, traten zwei dunkel gekleidete Chinesen aus dem Haus, die alles andere als begeistert wirkten. Einer der Männer hielt eine Pistole bereit. Rebecca blickte Ching an und hatte bereits ihren Ausweis in der Hand.

»Lassen Sie den sofort verschwinden. Wir sind Gäste der Wuang-Familie und keine Polizisten. Ich mach das schon«, sagte Ching und holte die Visitenkarte heraus, die ihm Tse Wuang im Restaurant überreicht hatte.

Ching stieg aus und ging auf einen der Bewacher zu. Rebecca folgte ihm, hielt aber lieber Abstand und wartete, bis Ching ihr ein Zeichen gab. Sie hatte in ihrer kurzen Karriere schon etliche Einsätze im Ausland gehabt, meistens in den Glaspalästen der Geldelite von Frankfurt, New York oder auch in Shanghai, nicht selten auf Cocktailpartys oder Luxusschiffen in Monaco, in Hotels, deren Zimmerpreise nah an ihr Jahreseinkommen heranreichten. Sie hatte immer die Macht im Hintergrund, zu einer der besten Einheiten Europas für die Aufdeckung von Finanzverbrechen zu gehören, und nicht selten genoss sie es, mächtigen Männern, selten auch Frauen, die Handschellen anzulegen. Aber hier war sie das erste Mal in einer Situation, in der ihr Ching gerade buchstäblich klargemacht hatte, dass ihr Ausweis eher eine Gefahr als einen Schutz darstellen würde. Auch der Status als Interpolbeauftragte hatte keinerlei schützende Wirkung, denn Interpol war im Vergleich zu Europol nur ein internationaler Verein mit dem unverbindlichen Ziel, Informationen zur Ergreifung von Kriminellen auszutauschen – allerdings nur, solange alle Beteiligten ein Interesse daran hatten, was in diesem Fall mit jedem weiteren Detail, das sie herausfanden, fragwürdiger wurde. Auch das Tragen von Waffen war für ausländische Beamte wie Rebecca nur in Ausnahmefällen und nur mit Genehmigung des gastgebenden Landes möglich.

Als Rebecca Ching zu der großen, rot bemalten Holztür des

Anwesens folgte, beäugten die beiden Beschützer der Witwe sie aufmerksam. Fast alle Menschen, denen sie bisher in Peking über den Weg gelaufen war, gafften sie an wie ein Tier mit fünf Beinen.

Eine junge, schlanke Chinesin in einem dunklen Kostüm ließ sie mit unbewegtem Gesichtsausdruck in das Haus. Wirkte das Anwesen von außen noch wie aus längst vergangener Zeit, war das Innere beeindruckend. Sie wurden durch einen marmornen Vorraum geführt, an den sich, durch eine Schiebetür getrennt, ein großer Wohnraum anschloss. Seine Wände waren mit Teakholz getäfelt, vor einem offenen Kamin standen schwere Ledersofas mit beleuchteten Glastischen davor. Über dem Kaminaufstieg hing ein Flatscreen, auf dem das staatliche Fernsehen aktuelle Nachrichten sendete.

Ching bedeutete Rebecca, sich zu setzen.

»Chá?«, fragte die junge Chinesin.

»Möchten Sie Tee?«, übersetzte Ching.

Rebecca nickte nur und sah, wie eine alte Dame den Raum betrat. Als sie sich vor ihnen leicht verneigte, sah Rebecca eine kleine zerbrechliche Frau mit fettig grauen Haaren. Sie wirkte ausgezehrt, schnell gealtert. Als hätten sich alle Grausamkeiten des Lebens in ihr Gesicht gegraben, zogen sich dunkle Ränder unter ihren Augen entlang, ihre Zähne waren gelb, tiefe Falten um Mund und Stirn. Ein Anblick, der Rebecca fast das Herz zerriss.

Die alte Dame blickte Rebecca kurz an, sagte etwas auf Chinesisch zu ihr, verneigte sich leicht angedeutet vor Ching und setzte sich.

»Was hat sie gesagt?«

»Das war eine spezielle Formel, mit der man einen fernen Gast begrüßt«, erklärte Ching.

Die Bedienstete kam aus einem Nebenraum, goss allen Tee

ein, verneigte sich, stellte die Kanne ab und setzte sich einige Meter weiter weg an einen Tisch.

»Tse Wuang hat sie geschickt, ja?«, fragte die Dame plötzlich auf Englisch.

VIERUNDZWANZIG

PEKING, KREIS YANQING, 26. FEBRUAR, 9.30 UHR

Ethan Maloway konnte sich dem Anwesen, in dem Rebecca Winter mit ihrem Partner verschwunden war, nicht weiter nähern, ohne den Wachen aufzufallen oder womöglich der Polizei in die Hände zu fallen. Er parkte gute 200 Meter entfernt an einem Waldweg, hart an der Grenze, um aus der Entfernung noch mit den Richtmikrofonen erfolgreich Gespräche aufzeichnen zu können. Immer wieder schaute er aus dem Auto auf die unmittelbare Umgebung.

Während Brown und Parker inzwischen im Raffles Beijing Hotel im Stadtbezirk Dongcheng die Stellung hielten, war er in einem Mietwagen unterwegs und mit den typischen Utensilien eines Touristen ausgestattet, darunter eine Eintrittskarte zur Besichtigung der Chinesischen Mauer. Sich aber in diese Region, weit ab von den üblichen Touristenwegen zu verirren, und dann auch noch alleine, war alles andere als angenehm. Er konnte sich zu gut ausmalen, was geschehen würde, wenn man die Überwachungsgerätschaften bei ihm fände. Er musste sich darauf verlassen, dass die Mikrowanzen in Winters Kleidung und Schuhen ihren Dienst tun würden.

Vom Beifahrersitz nahm er sich seinen Laptop, legte ihn auf seinen Schoß und versuchte die Mikrowanzen von Winter zu aktivieren. Die Software suchte und suchte.

Ein anderes Programm ortete unterdessen alle Handys, die derzeit in der unmittelbaren Umgebung angeschaltet waren. Für alle Fälle begann Maloway sich eines der Handys auszusuchen, das er hacken könnte, falls die Wanzen aufgrund der Entfernung versagten.

Gerade als er in seiner Software einen Zugang fand, fuhr ein Wagen mit zwei Chinesen direkt an ihm vorbei. Maloway tat, was jeder erfahrene Geheimdienstmann jetzt tun würde. Er behielt die Nerven und hielt die Luft an.

FÜNFUNDZWANZIG

PEKING, KREIS YANQING, 26. FEBRUAR, 10.45 UHR

Die Augen der Witwe schienen für einen Augenblick wie eingefroren. Normalerweise galt es in China als unhöflich, jemanden so lange anzuschauen, doch Rebecca konnte für eine gefühlte Ewigkeit nicht aufhören, ihr in die trüben Augen zu sehen. Sie spürte, dass die Frau nicht nur mit ihren körperlichen Kräften am Ende war – sie strahlte eine panische Angst aus. Keine gute Voraussetzung für eine Befragung.

»Ms Wu, ich bedaure den Tod Ihres Mannes zutiefst. Wir versuchen zu verstehen, was passiert ist, und um ehrlich zu sein, brauchen wir dringend jede Hilfe«, sagte Rebecca.

Noch bevor sie ihre erste Frage stellen konnte, unterbrach Ching sie und flüsterte mit dem Blick zur Tür: »Haben Sie Verwandte im Ausland?«

Die Witwe erstarrte kurz, gab dann aber leise zurück: »Es gibt eine Schwester in London.«

»Es ist uns sicher möglich, Ihnen eine Reise zu ermöglichen«, wisperte Ching.

Rebecca sah, wie die Frau ihr Gesicht in den Händen vergrub. Dann stand sie auf, ging zu einer Kommode und kehrte mit einem größeren Umschlag zurück, setzte sich wieder und hielt das Kuvert fest in ihren Händen. Nur kurz schaute sie peinlich berührt zu Rebecca und dann zu Ching.

»Ching, ich denke, es ist besser, Sie gehen ein wenig spazieren«, sagte Rebecca energisch.

»Wie bitte?«

»Sprechen Sie noch meine Sprache?«

Ching stand auf und verließ das Wohnzimmer. Auch die Bedienstete ging hinaus und schloß die Tür. Gerade konnte Rebecca noch den missgünstigen Blick eines Bewachers erhaschen.

Rebecca und die Witwe saßen sich einen Augenblick schweigend gegenüber, und doch wurde viel ausgetauscht. Rebecca streckte unwillkürlich ihre rechte Hand aus. Für einen Moment berührten sie sich.

»Wann haben Sie Ihren Mann das letzte Mal gesehen?«

»Vor einem Jahr, als er mich von London nach Hause geschickt hat.«

»Ms Wu, ich weiß, dass das hier jetzt nicht leicht ist, aber ich garantiere Ihnen, dass wir Sie schützen.«

Die Witwe schüttelte den Kopf.

Rebecca trank von dem Tee und stellte die Tasse wieder ab. Dann fragte sie: »War Ihr Mann Mitglied der Triaden?«

»Nein, niemals. Aber die, die ihm das angetan haben. Er hat dafür bezahlt, dass er diesen verdammten Amerikaner geschützt hat und …«

Für einen Moment flossen so viele Tränen, dass der Witwe der Atem stockte. Sie öffnete das Kuvert und legte Dutzende Fotos auf den Tisch. Sie zeigten den Attaché derangiert mit etlichen nackten Frauen auf einem Bett. Durch das Fenster im Hintergrund des Zimmers erkannte Rebecca die Leuchtbuchstaben eines bekannten Restaurants aus Soho, wo der Attaché seine letzte Zeit verbracht hatte.

»Das Geld für all diese Annehmlichkeiten hat er bekommen, um diesen Amerikaner zu enttarnen. Er fühlte sich in seinem Status als Diplomat zu sicher und spielte ein gefährliches doppeltes Spiel«, kommentierte die Witwe die Fotos mit Verbitterung in der Stimme.

»Und von wem kam das Geld nun wieder?«

»Von einem anderen Amerikaner!«

»Wie bitte? Sie meinen, dass Ihr Mann von einem Amerikaner geschmiert wurde, aber den Dienst dafür nicht geleistet hat, nämlich einen anderen Amerikaner zu verraten?«

»Ja.«

»Rache wäre durchaus ein Motiv. So langsam verstehe ich, warum man ihn vor der US-Botschaft abgeladen hat. Die Triaden oder Teile der Regierung stuften ihn als Verräter und als Bedrohung für ihre eigenen Geschäfte ein, das scheint mir jetzt mal sicher«, resümierte Rebecca, atmete tief ein, klatschte die Hände einmal auf die Beine, stand auf und ging mit verschränkten Armen im Raum umher.

»Ms Wu, Ihr Mann wurde von der neuen Staatsspitze in die Vertretung nach London abgeschoben, da liegt es nahe, dass er selbst Rachemotive hatte …«

»Sagen Sie einfach die Wahrheit«, hallte von hinten Chings Stimme. Offenbar hatte er dem Gespräch von der Veranda aus sehr genau zugehört. Er kam wieder in den Raum und ging auf die Witwe zu.

»Woher kamen die 80 Millionen Dollar, die wir in seiner Pekinger Wohnung gefunden haben?«, ging er die Frau lautstark an, obwohl Rebecca das Gefühl hatte, dass es auch Ching schwerfiel, dieser schwächlich wirkenden Frau Druck zu machen.

»Ching, was …«

»Lassen Sie mich bitte kurz!«, sagte Ching deutlich, aber mit der gewohnten Ruhe in seinem Gesicht.

»Bitte, wie Sie wollen, das wird sicher von Erfolg gekrönt sein …«

Die Witwe signalisierte Rebecca mit einer Handbewegung, Ruhe zu bewahren, atmete tief ein, wischte sich die Tränen aus dem Gesicht und sammelte die für sie so beschämenden Fotos wieder ein.

Plötzlich schauten Ching und die Witwe in den Bildschirm über dem Kamin. Die alte Dame schaltete den Ton ein, während Ching sich in einen Sessel fallen ließ und mit den Händen auf seinen Beinen trommelte.

Rebecca sah nur an den Bildern, dass es auf dem chinesischen Sender CCTV-13 um den schwelenden Konflikt zwischen Washington und Peking ging.

»Was ist los?«

Ching schüttelte den Kopf.

»Die Amerikaner wollen es wohl wirklich wissen. Sie haben Taiwan für Milliarden neue Raketenabwehrsysteme, Fregatten und andere Rüstungsgüter geliefert. Das Außenministerium hat den amerikanischen Botschafter einbestellt. Das ist Wahnsinn! Und unser Außenminister droht mit der Rückeroberung der Insel«, sagte Ching und stand wieder auf.

Rebecca wollte sich auf ein solches Szenario nicht mal in Gedanken einlassen, auch wenn die Witwe immer noch entsetzt auf den Fernseher starrte. Bei allem Mitgefühl wurde sie stutzig, denn Tse Wuang hatte wohl kaum zufällig angedeutet, dass die Witwe womöglich die Geschäfte ihres Mannes verwaltete. Aber warum er die Frau gleichzeitig schützte, war eines der vielen Rätsel, vor denen Rebecca in dieser Kultur des Schweigens und Verschweigens stand.

»Mein Mann«, sagte die Witwe unvermittelt mit ruhigem Ton. »Ja, es stimmt. Mein Mann hat sich von den Triaden, der Bou-Bruderschaft schützen lassen, nachdem die Ermittlungen der Disziplinarkommission gegen ihn losgetreten worden waren.«

»Aber er hatte keine politischen Überzeugungen«, versuchte Rebecca in ihrer Ungeduld zu forcieren.

»Doch. Er hat auch vorher schon Informationen über bestimmte Funktionäre gesammelt und ist dabei auf diesen Amerikaner gestoßen. Dabei ging es angeblich um weit mehr als Geld«, sagte die Witwe in einem immer leiser werdenden Tonfall.

»Gut, jetzt noch einmal. Woher kamen die 80 Millionen Dollar in bar? Außerdem haben wir Hinweise, dass Ihr Mann Hunderte von Millionen Dollar ins Ausland geschafft hat.«

Die Witwe schaute sich um, stand auf, ging zur Tür und schloss sie mit Nachdruck noch einmal richtig. Sie kehrte zurück, goss Rebecca einen weiteren Tee ein und setzte sich. Rebecca konnte ihre Ungeduld nur noch schwer zügeln.

»Mein Mann wurde seit Langem erpresst«, sagte die Witwe und führte aus, dass gewisse Leute ihn gezwungen hätten, das Geld über Londoner Banken zu waschen. »Es wurde täglich mehr, bis er nicht mehr weiterwusste. Er wollte vom Ausland aus die Sache aufdecken. Er hat in Australien mit einem Teil des Geldes ein Anwesen gekauft und wollte die Familie nachholen. Irgendwer hat dann die Ermittlungen ausgelöst, und kurz danach wurde er umgebracht.«

Sie hielt inne.

»Er hat unser Land verraten und verkauft«, sagte sie plötzlich erheblich lauter.

Rebecca blickte Ching an. Eine Methode, höhere Summen Geld zu waschen oder den Finanzbehörden zu entziehen, waren sogenannte Mirror Trades, bei denen Kunden Wertpapiere bei einer Bank kauften und dann die identischen Papiere in Fremdwährungen über eine andere Niederlassung des Instituts wieder verkauften. War der Attaché in solche Trades verwickelt?

»Okay! Also, ein Amerikaner hat Ihren Mann mit Informationen versorgt, aber Sie wissen nicht, mit welchen. Und der andere Amerikaner hat Ihren Mann geschmiert, damit er die Identität des ersten preisgibt«, fasste Rebecca zusammen.

Das Nicken der Witwe steigerte nicht Rebeccas Bereitschaft, ihr diese Version endgültig abzukaufen. Zwar hatte Allington den Nachweis, dass auf Ta Liangs Konten hohe Summen aus den USA stammten, aber ob die Amerikaner, von denen die Witwe hier sprach, daran beteiligt waren, war nur eine unbewiesene Vermutung.

»Kennen Sie Namen?«, fragte Ching mit sonorer Stimmlage und begann dann plötzlich wieder, in seiner Muttersprache auf die Frau einzureden. Er wurde nur kurz etwas lauter, zeigte dann mit Blick zu Rebecca auf die Nachrichten im Fernsehen und redete wieder auf Englisch weiter. »Ist Ihnen klar, dass es hier vielleicht um Krieg oder Frieden geht? Welche Bruderschaft hat ihn beschützt? Sagen Sie die Wahrheit, und ich bringe Sie sicher außer Landes!«

Die Witwe schaute sich wieder um. Waren ihre Bewacher eigentlich auf ihren Wunsch hier? Seit ihrer Ankunft hatte Rebecca das Gefühl, dass sie hier vielleicht gar nicht geschützt, sondern vielmehr festgehalten wurde.

Die Witwe deutete eine Handbewegung an, als würde sie etwas schreiben. Ching nahm einen Stift und einen kleinen Notizblock aus seiner Innentasche und legte beides auf den Glastisch vor ihrem Sessel. In Windeseile notierte sie etwas.

Ching las mit, strich sich durch die Haare, prüfte plötzlich seine Waffe unter seiner Jacke, steckte den Zettel ein und versicherte der Witwe, dass er alles Erdenkliche tun werde, um ihr Leben zu schützen, und flüsterte ihr anschließend etwas ins Ohr. Wieder schossen die Tränen aus ihren Augen. Ching bewegte sich auf Rebecca zu.

»Wir gehen. Und tun Sie so, als wäre alles in Ordnung. Sagen Sie beim Rausgehen zu mir, dass der Fall für Sie abgeschlossen ist und dass ich Sie zum Flughafen bringen soll, haben Sie verstanden? Machen Sie es laut, sodass es einer der Bewacher mitbekommt, aber authentisch und völlig beiläufig«, hauchte Ching so leise, dass Rebecca es nur mühsam verstehen konnte.

Ching machte ein letztes Mal zur Witwe eine beruhigende Handbewegung und sprach noch etwas in ihr Ohr, bevor er aufstand und sich mit normaler Stimme bedankte. Er winkte Rebecca zu, beide öffneten die Schiebetür zum Vorraum. Ein dicker Chinese in schwarzer Montur stand gute fünf Meter entfernt am Eingang. Ob er ihrem Gespräch gelauscht hatte, war nicht klar.

»Hören Sie, wir haben jetzt genug gehört, das bringt doch alles nichts. Ich kann den Rest von London aus erledigen. Schicken Sie mir den Papierkram hinterher und bringen Sie mich zum Flughafen«, sagte Rebecca zu Ching und vermied jeden Blickkontakt mit dem Mann vor der Tür.

»Wie Sie wollen!«

Sie gingen zum Wagen. Ching startete den Motor. Rebecca sah, dass er blass geworden war und dass seine Hände, obwohl an Schaltung und Lenkrad verhaftet, leicht zitterten.

»Ching, was ist hier los? Wird die Frau gegen ihren Willen hier festgehalten?«

»Auf dem Zettel steht, dass sie Tse Wuang nicht traut und dass sie erst aussagt, sobald sie im Ausland ist.«

»Was haben Sie ihr zugeflüstert?«

»Dass Sie sich für die Nacht vorbereiten solle, das Land zu verlassen. Und ich habe sie gefragt, wie viele Männer im Haus sind.«

»Und da ist doch noch mehr, was verunsichert Sie?«

»Ich bin mir nicht sicher, ob die Männer im Haus nicht selbst von der Mafia sind. Als wir eben das Haus verlassen haben, habe ich jedenfalls ein Handzeichen gesehen.«

»Was?«

»Wenn die Witwe die Wahrheit gesagt hat und ihr Mann von der Bou-Bruderschaft beschützt wurde, dann deutet alles auf einen ungewöhnlichen Krieg hin. Die Bou-Bruderschaft ist mit gerade mal zwei Clans sehr klein, und wenn meine Vermutung richtig ist, dann gehören die Männer von eben zur mächtigen 14K-Triade. Wie gesagt, ich habe nur den Verdacht. Wenn sich die Bou-Leute aber mit denen angelegt haben, gibt es ein Problem. Die 14K-Triade steht mit dem chinesischen Geheimdienst in wirtschaftlicher Verbindung. Sie finanzieren Teile des Dienstes mit Gewinnen aus Prostitution und Bauunternehmen. Die Bou-Leute kooperieren in der Regel mit der 14K-Triade in London. Dass die Bou-Leute den Attaché gegen viel Geld in London schützten, missfiel vielleicht der Führung der 14K, da sie den Attaché als Verräter erachteten, der den Amerikanern half«, sagte Ching und raste ohne Rücksicht auf Verluste über die Landstraße. »Wir kommen der Sache immer näher!«

»Und was haben Sie jetzt vor?«

»Ich werde versuchen, dem Chef der Bou-Bruderschaft einen Besuch abzustatten, aber vorher müssen wir Tse Wuang noch mal unter Druck setzen. Er hat uns nicht die volle Wahrheit gesagt«, bemerkte Ching und gab weiter Vollgas.

»Das kann gut sein. Ich habe die Angst dieser Frau gespürt. Wir müssen umkehren und sie sofort da rausholen!«

Ching verdrehte seine Augen und schüttelte den Kopf.

»Sie sind unbewaffnet, und ich habe gerade mal ein Magazin gefüllt. Was träumen Sie eigentlich sonst noch tagsüber?«

»Das kann doch nicht Ihr Ernst sein, die Frau …«

»Ich brauche Männer dafür! Und ich muss das richtig angehen, sonst weiß es eine Stunde später der Gouverneur, dann ein Provinzpolitiker und dann das Politbüro!«

SECHSUNDZWANZIG

PEKING, RAFFLES BEIJING HOTEL, 26. FEBRUAR, 13.30 UHR

Neal Brown saß im Zimmer des Raffles Beijing Hotel an einem Schreibtisch mit Blick auf Pekings Innenstadt. Egal in welchem der zahlreichen Hotels sie eincheckten, sie stießen immer wieder auf den gleichen Versuch, westlichen Komfort und modernes Design mit den Insignien Chinas zu verbinden, und seien Letztere nur eine Vase, angedeutete Holzimitationen altchinesischer Kunst oder Wandbilder.

Brown loggte sich in die Datenbanken von Scotland Yard ein. Den Zugang hatte Parker noch vor ihrer Abreise besorgt, aber es gelang ihm nicht, an die Rechercheergebnisse von Superintendent Robert Allington über die angeblichen Zahlungen an Ta Liangs Konten aus den USA zu kommen.

Thomas Parker hatte es sich auf einem Ledersofa bequem gemacht und beobachtete seelenruhig, wie Ethan Maloway in seinem Auto die Webcam und eine weitere Kamera aktiviert hatte, um die Szenerie nahe des Anwesens der Witwe von Ta Liang zu übertragen.

Brown stand auf und holte sich einen Saft aus der Minibar. Er dachte über die Vermutung der IT von Scotland Yard nach, dass hinter einem großen Teil der scheinbaren Kontonummern in Wirklichkeit Passwörter stecken könnten. Aber zu welchen Daten? Auch wenn es noch Spekulation war – wenn es so wäre, dann wären die dazugehörigen Datenträger wohl bei genau dem Mann zu finden, mit dem der Attaché seine doppelbödigen Spiele gespielt hatte und dessen Geheimnisse und vor allem Identität seine Witwe kannte. Brown öffnete eine kleine Flasche Orangensaft und trank sie in einem Zug aus.

Parker ließ einen Augenblick von seinem Rechner ab und sah zu Brown.

»Keine Sorge, Neal. Wir kommen schon irgendwie ans Ziel.«

»Sag mal, welche Stützpunkte stehen uns zur Verfügung, um jemanden außer Landes zu schaffen?«

»Einen US-Bürger oder die Witwe?«

»Vermutlich beide!«

»Puh, warte.«

Brown wusste, dass sie nicht eingreifen könnten, ohne Gefahr zu laufen, selbst enttarnt zu werden oder womöglich mitten in einen Krieg der Triaden zu geraten, den dieser Ching vielleicht als Nächstes auslösen würde, wenn er dem Chef der Bou-Bruderschaft zu nahetrat. Sich an das Haus der Witwe zu wagen war ebenfalls zu riskant. Vor seinem Team konnte er seine innere Unruhe nicht preisgeben, aber die Einsicht, dass sich ein Teil seines Auftrages nicht mehr würde erfüllen lassen, machte ihn nervös. Er konnte Rebecca Winter unmöglich schützen, wenn sie sich selbst in eine solche Gefahr begab. Warum tat sie das? Sie musste sich doch der Gefahr bewusst sein? Sie war nicht naiv. Dagegen sprachen ihre Erfolge und alles, was ihre Akte preisgegeben hatte.

Streng genommen hatte Neal Brown aber nur dafür zu sorgen, dass im Falle ihrer Verhaftung oder eines schlimmeren

Zwischenfalls nur die CIA dabei nicht in Verdacht geriet. Das war zumindest für den Moment gewährleistet, aber dass sie jetzt schon von zwei Amerikanern ausgehen mussten, die in die dubiose Angelegenheit verwickelt waren, machte die Dramatik klar. Es wurde immer wahrscheinlicher, dass es hier keineswegs nur um einfache Korruption ging. Das wäre kein Grund, militärisch derart in Stellung zu gehen.

»Thomas, nehmen wir mal an, Winter schafft es, uns über die Witwe die Identität der beiden Amerikaner zu liefern ...«, setzte Brown an.

»Wir sind zu schlecht aufgestellt, Neal. Ich sehe da schwarz. Wie sollen wir zwei von unseren Leuten, die Witwe und auch noch Winter rausholen, und das auch noch an verschiedenen Orten?«

»Dann müssen wir eben schneller sein. Wer ist der Chef dieser Bou-Bruderschaft, versuch an den ranzukommen«, verlangte Brown und war sich nicht sicher, ob Parker ihm überhaupt zugehört hatte, denn seine Augen verharrten mit Blick auf den Bildschirm in einer Schockstarre.

»Neal. Der erste Informant von Winter, dieser Tse Wuang, Scheiße ...«

»Was denn?«

»Laut Polizeifunk wurde er gerade in seiner Wohnung erschossen aufgefunden, und Winter und Ching sind auf dem Weg zu dieser Adresse, verdammte Scheiße!«

Das hatte gerade noch gefehlt. Nun musste Brown darauf hoffen, dass Winter und Ching vorher einen richtigen Riecher haben würden, vielleicht die Dienstwagen der Pekinger Polizei sehen und rechtzeitig abdrehen würden, um sich nicht dem Tatort weiter zu nähern und in eine Kontrolle zu geraten.

Als Mörder an Tse Wuang kamen zwei Parteien infrage, und keine davon war weniger bedrohlich als die andere: die Triaden und der chinesische Geheimdienst. Letzteres wäre für Winter und Ching definitiv das Ende. Wenn auch unwahrscheinlich, könnte sogar Kingston seine Beziehungen ins Spiel gebracht und an wen auch immer relevante Informationen weitergegeben haben. Die Chance, dass Winter und Ching Opfer ihrer riskanten Recherche werden würden, stieg jedenfalls gerade im Sekundentakt.

Während Parker ihn ansah, als würde er auf einen Befehl warten, rasten die Gedanken in Browns Kopf. Wer war der andere Amerikaner, von dem die Witwe gesprochen hatte? Ein weiterer korrupter Geschäftsmann? Ein Mann von Kingstons Truppe? Ein Verräter, den weder Langley noch irgendwer hier auf dem Schirm hatte? Die Anzahl der schlafenden Whistleblower hatte sich in den letzten Jahren vervielfacht. Ganz anders als ein Edward Snowden, der vermutlich den Rest seines Lebens im Exil verbringen würde, waren etliche Verräter in den Untergrund gegangen und operierten zusammen mit Hackern, um Informationen zu bekommen und sie an Medien oder an WikiLeaks zu liefern, und sie taten dies ohne Rücksicht auf die möglichen Folgen. In einer so angespannten Situation wie zwischen China und den Staaten ein absoluter Albtraum.

»Verdammt, wir können nichts machen außer abwarten«, sagte Neal Brown und schüttelte fassungslos den Kopf.

»Moment, ich versuche noch was!«

Brown beobachtete, wie Parker an seinem Rechner mehrere Programme öffnete und hektisch auf die Tastatur einschlug. Er hatte mithilfe von Maloway, der in einem Abstand von zehn Minuten zu Winter und Ching auf dem Rückweg nach Peking war, das Handy von Winter zwar nicht knacken, aber ihre Nummer identifizieren können.

»Vielleicht geht das!«

Brown sah auf den Rechner von Parker. Er hatte eine Botschaft an sie in ein Textprogramm getippt.

»Sie warnen? Bist du verrückt geworden?«

»Hast du eine bessere Idee?«

»Ruhig, Thomas. Finger weg von der Tastatur! Sie werden da schon durchkommen!«

SIEBENUNDZWANZIG

PEKING, 26. FEBRUAR, 15.15 UHR

»Hören Sie, ich gehe auf dem Zahnfleisch, können Sie sich kurz halten? Ich muss was essen«, sagte Rebecca. Ching schaute sich um und hielt bei einer Bushaltestelle vor einem kleinen Imbiss.

»Sie bekommen dort Jiaozi, das sind …«

»Ich weiß noch, was das ist. Kleine Teigtaschen. Danke, genau das Richtige!«

Rebecca ging in das Geschäft. Ein kleiner freundlicher Mann erhob sich von einem Holzhocker und schaltete den Fernseher an der Decke leiser. Mit Handzeichen verständigte Rebecca sich und erhielt in einer Pappschachtel ein Dutzend Stück des Nationalgerichts. Sie zahlte und biss sofort in eine der Teigtaschen, als ihr Handy piepte, doch für den Moment hatte der Appetit einfach Priorität. Als sie sich wieder ins Auto setzte, blickte Ching sie an, als würde er selbst vor Hunger gleich umfallen. Sie bot ihm von den Jiaozi an.

»Danke!«

»Können wir weiter?«

»Ja, ja …« Mit vollen Backen startete er den Wagen.

Kaum waren sie losgefahren, sah Rebecca, dass an der kommenden Kreuzung die Polizei mit mehreren Wagen stand, und bevor sie sich darüber wirklich ernste Gedanken machen konnte, hatte Ching sich über drei Spuren links eingeordnet und kehrte bei der nächsten Ecke um. Kurz darauf hielt er am Straßenrand.

»Was ist los?«

»Warten Sie eben«, sagte Ching und tippte auf seinem Handy herum.

»Wohnt dort etwa …«

»Tse Wuang wurde in seiner Wohnung erschossen aufgefunden, meldet der interne Dienst. Werden Sie etwa überwacht?«, flüsterte Ching und setzte seine Fahrt langsam fort.

Rebecca öffnete, ohne zu zögern, das Fenster und schmiss ihr Handy auf die Straße. Wieder einmal wurden ihre Zweifel bestätigt, dass selbst als sicher geltende Kryptohandys keine Garantie waren, nicht abgehört zu werden. Chings Blicke wanderten kopfschüttelnd zum Rückspiegel. Rebecca sah, wie ein Lastwagen das gute Stück überfuhr. Ching fuhr langsam und unauffällig an dem Tatort vorbei und anschließend so lange weiter gen Stadtrand, bis sie ein altes Industriegelände erreichten, und bremste den Wagen sanft. »Was machen Sie?«

Ching hielt seinen Zeigefinger vor den Mund, öffnete die Beifahrerlade, nahm einen Zettel heraus und notierte etwas darauf.

Ich bringe uns in Sicherheit. Das Handy war sauber. Sie selbst sind irgendwie verwanzt!

»Was? Aber wann soll das geschehen sein?«, fragte Rebecca und ahnte, dass ihre schlimmste Befürchtung wahr werden würde, während Ching abermals den Finger vor seinen Mund hielt, eine verärgerte Grimasse machte und noch etwas schrieb.

Haben Sie eine andere Erklärung? Das ist doch kein Zufall, wir haben Tse Wuang gestern getroffen!

Rebecca zuckte innerlich zusammen, als sie Chings Blick sah, der voller Wut die Straße fixierte. Er fuhr ruckartig an und raste los, überholte einen Wagen nach dem anderen.

Es war genauso gut möglich, dass sie im Restaurant beobachtet worden waren, dachte Rebecca, jede andere Option wollte sie, trotz aller Angst, noch nicht glauben.

»Ich hab da jemanden, der uns weiterhilft!«

ACHTUNDZWANZIG

PEKING, IN DER NÄHE DES ZENTRALEN FERNSEHTURMS, 26. FEBRUAR, 15.40 UHR

Ching fuhr am Zentralen Fernsehturm vorbei, bog in eine Straße zu einem Wohngebiet und bremste brachial.

»Kommen Sie schnell«, sagte Ching. Das Haus, vor dem sie parkten, hatte eine graue zerfallene Fassade, aus den Fenstern und von den Balkonen hing die Wäsche heraus, vor den Türen türmte sich der Müll. Nur ein Hund kreuzte gerade die Straße.

Rebecca sah, wie Ching den Weg bis zur Hauptstraße zweimal abschritt, offenbar um sicher zu sein, dass sie nicht beschattet wurden. Dann öffnete er eine Haustür. Sie gingen hinein. Die Treppendielen knarrten unter jedem Schritt, es roch nach einem Gemisch aus feuchten Mauern, Essen und Waschpulver, durch die Holztüren hörte man Fernsehgeräusche, Gemurmel und von weiter oben einen lautstarken Streit, der abrupt abbrach. Als sie den zweiten Stock erreichten, klopfte Ching an eine blau vergilbte Eingangstür, auf der ein Aufkleber mit einem durchgestrichenen Handy klebte.

Eine junge Frau öffnete die Tür. Sie hatte die Haare toupiert, war um die Augen lila geschminkt, der Kajal dick aufgetragen und war von den Ohren über den Hals abwärts auf beiden Seiten mit einem Drachenmotiv tätowiert. Sie trug unter einem schwarzen Minirock eine pinke Strumpfhose, ein schwarzes T-Shirt und darüber ein weißes Netzhemd. Ohne Fragen zu stellen, ließ sie Ching und Rebecca eintreten.

Etwas deplatziert stand Rebecca in einem Flur voller Regale, die mit Kleidung, Rechnern, Bildschirmen, Zeitschriften und Kartons angefüllt waren. An den Wänden hingen Mangaposter. Und die vielleicht 25 Jahre alte Frau war selbst eine Mischung aus Punk und Mangagirl.

NEUNUNDZWANZIG

PEKING, RAFFLES BEIJING HOTEL, 26. FEBRUAR, 16.50 UHR

Die nächste Horrormeldung, die Ethan ins Hotel übertrug, war für Brown ein schon durchkalkuliertes Risiko. Winters kurze Bemerkung war verräterisch. Auch wenn er diese Entwicklung schon in London befürchtet und mit seinem Team durchgespielt hatte, war es dennoch eine weitere Hürde für das Gelingen seiner Mission.

»Ethan, bleib dran. Die Wanzen fliegen vermutlich gleich auf. Du bekommst in einer halben Stunde Unterstützung«, sagte Brown und wies Parker mit einem Fingerzeig auf seinen Rechner an, die chinesischen Doppelagenten zu aktivieren. »Wir postieren Männer um alle Ausfahrten rund um das Haus. Kannst du es riskieren, das Auto mit einem Sender zu versehen?«

»Nein, unmöglich. Es steht direkt vor dem Haus!«

Browns Mittel waren nach der katastrophalen Cyberattacke auf die Personaldaten der in China stationierten US-Spione durch chinesische Hacker und dem dadurch zwingenden Abzug der meisten enttarnten CIA-Agenten so eingeschränkt, dass ihm immer mehr Zweifel kamen, ob es überhaupt gelingen würde, ohne Wanzen und GPS die Überwachung von Winter, Ching und Kingston in Peking durchgehend aufrechterhalten und darüber hinaus eine Entführung mit anschließend sicherem Transport durchführen zu können. Für Letzteres stand zumindest eine Sondertruppe der US-Luftwaffe auf der Suwon Air Base in Südkorea zur Verfügung, die für geheime Rettungs- und Befreiungseinsätze ausgebildet war und binnen zwei Stunden vor Ort sein könnte, aber so ein nächtlicher Einsatz barg Risiken, die er nicht ohne Deckung und Freigabe aus Langley und dem Verteidigungsministerium veranlassen könnte. Ein weiteres Problem war, dass die chinesischen Doppelagenten nicht unter allen Umständen sichere Partner waren. Sollten sie bei der Verfolgung und Überwachung zu viel erfahren, könnten sie wieder zum heimischen Dienst überlaufen.

DREISSIG

PEKING, 26. FEBRUAR, 17.15 UHR

Nachdem Ching das Mangamädchen kurz beiseitegenommen hatte, trat sie auf Rebecca zu.

»Okay! Ziehen Sie Ihre Kleidung und die Schuhe aus«, hauchte sie Rebecca auf Englisch ins Ohr und zeigte in ein Schlafzimmer, das neben dem Flur zu sehen war.

»Spinnen Sie?«, sagte Rebecca und folgte ihr dennoch in das Zimmer – wohl wissend, dass es keine andere Option gab.

»Wenn ich Ihnen helfen soll, tun Sie besser, was ich sage. In dem Schrank finden Sie Ersatz, obwohl ich nicht weiß, ob in der Größe was da ist«, sagte sie, noch immer flüsternd.

Das Mädchen schaltete im Zimmer das Radio ein und ein weiteres Gerät, das Rebecca nicht identifizieren konnte.

»Sie können sich entspannen!«

»Störsender?«

»Das Ding? Ja, und ein Jammer, blockiert jedes GPS, alle RFID-Chips und jede andere Funkwellenscheiße!«

»Wie heißen Sie?«, fragte Rebecca eher aus einer gewissen Hilflosigkeit in dieser für sie unangenehmen Situation.

»Nennen Sie mich Lila«, sagte das Mangamädchen mit einem kecken Lächeln.

Rebecca schaute noch mal zur Tür, hinter der sie Ching zurückgelassen hatten, schloss sie richtig und zog ihren weiten Wollpullover aus. Lila blickte sie verwundert an. »Warum tun Sie das?«

»Was ist? Sie haben gesagt, Sie brauchen meine Kleidung.«

»Warum verhüllen Sie sich so? Sie sind ja total schlank«, sagte das Mangamädchen mit weit geöffneten Augen. »Lassen Sie mich raten. Sie wollen sich die Männer vom Hals halten.«

Rebecca konnte der frechen Art der jungen Frau trotz der bizarren Lage nur noch mit einem herzhaften Lachen entgegnen und nickte.

»Und? Klappt es?«

»Ziemlich gut sogar!«

»Nun, damit ist es jetzt vorbei. Das könnte Ihnen passen.« Sie zog eine Lederhose, eine weiße Bluse und eine Lederjacke aus dem Schrank. »Wird eng, sollte aber passen«, sagte sie, wühlte in einem Karton neben dem Kleiderschrank und warf Rebecca Unterwäsche zu. »Die ist frisch. Also, ich warte draußen.«

Rebecca beeilte sich und war froh, dass die Sachen sogar sehr gut passten, obwohl Lila einen Kopf kleiner war. Offenbar war sie auf solche Ereignisse vorbereitet.

Als sie die Tür wieder öffnete, stand Lila schon mit einem ausgestreckten Arm vor der Tür, um Rebeccas Sachen einzusammeln. Sie gingen gemeinsam in Lilas Wohnraum, der zugestellt war mit Rechnern, ausrangierten Monitoren, diversen Schränken, die mit bunten Aufklebern übersät waren, Regalen voller Kabel, Zeitschriften und Kartons. Das reinste Chaos, dachte Rebecca.

Ching hatte es sich auf einem zerschlissenen grauen Sofa gegenüber von Lilas ebenso mit Papieren und Magazinen völlig überfülltem Schreibtisch bequem gemacht und starrte Rebecca ungläubig an.

»Halten Sie einfach die Klappe«, sagte sie, um sich jeden Kommentar zu verbieten.

»Am Flughafen hatten Sie keine Probleme?«, fragte Lila und scannte mit einem Gerät Rebeccas Schuhe und Kleidung.

»Nein, überhaupt nichts!«

»Gut, auf den ersten Test ist da mal nichts«, sagte Lila.

»Was hab ich Ihnen gesagt«, raunzte Rebecca kurz zu Ching, doch in der gleichen Sekunde offenbarte Lila mit einer Mischung aus Grinsen und warnender Miene ein fingernagelgroßes graues Knöllchen. Sie hielt den Zeigefinger vor den Mund, nahm sämtliche Sachen von Rebecca, ging zu einem der Regale, öffnete eine Mikrowelle, legte alles hinein und schaltete das Gerät an.

Nach ein paar Sekunden endete die Maßnahme mit einem Piepton. Lila nahm die Sachen wieder heraus und fuhr anschließend mit einem tellergroßen Magneten, den sie aus einem Karton geangelt hatte, über jedes Kleidungsstück und die Schuhe hinweg, als würde sie sie bügeln. Sie nahm Rebeccas Wollpullover und ein Messer vom Schreibtisch, öffnete vorsichtig einen Saum und hielt eine weitere Mikrowanze vor ihr Auge, die wie die andere zusätzlich mit einer Art Filzstoff umwickelt war, und legte sie auf den Tisch.

Während Lila eine der Mikrowanzen aufbrach und sich einen Chip unter einer Lupe ansah, erhob sich Ching und nahm sich Rebeccas Hose vor und fand prompt ein etwas größeres Objekt, das in ihr eingearbeitet war.

»Die sind nicht von uns. Das ist britisches Material«, sagte Lila. »Ein GPS-Chip und gleich mehrere klassische Mikrowanzen – die machen sie abhörbar auf eine Distanz zwischen 200 und 300 Metern. Und das GPS … na ja, weltweit!«

Ching setzte sich wieder auf das Sofa und ließ den Kopf in seine Hände fallen.

»Wieso werden Sie abgehört, verdammt noch mal?«

»Es ist möglich, dass ich die schon länger bei mir trage.«

»Was?!?«

»Meine Abteilung war an den Ermittlungen rund um den Börsencrash beteiligt, und sagen wir mal so, ich stand kurz unter Verdacht, dem Zirkel der Attentäter geholfen zu haben, indem ich über etwas hinweggesehen habe«, erklärte Rebecca und sah in Chings völlig entsetztes Gesicht.

»Wie bitte? Über was hinweggesehen?«

»Belassen wir es dabei, aber jetzt sind wir die Dinger ja los.«

»Haben Sie es getan?«

Rebecca zögerte. Dann sagte sie: »Indirekt vielleicht.«

»Und Sie sind noch im Dienst? Ich werde wahnsinnig …«

»Kommen Sie, Ching. Wollen Sie mir erzählen, dass Sie sich als Polizist noch nie in einer Situation befunden haben, in der die Vorschriften Ihren eigenen Prinzipien widersprachen und Sie in einem Moment eine Entscheidung treffen mussten, ohne sich der ganzen Tragweite ihres Handelns bewusst zu sein?«

»Gegen die Vorschriften zu handeln steht uns als Polizisten nicht zu, und wenn Sie das hier in Peking vorhaben, bringe ich Sie besser gleich zum Flughafen.«

»Oh Gott, Sie reden schon wie mein Chef! Als ich Sie das erste Mal gesehen habe, dachte ich, da kommt ein geradliniger Mann in den Raum, der nicht wie die meisten nur als Roboter arbeitet.«

Lila stand vor ihrem Schreibtisch und hörte dem Streitgespräch gebannt zu.

»Sehe ich aus wie ein Selbstmörder? Hören Sie, wenn man in China ein Auge verschließt, kann man hier gut leben, aber öffnen Sie beide Augen und sehen genau hin, dann …«

»Ching! Ganz genau! Sehen Sie denn nicht, was gerade in Ihrem Land passiert? Den Smog, die Jagd auf Luxusgüter, die Schere zwischen Arm und Reich, die Profiteure und Verlierer? Sehen Sie nicht, in was für einer Sache wir hier ermitteln? Ist Ihnen klar, dass die Kriegsschiffe da draußen vielleicht damit zu tun haben, dass hier etwas grandios schiefläuft?«

Ching winkte ab, und Lila packte Rebeccas alte Klamotten in eine alte Plastiktüte. Sie hatte ein kindisches Lächeln im Gesicht, offenbar gefiel ihr der kleine Zwist zwischen beiden, dachte Rebecca

»Wenn Sie die Welt verändern wollen, gehen Sie doch in die Politik. Sie können meine Schwester gleich mitnehmen!«

»Lila ist Ihre Schwester?«

Lila bewegte sich von ihrem Schreibtisch weg und boxte Ching im Vorbeigehen augenzwinkernd sachte gegen den Oberarm.

»Hey, Vorsicht!«

»Wieso, von der kannst du noch etwas lernen, Bruderherz!«, sagte sie.

Rebecca sah Ching missmutig an. »Ich bin einfach nicht gerne nur ein Zahnrad im Getriebe.«

»Ach, ja? Ein einzelnes Sandkorn wird die Maschine aber auch nicht aufhalten«, sagte Ching und atmete tief aus. »Wie auch immer. Wenn Sie von Anfang an verwanzt nach Peking eingereist sind, haben wir aller Wahrscheinlichkeit nach dem britischen Geheimdienst bisher alles auf dem Tablett serviert. Vermutlich haben die alles schon in London verfolgt. So ein Mist!«

»Wieso sollte es der britische gewesen sein? Was ist mit Ihrem Geheimdienst?«

»Wenn es unser Geheimdienst gewesen wäre, die hätten schon zugeschlagen, spätestens bei der Witwe. Ich denke, dass

Tse Wuang dafür sein Leben lassen musste, dass er uns das Versteck der Witwe preisgegeben hat. Ich bringe Sie woanders unter, das Hotel werden Sie nicht mehr betreten. Ich hole die Witwe alleine. Vielleicht ist sie nun bereit, uns mehr zu helfen«, sagte Ching.

»Vergessen Sie es, Ching. Das Sandkorn kommt mit.«

EINUNDDREISSIG

PEKING, IN DER NÄHE DES ZENTRALEN FERNSEHTURMS, 26. FEBRUAR, 19.30 UHR

Ethan Maloway strich sich über seine Narbe. Je nach Wetterlage spürte er sie mal mehr, mal weniger, aber auch bei Stress zog sich der Schmerz schon mal wie ein entzündeter Nerv über die Wange. Im Rückspiegel betrachtete er kurz seine schwarz gefärbten Haare, die sein Gesicht leichenblass erscheinen ließen. Rund um das Haus, in das Rebecca Winter und Ching verschwunden waren, waren nach und nach Wagen mit Überwachungskameras postiert worden, die alles aufzeichneten und ins Hotel zu Brown und Parker übertrugen. In der Nähe warteten zwei chinesische Agenten, die Ethan zuvor für ihren Einsatz instruiert hatte. Ihr Auftrag war es, Ching und Winter auf Schritt und Tritt zu folgen, sie mit Peilantennen zu überwachen, die Aufnahmen ungehört weiterzuleiten. Darüber hinaus hatten die Doppelagenten den Auftrag, Ethan vor Bewegungen des Militärs oder der Polizei zu warnen und im äußersten Notfall auch mit Waffengewalt zu schützen. Das Ziel war klar definiert.

Und dann war es so weit. Maloway klemmte sich das Handy ans Ohr.

»Neal, sie kommen raus. Ich habe zwei unserer chinesischen Freunde dran, aber wenn sie … Scheiße …«

»Ethan?«, Neal Brown sah nur, wie die Kameras von Ethans Wagen von Lichtkegeln zweier Vans geblendet wurden.

»Schon gut, musste nur kurz abtauchen!«

»Ich sehe es«, sagte Brown.

Kurze Zeit später hielten die Wagen direkt vor dem Eingang, in den Winter und Ching verschwunden waren. Dann, einen Moment später, konnte Neal Brown Rebecca Winter das erste Mal live, aber verschwommen am Bildschirm sehen. Die Ähnlichkeit mit Nathalie war verblüffend, dachte Brown. Oder bildete er sich das nur ein?

»Ethan! Haltet so viel Abstand, wie es nur geht. Aber jetzt kommt es drauf an. Sobald die Witwe die Namen der Amerikaner nennt oder ihr ausreichende Hinweise habt, brecht ihr den Einsatz sofort ab!«

»Die Bewaldung rund um das Haus der Witwe sollte uns vor Ort ausreichend Schutz bieten. Aber ich kann nicht garantieren, dass wir mithören können!«

ZWEIUNDDREISSIG

PEKING, IN DER NÄHE DES ZENTRALEN FERNSEHTURMS, 26. FEBRUAR, 20.05 UHR

Ching hatte noch mal seine Waffe überprüft und verabschiedete sich von seiner Schwester. Rebecca bedankte sich für Lilas Dienste und nahm sie kurz in den Arm.

Zügig ging Ching die Treppen hinunter. Rebecca folgte ihm, die alten Böden knarrten bei jedem Schritt. Das Treppenhaus war nur durch ein schummriges Licht beleuchtet. Rebecca war noch damit beschäftigt, sich an die körperbetonende Kleidung zu gewöhnen, als sie unten angekommen plötzlich in die Gesichter einiger Chinesen schaute.

»Also gut. Es geht los«, sagte Ching und klopfte einem schlanken Chinesen auf die Schulter. Rebecca sah, wie einige Männer, die gerade ihre Waffen ordneten, sie finster anblickten, nachdem sie kurz mit Ching geredet hatten. Bevor sie die seitliche Schiebetür des Vans wieder schlossen, konnte sie am Hals den Teil einer Tätowierung erkennen.

»Was sind das für Männer?«

»Profis!«

»Triaden?«

Ching schüttelte den Kopf und lachte in einer hohen Tonlage.

»Noch können Sie sich entscheiden, bei Lila zu bleiben!«

Komisch, dachte Rebecca. In letzter Zeit wurde ihr immer öfter angeboten, in brenzligen Situationen auszusteigen – erst von Allington, nun auch von Ching. Als wäre sie Polizistin geworden, um sich aus allem rauszuhalten. Jeder Streifenpolizist in London riskierte mehr, als sie es in ihrem ganzen Berufsleben auch nur annähernd getan hatte. Und seit dem Ausbruch der Unruhen, dem Terror in Europa und anderen Gefährdungslagen wurde die Situation dieser Kollegen täglich brisanter. Darunter auch jede Menge Frauen, die zu Hause Kinder hatten und dennoch aufrecht in den Straßen Londons ihren Dienst taten.

Sie ging zu Chings Lada, der auf der anderen Straßenseite stand, setzte sich hinein und sah, wie Ching noch mit einem der Männer redete und dann ein paarmal mit der Hand vor seinem Kopf hin und her wedelte.

Schließlich starteten die Wagen. Ching kam herüber, setzte sich hinter das Steuer und folgte den Vans in Richtung Zentraler Fernsehturm.

»Was war das eben für eine Geste, Ching? Galt die etwa mir?«

»Im Handschuhfach ist eine Waffe für Sie!«

»Ich darf hier keine Waffe tragen, schon vergessen?«

»Sie sollten nicht einmal mehr hier sein«, sagte Ching, öffnete das Fach und zeigte auf die Waffe. »Können Sie überhaupt schießen?«

»Bei uns lernen das sogar Bürohengste«, raunte Rebecca, lud die Pistole durch, sicherte sie und legte sie zurück ins Handschuhfach. Sie hatte außer bei den turnusmäßigen Schießübungen noch nie im Dienst eine Waffe getragen, geschweige denn geschossen. Selbst bei Hausdurchsuchungen, die auch bei privaten Wohnungen von Bankern in London schon mal mit einem Sondereinsatzkommando durchgeführt wurden, war sie an hinterster Front, bis ausgeschlossen werden konnte, dass es zu einem bewaffneten Widerstand kommen würde. Kaum jemand, der nicht mit einem Polizisten verwandt oder befreundet war, hatte eine Ahnung, was es wirklich hieß, jemanden mit einer Waffe bedrohen zu müssen, was für ein Höllenlärm ein Schusswechsel bedeutete, wie viel Angst mitspielte, da ein einziger Schuss das Ende bedeuten konnte. Niemand wollte schießen. Sie erinnerte sich an die Qualen eines Kollegen, der einen Mann auf der Flucht angeschossen hatte. Er konnte weiter fliehen, man fand später seine Blutspur, aber der Mann selbst blieb verschwunden. Bis heute litt der Polizist unter der Ungewissheit, was mit dem Angeschossenen geschehen sein könnte. Die nächtlichen Panikattacken machten ihn fast dienstuntauglich. Das war die Realität jenseits der vielen schönen Heldengeschichten in den abendlichen Krimiserien.

»Hören Sie!«, durchbrach Ching ihre Gedanken. »Können wir uns dieses coole Gehabe sparen? Wir riskieren hier beide eine Menge. Ich glaube Ihnen ohne jeden Zweifel, dass Sie in London alles im Griff haben, aber nicht hier. Und wie sagte Ihr Chef, das würde ich einem männlichen Kollegen aus London genauso sagen«, fauchte Ching, und sein Blick war so eindringlich, dass Rebecca nachgab.

»Okay, ich geb's zu. Ja, ich habe Angst. Aber Sie sehen auch nicht aus, als würden Sie jeden Tag um sich schießen, oder?«

»Schon besser. Glücklicherweise habe ich nur ein Mal in meinem Leben schießen müssen. Aber es war auf einen Mann, der nach einer Geiselnahme schon sechs Leute auf dem Gewissen hatte, da gab es hinterher nur das Adrenalin und den Schock, aber keine Zweifel«, sagte Ching und blickte Rebecca sehr ernsthaft an. »Die Jungs vor uns schützen uns, wird schon gut gehen!«

Nach einer Stunde erreichten sie die Abzweigung zu dem Hof. Langsam und mit ausgeschalteten Scheinwerfern näherten sie sich dem Haus, in dem die Witwe des Attachés versteckt wurde. Rebecca nahm sich die Waffe aus dem Handschuhfach und umklammerte sie mit festem Griff. Die letzte Schießübung war ein halbes Jahr her.

Der Weg war nur leicht vom Mondlicht erhellt. Leichter Nebel erschwerte die Sicht. Plötzlich blendeten sie kurz vor der Einfahrt zum Haus die Scheinwerfer zweier Wagen. Ching und Rebecca fuhren hinter den beiden Vans. Einer davon sperrte mit einer Wendung sofort die Straße. Rebeccas Herzschlag beschleunigte sich binnen einer Sekunde, das Herz schlug ihr bis zum Hals, sie entlud die Waffe. Ching fuhr den Lada zur Deckung näher hinter die beiden Vans, bremste und zog ebenso seine Waffe.

Schreie, dann durchschlug ein Schuss trotz der vermeintlichen Deckung durch die Vans des Einsatzkommandos ihre Frontscheibe. Rebecca riss instinktiv die Tür auf, warf sich auf den Boden und schlängelte sich hinter die Karosserie, während vor ihnen nun ganze Salven von Schüssen ausgetauscht wurden und in alle Wagen, Windschutzscheiben, Bleche oder Scheinwerfer einschlugen.

Ching war im Morast gelandet und bedeutete Rebecca, sich in den nahe gelegenen Wald zu retten. Sie zögerte keine Sekunde. Die Panik im Nacken, schmiss sie sich in einen angrenzenden Graben, knallte mit den Rippen auf einen Erdwall und robbte mit Schmerzen in den Wald. Erste markerschütternde Schreie vor ihr verrieten die ersten Treffer.

Erst als die Schusswechsel an Intensität zugenommen hatten, bemerkte Rebecca, dass sie ihre Waffe vor dem Wagen verloren hatte. Sie konnte sehen, wie sich Ching auf die andere Straßenseite in einen Graben gerettet hatte und das Feuer eröffnete, nur das Mündungsfeuer aus der Waffe war noch zu sehen. Während Rebecca noch versuchte, ihre Angst unter Kontrolle zu bekommen, endete der Schusswechsel so abrupt, wie er begonnen hatte. Sie hörte Stimmen laut durcheinanderschreien. War es das?

Ihr erster Blick wanderte zu der Stelle, wo Ching sich in Sicherheit gebracht hatte. Sie sah ihn völlig durchnässt aufstehen, offenbar war der Graben mit Wasser gefüllt. Er rieb sich einmal über Haare und Gesicht und ging, die Waffe im Anschlag, auf die von Kugeln zerschossenen Karossen zu. Seine Männer schalteten ihre verbliebenen Scheinwerfer ein, um die Szene zu erkunden, offenbar war das Gemetzel zu Ende, doch noch blieb Rebecca liegen. Ihre Atmung hatte ausgesetzt, und zwar so lange, dass sie nun schlagartig Luft einsaugte.

Als sie Ching auf sie zukommen sah, versuchte sie weiter, ihren Puls in den Griff zu bekommen, und dachte für einen Moment, dass ihr nicht wenig daran gelegen war, in diesem Moment gegenüber diesem stolzen Chinesen selbst ihr Gesicht zu wahren und ihre Gefühle, eine noch nie erlebte Todesangst, zu verbergen.

»Es tut mir leid. Geht es?« Ching streckte einen Arm nach ihr aus.

Rebecca wusste es eigentlich noch nicht. Aber es war einfach grotesk, sich gerade erst noch über die Angst und die Gefahr Gedanken gemacht zu haben – und dann war die Situation vor den eigenen Augen in einer Weise eskaliert, wie sie es sich nicht einmal hätte ausmalen wollen.

»Ich habe mich nur gestoßen, geht schon.«

»Also, ich muss zugeben, an Mut mangelt es Ihnen jedenfalls nicht. Kommen Sie schnell, die Witwe lebt noch«, sagte Ching und half ihr mit zitternder Hand und einem rasenden Puls, den sie spüren konnte, hoch.

»Was heißt ›noch‹?«

»Sie ist getroffen worden«, sagte Ching und zeigte auf einen der beiden Vans. Das Innenlicht war erleuchtet, und die zierliche Frau saß regungslos und mit glasigem Blick auf der Rückbank, an der linken Schulter konnte Rebecca schon die Wunde erkennen.

Vor den Wagen standen Chings Leute um zwei Leichen herum und lachten. Anscheinend machten sie Witze über ihre Opfer. Sie sahen nicht gefährlich aus, eher wie eine Sporttruppe, ein Fußballverein, der sich über seinen Sieg freute. Offenbar waren sie unverletzt davongekommen.

Kopfschüttelnd folgte sie Ching zum Van. Der Anblick der Witwe bohrte sich in der Sekunde in Rebeccas Gewissen. Einer der Männer war dabei, die Wunde an der Schulter zu versorgen. Tapfer, ohne auch nur einen Mucks von sich zu geben, ließ sie alles über sich ergehen, obwohl Rebecca sehen, spüren, mitleiden konnte, was sich in ihr wirklich abspielen mochte. Es fiel ihr schwer, diese Frau dafür zu verurteilen – dennoch war sie Teil eines Zirkels, der in großem Luxus lebte und der nun für seine Maßlosigkeit Tribut zahlen musste. Was hier gerade geschehen war, hatte sie zu einem nicht unbeträchtlichen Teil wohl selbst zu verantworten.

Der Mann, der sich um die Witwe kümmerte, sagte etwas in ruhigem Ton zu Ching. Im Vergleich zu den anderen Genossen wirkte er besonnen und weniger kämpferisch.

»Die Wunde an sich ist nicht unbedingt lebensgefährlich, aber ihr Kreislauf droht zusammenzubrechen, sie ist sehr schwach«, übersetzte Ching.

»Und die Toten?«

»Bou-Bruderschaft! Aber es sind nicht die Männer, die noch heute Vormittag die Witwe geschützt haben, das waren tatsächlich Wuangs Männer. Sie wurden wahrscheinlich kurz vor unserem Eintreffen beseitigt oder nachdem Wuang in Peking kaltgemacht wurde. Wir sind buchstäblich in der letzten Sekunde gekommen, bevor man die Witwe wegbringen wollte!«

»Wo ist das nächste Krankenhaus?«, fragte Rebecca.

»Dafür wird es nicht mehr reichen«, sagte Ching und zeigte auf die Witwe, die zu röcheln begann.

»Lassen Sie mich kurz zu ihr, und dann fahren wir zu einem Krankenhaus. Sie hat doch nichts mehr zu verlieren«, sagte Rebecca und drängte Ching sanft mit der Schulter zur Seite. Auch der Mann, der ihr eben noch den Verband angelegt hatte, machte ihr Platz und ging zu seinem Wagen.

Rebecca beugte sich mit ihren Knien auf den Wagenschlag vor den Sitz und blickte in die leeren Augen und das schweißnasse Gesicht.

»Bitte tun Sie mir einen Gefallen. Wir wollten Ihnen genau dieses Drama eines Attentates ersparen, und vielleicht können Sie vielen Menschen helfen, wenn Sie mir jetzt die Wahrheit sagen. Wen hat Ihr Mann geschützt?«

Die Witwe begann am ganzen Körper zu zittern. Rebecca wurde etwas übel. Sie war noch nie so nah an einem sterbenden Menschen gewesen, empfand eine Mischung aus Angst und Scham, noch etwas von der alten Dame zu verlangen, aber es wäre vielleicht eine Erleichterung. Plötzlich nahm die Witwe Rebeccas Hand zu sich und flüsterte: »Gabriel Huldon! Mein Mann nannte ihn aber meistens nur den Economic Hit Man! Gehen Sie ins Haus. Ich habe hinter dem Kamin …«

DREIUNDDREISSIG

PEKING, KREIS YANQING, 26. FEBRUAR, 21.30 UHR

Den Schusswechsel hatten Brown und Parker im Hotelzimmer vorm Schreibtisch kauernd am Bildschirm verfolgt. Sollte nun ungebeten Servicepersonal eintreten, würden sie ein schwer zu erklärendes Bild vorfinden. Normale Hotelgäste würden nicht zwischen einem halben Dutzend geöffneter Rechner auf dem Schreibtisch und dem Sofa hin und her laufen, nicht etliche leere Getränkeflaschen sowie andere Verpackungen von Fast-Foodketten, die Brown diskret entgegengenommen hatte, herumliegen lassen, sie würden auch nicht mit Schweißperlen auf der Stirn und hochgekrempelten Hemden erschrocken in ihre Gesichter schauen. Aber in der angespannten Situation bedachten Parker und Brown diese Möglichkeit gar nicht. Und Brown verlor langsam die Geduld.

In jedem anderen Land hätten sie längst operativ oder militärisch eingreifen können. Winters Leben, ihre Recherche, überhaupt alles war in größter Gefahr, und wenn etwas passierte, wären sie wie dumme Statisten dazu verurteilt, ohne Ergebnis die Operation abzubrechen. Es wäre nicht nur für Brown eine persönliche Niederlage, die seine Karriere innerhalb der

CIA empfindlich behindern würde, es wäre womöglich der Beginn einer völligen Eskalation zwischen Washington und Peking, auf jeden Fall aber für den Dienst ein weiterer GAU. Denn abgesehen von dem Verlust einer Scotland-Yard-Ermittlerin, wäre es eine Katastrophe, einen Amerikaner in dieser politischen Anspannung an die Chinesen zu verlieren, und das auch noch mit einem Wissen, das man offenbar nicht einmal in Langley oder Washington auch nur annährend einschätzen konnte. Es wäre einer jener historischen Fälle, die der Doppelagent Zhou Bao als die Falle des Thukydides bezeichnet hatte.

»Ethan, was ist da los?«

»Es tut mir leid. Ich bin einfach zu weit weg, um auch nur irgendwas mithören zu können, und meine chinesischen Kollegen rutschen ziemlich nervös auf ihren Sitzen hin und her. Einer meiner Männer hat sich dem Grundstück nähern können und Aufnahmen gemacht. Ich weiß nur, dass die Witwe bei dem Schusswechsel getroffen wurde und dass Winter und Ching im Haus nach Hinweisen suchen. Aber sie trug auch eine Waffe!«

»Sie war bewaffnet, als Interpolermittlerin? Okay, das habt ihr aufgezeichnet? Gut. Nerven behalten. Was immer sie jetzt finden, wird uns auch später noch zugänglich werden – vorausgesetzt, wir fliegen nicht auf. Das hat Priorität«, sagte Neal Brown und stützte seinen Kopf vor dem Bildschirm ab, auf dem er nur Nebel und wenige Lichtkegel vom Grundstück sehen konnte, wo sich vielleicht gerade Entscheidendes tat. Doch dann sah er plötzlich, wie ein weiterer etwas dicklicher Chinese von Ethans Truppe geduckt durch das Bild lief und versuchte, sich ebenfalls dem Grundstück zu nähern. Die Männer einer unbekannten Spezialeinheit standen wie Wegelagerer noch vor ihren Bussen.

»Brecht das sofort ab, Ethan!«

»Zu spät, Neal, er war sich seiner Sache sicher!«

»Oh Gott, Ethan, seid ihr wahnsinnig?«

»Neal, eine bessere Gelegenheit, zumindest den Wagen zu markieren, bekommen wir vielleicht nicht mehr!«

Brown sah in das besorgte Gesicht von Thomas Parker, der neben ihm auf den Bildschirm starrte.

»Okay, es reicht. Wir müssen damit rechnen, dass Winter vor uns an Details kommt, die sie nie zu Gesicht bekommen sollte. Thomas, hacken Sie sich beim MI6 in die Datenbank, um Winters Akte zu bekommen. Ich will jetzt endlich wissen, warum sie vor unserem Einsatz überwacht wurde. Ich brauche eine alternative Strategie.«

»Irgendetwas sagt mir, dass das unseren britischen Partnern nicht gefallen wird«, antwortete Parker.

»Das spielt jetzt keine Rolle!«

Brown wusste, dass die Verletzung von Verträgen, die beide Geheimdienste verbanden, sehr schlimme Folgen haben könnte, aber das Scheitern dieser Operation und die Enttarnung eines abtrünnigen amerikanischen Spions stünden dazu in keinem Verhältnis.

Auf dem Bildschirm lief wieder der chinesische Agent geduckt durch das Bild.

»Neal. Er hat es geschafft«, sagte Ethan mit einem leicht triumphierenden Lachen.

»Na ja, wer nichts riskiert ... Gut, zieht euch zurück und nehmt die Verfolgung erst wieder auf, wenn sich die Kolonne in Bewegung setzt!«

Thomas Parkers Gesicht hatte sich leicht gerötet. Er öffnete eine Mail an einem der Laptops auf dem Sofa, während Brown weiter die Szenerie vor dem Haus der Witwe im Blick hatte.

»Neal! Die beiden Agenten, die wir auf Kingston angesetzt haben. Sie melden mir gerade, dass sie Kingston komplett verloren haben!«

»Wie bitte?«

»Das Letzte, was die Männer gesehen haben, ist, dass er sich mit zwei Chinesen in Dongcheng getroffen hat. Dann haben sie ihn aus den Augen verloren!«

VIERUNDDREISSIG

PEKING, KREIS YANQING, 26. FEBRUAR, 22.50 UHR

Nachdem das Herz der Witwe aufgehört hatte zu schlagen, war eine gespenstische Ruhe unter allen eingekehrt. Selbst die räudig wirkenden Männer der Einsatztruppe schwiegen. Rebecca folgte Ching ins Haus. Der Kamin war zwar erloschen, aber noch warm. Sie betrachtete die Abluftbeschläge aus Messing. Es gab keine Schrauben, mit denen man sie hätte lösen können, alle Lüftungen waren fest in dem Mauerwerk verankert. Ching zog die Aschelade heraus und leuchtete den Innenraum mit einer Taschenlampe aus. Schließlich klopfte er die Ziegelsteine ab, ohne dass es zu einem hohlen Geräusch oder irgendeiner Lockerung im Gestein führte. Sie fanden nichts.

»Wir sollten uns im Haus umschauen, vielleicht meinte sie einen anderen Kamin«, mutmaßte Rebecca mit einem Schulterzucken. Ihr ganzer Körper war noch vollgepumpt mit Adrenalin, die Schmerzen nach ihrem Sturz hielten sich in Grenzen.

»Warten Sie«, sagte Ching und pustete den Ruß vom Boden, auf dem die Aschelade stand. Es wurde ein Metallrost sichtbar, der offenbar als weitere Kammer diente, um Asche aufzufangen.

»Geben Sie mir mal den Metallleuchter vom Tisch, den mit diesen langen Zacken.«

Rebecca blickte auf den Rand des Kamins, nahm den Leuchter und reichte ihn Ching. Er rammte einen Zacken des Leuchters zwischen Boden und Gitter, hob das gut ein Meter breite Metall mit einem Ächzen an und lehnte es an die Mauer. Der Schacht war überfüllt mit Asche. Ching tauchte seine Hand hinein, tastete sich durch die Kammer und zog eine schwarze Metallkassette heraus.

»Ich kann nicht leugnen, gerade nervös zu werden«, sagte er mit einem Funkeln in den Augen. Er klopfte die restliche Asche von der Kiste, hob sie hoch und platzierte sie vor sich auf dem Boden. Er schaute sie sich genau an, stand auf und ging in die Küche, die vom Wohnzimmer aus zu erreichen war. Dort öffnete er eine Lade und nahm ein chinesisches Hackebeil und einen Messerschärfer heraus, ging zurück und legte die Metallkiste auf die Seite. Dann rammte er erst das Beil hinein und drückte den Messerschärfer in die Öffnung, bis die Kiste sich mit einem Knall öffnet. Hinaus fiel nur eine dicke Mappe.

»Wir haben es! Gut, und jetzt raus hier. Wir schauen uns das in Peking an«, sagte Ching. Rebecca konnte ihre Neugier nach dem Schusswechsel mehr als bändigen – sie hatte das dringende Bedürfnis, diesen Ort zu verlassen. Ihr Rücken war reichlich lädiert, und vom Kopf bis in die Zehenspitzen spürte sie einen ziehenden Schmerz. Sollten diese Unterlagen das Geheimnis und die Umstände um den Tod des Attachés endlich lüften, und sollten sich mit seiner Hilfe im besten Falle den Konten die dazugehörigen Namen zuordnen lassen, wäre sie morgen wieder in London.

»Wo fahren wir hin?«, fragte sie Ching.

»Ich tue das zwar ungern, aber es ist am sichersten, wenn ich Sie bei meinen Eltern in den Hutongs unterbringe und …«

»Und die Leiche der Witwe?«, fragte Rebecca und sah, wie einer der Männer den leblosen Körper der Witwe auf den Boden gelegt hatte. Rebecca war klar, dass dieser Vorfall nur noch schwer oder für längere Zeit den Behörden verschwiegen werden könnte. Was würde jetzt geschehen?

»Gehen Sie vor. Ich rede mit den Männern.«

Rebecca missfiel es zwar immer noch, nicht zu wissen, um was für Einsatzkräfte es sich handelte, aber ihr Instinkt und die Ausstrahlung der Truppe, ihre emotionslose Professionalität wiesen tatsächlich eher auf eine Sondereinheit als auf angeheuerte Söldner oder womöglich sogar der Mafia hin.

Als Ching zurückkehrte, setzte er sich in den Wagen und schaute Rebecca an.

»Wir haben 48, vielleicht 60 Stunden, dann wird das hier offiziell!«

»Was heißt das?«

»Dass ich ab diesem Zeitpunkt den Vorfall werde erklären müssen!«

Langsam fuhren sie den Waldweg bis zur Hauptstraße. Ching musterte die Straße und lenkte den Wagen behutsam Richtung Peking.

Rebecca nahm sich die Unterlagen hervor. Sie bestanden ausschließlich aus Namen und Nummern, die dahinter notiert waren. Es waren keine chinesischen Schriftzeichen zu sehen, vielleicht stammten die Daten komplett aus dem Ausland. Die Nummern waren wieder Kontonummern und glichen denen, die sie bereits in London versucht hatten zu analysieren – mit dem Erfolg, dass Allington ihr nur sagen konnte, dass es gar keine Kontonummern, sondern nach Fletchers Vermutungen Passwörter sein könnten. Von einem Datenträger war in der Mappe keine Spur.

»Sagen Ihnen diese Namen etwas? Liu Tienan, Xu Caihou,

oh sogar Jiang Jiemin, den kenne ich natürlich, aber Wang Yongchun, Li Dongsheng, Ma Jian … mein Gott, das sind Tausende Namen«, sagte Rebecca und blätterte durch den Stapel, als wäre er ein Daumenkino.

»Was? Moment, Liu Tienan war der Vizevorsitzende der Staatlichen Kommission für Entwicklung und Reform und ist längst wegen Korruption verurteilt worden. Ma Jian auch, er war Staatsschutz-Vizeminister und unter anderem für innere Sicherheit und Spionageabwehr zuständig. Xu Caihou war einer der ranghöchsten Militärs, ebenfalls längst angeklagt. Was zum Teufel soll daran jetzt noch brisant sein?«

Rebecca blätterte weiter, die Liste war alphabetisch sortiert. »Und hier stehen weitere Namen von aktiven Mitgliedern des Volkskongresses, ist hier zumindest so vermerkt«, sagte Rebecca.

Ching steuerte auf einen kleinen Parkplatz zu und schaute sich um. Nur ein alter Laster hatte sie überholt, ansonsten war die Landstraße stockdunkel.

»Geben Sie mal her!«

Ching überflog die Papiere. Er stützte plötzlich seinen Kopf mit einer Hand ab und stöhnte.

»Was ist?«

»Also, Zhou Yongkang war Mitglied im Ständigen Ausschuss des Politbüros und mächtiger Sicherheitschef. Er war ein Gegner des neuen Staatspräsidenten und ebenfalls Opfer der Antikorruptionskampagne. Er war auch Chef des nationalen Ölkonzerns CNPC und stand damit an der Spitze der Ölindustrie, was ihn für amerikanische Firmen extrem interessant machte. Ich weiß, dass seine Frau, seine beiden Söhne sowie etliche seiner Geschäftsfreunde ebenfalls in Haft sind. Moment, da sind Namen von Ausländern, die ihm zugeordnet worden sind, Briten oder Amerikaner. George Blankett,

Christian Blade, Duke Kingston … sagt mir nichts. Okay, wir fahren besser weiter. Dann checken wir die Namen der Ausländer.«

»Sie glauben, dass die Ausländer die Geldquellen sind, oder?«

»Ja, natürlich, Sie etwa nicht?«

»Sagen Sie es schon«, provozierte Rebecca. Sie wollte nur hören, dass sie beide gerade den gleichen Gedanken hatten. Es waren zu wenige Hinweise, um die sich anbahnende Eskalation im Südchinesischen Meer zu erklären.

»Ja, selbst wenn! Das sind immer noch keine Informationen, die das militärische Säbelrasseln da draußen im Pazifik erklären. Sollten diese Amerikaner diese Leute geschmiert haben, um sich, sagen wir mal, Aufträge zu sichern, reicht das keinesfalls. So etwas wird hier diplomatisch weggelächelt«, bemerkte Ching mit einem Blick, den Rebecca als ziemlich zynisch und herablassend empfand.

»Wir machen morgen weiter. Ich bin hundemüde«, sagte Rebecca und ließ sich tiefer in den Sitz rutschen.

Bis zum Stadtrand von Peking war Rebecca in einen Dämmerzustand versunken und beobachtete die nebelige Skyline. Schließlich fuhren sie am Platz des Himmlischen Friedens vorbei, und kurze Zeit später hielt Ching den Wagen an einer unbelebten Straße an.

»Kommen Sie. Wir sind gleich da!«

Rebecca hievte sich aus dem unbequemen Wagen und folgte Ching wortlos. Obwohl fast Mitternacht, war es für Ende Februar ungewöhnlich warm, dachte Rebecca. Sie bogen in eine Seitenstraße und erreichten ein Wohngebiet, das mit dem hektischen und modernen China nichts zu tun hatte. Sie gingen durch die engen Gassen der traditionell einstöckigen Wohnhöfe, den Hutongs, von denen es nur noch wenige in Peking gab. Kleine Lampen erleuchteten den Weg. Kein Auto passte hier durch, an den Häusern standen nur Fahrräder, Mopeds oder vereinzelt auch Rikschas. Niemand war mehr in den Gassen unterwegs, nur aus den Höfen hallten Fernseher oder vereinzelte Stimmen.

Rebecca konnte kaum noch die Augen offen halten, als Ching nach einer gefühlten Ewigkeit die Tür zu einem Hinterhof öffnete.

»Wir haben Glück. Heute war wohl wieder eine Oper. Vielleicht kriegen wir sogar noch etwas zu essen«, sagte Ching, und bevor Rebecca begriff, was gemeint war, fing jemand auf Chinesisch an, in hohen Tönen zu sprechen. Offenbar war es die Mutter von Ching, eine kleine, aber quirlig-lebendige Erscheinung mit einem Lächeln, das das Gesicht in freundliche Falten legte und Rebecca für einen Moment die andere Seite Chinas zeigte, jene, die sie noch aus der Zeit in Erinnerung hatte, als sie als Kind mit ihrer Familie in Peking bei Geschäftsfreunden ihres Vaters zu Gast gewesen war: liebevoll, neugierig und gastfreundlich.

Ching sprach kurz mit seiner Mutter, ging mit ihr ins Haus und kehrte bald darauf mit einem Laptop wieder zurück.

In der Hofmitte stand ein großer Holztisch mit Bänken. Ching setzte sich, Rebecca platzierte sich ihm gegenüber und legte die Mappe aus dem Haus der Witwe neben sich ab. Sie sah, dass auch Ching schon fast die Augen zufielen. Doch was gerade vor dem Haus der Witwe geschehen war, schien auch ihn alles andere als kaltzulassen. Rebecca setzte sich zu ihm.

Die Mutter kam mit einem Tablett heraus und servierte ohne weitere Worte Reis und etwas gedämpftes Gemüse. Ching griff unter den Tisch, stellte zwei kleine Schnapsgläser und eine grüne Flasche mit buntem Etikett auf den Tisch und goss beide Gläser randvoll. Er prostete Rebecca zu, kippte alles in einem Zug runter und goss sich nach. Rebecca überlegte nicht lange.

Auch wenn sie sonst fast nie trank – nach dieser Tortur konnte sie dem süßherben Geschmack des Bambusschnapses nicht widerstehen.

»Sie zittern ja, Ching!«

Ching erhob sich, ging ein paar Schritte bis zu einem Holzvorbau. Er öffnete einen Bastkorb, der dort stand, und nahm zwei Decken heraus. Er kam um den Tisch herum und legte eine um Rebeccas Schulter und warf sich selbst die andere über den Rücken.

»Sie auch!«

»Ja, aber es ist trotzdem ziemlich mild. Müsste um diese Jahreszeit nachts nicht noch Frost sein?«

»Theoretisch schon, aber auch an uns geht der Klimawandel nicht vorbei ... Geben Sie mir mal die Liste mit den Namen«, sagte Ching. Rebecca schob sie rüber, Ching blätterte darin, öffnete seinen Laptop und notierte sich offenbar einige der Namen. Sie schwiegen einen Moment. Immer wieder schüttelte Ching den Kopf und übertrug weiter die Daten der Papiere in seinen Rechner.

»Ching. Ich muss Allington später zumindest noch ein Update per Mail schicken«, sagte Rebecca, und sie überkam ein schlechtes Gewissen, weil er sicher schon wartete und bei Weitem anderes zu tun hatte, als sich zusätzliche Sorgen um seine Ermittlerin zu machen. Sie überlegte, ob sie ihm überhaupt etwas von dem Schusswechsel und der Observation sagen sollte. Er würde sie vermutlich vorzeitig abziehen. Die Abrechnung mit den Verantwortlichen in London konnte warten, dachte Rebecca.

Ching stand auf und ging kurz in das Haus. Offenbar war er nicht nur hierhergekommen, um ihnen schnell einen sicheren Unterschlupf zu bieten, denn als er zurückkehrte, reichte er ihr eine Tasche mit einem weiteren Laptop. Überhaupt wirkte er wie ausgewechselt, seine Anspannung war gewichen, seit sie den Hof betreten hatten.

»Wählen Sie sich über die VPN-Verbindung ein, damit können Sie sicher Zugriff auf das Netz nehmen.«

»Danke.«

»Wie wird Ihr Boss reagieren?«

»Allington? Kommt drauf an, wie ich es verpacke«, sagte Rebecca und schaute ihm in die Augen. Sie wartete, ob Ching darauf bestehen würde, dass sie ihn umfassend informierte.

»Sie leben hier, oder?«

»Ich bin so viel unterwegs, dass ich kaum Zeit hätte, mir eine Wohnung einzurichten. Ich lebe aus Koffern und Taschen. Meine Familie aber lebt hier seit über zweihundert Jahren.«

Ching goss sich einen weiteren Schnaps ein und stopfte sich etwas Reis und Gemüse in den Mund. Rebecca konnte nicht leugnen, dass dieser Schnaps beruhigend wirkte, und leerte ihr Glas. Langsam kam sie wieder etwas zu Kräften, der Reis und das Gemüse waren die erste Rettung, und die Unmengen an Zucker in dem Gesöff pumpten den Alkohol rasend schnell in ihre Blutbahn. Ching goss ihr ohne Nachfrage nach.

»Keine eigene Familie?«

»Ist ein wenig schwierig gewesen in London.«

»Wieso?«

»Mal abgesehen von den vielen Vorurteilen schwang da immer die Angst mit, was die Verwandtschaft zu einer europäischen Frau sagen würde – und das, obwohl mein Vater selbst lange in London gelebt hat.«

Chings merkwürdiges Lächeln ließ Rebecca an der Ernsthaftigkeit dieser an sich traurigen Bemerkung zweifeln.

»Nicht einmal verliebt, so ein halber Dschingis Khan wie Sie? Ach, kommen Sie, das kann doch nicht sein, und dann noch als Diplomatensohn«, lachte Rebecca. Chings Ehrlichkeit und der Schnaps hatten etwas so Entwaffnendes, dass sie sich, als er ihr erneut nachgoss, noch darüber Gedanken machte, wo das hinführen würde.

»Sehr witzig. In Wirklichkeit war es absurd. Ich bin in London aufgewachsen und fühlte mich mal mehr, mal weniger als Brite. Aber wie ich schon sagte, dann wieder vom Herzen als Chinese. Ich kenne kaum einen Auslandschinesen, der es auf die Reihe kriegt, eine feste Beziehung mit einer Europäerin aufzubauen«, sagte Ching, und auch wenn seine Gesichtszüge es nicht hergaben, sah Rebecca nun doch seine Traurigkeit.

»Als Kind hab ich immer gedacht, das muss ein Abenteuer sein, mit einem Mann aus einer völlig anderen Kultur durchzubrennen«, spaßte Rebecca und sah, wie die Mutter Chings über den Hof huschte, der Vater etwas durch das Küchenfenster sagte, was sie mit einem leisen Kichern beantwortete.

»Und, wollen Sie das heute auch noch erleben?«, fragte Ching schelmisch, und Rebecca konnte nach dem Lachen der Mutter einfach nicht mehr standhalten und grinste Ching breit an.

»Sie sind schüchtern. Ja, das ist es, geben Sie es zu!«

Ching war für einen Moment sprachlos. Rebecca spürte nach dem Druck der letzten Stunden, wie sich ihre Schultern entspannten. Als Ching den nächsten Schnaps nachgoss, schob sie ihn zur Seite.

»Und was ist mit Ihnen? Kein Mann?«, erkundigte sich Ching.

In London unter den Kollegen, dazu nüchtern, hätte sie diese Frage in die Defensive getrieben, und sie hätte abweisend reagiert. Dort hatte sie immer das Gefühl, dass Privates gegen einen verwendet werden würde – aber hier, was sollte schon geschehen?

»Nein. Ich hab mit Männern kein glückliches Händchen«,

sagte Rebecca und wunderte sich, mit welcher Leichtigkeit ihr das über die Lippen kam. »Außerdem der Beruf mit seinen Überstunden und der Nachtarbeit … wie auch immer, so kommt eines zum anderen!«

Ching nickte nur und schob ihr den Reis und das Gemüse rüber, als wollte er damit sagen, dass sie besser etwas essen sollte, bevor sie noch einen weiteren Schnaps trank.

»Haben Sie sich nie gefragt, warum Sie das hier machen? Wir haben nur ein Leben. Und was machen wir gerade? Wir riskieren es! Und wofür? Für die Hoffnung, dass irgendwann ein zweites anfängt? Ist da niemand, der sich Sorgen um Sie macht?«

Die Frage ließ Rebecca für einen Moment stumm werden. Sie blickte hoch in den Himmel, der Nordwind hatte den Smog vertrieben, und der Mond leuchtete in den Hof.

»Nein, und das lässt mir auch gewisse Freiheiten«, sagte Rebecca. Sie beschloss, bevor dieses Gespräch zu sentimental wurde, das Thema zu wechseln. »Ching, glauben Sie wirklich, dass es einen Krieg geben könnte?«

»Glauben? Nein, auf keinen Fall – oder soll ich sagen, ich hoffe nicht? 300 chinesische Atombomben gegen 7500 amerikanische? Das wäre das Ende. Unsere Regierung wird jedenfalls keinen Angriff starten, auch wenn die öffentliche Rhetorik einem das im Augenblick glauben machen will. Die dient vor allem dem inneren Zusammenhalt. Ich bin kein Orakel. Aber eines ist mir heute klar geworden. Wir unbedeutenden Polizisten könnten vielleicht tatsächlich einen Beitrag dazu leisten, dass es nicht dazu kommt.«

»Das wollte ich von Ihnen hören, Ching. Danke! Ohne Ihre Hilfe bin ich hier aufgeschmissen.«

Aus dem Augenwinkel konnte Rebecca Chings Vater in einem Pyjama und Morgenmantel über den Hof gehen sehen. Er trug ein paar Sachen in seinem Arm, und kurz darauf kam Chings Mutter zu Rebecca und zeigte ihr den Weg in eine Wohnung neben dem Haupthaus. Nur eine kleine Gaslampe erleuchtete den Eingang. Rebecca bedankte sich mit einer Verneigung, die Dame strich ihr kurz über die Schulter, verschwand wieder im Haus. Kurz darauf erlosch das Licht.

»Ich bin nicht so mutig, wie ich vielleicht aussehe. Ich habe Ihnen in London gesagt, dass das kein Spaziergang wird. Aber ich habe auch Vorsorge getroffen!«, sagte Ching, schloss seinen Laptop und schob Rebecca die Mappe wieder zu.

»Vorsorge?«

»Ich denke, es ist Zeit. Alles andere morgen.«

»Danke für die Offenheit, Ching. Ich weiß das zu schätzen.«

»Schlafen Sie gut.«

»Sie auch!«

Rebecca sah, wie Ching mit unsicherem Gang ins Haus seiner Eltern wankte. Als sie sich erhob, spürte sie den Alkohol noch deutlicher. Sie klemmte sich die Unterlagen unter den Arm, ging über den Hof, öffnete die Tür zu ihrem Domizil und drehte die kleine Gaslampe ab.

Der Raum war klein, hatte nur ein Bett, einen Nachttisch, darauf eine mit chinesischen Landschaften verzierte Lampe und ein kleines Bücherregal an der Wand. Bescheiden, aber alles war sehr sauber, und die Bettwäsche roch nach Rosenwasser – eine Wohltat im Vergleich zu den normierten Luxusherbergen mit Klimaanlagen, die ihren Atemwegen noch mehr zugesetzt hatten als schon der Smog.

Sie legte sich behutsam auf die Matratze, und als sie noch mal über den Economic Hit Man nachdachte, eine Bezeichnung, die sie so noch nie gehörte hatte, und wie sie nun nach dem Tod der Witwe an ihn herankommen sollten, verschwamm alles um sie herum.

FÜNFUNDDREISSIG

PEKING, RAFFLES BEIJING HOTEL, 27. FEBRUAR, 0.15 UHR

Neal Brown hörte sich das löchrige Abhörprotokoll vom Tatort, wo die Witwe des Attachés ihr tragisches Ende gefunden hatte, immer und immer wieder an. Aber bis auf den Schusswechsel war nichts weiter zu hören als das chinesische Geschwafel der Einsatztruppe vor dem Haus, während Winter und Ching im Inneren nach Spuren gesucht hatten. Offenbar hatte sie vor ihrem Tod noch Hinweise geben können, Hinweise, die ihnen verborgen blieben. Spuren, die sie vielleicht um Welten leichter bekommen hätten, wären diese verdammten Wanzen und Sender nicht aufgeflogen. Der gesamte Einsatz erschien ihm gerade wie der einer besseren Pfadfindergruppe und nicht der des gefürchteten Auslandsgeheimdienstes CIA. Wäre diese Operation zudem nicht verdeckt, wären sie in der Lage, auf ganz andere Kapazitäten zurückzugreifen.

Es war Zeit, erneut den Ort zu wechseln. Der Zimmerservice wurde langsam zu aufdringlich. Sie waren im Vergleich zu normalen Touristen zu lange in ihren Zimmern, anstatt sich die Sehenswürdigkeiten der Stadt anzusehen, und die Weigerung, die Betten machen zu lassen oder den Zimmerservice in Anspruch zu nehmen, würde bald zu gefährlich werden.

Thomas Parker hatte etwas geschlafen. Mit dem Handtuch um die Schultern geschlungen, kam er frisch rasiert aus dem Bad und setzte sich wortlos mit Ringen unter den Augen an seinen Rechner, während Brown sich die Bildaufzeichnungen vom Ort des Geschehens ansah. Immerhin hatten Ethan und seine Männer aus der Entfernung aufnehmen können, wie Winter mit Unterlagen aus dem Haus in den Wagen gestiegen war. Aber Ethans anschließender Versuch, auf dem Rückweg nach Peking auf Distanz ein fahrendes Auto mit einem Peilsender abzuhören, war genauso gescheitert wie alle Versuche, Chings Kryptohandy abzuhören. Nur ein paar Gesprächsfetzen gaben Hinweise darauf, dass sie auf etwas gestoßen waren.

Ruhe bewahren, Neal, dachte Brown.

»Thomas, was ist mit der Bou-Bruderschaft?«

»Es gibt in den Datenbanken keinen Hinweis, wer oder wo der Chef ist!«

»Ich fange an, diesen Job zu hassen!«

Brown öffnete die Funkverbindung zu Ethan.

»Ethan. Du kommst zurück. Über Nacht müssen wir unseren chinesischen Kollegen vertrauen, dass sie Winter und Ching in den Hutongs nicht verlieren. Wir wechseln den Standort! Gab es noch was?«

»Nachdem wir sie wieder abhören konnten, jedenfalls nichts Relevantes, sie haben nur über Persönliches gesprochen und etwas geturtelt. Als würden sie uns förmlich riechen, Neal.«

»Shit! Das MI6 hat uns einen echten Bärendienst erwiesen.«

Brown hatte weder Wissen noch Beweise, wie weit Kingstons Arme in die NSA wirklich reichen würden. Langsam beschlich ihn das Gefühl, dass er, ganz entgegen seiner Behauptung, eben doch nur aus persönlichen Motiven handelte – und zwar aus Angst, dass Parsons Corporation im Zuge der Antikorruptionskampagne nicht nur Aufträge verlieren könnte, sondern gänzlich das Feld räumen müsste. Daran dürfte aber niemand in Washington ein Interesse haben, und Neal Brown und sein Team könnten noch eine böse Überraschung erleben. Gut, dass Kingston sich mit zwei Chinesen getroffen hatte, war per se kein Grund, ihm weiter zu misstrauen, aber dass er seither abgetaucht war, nährte den Verdacht, dass er vielleicht eigene Initiativen übernahm. Sie waren nicht in der Lage, diesen willfährigen Geschäftsmann zu kontrollieren. Aber bis die Sache ausgestanden war, mussten sie ihn am ehesten vor sich selbst schützen.

Brown war sich nach der letzten Begegnung mit Kingston sicher, dass er zwar skrupellos sein konnte, dass er aber unter Druck kein Mann wäre, der intelligent handeln würde. Aus Furcht um seine eigene Existenz würde er alles daransetzen, den Kopf aus der Schlinge zu ziehen, ohne sich darüber im Klaren zu sein, was er riskierte. Es war ein dramatischer Fehler, ihn überhaupt angerufen und getroffen zu haben. Spencer hatte einen handfesten Fehler begangen mit seiner Anweisung, ihm ruhig auf den Zahn zu fühlen. Anstatt Informationen zu liefern, waren nichts weiter als billige Belehrungen und vermutlich Lügen dabei herausgekommen. So, wie im Notfall Scotland Yard und seine Ermittlerin aus dem Verkehr zu ziehen, war es mindestens genauso relevant, diesen Mann zu kontrollieren. Auch wenn es Spencer quasi untersagt hatte. Es gab eine Einheit in der NSA, auf die er jetzt zugreifen musste, um wieder Herr der Lage zu werden.

Der US-Geheimdienst NSA hatte seit langer Zeit einen sehr guten Einblick in die Situation in China. Die NSA-Einheit TAO hatte sich gerade in den letzten Jahren in zahlreiche chinesische Computer und Telekommunikationsnetze eingenistet. Die Spezialisten der NSA drangen in Computer ein, indem sie Passwörter knackten oder Sicherheitsmechanismen, mit denen Computer geschützt wurden, umgingen. Von den Rechnern kopierten sie Daten und Nachrichten und installierten darauf selbst entwickelte Spionagesoftware, mit deren Hilfe sie die Nutzer der Computer dauerhaft belauschen konnten. Die Maßnahmen des *Office of Tailored Access Operations* (TAO) waren so geheim, dass selbst die meisten NSA-Mitarbeiter nichts davon wussten. Aber CIA-Agenten, die für operative Auslandseinsätze abgestellt wurden, hatten nach einer erhöhten Sicherheitseinstufung Zugriff auf die Dienste. Die über tausend Mitarbeiter zählende Truppe des TAO waren zivile und militärische Hacker, Analysten, Hardware- und Softwaredesigner sowie Ingenieure und unterstützten auch die US-Bundespolizei FBI und eben die CIA. Zu ihren Aufgaben gehörten politische, militärische und Wirtschaftsspionage, das Aufspüren von Spionageaktivitäten gegen die USA, aber auch die Suche nach Terroristen.

Was Neal Brown jetzt plante, würde bis an die Spitze der CIA oder ins Außenministerium gelangen und möglicherweise Spencer in große Schwierigkeiten bringen, da er die Operation eigenmächtig angeordnet hatte.

»Thomas, unterrichte die TAO-Einheit. Sie sollen mit dir zusammenarbeiten, höchste Geheimhaltungsstufe mit Verdacht auf einen Code Red.«

»Bist du wahnsinnig? Code Red?«

»Ich weiß, was ich tue!«

SECHSUNDDREISSIG

PEKING, HUTONGS, 27. FEBRUAR, 11.45 UHR

Rebecca hörte leises Getuschel vor der Tür. Sie öffnete die Augen und schnellte hoch. Die Sonne stand schon weit über dem Horizont und strahlte in den Innenhof.

»Ching?«

Als sich die Tür öffnete, zog Rebecca die Decke hoch, bis sie feststellte, dass sie in voller Kleidung eingeschlafen war. Ching blinzelte nur kurz hinein.

»Es gibt Mittagessen, wenn Sie wollen.«

»Wie spät ist es?«

»Gleich zwölf Uhr. Wir sind im Hof.«

»Ich komme gleich.«

Rebecca richtete sich auf. Sie konnte sich nicht mehr erinnern, wann sie in letzter Zeit später als sechs Uhr in der Früh in London aus dem Bett gefallen war.

Mitten in der letzten Nacht war sie aufgewacht und hatte vor lauter rasender Gedanken nicht mehr einschlafen können. Über die sichere Verbindung von Chings Laptop hatte sie im Netz und in den Datenbanken von Scotland Yard versucht, sich über die Namen der Amerikaner schlauzumachen, nicht ganz ohne Erfolg. Danach war sie in einen bleiernen Schlaf gefallen.

Rebecca reckte sich vorsichtig. Der Rücken schmerzte nach dem abendlichen Sturz in den Graben immer noch. Sie sah sich um. Neben dem Eingang war noch eine Tür. Dahinter musste sich das Bad verbergen. Sie stand auf und ging hinein. Zwischen einer winzigen Dusche und dem Waschbecken lagen auf einem Holzstuhl eine ungeöffnete Zahnpasta, Seife und frische Handtücher. Für einen Moment konnte sie alles vergessen und fühlte sich nicht nur willkommen – dass für alles gesorgt war, war einfach eine liebevolle Geste, die sie für einen Moment zur Ruhe kommen ließ. Am Abend zuvor hatte sie die Beziehung zwischen Ching und seinen Eltern gespürt, ein unsichtbares Band, um das sie ihn beneidete.

Sie zog sich aus, stellte sich in die kleine Wanne und ließ das Wasser über sich strömen.

Nach dem Duschen zog sie sich Jeans, Bluse und einen dunklen Wollpullover über, schnappte sich ihre Jacke und blickte aus der Tür. Wieder war es recht mild. Im Hof trocknete Wäsche, überall standen Blumentöpfe und Fahrräder herum. Ching saß mit seinen Eltern an dem Holztisch inmitten des verschlossenen Hofes und formte mit ihnen *Jiaozi*, die halbrunden Teigtaschen, dazu gab es Huhn mit Karotten, Bohnen mit Schweinefleisch, Gemüse mit Pilzen, geräucherten Tofu und Reis. Ching und seine Eltern lächelten milde, als sich Rebecca zu ihnen setzte.

»Es ist wirklich schön hier«, sagte Rebecca aus einer gewissen Verlegenheit. Es war ihr unangenehm, in Chings Privatleben eingedrungen zu sein.

»Das hier sind die Reste der historischen Innenstadt, und mit Pech werden die Wohnhöfe hier wie alle anderen durch Hochhäuser ersetzt werden«, erklärte der ehemalige Diplomat in perfektem Englisch und zeigte in die Luft. Rebecca drehte sich um und blickte in die Betontürme, die vom Tisch aus sichtbar wie bedrohliche Riesen schon die Mittagssonne stahlen. Chings Vater wirkte sehr aufgeräumt. Er trug ein schneeweißes Hemd und eine Anzughose sowie eine goldene Uhr am rechten Arm. Neben ihm lagen auf dem Tisch einige westliche Zeitungen. Wie Ching hatte auch er etwas dunklere Haut. Hatte sie mit dem mongolischen Einschlag etwa recht gehabt?

»Wir werden bald nach London zurückkehren«, ergänzte Chings Vater und stopfte sich, die Schüssel vor dem Gesicht, Reis in den Mund.

Während des Essens dachte Rebecca an Allington, nicht nur an seine private Misere, an seine Frau, sondern vor allem an seine Warnung, keine Alleingänge zu wagen. Und doch war sie schon dabei. In London hätte sie eine solche Forderung vielleicht befolgt und dann innerlich belächelt, aber hier spürte sie seit dem nächtlichen Schusswechsel einen Wind wehen, der selbst Ching Angst gemacht hatte. Im Grunde genommen konnte sie jederzeit sagen, dass es nun reichen würde, dass ihr die Ermittlungen zu gefährlich und unergiebig waren, da aus Sicht von Scotland Yard eigentlich keine Spuren zu finden waren, die einen Nachweis lieferten, dass Londoner Banken dem Attaché bei der Geldwäsche geholfen hatten. Aber das war so lange nicht wirklich ausgeschlossen, bis sie an die Daten kommen würden, die hinter diesen vermeintlichen Passwörtern stünden. Noch befand sich ihr Wille zur Aufklärung und die Angst, zwischen unsichtbare, unerwartete Fronten zu geraten, in der Balance.

Während Rebecca in Gedanken vertieft war, hatte Ching mit seinem Vater in seiner Muttersprache eine Diskussion begonnen. Wenngleich beide sichtlich bemüht waren, nicht laut zu werden, war offenkundig, dass sie mit einem Mal sehr erregt waren. Rebecca blickte erst Ching an, dessen Ausdruck fast etwas ängstlich wirkte, dann seinen Vater, der mit Nachdruck auf ihn einredete. Seine Mimik war schlagartig ernst und streng geworden. Erst jetzt erkannte Rebecca die Autorität dieses Mannes, die zum Diplomaten und Polizeichef passte, der er gewesen war.

Die Mutter von Ching stand auf, verbeugte sich und verschwand diskret im Haus.

Gerade als Rebecca die Situation unangenehm wurde, unterbrach der Vater den Wortwechsel mit seinem Sohn.

»Ms Winter, halten Sie sich strikt an die Anweisungen meines Sohnes, dann geschieht Ihnen auch nichts«, sagte er betont freundlich, stand auf, klopfte Ching auf die Schulter, nahm ein Handy aus seiner Hosentasche und ging telefonierend ins Haus.

»Ching, worum ging es hier gerade? Was haben Sie ihm erzählt?«

»Keine Sorge. Er weiß nur das Nötigste, aber irgendwas musste ich ihm schon erklären. Oder glauben Sie ernsthaft, dass er von den Ereignissen in London nichts mitbekommen hat? Außerdem verfügt er immer noch über einen gewissen Einfluss, der uns vielleicht noch nützlich sein kann«, sagte Ching und stand auf. »Kommen Sie, ich kenne da ein neues Café in der Nähe«, sagte Ching und klemmte sich eine Tasche unter den Arm.

Rebecca holte sich noch die Unterlagen, die sie in dem Versteck der Witwe gefunden hatten, und folgte Ching aus dem Hinterhof. Sie gingen ein paar Minuten zu einem kleinen Laden, der inmitten der engen Gassen wie eine Mischung aus westlichem Café und chinesischem Imbiss erschien. Unter einer kleinen Markise und einigen dieser typischen roten Lampions mit goldenen Schriftzeichen waren nur zwei Tische aufgestellt. Um sie waren drei Heizpilze im Betrieb. Ein leichter

Wind zog durch den Weg, und Rebecca beobachtete, wie einige Touristen die Hutongs durchströmten. Die privaten Heime wurden besichtigt, als wären sie bereits Museen. Aber die Anwohner gewährten den Neugierigen mit einer fast schon stoischen Freundlichkeit Einblicke in die intimen Hinterhofhäuser. Es war eine der letzten Oasen in Peking und die Touristen vermutlich der einzige Grund, warum saniert und nicht weiter planiert wurde, wie es Chings Vater befürchtete. Der Smog war an diesem Morgen wie weggeblasen, und die Sonne erwärmte die Luft in den engen Gassen.

Rebecca hängte ihre Jacke über einen Stuhl. Ching bestellte zwei Tee. Rebecca sah, wie Ching zwei jüngere Chinesen skeptisch beäugte, die sich an den anderen Tisch setzten.

SIEBENUNDDREISSIG

PEKING, HOTEL LEGENDALE, 27. FEBRUAR, 12.15 UHR

Neal Brown, Thomas Parker und Ethan Maloway waren noch in der Nacht ins nächste Hotel übergesiedelt. Das Fünf-Sterne-Hotel Legendale war bei Diplomaten und reichen Geschäftsleuten beliebt und versprach deswegen mehr Diskretion. Den Wünschen der Gäste entsprechend waren die Zimmer übertrieben monströs ausgestattet. Die Suite, die ihr neues Büro wurde, war mit massivem Edelholz vertäfelt, hatte Seidengardinen, goldenen Stuck an den Decken und dicke Teppiche. Es gab einen übergroßen Flatscreen, eine schwere schwarze Ledergarnitur sowie einen breiten Kolonialschreibtisch mit Blick auf eine der überfüllten Pekinger Straßen.

Nachdem Ethan Maloway sich ein paar Stunden aufs Ohr gelegt hatte, hatte Brown ihm noch in der Nacht aufgetragen, sich in das nächste Risiko zu begeben. In einer waghalsigen Fahrt außerhalb Pekings hatte er eines der geheimen Waffendepots, die die CIA außerhalb von Peking vor Jahren angelegt hatte, aufgelöst. Ein Unterfangen, das gefährlicher kaum hätte sein können. Eine Verkehrskontrolle oder ein dummer Zufall wären Maloways Ende gewesen, aber wie Thomas Parker ihn in

London beschrieben hatte, besaß sein Kollege keinerlei Skrupel oder Ängste und hatte die Aktion einfach durchgezogen, als gälte es nur, ein Paket von der Post abzuholen.

Von jetzt an waren die sechs chinesischen Doppelagenten bewaffnet, für alle Fälle hatte Brown ihre Gehälter verdoppelt und dafür gesorgt, dass die Gelder im Falle einer Verhaftung oder gar des Todes an die Familien gingen. Einer der wenigen Vorteile, mit chinesischen Doppelagenten zu arbeiten, war ihre Loyalität, solange das Geld stimmte, und die Tatsache, dass dieses Geld die Familie unterstützte und ihnen damit hohes Ansehen versprach. Sie stellten ansonsten keine Fragen.

Über die Kameras, die in Ethans Van installiert waren und sowohl nach außen wie nach innen alles aufzeichneten und in Echtzeit übertrugen, sah Brown, wie Ethan nur einige Hundert Meter vom Hotel und ganz in der Nähe von Winter und Ching auf einem uneinsehbaren Parkplatz einen Kaffee aus einem Pappbecher trank. Auf einem anderen Bild konnte er live verfolgen, wie zwei der Doppelagenten begannen, Ching und Winter von einem der unzähligen Ziegeldächer der Hutongs nur rund hundert Meter entfernt wieder ins Visier zu nehmen.

Parker spielte unterdessen mit seiner Krawatte und starrte mit Brown die Bildschirme an, die gerade zeigten, wie Winter und Ching sich vor das Café gesetzt hatten.

ACHTUNDDREISSIG

PEKING, HUTONGS, 27. FEBRUAR, 12.30 UHR

»Trinken Sie nichts?«, fragte Ching und blickte rechts über Winters Schulter.

»Doch, doch. Danke. Bei Ihnen alles in Ordnung?«

»Glaub schon«, sagte Ching, klappte seinen Laptop auf und fuhr mit gedämpfter Stimme fort. »Also, in den Unterlagen sind Namen vermerkt von Leuten, für die der Attaché Geld gewaschen hat, die aber inzwischen fast alle in Haft sind oder hingerichtet wurden. Hinter den meisten Kontonummern fehlen aber die Namen – vielleicht jene Personen, die noch nicht im Visier der Behörden waren. Nehmen wir mal an, er hat für sie die Geschäfte wirklich nur abgewickelt, weil er erpresst wurde, dann hat er wohl versucht, Wege zu finden, da rauszukommen.«

»Und weiter?«

»Er hat sich an Tse Wuang gewendet, von dem er wusste, dass er als Dissident Informationen hatte und suchte, die die KP in Bedrängnis bringen könnten. Und da kommt vermutlich unser großer Unbekannter ins Spiel.«

Rebecca spürte wieder mehr Kraft. Sie schienen nicht mehr weit vom Ziel entfernt zu sein.

»Okay. Ich habe in der Nacht noch die Namen der Amerikaner recherchiert, aber bis auf einen gewissen Duke Kingston bin ich nicht weitergekommen. Duke Kingston allerdings ist hier in Peking bei einem der größten Infrastrukturunternehmen der USA so was wie ein Chefökonom. Parsons Corporation arbeitet in allen Bereichen, Ausrüstung für den Bergbau, Ölförderungen, Straßen und Bahnen et cetera«, zählte Rebecca auf und sah, wie Ching auf seinem Laptop herumtippte.

»Das passt. Gestern im Auto habe ich Ihnen von Zhou Yongkang erzählt. Er wurde wegen Korruption verurteilt, es wurde aber nie konkret bekannt, in welcher Weise er genau korrupt war. Nun wissen wir es. Allington hat in London Beweise, dass die Zahlungen aus den USA kamen, und als Chef des nationalen Ölkonzerns CNPC war Zhou dafür zuständig, Aufträge für Förderanlagen zu vergeben«, sagte Ching.

»Gut, aber dann haben wir gerade mal einen Fall und eine Verbindung, Ching. Die Liste der Witwe umfasst jedoch über 20 000 von diesen Nummern oder Passwörtern«, sagte Rebecca und schob Ching das Papierpaket hinüber. »War dieser Zhou Yongkang ein Gegner der aktuellen Führung?«

»Ja, genauso wie der Attaché und Tse Wuang. Seine Verurteilung hat für eine Menge Unruhe in der Partei gesorgt. Ich habe Sie gewarnt, dass wir an einen Punkt kommen, an dem die Interessen der aktuellen Staatsführung betroffen sein könnten. Ich denke, der Punkt ist erreicht!«

»Aber was hat das alles mit diesem Economic Hit Man zu tun? Wie war sein Name?«

»Gabriel Huldon? Vermutlich ist sein Wissen die Büchse der Pandora, und wenn die Witwe die Wahrheit gesagt hat, wird er hier in Peking oder der Umgebung von der Bou-Bruderschaft versteckt.«

»Ich habe nichts über ihn gefunden. Wirtschaftskiller, wie killt man eine Wirtschaft?«

»Keine Ahnung. Verschuldung, Handelskrieg und Erpressung, vermute ich mal, und Allington hat ja erste Hinweise, dass zumindest ein Teil der Gelder aus den USA stammen.«

»Ching, schön und gut, aber wie kommen wir jetzt noch nach dem Tod der Witwe an diesen Mann heran? Ich meine, dass ein Anführer der Triaden uns dabei hilft, glauben Sie doch nicht im Ernst!«

Ching zögerte mit der Antwort, schüttelte leicht den Kopf, verzog den Mund und bestellte sich noch einen Tee, während Dutzende Touristen durch die Gasse an ihnen vorbeizogen.

»Mein Vater war lange Jahre sehr genau in die Strukturen der Triaden involviert. Wir werden am Abend einen Ort aufsuchen, wo wir weiterkommen.«

»Wuhhuhu, klingt ja super, 'tschuldigung aber geht es etwas konkreter?«

Ching lachte kurz auf und sah wieder hinüber zu den Chinesen am Nachbartisch. Der Strom der Touristen nahm nun plötzlich merklich ab. Beide schwiegen einen Moment.

»Was weiß Ihr Vater wirklich über unsere Ermittlung, und wieso leben Ihre Eltern eigentlich in diesen Hutongs, das ist doch eigentlich das Viertel der Arbeiter, oder?«, fragte Rebecca.

»Die Hutongs bedeuten Tradition und Heimat. Den westlichen Luxus hatten wir zur Genüge in London. Mein Vater ist alles andere als erfreut, wie sich China seit der Öffnung zur Marktwirtschaft entwickelt hat. Und glauben Sie mir, er kennt viele Leute im Politbüro. Ich hatte Ihnen schon gesagt, dass er keine Details von uns braucht, um zu ahnen, wem oder was wir auf der Spur sind«, sagte Ching.

»So ganz schlau werde ich daraus zwar nicht, aber wenn Sie meinen, dass er uns zur Not eine Hilfe sein kann, nun gut.«

»Sie haben keine Angst, oder?«, fragte Ching schließlich.

»Doch, aber ich bin als Scotland-Yard-Ermittlerin selbst hier kein Freiwild, auch nicht für eine chinesische Regierung. Schlimmstenfalls werde ich verhört, man nimmt mir Beweismittel weg und verweist mich des Landes, dann interveniert die britische Botschaft und so weiter und sofort.«

»Glauben Sie? In der Lage? Sie sind mehr als mutig! Wie hat Allington eigentlich reagiert?«

Rebecca hasste es zu lügen, aber sie hatte Allington die Schießerei verheimlicht und lediglich geschrieben, dass sie unter schwierigen Bedingungen arbeiten würden und dass sie besser nur noch über eine geheime Mailadresse kommunizieren sollten und sie im Notfall die britische Botschaft aufsuchen würde. Da sie Allington nicht unnötig in weitere Sorge versetzen wollte, für ihn fast innerlich betete, dass er jede Minute mit seiner Frau verbrachte, hielt sie vor ihm auch den Verdacht zurück, dass sie höchstwahrscheinlich bereits mit Wanzen nach Peking gereist war und dass dahinter das MI6 zu vermuten wäre. In diesem Moment der Reflexion war sie nicht mehr sicher, ob es eine weise Entscheidung war, Allington das zu verschweigen, da die Wahrscheinlichkeit, dass die Büros im Hauptquartier von Scotland Yard ebenfalls betroffen sein könnten, sehr hoch war.

»Ich denke, er wird mich bald zurückbeordern, vielleicht morgen schon. Verlieren wir also keine Zeit. Ching, was passiert hier eigentlich wirklich? Ich meine, dieses ganze Säbelrasseln auf beiden Seiten?«

»Mein Vater hat gestern Nacht noch mit mir gesprochen, und er war als Diplomat nun wahrlich genug unterwegs. Seiner Meinung nach haben die Amerikaner panische Angst, die Kontrolle über die Weltwirtschaft zu verlieren, und sie wollen den gesamten asiatischen Markt. So weit, so schlecht. Ich bin mir sicher, dass dieser Gabriel Huldon mehr darüber weiß, was die USA planen oder getan haben, um dieses Ziel zu erreichen.«

»Okay, aber wer hat Tse Wuang auf dem Gewissen und …«

»Warten Sie. Das weiß ich auch nicht, aber Chinas Größe und Wirtschaftskraft ist eine enorme Bedrohung für das ganze globale System. Wissen Sie, was China eigentlich tun könnte? Ökonomisch ist sich China selbst genug, chinesische Unternehmen können in Wirklichkeit inzwischen prosperieren, ohne auch nur einen einzigen Schritt über die Große Mauer zu setzen! Was Tse Wuang uns sagen wollte, war, dass der Amerikaner Zugang zu Informationen haben muss, der den Gesellschaftsvertrag zwischen der Partei und dem Volk gefährdet!«

»Vertrag?«

»Ja, die Partei fördert den wirtschaftlichen Wohlstand, und die Bürger fordern im Gegenzug keine weiteren Rechte. Wenn aber immer mehr Korruptionsskandale bekannt werden, wie soll das noch funktionieren?«

»Sie sagten aber, dass Korruption alleine keinen Grund für einen Krieg darstellt. Was außer Korruption steht aber hier dann zur Debatte? Ich werde sehen, dass wir diesen Duke Kingston dem FBI melden …«

»Nein! Oder besser: noch nicht! Das könnte schlafende Hunde wecken, die wir nicht auch noch dabeihaben wollen«, sagte Ching und beugte sich vor. »Alles, was in den vergangenen Jahren geschah, diente nur dem Machterhalt der neuen Kaste in Peking. Die Intensität, mit der die Führung auch höhere Günstlinge der Shanghai-Fraktion rund um den alten Staatspräsidenten Jiang Zemin verfolgte, hat fast zu einem Militärputsch geführt«, sagte Ching und reichte Rebecca ein Dossier. Es war ein geheimes Papier des MI6, das Rebecca bei ihren Recherchen in London nicht gefunden hatte. Um ihre Pfründe zu sichern, hatten die Erzrivalen in Washington und Peking bei einem geheimen Treffen vor Jahren einen ungewöhnlichen Deal versucht. Wie Rebecca schon wusste, hatte Peking mit seiner Antikorruptionskampagne seine gut mit Geldern geschmierten höheren Beamten veranlasst, furchtsam das Weite zu suchen, was sich zusehends zu einem echten finanziellen Aderlass entwickelt hatte, und Amerika war dabei das beliebteste Ziel für korrupte Chinesen. Die USA beobachten wiederum eine Abwanderung von US-Bürgern, die sich aus steuerlichen Gründen in China mit neuen Unternehmen etabliert hatten und so ihre im Heimatland fälligen Abgaben schuldig blieben.

»Das hat man nun mal von so viel Globalisierung«, kommentierte Rebecca mehr beiläufig.

»Lesen Sie weiter!«

Bei dem geheimen Treffen, las Rebecca, hatten Amerikaner und Chinesen darum gefeilscht, wie man einander helfen könnte, der jeweils veruntreuten Gelder wieder habhaft zu werden. Und zwar jeder aus dem Land des anderen. China wollte seine korrupten Beamten zurückhaben, hatte aber keine Auslieferungsverträge mit den USA. Man versuchte ein Abkommen abzuschließen, das dem mit der Schweiz zum Informationsaustausch gegen Steuerbetrug glich. Die Abschaffung des Schweizer Bankgeheimnisses war für China ein politisches Großereignis, denn das war das Ende der Familie Jiang Zemin, aber noch längst nicht all ihrer Günstlinge. Dem seit geraumer Zeit unter Hausarrest stehenden ehemaligen KP-Chef und Gegner des neuen Staatspräsidenten konnte allein ein Vermögen von 350 Millionen US-Dollar in der Schweiz nachgewiesen werden.

Rebecca zog die Stirn in Falten und las weiter.

Als die USA für ihre Dienste bei den Verhandlungen einen großen Anteil an dem verschwundenen und wiederbeschafften Vermögen Chinas haben wollte, platzte der Deal, und Peking schickte Dutzende Agenten in die Staaten, um mit der »Operation Fuchs« die geflüchteten Landsleute aufzuspüren.

Als sie weiterlas, stockte Rebecca der Atem. Der britische Geheimdienst ging davon aus, dass man in Washington gar kein Interesse daran gehabt hätte, die chinesische Regierung zu unterstützen, solange der Streit um die Inseln im Südchinesischen Meer nicht beigelegt wäre und Handelsabkommen in Asien weiter blockiert würden. Die Weigerung der USA, gegen die korrupten Auslandschinesen vorzugehen, wurde in Peking als eine weitere Provokation gewertet, an dessen Ende auch kriegerische Auseinandersetzungen nicht mehr auszuschließen wären. Der britische Geheimdienst ging zudem davon aus, dass Teile der chinesischen Führung in eine weitaus größere Korruption verwickelt waren, als sie selbst vorgab zu bekämpfen.

Spätestens jetzt begriff Rebecca, dass Allington mit seiner anfänglichen Befürchtung richtiglag. Der große Crash an den Börsen hatte alles ins Wanken gebracht und der Mord an dem Attaché einen Krieg offenbart, der unter den Chinesen einerseits und gegen die Amerikaner andererseits tobte.

»Und genau da stehen wir jetzt! Kurz vor einem Krieg!«, kommentierte Ching, als Rebecca das Dossier beiseitelegte und ihn kopfschüttelnd ansah.

»Ja, und dieser Gabriel Huldon scheint bei alldem eine Schlüsselfigur zu sein.«

»Falls er noch lebt. Angenommen, wir kommen an ihn heran. Was passiert dann mit ihm? Wie sollen wir ihn außer Landes bekommen?«

Rebecca sah in Chings Gesichtsausdruck bereits die Antwort. Darum ging es ihm nicht, und es erschien wohl auch aussichtslos.

»Wir sollten uns darum kümmern, Beweise zu bekommen, und Sie damit so schnell wie möglich außer Landes bringen.

Angesichts der Machtfülle der Partei und der Überwachung, die hier überall herrscht, sind Sie hier nichts wert, aber in London!«, sagte Ching. Im nächsten Moment gefror sein Blick.

NEUNUNDDREISSIG

PEKING, HOTEL LEGENDALE, 27. FEBRUAR, 13.05 UHR

»Da hast du deinen Code Red!«, schrie Brown, klatschte in die Hände und sah, dass Parker atemlos aus dem Hotelfenster auf Pekings Skyline starrte. »Hey! Ran an die Datenbanken! Ich will alles über diesen Gabriel Huldon wissen, und stell mir eine Verbindung mit Langley her.«

Parker erhob sich aus seinem Ledersitz vor dem dunklen massiven Schreibtisch, auf dem er seine Rechner und einen kleinen Drucker postiert hatte. Er ging zu einem Serviertisch neben der Zimmertür, nahm sich ein Sandwich und goss sich einen Kaffee ein. Dass er dabei fast die Hälfte danebengoss, entsprach der Stimmung im Raum.

Während Brown die Szene vom Sofa aus mit seinem Rechner auf dem Schoß beobachtete, wurde ihm klar, warum Parker zögerte. Wie jeder Undercoveragent wusste auch er, dass eine Offenbarung ihrer Operation in Langley wegen möglicher Intrigen innerhalb der CIA riskant war, solange Spencer den Kontakt nicht von sich aus herstellte. Vielleicht konnte er längst nicht mehr frei handeln? Sein harsches Verhalten in London nach dem Tod des Doppelagenten Boa und die Drohung,

Brown abzuziehen, mögen ein Schauspiel gewesen sein, es konnte aber genauso gut ein Signal dafür gewesen sein, dass er und sein Team dieses Himmelfahrtskommando so oder so alleine durchziehen mussten.

Wenn die CIA den Attaché hatte beobachten lassen, dann nur, um über ihn an Gabriel Huldon zu kommen. Das war die eine zentrale Information. Die andere war, dass Winter Korruption so sehr hasste, dass sie keine Angst davor hatte, mächtigen Männern in Peking oder den Geheimdiensten entgegenzutreten. Zudem waren sich die Analysten Scotland Yards in London sicher, dass aus den USA große Zahlungen gekommen waren, die durch Bestechung wichtige Projekte hatten sichern sollen. Gelder, die womöglich über das Finanzzentrum in London gewaschen worden waren. Brown hatte Winters Hartnäckigkeit komplett unterschätzt, und die Scotland-Yard-Ermittlerin wusste, dass sie erst die Spitze, aber nicht das Fundament des ganzen Falles offengelegt und somit auch keinen Grund hatte, sich zufriedenzugeben.

Parker setzte sich wieder an den Tisch, trank einen Schluck und stellte die Tasse vorsichtig mit leicht zittriger Hand neben einen der Rechner. »Neal, in dieser Situation Langley zu kontaktieren ist zu gefährlich.«

»Ich bin mir dessen bewusst, Thomas, aber wir können so nicht weitermachen«, sagte Brown und sah in das zweifelnde Gesicht Parkers. »Wenn wir jetzt auch nur einen Fehler machen, kann das einen Krieg auslösen. Wir brauchen mehr Unterstützung und Informationen«, erklärte er und zeigte auf den in der Wand eingelassenen Flatscreen, auf dem die ständigen Wiederholungen des chinesischen Staatsfernsehens über die Aufrüstung und Bewegungen amerikanischer Kriegsschiffe im Südchinesischen Meer gezeigt wurden.

»Genau das meine ich. Wie soll Spencer das machen?«

Sowohl Thomas Parker als auch Ethan Maloway hatten nicht nur militärische Erfahrung, sie waren in Dutzenden Aufklärungs- und Überwachungsmissionen und speziell für verdeckte Operationen ausgebildet worden. So stand es in ihren Akten. Maloway war im Irakkrieg einmal verwundet worden. Er wirkte auf den ersten Blick zwar nicht wie ein Draufgänger, aber er konnte offenbar einiges wegstecken, dachte Brown. Wie auch immer. Er hatte nicht nur die Verantwortung für die Operation, auch das Leben seines Teams lag in seinen Händen. Waren sie für diesen Einsatz in China wirklich gewappnet? Es gab kein Auffangnetz, selbst die Botschaft war in dieser Lage kein sicherer Hafen mehr. Sie hatten nur die einmalige Option, sich und die Zielperson in einer nächtlichen Rettungsaktion von einem Spezialkommando der Suwon Air Base nach Südkorea ausfliegen zu lassen. War das Team in der Lage, diesen brisanten Job zu einem erfolgreichen Ende zu bringen?

Hatte Spencer alles unterschätzt? Browns Bild von seinem Chef war davon geprägt, dass man ihn in der CIA eher unterschätzte. Sein trotz edler Anzüge schnoddriges Aussehen und Auftreten ließen kaum darauf schließen, dass er eine der wichtigsten Abteilungen des mächtigsten Geheimdienstes der Welt leitete, dass er die internen Hintergründe von allen großen kriegerischen Auseinandersetzungen der USA kannte – vom Vietnamkrieg bis zum Einsatz in Afghanistan. Wer nicht eng mit ihm zusammenarbeitete, hielt ihn eher für einen vergeistigten Universitätsprofessor, aber in Wirklichkeit war er ein ausgebuffter Hund, der vor allem gelernt hatte, zuzuhören und zwischen den Zeilen Zusammenhänge zu entdecken, die im Verborgenen bleiben sollten. Vielleicht irrte er sich, dachte Brown, aber die Geschichte nahm einen Verlauf, den Brown nicht mehr länger alleine verantworten konnte. Was wusste Spencer über Economic Hit Man im Allgemeinen und Gabriel

Huldon im Besonderen? War er es wirklich wert, dass Brown das Leben des gesamten Teams bei dem Versuch, seiner habhaft zu werden, aufs Spiel setzte?

»Okay, Thomas. Wir können es drehen, wie wir wollen. Du hast das Gespräch von Winter und Ching gehört, und wir wussten alle, was auf uns zukommen kann«, sagte Brown und setzte sich auf einen der bequemen weiten Ledersessel. »Wir bereiten drei Dinge vor. Erstens die Entführung von Huldon. Den Abtransport mit dem Einsatz eines Rescueteams aus Südkorea an einer der dafür vorgesehenen Koordinaten. Danach entscheiden wir je nach Lage, was mit Winter und Ching geschieht. Was sagt die TAO-Einheit? Ich will diesen Kingston im Visier haben.«

Parker nickte erst, tippte etwas in seinen Laptop und zuckte die Schultern. Die Überwachungseinheit der NSA hatte offenbar noch keine Ergebnisse gebracht, wo sich Duke Kingston aufhielt. Und weder bei der NSA noch bei der CIA erbrachte die Suche am Laptop für den sogenannten Economic Hit Man Gabriel Huldon einen Ertrag.

»Irgendwas stimmt da doch nicht«, sagte Parker. Und als würde er sich der Versuchung, ständig an seiner Krawatte zu spielen, selbst entledigen wollen, zurrte er sie ab und schmiss sie auf eine Mahagonikommode neben dem Schreibtisch. »Wenn dieser Huldon wirklich so heißt, dann gibt es ihn in den Systemen nicht. Ich finde keinen Datensatz.«

»Das kann nicht sein«, sagte Brown und suchte in einer Datenbank selbst nach den Personalakten. »Warte, Parsons Corporation. Die Firma übernahm einmal Chas. T. Main.«

Auch Parker setzte seinen Job kopfschüttelnd fort. Sie dachten vermutlich gerade das Gleiche. Es war alles andere als üblich, dass die CIA irgendwelche Manager jagte. Aber diese Manager waren nun mal alles andere als normal.

»Was ist mit dem Überwachungssatelliten von TAO, Thomas? Ich muss wissen, wie schnell und wie dicht wir Winter und Ching damit folgen können, und ich brauche eine Lageeinschätzung: Was tut sich im Pentagon und offiziell in Peking?«

Parker zeigte Brown auf einem seiner Laptops die virtuell dargestellten Grafiken der Satelliten, die durch ein Blinken jeweils den Status ihrer Verfügbarkeit über China anzeigten und eine Überwachung Pekings bis ins Umland nahezu in Echtzeit ermöglichten. Seit 2011 verfügte die TAO-Einheit über die Möglichkeit, Personen aus dem All einigermaßen gut zu erkennen. Zusammen mit einer Software für die Gesichtserkennung war diese Option schon Osama bin Laden zum Verhängnis geworden, als er sich in Pakistan tagsüber aus seinem Versteck in den Innenhof getraut hatte.

Brown nahm sich ein Headset und versuchte, Ethan Maloway zu erreichen.

»Neal?«

»Ethan, ab jetzt geht es um alles. Ihr bleibt unter allen Umständen an beiden dran. Sie werden uns zum Ziel führen. Ich melde mich gleich mit weiteren Anweisungen. Wir müssen auf alles vorbereitet sein.«

»Okay. Wir sind bereit.«

Parker zeigte abermals mit seinem Finger auf einen Bildschirm: Spencer versuchte ihn über eine Satellitenverbindung zu erreichen. Brown atmete einmal tief durch. Er zögerte, nahm das Headset, legte es dann aber wieder beiseite. Sekundenbruchteile später wäre er in der Leitung gewesen. Es war das große Erstaunen angesichts eines Funds in den Datenbanken über Gabriel Huldon, die ihn hatte zurückzucken lassen.

»Thomas, ich hab was gefunden! Gabriel Huldon war bis Ende der 80er-Jahre bei Chas. T. Main ein hoch bezahlter Manager, er hat für die US-Industrie Dutzende Großprojekte in

Lateinamerika eingefädelt, aber schon vor geraumer Zeit gekündigt. Zu den Profiteuren seiner Arbeit gehörten damals Dutzende US-Unternehmen, darunter auch Halliburton.«

»Das ist aber ewig her. Was bitte macht der in Peking?«

»Wir werden es hoffentlich bald wissen!«, sagte Brown.

Nicht schlecht, dachte er. Sollte er diesen Duke Kingston noch mal zu fassen kriegen, gäbe es eine Menge Fragen. Brown stand auf, ging zum Schreibtisch und druckte sich ein Foto von Gabriel Huldon und die wenigen Daten über ihn aus. Der Mann war schon 69 Jahre alt. Der Rest seiner Akte war von der CIA als streng geheim eingestuft.

»In Ordnung. Duke Kingston kann uns da sicher weiterhelfen. Von wegen, er muss nur noch eine Kleinigkeit erledigen. Die kennen sich, dafür verwette ich meinen Arsch!«

Es piepte auf Parkers Laptop. Wenn auch über seine gesicherte Leitung aus Langley: Wieso meldete sich Spencer bei Parker? War diese Operation nicht mehr verdeckt? Hatte seine Recherche in der Datenbank der CIA nach Gabriel Huldon eine ungewollte Aufmerksamkeit erzeugt? Im nächsten Moment erschien auf Browns Rechner ein Memo, angeblich vom Direktor der CIA:

»Operation sofort abbrechen und das Land verlassen.«

»Thomas, den Anruf nicht annehmen! Das ist nicht Ron Spencer!«

»Was? Wie kommst du darauf?«

Die Authentifizierung des CIA-Memos aus dem Büro des Direktors war zwar echt, aber Brown traute seinen Augen nicht. Spencer würde ihn unter allen Umständen vorher informieren, es sei denn, es wäre ihm etwas zugestoßen. Er fühlte sich für einen Moment wie in einem U-Boot, das den Befehl bekam, seine Atombomben abzuschießen ohne Bestätigungscodes und die Möglichkeit, Funkkontakt aufzunehmen.

»Du wirst wissen, wann du es brauchst«, hatte Spencer ihm in seinem Privathaus in Ashburn gesagt, als er ihm das spezielle Kryptohandy für den Notfall in die Hand gedrückt hatte. Brown stand auf, ging zu seiner Ledertasche und wühlte alles durch. Das Handy steckte am untersten Ende zwischen einer Hose und den letzten sauberen Socken. Er zog es heraus, schaltete es an und wartete ab, ob das Handy von Spencer angewählt wurde. Nichts!

»Kannst du prüfen, ob ich damit wirklich safe bin? Ich muss Spencer erreichen. Hier läuft gerade etwas grandios schief«, mutmaßte Brown.

Parker fing das Handy auf und schloss es an seinen Laptop an. Es dauerte ein paar Sekunden, und Parker wackelte mit seinem Kopf wie ein Plastikdackel auf einer Autorückbank.

»Wenn Spencer dir das gegeben hat … denke schon!«

»Denke schon?«

»Du kennst meine Einstellung dazu. Neal, nichts ist mehr lange sicher, aber ich denke, das hier schon.«

»Gib schon her, mir bleibt nichts anderes.«

Ein paar Sekunden später erreichte er einen außer Atem wirkenden Ron Spencer.

»Neal, was ist passiert?«

»Wir haben eine Order von ganz oben! Wir sollen abbrechen und das Land verlassen.«

»Darauf habe ich gewartet. Das ist eine Fake. Das kann doch echt nicht wahr sein. Wer unternimmt so einen dümmlichen Versuch?«, fragte Spencer mit einem verächtlichen Ton. Hörbar von Vogelgesang umgeben, war er nicht in seinem Büro, sondern seinem Atemgeräusch zufolge schien er irgendwo draußen zu joggen.

»Und du hast gerade eben auch nicht versucht, Thomas Parker zu erreichen?«

»Um Gottes willen, habt ihr das Gespräch angenommen?«

»Nein.«

»Guter Mann. Ich werde sehen, was wir damit machen. Wo steht ihr?«

»Du bekommst gleich einen Bericht und die Protokolle der Überwachung – kaum erfreulich, ruf mich danach zurück«, sagte Brown und legte auf, um das Gespräch so kurz wie möglich zu halten.

Die aktuelle Lage würde Ron Spencer in der Sekunde erreichen. Brown starrte schweigend und abwartend durchs Fenster in den smogverhangenen Himmel Pekings. Parker hatte seinen Spieltrieb von der Krawatte auf einen Stift verlagert, den er immer wieder in seiner rechten Hand hin- und herdrehte. Es herrschte Totenstille, nur die Lüftungen der Rechner waren zu hören. Doch dann meldete sich Spencer überraschend schnell wieder bei Brown. Parker ließ sein neues Spielzeug fallen.

»Ron, wie geht es jetzt weiter?«

»Neal. Gabriel Huldon – alle Informationen, die er bei sich trägt, sind eine enorme Bedrohung für die nationale Sicherheit.«

»Ach ja, bist du dir sicher? Oder geht es nur darum, Duke Kingston zu schützen? Er verschweigt zu viel, Ron. Das gefährdet uns!«

»Das macht jetzt keinen Unterschied. Holt Huldon raus, zerstört alles, was ihr an Daten findet, und liquidiert ihn notfalls. Er darf niemandem außer uns in die Hände fallen. Ich weiß nicht, wozu er imstande ist, aber er ist ein erklärter Feind Washingtons und operiert seit Jahren im Untergrund. Er könnte für alles verantwortlich sein und beide Regierungen gegeneinander ausspielen.«

»Dann müssen wir uns für Scotland Yard auch etwas anderes einfallen lassen!«

»Ja, das müsst ihr, und das wird dir vermutlich am schwersten fallen, aber ich fürchte …«

Bevor Brown antworten konnte, riss ihm Parker am Ärmel.

»Ron, ich melde mich gleich wieder, wir haben ein Problem«, brüllte Brown und sah panisch auf den Bildschirm. Er tauschte das Handy mit seinem Headset.

»Ethan, greift ein, helft Ching! Die Agenten sollen sich was einfallen lassen!«, schrie Brown.

»Das Risiko können wir nicht eingehen, Neal.«

Brown wollte sich nicht beirren lassen. Die Doppelagenten waren die einzige Option, die er hatte, um nicht kurz vor dem Ziel zu verlieren. Aber als er in Parkers Gesicht sah, gab er nach.

»Gut. Warten wir ab, aber wenn sie nicht fliehen können, greifen wir ein!«

VIERZIG

PEKING, HUTONGS, 27. FEBRUAR, 13.10 UHR

Binnen eines Wimpernschlags war Ching aufgesprungen und hatte immer wieder auf einen der Männer, die sich zuvor an dem gegenüberliegenden Tisch niedergelassen hatten, eingeschlagen. Rebecca war von ihrem Sitz aufgesprungen. Während der eine, etwas dickliche Chinese sich von den ersten Schlägen Chings noch nicht erholt hatte und am Boden kauerte, schlug Ching auf den anderen ein und kassierte selbst einige Schläge in Magen und Gesicht. Rebeccas Puls hämmerte in der Brust. Bevor sie wusste, was sie tun sollte, rammte Ching den Mann mit voller Wucht gegen die Mauer. Er fiel zu Boden und regte sich nicht mehr, der andere stand gerade wieder zur nächsten Attacke auf, doch Ching streckte ihn mit einem Kniekick in den Magen zu Boden. Er nahm Rebecca bei der Hand und riss sie fort. Einige wenige Touristen verfolgten die Szenerie, als wären sie in einem Kinofilm. Die allermeisten Chinesen liefen jedoch einfach weiter, ohne sich zu kümmern.

Sie rannten eine Weile durch die Hutongs weit weg von Chings Elternhaus bis zu einem Platz, an dem Ching die Tür zu einem weiteren Hinterhof öffnete. Ohne sich zu vergewissern, ob sie noch verfolgt wurden, hatte Ching die Tür geschlossen. Er blutete am Auge und aus der Nase, er atmete schwer und setzte sich auf eine Bank.

»Ching, wer zum Teufel war das?«

»Ehrlich gesagt, bin ich mir nicht sicher. Viel Auswahl bleibt aber nicht. Auf jeden Fall haben sie vom Nebentisch aus versucht, etwas in Ihre Jacke zu legen, wohl eine Wanze«, sagte Ching, atmete immer noch schwer aus und stützte seine Hände auf Nierenhöhe ab.

Rebecca registrierte erst jetzt, dass sie ihre Lederjacke um den Stuhl gehängt hatte und jetzt nur mit der weißen Bluse und Pullover bekleidet in dem Hof stand. Ching legte eine Hand auf seine Nase und ließ den Kopf nach hinten sinken.

»Hören Sie, das war es. Das Ganze hat nur wenige Meter vom Haus meiner Familie stattgefunden. Ich bringe Sie jetzt aus Peking raus!«

»Auf keinen Fall. Wir sind kurz davor …«

»Sie haben es mir und Allington versprochen. Der Einsatz ist beendet. Sie sehen doch, was hier los ist.«

»Sie wollen so kurz vor dem Ziel aufgeben? Gestern Nacht haben Sie mir noch was anderes …«

»Das ist einfach eine Nummer zu groß und reine Politik!«

Rebecca trat gegen einen alten ausgepumpten Fußball, der neben der Hoftür lag. Er prallte gegen eine Wand, flog durch den Hof, bis er in einen kleinen Gemüsegarten fiel.

»Nein, was mit dem Ergebnis unserer Ermittlungen geschieht, das ist Politik, und was daraus wird, haben wir noch immer in der Hand«, sagte sie trotzig.

»Warum tun Sie das? Warum können Sie nicht einfach nach Hause fliegen? Niemand wird Sie dafür verurteilen.«

»Weil das mein Beruf ist. Und warum haben Sie überhaupt

eingegriffen und diese martialische Prügelei angezettelt? Sie sind gerade ein völlig unnötiges Risiko eingegangen. Dass man mich in meiner Arbeit behindert und überwacht – ja. Aber alles andere … Da sehen Sie mir zu schwarz! Sagen Sie mir, wie wir, bei aller Vorsicht, nun an den Mann herankommen. Danach verlasse ich das Land!«

Ching atmete tief aus und sah Rebecca mit Hundeaugen an, als wollte er seine Bitte aufzuhören damit verstärken. Rebecca blieb, fordernd die Arme ineinander verschränkt, stehen.

»Wir können immer noch entscheiden, was wir mit den Ergebnissen machen, wenn sie politisch wirklich so brisant sind. Aber es geht hier um gigantische Summen, die entweder Ihrem Volk oder auch unseren Steuerbehörden hinterzogen wurden, und um eine korrupte Struktur, die die ganze Krankheit dieser Globalisierung bedeutet …«

»Da ist sie wieder«, sagte Ching mit einer Stimme, die wie eine Trompete klang. Er hatte seinen Kopf immer noch nach hinten gelehnt.

»Was soll das?«

»Die Politikerin in Ihnen. Allington hatte mich davor gewarnt.«

»Das hat er gesagt? Nee, ich habe nur zufällig auch noch einen eigenen Verstand, verfluchte Scheiße.«

»Ist ja schon gut. Wir werden den Chef der Bou-Bruderschaft am Abend treffen, er soll sich gewöhnlich in einem der Nachtclubs aufhalten. Aber jetzt hören Sie mir bitte zu. Hier sind wir in einem anderen Haus meiner Familie. Es steht leer, und Sie können sich hier problemlos längere Zeit verstecken. Falls wir einmal getrennt werden, treffen wir uns hier, unter dem kleinen Steindrachen am Brunnen ist der Schlüssel. Sie finden im Haus alles, was Sie brauchen«, sagte Ching. »Mein Vater ist im Bilde. Er wird Sie im Notfall mit oder ohne Beweise über die Mongolei nach Russland bringen, von dort können Sie zurück nach London.«

»Was?«

»Wollen Sie es riskieren, am Flughafen verhaftet zu werden? Wir haben noch ein kleines Zeitfenster, danach kann ich für nichts mehr garantieren.«

Rebecca zuckte innerlich zusammen. All die Fakten und Verdachtsmomente verdichteten sich. Sie waren nicht nur einem gigantischen Betrugsfall auf der Spur. Sie wurden nicht nur deswegen überwacht und verfolgt. Sie standen unmittelbar davor, die Geheimnisse um diesen Economic Hit Man zu lüften, dessen Wissen vielleicht den letzten Funken liefern könnte, damit sich die USA und China in einen offenen Krieg stürzten; genauso gut könnte es ihn aber auch verhindern, wenn die Sache in die richtigen Hände gelangen würde. Ching könnte mit seiner Befürchtung recht haben, dass selbst eine Flucht in die britische Botschaft das Risiko in sich trug, dass man ihr die Beweismittel abnehmen würde, da CIA und MI6 engste Verbündete waren. Oder sie würde es gar nicht so weit schaffen, da die Chinesen sie vorher abfingen. Das einzig Beruhigende war, dass man wusste, wer sie war, und dass sie als Scotland-Yard-Ermittlerin den Chinesen nicht schutzlos ausgeliefert wäre. Im Vergleich zu den Amerikanern genossen die Briten ein relativ hohes Ansehen in China. Aber sollte bei ihrem Zugriff etwas schiefgehen, würde sie das Leben des Kronzeugen Gabriel Huldon aufs Spiel setzen.

»Sie haben recht, Ching. Wie gehen wir vor?«

»Die Leute, die uns gestern Schützenhilfe geleistet haben, werden uns noch einmal helfen. Noch denkt die Polizeiführung, dass wir gegen die Leute rund um den Attaché und die Triaden ermitteln, die zum alten Clan um Jiang Zemin gehören«, sagte Ching und senkte den Kopf.

»Ich frage Sie jetzt noch mal. Was sind das für Leute?«

»Ein ganz normales SWAT-Team!«

»Ach, du Scheiße! Sind Sie komplett wahnsinnig? Woher wissen Sie, dass die nicht längst …«

»Nein, nein, nein! Noch hab ich das unter Kontrolle. Sie sind darauf spezialisiert, diese Einsätze streng geheim zu halten. Wir nutzen im Prinzip die Schwäche der Antikorruptionskampagne aus. Jeder der Männer weiß, dass sie ihr Leben riskieren, wenn sie mit jemandem darüber sprechen. Aber ja, es könnte jeden Augenblick auffliegen, sobald sie Verdacht schöpfen, dass wir die Clique um den Staatspräsidenten, seine Getreuen oder die Partei gefährden, und dann haben wir vermutlich auch noch den Inlandsgeheimdienst am Hals.«

»Ich werde aus Ihrer Kultur nicht schlau«, sagte Rebecca und erinnerte sich an den Vorfall in Tianjin, über den sie zu Beginn ihrer Recherche in London gelesen hatte. Die Behörden hatten bei einer Explosion in der Stadt aus Angst vor Konsequenzen der Disziplinarkommission alles verschwiegen, was zu einer weitaus schlimmeren Katastrophe geführt hatte, da Peking nicht mitteilen konnte, was für Mengen Sprengstoff sich dort befanden. Insofern war es plausibel oder möglich, dass der Geheimdienst noch nicht vollends im Bilde war, welcher Sache sie auf der Spur waren. Wenn sie tatsächlich an diesen Mann herankamen, dann mussten sie sicher sein, nicht verfolgt zu werden.

Sie stand sprachlos vor Ching. Er war also doch bereit, weitaus mehr zu riskieren, als sie bisher angenommen hatte. Aber wie wollte er einen Chef der Triaden davon überzeugen, ein bisher so lukratives Geschäft wie den Schutz von diesem Gabriel Huldon aufzugeben? Offenbar hatten sie schon bei dem Attaché eine Menge Geld damit verdient. Und was würde mit diesem Huldon geschehen, wenn er den Chinesen in die

Hände fiele? Sie konnte vielleicht heil nach London zurückkehren, aber ohne Beweise und Zeugen wären sie am Ende alle Risiken vergeblich eingegangen. Die feinen Ebenen zwischen Stolz, Gier und Traditionen, die sie in den letzten Tagen über Chinesen erfahren hatte, machten es ihr fast unmöglich, eine Entscheidung zu treffen und Chings Meinungen und Befürchtungen richtig einzuordnen. Sie wusste nur, dass eine Menge Leute wahnsinnige Angst vor der Wahrheit hatten. Sie rieb sich über die Arme und realisierte erst jetzt, dass sie vor Kälte zitterte. Im Schatten des Innenhofes war es deutlich kühler geworden.

»Ich werde Lila bitten, dass sie Ihnen noch mal Kleidung besorgt, Ihre Größe kennt sie ja nun«, sagte Ching mit einem kleinen Lächeln.

»Wie kommt Ihre Schwester eigentlich zu ihren Fähigkeiten?«, fragte Rebecca. Sie konnte ihrer frechen und skurrilen Erscheinung einiges abgewinnen und dachte, dass sie vielleicht noch nützlich sein könnte.

»Lila? Lila ist die reinste Katastrophe. Sie war schon als Kind aufmüpfig und hat uns eine Menge Probleme gemacht. Sie treibt sich nachts in den übelsten Gossen herum, landet regelmäßig bei der Polizei, ohne den Einfluss meines Vaters wäre sie vermutlich schon im Gefängnis. Auf der anderen Seite ist sie ziemlich clever und gehört zur ersten Generation in China, die rein digital aufgewachsen ist, und das hat sie genutzt. Wenigstens denkt sie in letzter Zeit darüber nach, mithilfe unseres Vaters ein Studium in London zu beginnen. Es ist Zeit, dass sie das Land verlässt. Sonst riskiert sie noch ihre Zukunft.«

»Ah ja? Und Sie? Wieso gehen Sie diese Risiken nun doch ein? Ich meine …«

»Weil auch ich wissen will, wie tief dieses Land wirklich in der Korruption steckt, und weil ich glaube, dass das chinesische

Volk ein Recht darauf hat, die Wahrheit zu erfahren. Ich kann zur Not auch nach London zurückgehen und mir dort eine Existenz aufbauen, diese Option haben viele Menschen hier nicht«, sagte Ching und legte plötzlich den Finger vor den Mund.

»Scheiße!«

»Was ist?«

»Schnell ins Haus!«

EINUNDVIERZIG

PEKING, HOTEL LEGENDALE, 27. FEBRUAR, 14.05 UHR

Neal Brown wusste nicht, ob er sich wirklich glücklich schätzen sollte, dass seine chinesischen Doppelagenten so tapfer gewesen waren, Winter und Ching direkt nach der offenen Prügelei nicht nur unauffällig durch die engen Gassen zu verfolgen, sondern zudem zu verhindern, dass die beiden Männer, die Ching zunächst abgewehrt hatte, sie in einen Hinterhof zerren und möglicherweise weiter malträtieren konnten. Aber keiner der beiden Angreifer konnte identifiziert werden, weder als Mitglied der Triaden noch als Mitarbeiter des chinesischen Geheimdienstes.

Zwei weitere Doppelagenten von Ethans harter Truppe hatten sich kurzerhand auf einem Dach gegenüber von dem Haus, in dem Ching und Winter sich aufhielten, platziert, um mit ihren Richtmikrofonen ein atemloses Gespräch beider Zielobjekte einzufangen.

So wichtig es war, die nächsten Schritte und Gedanken Chings und Winters zu erfahren – ein Zugriff auf Gabriel Huldon würde kaum gelingen, wenn Brown kurz davor auch noch Männer verlieren würde. Sie waren zahlenmäßig nicht besonders gut aufgestellt, und was er jetzt auf den Bildschirmen sah, war alles andere als beruhigend.

Brown erhob sich vom Ledersofa und ging zu Parker, der sich vor seinen Rechnern am Schreibtisch postiert hatte. Brown zeigte auf einen der Bildschirme, die die Satelliten vom *Office of Tailored Access Operations* (TAO) grafisch darstellten.

»Stehen die alle zu unserer Verfügung?«

Parker nickte.

»Ethan, zieh deine Leute zurück. Die Prügelei hat das Militär aufgeschreckt. Sie bewegen sich durch die Hutongs. Wir halten Satelliten drauf«, brummte Brown in sein Headset.

»Ganz ruhig. Solange kein Hubschrauber oder eine Drohne das Gelände überfliegt, sind sie auf den Dächern sicherer«, versuchte Ethan zu beruhigen.

»Neal. Ethan weiß, was er tut. Ich denke, er hat recht«, versuchte Parker einzulenken.

»Schon in Ordnung. Wie viele Einsatzkräfte hatte eigentlich das SWAT-Team von Ching?«

»Am Haus der Witwe waren es sechs, aber das muss nicht heißen, dass es so wenig bleiben.«

Brown öffnete an seinem Rechner eine Karte von Peking und Umgebung. An verschiedenen Koordinaten waren die möglichen Landezonen der neuen Generation von Tarnkappen-Hubschraubern markiert, die von der Suwon Air Base bei Nacht angeflogen werden konnten. Offiziell war das Programm der Tarnkappentechnologie bei Helikoptern 2004 eingestellt worden. Doch einige der sogenannten Black Hawks waren von der CIA dennoch weiterentwickelt worden. Sie hatten eine Reichweite von 2000 Meilen, konnten das Radar umgehen, und durch spezielle Rotorblätter fiel bei ihnen auch das typische und deutlich hörbare Klopfen im Landeanflug komplett weg. So konnten sie bei ihren Einsätzen nahezu lautlos bis zum

Ziel fliegen, was sie für derartig brisante Einsätze ideal machte. Aber dennoch war ihr Einsatz in China ein reines Glücksspiel. Planen ließen sich die nächsten Schritte in Wirklichkeit höchstens in der Theorie – und auch nur, um sich selbst das Gefühl zu geben, noch Herr der Lage zu sein. Solange Winter und Ching ihren Fluchtpunkt nicht verließen, hätten sie einen Moment Zeit, um neue Szenarien durchzudenken.

Brown ließ sich auf das Ledersofa fallen. Sein Magen verkrampfte sich wieder einmal, der Schmerz und das brennende Gefühl in der Speiseröhre steigerten sich rasend schnell. Und bevor er in seiner Tasche nach den Tabletten suchen konnte, war Parker von seinem Platz aufgestanden und reichte ihm einen streifenförmigen Beutel, in dem sich ertastbar eine Flüssigkeit befand.

»Es ist mir schon in London aufgefallen«, sagte Parker und verzog ein wenig den Mund. »Ich hab den Scheiß seit dem Irakkrieg und hab irgendwann das Zeug bekommen, das hilft. Es baut die Säure wirklich gut ab, aber der Stress ist keine gute Sache!«

Brown nickte, setzte sich, öffnete die Packung und schluckte die rosaschleimige Flüssigkeit hinunter. Sie schmeckte nach einer Mischung aus Metall, Hustensaft und künstlichem Zucker. Brown spürte, wie sich sein Magen augenblicklich beruhigte.

Parker hatte es auf den Punkt getroffen. Es war die chronische Belastung der letzten Jahre, das Vagabundenleben in Hotels, die ständige Angst, in China bei irgendeinem Fehler als Mitarbeiter der CIA enttarnt zu werden. Eine lange Zeit war er bereit gewesen, diese Strapazen auf sich zu nehmen. Aber seit er das Gefühl hatte, dass diese Arbeit und die damit verbundenen Risiken in der Öffentlichkeit kaum noch honoriert wurden, in den Medien immer mehr Anfeindungen gegenüber der Arbeit der CIA hochkamen, wuchsen die Zweifel. Und jetzt, wo sich hier alles zu einem einzigen Desaster entwickelte, war die Sehnsucht, aus diesem Doppelleben auszusteigen, an einem Höhepunkt angelangt. Dennoch wollte und musste er diesen Job für sein Land erfolgreich erledigen. Danach würde alles anders werden, schwor er sich selbst. Wenn es keinen Schreibtischjob bei der CIA für ihn geben würde, dann würde er eben wieder als Dolmetscher arbeiten oder an der Universität, aber die Tage als Undercoveragent waren gezählt.

»Danke, das ist wirklich gut«, sagte Brown.

Parker ging zu seinem Koffer neben dem Schreibtisch, wühlte darin, kehrte mit einer Handvoll dieser Magenschoner zurück und legte sie Brown neben seinen Rechner auf das Sofa. Dann setzte er sich wieder an den dunklen Mahagonischreibtisch. Ganz anders als vor ein paar Tagen in London, als er strahlend und selbstsicher aufgetreten war, wirkten seine Augen und Gesichtszüge nun traurig, fast resigniert.

Brown und er hatten kaum Zeit gehabt, sich kennenzulernen. Allerdings konnte er sich gut vorstellen, wie sich Ethan und Thomas fühlten. Und der Grat zwischen Führungsanspruch und dem Aufeinander-angewiesen-Sein wurde schmaler, denn die Lage spitzte sich weiter zu. Die nächsten Stunden könnten über Leben und Tod entscheiden. Sollten sie in die Hände der Chinesen fallen, wäre ihr Schicksal besiegelt. Sie waren alle bestens ausgebildet, und doch waren Ethan und Thomas ihm in einer Sache voraus. Sie hatten Kriegserfahrung.

»Thomas. Ich möchte mich bedanken. Es ist für keinen von uns leicht. Oder sagen wir mal so, ich hatte mir es jedenfalls leichter vorgestellt. Hast du eine Familie?«

Parkers Gesicht hellte sich etwas auf. »Nein, wäre wohl auch schwierig.«

»Ja, da hast du wohl recht.«

»Wie heißt sie denn?«, fragte Parker nach einer kurzen Pause.

»Wer?«

»In London an der Themse. Du hast doch wohl kaum deine Großmutter angerufen.«

»Sag mal, überwachst du mich? Entgeht dir eigentlich irgendetwas?«

»Nein, selten!«, grinste Parker.

»Nathalie. Ist aber noch zu frisch, um was draus zu machen«, wehrte Brown ab. »Also, planen wir die nächsten Schritte. Wir schaffen das schon, Thomas. Ich will, dass wir hier alle heil rauskommen, in Ordnung?«

»Ach, na ja. Besser als cooler Agent im Kugelhagel sterben, als irgendwann mit einer Schnabeltasse im Bett zu vegetieren«, alberte Parker. »Schade nur, dass niemand etwas von unseren Heldentaten erfahren wird.«

»Warten wir es ab, Thomas, warten wir es ab …«

Parker tippte schon wieder auf einem seiner Laptops und drehte den Bildschirm herum.

»Na, also! Kingston hat von seinem Büro aus telefoniert.«

»Thomas! Präziser bitte.«

»Mit der Botschaft und dem Flughafen. Soweit ich es erkennen kann, eine Chartergesellschaft.«

Was immer Kingston dazu trieb, Leute wie er glaubten, sie könnten sich einfach in ihre Privatjets setzen und jedem Problem, das sie verursacht hatten, davonfliegen. Aber noch war er im Land. Vielleicht eine letzte Gelegenheit, ihn zur Rede zu stellen.

Parker versuchte über die Software zur Überwachung von Kingstons Handy dessen letzte Bewegungen zu detektieren, was aber daran scheiterte, dass Kingston es seit ihrem Treffen im *Maggie's* nicht mehr benutzt hatte. Brown wurde den Verdacht nicht mehr los, dass der Mann ein doppeltes Spiel trieb.

Es war schwer vorstellbar, aber könnte Kingston sich dem chinesischen Geheimdienst offenbart haben, um Winter und Ching auszuliefern? Brown schauderte es. Es war wahrscheinlicher, dass Ching und Winter wegen der Schießerei und dem Tod der Witwe verfolgt wurden. Andererseits hätten Mitglieder der Bou-Bruderschaft kaum versucht, sie zu verwanzen. So oder so waren sie die Lockvögelchen, um an Gabriel Huldon zu kommen. Es war nur die Frage, welcher Raubvogel als erster vor Ort sein würde.

Brown nahm sein Kryptohandy und versuchte abermals, Spencer zu erreichen, während Parker mit seinem Zeigefinger auf einen seiner Bildschirme tippte und sich mit dem Stuhl zu Brown drehte.

»Die Chinesen haben eine Teilmobilmachung angeordnet, sollten wir uns nicht binnen 14 Tagen aus dem Südchinesischen Meer zurückziehen«, sagte Parker.

Brown winkte ab. Er hatte Spencer am Telefon.

»Okay, Neal. Wir haben einen ersten Erfolg. Wir haben zwei Leute abgegriffen, die vor einem Jahr die NSA verlassen haben. Sie schweigen sich aus, aber wir konnten beweisen, dass sie meinen Telefonanschluss und den geheimen Account des Direktors gehackt haben. Da er naturgemäß von eurem Einsatz nichts wusste, wollte er ihn abblasen. Nun ist er involviert, aber es ändert sich deshalb für euch im Augenblick nichts, zumindest noch nicht.«

»Wie habt ihr das so schnell gemacht? Und, Moment mal, der Director der CIA wusste nichts von unserer Operation?«

»Neal, es ist komplizierter. Ich habe das zu verantworten und ich konnte dich nicht in alles einweihen, aber wir waren seit Monaten mit Deckung von oben an dem Fall dran. Es wird sich bald alles aufklären, und ihr macht einfach weiter!«

»Ich will jetzt wissen, was Kingston damit zu tun hat!«

»Wann hast du ihn das letzte Mal gesehen?«

»Zuletzt in einem Puff im Botschaftsviertel, danach ist er abgetaucht, bis eben.«

»Es liegt an dir, Neal. Wenn du ihm aber ohne handfeste Beweise schadest, hast du ein Problem nach deiner Rückkehr. Was immer er getan hat – er wird sich hier in den Staaten dafür verantworten müssen. Aber bisher haben wie keinen einzigen Hinweis, dass er die Leute der NSA engagiert hat. Huldon hingegen hätte dazu alle Möglichkeiten gehabt. Es tut mir leid, aber mehr haben wir im Moment nicht.«

Brown stand auf ging mit dem Handy zum Fenster. Er blickte auf die völlig überfüllten Straßen, sah die Menschen wie Ameisen umherlaufen, als wäre dieser Tag wie jeder andere.

»Das reicht mir nicht. Was ist, wenn Kingston aus Angst die ganze Zeit gegen uns gespielt hat, um irgendwie Huldon …?«

»Neal, verdammt! Wozu bist du da unten? Um genau das rauszukriegen. Er wird sich kaum selbst die Finger schmutzig gemacht haben. Ohne Beweise ist der Mann tabu, aber es liegt alles in deinem Ermessen!«

Das war nicht das, was er hören wollte, dachte Brown. Aber gab Spencer damit nicht indirekt seinen Fehler zu, dass sie ein völlig unnötiges Risiko eingegangen waren, Kingston überhaupt über die Operation und die Ermittlungen Scotland Yards in Kenntnis zu setzen? Welchen Nutzen hatte das bisher gehabt? War der alte Fuchs dabei, erste große Schwächen zu zeigen, oder war sogar genau das geplant, um Kingston aus der Reserve zu locken? Es hatte keinen Sinn, darüber einen Streit zu beginnen, und die aktuelle Lage ließ keine Zeit mehr für zusätzliche Detektivarbeit.

»Ron. Wir greifen in ein paar Stunden zu. Was ist mit der Ermittlerin, wie soll ich die Tarnung aufrechterhalten, wenn …«

»Die Lage hat sich verändert, Neal! Du hast nicht mehr viel

Zeit. Tut mir leid, aber das Leben eines Einzelnen hat jetzt keine Bedeutung mehr. Wenn sich die Ermittler ohne unser Zutun selbst in Gefahr bringen, ist das nicht unser Problem. Ich brauche von dir rechtzeitig ein Signal, aber du musst sie notfalls in die Falle laufen lassen. Wenn ihr ohne Winters Hilfe ans Ziel kommt – gut. Hauptsache, wir bleiben da draußen. Ich hatte dir gesagt, dass ihr auf Dinge stoßen werdet, die alles andere als einfach sind.«

Brown konnte sich genau erinnern, was Spencer ihm in seinem Haus in Ashburn bei einem Scotch und der Instruktion gesagt hatte. Winter sollte überwacht, manipuliert, in die Irre getrieben werden, aber da waren auch die Befugnis, alles Notwendige zu tun, sollte die Operation nach Peking ausgeweitet werden, und der Befehl, das Risiko selbst zu kalkulieren, um unter allen Umständen das Ziel zu erreichen, ohne die Aktivität der CIA in China zu enttarnen. Das hieß in der Tat nicht zwingend, Winters Leben zu schützen.

»Ich kann aber keine Garantie dafür übernehmen, dass Scotland Yard nicht vor uns an Huldon herankommt. Im Moment kommen wir nur über sie und ihren Partner überhaupt an seinen Aufenthaltsort heran, und in London sind bereits Beweise dafür vorhanden, dass erhebliche Summen aus den USA stammen, du hast doch alle Abhörprotokolle. In was sind wir da reingeraten?«

»Das mit dem Aufenthaltsort ist mir klar. Wenn du die Ermittlerin da rausholen kannst, gut. Wenn nicht – hast du einen Plan B?«

»Ja.«

»Was brauchst du?«

»Ich muss mich auf die Einsatztruppe der Suwon Air Base verlassen können, den Rest sag ich dir, wenn ich es weiß«, provozierte Brown.

»Du kannst dich darauf verlassen!«

Brown brach das Gespräch ab. Er wandte sich wieder zu Parker, der auf zwei Bildschirmen Stadtpläne und die Adressen der bekanntesten Clubs geöffnet hatte, die für das besagte Treffen mit dem Chef der Bou-Bruderschaft infrage kommen könnten. In einem solchen Club würden sie ohne Wanzen und aufgrund der lauten Hintergrundgeräusche sowieso nicht mithören können. Wieder waren sie dazu verdammt nachzuziehen.

Es erschien Brown wie ein tragisches Spiel, aber er konnte nichts mehr für Winter tun. Der Moment, in dem er sie aus dem Verkehr ziehen müsste, rückte näher. Doch jetzt war es Zeit, Kingston zu stellen.

Brown setzte sich wieder auf das Sofa. Er stellte seinen Laptop vor sich auf den Tisch und fuhr ihn herunter, klappte ihn zu und verstaute ihn in seiner Ledertasche.

»Gut, Thomas! Ethan und seine Männer sind in Stellung, wir packen hier alles zusammen. Bring unsere Sachen in den Van. Ich bin in einer Stunde wieder da«, sagte Brown und wollte gerade die Tür hinter sich schließen.

»Neal, warte. Wir haben den Club. Ethan hat Fetzen von einem Gespräch Chings aufgefangen. 21 Uhr, Club Tango.«

»Gut. Sehr gut!«

»Und noch eine gute Nachricht …«

»In diesem Wahnsinn eine gute Nachricht?«

»Hier ist die gesperrte Datei über die Ermittlungen gegen Winter.«

Brown ging zurück und sah sich die Daten an. Er strich sich über die Wange. »Wuah, die Frau hat Eier! Ich hoffe, wir werden das nicht nutzen müssen«, sagte er und wusste nun, dass Winter und Allington mehr als ein gewöhnliches Team waren. Die Abhöraktion des MI6 war von der internen Ermittlungskommission Scotland Yards und einer Regierungskommission als illegal eingestuft und bisher nicht genutzt worden.

»Lies es dir genau durch und schick das Spencer, er soll das wissen, falls wir in London intervenieren müssen. Wir reden später darüber!« Brown klopfte Parker auf die Schulter und ging dann hinaus.

Vor dem Hotel nahm sich Brown ein stinknormales Taxi, was seinem Wort alle Ehre machte. Der Fahrer, ein kleiner, dicker Mann, dessen Bauch fast am Lenkrad klebte, musste zuvor Dinge gegessen haben, die Brown nicht erahnen wollte. Auf dem Vordersitz lagen mehrere Taschen, in der Ablage Essensreste. Die Mischung aus Knoblauch und Schweiß war so unerträglich, dass Brown den Smog vorzog und die Seitenscheibe herunterkurbelte. Nach einer guten Viertelstunde erreichten sie das World Financial Center.

Er betrat das WFC und suchte in der Eingangshalle auf den Orientierungsschildern nach Parsons Corporation. Wie Parker richtig recherchiert hatte, residierte Kingston über seinen Mitarbeitern im sechsten Stock. Die Security am Empfang war gerade mit der Abfertigung einer Touristengruppe beschäftigt. Er nahm den Lift, fuhr in den sechsten Stock des Monsters aus Stahl und Glas.

Im Flur war niemand zu sehen. Dutzende Firmenschilder sorgten kurz für Verwirrung, doch dann steuerte Brown sein Ziel an. Ohne anzuklopfen, versuchte er die Tür zu öffnen, scheiterte, die Klingel vor ihm war wenig verheißungsvoll. Würde Kingston öffnen?

Doch dann klackte es, Brown ging in einen kurzen Vorraum. Eine chinesische Frau in einem dunklen Kostüm kam mit einem Lächeln auf ihn zu, er orientierte sich und sagte der Frau in perfektem Chinesisch, er sei ein Freund von Duke Kingston und kenne sich aus. Die Dame protestierte lautstark, doch Brown warf ihr einen so eindringlichen Blick zu, dass sie zurück zu ihrem Platz eilte und den Hörer vom Telefon riss.

Brown öffnete die Tür und stand in einem Büro mit bestem Blick durch die Glasfassade auf die Skyline Pekings. Die Wandborde wie der Schreibtisch waren bereits geräumt, nur ein noch geöffneter Koffer stand vor Duke Kingston, der mit dem Rücken zur Tür und dem Handy in der Hand seinen Abgang vorbereitete. Erschrocken drehte er sich um, seine aufgerissenen Augen wirkten durch seine dicken Brillengläser noch größer. Sosehr Brown innerlich kochte, sah er pure Angst – eine Panik, die ihn zwar nicht milder stimmte, aber deutlich machte, dass dieser Mann alles andere als sattelfest oder skrupellos war. Für Brown gab es zwei Sorten von solchen Typen aus den höheren Kreisen Washingtons: die Schuldbewussten und die Unschuldslämmchen, die verdrängten, was sie zu verantworten hatten.

»Sie kommen nicht gelegen, Mr Brown!«

»Sollte Ihre Empfangsdame gerade die Security rufen, pfeifen Sie sie besser zurück!«

Kingston schaute kurz auf das Festnetztelefon auf seinem Schreibtisch. In dem Augenblick öffnete die Dame von Empfang die Tür zum Büro. Kingston gab ihr mit einer Handbewegung Entwarnung und bat sie zu gehen.

»Okay, Mr Kingston. Wen und vor allem wie viele aus der KP haben Sie oder Parsons Corporation geschmiert? Wofür geschah das und wer in der Regierung ist darin involviert? Geht das rauf bis zum Präsidenten Chinas?«

Kingston packte letzte Akten in seinen Koffer und atmete schwer.

»Offenbar kommt das dank Ihrer Neigung, gegen die eigenen Leute zu arbeiten, bald heraus, und dann können wir hier einpacken!«

»Nun, das tun Sie ja gerade schon.«

»Sie glauben, dass ich hier einfach die Segel streiche? Da irren Sie sich.«

»In welcher Beziehung stehen Sie zu Gabriel Huldon?«

Kingston legte die Akten wieder auf den Tisch, tastete nach seinem Sessel und ließ sich wie ein Sack hineinfallen. Er atmete einmal tief ein und zog seine Augenbrauen hoch.

»Woher haben Sie diesen Namen?«

»Scotland Yard!«

Kingston stand wieder auf, nahm seine Brille ab, schwieg, ging im Raum umher, setzte seine Brille wieder auf und stützte sich mit Blick auf Peking an einem Betonpfeiler ab.

»War es nicht Ihr Auftrag, genau das zu verhindern?«

»Ist es immer noch. Aber nicht um jeden Preis, Mr Kingston, denn ich riskiere dafür nicht nur das Leben einer Ermittlerin, sondern auch das meines Teams und weitaus mehr. Außerdem dürfte es Sie interessieren, dass man in London gewisse Geldströme nachvollziehen kann und dass Ihr Name auf einer offenbar sehr brisanten Liste auftaucht. Also, Mr Kingston, was erwartet uns noch? Wissen Sie, wo Huldon ist?«

»Wie Sie sich ausmalen können, geht es um viel Geld, Mr Brown, aber was Huldon über unsere Zahlungen an gewisse Funktionäre in der Hand hat, weiß ich nicht, und wenn ich wüsste, wo er sich befindet, glauben Sie mir, ich würde es Ihnen sagen. Er hat uns gedroht. Für den Fall, dass wir uns nicht aus China zurückziehen, würde er die ganz große Bombe zünden. Das kann alles heißen, und, ja, deswegen wurden bestimmte Leute in Washington äußerst nervös. Da geht es aber um mehr als Geld. Dinge, in die selbst ich nicht eingeweiht bin!«

»Dann haben wir etwas gemeinsam. Nervös werden im Moment alle. Wir haben Ihre Leute in Langley geschnappt!«

»Was reden Sie da?«

»Ach, kommen Sie, Kingston. Ich habe Ihre Akte gesehen.

Sie waren Jahre bei der NSA. Sie haben deren Fähigkeiten und Ihre Beziehungen genutzt, um Huldon auszuschalten, bevor …«

»Blödsinn, mein Dienst in der NSA war nur von kurzer Dauer und ist bald 30 Jahre her, aber danke für das Kompliment, nur überschätzen Sie wohl etwas meine Fähigkeiten.«

»Wie Sie meinen. Dafür werden Sie sich in den Staaten verantworten müssen, aber sind Sie sicher, dass Sie am Flughafen oder auf dem Weg dorthin keine Überraschung erleben? Ich meine, sich mit den Triaden einzulassen, das ist schon ein starkes Stück und, na ja, dann noch der chinesische Geheimdienst.«

Kingston versuchte sich aufzubäumen, doch dann gab er unerwartet seinen Widerstand auf.

»Was denken Sie eigentlich? Ich sage Ihnen, was ich weiß. Gabriel Huldon ist ein Irrer, ein verantwortungsloser Gesinnungstäter und Moralist. Wenn er seine Drohungen wahr macht, könnte uns das hier um Jahrzehnte zurückwerfen, verstehen Sie das nicht? Haben Sie Familie, Mr Brown? Wenn Sie dafür sorgen wollen, dass es ihr weiter gut geht, dann ziehen Sie Huldon und Scotland Yard aus dem Verkehr – zumindest so lange, bis dieser verdammte Gipfel vorbei ist, alles andere können unsere Diplomaten dann vielleicht noch in den Griff bekommen. Sie mögen nicht viel von mir halten, Mr Brown, aber Sie irren sich gewaltig. Ich kann und werde Ihnen nicht mehr sagen, als dass Huldon ein extrem gefährlicher Verräter ist!«

»Ich glaube Ihnen nicht. Der Attaché, er wusste, wo Huldon ist. Sie haben ihm Unsummen gegeben, damit er Ihnen verrät, wo er sich befindet. Er hat sich trotz des Schmiergeldes geweigert, und dann haben Sie zu anderen Maßnahmen gegriffen. Leider haben Sie die Triaden falsch eingeschätzt, und dann landet er plötzlich vor unserer Botschaft«, sagte Brown. »Wollen Sie so enden wie der Attaché?«

»Gott, Scheiße, wieso sollte ich?«

»Tja, vielleicht dient die Haut von Ta Liang ja irgendwem in Peking bereits als Lampenschirm. Nicht gerade zimperlich. Wofür wurden die anderen Funktionäre gekauft?«

»Für das Handelsabkommen!«

»Ist das alles?«

»Ist das zu wenig?«

»Für einen Krieg schon!«

Kingstons Gesicht löste sich nahezu auf. Brown hatte wohl den wunden Punkt getroffen. Offenbar war er überrascht, wie präzise ein linientreuer CIA-Agent seine Eindrücke wiedergab. Die Bereitschaft, den Dreck aus dem Weg zu räumen, bedeutete nicht, ihn gutzuheißen, das waren Männer wie Kingston nicht gewohnt.

In diesem Moment wurde Brown klar, dass die Schuldfrage tatsächlich keine Rolle mehr spielte. Kingston war am Ende nur einer jener Männer und Frauen, die dafür sorgten, dass die großen Ingenieurs- und Baufirmen wieder einmal Milliarden Dollar erhalten sollten, um ein Land nach ihren Vorstellungen zu formen und gute Geschäfte zu sichern. Nathalie hatte ihn in einem Gespräch, nur kurz nachdem sie sich kennengelernt hatten, mit dem Gedanken konfrontiert, dass in den USA zu viele Lobbyisten ihre Privilegien missbrauchten, die sie sich über Parteispenden teuer erkauften, um ihre Interessen durchzusetzen. Doch diese Vorstellung war ihm zu simpel. Folgte man ihr, bedeutete das, dass man nur diese Männer beseitigen müsste, und die Welt wäre am nächsten Tag ein besserer Ort. Nein, hier standen sich zwei Giganten auf Augenhöhe gegenüber. Die wahre Geschichte moderner Imperien wie China und der USA, die verzweifelt um ihre Vorherrschaft kämpften, die sich ohne Rücksicht auf Verluste aller Ressourcen der Welt bemächtigten, hatte wenig mit einseitiger Schuld oder Verantwortung zu tun. Für Menschen wie Kingston, die als Ökonomen dieses Systems mit ebendiesen Privilegien ausgestattet waren, gab es keine Skrupel, da sie fest daran glaubten, dass dieses Wirtschaftssystem und sein Wachstum am Ende stets dem Wohle aller diente. Duke Kingston diente diesem Glauben. Dass diese Theorie weltweit nicht aufging, dass die Schere zwischen Arm und Reich immer weiter aufging, schien ihn wenig zu interessieren. Brown war sich klar darüber, dass auch er nur ein Teil dieses Systems war.

Auch Rebecca Winter mochte glauben, auf der besseren Seite zu stehen, und es als heldenhaft empfinden, ihren Kampf gegen die Ungerechtigkeit zu führen. Es wäre zu schön, wenn wir alles einem Schuldigen zur Last legen könnten, dachte Brown, aber das alles war keine Verschwörung.

Und vielleicht tat er Kingston gerade unrecht, denn auch er hatte sich in der Tat dafür entschieden, für diese seine Nation nur seinen, wenn auch profitablen Dienst zu tun. Dieses System sind wir alle selbst, dachte Brown, wir alle ermöglichten es durch einfache Billigung, und wer hier zurückstecken würde, stünde auf der Straße der Verlierer.

Er sah abermals in Kingstons Gesicht und wusste, dass er im Kontext des globalen Machtkampfes um neue Handelszonen und Ressourcen recht hatte, wenn er verlangte, dass in diesem Stadium der Spannung zwischen Washington und Peking keine weiteren Fakten über die Korruption bekannt werden dürften. Hier war jetzt keine Zeit für moralische Fragen. Es war Zeit, die Scheiße aus dem Weg zu räumen, um Schlimmeres zu verhindern.

»Gut, wir werden handeln. Hatten Sie Kontakt zum chinesischen Geheimdienst?«

»Nein. Warum auch?«, fragte Kingston.

»Verschwinden Sie besser in die Botschaft, solange es noch geht!«

»Ich bin in ein paar Tagen in Washington – es sei denn, die diplomatischen Beziehungen zwischen China und den USA werden vorher beendet. Versprechen Sie mir, dass Sie alles tun, um Huldon und Scotland …«

»Wissen Sie eigentlich, was es bedeutet, wenn hier eine Ermittlerin von Scotland Yard ums Leben kommt? Was glauben Sie, was man in London tun wird, bei dem, was die schon wissen? Das wird öffentlich werden, und dann …«

»Dann werde ich dafür den Kopf hinhalten, das ist mein Versprechen! Sie haben ja keine Ahnung, wie sehr die Regierung schon bald darauf setzen wird, alles als meine Taten darzustellen, ihnen wird nämlich gar nichts anderes übrig bleiben!«

»Gut!«

»Noch was, Mr Brown, nicht, dass Sie glauben, dass die Kriegsschiffe nur wegen uns auf dem Weg sind. Es ist die enge Zusammenarbeit zwischen Moskau und Peking, die unseren Strategen im Pentagon schon länger sauer aufstößt. Insbesondere die Lieferung russischer S-400-Luftabwehrsysteme an China. Damit kann Peking seine territorialen Interessen verteidigen und die Handelswege durchs Südchinesische Meer dominieren. China wird dadurch faktisch zu einer Festung. Bisher hatte man in Washington geglaubt, man hätte noch Zeit. Die Wahrheit ist, dass das Bündnis zwischen Russland und China die Welt deutlich stärker prägen wird, als es die Vereinigten Staaten noch können. Wenn wir hier auch noch die Segel streichen müssen, wird das amerikanische Jahrhundert vorbei sein«, sagte Kingston, klappte seinen Koffer zu, nahm ihn, ging hinaus und ließ Brown allein im Raum stehen.

Wenn Kingston gerade nicht wieder gelogen hatte, wusste er wirklich nicht mehr, und dann wäre es naheliegend, dass aber andere Kräfte in Washington davon wussten, dachte Neal Brown. Auch Kingstons geopolitische Kurzanalyse entsprach der Meinung gewisser Kreise in Washington. Kein gutes Gefühl, dachte Brown. Und was Huldon betraf: Brown hatte zu wenig Wissen über die Zeit, in der die USA in Lateinamerika den Ton angegeben hatten. Er erinnerte sich nur noch an einen Vorfall aus den 70er-Jahren, als ein Agent der CIA einen Hochverrat begangen und die Firma gezwungen hatte, alle Operationen in Lateinamerika abzubrechen. Für den damaligen Direktor der CIA und späteren US-Präsidenten George Bush eine empfindliche Niederlage. Philip Agee war der Edward Snowden der 70er-Jahre mit allerdings weitaus geringerer Aufmerksamkeit und Folgen, da die Medien diesen Fall nicht oder nur kaum aufgegriffen hatten. Es gelang der US-Administration, ihn über Jahre wechselweise als Spinner zu diffamieren oder ihn mit der Beschuldigung zu torpedieren, dass er das Leben von aktiven Agenten auf dem Gewissen hätte. Schließlich starb Agee einsam an seinem letzten Fluchtpunkt 2008 in Kuba. Wäre Huldon durch irgendeine innere Gutmenscherleuchtung von ähnlicher Gesinnung wie Agee, könnte er in Zeiten des Internets, kaum zu vernichtender digitaler Spuren und Beweise in der Tat eine Katastrophe bedeuten. Hatte Spencer ihm die ganze Wahrheit gesagt? Erst jetzt, wo er das erste Mal vor dieser unbequemen Wahrheit stand, einem Befehl blind vertrauen zu müssen, spürte er, wie schwer es wirklich war.

Du hast den Job gewollt, Neal, dachte Brown.

Zurück auf den Vorplatz des World Financial Center, suchte er sich diesmal ein sauberes Taxi und ließ sich direkt ins Hotel Legendale fahren.

Es waren alle Vorbereitungen getroffen. Ethan war mit seinen chinesischen Helfern nach wie vor in der Nähe des Hauses, das Winter und Ching als vorübergehendes Domizil diente. Thomas Parker hatte alle Sachen in einen Van gepackt. Als Brown eintraf, wartete er seelenruhig auf einem Sofa in der Lobby, die Koffer mit den persönlichen Dingen und aller Technik neben sich und eine graue Stoffjacke locker über die Schulter geschwungen. Doch der entspannte Eindruck täuschte – kaum hatte er Brown erblickt, legte er seine Jacke beiseite und ging auf ihn zu.

»Neal. Das Pentagon hat jedweden Einsatz von militärischen Kräften innerhalb Chinas untersagt!«

»Offiziell.«

»Ja.«

»Gut. Wir gehen trotzdem weiter vor wie besprochen!«

»Wie sollen wir das bitte schaffen?«, fragte Parker. Sein Ausdruck im Gesicht hatte sich schlagartig verändert, und er verriet mehr als Angst.

Brown ahnte, dass es bei dieser Mission irgendwann den Augenblick geben könnte, wo sie vielleicht nicht mehr an einem Strang ziehen würden. Weder Parker noch Maloway waren einfach dumme Befehlsempfänger, Hasardeure oder blindwütig. Er wollte über Parkers Bedenken nicht hinweggehen, aber er wollte sich dadurch auch nicht beirren lassen und schwieg.

»Neal. Nehmen wir an, wir kommen an Huldon heran. Winter und Ching versuchen ihn festzusetzen oder zu verhören, dann platzen wir rein und haben von vorne vermutlich ein SWAT-Team als Gegner. Und wenn es ganz schlecht läuft, von hinten auch noch den chinesischen Geheimdienst oder besser noch das Militär am Hals. Ich meine, Ethan ist zwar ein durchtrainierter Höllenhund, und wir sind beide kampferfahren, aber ohne das Rescue Team haben wir keine Chance, da lebend wieder rauszukommen«, sagte Parker und zog sich seine Jacke über.

»Keine Sorge, Thomas. Wir werden nicht blind zuschlagen. Ich will erst wissen, was Huldon zur Schlüsselfigur macht. Und, Thomas, wenn Spencer sagt, dass wir auf diese Unterstützung zählen können, dann zweifle ich nicht daran, egal was das Pentagon offiziell sagt, ist das klar? Zwei der Männer bleiben für alle Fälle hier in den Hutongs und beobachten Chings Elternhaus und die andere Zuflucht!«

»Also gut«, kommentierte Parker.

»Na dann los, sonst verpassen wir noch den Anfang des letzten Aktes!«

ZWEIUNDVIERZIG

PEKING, CLUB TANGO, 27. FEBRUAR, 20.30 UHR

Chings Schwester Lila war nach einer kurzen Einweisung wieder verschwunden, hatte Rebecca frische Wäsche, eine Jeans, einen dunklen Pullover, eine neue Lederjacke und auch einen Wollschal gebracht, denn inzwischen hatte sich die Temperatur nach dem ungewöhnlich milden Tag gefühlt dem Gefrierpunkt genähert. Doch viel wichtiger waren zwei Laptops, mit denen Rebecca zusätzlich zu Chings Ausrüstung ungehindert Daten versenden könnte. Sie wollte auf Nummer sicher gehen. Einen hatte sie in einem Rucksack verstaut, einen weiteren hatte sie in einem Zimmer von Chings unbewohntem Domizil platziert. Was auch geschehen würde, Allington hatte ihr vor einer Stunde per Mail mitgeteilt, dass sie bis morgen Mittag das Land verlassen solle. Gründe hatte er keine angegeben, und sie hatte versprochen, ihm Folge zu leisten.

»Ihre Schwester ist ein reiner Glücksfall«, sagte Rebecca und beobachtete, wie Ching seine Waffe mit neuer Munition versah.

»Hören Sie, bitte halten Sie sich an meine Anweisungen«, sagte Ching und reichte ihr einen Zettel mit der Adresse für das

Domizil der Eltern. »Wenn wir an die entscheidenden Informationen herankommen, übertragen wir alles, so schnell es geht, nach London. Hier im Land werden Sie keine Minute damit überleben. Wenn alle Stricke reißen oder wir getrennt werden sollten, treffen wir uns wieder hier, oder Sie suchen meinen Vater auf. Er weiß, was dann zu tun ist. Verstanden?«

»Ja!«

»Auch versprochen?«

»Ja, Ching!«

Beide gingen in den Hof. Ching öffnete die Tür und lotste sie durch die Hutongs zu einer Hauptstraße. Kaum hatte sie die erreicht, fuhr ein blauer Volkswagen vor. Ching bedeutete ihr einzusteigen. Vorne saßen zwei Männer, einen erkannte Rebecca wieder. Es war der etwas dickliche Mann, der vergeblich versucht hatte, die Blutungen der Witwe zu stoppen und der einen weitaus angenehmeren Eindruck bei Rebecca hinterlassen hatte als seine kaltschnäuzigen Kollegen.

Sie fuhren schweigend eine halbe Stunde, parkten schließlich an einer unbeleuchteten Straßenecke. Einer der Männer von Chings Truppe gab ihm ein Foto, Ching sah es sich an und nickte.

Gemeinsam mit drei zivil gekleideten Männern des SWAT-Teams gingen Rebecca und Ching zu Fuß weiter. Sie landeten vor dem mit einer gelben Leuchtreklame versehenen *Club Tango*. Rebecca hatte ein stickiges, verrauchtes Etablissement mit illegalen Wettspielen, martialischen Kämpfern und Saufgelagen erwartet, aber als sie den Club am Südtor des Ritan-Parks betraten, verschlug es ihr fast die Sprache. Bässe von Technobeats donnerten ihr durch Mark und Bein. Obwohl noch früh am Abend, war der Laden zum Bersten voll. Auf einer Tanzfläche umgeben von unzähligen Lichteffekten waberte die Menge fast im Einklang zum Takt. Leicht bekleidete chinesische Mädchen saßen mit überwiegend westlichen Männern an der Bar, und rechts vom Eingang führte eine Treppe zu höher gelegenen Etagen.

Rebecca folgte Ching durch die Menge, bis sie zu einer Lounge Bar gelangten. Etwas getrennt von der lauten Musik konnte man hier zumindest wieder ein Wort miteinander wechseln. Zwei Männer von Chings Sondereinsatzkommando waren dicht hinter ihnen. Ching betrachtete noch einmal das Foto eines Mannes, den das SWAT-Team als Mitglied der Bou-Bruderschaft ins Spiel gebracht hatten, der Boss selbst schien sich also woanders aufzuhalten, dachte Rebecca.

Ching beschleunigte seinen Gang, bis sie in einem Raum landeten, dessen Einrichtung zum Motto »Mango« passte. Die Wände waren mit gelben Lederballen überzogen und erinnerten Rebecca eher an die Innenausstattung einer Isolierkammer für Selbstmordgefährdete. Das Licht war grell. Auf schwarzen Ledergarnituren vor Glastischen saßen anders als im Clubinneren und auf den Tanzflächen nur Chinesen. Und bevor Rebecca sich orientieren konnte, war einer von Chings Männern bereits dabei, jemanden in die Mangel zu nehmen. In dem Gerangel konnte sie nicht erkennen, ob es sich um den Mann auf dem Foto handelte, vertraute aber darauf, dass die Männer schon wussten, was sie taten.

Es kam kurz zu einer Rangelei, die die anderen Gäste völlig kaltließ. Während ein muskelbepackter Glatzkopf des SWAT-Teams das mutmaßliche Mitglied der Bou-Bruderschaft im Schwitzkasten hielt, versuchte der in dieser misslichen Lage auch noch mit seinem Handy zu telefonieren, das er verkrampft aus seiner Hosentasche zog. Der stämmige Mann des Einsatzkommandos ließ so weit von ihm ab, dass er zumindest sprechen konnte. Er erreichte offenbar jemanden und schrie hinein.

Plötzlich ließ der Mann das Mitglied der Bou-Triade wieder aus seiner Zwangshaltung frei. Binnen einer Sekunde entspannte sich die für Rebecca völlig obskure Lage, als wäre alles nur ein Spiel gewesen. Besonders die Teilnahmslosigkeit der anderen Gäste an den Tischen war mehr als merkwürdig, passte aber zu dem generellen Gefühl, das sie in den letzten Tagen bekommen hatte. Sich selbst überlassen bleiben bekam hier eine neue Bedeutung, dachte Rebecca. Auch bei der Prügelei zwischen Ching und den Männern, die Rebecca am Vormittag vermutlich verwanzen wollten, hatten sich nur die Touristen erschrocken, während die Chinesen ohne Teilnahme einfach weitergegangen waren.

Ching kam kopfschüttelnd, mit hochgezogenen Stirnfalten und einem kurzen Lachen auf sie zu. Den Mann, wohl ein Mitglied der Bou-Bruderschaft, hatten seine Leute links und rechts quasi in Haft. Gemeinsam verließen sie die Lounge.

Als sie wieder auf der Straße standen, konnte Rebecca noch ein Dröhnen und Pfeifen in den Ohren spüren. Sie sah, wie das vermeintliche Mitglied der Triaden nach Anweisung durch einen von Chings Männern nochmals telefonierte. Offenbar verhandelte er mit der Führung der Triade. Nachdem er das Gespräch beendet hatte, ging Ching auf ihn zu, sprach mit ihm und ließ ihn laufen.

»Was ist denn jetzt los, Ching?«, erkundigte sich Rebecca irritiert.

»Wir müssen uns beeilen«, sagte Ching. Zwei dunkle Vans fuhren vor. »Wir haben vielleicht ausnahmsweise so etwas wie Glück. Offenbar wird es eng für Gabriel Huldon. Nachdem er erfahren hat, dass Sie von Scotland Yard sind, ist er bereit, mit uns zu sprechen. Der Chef der Bou-Bruderschaft will aber eine Garantie, dass seine Leute da rausgehalten werden, dann wird uns kein Widerstand erwarten. Offenbar wird der Druck der

14K-Triade zu groß, die, wie ich Ihnen bereits erklärt habe, mit dem Geheimdienst kooperiert. Wir haben also nicht viel Zeit.«

»Ach, und die können Sie ihm so einfach geben?«

»Nur so gibt es kein Blutvergießen. Wir fahren hin, haben freie Hand und verschwinden so schnell wie möglich wieder, und das meine ich ernst, liebe Ms Winter – mit oder ohne Beweise. In Ordnung?«

»Ja, Mr Ching! Was wissen diese Leute überhaupt über Huldon?«

»Vermutlich weniger, als wir dachten, sonst wäre er schon in anderen Händen oder tot. Aber er scheint seine letzte Hoffnung, das Land heil verlassen zu können, in Ihnen zu sehen. Das ist unsere Chance!«

»Wie Sie wissen, wird das nichts werden.«

»Wäre gut, wenn Sie ihm das nicht gleich ins Gesicht werfen.«

»Ching! Ich glaube nicht, dass es dem Mann noch darum geht, dass ich ihm zur Flucht verhelfe.«

DREIUNDVIERZIG

PEKING, CLUB TANGO, 27. FEBRUAR, 21.15 UHR

Neal Brown und Thomas Parker hatten sich getrennt von Ethan Maloway und seinen Einsatzagenten etwa 200 Meter gegenüber vom Eingang zum *Club Tango* positioniert. Es war Ethan Maloway nicht möglich, den kurzen Gesprächswechsel, der sich gerade zutrug, mit der Peilantenne zu dokumentieren. Einer der Doppelagenten, der sich schon vor dem Haus der Witwe als mutig erwiesen hatte und den Wagen von Winter und Ching mit einem Peilsender versehen hatte, näherte sich unbemerkt der geschäftigen Szenerie vor dem Club. Zwar konnte auch er keine weiteren akustischen Informationen gewinnen, aber er berichtete zumindest von einem Gesprächsfetzen, der darauf hindeutete, dass man sich gleich auf den Weg machen würde. Die Nervosität stieg bei Brown, und der seit Tagen anhaltende Wechsel zwischen Entspannung und Anspannung forderte seinen Tribut.

Brown zog einen der letzten Magenschoner, die ihm Parker gegeben hatte, aus seiner Jacke und lutschte die klebrige Masse aus. Wie schon vor dem Haus der Witwe war der chinesische Agent dreist genug, um einem der Vans, mit denen Ching und

Winter sich nun auf den Weg machten, gerade noch mit einem GPS-Sender zu versehen.

»Eines sag ich dir. Wenn wir das alles hinter uns haben, schmeiß ich diesen verschissenen Job hin«, sagte Brown und sah, dass Parker seinen hochgezogenen Augenbrauen nach zu urteilen nicht gewillt war, Browns Ansage ernst zu nehmen.

Parker startete den Wagen und fuhr mit deutlichem Abstand dem Gefolge von Winter und Ching hinterher. Doch die Probleme wollten einfach kein Ende nehmen. In jeder Operation gab es mal Pech, aber auch mal Glück. Doch hier? Wieder gab es keinen Hinweis, wie weit oder wohin man fahren würde. Brown konnte so unmöglich einen Einsatz des Rescue-Teams organisieren. Würde sich das ganze Szenario innerhalb Pekings abspielen, müssten sie mit Huldon und womöglich einer in Narkose versetzten Winter in etwa einer oder anderthalb Stunden ins Umland fahren, um einen der Knotenpunkte zu erreichen, bei dem das Team von der Suwon Air Base mit einem kalkulierbaren Risiko landen konnte.

Während Parker sich ein Kaugummi in den Mund stopfte und alle Überwachungstools prüfte, versuchte Brown alle erdenklichen Szenarien weiter im Kopf durchzuspielen. Eine Tatsache könnte es ihnen jedoch sehr leicht machen. Winter und Ching operierten selbst am Rande der Legalität und konnten Huldon nicht einfach festsetzen und in die britische Botschaft verfrachten. Konnten sie am Ende vielleicht das Treffen einfach abwarten und Huldon danach abfischen? Eine andere der gewünschten Optionen schien sich zumindest gerade zu erfüllen. Der Konvoi des chinesischen SWAT-Teams mit Winter und Ching fuhr aus Peking hinaus.

VIERUNDVIERZIG

PEKING, RICHTUNG LINGSHAN-BERG, 27. FEBRUAR, 21.35 UHR

Die Kolonne ließ den Stadtrand Pekings hinter sich. Ihr Weg führte sie in die Nähe des Lingshan-Berges, vorbei an der Gemeinde Qingshui, einem westlichen Vorort der Hauptstadt. Rebecca hatte sich mit Ching nach einer kurzen Debatte über den schnellsten Weg aus China geeinigt. Nach dem Einsatz sollte es noch in der Nacht auf dem Landweg Richtung Russland gehen, um jedes Risiko auszuschließen, noch im letzten Moment am Flughafen oder vor der britischen Botschaft abgefangen zu werden.

Nach über einer Stunde erreichten sie Serpentinenstraßen, rundherum waren die Hügel mit dichten Wäldern besetzt. Rebecca hatte keine Ahnung, wie hoch es noch hinausgehen würde, aber im Rückspiegel konnte sie von Peking nur noch vage die leuchtende Skyline erkennen.

Sie passierten auf einem Felsplateau einen Waldweg und bogen auf eine Einfahrt zu einem vom Wald abgeschirmten Gebäude. Es glich, wenn es auch viel größer war, dem Landsitz, in dem sie die Witwe des Attachés angetroffen hatten.

Die Wagenschläge beider Vans öffneten sich. Ein Dutzend

Männer, inzwischen mit Helmen, schusssicheren Westen, Pistolen und Schnellfeuerwaffen ausgerüstet, ging in Stellung. Ching stieg aus und postierte die Männer rund um das Haus und die Einfahrt.

»Stecken Sie für alle Fälle die Waffe ein. Wir haben keine Zeit zu verlieren. Ich habe mehr Sorge vor dem, was uns in den Rücken fallen könnte, als vor dem, was uns da drinnen erwartet!«

»Vermutlich haben Sie recht«, sagte Rebecca und steckte die Waffe in ihre Seitentasche. Sie atmete einmal tief durch. Was sie hier tat, war mit Abstand das Gefährlichste, worauf sie in ihrer Laufbahn je gestoßen war, aber die Dimension dieser Ermittlung und die so dringlich zu lösenden Fragen rechtfertigten für sie jeden Schritt. Dennoch: Offiziell stand der ganze Einsatz unter den rigiden Vorschriften einer gegenseitigen Amtshilfe zwischen zwei Mitgliedern von Interpol, und ihr Vorgehen sprengte jeden Rahmen. Allein für das Tragen einer Waffe in China riskierte Rebecca, in einem der berüchtigt-rabiaten Gefängnisse des asiatischen Reiches zu landen. Wie Ching es schon vor dem Einsatz am Haus der Witwe des Attachés befürchtet hatte, stieg nach ihrem und Tse Wuangs Tod sowie Chings Prügelei in den Hutongs mit jeder Minute die Gefahr, dass das Politbüro von den wahren Zielen ihrer Ermittlung und ihren Fortschritten erfuhr. Sie hatte keine Ahnung, was sie nun erwarten würde. Beweise sichern und das Land verlassen war der einzige Gedanke, der sie gerade antrieb.

Ein weiterer Umstand, der Rebecca Sorgen bereitete, war, dass Ching mit diesem Vertrauen gegenüber den Triaden operierte. Sich darauf zu verlassen, dass die Mafiamitglieder keine Gegenwehr leisten würden, sofern die Triaden nach dem Zugriff auf Huldon quasi unbehelligt abziehen könnten, hielt sie für zu riskant. Das war selbst für sie eine Nummer zu viel in puncto Grenzüberschreitungen.

Rebecca hatte sich bei ihren vergangenen Ermittlungen nur selten an strenge Reglementierungen gebunden gesehen. Nicht nur einmal hatte sie sich nachts, wenn auch widerwillig, in den Bars von Londons Finanzzentrum mit zwielichtigen Typen und Escortgirls herumgetrieben, nur um mehr Details über ihre Zielpersonen zu erfahren. Aber das erschien ihr fast als harmlos im Vergleich zu Chings Einbeziehung der Mafia in seine Manöver. Insgeheim hoffte sie, dass hier und jetzt alles seine Auflösung finden würde, denn ihr Nervenkostüm war reichlich angekratzt.

Hastig drehte sich Rebecca um. Für eine Sekunde hatte sie das Gefühl, einen Lichtkegel durch den dichten Wald leuchten gesehen zu haben. Zwei Männer des SWAT-Teams sicherten sie bis kurz vor die Treppe zum Eingang ab. Andere Männer des Teams beäugten ein großes Nebengebäude, in dem Licht brannte.

Ching ging zur Tür, Rebecca hielt sich in Erwartung eines möglichen Schusswechsels ein paar Meter hinter Ching.

Die Tür knarrte, ein sehr schlanker Chinese schaute besorgt durch den Spalt in Richtung des SWAT-Teams und ließ Ching und Winter eintreten. Der Eingangsbereich war eher eine große Empfangshalle, nach allen Seiten führten Türen in weitere Räume. Die Wand war mit Schnitzereien verziert, der Boden mit schwarz-weißem Marmor versehen. Sonst waren nur ein paar Pflanzen im Raum platziert, am Ende des Raumes standen links und rechts von einer weiteren Tür zwei Holzdrachen.

Ching redete in einem sehr abfälligen Ton mit dem schlanken Mann, bis er mit versteinerter Miene auf die Tür zwischen den Drachen zeigte.

Rebecca folgte Ching. Bevor sie auch diese Tür durchschreiten konnten, öffnete sie ein älterer Chinese von innen und trat heraus. Sollte das etwa der Anführer einer gefährlichen

Mafiagruppe sein? Er entsprach gar nicht dem Bild, das Rebecca von einem Kopf der Mafia hatte, denn er sah freundlich und auf den ersten Blick für Rebecca ungefährlich aus. Erst als Ching ihn mit Tao Che ansprach, war sie sicher, dass sie vor dem Chef der Bou-Triade, einer der kleinsten Bruderschaften der chinesischen Mafia, standen. Seine Kleidung glich der eines britischen Gentlemans alter Schule. Er trug einen hellen Kaschmirpullover, eine hellgraue Hose und dunkle Wildledermokassins. Seine gepflegte silberne Mähne und eine vergoldete Brille verliehen ihm eine fast altväterliche Ausstrahlung, doch auf den zweiten Blick war sein Gesicht von abgrundtiefer Verachtung gezeichnet. Was immer Ching in dem Club an Drohszenarien aufgebaut haben mochte – der Empfang war ausgesprochen frostig. Ohne lange Worte, als wäre es für den Chef der Bou-Bruderschaft nur ein abgeschlossenes Geschäft, Gabriel Huldon auszuliefern, ging er wortlos an Rebecca vorbei und verließ das Haus.

Die Tür, umrahmt von den beiden Holzdrachen, stand halb offen. Ching ging hinein. Auch Rebecca traute sich, in den angrenzenden Raum zu gehen. Er war weitaus größer als die Empfangshalle und üppiger eingerichtet, eine Mischung aus antiken asiatischen Möbeln und westlichem Design. In der Mitte stand ein großer Marmortisch, umgeben von einer roten Ledergarnitur. Ein älterer kleiner Herr in einem dunkeln Anzug mit altmodischer Brille, schütterem Haar und tiefen Falten im Gesicht erhob sich.

Seit Tagen fieberte Rebecca diesem Augenblick entgegen, sie hatte nicht einmal Zeit gehabt, sich diesen Moment genau auszumalen, sie hatte auch keine Anschuldigungen, die diesen Mann direkt betrafen, sondern nur jede Menge Informationen und Fragen, die erwarten ließen, er könne mehr Licht in die Morde und die Korruption bringen.

»Gabriel Huldon? Mein Name ist Rebecca Winter, Scotland Yard. Ich, ich …«

»Keine Sorge, mein Kind. Ich bin nicht weniger nervös als Sie, das könnte daran liegen, dass uns allen die Zeit wegläuft«, sagte er und bat sie, sich zu setzen. Auf dem Tisch stand eine halb leere Flasche Whiskey und ein gefülltes Glas. Huldon wirkte zwar nicht betrunken, aber die gebeugte Körperhaltung, der wankende Gang um das Sofa herum und entzündlich gerötete Tränensäcke ließen darauf schließen, dass er körperlich angeschlagen war. Seine Beschützer oder Wächter, so richtig klar war deren Rolle Rebecca immer noch nicht, hatten ihn wohl auf ihr Eintreffen vorbereitet. Was wurde hier gespielt?

Ching blieb ruhig. Offenbar wollte er das Feld nun Rebecca überlassen. Er setzte sich auf das Sofa und schlug die Beine übereinander.

»Wovor verstecken Sie sich eigentlich, Mr Huldon? Was haben Sie mit dem Mord an dem Attaché Ta Liang und dem Politiker Tse Wuang zu tun? Warum mussten er und die Witwe von Ta Liang mit ihrem Leben bezahlen, nur weil wir nach Ihnen gesucht haben?«, fragte Rebecca und sah, nachdem sie sich gesetzt hatte, dass an der Wand über dem Ausgang ein Dutzend kleiner Flatscreens montiert waren, die mit Bildern der Umgebung rund um das Haus gespeist wurden.

»Ihre Ermittlungen, Ms Winter, die haben alle auf den Plan gebracht. Ich dachte, das war Ihnen schon klar?«

»Wohl kaum, aber ich höre mir gerne Ihre Version an!«

»Wissen Sie, ich war auch mal so jung wie Sie, so überzeugt, das Richtige zu tun, so verdammt eitel und selbstzufrieden …«

Trotz seiner äußerlichen Schwächen wirkte der Mann charismatisch. Er grinste in dieser völlig unpassenden Situation, er schien überhaupt keine Zweifel an sich selbst zu haben. Diese Art des Lächelns kannte Rebecca schon von anderen Verhören mit großen Managern, immer warf es die Frage auf, ob dahinter Dummheit oder Gewissheit stand. Was führte dazu, dass ein Mann keine Zweifel mehr zeigte? Macht? Bewundernswerte Klarheit? Oder Seelenlosigkeit?, fragte sich Rebecca.

»Sir, bleiben Sie schön bei sich und kommen Sie zur Sache! Wenn Sie mich noch einmal Kind nennen, vergesse ich den Respekt vor Ihrem Alter«, zischte Rebecca und sah, wie sich die Gesichtszüge Huldons verfinsterten.

Sie öffnete ihren Rucksack. Nun würde sich hoffentlich bestätigen, dass es sich bei einem Großteil der Kontonummern in Wirklichkeit um Passwörter handelte und somit um den Zugang zu den inständig erhofften Informationen. Gleichzeitig schwang die Verunsicherung mit, warum Huldon ausgerechnet jetzt bereit war, sich zu offenbaren. Glaubte er wirklich, sie könnte ihm helfen? Oder war es pure Verzweiflung, da seine Beschützer ihn hatten fallen lassen und Rebeccas Ermittlungen einen unaufhaltsamen Ball ins Rollen gebracht hatten? Eine innere Stimme sagte ihr, dass es jetzt reichte. Oder es war aus, denn die Angst, am Ende hier in immer größere Schwierigkeiten zu geraten, stieg mit jeder Minute. Sie legte die Akten aus dem Versteck der Witwe auf den Tisch.

»Was steht hinter diesen Kontonummern und Listen? Das Letzte, was die Witwe von Ta Liang uns sagte, war Ihr Name und dass der Attaché Sie geschützt habe. Dann gibt es auf der Liste noch den Namen eines Mannes, Duke Kingston, der sich offenbar in Peking aufhält. Er scheint in die Korruption verwickelt zu sein!«, sagte Rebecca.

Huldon schüttelte den Kopf.

»Korruption? Wenn es das alleine nur wäre. Kindchen, Sie müssen schon Ihre Hausaufgaben machen. Es geht um weit mehr. Es gibt nur einen Grund, warum Sie hier sind. Ich will, dass Sie sofort die Ermittlungen einstellen. Ihr Zutun hat uns die Zeit genommen, hinter der Bühne tätig werden zu können. Sie haben zu viel Staub aufgewirbelt. Die CIA will mich, der chinesische Geheimdienst ebenfalls – und nun auch noch Sie. Sehen Sie es als eine letzte Verzweiflungstat eines alten Mannes, dass ich hoffe, mit Ihnen das Land verlassen zu können. Aber das, worum es hier geht, kann, darf und wird nie offiziell werden.«

Rebecca schluckte innerlich. Wer war dieser Mann überhaupt? Hatte er wirklich wie vermutet die Seiten gewechselt – und wenn ja, von wo? Die Aufforderung und die Warnung, das alles einfach ruhen zu lassen, war hirnrissig. Dem Mann musste doch klar sein, dass er hier nicht mehr die Zügel in der Hand hielt. Sie war schon einmal vor ein paar Monaten auf einen älteren Herrn hereingefallen, der es geschafft hatte, sie mit seiner väterlichen Aura zu umgarnen, um sich seiner Verhaftung zu entziehen. Rebecca hatte sich geschworen, dass ihr so was nie wieder passieren würde. Sie versuchte ihre Miene unbeeindruckt erscheinen zu lassen.

»Na, dann überzeugen Sie mich mal!«

»Unverfroren. Nun gut«, sagte Huldon und setzte sich auf das Sofa gegenüber von Ching, der die ganze Situation mit strengem Blick verfolgte. »Duke Kingston gehört zu einer Firma, der ich lange treu gedient habe. Das ist keine Sache, auf die ich heute noch stolz bin, und der Attaché war Teil eines Zirkels, der einen Plan aufdecken wollte, der die gesamte Führung Chinas erpressbar gemacht hat, und das wurde über Jahre aufgebaut und vorbereitet. Die Gier der Eliten Chinas stand hier Pate. Aber anstatt uns weiterzuhelfen, hat der Attaché sich leider für einen anderen Weg entschieden. Ms Winter, Mr Ching: Wissen Sie eigentlich, in welche Gefahr Sie mich gebracht haben? Glauben Sie, dass Ihre Ermittlungen unbeobachtet geblieben sind? Die CIA ist Ihnen seit Beginn Ihrer Reise auf den Fersen und vermutlich auch noch der chinesische Geheimdienst, denn keiner will, dass das, um was es hier geht, öffentlich wird. Und ich erkläre Ihnen jetzt, warum!«

Rebecca erschrak und schaute Ching an. Der verzog keine Miene, nur seine Augen verrieten, dass er vielleicht jeden Moment vor Wut die Waffe ziehen würde. Sein Blick glitt kurz auf die Bildschirme unmittelbar über dem Eingang, auf denen seine Leute zu sehen waren, die nach wie vor den Hof absicherten. Auf den anderen Bildschirmen war außer Wald und den Serpentinen rund um den Abhang nichts zu erkennen.

Rebecca schlug Huldons Ansage und die Andeutung, dass er von den Wanzen in ihrer Kleidung wusste, in den Magen. Erst jetzt wurde ihr klar, dass die CIA in London neben einer Außenstelle auch noch über Büros und Agenten im MI6 verfügte. Es gab schon ewig eine enge Kooperation zwischen diesen Geheimdiensten, und die Wanzen konnten auch ohne Weiteres kurz vor dem Abflug nach China noch in ihrer Wohnung in ihrer Abwesenheit in ihre Klamotten gelangt sein und nicht, wie zunächst vermutet, aus der Abhöraktion von vor ein paar Monaten stammen.

»Sie liegen nicht falsch, Mr Huldon, aber die Wanzen sind wir los«, unterbrach Ching lapidar sein Schweigen.

»Pöh!« Huldon stand auf, ging in einen Nebenraum und kehrte mit einer kleinen schwarzen Ledertasche wieder, legte sie mit einer langsamen Bewegung auf den Tisch, setzte sich wieder, holte einen Laptop heraus und fuhr ihn hoch.

»Wie gesagt. Ich hatte gehofft, es gäbe noch Zeit, gewisse Pläne zu stoppen und rückgängig zu machen, aber wie es nun mal im Leben so ist, es kommt alles anders.«

»Wir haben keine Zeit für gewisse …«

»Herr Gott! Was glauben Sie eigentlich, mit wem Sie hier reden? Es geht darum, China gefügig zu machen oder es komplett zu destabilisieren«, ächzte Huldon, und sein Gesicht rötete sich. »Hinter Duke Kingston stehen mächtige Gruppen der US-Wirtschaft, und der Attaché war ein gieriges Schwein, das ich völlig falsch eingeschätzt habe. Der Attaché hat mich über Tse Wuang anfänglich mit den wichtigsten Informationen über die Verstrickungen der gesamten chinesischen Führung in einen gigantischen Raubzug an der eigenen Bevölkerung versorgt. Tse Wuang hat irgendwann selbst kalte Füße bekommen, weshalb ich den Kontakt zur Sicherheit abgebrochen habe. Vermutlich hat er mit ihnen nur gesprochen, um mich über sie zu finden. Jedenfalls konnte Ta Liang den Hals nicht voll kriegen und hat von Kingston Schmiergeld angenommen, um meine Aktivitäten und die anderer Dissidenten zu verraten, vor allem aber mich. Danach hat die CIA ihn überwacht, in der Hoffnung, so an mich und andere heranzukommen, die alles aufdecken wollten. Er muss das gemerkt haben und hat sich in die Hände der Bou-Triade begeben!«

»Und nachdem die 14K-Triade von dem in alle Richtungen korrupten Attaché Wind bekommen hat …«, unterbrach Ching den atemlos wirkenden Huldon.

»… hat man ihm seine Zugehörigkeit zur 14K-Triade buchstäblich vom Rücken geschnitten! Eine der berüchtigten Rituale der völligen Entehrung«, sagte Huldon.

»Was, woher wissen Sie das?«, fragte Rebecca.

»Von meinen Bewachern!«

»Wusste ich es doch, die Witwe hat uns angelogen«, kommentierte Ching trocken mit Blick zu Rebecca.

»Glauben Sie mir, er hat es nicht besser verdient«, sagte Huldon mit tiefer Verachtung in seiner Stimme.

»Und wer ist für den Mord an den Tätern in London verantwortlich?«, fragte Rebecca.

»Das weiß ich doch nicht! Das waren wohl eher Mitwisser oder Profiteure. Aber es gibt Situationen, in denen es besser ist, jeden Zeugen auszuschalten. Und ehrlich, ich bin kein Unmensch, aber es ist mir völlig egal. Diese Leute sind um keinen Deut besser als die großen Player. Ich erspare Ihnen die ganze Vorgeschichte, aber alles begann, kurz nachdem die Börsen zusammengebrochen sind. Ich kannte den Attaché und auch Tse Wuang schon seit über 20 Jahren, aus einer Zeit, in der wir dachten, wir könnten mit China so verfahren wie mit allen anderen Entwicklungsländern. Ta Liang bat mich vor ein paar Monaten, nach Peking zu kommen, weil er wusste, dass ich die Praktiken der Weltbank inzwischen verachtete und an einem Manuskript arbeitete, das das System offenbaren sollte …«

»Was für ein System?«

»Hören Sie erst mal zu. Ta Liang hatte Hinweise, dass bestimmte US-Unternehmen Druck machten, um Peking einerseits zu zwingen, den Streit um die Hoheit im Südchinesischen Meer beizulegen und andererseits ein für Peking völlig inakzeptables Handelsabkommen abzuschließen. Es würde den USA in Asien freie Hand geben. Darüber hinaus sollten die großen Infrastrukturkredite wieder über die westliche Weltbank laufen und nicht mehr über die von Russland und China initiierte Asian Infrastructure Bank«, erklärte Huldon, unterbrach und trank von seinem Whiskey.

Die Stimmung hier im Raum hat etwas Merkwürdiges, dachte Rebecca. Als würde Huldon mit sich selbst abrechnen, stockte seine Stimme zusehends und wurde leiser.

»Der Attaché hatte von Tse Wuang erfahren, dass Kingston und eine Reihe von anderen Personen in die Sache verstrickt wären und dass ich als ehemaliger Mitarbeiter von Chas. T. Main vielleicht helfen könnte, diese Verschwörung aufzudecken und aufzuhalten, bevor sie eskaliert. Sie werden sich nun fragen, womit Kingston die Führung in Peking erpressen konnte«, sagte Huldon, zog aus der Ledertasche eine externe Festplatte von der Größe einer Tafel Schokolade und schloss sie an seinen Laptop an.

Rebecca nickte nur. »Warum offenbaren Sie uns das alles plötzlich? Warum haben Sie nicht …«

»Für eine Ermittlerin fällt es Ihnen ungewöhnlich schwer zuzuhören«, unterbrach Huldon mit strenger Miene und Blick auf seine goldene Armbanduhr. »Ich habe nämlich nicht mehr viele Optionen. Ich bin ein alter, gebrechlicher Mann und weiß, was mich erwartet.«

Erst langsam realisierte Rebecca, dass sie diesem Mann mit ihrer Härte vielleicht unrecht tat. Seine anfängliche Überheblichkeit war nur die Oberfläche. Der Ausdruck seiner Augen, die gefüllten Tränensäcke und die zitternden Hände zeigten, dass er mit den Nerven am Ende war und dass ihm dieser Zustand schon länger zusetzte.

»Also, sowohl Angehörige des chinesischen Staatspräsidenten als auch einige Hundert seiner Getreuen haben mithilfe von westlichen Banken geheime Geschäfte in gewissen Steueroasen entwickelt. Und, ja, es steht zu vermuten, dass Londoner Banken dabei geholfen haben. Hinter den Kontonummern stecken in der Tat Passwörter, die hochbrisante Namen freigeben, die Strohmänner enttarnen und zu den wirklichen Inhabern der Konten und ihren Scheinfirmen führen. Sie belegen, wer und was wirklich hinter den Konten steckt. Sie erinnern sich vielleicht an 2013. Da wurden die Offshore-Leaks veröffentlicht, und wenn Sie richtig recherchiert hätten, wüssten Sie, dass diese in der Öffentlichkeit kaum Beachtung gefunden haben, da sie noch keine stichhaltigen Beweise dafür hervorgebracht haben, dass die Führung Chinas selbst hinter dem Firmengeflecht steht. In China konnten alle Berichte aus dem Westen trotz Internet durch massive Repression und Zensur geheim gehalten beziehungsweise erfolgreich als Intrige des Westens diffamiert werden, zumindest bis jetzt. Es geht um Geschäfte, die weltweit über Steueroasen abgewickelt wurden, deren Offenlegung auch Angehörige des früheren Regierungschefs Li Peng und des früheren Präsidenten Hu Jintao sowie zahlreiche aktive Parlamentsmitglieder und Führungskräfte, ja selbst den heutigen Präsidenten in schwere Bedrängnis bringen würde. Es geht hier um Zehntausende Offshore-Firmen und Firmenanteile im Wert von über vier Billionen Dollar! Verstehen Sie, vier Billionen Dollar, die aus der Volksrepublik verschoben wurden. Und während die neue Führung in Peking die Antikorruptionskampagne ins Leben rief, deckte sie selbst den größten Diebstahl der Geschichte. Doch uns gelang es vor ein paar Wochen zu beweisen, dass die betroffenen Politikerfamilien direkt daran beteiligt sind. Es war gängige Praxis, die Firmen auf Namen von Angehörigen laufen zu lassen, um bei Enthüllungen nicht selbst mit diesen in Verbindung gebracht werden zu können. Sie haben sich viel Mühe gegeben, das alles zu verbergen. Die Führungskaste hat ihr Volk ausgeplündert, und das in einer unfassbaren Dimension.«

Huldon setzte seine Brille ab, rieb sich die Augen und fuhr fort.

»Das ist aber nur die eine Seite der Medaille. Anders als zu meiner aktiven Zeit in Lateinamerika, konnte der Westen China nicht durch eine Verschuldungspolitik, nennen wir es mal: gefügig machen, um das Land für die Interessen unserer Großunternehmen zu öffnen. Aber es gibt ja noch die Möglichkeit der Erpressung und Korruption, oder sagen wir, wie jetzt herauskommt, die Hilfe zur Korruption …«

»Sie wollen behaupten, dass westliche Politiker China erpressen, da sie wissen, wo die Mächtigen ihr Geld horten?«, fragte Rebecca entsetzt.

»Politiker oder Unternehmen, wo ist da der Unterschied? Und das alles geschieht selbst auf die Gefahr hin, ganz China durch Unruhen zu destabilisieren, sollte die Bevölkerung eines Tages erfahren, was die feine Partei ihrem Volk unterschlagen hat: Ein Spiel mit dem Feuer, und genau das lässt gerade die Kriegsmaschinerie anlaufen. Durch den Mord an dem Attaché und Ihre Ermittlungen droht das ganze Kartenhaus nun zusammenzubrechen, da andere Gruppen im Politbüro vom Ausmaß der Offshore-Konten der Parteiführung Wind bekommen haben und es nun zu einem Machtkampf kommt. Einen ersten Militärputsch konnte die Führung in Peking abwenden. Aber die Gegner wittern weiter ihre Chance, mit den Beweisen, die auf dieser Festplatte sind und die Sie gerade sammeln, an die Macht zu kommen und das Regime zu stürzen«, sagte Huldon, beendete seinen atemlosen Vortrag, setzte seine Brille wieder auf und rieb sich durch die dünnen grauen Haare. »Doch bevor das geschieht, fallen eher Bomben, denn die Partei wird das nicht zulassen und sich lieber in ein außenpolitisches Abenteuer stürzen, um die Massen hinter sich zu bringen!«

»Wieso trocknet niemand diese verdammten Steueroasen und Banken aus?«, fragte Rebecca aufgebracht.

»Warum sollten Räuber und ihre Kumpane ihre Verstecke aufgeben?«, erwiderte Huldon. »Es wird alles ans Licht kommen, aber nicht jetzt. Es ist zu viel auf einmal. Aber ändern kann dies eines Tages nur ein Aufstand der Anständigen!«

Rebecca schien es wie Ching zu ergehen. In seinem Gesicht sah sie die Fassungslosigkeit und Ratlosigkeit, die sie selbst empfand. Tse Wuang hatte sie gewarnt. Es waren zu viele Gruppen an diesem Spiel beteiligt. Und dann erinnerte sich Rebecca an das bislang größte Datenleck in Sachen Steueroasen. Millionen geheimer Dokumente einer Anwaltskanzlei in Panama hatten vor nicht allzu langer Zeit Einblick in die Geschäfte internationaler Superreicher gegeben. In Urkunden, Kontoauszügen und Geschäftsbriefen waren 214 000 Briefkastenfirmen offenbar geworden. Die Namen von bekannten Unternehmern, Sportlern, Politikern sowie früheren oder amtierenden Staatschefs waren aufgetaucht. Es hatte damals gereicht, die Anwaltskanzlei Mossack Fonseca in Panama zu hacken, um an das brisante Material heranzukommen. Sie hatte die Geschäfte für ihre internationale Klientel eingefädelt. Dasselbe Strickmuster von Verschleierung gigantischer Vermögen wie schon bei den Offshore-Leaks 2013 und eine Aufdeckung der international vernetzten Korruption. Kein Wunder, dass alle Herrschenden, wenn auch sonst verfeindet, hier völlig einvernehmlich gegen diese Offenbarungen vorzugehen versuchten.

»Das ist unfassbar«, murmelte Rebecca. »Hätte ich das gewusst, ich meine … Sie wollen mir sagen, dass …«

»Warten Sie«, unterbrach Huldon sie. »Die Chinesen sind dabei keineswegs Opfer. Sie haben viel von uns gelernt. In den USA und dem Westen profitieren Millionen von Menschen von der Ausbeutung der Entwicklungsländer. Die uns wohlgesinnte Weltbank hat in der Vergangenheit Kredite an lateinamerikanische oder afrikanische Staaten vergeben, die sie nie werden zurückzahlen können. Das war auch nie geplant. Stattdessen sorgen diese Schulden bis heute dafür, dass die nächsten Generationen quasi als Geiseln gehalten werden und ihnen jedweder Wohlstand vorenthalten wird. Denn anstatt die eigenen Ressourcen zu fairen Preisen am Weltmarkt verkaufen zu können, sind ihnen von den Gläubigern Dumpingpreise aufgezwungen worden und ebensolche Löhne für die eigene Bevölkerung.«

Huldon nahm die Bille ab und rieb sich die Augen. Dann fuhr er fort: »Meine Arbeit war es, mit manipulierten Berechnungen über die angebliche Rentabilität von Infrastrukturprojekten genau diese Kredite von der Weltbank loszueisen. Anschließend wurden selbsterklärend die US-Unternehmen mit Aufträgen versorgt. Am Ende hatten sich die Staatschefs lateinamerikanischer oder auch afrikanischer Länder in einem solchen Netz von Schulden verstrickt, dass wir uns ihre Loyalität sicherten. Weigerten sie sich, wurden sie beseitigt. Die meisten gaben uns, was wir wollten – vor allem dann, wenn wir in der einen Hand Millionen von Dollars hatten und in der anderen Hand eine Pistole, sprich die CIA oder die US-Armee. Mit Krediten kann man eben ganze Länder ruinieren.

Heute läuft dieses System Amok, meine Liebe. Die Chefs der weltweit bekanntesten Unternehmen lassen Mitarbeiter unter unwürdigsten Bedingungen in asiatischen Kleiderfabriken zu Hungerlöhnen arbeiten, Ölgesellschaften pumpen mutwillig Gift in die Flüsse der Regenwälder, sie begehen Völkermord an Ureinwohnern – ach, ich könnte Stunden so weitermachen. Wie auch immer. Nachdem diese Politik der Kreditvergabe Regierungen erpressbar gemacht hat, müssen deren Völker mit ansehen, wie unsere Konzerne die Rohstoffe plündern, nur um uns Zinsen und Tilgung für Projekte zu zahlen, deren Rentabilität mit Absicht geschönt wurden. Diese dreckige Arbeit war mein Job, denn ich war ein Economic Hit Man. Wir sind es, die mit betrügerischen Finanzanalysen Geld von der Weltbank auf die Konten unserer Konzerne und in die Taschen reicher Familien schleusen und die die Rohstoffe unseres Planeten kontrollieren. Den meisten Menschen im Westen ist das nicht bewusst, und sie werden gerade selbst im Rahmen der Globalisierung zurechtgestutzt, indem man allerorten den Sozialstaat abschafft. Aber sind sie deswegen unschuldig? Es ist ja nicht so, dass die menschenunwürdigen Arbeitsbedingungen nicht in den Medien auftauchen. Wissen Sie eigentlich, wie viele Kinder im Kongo in den Minen sterben, nur weil sie für ein beschissenes Handy unter extrem gefährlichen Bedingungen Kobalt fördern?«

»So darf das alles nicht weitergehen. Ich weiß es, Mr Huldon«, sagte Rebecca mit bebender Stimme.

»Und, Mr Ching, Ihre Regierung ist auf dem besten Wege, mit den gleichen Methoden vorzugehen, und sie raubt ihre eigene Bevölkerung aus, lässt sie genauso wie in Afrika zu Dumpingpreisen unter erbärmlichsten Bedingungen arbeiten und sichert sich auch in anderen Ländern der Dritten Welt immer mehr Einfluss. Hier gibt es nur Täter, und jetzt, wo die Weltwirtschaft bedroht ist, geht es um den letzten großen Kuchen, den Zugang zum gesamten asiatischen Raum.«

Rebecca war für einen Moment überfordert, und Ching sah auch nicht so aus, als würde er in Gänze begreifen, was Huldon ihnen da gerade erklärte.

»Wieso haben Sie die Seiten gewechselt? Ich meine, warum sind Sie mit Ihrem Wissen nicht an die Öffentlichkeit gegangen?«, fragte Rebecca schließlich.

»Es geht mir nicht darum, mein Gewissen reinzuwaschen und irgendwelche Bekenntnisse abzulegen«, erklärte Huldon. »Ich möchte, dass meine Kinder und Enkel irgendwann vor meinem Grab stehen und zumindest wissen, dass ich aus meinen Fehlern gelernt habe. Aber ich kann das nicht offensiv tun. Das ganze Spiel ist so alt wie die Macht, nur nimmt es heute apokalyptische Ausmaße an. Ich und einige Dissidenten in Peking wollten als dritte Kraft beide Regierungen zwingen, damit aufzuhören, und das geht nicht öffentlich!«

Rebecca blickte auf die Uhr. »Mr Huldon, ich fürchte, uns bleibt nicht mehr viel Zeit.«

»Das allerdings ist richtig, und ich weiß nur zu gut, was ich zu verantworten habe. Ich habe Duke Kingston in die Firma geholt und, oh ja, er war gut in seinem Job. Er fälschte für die

Schakale der Weltbank so gut wie jede Analyse. Aber als ich in den letzten Jahren sah, dass Peking im Begriff war, diese Methoden zu übernehmen, und wie im Gegenzug Leute wie Kingston ihrerseits versuchten, China mit Bestechung in den Griff zu bekommen, und von Washington mit militärischen Drohgebärden unterstützt wurden, um die Expansion Chinas auf den Weltmärkten einzudämmen, wusste ich, wo das hinführen würde. Es gibt Leute in Washington, die diese Praxis decken, und der Plan dieser ganzen Verstrickungen und Erpressungen ging bis jetzt auf!«

»Und was, glauben Sie, soll jetzt geschehen?«, fragte Rebecca.

»Es muss ein neuer Deal her. Ein geordneter Übergang, in dem sich die USA zurückziehen, China seine korrupte Führungsriege aus eigenen Kräften beseitigt und die Gelder wieder aus den Offshore-Firmen zurück ins Land fließen. Aber das muss hinter der Bühne geschehen, verstehen Sie das jetzt endlich? Wenn niemand Sie bisher überzeugen konnte zu verschwinden, dann bringen Sie diese Daten jetzt nach London. Aber hüten Sie alles wie einen Schatz, denn er kann einen Krieg auslösen. Übergeben Sie es diesem Mann«, sagte Huldon, zog eine Visitenkarte heraus und reichte sie Rebecca.

»Quatsch, wir senden sie nach London, dann haben wir alle eine gewisse Sicherheit. Und überhaupt – wieso haben Sie das nicht einfach selbst außer Landes geschafft?«, fragte Rebecca und sah in die erschrockenen Augen Huldons.

»Haben Sie mir denn nicht zugehört? Dann gibt es einen Krieg! Außerdem haben wir die Daten erst seit kurzer Zeit. Wenn Sie die jetzt nach London schicken, werden sie abgefangen und kommen nie an, glauben Sie mir. Das Netz wird komplett in Echtzeit überwacht. Wenn Sie nicht aufgetaucht wären, hätten wir Zeit gehabt, sowohl Peking als auch Washington mit diesen Fakten zu konfrontieren, um sie in aller Ruhe vor diesem Gipfel an einen Tisch zu zwingen. Ich habe erst heute von Ihrer Hartnäckigkeit erfahren, und meine gut bezahlten Bewacher lassen mich, wie Sie wissen, gerade hängen!«

Rebecca wollte das alles so nicht glauben. Die Überwachungstechniken waren weit gereift, das wusste sie auch, aber Ching und sie hatten genug Alternativen und Verschlüsselungstechniken, um Daten unbemerkt außer Landes zu schicken. Außerdem wusste sie, dass sie Allington immer so instruieren könnte, dass er die Daten sichern würde – auch wenn ihm alle Geheimdienste der Welt die Tür einrannten. Sie konnte über den Umgang mit den geheimen Informationen unmöglich alleine eine Entscheidung treffen.

Erst jetzt schaute sie sich die Karte an, die Huldon ihr gereicht hatte. Darauf prangte ein rotes Wappen, das eine Tiara und zwei sich kreuzende Schlüssel zeigte. Hysterisch lachte sie auf.

»Der Vatikan?«

FÜNFUNDVIERZIG

UMGEBUNG VON PEKING, LINGSHAN-BERG, 27. FEBRUAR, 23.30 UHR

Brown, Parker, Maloway und die chinesischen Doppelagenten hatten ihre Vans gute hundert Meter von dem Standort entfernt in einem Feldweg geparkt, an dem Winter, Ching und das SWAT-Team angekommen waren.

Maloway und seine chinesischen Helfer hatten sich im Wald verstreut. Es war ihnen gelungen, sich unbemerkt vom SWAT-Team mit Nachtsichtgeräten, Wärmebildkameras und Peilantennen dem Haus zu nähern, in das Winter und Ching verschwunden waren. Nun waren sie dabei, das Gespräch mit Gabriel Huldon aufzuzeichnen und zu übertragen.

Was Brown und Parker bisher mithören mussten, verschlug ihnen die Sprache. Gab es diesen aktiven Plan, China zu destabilisieren oder zumindest erpressbar zu machen, wirklich? Wusste man das in Langley – und vor allem in Washington? Oder war es ein Komplott von Leuten wie Kingston? Vieles sprach eher dafür. Dass aber der Vatikan in dieser Krise in eine Vermittlerrolle springen könnte, war trotz Winters überreizter Reaktion tatsächlich möglich. Was war Huldons Ziel? Sowohl China als auch die USA saßen in diesem historischen Moment in einer Falle, das stand fest. Ein Vermittler? War es wirklich das, was Huldon wollte?

Vor nicht langer Zeit, erinnerte sich Brown, hatte zur Überraschung aller der US-Präsident dem Vatikan für die Vermittlung zwischen Havanna und Washington gedankt. Ein sichtbarer Erfolg für die beharrliche Diplomatie des Heiligen Stuhls, die damit an ihre besten Tage anknüpfte. Nach Jahrzehnten verbitterter Feindschaft war es eben durch die diplomatischen Geschicke des Vatikans gelungen, die Beziehungen zwischen Washington und Havanna zu normalisieren. Das geduldige und diskrete Wirken der vatikanischen Außenpolitik hatte auch einen Namen: Kardinalstaatssekretär Pietro Parolin. Seit er im Amt war, erlebte die traditionsreiche päpstliche Geheimdiplomatie auf weltpolitischer Ebene eine echte Renaissance.

Aber Huldon hatte die Lage nicht mehr im Griff, denn für eine solche Intervention war es nun schon zu spät. Wie kam er darauf, dass sich Washington überhaupt an einen Verhandlungstisch setzen würde, solange sie diese Korruption und brutale Wirtschaftspolitik auf einzelne Personen oder ein Unternehmen abschieben konnten? Und Peking war nicht Havanna. Aber es drängten sich noch ganz andere Fragen auf, und Browns Befehle waren klar und konnten nicht auf göttliche Fügung warten. Sie mussten jetzt zugreifen.

Parker klopfte Brown von der Seite an die Schulter. »Neal! Das Rescue-Team kann hier hervorragend landen. Wir können es riskieren.«

Brown sah auf Parkers Laptop die Route von Südkorea, die Treibstoffreserve, die als Puffer dienen könnte, und die Zeit bis zum Eintreffen des Rescue-Teams aus Südkorea.

»Schick die Order raus. Wenn was schiefgeht, können sie von hier abdrehen oder auf Lauer gehen. Sie haben für 400 Meilen Reserve.«

»Neal, eines verstehe ich nicht«, sagte Parker und schüttelte nachdenklich den Kopf. »Wenn Huldon selbst nicht mit dem Gedanken gespielt hat, das öffentlich zu machen, was …«

»Er setzt es gegen Washington ein. Er hat die ganzen Praktiken der Economic Hit Men den Gegnern des chinesischen Staatspräsidenten und den Dissidenten offenbart, um sie zu manipulieren und gegen uns aufzubringen. Er lügt Winter an. Durch seine Arbeit wurde der Machtkampf doch erst ausgelöst, und die Führung in Peking geht davon aus, dass allein Washington dafür verantwortlich ist.«

»Neal, das ist es vermutlich!«

»Hey, komm mir jetzt nicht als Bedenkenträger. Kingston hatte in einem Punkt recht: Huldon ist ein Irrer. Der Mord an dem Attaché dürfte bei der Führung in Peking als Signal aufgefasst worden sein, dass man in Washington kein Interesse daran hat, die korrupten Anführer in Peking zu schützen, nachdem man mit ihnen lange gute Geschäfte gemacht hat. Beide Seiten haben davon profitiert. Was die Vergangenheit der Economic Hit Men angeht, sei's drum. Das werden wir erst erfahren, wenn wir zurück sind. Aber Huldon ist ein Verräter. Hätte Scotland Yard den Attaché lebend nach China ausgeliefert, wäre das alles nicht passiert!«

Doch Brown hatte noch ganz andere Sorgen. Pokerte Huldon, oder wusste er wirklich, dass sein Team in Peking war? Spencer schien recht zu haben, Huldon hatte seine Kontakte über die NSA bis in die CIA genutzt. Dann hatte er mit dem Verdachtsmoment gegenüber Kingston die ganze Zeit falschgelegen und ihn zu Unrecht mit den Morden in Verbindung gebracht. In dieser unübersichtlichen Lage gab es nur eine Möglichkeit: Sie mussten Huldon ausschalten und Winter, die nun einfach schon zu viel wusste, so bitter es ihm erschien, ebenfalls.

»Ethan, wie sind die Kräfteverhältnisse? Wir können nicht mehr auf das Einsatzkommando warten. Wenn Huldon recht hat, bekommen wir bald Besuch von der Armee oder dem Geheimdienst.«

»Mit euch?«

»Ja, natürlich«, sagte Brown und entsicherte schon mal sein M16-Sturmgewehr. Parker zog seine Jacke aus, legte sie über den Beifahrersitz, schnappte sich eine Schnellfeuerwaffe und wollte bereits die Tür öffnen, als auf seinem Laptop etwas laut piepste.

»Warte«, sagte Parker und schloss wieder die Tür. »Die TAO-Einheit meldet, dass Kingston vom chinesischen Geheimdienst vor der US-Botschaft abgefangen wurde!«

»Was? Wann?«

»Kurz nachdem du ihm einen Besuch abgestattet hast.«

»Ich halte es nicht aus!«, brüllte Brown. Mit voller Wucht schlug er auf das Lenkrad.

Sein Wutanfall wurde plötzlich von Schüssen unterbrochen. Durch das Dickicht konnte er mehrere Militärtransporter sehen, die sich der Einfahrt zum Haus näherten. Alles ging so schnell, und bevor er noch eine Entscheidung treffen konnte, schrie Ethan ihm ins Headset zu: »Neal! Mitglieder der Triaden waren im Nachbarhaus und haben das Feuer auf das SWAT-Team und heranrückende Militärs eröffnet, das Ganze war eine Falle, ich versuche Huldon zu … Heilige … ahhhh …«

»Ethan, nein! Ethan??? Scheiße!!!«

»Weg, weg, weg. Wir können hier nichts mehr ausrichten, Neal«, polterte Parker und zeigte auf einen kleinen Feldweg, der im Moment die einzige Option war, um noch zu fliehen. Brown startete sofort durch und fuhr los. Nur ein Gedanke trieb ihn um. Wie schwer hatte es Ethan erwischt?

SECHSUNDVIERZIG

UMGEBUNG VON PEKING, LINGSHAN-BERG, 28. FEBRUAR, 0.15 UHR

Huldon blieb für Rebeccas Gefühl erstaunlich ruhig. Ching rannte mit gezogener Waffe in den Vorderraum. Auf den Bildschirmen konnten sie sehen, wie aus dem Nichts ein Gefecht entstanden war und ankommende Militärwagen eine Überzahl von Soldaten ankündigte, die nur noch wenig Zeit brauchen würde, um die Männer der Bou-Bruderschaft zu überrennen.

»Ching, kommen Sie zurück«, schrie Rebecca. Und als würde auch ihm klar werden, dass er keine Chance hatte, das drohende Gemetzel abzuwenden, dass vermutlich der chinesische Geheimdienst ihre wahren Absichten wie befürchtet nun enttarnt hatte, machte er kehrt. Denn jetzt wäre auch das SWAT-Team nicht mehr in der Lage, zu Ching zu stehen. Und auf dem Bildschirm konnte er verfolgen, wie sie mit den Militärs kooperierten und das Feuer auf die Triaden eröffneten.

Huldon griff sich ans Herz, seine Augen waren nun auf die externe Festplatte neben dem Laptop gerichtet. Er stand wie angewurzelt da, schaute zu Rebecca, wieder auf die Festplatte. Schließlich stöpselte er sie hektisch aus und drückte sie Rebecca in die Hand.

»Sie suchen vor allem mich. Verschwinden Sie und rennen, so schnell Sie können! Geben Sie das an die richtigen Leute und verhindern Sie damit einen Krieg, Ms Winter!«

Von draußen konnten sie hören, dass der Schusswechsel unerwartet schnell ein Ende gefunden hatte. Ängstlich blickte Huldon zur Tür.

»Jetzt wird wohl um mein Leben verhandelt«, sagte Huldon und atmete schwer. »Meine Liebe, der diplomatische Dienst des Vatikans ist einer der besten der Welt. Sie werden wissen, wie sie mit den Daten und erdrückenden Fakten umgehen sollen, bevor es zu einer totalen Eskalation kommt«, sagte Huldon, dann sah Rebecca, dass seine Augen mit Blick auf den Bildschirm einfroren. Sie stopfte die Festplatte in ihren Rucksack.

»Schnell, ich zeige Ihnen einen Weg«, sagte Huldon. Sie liefen durch mehrere Räume des riesigen Anwesens und erreichten einen Ausgang, der unmittelbar an einen dichten Wald grenzte. Noch schienen die Soldaten weder das Haus betreten noch das Areal gänzlich umstellt zu haben. Einen Moment zweifelte Rebecca. Warum eigentlich fliehen? Warum nicht hier bleiben und dem Geheimdienst geben, was er will? Es war nicht ihre Schuld und Verantwortung, was dann damit geschehen würde.

»Und wenn wir es nicht schaffen? Ich kann das nicht«, sagte sie mit einem zweifelnden Blick auf Ching.

»Nicht daran denken!«, warf dieser ein und setzte an, in den Wald zu rennen. »Wir wissen schon zu viel. Seien Sie vernünftig. Sie sind hier nicht in London. Es ist sicherer, wenn wir uns jetzt trennen. Wenn sie uns beide erwischen, war alles vergebens, dann kann keiner mehr etwas für den anderen tun. Ich versuche für Ablenkung zu sorgen. Suchen Sie eine Familie vom Land auf und bitten um Hilfe, in die Stadt zu kommen. Auf keinen Fall allein auf die Straßen gehen! Wenn sie es geschafft haben, bringe ich Sie wie besprochen mit meinem Vater außer Landes.«

Huldon ergriff kurz Rebeccas Hand.

»Sie haben sich viel zugetraut, Ms Winter. Überlegen Sie sich genau, was Sie mit dieser Wahrheit anfangen, oder Sie lösen eine Katastrophe aus.«

»Ching?«

»Sie kennen unseren Treffpunkt!«, schrie er und verschwand hinter den Bäumen.

»Ms Winter?«, fragte Huldon mit blassem Gesicht, die Schweißperlen liefen ihm über die Stirn. »Eine letzte Bitte. Haben Sie eine Waffe?«

»Was haben Sie vor?«

»Ihnen Zeit verschaffen, was denn sonst?«

Rebecca wusste, dass sie ihre Waffe ohnehin nicht mehr gebrauchen konnte. Es gab keine Zeit, lange Überlegungen anzustellen. Der Mann war so alt wie ihr Vater und musste wissen, was er tat. Sie drückte Huldon ihre Waffe in die Hand, rannte los und blickte vom Waldrand noch mal zurück, wie er mit gesenktem Kopf die Tür schloss.

Als sie sich umsah, hatte sie Ching aus den Augen verloren und rannte rechts in den Wald. Kurze Zeit später hörte sie noch einen einzelnen Schuss.

Ganz ruhig, Rebecca. Du schaffst das schon, dachte sie.

Der innere Zuspruch erschien ihr fast trotzig angesichts ihrer völlig ungewissen Lage. Es war stockdunkel, sie war eine gute Autostunde vom Stadtkern Pekings und den Hutongs entfernt, allein auf sich gestellt, die Kälte setzte ihr zu, und sie hatte keine Ahnung, wo die nächste Siedlung war.

Sie rannte einfach weiter, stolperte über einen Ast und knallte mit dem Rücken samt Rucksack eine Böschung hinab gegen einen Baum. Ihre alte Blessur vom Sprung in den Graben vor dem Haus der Witwe schmerzte sofort wieder, das Gestrüpp hatte ihr Gesicht zerschrammt, die Haut brannte. Sie rappelte sich auf – nur um sich gleich wieder zu ducken, als sie das Geräusch eines sich nähernden Hubschraubers hörte. Unter einer aus dem Boden gerissenen Baumwurzel fand sie etwas Schutz, der Lichtkegel hatte sie nur knapp verpasst. Ausharren könnte bedeuten, dass sie doch noch von herannahenden Soldaten erwischt werden würde. Sie schaute hinauf, der Helikopter drehte in Chings Fluchtrichtung. Sie war vom Ort des Geschehens weit genug entfernt, vernahm weder Licht noch Geräusche von dort und rannte weiter. Der Gedanke, dass Huldon sich gerade vielleicht mit dem einzig noch zu hörenden Schuss selbst gerichtet hatte, jagte ihr ein schlechtes Gewissen ein. Weitaus mehr Sorgen bereitete ihr aber Ching. Sie hatte ihn falsch eingeschätzt, er hatte alles riskiert. Huldon hatte sie womöglich gerade die Tortur einer Folter oder eines dieser martialischen Gefängnisse erspart, aber Ching?

Nachdem sich ihre Augen an die Dunkelheit gewöhnt hatten, lief sie weiter und versuchte sich an den Sternen zu orientieren, um wenigstens eine Richtung einzuhalten.

Nach einer guten Viertelstunde kam sie auf eine Anhöhe und sah vielversprechende Lichter aus kleinen Landhäusern herüberfunkeln. Jetzt würde sich zeigen, ob die ländliche Bevölkerung so hilfsbereit war und sie, ohne Fragen zu stellen, nach Peking bringen würde. Als Langnase würde sie auf jeden Fall für Aufmerksamkeit sorgen.

Der Geruch von Moos und feuchtem Laub wich, und sie konnte einen schmalen Fußweg erkennen. Sie atmete einmal tief aus und drückte ihren Rucksack an sich. Hatten der Laptop und die Festplatte die Flucht und ihren Sturz überstanden? Gab es hier vielleicht eine Netzanbindung? Aber ein heller Bildschirm mitten im Wald? Nein! Ihre Angst, doch noch erwischt zu werden, war zu groß. Sie musste erst aus dieser Lage heraus, und so schritt sie den Weg hinab. Dass die Daten beim Versuch, sie nach London zu übertragen, wirklich abgefangen werden könnten, erschien ihr bei der genutzten Kryptologie, die Ching auf dem Laptop installiert hatte, als unwahrscheinlich. Und selbst wenn – die Chance, heil aus China herauszukommen lag gerade gefühlt bei null. Sie musste schnell einen Ort finden, wo sie das Wagnis eingehen konnte. Und sie brauchte Allington wie nie zuvor. Nur wenn die Daten in London wären, hätten er und sie Spielraum. Auch der Gedanke, nach der Übertragung in die britische Botschaft zu fliehen, war völlig aussichtslos. Die Wahrscheinlichkeit, auf dem Weg dorthin abgefangen zu werden, war zu groß, also blieb ihr nur Chings Versteck und das Angebot, mithilfe seines Vaters tatsächlich über den Landweg nach Russland zu fliehen.

Ein Schritt nach dem anderen, versuchte sich Rebecca zu beruhigen, um ihre rasenden Fragen und Zweifel unter Kontrolle zu bekommen.

SIEBENUNDVIERZIG

UMGEBUNG VON PEKING, LINGSHAN-BERG, 28. FEBRUAR, 0.40 UHR

»Das war es. Nichts wie weg hier«, sagte Brown. Parker hatte den Einsatz des Rescue-Teams aus Südkorea abgeblasen, nachdem Helikopter des chinesischen Militärs aufgetaucht waren und vermutlich nach Winter und Ching suchten. Eine sichere Landung war nach dem Einsatz des Militärs und einer Luftüberwachung völlig unmöglich geworden, und die nächsten Koordinaten, bei denen das Recue-Team, ohne Aufsehen zu erregen, auf einer vereinsamten Lichtung oder in einer Lichtung eines Waldgebietes landen konnte, lagen gute hundert Kilometer Richtung Küste entfernt.

»Okay, ganz ruhig«, sagte Parker. »Wir wissen nicht …«

»Thomas!«

»Was, verdammt?«

»Können wir mit Spencer sicher Kontakt aufnehmen?«

»Erst wenn wir uns Peking nähern. Ich habe auch nicht alles im Griff. Kann gut sein, dass unsere Freunde hier alles überwachen können!«

Gerade als Brown den Wagen startete, klatschte eine Hand an die Seitenscheibe. Blut klebte am Fenster, Brown sah in das

Gesicht von Ethan Maloway. Sofort riss Brown die Tür auf und sprang hinaus, um den Wagenschlag zu öffnen.

»Du Höllenhund. Wie schlimm ist es?«

»Gegen den Bauchschuss in Bagdad? Nur eine Massage«, witzelte Maloway mit verzerrtem Gesicht. Er war schweißüberströmt, seine Pupillen waren extrem geweitet. Wie in Trance hob er seine linke Hand, die von einer Kugel durchschlagen worden war.

Gott sei Dank, dachte Brown. Die Wunde sollten sie ohne ärztliche Hilfe unter Kontrolle bekommen können.

»Thomas, geh nach hinten und kümmere dich um ihn. Wir müssen hier weg.«

Brown legte sich Parkers Laptop auf den Beifahrersitz, suchte nach einer Satellitenkarte und schnaubte kurz aus. Der Schleichweg würde sie zu einer Straße führen, von der aus sie die Gegend weitläufig umfahren könnten, um es dann mit einem Umweg wieder nach Peking zu schaffen. Vorher mussten sie sich aller Geräte und Waffen entledigen. Die Chance, in eine Kontrolle zu geraten, war nach dem Einsatz des Militärs exorbitant gestiegen, und Ethans Schusswunde war ein zusätzliches Risiko, um aufzufallen. Brown nahm einen Wischlappen, stieg aus und beseitigte die Blutspuren an Scheibe und Türblech. Die ganze Operation war ein einziges Fiasko.

Ethan hatte sich auf die Sitzbank gelegt, und Brown fuhr ohne Scheinwerferlicht und mit ständigen Blicken in die Luft und die Umgebung weiter einen Abhang hinab.

»Ah, pass doch auf! Nicht so fest«, beschwerte sich Ethan, als Parker den Verband festzurrte.

»Ethan, was hast du noch mitbekommen? Und was ist mit den anderen Männern?«

»Verstreut in alle Richtungen, aber am Leben. Irgendwas stimmt da nicht. Für meinen Geschmack hat das Militär zu lange gewartet, bis sie das Haus gestürmt haben. Ich konnte noch mitbekommen, dass Winter und Ching getrennt in den Wald geflüchtet sind. Huldon hat ihr die Festplatte mit den Daten überlassen.«

»Sie leben also noch!«

»Ja!«

»Das ergibt doch alles keinen Sinn. Die müssen doch damit rechnen, dass Winter … es sei denn, sie wollen es genau so … Fuck! Wir müssen schnell nach Peking. Das ist alles eine perfekte Inszenierung. Sollten sie sich in den Hutongs treffen und dann mit dem Auto versuchen, das Land zu verlassen, ist das die letzte Chance!«

»Neal, du weißt, dass das aussichtslos ist.«

»Oh Mann, weißt du, worauf das hier gerade hinausläuft? Wir haben denen alles auf einem Tablett serviert. Sie haben Huldon in der Tasche und eine britische Ermittlerin, die sie auf der Flucht vielleicht schnappen werden, und dann …«

»Ja, genau. Und wenn wir ihnen auch noch in die Falle laufen, verdammt, Neal, dann stehen wir vor der Weltöffentlichkeit als die wahren Schurken da. Wir wären der Beweis, dass Washington in alles involviert war. Damit können Sie es nicht mehr nur auf ein Unternehmen abschieben.«

Brown schnaubte. »Du musst mich nicht an meinen Auftrag erinnern. Tolle Basis für Verhandlungen!« Abermals schlug er auf das Lenkrad ein. »Huldon hat das vielleicht alles genau berechnet!«

Sie erreichten nach einer halben Stunde den Waldrand. Bevor sie sich, bis auf zwei Laptops und wenige Gegenstände für die Überwachung der gesamten Ausrüstung im Van entledigten, wollte Brown Bericht erstatten. Und als hätte Spencer nur darauf gewartet, hob er sofort ab.

»Ron, wir sind aufgeflogen. Wir sind uns ziemlich sicher,

dass Huldon von unserer Operation von Anfang gewusst und sie benutzt hat. Er oder Kingston haben uns an den chinesischen Geheimdienst verraten. Jedenfalls haben wir die Information, dass Kingston festgesetzt wurde.«

»Das ist nicht sicher, aber wenn – der Mann hält ein Verhör keine Minute durch!«

»Du hast Mist gebaut, Ron. Wir hätten ihn mit unserem Einsatz nie behelligen dürfen.«

»Und weiter?«

»Was heißt hier: ›Und weiter‹??? Ich vermute, nicht nur Huldon, sondern auch Kingston waren schon länger im Visier des chinesischen Geheimdienstes, und die CIA hat gepennt. Der Attaché war eine Hure, die es mit jedem getrieben hat. Zuerst ging es ihm nur darum, Rache zu üben an der neuen Führung in Peking, da er zur Garde des alten Diktators gehörte, die bekanntlich von den Behörden verfolgt wird. Das ehemalige Mitglied des Politbüros Tse Wuang oder auch der Attaché hat dafür gesorgt, dass Huldon versteckt wurde. Sein Wissen aber sollte wie ein Faustpfand in China ein neues Gleichgewicht herstellen und die Antikorruptionskampagne beenden. Gleichzeitig war es ein Druckmittel gegen den Einfluss Washingtons. Nachdem Huldon versucht hat, über den Attaché Kingston zu erpressen – mit dem Ziel, dass er und Parsons sich aus dem asiatischen Raum zurückziehen sollten, um eine Eskalation zu verhindern –, drehte Kingston den Spieß um und schmierte Ta Liang, um an den Aufenthaltsort von Huldon heranzukommen, damit sie ihn aus dem Weg räumen konnten. Doch anstatt diesen Dienst zu leisten, tauchte er unter, versuchte die Gelder selbst ins Ausland zu transferieren und zu waschen, was er ganz nebenbei auch noch für andere Akteure tat. Als Huldon davon Wind bekommen hat, beauftragte er wohl wiederum für eine hübsche Summe die Triaden in Soho, ihn zu beseitigen. Das war Huldons größter Fehler, denn anstatt den Attaché einfach umzubringen, witterten die Triaden wahrscheinlich, dass da mehr zu holen wäre, und folterten den Attaché, bis er mit der Wahrheit rausrückte. Da die Triaden untereinander einen Zwist hatten und darüber hinaus nie zulassen würden, dass jemand China in so ernste Schwierigkeiten bringt, landete er stattdessen vor der US-Botschaft, was bei uns, Scotland Yard, Kingston und dem chinesischen Geheimdienst die Alarmglocken läuten ließ. Die Führung in Peking ließ den Botschafter einbestellen, und danach, so meine Vermutung, wusste man in Washington, was kommen könnte. Und dann hast du uns eingesetzt – und du willst mir ernsthaft erzählen, dass du von alldem nichts gewusst oder wenigstens geahnt hast? Ist dir klar, was passiert, wenn auch wir noch in die Hände der Chinesen fallen? Sie werden das öffentlich ausschlachten und haben uns in der Hand. Aber gut, ich wusste, worauf ich mich einlasse. Doch nun sind die Probleme größer als zuvor …«

»Wenn das alles klar gewesen wäre … Neal, wirklich, reiß dich zusammen! Darüber reden wir später. Was ist mit Huldon?«

»Erschossen, aber Winter ist mit den Daten auf der Flucht, die …«

»Neal, verdammt, was für Daten?«

»Gab es in Washington jemals einen Plan, China durch Korruption zu destabilisieren? Ich übertrage dir das Protokoll gleich, es geht um die Offshore-Leaks. Winter hat Beweise in der Hand, dass westliche Banken, vor allem unsere, dabei geholfen haben, vier Billionen Dollar außer Landes zu schaffen, Ron. Das ist das Doppelte der offiziellen amerikanischen Staatsanleihen, die China hält. Das ist wohl der größte Raubzug einer Regierung, den es je gegeben hat. Aber das alles Entscheidende ist wohl der Nachweis, dass die Führung in Peking daran direkt beteiligt war. Damit sind sie doch in unserem Sinne erpressbar?«

»Verdammt, zumindest sieht es so aus – oder man wollte es genauso aussehen lassen. Neal, der Gipfel muss ein Erfolg werden, oder die Kriegsschiffe im Südchinesischen Meer bekommen Luftunterstützung. Die Sache gehört unter den Teppich, nur dass dieser Plan nicht mehr aufgeht, solange noch eine Irre mit diesen Daten herumhantiert!«, brüllte Spencer.

»Eine Irre?«, fragte sich Brown laut. »Du bringst mich auf eine Idee. Die Botschafter sollen sich in London warmlaufen.«

»Neal, verdammt. Was hast du vor?«

»Einen Krieg verhindern – und du?«

ACHTUNDVIERZIG

UMGEBUNG VON PEKING, LINGSHAN-BERG, 28. FEBRUAR, 1.35 UHR

Rebecca huschte langsam den Waldweg entlang. Obwohl es tief in der Nacht war, konnte sie in einer Siedlung an zwei Häusern Licht erkennen. Aber was würden die Menschen denken, wenn sie um diese Uhrzeit und ohne die geringste Sprachkenntnis bei ihnen erscheinen würde? Sie ging weiter in das kleine Dorf, das aus kaum mehr als vielleicht zehn Häusern bestand.

Gerade als sie um die Ecke bog, sah sie einen älteren Chinesen, der vor einer beleuchteten Garage einen Pick-up mit Gemüsekisten belud. Eine ebenso kleine Frau mit Kopftuch half ihm und ließ vor lauter Schreck eine Kiste fallen, als sie Rebecca auf sie zukommen sah. Rebecca hob die Hände, wusste nur mit einem freundlichen Lächeln und einer Verneigung beruhigend auf das Paar einzuwirken. Sie ging zum Wagen und hielt ihre Hand auf die Motorhaube, zeigte auf sich und bewegte beide Hände, als würde sie einen Stock durchbrechen und deutete mit den Finger auf sich und den Mann und das Auto.

»Beijing?«, fragte der Mann und machte mit strahlenden Augen in seinem von Falten zerfurchten Gesicht eine sehr freundliche Geste, öffnete die Beifahrertür und zeigte noch mal auf seine Ladung.

»Beijing«, bestätigte Rebecca und holte einen Zettel heraus mit der Adresse zu dem Hutong und dem Domizil, das Ching für alle Fälle als Versteck auserwählt hatte. Der Mann studierte den Zettel und nickte bestätigend. Mit einem tiefen Seufzer setzte Rebecca sich auf den Beifahrersitz. Die Frau gab ihrem Mann noch eine Flasche Wasser in die Hand, lächelte Rebecca zum Abschied zu und ging in den Hof.

Ein paar Minuten später konnte Rebecca ihr Glück kaum fassen: Sie war auf dem Weg nach Peking.

Der Weg über holprige Landstraßen hielt sie trotz der Erschöpfung wach, der Pick-up war in die Jahre gekommen, die Sitze quietschten, der Motor ruckelte. Als es zu regnen begann, stellte der Chinese die Scheibenwischer an; sie funktionierten nur noch auf der Fahrerseite.

Rebecca wollte nur noch die Daten übertragen und so schnell wie möglich nach Hause. Für einen Moment beobachtete sie den alten Mann, der in löchriger Kleidung und mit gezeichneter Haut wie Leder auf die Fahrbahn starrte und müde wirkte. Die Fahrt in dieser frühen Stunde nahm er vermutlich nur auf sich, um seine kleine Ernte auf einem der überlaufenen Märkte in Chinas explodierender Metropole zu verkaufen und mit dem Verdienst irgendwie über die Runden zu kommen. Was würde er denken, wenn er erführe, was seine Staatsführung tat?

Huldon mochte recht gehabt haben, als er gesagt hatte, dass Unwissenheit nicht vor Schuld oder Verantwortung bewahrte – aber wenn solche Verbrechen nicht an die Öffentlichkeit gelangten, wie sollte das alles ins Bewusstsein rücken?, fragte sich Rebecca. Die Hintergründe der Offshore-Leaks waren weitaus brisanter, als alle gedacht hatten. Viele Menschen spürten, ahnten, dass dieses System des globalen Kapitalismus weltweit krankte, aber nur wenige wussten, warum das so war. Rebecca war davon überzeugt, dass es an genau diesen Einzelheiten fehlte, an genau solch detaillierten Enthüllungen eines Gabriel Huldon, über die Gier der Eliten, die den Prozess aufzeigten, wie sehr die Globalisierung mit Verschuldung, Täuschung, Versklavung und Ausbeutung verbunden war und dass die Imperien in ihrem Machtkampf alles in den Abgrund zogen. Politik hatte nichts mehr mit der Sorge für das Allgemeinwohl zu tun, sondern mit einer nie da gewesenen Vergrößerung menschlichen Leidens, denn die Ausbeutung von Mensch, Tier und Natur wollte einfach kein Ende finden, und die Politik beharrte auf ihrer als alternativlos betitelten Ideologie, dass dieses Wirtschaftssystem am Ende für alle mehr Wohlstand bringen würde. Eine unfassbare Lüge, dachte Rebecca und atmete einmal tief ein. Die Geschichte dieses Economic Hit Man würde vielleicht erklären, wie wir dahin gekommen waren, wo wir uns jetzt befanden, warum wir uns in scheinbar unlösbaren Krisen befanden, weil wir uns zu sehr auf unseren Wohlstand konzentriert hatten, der am Ende ein paar wenige irrsinnig reich gemacht hatte und der nun in Zeiten der Krisen die große Mehrheit an den Rand ihrer Existenz brachte.

Das monotone Geräusch des Motors ließ Rebecca in eine Art Dämmerzustand fallen. Verschwommen sah sie die wenigen Lichter an sich vorbeihuschen. Es war an der Zeit, etwas zu verändern. Das Resultat aller Erfahrungen, die sie als eine erfolgreiche Ermittlerin von Scotland Yard für internationale Wirtschaftsverbrechen unausweichlich machen musste, fand hier bestenfalls einen neuen Höhepunkt. Vor dem, was sie durch Gabriel Huldon erfahren hatte, verblassten ihre alten Erfolge gegen Betrüger an den Börsen allerdings. Diese Dimension von Korruption, Erpressung und Betrug am eigenen Volk war ihr nie bewusst gewesen. Aber eines war ihr aus unzähligen Debatten durchaus klar, nämlich dass sich die Menschen insgeheim danach sehnten, dass in unserem gegenwärtigen System aus Banken, Konzernen, Regierungen und den Menschen, die das alles managten, grundsätzlich doch alles in Ordnung wäre – aber das war es nicht. Die Menschen wollten von Verzicht zugunsten anderer Völker doch in Wirklichkeit nichts hören. Auch nicht davon, dass unsere hoch effiziente weltumspannende Vernetzung auch dazu eingesetzt werden könnte, der gesamten Weltbevölkerung Frieden und Wohlstand zu ermöglichen.

Rebecca hatte selbst längst aufgegeben, andere dazu zu ermutigen, auf Institutionen einzuwirken, sich zu Wort zu melden, um den realen Albtraum gegen einen neuen Traum, der auf Achtung vor der Erde, sozialer Verantwortung und Gleichberechtigung beruhen würde, einzutauschen. Es gab so viel ermutigende Möglichkeiten, gerade jetzt die Welt umzubauen. Doch im Westen waren die Menschen erst auf die Barrikaden gegangen, nachdem der Börsencrash sie mit den unausweichlichen Tatsachen konfrontiert hatte, die für die meisten Verlierer am anderen Ende der Welt unverschuldet längst Realität waren. Und noch viel schlimmer: Dass von diesen Menschen viele wieder radikale Ideen verfolgten und sich populistischen Parteien anschlossen, vergrößerte ihre Resignation nur noch.

Der Anblick der ersten Pekinger Häuser rüttelte sie aus ihren düsteren Gedanken. Sie hatte es tatsächlich bis hierher geschafft.

Rebecca rieb sich über das Gesicht und ihre dunkle, zerzauste Lockenmähne. Sie waren angekommen, der Regen hatte nachgelassen. Die kraftlos aufgehende Sonne spiegelte sich leicht in den Autos und den Pfützen.

Der alte Chinese setzte sie mit einem freundlichen Nicken an einer Ecke ab, von der aus sie den Weg in die Hutongs wiedererkannte. Sie nahm sich ihre Jacke und den Rucksack, setzte die Sonnenbrille auf und dankte dem Mann mit einem Lächeln und einer Verneigung.

Sie drehte sich um, vergewisserte sich, dass ihr niemand nachschaute oder dass man sie gar schon erwarten würde. Sie bangte um Ching und hatte keine Ahnung, wie lange sie auf ihn warten sollte, bevor sie alleine zu seinem Vater gehen würde.

Sie ging die Straße hinunter, bog in die schmale Gasse und schaute sich immer wieder unauffällig um. Es war gerade mal sieben Uhr in der Früh, nur ein paar Neugierige hatten sich bereits in die Hutongs verirrt. Bis zu ihrem Ziel, dem kleinen Haus, das Ching als Treffpunkt vereinbart hatte, folgte sie einer kleinen Gruppe von Touristen. Sie schaute sich noch einmal um. Niemand nahm Notiz von ihr, und sie verschwand in dem kleinen Hinterhof. Unter dem Steindrachen neben den Brunnen suchte sie den Schlüssel und trat schließlich mit einem lauten Stöhnen in das Haus. In dem kleinen Wohnzimmer, das sie betrat, standen nur ein graues Stoffsofa mit einem zierlichen dunklen Holztisch davor sowie ein alter Schrank, eine kleine Kommode und ein schlichter Stuhl daneben.

Sie packte den Laptop aus, fuhr ihn hoch und setzte sich auf den Stuhl. Während die Daten von der Festplatte sich auf ihren Rechner luden, öffnete sie das Mailprogramm und warnte Allington davor, diese Daten in der Zentrale von Scotland Yard aufzuheben. Sie bat ihn, Kopien anzufertigen, und teilte mit, welchen Weg sie nun nehmen würde, um China zu verlassen.

Erst jetzt spürte sie die ganze Erschöpfung, und die Angst kroch empor. Ihre stille Hoffnung war, dass Chings Vater als ehemaliger Diplomat wirklich in der Lage war, ihr zu helfen. Hatte er bei dem Mittagessen am Tisch nicht gesagt, sie wollten China wieder verlassen? War das vielleicht schon länger geplant? Wusste er über die Zustände der chinesischen Regierung vielleicht sogar genau Bescheid? Sicher stünden ihm in London noch alle Wege offen. Aber sollte sie nicht doch besser versuchen, in die britische Botschaft zu gelangen? Bei Allington würde ihre Nachricht jedenfalls mehr als tiefe Sorgen auslösen. Als ob er davon gerade nicht genug hatte.

Sie tippte alles, so schnell es ging, warnte Allington vor der Überwachung und drückte auf Senden. Sie verpackte die Festplatte in eine Decke, die sie von der Kommode neben dem Sofa nahm. Ihre Hände zitterten. Sie ging hinaus und suchte in dem Innenhof nach einem provisorischen Versteck. Für lange Überlegungen gab es keine Zeit mehr. Hinter einer Gartenhütte waren Steinplatten aufgereiht, dazwischen gab es einen Spalt. Sie drückte das Bündel hinein und ging zurück ins Haus, setzte sich auf das Sofa, ihre Augen fielen ihr zu. Es war vorbei. Sie verspürte nur noch den Wunsch nach einer Dusche und die Sehnsucht nach ihrem Zuhause.

NEUNUNDVIERZIG

KURZ VOR PEKING, 28. FEBRUAR, 7.15 UHR

Als sie die Vororte von Peking passierten und noch immer keiner Kontrolle begegnet waren, hatte sich Parker, nachdem er Ethan notdürftig mit einem Verband und einem Schmerzmittel versorgt hatte, wieder auf den Beifahrersitz gesetzt. Mit seinem Laptop auf dem Schoß verschaffte er sich über die TAO-Einheit Zugang zu den Funkfrequenzen des chinesischen Militärs und des Geheimdienstes, um ihre Bewegungen nachvollziehen und bei Bedarf ausweichen zu können.

Er sah blass und müde aus, dachte Brown. Als er im Rückspiegel sah, wie Maloway auf der Rückbank mit verzerrtem Gesicht und Schweißperlen auf der Stirn immer wieder tief durchatmete, befürchtete er, dass er die Schmerzen vielleicht nicht mehr aushalten würde.

Parker wühlte in seiner Jacke, die noch über dem Beifahrersitz hing, und fischte eine Packung Tabletten heraus. Er öffnete die Konsole vor sich, nahm eine Flasche Wasser heraus und reichte beides Ethan.

»Nimm besser noch mehr Schmerzmittel, Ethan!«, sagte Parker, und Ethan schluckte ohne Murren die Pille.

»Was sagt die Botschaft?«, fragte Brown und lenkte den Wagen in eine Parkbucht. Parker hatte sich gerade erst schlaugemacht, welche Optionen sie hätten, das Land so schnell wie möglich und vor allem sicher zu verlassen, falls eine Evakuierung per Helikopter nicht mehr infrage käme. Dass sie am Ende gegen jede ursprüngliche Planung nun doch die Ermittlerin aus dem Verkehr ziehen mussten, beunruhigte Brown zusätzlich. Die Wahrscheinlichkeit, dass sie es noch rechtzeitig nach Peking schafften, um Winter abzufangen, ohne selbst in die Falle zu laufen, lag nahezu bei null. Deshalb war in Browns Gedanken bereits der Plan gereift, wie er eine Intervention in London gestalten würde, sollte Winter es schaffen, die Ergebnisse nach London zu übertragen oder sogar das Land zu verlassen. Er musste das MI6 und die britische Regierung dazu bringen, Winter fallen zu lassen, sie diskreditieren und die Ermittlungsergebnisse als komplette Fälschung darstellen. Dazu sollte ihm die Akte Winter, die Ergebnisse der internen Ermittlung gegen sie, nun mehr als nützlich sein, dachte Brown.

»Thomas! Was jetzt? Wann kommen wir hier raus?«

»Das Rescue-Team hat mir drei verschiedene Standorte außerhalb von Peking angegeben. Vom Pekinger Stadtkern brauchen wir dorthin jeweils zwischen ein und zwei Stunden. Das Pentagon hat aber ein rote Linie eingezogen!«

»Wie bitte? Was meinst du damit?«

»Auch für CIA-Operationen ist ab Mitternacht definitiv Schluss. Das heißt, wir sollten die Katze am besten bis 20 Uhr im Sack haben und uns ausfliegen lassen«, fasste Parker die Optionen zusammen.

»Thomas. Haben wir Narkosemittel?«

»Ja!«

Brown dachte nach. Das militärische Szenario im Südchinesischen Meer erhöhte auf dem internationalen Parkett der Diplomatie den Druck mit jeder weiteren Stunde. So paradox es Brown erschien, war dies durchaus hilfreich. Trotz einiger Fragen, was die Praxis der CIA und die Operation Browns in London und Peking betraf: Die britische Regierung sollte genügend Möglichkeiten haben, einen Superintendenten von Scotland Yard zur Räson zu bringen und Winter mundtot zu machen. Denn an einer weiteren Eskalation hatte man auch in London sicher kein Interesse, auch wenn man wenig Begeisterung für die illegale Überwachung Winters zeigen würde.

Und so kam es dann auch. Brown sah eine Mail von Spencer. Das Außenministerium hatte unerwartet schnell grünes Licht gegeben, dass sich die Londoner Botschafter der Vereinigten Staaten und Chinas für eine äußerst geheime diplomatische Sitzung beim MI6 einfinden würden, sobald Brown und sein Team in London wären. Es blieb nicht mehr viel Zeit, um Pekings unberechenbare Führung davon zu überzeugen, dass die ganze Geschichte noch geheim gehalten werden könnte. Damit Peking den ganzen Fall nicht vor der Weltöffentlichkeit zur Herstellung einer Kriegspropaganda nutzen würde, hatte man auch in London offenbar erkannt, dass der direkte Zusammenschluss der Botschafter und der Geheimdienste der schnellste Weg wäre, zu einer für alle Seiten akzeptablen Lösung zu kommen. Dass der chinesische Botschafter in London dem ebenfalls zugestimmt hatte, war ein kleiner Lichtblick. Sollte diese geheime Konferenz aber scheitern, konnten sich alle Beteiligten die Konsequenzen zu gut ausmalen. Huldon, Kingston und Winter würden tot oder lebendig als Spione wie Affen in einem Zoo präsentiert werden – und dann? Ein Gedanke, den keiner zu Ende denken wollte.

»Neal, es wird echt eng. Das Pentagon meldet, dass Peking auf Woody Island die Flugabwehrsysteme verstärkt und gegen unsere Kriegsschiffe in Stellung bringt«, sagte Parker und schaute Brown sorgenvoll an.

Woody Island war eine der umstrittenen Inseln im Südchinesischen Meer. Die diplomatischen Möglichkeiten näherten sich ihrem Ende.

Brown startete wieder den Van und fuhr langsam Richtung Pekinger Innenstadt.

»Ruhig, Thomas, so schnell wird nicht geschossen. Das gehört alles noch zum Säbelrasseln«, versuchte Brown zu beruhigen. Aber überzeugt war er davon selbst nicht mehr.

»Da bin ich mir nicht sicher, Neal. Peking wird die diplomatischen Beziehungen sicher bald abbrechen, und das wird das finale Signal zum Krieg sein. Wir sollten hier raus.«

»Sollte es dazu kommen, kann das sogar zu unserem Vorteil sein. In den Wirren eines solchen Abzugs können wir das Land weitaus unbehelligter verlassen. Hier arbeiten über eine halbe Million westlicher Geschäftsleute, die bei einem drohenden Krieg das Land genauso wie wir auf dem schnellsten Wege verlassen werden«, sagte Brown.

»Okay. Falls wir es nicht zu einem der Koordinaten schaffen, geht heute Abend um 20 Uhr eine Sondermaschine mit Angehörigen der Botschaft, nur falls, du weißt schon, aber besser wäre das Rescue-Team«, sagte Parker und drückte sich sein Headset ans Ohr und hielt sich den Finger vor den Mund.

»Unsere letzten getreuen Beobachter melden gerade, dass Winter in den Hutongs ist! Sie können nicht eingreifen, das Militär ist schon vor Ort.«

»Lassen sich Datenströme messen? Können wir irgendwie verhindern, dass Winter die Daten versendet?«, fragte Brown.

»Ich kann mit den Mitteln von hier nichts ausrichten, vielleicht schafft es die TAO-Einheit, aber wenn es nur Kontonummern und Namen sind, ist die Datenmenge so gering, das ist schneller durch als irgendwas«, sagte Parker und klappte seinen Laptop rasant zu.

Brown hatte innerlich ohnehin schon jede Hoffnung aufgegeben. Er war hundemüde, sie hatten schon in den vergangenen Tagen kaum schlafen können.

»Echtzeitüberwachung nennt ihr das, ja?«, brach es aus Brown heraus. »Scheiße, Scheiße! Spencer hat so was von Mist gebaut. Wir hätten das Ganze schon in London unterbinden müssen. Das ganze Risiko, nur um an diese Seilschaft innerhalb der Firma zu kommen, alles war eine Finte – und um was für einen Preis, verdammt!«

»Neal, das hilft uns jetzt auch nicht weiter«, sagte Ethan, der sich wieder etwas frischer zurückmeldete. Offenbar hatten die Schmerzmittel gewirkt und der Verband die Blutung gestoppt. Auch sein Gesicht hatte zumindest wieder etwas mehr Farbe.

»Ach ja? Schau dich doch an. Du hättest fast dein Leben dafür verloren!«

»War im Irak auch nicht anders! Wir baden die Scheiße nun mal aus.«

Brown schaute erst zu Parker und beobachte mit besorgtem Blick Ethan im Rückspiegel. Beide sahen aus wie zwei Saufkumpane nach einer durchzechten Nacht und blickten ihn auch so an. Ihre Kaltschnäuzigkeit war fast bewundernswert, als wären sie sogar stolz darauf, diesen Mist beiseitezuräumen. Wenn alles gut gehen würde, hängte man ihnen wahrscheinlich den *Intelligence Star* ans Revers.

»Okay, Jungs. Ihr seid echt heftig drauf. Selten so ein Team um mich gehabt! Also machen wir uns für alles bereit!«

FÜNFZIG

PEKING, HUTONGS, 28. FEBRUAR, 8.15 UHR

Ching hatte sich mit einem gestohlenen Motorrad zurück nach Peking durchgeschlagen und hoffte, dass Rebecca Winter es bis in das geheime Haus seiner Eltern geschafft hatte. Aber sein Weg hatte länger gedauert als erhofft. Von einem Regenschauer völlig durchnässt, wollte er seine Kleidung wechseln und seinen Vater darauf vorbereiten, sofort die geplante Route über die Mongolei in Angriff zu nehmen, um Winter vor dem sicheren Zugriff außer Landes zu bringen, sobald sie es in die Hutongs geschafft haben würde. Vielleicht konnte sein Vater aber auch seinen Einfluss als alter Diplomat geltend machen, und sie würden alle zusammen am Abend das Land verlassen.

Völlig außer Atem stand er im Hof. Wie viel Zeit würde ihm bleiben? In der Angst um sich und Winter wurde ihm erst jetzt klar, dass es ein Fehler gewesen war zu fliehen. Hätte er Huldon ausgeliefert, wäre er selbst vielleicht unbehelligt geblieben.

Kopfschüttelnd ging er zur Eingangstür des alten Hauses und wunderte sich, dass es so ruhig war. Normalerweise kam seine Mutter immer, nachdem sie das Knarren der Tür vernahm, zum Hof hinaus, und sein Vater werkelte zu dieser Morgenstunde oft draußen vor dem Haus, doch Ching sah nichts, hörte nur zwitschernde Vögel. Durch jede seiner Zellen schoss das Adrenalin. Er ging durchs Wohnzimmer, durchschritt den Flur in die Küche, in der seine Mutter für gewöhnlich um diese Uhrzeit bereits alles für das Mittagessen vorbereitete. Der Kohlsalat war nur zur Hälfte geschnitten, und das Frühstück stand auch noch unangerührt auf dem Tisch.

Ching ging weiter und öffnete vorsichtig die Tür zum Schlafzimmer, es war leer. Nun packte ihn endgültig die pure Panik. Er rief mehrmals seinen Vater, nichts war zu hören. Er rannte in den Hof, rief abermals.

Ohne Vorwarnung traf ihn von hinten ein Schlag in die Niere. Er ging zu Boden, zwei Männer in ziviler Kleidung zogen seinen verkrampften Körper wieder empor, und es dauerte keine Sekunde, bis er ein Smartphone vor seinen Augen hatte. Er sah eine Aufzeichnung, wie seine Eltern, gefesselt und geknebelt, von vermummten Männern aus dem Haus geschleppt und in einen Van verfrachtet wurden.

EINUNDFÜNFZIG

PEKING, INNENSTADT, 28. FEBRUAR, 9.15 UHR

Brown, Maloway und Parker erreichten gerade die Pekinger Innenstadt, als sie von einem ihrer Doppelagenten kontaktiert wurden. Parker hatte seinen Laptop wieder geöffnet und sich mit der TAO-Einheit und den letzten chinesischen Doppelagenten verbunden, die in den Hutongs noch die Stellung hielten. Brown konnte gerade noch die Maske mit einem Memo am Bildschirm erkennen, bevor Parker seinen Rechner mit einer solchen Wucht zuschlug, dass er zwischen seine Beine auf den Fahrzeugboden knallte.

»Was ist?«

»Wir haben es echt verbockt. Winter wurde eben vor den Augen unserer Leute abgeführt. Ching haben sie zusammengeschlagen, er wird jetzt festgehalten.«

Brown verlangsamte das Tempo des Vans und versuchte Ruhe zu bewahren, die Nerven der anderen lagen schon genug blank. Man konnte die Dinge nur noch Schritt für Schritt angehen, wie sie eben kamen. Und wie beim Schach war es am Ende nun mal so, dass sich vor einem Schachmatt für beide Seiten unendliche Möglichkeiten boten, Felder zu beschreiten – und jeder Zug konnte das Ende oder eine neue Chance bedeuten.

»Er hat es selbst kommen sehen, verdammte Scheiße. Aber wieso bringen sie ihn nicht um?«, sagte Brown in aller Ruhe.

»Wieso, wenn er Winters Versteck einfach so preisgegeben hat? Lebend ist er für die Staatssicherheit bei einem Verhör und anschließender zur Schau getragener Reue im Staatsfernsehen doch mehr wert. So ein Schlappschwanz«, polterte Ethan.

»Ich weiß nicht. Er wirkte nicht so. Einfach so wird er das nicht gemacht haben, da gab es einen Deal, und den wird er kaum freiwillig eingegangen sein.«

Parkers Laptop gab einen Piepton von sich. Parker bückte sich nach vorne, zog ihn wieder vom Boden hoch und klappte ihn auf, sodass Brown ihn betrachten konnte.

»Winter hat es geschafft!«

»Was?«

»Die TAO-Einheit hat den Server in London gehackt und eine Kopie der Daten gemacht. Außerdem wurde die Mail samt Anhang bereits von Scotland Yard abgerufen«, sagte Parker und zog sich mit einem Schütteln seine Jacke über die Schultern. »Scotland Yard weiß also alles!«

»Dann haben wir keine Wahl mehr«, sagte Brown und blickte in Ethans Gesicht. Schweiß lief von seiner bleichen Stirn, der Verband an seiner Hand hatte sich in kurzer Zeit nun doch mit Blut vollgesaugt, er brauchte medizinische Hilfe.

Brown wechselte die Fahrspur und fuhr in Richtung Chinesische Mauer raus aufs Land, um einen der Koordinaten für die Evakuierung durch das Rescue-Team zu erreichen. Brown sah auf sein Handy, das in der Konsole vibrierte.

»Ron?«

»Es gibt hier einen heftigen Streit über die richtige Strategie. Wir …«

»Hör mir zu, Ron«, unterbrach Brown seinen Boss, denn mehr war er im Moment nicht mehr für ihn. Zu viel war ihm und seinem Team verschwiegen worden. Er versuchte Spencer sachlich und trocken die letzten Ereignisse zu erklären, und mit jedem Wort spürte Brown, dass es seinem Vorgesetzten unangenehmer wurde. Der ganze schöne Plan von einem Täuschungsmanöver durch den Doppelagenten Zou Bhao war genauso gescheitert wie die Involvierung Kingstons und die Gewährleistung der Sicherheit der Ermittlerin Winter. Selbst wenn er am Ende zum Ziel Gabriel Huldon geführt hatte. Sein Tod war mit Abstand das Einzige, was gelungen war, einen Verräter hatten sie damit ausgeschaltet, aber selbst das war so nicht geplant gewesen.

»Neal. Es ist nicht so, dass ich dich nicht verstehe, aber für einen persönlichen Zwist ist jetzt keine Zeit. Du fliegst nach London …«

»Ich weiß, was ich zu tun habe!«

»Neal, was ist los mit dir?«

»Okay, lass mich einfach machen. Was ist mit den Botschaftern? Wir sind in zehn bis zwölf Stunden vor Ort.«

Es war kurz ruhig. Brown versuchte seine Wut zu bändigen.

»Das ist schon so gut wie eingefädelt. Du solltest aber wissen, dass man in Washington bereits Überlegungen anstellt, wie wir aus der Lage rauskommen. Ich gehe davon aus, dass man auf Entspannung setzen und sich zurückziehen wird, wie immer das aussehen mag. Wir werden sehen, dass wir Kingston da schnell rausholen …«

»Nein, das werdet ihr nicht!«

»Neal, drehst du jetzt durch? Was hast du vor?«

»Ron, wenn ich noch etwas ausrichten soll, brauche ich ihn als Verhandlungsmasse! Der Mann steckt zu tief da drin! Vielleicht kann ich Winter gegen ihn austauschen!«

Wieder war es ruhig auf der Leitung, kurz dachte Brown, dass Spencer aufgelegt hätte.

»Ich denke, ich weiß, was du versuchen willst, aber das habe ich offiziell nie gehört. Er wird sich in den Staaten verantworten müssen«, sagte Spencer schließlich. »Nun gut, unsere britischen Freunde werden ohnehin zahlreiche Fragen haben. Oberstes Ziel bleibt, dass die Methoden von Kingston und Huldon nie Washingtons offizielle Politik waren und dass die ganze Sache nicht an die Öffentlichkeit gerät. Dann lassen sich die Gemüter in der KP vielleicht noch beruhigen. Wenn du das hinbekommst – Chapeau! Ich sorge dafür, dass das MI6 sich sofort Scotland Yard vorknöpft, bis ihr vor Ort seid. Ihr habt nicht viel Zeit, das unter Kontrolle zu kriegen, Neal. Sonst wird das Pentagon womöglich andere Entscheidungen treffen müssen, und ich weiß nicht, wie das MI6 reagieren wird. Sie dürfen wegen Winters Verlust keinen Aufstand proben.«

»Dieser Superintendent ist kein Idiot, Ron, er wird die Daten sicher schon beiseitegeschafft haben«, sagte Brown.

»Das ist mir klar, und deswegen hast du neue Befehle!«

Brown sah auf sein Handy, Spencer hatte ihm gerade ein Memo geschickt. Er las nur die ersten Zeilen und blähte die Backen auf.

»Ron, das wäre ihr sicherer Tod!«

»Du hast mir das Dossier über Winter geschickt! Das ist deine Verhandlungsmasse, Neal. Kingston ist unantastbar, und es gibt keine andere Möglichkeit. Die Operation ist nicht mehr verdeckt. Wir verhandeln im Hintergrund mit Peking. Das heißt, ab jetzt unterstützen wir das Regime und lassen alles als eine Kampagne der Dissidenten aussehen. Wir sorgen dafür, dass diese Konten und die Gelder verschwinden. Ihr müsst den chinesischen Botschafter in London überzeugen, dass wir noch Herr der Lage sind. Er hält den direkten Draht zur Führung. Du hast also deine Befehle! Ihr habt maximal 48 Stunden!«

Spencer hatte die Verbindung abgebrochen. Brown senkte den Kopf. Jetzt ging es nur noch um einen Deal, bei dem die Führung der KP während der internen Machtkämpfe ihr Gesicht und ihre Macht wahren konnte. Wie Spencer es angekündigt hatte. Jetzt würde es richtig schmutzig werden.

»Thomas, schick das nach London zum MI6, die sollen alles vorbereiten. Das Recue-Team soll sich sofort in Bewegung setzen, und wir brauchen die schnellste Maschine nach London, und ich benötige Informationen darüber, was Kingston ausgeplaudert hat, oder ich kann für Winter nichts mehr tun!«

ZWEIUNDFÜNFZIG

PEKING, HUTONGS, 28. FEBRUAR, 13.55 UHR

Der Schlag in die Nieren hatte seine Wirkung nicht verfehlt. Unter kaum ertragbaren Schmerzen war er sofort eingeknickt und hatte Winters Versteck preisgegeben. Nur so, dachte Ching, gäbe es überhaupt noch die Möglichkeit, ihr am Ende wieder helfen zu können und seinen Eltern die Ausreise zu ermöglichen. Je schneller und unterwürfiger er sich gab, wusste er, desto höher standen die Chancen, dass man ihn als weniger gefährlich einstufen würde.

Zwei mit dunklen Stoffjacken bekleidete Männer des Ministeriums für Staatssicherheit standen um ihn herum. Während ein weiterer etwas dicklicher Mann in einer grauen Lederjacke, der sich als leitender Beamter ausgewiesen hatte, umherlief und telefonierte, kauerte Ching am Tisch im Hof seines Elternhauses und hofft wider alle Vernunft, dass er irgendwie noch eine Chance bekäme, Winter zu helfen. Immerhin war es ihm gelungen, den Männern klarzumachen, dass er nur im Sinne der Antikorruptionskampagne gehandelt habe und keine Ahnung davon hatte, dass Winter als Interpolbeauftragte ernsthaft Pläne hegte, die Staatsführung in Misskredit zu bringen. Dass ihm die

Staatssicherheit die Geschichte abkaufen würde, hatte Ching nicht wirklich erwartet, aber das Gegenteil konnten sie noch nicht beweisen.

Mit einem argwöhnischen Blick kam der leitende Beamte der Staatssicherheit auf ihn zu, steckte sein Telefon ein und stellte sich breitbeinig vor ihm auf.

»Ihre Eltern werden freigelassen und müssen das Land verlassen, wenn Sie vor dem Gericht und im Staatsfernsehen gegen Winter ausgesagt haben. Danach wird das Ministerium entscheiden, was mit Ihnen geschieht. Ist das klar?«

Ching nickte nur. Er wusste genau, dass es nur den Beziehungen und dem Status seines Vaters als ehemaligem Diplomaten zu verdanken war, dass er nicht sofort hingerichtet wurde. Trotzdem blieb es ihm ein Rätsel, wie sein Vater es am Ende hatte einfädeln können, dass es nicht schlimmer gekommen war. Dennoch würden sie ihn entweder einbuchten oder ebenfalls des Landes verweisen. Ein Ticket nach London ohne Wiederkehr.

Der etwas stämmige Mann machte eine Handbewegung zum Haus. War es das Zeichen, dass er überleben würde?, fragte sich Ching? Das Politbüro war sich wohl sicher genug, dass er und seine Familie über die Vorkommnisse Stillschweigen bewahren würden – in der Hand hatten sie ja nichts – und dass der Vater als Diplomat alter Schule, bisher jedem Präsidenten treu ergeben, dies auch glaubwürdig untermauern konnte.

Es war nicht das erste Mal, dass man Dissidenten oder andere Querulanten des Landes verwies, aber die Verwandten blieben in der Regel als Faustpfand im Land. Dazu gehörte auch Lila. Aber was gerade in seinem Inneren zu einem Entschluss reifte, wäre ihr sicherer Tod. Die Regierung hatte mit Winter und diesem toten Huldon alles, was sie brauchte, um die Wahrheit zu verdrehen, zu vertuschen, ja, um die Vorgänge geradezu als eine vom Westen initiierte Verschwörung aussehen zu lassen. Vermutlich würden sie Winter ein Geständnis abringen, das ihr jede Zukunft verbauen würde. Sie würden sie nie wieder freilassen.

Der leitende Beamte telefonierte abermals, senkte schließlich das Telefon und nickte zu Ching.

»Holen Sie sich ein paar Sachen, und dann folgen Sie uns ins Ministerium«, sagte er barsch.

Die anderen beiden Männer hatten sich mit gezogener Waffe vor dem Eingang postiert.

Als Ching sich erhob und ins Haus ging, folgte ihm einer der Männer. Es würde seine letzte Gelegenheit sein, persönliche Dinge einzupacken, danach würde er nie wiederkehren, das wusste Ching.

Seine Eltern taten ihm leid. Aber sie würden nicht lange darunter leiden, dachte er. Jahrzehnte hatten sie mehr in London und anderen westeuropäischen Städten gelebt, und ihnen ging es nicht viel anders als ihm. Sie fühlten sich ohnehin als Fremde im eigenen Land. Sein Vater hatte vorgesorgt und vor Jahren eine beschauliche Wohnung im Londoner Stadtteil Mayfair gekauft. Das Leben in den Hutongs war nur noch ein sentimentales Festhalten an Traditionen in einem Peking, das sich tagtäglich mit seinem Wachstum selbst überholte und dem Vater schon länger nicht mehr zusagte.

Ching ging als Erstes unter Beobachtung des Mannes, der ihm gefolgt war, ins Bad. Er presste beide Hände an das Waschbecken und betrachtete sein Spiegelbild. Er musste Allington warnen und herausbekommen, wo man Winter hingebracht hatte. Gäbe er einfach nach, würde Lila ihn zeit ihres Lebens hassen. Er hatte den Eindruck gewonnen, das Lila Rebecca Winter bei ihrer ersten Begegnung ins Herz geschlossen hatte. Vielleicht konnte sie ihm nun mit ihren fragwürdigen Kontakten in die Unterwelt und zu Pekings Dissidenten sogar helfen. Aber dann müsste er irgendwie dafür sorgen, dass sie beide das Land verlassen könnten.

Mit Argusaugen verfolgte der Mann der Staatssicherheit jeden Schritt. Ching ging in seinen Schlafraum rechts vom Bad, packte eine Stofftasche mit Kleidung und ein paar Erinnerungsstücken voll, schaute sich um und konnte in einem kleinen Moment der Unaufmerksamkeit seines Bewachers sein Kryptohandy und den Autoschlüssel für seinen BMW einstecken. Als er sich auf den Weg in die Küche machte, sah er kurz die beiden anderen Männer im Hof am Holztisch sitzen. Sie rauchten und redeten. Sie sind sich ihrer Sache zu sicher, dachte Ching.

Dann brüllte einer der Männer, er solle sich beeilen. Ching rief zurück, er sei gleich fertig.

Sein Bewacher, der ihm eng gefolgt war, schaute kurz auf den Küchentisch, als Ching dessen Kopf mit voller Wucht gegen die Wand schlug. Der Mann sackte zu Boden. Ching öffnete gegenüber von der Spüle das kleine Fenster zum Nachbarhof, warf erst den Rucksack hinaus und krabbelte dann mit Mühe über die Anrichte durch den schmalen Rahmen. Seine Hose zerriss, er atmete die gesamte Luft aus, um schmaler zu werden und rutschte kopfüber hinunter auf den Boden. Ching rollte sich ab, schnellte über den Hof und hievte sich auf das Dach des Nachbarhauses. Er kannte hier jeden Meter.

Schon hörte er die Schreie seiner Verfolger, zögerte aber keine Sekunde. Er war sich sicher, schneller als sie aus den Hutongs zu kommen, und niemand würde seinen Verfolgern helfen, denn seine Familie besaß bei den Nachbarn weitaus mehr Ansehen als irgendwelche Schergen des Regimes.

Nach einigen Metern sprang er vom Dach in eine der verwinkelten Nebengassen und erreichte seinen Wagen. Er startete ihn und sah im Rückspiegel, dass die Männer ihm mit gezogenen Waffen vergeblich hinterherliefen. Aber sie schossen merkwürdigerweise nicht.

Es würde wenige Minuten dauern, und er wäre von Polizeiwagen und Militärfahrzeugen umzingelt. Er bremste, ließ den Wagen stehen, setzte sich eine dunkle Baseballkappe auf, die im Handschuhfach lag, und lief, so schnell er konnte, zur nächsten Haltestelle. Er setzte sich in irgendeinen Bus, der gerade kam, in die hinterste Reihe. Nur Sekunden später konnte er die Sirenen hören und blickte nach vorne. Der Bus fuhr los. Er öffnete, die Blicke immer wieder nach draußen gerichtet, auf seinem Kryptohandy den Internetbrowser. Obwohl es kaum noch VPN-Dienste gab, mit denen sich die Netzblockaden durch die staatliche Zensur umgehen ließen, war es ausgerechnet Lila, die ihm immer wieder neue Software vermittelte, deren Übertragungsprotokolle noch funktionierten.

Schließlich gelang es ihm, Lila eine Mail zu schicken und um Hilfe zu bitten, ihn an einen sicheren Ort zu bringen. Dann kam die vielleicht schwierigste Aufgabe. Er schrieb die Mail an Allington. Die Wahrheit zu schreiben fiel ihm schwer. Rebecca Winter und er waren erst vor vier Tagen nach Peking gekommen, heute sollte die Scotland-Yard-Ermittlerin zurückkehren – und nun das. Er schrieb nur, dass Winter entführt worden sei und sich in Lebensgefahr befände, wenn die Ermittlungsergebnisse nicht verschwiegen werden würden, und dass er alles daransetze, ihren Aufenthaltsort zu erfahren.

Du bist ein Feigling, dachte er sich und löschte die Mail wieder.

Ching blickte nach vorne, der Bus war fast leer. In London war es jetzt kurz vor acht. Er wählte die Nummer von Allington und wartete ab.

»Allington, Scotland Yard!«

»Ich habe nicht viel Zeit, Mr Allington. Rufen Sie mich von einer sicheren Leitung zurück.«

»Ich habe die Mail von Rebecca schon erhalten. Diese Leitung ist sicher. Was verdammt fällt Ihnen ein, sich nicht zu melden? Diese Daten und was Rebecca mir geschrieben hat … Sie sollte heute das Land verlassen! Was zum Teufel ist da los? Wieso geht sie nicht einfach in die Botschaft und …«

»Es ist zu spät. Es ist meine Schuld. Sie hat sich korrekt verhalten. Unser Geheimdienst hat sie festgesetzt.«

»Was? Sie hatten mir versprochen …«

»Versuchen Sie über die britische Botschaft zu intervenieren, aber ich fürchte, man wird sie nicht mehr gehen lassen«, flüsterte Ching. »Ich melde mich wieder, wenn ich mehr weiß! Ich muss untertauchen, aber ich habe gute Kontakte. Sobald ich weiß, wo sie ist, werden Sie es erfahren«, ergänzte er mit brüchiger Stimme, dann brach er die Verbindung ab. Ching ließ das Handy fallen und den Kopf hängen.

DREIUNDFÜNFZIG

UMGEBUNG PEKING, AUF UNBEKANNTEM WEG, 28. FEBRUAR, 14.30 UHR

Rebecca hatte keine Ahnung, wo man sie hinbringen würde. Sie konnte nichts sehen, spürte einen Stoff auf ihrem Gesicht. Sie hörte Motorgeräusche, lag verkrampft auf der Seite, ihre Hände ertasteten eine Ledergarnitur. Ihr Körper rutschte hin und her. Alle paar Sekunden spürte sie einen Druck auf den Ohren, was sie regelmäßig zum Gähnen und Schlucken zwang. Fuhren sie ins Gebirge? Sie empfand eine diffuse Übelkeit, ihr Kopf brummte, die Sinne waren nur halb anwesend, man hatte sie betäubt.

Die erste Erinnerung: Ein dumpfer Schlag, als sie ins Bad gehen wollte. Man hatte ihr einen Sack über den Kopf gestülpt und eine Spritze in den Arm gejagt. Die Dunkelheit und das ständige Hin und Her des Wagens verstärkten ihre Übelkeit. Und von Minute zu Minute wurde es kälter. Sie zitterte am ganzen Körper.

Langsam kam sie zu sich. Ihre ersten Gedanken: Was war mit Ching geschehen, und was tat sich wohl in London bei Allington und der britischen Regierung? Dann machte sich Angst in ihr breit – Angst davor, misshandelt zu werden oder am Ende sogar in einem chinesischen Gefängnis zu versauern. Sie hatte schon die fürchterlichsten Dinge über die Praktiken in chinesischen Haftanstalten gehört, um Menschen zu Geständnissen zu zwingen. Als Frau hatte man in China keinen Bonus.

Aber sie war doch Scotland-Yard-Ermittlerin, beruhigte sie sich, und Großbritannien hatte zumindest direkt mit den Spannungen zwischen Washington und Peking nichts zu tun.

Ihre Überlegungen wurden jäh unterbrochen, als der Wagen plötzlich anhielt. Sekunden später hörte sie, wie die Tür geöffnet wurde, ein lautes Wirrwarr von chinesischen Stimmen um sie herum, unter dem Stoffsack konnte sie Taschenlampenlicht erkennen. Jemand packte sie unter den Achseln und zerrte sie aus dem Auto. Ihre Füße schleiften erst über steinigen Boden, dann über Beton. Sie hörte das metallische Scheppern eines Schlüsselbundes und das Quietschen einer Stahltür. Sie wurde auf etwas geworfen, das eine Pritsche sein mochte. Jemand fesselte sie an Händen und Füßen. Die Angst nahm ihr die Luft zum Atmen.

Plötzlich riss ihr jemand den Sack vom Kopf. Nur langsam konnte sie erste Konturen von Männern und einer Frau sehen. Sie alle trugen graue Parkas, waren kaum zu unterscheiden. Einzig ein jüngerer Mann mit schwarzer Lederjacke begann sie anzuschreien und präsentierte ihr ein Schriftstück auf Chinesisch mit zwei roten Stempeln darauf. Nur unter dem Wappen war in Englisch erkennbar: »Ministerium für Staatssicherheit der Volksrepublik China, Unterabteilung Peking«. Das Schriftstück trug die Nummer »10299«.

Der erst düstere Raum wurde mit einem Klick nun taghell erleuchtet. Ein Halogenscheinwerfer strahlte ihr aus nächster Nähe ins Gesicht, blendete, ließ sie den Kopf zur Seite drehen und in eine Kamera blicken, welche die bizarre Situation festhielt.

Die Wände um sie herum waren aus grauem Beton, es roch nach Rost, gammligem Wasser und altem Öl. An der Decke drehte sich summend ein Ventilator. Gegenüber der Pritsche konnte sie ein Waschbecken und mehrere mit Wasser gefüllte Eimer erkennen. Die anderen Chinesen standen an der Eingangstür herum und kümmerten sich nicht weiter um sie. Sie lachten abwertend.

Rebecca spürte, dass ihr linkes Auge geschwollen war, nun begann es langsam zu schmerzen. Auf einem Tisch vor ihr lagen die Sachen, die sie im Hilton Hotel bewusst hatte liegen lassen, daneben fein säuberlich aufgereiht weitere Wanzen und Sender, die sie vermutlich dem MI6 zu verdanken hatte.

Schließlich öffnete sich die Stahltür, und ein weiterer Chinese trat ein. Er hatte einen dunklen Anzug an, seine Haare waren hellgrau, sein faltenloses Gesicht blickte angewidert auf sie herab.

»Wo haben Sie die Festplatte versteckt, die Ihnen der amerikanische Spion überlassen hat?«, schrie der Mann sie an. Sein Englisch hatte kaum einen Akzent.

»Wer sind Sie? Meine Regierung wird das nicht auf sich sitzen lassen. Ich bin Scotland- …«

Die Ohrfeige traf sie völlig unvorbereitet.

»Wir wissen, wer Sie sind, Rebecca Winter, und Sie werden diesen Ort nicht mehr lebend verlassen, wenn Sie nicht vollständig gestehen!«, brüllte der Mann weiter. Die Adern auf seiner Stirn schwollen an.

Seine Brutalität ließ Rebecca für einen Moment verzweifeln. Was würde geschehen, wenn sie die Wahrheit sagte – dass sie die Daten längst nach London übermittelt hatte?

»Ich bin nur in Ihrem Land gewesen …«

»Weil Sie eine Spionin sind …«

»Was soll der Wahnsinn? Sie wissen, das stimmt nicht.«

»Wen interessiert das noch, wenn wir Sie wegen Mordes an Tse Wuang und Spionage anklagen und hinrichten? London wird Sie fallen lassen. Wo haben Sie die Daten versteckt? Wo?«

Die ganze Aktion wirkte trotz der Bedrohung konfus und unkoordiniert. Plötzlich rannte der Mann in der schwarzen Lederjacke, das Handy ans Ohr klemmend, hinaus. Dann kam er zurück und flüsterte dem Anzugträger und offensichtlichen Leiter der Gruppe etwas ins Ohr.

Die Betäubung hatte weiter nachgelassen. Rebecca spürte einen ersten Impuls von Kraft zurückkehren und beschloss, Zeit zu gewinnen.

»Die Festplatte befindet sich in dem Hof. Hinter der Gartenlaube liegen Steinplatten, in einer der unteren Hohlräume«, sagte sie, und sofort drehte der Anzugsträger die Halogenlampe von ihr weg. Dann machte er eine Handbewegung, und alle anderen verließen den Raum. Er legte ihr wieder das Papier vor.

»Unterschreiben Sie das!«

»Nein. Ich will den Botschafter sprechen. Ich bin nur hier gewesen, weil ich die …«

Die nächste Ohrfeige war so stark, dass Rebecca fast das Bewusstsein verlor. Ihr Peiniger stand auf, richtete seine Krawatte, schaute Rebecca verächtlich an, ging zum Waschbecken, nahm einen der Eimer und goss das kalte Wasser über sie aus. Rebecca kreischte erstickt. Sie fragte sich unwillkürlich, ob auch Ching gerade so zugerichtet wurde. Nein, für ihn befürchtete sie weitaus Schlimmeres, vermutlich würde gerade seine Leiche schon irgendwo entsorgt.

»Ms Winter. Sie werden zum Tode verurteilt, wenn Sie das nicht unterschreiben. Gestehen Sie, für den amerikanischen Geheimdienst spioniert zu haben, und Sie können irgendwann auf einen Austausch hoffen«, sagte er. In Rebecca baute sich statt Angst nun eine abgrundtiefe Wut auf.

»Ich bin eine Scotland-Yard-Ermittlerin, die Ihrem Land hilft, die Korruption aufzudecken, Sie verdammter Idiot!«

»Sie sind keine Polizistin. Sie sind eine Doppelagentin der CIA und des MI6!«

»Sie sind völlig verrückt. Was soll der Schwachsinn? In meiner Jacke ist mein Ausweis, und in London wartet mein Vorgesetzter auf mich!«

Der Mann ging zu Rebeccas Jacke, zupfte ihren Ausweis aus der Innentasche, zog ein Feuerzeug aus der Tasche und zündete die Plastikhülle an.

»Ich gebe Ihnen nicht mehr viel Zeit, Rebecca Winter«, drohte der Mann. »Falls das überhaupt Ihr richtiger Name ist.«

»Sie Bastard. Sie werden nicht mehr verhindern können, dass die Wahrheit ans Licht kommt!«

»Was?«

»Ich habe die Daten nach London geschickt.«

Plötzlich zog der Mann eine Pistole und beugte sich über Rebecca und setzte sie auf ihre Stirn.

»Gestehen Sie, dass Sie eine Spionin sind!«

»Ich bin Rebecca Winter, Scotland-Yard-Ermittlerin und ich will den Botschafter sprechen, sofort!«

VIERUNDFÜNFZIG

LONDON, SCOTLAND YARD, 28. FEBRUAR, 8.35 UHR

Hastig fuhr Robert Allington seinen Rechner hoch. Den Telefonhörer zwischen Schulter und Ohr geklemmt, versuchte er, den britischen Botschafter in Peking zu erreichen. Gleichzeitig wühlte er in seiner Schublade nach Datensticks. Die ersten Zeilen von Rebeccas Zusammenfassung über die Hintergründe und das Wissen eines sogenannten Economic Hit Man, das tatsächliche Komplott hinter dem gigantischen Firmengeflecht der Offshore-Leaks, hatten ihm unweigerlich klargemacht, dass sich Rebecca in sehr ernsten Schwierigkeiten befand. Die Vorstellung, sie in einem der berüchtigten Gefängnisse Chinas zu wissen, ließ ihn für einen Moment alles andere vergessen. Die ersten Zeilen von Rebeccas Recherchezusammenfassung hinterließen bei ihm ein Ohnmachtsgefühl. Er wollte sie so schnell wie möglich in Sicherheit bringen, denn hier waren zu viele Spieler am Tisch. Was immer Rebecca gerade geschah – diese Daten waren der Grund dafür. Sie beiseitezuschaffen war vielleicht ein Weg, um den Spielraum für Verhandlungen zu vergrößern, ohne aber völlig verantwortungslos zu handeln. Allington überflutete eine panische

Angst – der Gedanke, vielleicht nichts mehr für Rebecca tun zu können.

»Superintendent Robert Allington, Scotland Yard, verbinden Sie mich sofort mit dem Botschafter«, bellte er ins Telefon. Parallel versuchte er sich ein genaueres Bild von den Daten im Anhang von Rebeccas E-Mail zu machen. Es waren Hunderte Seiten, und erst jetzt begriff Allington das ganze Ausmaß. Die IT-Spezialisten ein Stockwerk unter seinem Büro hatten alles eilig in eine verschlüsselte PDF-Datei umgewandelt. Er ahnte, dass jeden Augenblick die Server von Scotland Yard unter Beschuss stehen würden, um diese Ermittlungsergebnisse, so denn Rebeccas dramatische Zusammenfassung richtig war, zu vernichten. Er überlegte einen Moment, lud die Daten auf einen der Sticks und steckte einen weiteren ein.

Sie waren von Anfang an belauscht und hintergangen worden, wusste Allington jetzt. Er ballte eine Hand zur Faust. Hatte man Rebecca mit Absicht in diese Falle laufen lassen? Er ahnte die Brisanz, sollte alles öffentlich werden. Doch genau das war die einzige Chance, sich für Rebecca einzusetzen, dachte er – und plante ein Manöver.

»Sir, es tut mir leid, aber der Botschafter ist in einer dringenden Sitzung«, sagte die Dame freundlich, aber bestimmt.

Sosehr er gelegentlich an Rebeccas Methoden und Frechheit schon verzweifelt war, jetzt hatte sie sich nichts zuschulden kommen lassen.

»Dann holen Sie ihn da sofort raus!«

»Worum geht es, Sir?«

»Eine Ermittlerin ist in Peking in Gefangenschaft geraten und vermutlich in Lebensgefahr!«

»Sir, es tut mir leid, aber dazu kann und wird der Botschafter derzeit keine Stellung nehmen oder aktiv werden. Wenden Sie sich bitte direkt an das Außenministerium.«

In diesem Moment rutschte Allington das Herz förmlich in die Hose. Was wurde da gespielt? Für solche Fälle waren immer zuerst die Botschaften zuständig. Er schmiss den Hörer auf den Tisch, schnappte sich die Datensticks, ließ sie in seiner Anzughose verschwinden und ging in den Nebenraum zu seiner Sekretärin Sally.

»Kommen Sie bitte kurz mit!«

Sollte Rebeccas Warnung, der zufolge die Büros verwanzt worden waren, wahr sein, musste er schnell handeln und versuchen, die Situation zu nutzen. Sally war seit 20 Jahren in der Abteilung und hatte schon die unmöglichsten Situationen mit Allington erlebt, aber zu einem konspirativen Treffen auf den Fluren abseits der Abteilung war es noch nie gekommen. Entsprechend blickte sie ihn an, zögerte aber keine Sekunde. Allington ging mit ihr Richtung Lift. Kurz bevor sich die Fahrstuhltür öffnete, steckte er ihr einen der Datensticks in die Seitentasche ihrer Kostümjacke.

»Was war das?«

»Sally! Heben Sie das bitte für mich auf und sagen es niemandem. Bitten Sie mich gleich im Büro um Urlaub – und dann raus hier, wir wurden verwanzt!«, wisperte Allington.

Er strich Sally kurz über die Schulter, spürte, dass sie leicht zitterte. Sie kehrten um, und anstatt in sein Büro zu gehen, wanderte Allington in das Großraumbüro seiner Abteilung und setzte sich an einen freien Platz. Kurz trafen ihn fragende Blicke einiger seiner Mitarbeiter. Er hob den Hörer eines Telefons ab und versuchte noch mal, den Notdienst der britischen Botschaft in Peking zu erreichen, doch die Verbindung kam nicht zustande.

In diesem Moment erblickte er auf dem stumm geschalteten Deckenfernseher im hinteren Bereich des Raumes das Bild eines Mannes, den er nicht kannte, und daneben das Foto von

Rebecca Winter. Es war eine Aufzeichnung des chinesischen Staatsfernsehens, die die BBC sendete. Ein Mitarbeiter blickte zu Allington, hob die Fernbedienung hoch und schaltete den Ton ein. Alle Mitarbeiter ließen die Telefonhörer sinken, nahmen ihre Hände von der Tatstatur, schlagartig hörte das umtriebige Gemurmel auf.

Auf dem Bildschirm wurden nun Hintergrundbilder einer gemischten Menschenmenge aus Chinesen und westlichen Amtsträgern gezeigt, die sich, umringt von Kameras und Mikrofonen, einem Sitzungssaal näherten.

»*... Im Vorfeld der schwierigen Verhandlungen über ein neues Handelsabkommen, der Sicherstellung der Währungsstabilität und die Beilegung eines drohenden bewaffneten Konflikts im Südchinesischen Meer hat sich heute Morgen eine Delegation amerikanischer Unterhändler in Peking eingefunden, um das Treffen beider Präsidenten für kommende Woche vorzubereiten. Überschattet wird das Zusammentreffen von der Ergreifung eines amerikanischen Spions und einer als Scotland-Yard-Ermittlerin getarnten britischen Agentin, die in der Nacht nach einer Schießerei festgesetzt wurden. Gerüchte, dass der Agent der CIA getötet wurde, konnten bisher nicht bestätigt werden. Aus London und den USA wurden die Anschuldigungen als haltlos zurückgewiesen und die sofortige Freilassung ...*«

Allington starrte weiter auf den Bildschirm. Niemand sprach ihn an. Er dachte kurz an Rose. Sie wäre zwar gut versorgt, hatten die Ärzte versichert, aber für die nächsten Tage würde sie in der Klinik zur Bestrahlung bleiben müssen. Er hatte ihr versprochen, dass er möglichst schnell wieder ins Krankenhaus käme.

Allington stützte seinen Kopf mit der Hand ab, blickte durchs Fenster. Ein Gemisch aus Schneeflocken und Regen verschleierte die Konturen der Häuser. Für einen Moment überlegte er, ob er besser alles Assistant Comissioner Harms übergeben sollte. Aber das Entsetzen über diese Lüge, mit der man Rebecca festhielt, ließ ihm keine Wahl. Er konnte sich jetzt unmöglich in die zweite Reihe zurückziehen.

Und so schnappte er sich einen Stift und einen Zettel und schrieb hastig eine Botschaft auf. Er stand auf und ging nochmals in das Büro seiner Sekretärin Sally, die gerade dabei war, sich ihren Mantel überzuziehen.

»Sir! Ich habe unerwartet die nächsten Tage meinen Enkel zur Obhut. Ich würde mir gerne freinehmen, wenn es geht!«

»Kein Problem, Sally, tragen Sie es einfach ein. Liebe Grüße an die Familie«, sagte er mit vor den Mund gehaltenem Finger, winkte sie zu sich und schrieb auf ihrem Tisch eine weitere Notiz, den anderen Zettel hatte er bereits zusammengefaltet.

Geben Sie das Tom Blackwald vom Guardian. Er soll es unbedingt online stellen. Sagen Sie ihm, dafür liefere ich ihm die Story des Jahrzehnts. Nicht ihr Handy nutzen. Festnetz. Grüße an Rose!

Sally nickte ruhig. Sie verstaute die beiden Zettel in ihrer Tasche und ging hinaus.

Gespannt, was man ihm im Außenministerium für eine Geschichte auftischen würde, setzte sich Allington an Sallys Tisch und versuchte dort jemanden zu erreichen. Doch keine der zuständigen Stellen hob ab. Nach ein paar weiteren vergeblichen Versuchen klopfte es an die Tür, und ohne abzuwarten, kamen zwei Männer mit gezogenem Ausweis des Geheimdienstes MI6 auf ihn zu. Aus seinem nur ein paar Meter entfernt liegenden Büro konnte er das Klappen von Schranktüren und Schubladen hören.

»Mr Allington, bitte die Hände von der Tastatur, stehen Sie auf und folgen Sie mir!«, sagte ein großer, blasiert wirkender Mann ohne jede Regung im Gesicht. Ein stattliches Muskelpaket mit geschorenem Schädel stellte sich zudem vor Allington auf und wollte an Sallys Rechner.

»Sir, ich muss Sie bitten, sich durchsuchen zu lassen«, sagte der Mann.

Allington nahm den Stick aus der Tasche und warf ihn auf den Tisch. »Ihr habt keine Ahnung, was hier gerade verbockt wird!«

»Nein, haben wir auch nicht«, kommentierte der Mann des Geheimdienstes und nahm den Stick. Allington ließ das Abtasten mit einem Scanner und Händen über sich ergehen.

»Gut, alles klar. Ich nehme mir die Server vor!«

Allington wusste, dass es keinen Sinn hatte, sich mit den Schergen des MI6, die nur für die Sicherstellung von Informationen und Personen zuständig waren, weiter anzulegen.

»Und jetzt?«

»Nun, das können Sie sich ja denken. Man erwartet Sie im Büro der Leiterin des MI6!«

»Gut, ich hole meinen Mantel.«

»Den bringe ich Ihnen, Sir!«

»Keine Sorge, ich kann mir vorstellen, wie es in meinem Büro aussieht.«

Allington ging umringt von den beiden Männern den Flur entlang und betrat sein Büro. Alle Schubladen waren aus den Halterungen genommen worden. Aktenberge lagen auf den Tischen verstreut, die Schachtel mit Erinnerungen aus seinem alten Büro war ausgeschüttet. Er zupfte sich seinen Mantel vom Haken neben der Tür und sah, dass am Boden die Geldbörse mit dem Emblem des FC Liverpool lag. Auf dem schwarzen Leder klebte in Form eines Schuhabdruckes der Dreck der Straße. Einer der Männer musste achtlos draufgetreten sein. Allington hob Rebeccas Geschenk aus besseren Tagen hoch, hielt kurz inne, klopfte den Schmutz ab und steckte es in seine Manteltasche.

»Sir, sollten Sie über weitere Kopien dieser Dokumente verfügen, müssen Sie diese im Interesse ...«

»Hab schon verstanden, Jungs. Ich bin noch nicht einmal dazu gekommen, mir das genau anzusehen«, sagte Allington mit einer leicht ätzenden Gestik.

»Sir! Die Daten wurden aber mehr als einmal vom Server geladen und bereits in der IT-Abteilung bearbeitet. Und …«

»Was Sie nicht sagen. Na, dann war wohl jemand noch schneller als ich. Aber ich denke, wir klären das am besten im MI6!«

»Dann unterschreiben Sie das!«

»Was ist das? Mein Todesurteil?«

»Eine Verpflichtung zur Geheimhaltung von Staatsgeheimnissen«, grinste der Mann spöttisch. »Sie sollten das Prozedere doch schon kennen!«

Vor den schockierten Blicken einiger seiner Mitarbeiter im Flur zerriss er das Papier.

»Das wird Ihnen nicht helfen. Ich muss Sie jetzt bitten mitzukommen. Sie sind auf Anordnung des Commissioners Scotland Yards vorübergehend vom Dienst suspendiert.«

Nach einer Viertelstunde Fahrt durch den morgendlichen Stau hatten sie das Hauptgebäude des britischen Geheimdienstes erreicht. Das Kuriose und vielleicht auch Hilfreiche an dieser Lage war, dass Allington die Leiterin des MI6, Paula Harrison, seit Jahrzehnten kannte. Sie hatte während des gemeinsamen Studiums eine innige Freundschaft verbunden. Inzwischen pflegten sie zumindest noch einen respektablen Umgang. Sie hatten nicht nur an der gleichen Uni studiert. Da Harrison bei Scotland Yard einige Jahre eine Abteilung zur Aufklärung von organisierter Kriminalität geleitet hatte, hatten sie zeitweise auch im gleichen Gebäude gearbeitet und sich oft in der Kantine getroffen. Paula Harrison war eine hochgewachsene Brünette mit strenger Mimik und brillanter Auffassungsgabe, keine Abenteurerin und keine blindwütige Agentin, die das Leben von Menschen leichtfertig aufs Spiel setzen würde. Vor zehn Jahren war sie erst zum MI5 und schließlich zum Auslandsgeheimdienst gewechselt, seither war der Kontakt selten geworden. Während des Irakkrieges hatte sie zu den schärfsten Kritikern der US-Kampagne und den angeblichen Nachweisen der CIA, es gäbe im Irak Massenvernichtungswaffen, gehört. Sie hatte damit ihren Job riskiert und war am Ende mit der Leitung belohnt worden, nachdem sich Tony Blair weltweit für seine blinde Treue gegenüber der Bush-Administration rechtfertigen musste. Paula Harrison war eine Überlebenskünstlerin, und irgendwie hatten sie und Rebecca, was das Thema Hartnäckigkeit anging, einiges gemeinsam, nur dass Paula weitaus älter und erfahrener war, als sie auf die größten Aufgaben ihres Lebens gestoßen war.

Was würde jetzt geschehen? Wie würde eine Rettungsoperation für Rebecca aussehen?, fragte sich Allington. Und vor allem: Wie würde Paula Harrison sich für das Abhören Rebeccas und seiner Abteilung rechtfertigen? Oder steckte dahinter gar nicht das MI6?

Die Fragen rasten in seinem Schädel hin und her, und die Wut kroch ihm in die Brust, bis er spürte, dass er fast nicht mehr atmete. Der Schlag, seine Frau Rose vielleicht bald zu verlieren, hatte ihm schon genug zugesetzt. Es fiel ihm schwer, die Tränen zu unterdrücken. Die Vorstellung, dass dieses zarte Wesen Rebecca Winter gerade verhört wurde, dass man ihr drohen, sie vielleicht foltern würde, setzte große Schuldgefühle in ihm frei. Bei aller Unnachgiebigkeit, die sie an den Tag legte, wusste er doch, dass hinter der Fassade eine hochsensible und auch körperlich alles andere als robuste Frau stand. Wie lange würde sie das überstehen?

Nachdem sie angekommen waren, führten die Männer des MI6 Allington durch die steinernen Hallen des britischen Geheimdienstes bis zu einem Raum, der keine Fenster hatte. Es standen Getränke und Snacks auf dem Tisch, aber es gab weder Telefon, etwas zu schreiben, Fernsehen oder Radio, nur eine Sitzgarnitur aus Stoff und einen Tisch.

»Sie werden sich eine Weile hier gedulden müssen, Mr Allington«, sagte der glatzköpfige Beamte. Und bevor er fragen oder Protest einlegen konnte, war die Tür geschlossen. Als er aufstand und sie wieder öffnen wollte, stand ein Wachmann vor der Tür und stellte sich ihm entgegen.

FÜNFUNDFÜNFZIG

PEKING, AN EINEM UNBEKANNTEN ORT, 28. FEBRUAR, 17.15 UHR

Die letzte Injektion verlor an Wirkung. Rebeccas rechtes Auge schmerzte und war zugeschwollen. Sie schmeckte das Blut an ihrer geplatzten Lippe und war völlig fassungslos, dass man ihr, einer anerkannten Scotland-Yard-Ermittlerin, das antun konnte. Zuerst hatte sie es für eine Floskel gehalten, als ihr Peiniger der Staatssicherheit in seinem feinen Anzug gesagt hatte, man würde sie in London fallen lassen, aber jetzt begann sie ernsthaft zu zweifeln, und das Erwachen nährte die panische Angst, dass sie diesen Ort vielleicht nie mehr verlassen würde.

Sie war auf einer Pritsche mit Handschellen gefesselt worden. Hatten ihre Folterknechte die Festplatte nun gefunden? Gab es wenigstens jetzt die Chance auf einen Deal? Stillschweigen von ihrer Seite, aber gegen welche Garantie? Was hatte sie schon anzubieten? Sie spürte, wie die Tränen ihre trockene Bindehaut überströmten und brannten. Sie hatte Angst – Angst, in diesem Loch zu sterben. Das erste Mal war sie bereit, alles zu tun und zu vergessen, um einfach nur noch nach Hause zu kommen.

Die Tür ging auf, ihre Augen sahen in dem dunklen Raum

nur schemenhaft zwei Gestalten auf sie zukommen. Einer der Männer redete etwas auf Chinesisch, der andere drückte ihren Arm fest herunter, ihre Schreie ließen die Männer kalt und verhallten, wieder spürte sie das Stechen einer Nadel in ihrem Arm. Sie verlor binnen Sekunden jede Kontrolle über Körper und Geist. Jemand nahm ihre Hand und presste einen harten metallischen Gegenstand hinein.

SECHSUNDFÜNFZIG

LONDON, MI6, 28. FEBRUAR

Allington schaute nach Stunden von seinem Sitz in Richtung Tür auf. Von draußen hörte er Schritte. Er hatte keine Ahnung, wie spät es war. Offiziell würde man es nie so bezeichnen, aber faktisch hatte man einen Superintendenten ohne Rechtsgrundlage und Nachweise für ein Vergehen festgesetzt. Aber ähnlich wie in den Vereinigten Staaten galt seit den Anschlägen von 2001 auf das World Trade Center in Sachen Gefährdung der nationalen Sicherheit auch in Großbritannien quasi ein dauerhafter Ausnahmezustand, wenn es auch nie so benannt wurde. Dennoch würde Allington sich das MI6 vorknöpfen, sobald es die Gelegenheit dazu gäbe.

Des Zuckers überdrüssig, spuckte Allington die Reste des Riegels in einen Mülleimer neben dem Sofa.

Schließlich öffnete sich die Tür. Ein Sicherheitsbeamter mit unbeweglicher Miene holte ihn ab und brachte ihn in das Herz des MI6. Allington kannte die Räumlichkeiten schon von früheren Terminen, in denen es darum gegangen war, die Überwachung von im Ausland lebenden Finanzverbrechern oder in Verdacht geratenen Politikern mit dem MI6 abzustimmen.

Nach einem langen Flur, auf dem sich links und rechts Türen zu Büros reihten, gelangten sie in ein riesiges Großraumbüro, in dem eng beieinander rund 60 Arbeitsplätze für Informationsauswerter, Überwachungs- und Computerspezialisten, Rechercheure, politische Beobachter und anderen Spezialisten des MI6 rund um die Uhr in wechselnden Schichten arbeiteten.

Am Ende des Raumes erreichten sie einen abhörsicheren Glasbunker, einen Konferenzraum oder besser eine Art Operation-Center, in dem die Leiterin Paula Harrison in der Regel Einsätze und andere Operationen plante.

Vor dem Eingang hatten sich zwei Sicherheitsbeamte postiert. Sie öffneten Allington die Tür. Es zischte, als würde aus einem Kessel Druck abgelassen werden. Durch eine eigene Sauerstoffversorgung war der Raum sogar gegen mögliche Giftgasangriffe geschützt.

An einem ovalen und massiven Konferenztisch saßen bereits zwei Männer in bequemen dunklen Lederstühlen. Sie trugen Ausweise des MI6 am Revers ihrer Sakkos. Über ihnen waren rund um den Raum Flatscreens an den Wänden montiert, an einigen Plätzen standen Tastaturen und Multifunktionstelefone für die Bedienung von Rechnern oder Aufnahmegeräten bereit. Über diese Anlagen konnten auch Live-Satellitenbilder aus der ganzen Welt empfangen sowie die Kameras im Raum gesteuert werden. Über den Bildschirmen, am obersten Rand der Wand neben dem Eingang, ragte eine digitale Weltuhr. Es war später Nachmittag. Der Tag hatte für Allington früh begonnen, und er hatte keine Ahnung, wie lange er hier nun würde ausharren müssen. Er unterdrückte ein Gähnen.

Allington setzte sich an den Konferenztisch. Auf der gegenüberliegenden Seite konnte er durch ein Sichtfenster, das von der Decke bis auf Schreibtischhöhe reichte, einen weiteren Raum sehen, in dem er die Londoner Botschafter Chinas und der USA mit einigen Mitarbeitern im Gespräch vertieft sah. Ein solcher Beobachtungsraum konnte in der Regel von beiden Seiten verdunkelt werden. Im Moment war die Sicht zumindest für ihn frei.

Eine Dame schob nacheinander zwei moderne Teewagen mit Sandwichs, Obst und Kaffee in den Raum und verließ den Glasbunker zügig.

»Was machen die Botschafter denn hier?«, fragte Allington einen kleinen dicken Mann des MI6, der sich gerade von seinem Stuhl erhoben hatte.

»Sie beobachten das Verhör!«, sagte er kurz und trocken.

»Verhör?«

»Was haben Sie denn gedacht?«, sagte er mit verkniffem Mund. Die Tür zischte wieder, und er verließ den abhörsicheren Glasbunker.

Hier wurden also gerade alle Geschütze aufgefahren, dachte Allington, und er musste nicht lange warten, bis sich der Raum mit ihm völlig unbekannten Gesichtern füllte. Einen Moment später zischte die Tür hinter ihm, und ein Mann und eine Frau gingen an ihm vorbei.

»Guten Morgen. Rupert Carter, Director of National Intelligence. Und das ist meine Assistentin Monika Simon«, sagte ein hagerer Mann mit hellgrauem Anzug und dunklem Vollbart. Er setzte sich, ohne jemandem die Hand zu schütteln oder Allington eines Blickes zu würdigen, an das andere Ende des für zwölf Personen eingerichteten Konferenztisches. Seine dunkelhaarige Sekretärin in einem dunkelblauen Kostüm setzte sich neben ihn und vermied es ebenfalls, Allington anzusehen.

Schließlich betrat die Leiterin des MI6, Paula Harrison, in einem schwarzen Kostüm und heller Bluse den Raum und ging an ihm vorbei, drehte sich dann aber doch um und schüttelte ihm die Hand.

»Robert. Wir haben ernste Schwierigkeiten. Du wirst als Teamplayer gebraucht!«

Allington machte keine Bewegung.

Auf dem Weg zu ihrem Platz neigte Harrison sich kurz zu dem Director of National Intelligence aus Washington. Allington konnte ihr Tuscheln hören.

»Ich hoffe, Sie wissen, was Sie da tun. Erwarten Sie keine Wunder«, sagte Paula Harrison. Dann setzte sie sich direkt gegenüber von ihren amerikanischen Kollegen auf den Platz neben Allington, schaute ihn noch mal kurz an und fixierte für einen Moment ihren Laptop.

Dass hier der Director of National Intelligence saß, war kein Zufall. Er war zuständig für Koordinierung und Kontrolle aller US-Geheimdienste. Offenbar, dachte Allington, hatte die Regierung in Washington Zweifel an der Rolle eines seiner Geheimdienste. Was hatten sie mit dem Verschwinden von Rebecca zu tun?, fragte sich Allington und bereitete sich innerlich auf das Schlimmste vor.

Als sich alle gesetzt hatten, ordnete Paula Harrison die Aufzeichnung der Zusammenkunft an. Einer ihrer Mitarbeiter, der unmittelbar neben ihr Platz genommen hatte, folgte der Anweisung.

»Meine Herren«, sagte die Leiterin des MI6. »Wir fangen an. Mr Allington, Robert! Du hast die Erklärung über das absolute Stillschweigen hinsichtlich der Daten und der Aktionen dieser Task Force unterschrieben? Sonst liegt es noch einmal vor dir.«

»Ich werde das nicht unterschreiben.«

»Wenn du dir selbst und deiner Ermittlerin das Leben nicht noch schwerer machen willst, tust du das aber besser«, sagte Paula Harrison. Ihre smaragdgrünen Augen froren ein.

Allington griff sich in aller Ruhe einen Stift und zeichnete es ab. »Für das Protokoll: Diese Geheimhaltungserklärung gilt ab diesem Moment und keine Sekunde vorher«, sagte Allington.

»Was wollen Sie damit andeuten?«, fragte der Director of National Intelligence, Rupert Carter.

Allington schaute den Mann keine Sekunde an. »Wo halten die Chinesen Rebecca fest?«, fragte Allington.

Die Gesichter aller Anwesenden, ihre zur Schau getragene Sachlichkeit sowie die regungslose Miene des chinesischen Botschafters neben seinem amerikanischen Kollegen, den Allington durch das Beobachtungsfenster betrachtete, verstärkten den Eindruck, dass das Ziel dieses Verhörs war, Rebeccas Schicksal zu besiegeln und ihm die Verantwortung in die Schuhe zu schieben.

»Das können wir nicht sagen, aber da sie unter Spionageverdacht steht, wohl kaum in einem offiziellen Gefängnis!«

»Wie bitte? Paula, wie lange kennen wir uns? Du weißt, dass dieser Vorwurf Blödsinn ist. Ihr Partner von Interpol, Huan Ching, hat mich noch am Morgen gewarnt, sie sei entführt worden. Ich habe sie dort hingeschickt und …«

»Tut mir leid, Robert. Nach unseren ersten Informationen ist sie in Peking auf eigene Faust losgezogen. Sie wurde nicht entführt. Sie wurde verhaftet, nachdem sie fluchtartig den Ort verlassen hat, an dem ein US-Spion festgesetzt wurde.«

»Wie viel Zeit bleibt uns, sie da rauszuboxen, Paula?«

»Bevor wir überhaupt etwas unternehmen, müssen wir zu Rebecca Winter ein Profil erstellen, es dient als Basis für unsere Entscheidungen«, sagte Harrison ohne sichtliche Anteilnahme an der für die Ermittlerin bedrohlichen Situation. »Sowohl das Außenministerium als auch die Downing Street haben uns dazu verpflichtet, angesichts der angespannten Lage mit äußerstem Fingerspitzengefühl vorzugehen, Robert.«

Allington spürte einen kalten Luftzug an seinem Nacken.

Die Tür zum Glasbunker hatte sich wieder geöffnet, und die Leiterin des MI6 verwies mit ihrem Blick auf zwei Männer, die den Raum betreten hatten.

»Entschuldigen Sie die Verspätung, auch die schnellste Militärmaschine kann nicht zaubern. «

»Neal Brown und Thomas Parker«, sagte Paula Harrison und nickte zur Begrüßung. »Und wo ist …«

»Ethan Maloway? Der wird noch im Krankenhaus versorgt«, ergänzte Parker Harrisons Frage und setzte sich. Auch Thomas Parker nahm sich einen Stuhl und holte einen Laptop aus seiner Tasche.

»Sie sind vom …?«, fragte Allington.

»Das spielt jetzt keine Rolle!«, preschte der Director of National Intelligence, Rupert Carter, dazwischen und schaute zu Neal Brown.

Allington musterte die Truppe um den Director of National Intelligence. Er hatte in seiner Laufbahn schon einige Anhörungen und auch Anschuldigungen über sich ergehen lassen müssen und selten Angst, die Kontrolle zu verlieren, aber hier war das Kräfteverhältnis eindeutig: alle gegen einen. Was hatte man mit ihm, aber vor allem mit Rebecca vor?

»Sir! Ich denke, Sie sollten sich als ausländischer Geheimdienst etwas mehr Zurückhaltung verordnen«, preschte Allington vor. »Zumindest wenn Sie von mir eine Kooperation erwarten!«

»Mr Allington. Die Daten, die Ihnen von Ihrer Ermittlerin zugespielt worden sind, sind Teil eines Komplottes, das bewusst von Dissidenten in Peking angezettelt wurde, um die Beziehungen zwischen Washington und der Führung Pekings eskalieren zu lassen. Und diese Fälschungen haben das Zeug, innerhalb Chinas zu einem Militärputsch zu führen«, sagte Neal Brown.

Thomas Parker öffnete seinen Rechner und verband ihn mit dem Zentralcomputer und mit einem der oberen und größeren Bildschirme, die rundum an den Wänden des Konferenzraumes montiert waren. Es erschien ein Ausschnitt der Dokumente, die Allington am Morgen nur kurz in Augenschein hatte nehmen können.

»Ihre Ermittlerin ist sicher guten Willens gewesen, aber wir müssen davon ausgehen, dass sie diese gefälschten Beweise zum Anlass genommen hat, einen Spion zu decken und sich in innerstaatliche Angelegenheiten Chinas einzumischen, die …«

»Wirklich?«, polterte Allington. »Was glauben Sie, wie würde die britische Öffentlichkeit auf eine Enthüllung reagieren oder auch auf die Bespitzelung Scotland Yards durch einen befreundeten Geheimdienst? Wieso reagieren wir nicht auf die Anschuldigungen aus dem chinesischen Staatsfernsehen? Das ist doch eine Lüge!«

Allington sagte dies im Bewusstsein, dass die Öffentlichkeit zurzeit mehr Sorgen um ihre wirtschaftliche Überlebensfähigkeit hatte, als an einem weiteren Geheimdienstskandal interessiert zu sein. Seit Edward Snowden waren die Enthüllungen so inflationär, dass er selbst daran zweifelte, dass die Nachricht die Menschen überhaupt noch bewegen würde.

»Das würde zum jetzigen Zeitpunkt unseren Handlungsspielraum einschränken«, sagte Paula Harrison.

»Mr Allington. Was genau war der Auftrag, mit dem Sie Rebecca Winter nach Peking geschickt haben?«, fragte Neal Brown.

»Das haben Ihnen doch die Wanzen schon gefunkt. Was soll das Theater hier? Glauben Sie, ich weiß nicht, worum es geht? Schlechter Zeitpunkt für Enthüllungen nur eine Woche vor so einem kitzligen Gipfel, nicht wahr? Wer sind diese Economic Hit Men? Und wer ist verantwortlich dafür, dass Winter und Teile Scotland Yards überwacht wurden?«

Allington sah in das Gesicht von Neal Brown. Sein Akzent hatte ihn sofort als Amerikaner verraten.

Brown verzog den Mund, seine Augen verengten sich, und er sah mit flatterndem Blick erst zu Rupert Carter, dem Director of National Intelligence, und dann in den Raum, in dem sich die beiden Botschafter Chinas und der USA mit zwei Mitarbeitern befanden. Seit das Verhör begonnen hatte, beobachteten sie die Szenerie im Glasbunker von ihren Plätzen aus ohne Regung im Gesicht und waren mit Sicherheit auch via Lautsprecher über jedes Wort im Bilde. Paula Harrison zuckte mit den Schultern, niemand sah sich genötigt, auf die Frage eine Antwort zu geben.

»Was hat die CIA in Peking verbockt? Wollen Sie wirklich meine Hilfe? Oder soll die Presse erfahren, was hier los ist?«

»Nein, auf gar keinen Fall, dann ist Winter verloren«, warf Harrison ein. »Robert, du musst dich vielleicht mit dem Gedanken anfreunden, dass auch du dich in Rebecca Winter geirrt hast!«

»Wie?«

»Mr Allington, bitte, erzählen Sie uns etwas über Rebecca Winter. Was haben Sie in den letzten Jahren mit ihr erlebt? Wie oft hat sie sich nicht an die Vorschriften gehalten?«, fragte Neal Brown. »Was wussten Sie von Winters Alleingängen im Rahmen der Ermittlungen gegen den Zirkel von Terroristen, die den Anschlag auf das Finanzsystem im letzten Jahr verübt haben?«

»Gar nichts. Sie hat nur an einer Stelle, sagen wir, nicht mehr weitergewusst!«

»Nicht mehr weitergewusst?«

Bevor Allington antworten konnte, kam ein weiterer Mitarbeiter des MI6 in den Raum und flüsterte Paula Harrison etwas ins Ohr.

»Robert. Deine Frau versucht dich zu erreichen. Wir haben deine Gespräche, auch die privaten, umgeleitet. Tut mir leid, aber so sind die Regeln.«

»Paula, meine Frau liegt im Krankenhaus, und ich bitte um Diskretion, oder ich …«

»Ich weiß es, Robert. Es wurde verifiziert, dass der Anruf aus dem Krankenhaus ist«, betonte Harrison laut, um zugleich auf die protestierenden Blicke der restlichen Runde zu reagieren. »Im Nebenraum! Unterbrechen Sie die Aufzeichnung. Wir machen eine Pause!«

Allington stand auf und ging an Neal Brown vorbei. Bevor der Amerikaner sich umdrehen konnte, erhaschte er einen Blick auf Unterlagen, die dieser vor sich ausgebreitet hatte, und sah für den Bruchteil einer Sekunde, dass es eine geheime Akte des MI6 über Rebecca war. Alle Signale, jedes Wort und jede Körpersprache der Anwesenden hatte eines deutlich gemacht: Es ging um Vertuschung, und Rebecca sollte den Preis dafür bezahlen.

Bevor Allington den Nebenraum betrat, sah er, wie Brown sich ebenfalls erhob und durch eine Tür neben Paula Harrisons Platz den Raum ansteuerte, in dem sich die beiden Botschafter befanden.

Allington schloss die Tür hinter sich. Für einen Moment war er froh, sich den reglosen Blicken der beiden Diplomaten entziehen zu können. Er setzte sich an den Tisch, auf dem das Telefon stand. Ob das Versprechen gehalten werden würde, dass dieses Gespräch vertraulich bliebe, wusste er nicht. Da es aber keine Alternative gab, musste er versuchen, über Rose eine Verbindung zu seiner Sekretärin Sally herzustellen.

»Rose?«

»Ich bin es!«, sagte eine Stimme, die nicht seiner Frau gehörte. Es war Sally.

»Wie …« In der Sekunde musste Allington innerlich umschalten. Klar, er selbst hatte ja auf dem Zettel, den er Sally kurz vor dem Einmarsch des MI6 zugesteckt hatte, den Hinweis gegeben, sie möge Rose im Krankenhaus besuchen und ihr erklären, warum er nicht pünktlich zu ihr kommen konnte. Dass ein Festnetz, zudem vom Krankenhaus aus und unter der Vorspiegelung, selbst Rose zu sein, mehr Sicherheit vor einer Überwachung bot, war allerdings ihre Idee.

»Ich wusste mir nicht anders zu helfen. Rose geht es so weit ganz gut.«

»Das sind ja gute Nachrichten, Rose. Gut gemacht, sehr gut sogar.«

»Wie, was? Sir. Was soll ich jetzt mit dem Stick tun?«

Allington drehte sich zur Tür, durchspähte den Raum auf der Suche nach Kameras oder Wanzen, wohlwissend, dass sie im Falle des Falles ohnehin nicht sichtbar wären.

»Ja, alles in Ordnung, ist alles in Ordnung. Am besten erst mal abwarten, was die Ärzte sagen. Du bleibst am besten erst mal ruhig liegen. Ich melde mich noch. Und wie geht es Tom?«

»Er bringt es! Aber wo ist Rebecca?«

»Ach ja. Die Nummer ist in meinem Kalender, gleich obenauf. Er ist ein Experte, und er kann da sicher weiterhelfen. Ich melde mich später noch mal, Schatz. Spätestens morgen Mittag bin ich da, hörst du?«

SIEBENUNDFÜNFZIG

LONDON, MI6, 28. FEBRUAR, 19.30 UHR

Paula Harrison ließ Robert Allington noch im Nebenraum warten. Zwei Männer, die sich als Angehörige der Rechtsabteilung des britischen Inlandsgeheimdienstes MI5 vorstellten, nahmen unterdessen am Konferenztisch Platz. Das Unternehmen weitete sich immer mehr in eine gemeinsame Operation der amerikanischen und englischen Geheimdienste aus. Aber die Seiten waren sich mitnichten einig.

»Mr Brown, Mr Carter, damit wir uns klar verstehen. Als Vertreter der britischen Seite sagen wir Ihnen, dass es Konsequenzen haben wird, dass Sie illegal und unter Verstoß gegen das gemeinsame Geheimdienstabkommen eine Abteilung und zentrale Mitarbeiter von Scotland Yard haben abhören lassen«, sagte Paula Harrison.

Nach einer kurzen Aufzählung der Aktivitäten von Thomas Parker und Ethan Maloway in London reichte Paula Harrison Unterlagen zu Rupert Carter, dem Director of National Intelligence, und auch Neal Brown wurde das Dokument vorgelegt.

»Unterschreiben Sie das, und wir können fortfahren«, sagte

Harrison mit etwas gedämpfter Stimme. »Seien Sie froh, dass man in der Downing Street den Ernst der Lage erkennt.«

»Seien *Sie* froh, dass wir diese Erkenntnisse überhaupt haben, Ms …«

»Ich bin mir der Bedeutung bewusst«, würgte Harrison Neal Brown ab.

Brown las sich die Regeln für den Ablauf dieser Anhörung durch. Dazu gehörte auch, dass man Robert Allington nicht länger als den einen Tag festzuhalten bereit war. Wegen der beruflichen Stellung Allingtons durfte es zu keinerlei Zwangsmaßnahmen kommen, solange ihm kein aktives Vergehen nachgewiesen werden konnte.

Daran sollte sich arbeiten lassen, dachte Brown und überflog den Text weiter. Jede weitere Überwachung durfte nur noch vom Inlandsgeheimdienst MI5 durchgeführt werden.

Nachdem er es durchgelesen hatte, zeichnete Brown das Dokument nach Rupert Carter, ohne zu zögern, ab. Er hatte genug in der Hand, um Allington in die Enge zu treiben und den britischen Geheimdienst in persona Paula Harrison davon zu überzeugen, keinerlei Maßnahmen gegen Winters Inhaftierung zu unternehmen. Der chinesische Botschafter hatte in der Pause nicht erkennen lassen, was man derzeit in Peking plante. Aber die Tatsache, dass man in Washington und bei der CIA bereit war, Winter und den Tod Huldons nicht als diplomatisches Druckmittel zu nutzen, schien den Botschafter beeindruckt zu haben. Dennoch gab es aus dem Pentagon, was die Verstärkungen des chinesischen Militärs im Südchinesischen Meer anging, noch keine Entwarnung. Selten war eine US-Regierung zu solchen Zugeständnissen bereit, dachte Brown.

»Wir unterbrechen hier und machen in einer halben Stunde weiter«, verkündete Paula Harrison.

Brown wollte vor der Fortsetzung den aktuellen Stand in Peking in Erfahrung bringen und eilte durch die Flure zu dem Büro, das ihm und seinem Team zu Beginn der Operation zur Verfügung gestellt worden war. Er setzte sich an einen Rechner und informierte sich über den Status der Verhandlungen der US-Delegation in Peking.

Im US-Außenministerium wurde man zusehends nervös, da es schwer einzuschätzen war, ob sich die Regierung in Peking wirklich noch auf Verhandlungen einlassen würde. Die alles entscheidende Frage war, ob sich die Machenschaften der Partei noch verheimlichen lassen würden. Das Ansehen der KP war ohnehin schon durch Korruptionsfälle in der Vergangenheit beschädigt. Die Kenntnisse Winters, die Daten über die Billionen-Transfers würden den Dissidenten und anderen nicht weniger machthungrigen Kreisen das wahre Ausmaß der Korruption und das nötige Futter liefern, um einen Militärputsch auszulösen – nicht auszudenken, was dann geschehen würde. Das minimale Ziel Pekings war es, den Imageschaden der Parteiführung auf das Ausland zu reduzieren. In China dürften die staatlich kontrollierten Medien die Enthüllungen nach Einschätzungen der CIA kaum aufgreifen können. Dafür fehlte es an Institutionen wie unabhängigen Gerichten oder Medien, und die Internetzensur war nahezu perfektioniert. Für den Westen und auch zur Vorbeugung gegen eine Unterwanderung der Netzsperren in China war aber die einzig wirkungsvolle Strategie die Diffamierung der Inhalte und aller Beteiligten, die ihre Authentizität behaupteten. Es musste unter allen Umständen gelingen, Allington und wer sonst auch immer Zugang zu den Informationen hatte, daran zu hindern, sie zu verbreiten. Und auch das System der Economic Hit Men sollte bestenfalls dort landen, wo es hingehörte: In die Verschwörungstheoretischen Foren des Internets.

Während alle Parteien im Hintergrund weiter fieberhaft verhandelten, trafen die Militärs schon strategische Vorbereitungen, und seit Ende des Kalten Krieges hatte man nicht mehr dieses unheimliche Gefühl im Nacken, es könne diesmal schiefgehen, dachte Brown.

Eine militärische Auseinandersetzung war immer noch nicht vom Tisch. Spencer hatte ihm eine Mail geschrieben, in der er etwas optimistischere Töne anschlug als zuletzt am Telefon. Sollte es gelingen, den britischen Geheimdienst, Scotland Yard und damit die britische Regierung von einer Intervention zugunsten Winters abzuhalten, und danach sah derzeit alles aus, könnte sich in wenigen Tagen die Lage entspannen. Die Chinesen würden ihren Erfolg gegen westliche Spione offiziell als Sieg verkünden, die Garde um die machthabende Clique in Peking könnte sich stabilisieren, womöglich würde man Gelder ins Land zurückholen, einige niedere Funktionäre über die Klinge springen lassen, es als Erfolg gegen die Korruption verbuchen und anschließend einen etwas gerupften US-Präsidenten empfangen, während hinter der Bühne ein Handelsabkommen geschlossen werden würde, das den USA die gewünschten Erleichterungen zu den asiatischen Märkten zumindest teilweise zugestehen würde und der KP auch für die kommende Dekade ihre Macht abzusichern half.

Jetzt ging es darum, diesen Allington an die Wand zu nageln, und dafür gab es noch jede Menge Munition, aber auch ein Angebot, das Winter je nach Grad der Kooperation zumindest das Leben schenken würde. Aber das Land und das Gefängnis würde sie nie mehr verlassen, diese zumal gefährliche Trophäe würden sich die Chinesen kaum mehr nehmen lassen. Winter so zu opfern war für Brown keinesfalls eine willfährige Selbstverständlichkeit. Sie war unschuldig. Ihr dieses Schicksal nicht erspart zu haben war die größte Schlappe, die Brown in seiner

Karriere hinnehmen musste. Umso dringlicher war es, dass jetzt alles glattlief.

Brown stand vom Schreibtisch auf und ging zum Fenster. Er blickte auf die Themse, in der sich die Lichter der Häuser glitzernd spiegelten. Er sehnte sich danach, nach Hause zu fliegen, danach, dass zwischen den USA und China kein Krieg beginnen würde. Und so unerbittlich er den Plan durchziehen würde, so sehr tat ihm dieser Allington leid, denn er war sich ganz sicher darüber im Klaren, welches Opfer Rebecca Winter und damit auch er am Ende für ihre Entdeckungen bringen mussten.

Brown wollte sich gerade wieder auf den Weg zurück in den abhörsicheren Glasbunker machen, um Allington weiter in die Mangel zu nehmen, als Thomas Parker atemlos das Büro betrat. So aufgeregt hatte er ihn zuletzt erlebt, als Maloway mit seiner Schusswunde an die Wagentür geklopft hatte.

»Neal. Wir haben weitere Probleme!«

»Was kann da noch kommen, Thomas?«

»Allington hat noch am Morgen mit diesem Ching gesprochen. Er konnte dem Geheimdienst entkommen. Wir haben rausbekommen, was passiert ist. Ching hat Winter ausgeliefert, nachdem man gedroht hat, seine Eltern und die ganze Familie umzubringen. So richtig verstehe ich es auch nicht, aber seine Eltern sind danach nach London ausgeflogen worden. Wie auch immer. Was ist, wenn er versucht, Winter zu finden, oder das Land verlässt und auspackt?«

Brown schüttelte den Kopf. Dass Winters Partner noch etwas ausrichten würde, war bei der extremen Dichte der Überwachung in Peking und ganz China kaum vorstellbar. Er würde sein Leben riskieren.

»Daran habe ich gerade selbst gedacht. Selbst wenn, das wird ihr nicht mehr helfen, dafür sorgen wir gerade.«

»Neal, in fast jedem Knast Chinas sitzen die Triaden ein, und sie sind ein gefährlicher Faktor. Sie könnten Ching vielleicht dabei helfen, Winter zu finden.«

»Selbst wenn, wer sollte ihr schon helfen? Dazu wird es nicht mehr kommen, Thomas! Hier …«, er reichte Parker ein Papier, »das ist mit dem Botschafter abgestimmt. Die Chinesen schaffen Fakten. Gib das an die Presse, und dann kommst du wieder in den Glasbunker! Und ich will wissen, mit wem Allington Kontakt hatte, bevor das MI6 ihn am Morgen festgesetzt hat!«

»Du weißt, was wir gerade unterschrieben haben!«

»Ich *muss* es wissen!«

ACHTUNDFÜNFZIG

LONDON, MI6, 28. FEBRUAR, 19.45 UHR

Brown lief durch Flure, zurück in das Großraumbüro, an dessen Ende er wieder den abhörsicheren Glasbunker erreichte. Die Tür zischte beim Öffnen. Brown trat ein und sah, wie alle gebannt auf einen der über ihren Köpfen montierten Flatscreens starrten. Von der Seite konnte er in Allingtons Gesicht ein Schmunzeln erkennen, seine Arme über die Brust gekreuzt, hatte er die Beine lässig übereinandergeschlagen.

»*… das spricht demnach dagegen, dass die in Peking inhaftierte Rebecca Winter für die CIA gearbeitet haben soll. Winter habe nach Angaben des Guardian vielmehr im Rahmen einer Interpol-Ermittlung Scotland Yards gegen einen korrupten Zirkel von chinesischen Regierungsmitgliedern ermittelt. Die Nachforschungen sollen auch in Zusammenhang mit dem vor wenigen Tagen in London ermordeten Handelsattaché Ta Liang stehen. Weder Scotland Yard noch das britische Außenministerium waren zu Stellungnahmen bereit. Insider vermuten, dass man das Thema in London und Washington derzeit nicht verfolgen will, um das angespannte Verhältnis vor einem geplanten Gipfeltreffen beider Supermächte in einer Woche nicht weiter zu belasten.*«

Allington blickte zu Paula Harrison, die sich mit hochgezogenen Augenbrauen, jedoch ohne Anzeichen von Zorn in den Augen, tiefer in ihren Stuhl lehnte. Diese Gestik wies nicht gerade darauf hin, dass sie wirklich bereit war, Rebecca fallen zu lassen – oder wartete sie vielleicht einfach nur ab? Allingtons alter Freund Tom Blackwald vom *Guardian* hätte es zeitlich nicht besser treffen können.

»Und Sie wollen mir also erzählen, dass meine Ermittlerin Mist gebaut hat? Paula, was ist hier wirklich los?«, fragte Allington und beobachtete, wie der Kollege von Neal Brown, Thomas Parker, in den Nebenraum ging und mit dem chinesischen Botschafter sprach, während Brown mit seinen Fingern auf dem Tisch klopfte.

Parker kam wieder heraus, flüsterte Brown etwas ins Ohr und verließ den abhörsicheren Glasbunker.

»Wenn Sie das waren, Mr Allington, nagle ich Sie persönlich ans Kreuz!«, sagte Brown.

Unter stillem Protest aller Anwesenden ordnete Paula Harrison an, dass man die Tonaufnahme wieder unterbrach, und blickte Allington in die Augen.

»Robert! Es geht hier um einen illegalen Plan, China ins politische Chaos zu stürzen und einen Zirkel von US-Unternehmen …«

»… die den gierigen Chinesen geholfen haben, diese Billionen außer Landes zu schaffen, das weiß ich, und nun fürchten alle, dass diese Sache unter großem Getöse auffliegt. Komm schon, das kann doch nicht dein Ernst sein«, sagte Allington und begriff doch in diesem Augenblick, warum Rebecca vielleicht nie wieder China verlassen würde können. Ein hundertprozentiges Dementi für alle Beteiligten wäre mit ihr vielleicht wirklich nicht möglich. Darum ging es hier. Nur darum, Winters Integrität zu brechen, um zu rechtfertigen, dass man sie den Chinesen überließ.

»Stopp. Über weitere Details braucht Mr Allington in diesem Zusammenhang keine Kenntnisse zu haben, Ms Harrison«, würgte Brown Harrisons Ansatz zur Transparenz ab.

Allington rieb sich die Wange. Dass Paula Harrison sich ohne Widerstand derartig zurechtweisen ließ, war eine weitere Überraschung an diesem Tag.

»Gut, wo waren wir stehen geblieben?«, überbrückte Neal Brown die einsetzende Stille.

»Wie lange lief das Programm der Economic Hit Men?«, bohrte Allington nach.

»Das ist nicht relevant, Mr Allington, außerdem gibt es kein solches Programm. Mr Huldon hat eine Legende geschaffen, um die Machenschaften eines Unternehmens auf die Politik der Vereinigten Staaten abzuschieben. Sie sehen ja, zu welchen Ergebnissen so etwas führt, leider auch für Ihre Ermittlerin. Sie erzählen uns jetzt besser mehr über Rebecca Winter. Uns würde dabei vor allem interessieren, wie oft sie sich nicht an Regeln gehalten hat und Scotland Yard vielmehr dazu benutzt hat, um einen persönlichen Rachefeldzug zu verfolgen!«

»Oh nein. Das wird hier nicht so laufen«, sagte Allington.

»Oh ja. Das läuft genau so!«, bekräftigte Neal Brown.

»Es gibt über Rebecca Winter nichts dergleichen zu berichten. Nur ein einziges Mal hat sie mit, sagen wir mal, unorthodoxen Methoden gearbeitet«, erzählte Allington und verwies auf den Abschlussbericht der Londoner Börsenaufsicht und des MI6 – beides Analysen, die Winter gerade erst entlastet hatten, wenn auch mit Unterstützung von Allington. »Ihre Loyalität ist weitaus größer, als Sie es vielleicht verstehen. Sie nimmt die Aufgabe des Serious Fraud Office sehr ernst, und sie hat schnell dazugelernt. Ich erinnere mich … Es war im August 2013, als wir der SEC in New York dabei geholfen haben, einem der ganz großen Betrüger der Wall Street auf die Schliche zu kommen. Er war einer der ersten Banker, die nach dem Ausbruch der Finanzkrise zur Rechenschaft gezogen wurden und für die amerikanische Börsenaufsicht SEC ein wichtiger Etappensieg. Winter hat geholfen, entscheidende Hinweise zu finden, die den Betrug offenbart haben. Doch beinahe hat sie es verkorkst, da sie versucht hat, einen Mitwisser von Goldman Sachs unter Druck zu setzen – auf eine Art, die vor Gericht als Erpressung hätte ausgelegt werden können, zumindest in Washington. Obwohl sie das durchaus hätte durchziehen können und man ihr das schwer hätte nachweisen können, hat sie darauf verzichtet, Beweise zu verwenden, die den Nachweis erbracht hätten, dass auch die Geschäftsführung der Bank von den Vorgängen wusste. Es ging um Goldman Sachs und diesen Banker, den später alle ›Fabulous Fab‹ nannten. Das war das erste und letzte Mal, dass sie so was versucht hat – etwas, das ich in meiner Karriere bei Auszubildenden immer wieder erlebt habe. Wer das ein zweites Mal versucht, fliegt bei mir raus. Daraus können Sie ihr keinen Strick drehen.«

»Sir. Sie wollen uns weismachen, dass Winter mit ihrer Biografie quasi über Nacht ihren Hass auf das System bewältigt hat, nur weil Sie ihr einmal die Leviten gelesen haben?«, ätzte Brown.

»Was meinen Sie damit?«

»Sie wissen es nicht? Der Vater von Rebecca Winter ist ein gewisser Neil Winter. Ein verurteilter Börsenguru. Er hat mit seiner Spekulation am Neuen Markt 2001 sein gesamtes Vermögen verloren und das traute Familienglück zerstört. Und in der Folge begann Rebecca Winter natürlich rein zufällig ein Studium der Kriminologie und landete ausgerechnet bei einer Spezialabteilung für Wirtschaftsverbrechen. Und Sie wollen ernsthaft ausschließen, dass das kein Motiv ist! Ein verdammt gutes Motiv nämlich, um mal Vorschriften zu missachten und

Risiken einzugehen ohne Rücksicht auf Verluste. Ist Ihnen eigentlich klar, dass Sie als ihr Vorgesetzter damit Verantwortung für ihre Entwicklung tragen, denn offenbar haben Sie dieses Verhalten besonders gefördert. Und noch eine Frage: Weshalb versuchen Sie, Daten, die der strengsten Geheimhaltung unterliegen, zu unterschlagen und …«

»Wollen Sie etwas gegen mich vorbringen? Dann tun Sie das bitte. Aber hören Sie auf, mir mit Kindergartenpsychologie meine beste Ermittlerin zu zerlegen, nur um das Versagen der CIA zu rechtfertigen!«

»Ganz ruhig, Mr Allington. Aus den Überwachungsakten des MI6 gegen Winter geht noch mehr hervor. Nach dem Start in Ihrer Abteilung hat sich Rebecca Winter ganz in der Nähe ihres Feindbildes in Canary Wharf, ausgerechnet also in Londons Finanzzentrum, ein kleines Apartement gekauft. Sie brach alle Beziehungen zu ihren Studienfreundinnen in Hamburg ab, trennte sich von ihrem Freund, verweigerte jeden Kontakt zu ihrem Vater. Winters alltäglicher Rhythmus bestand darin, morgens schon vor der Arbeit am heimischen Schreibtisch zu sitzen und sich im Netz in den typischen Foren der Kapitalismuskritiker herumzutreiben. Sozialkontakte hatte sie keine. Einzige Bezugsperson bei Scotland Yard, außer Ihnen natürlich, war eine gewisse Ruth Wilster, die als Mitglied der linken Szene Londons bekannt ist. Am Ende der üblichen Zwölf-Stunden-Tage schaffte sie es oft nicht mal mehr ins Bett und schlief vor ihrem Rechner ein – also für mich ist es das typische Profil einer Fanatikerin«, fasste Brown seine unerbittliche Analyse zusammen, die offenbar aus Daten stammte, die das MI6 über Winter gesammelt hatte.

»Paula, du weißt, dass die Beschaffung dieser Informationen illegal war und …«, begann Allington.

»Wir sind hier vor keinem Gericht, Mr Allington«, fasste der bis dahin ausschließlich auf Beobachtung konzentrierte Director of National Intelligence die Attacke auf Rebecca Winters Biografie zusammen.

»Gott, seid ihr erbärmlich!«, sagte Allington und stand auf. »Ihr habt sie in diese Scheiße reinlaufen lassen, darum geht es!«

Als Neal Brown seine Hand zur Faust ballte und zu einer gereizten Tirade ansetzte, unterbrach Paula Harrison die verbale Eskalation, denn aus dem Raum der Botschafter, die weiter wie Geier das Verhör beobachteten, kam ein Signal, das Allington nicht zu deuten wusste, aber es herrschte eine für ihn nicht zu ergründende Aufregung.

»Robert, es tut mir leid, aber wir können nicht ausschließen, dass Rebecca Winter über sich selbst gestolpert ist. Wir unterbrechen hier kurz.«

NEUNUNDFÜNFZIG

LONDON, MI6, 28. FEBRUAR, 21.30 UHR

Die Pause dauerte nicht lange an, und Allington fielen langsam die Augen zu. Zwei Beamte des MI6 hatten mit ihm im Konferenzraum gewartet. Vermutlich würden sie über Nacht hier bleiben, dachte er.

Bevor Harrison, Brown und auch die anderen wieder in den Raum traten und sich setzten, überschlugen sich parallel die Meldungen auf den Bildschirmen. Ein US-Zerstörer hatte außerhalb der umstrittenen Inselgruppe im Südchinesischen Meer einem sich nähernden Verband chinesischer Schiffe mit Warnschüssen gedroht.

Harrison blickte kurz auf den Flatscreen. Sie stand auf, holte sich einen Kaffee von einem der Sideboards neben dem Eingang zum Glasbunker. Allington beobachtete sie, ihr Gesicht hatte sich merklich verfinstert. Dann kam sie auf Allington zu, setzte sich neben ihn an ihren Platz, tippte kurz etwas in das Multifunktionstelefon, das vor ihr auf dem Tisch wie eine Kommandozentrale installiert war. Dann beugte sie sich vor zu ihm, so nah, dass er ihr Parfüm roch.

»Robert, ich kann nichts mehr tun«, sagte sie. Allington beobachtete, wie Brown sich die Haare raufte, als er auf die Bildschirme sah. Und als wäre es verabredet, flimmerte wieder Winters Bild auf einem der Flatscreens.

Browns ausgestreckter Zeigefinger stach Allington nahezu ins Gesicht. »Diese Reaktion haben Sie zu verantworten«, sagte er. Der Director of National Intelligence räusperte sich und schien diese Bemerkung wie eine Ankündigung zur Kenntnis zu nehmen und blickte auf die Bildschirme. Jemand stellte den Ton wieder laut.

»*Wir schalten jetzt direkt nach Peking zu unserem Korrespondenten George Livsey. ... Ja, meine Damen und Herren. Es gibt in dem Fall um die Festsetzung der unter Spionageverdacht stehenden Scotland-Yard-Ermittlerin Rebecca Winter eine überraschende Wende. Nach Angaben der Pekinger Polizeibehörden wurden auf einer Waffe, mit der ein ehemaliges Mitglied des Politbüros erschossen wurde, die Fingerabdrücke der Ermittlerin gefunden. Derzeit werde sie in einem Pekinger Gefängnis vernommen. In Peking beharrt man auf der Feststellung, dass sich Winter als Spionin betätigt habe und in die Fälschung von Beweisen verwickelt gewesen wäre, die dem Ansehen und der Führung der kommunistischen Partei schaden sollten. Aus internen Kreisen wurde bekannt, dass Winter mit ihrer Hinrichtung zu rechnen habe. Das britische Außenministerium verweigerte dazu jegliche Stellungnahme.*«

Allington starrte regungslos auf den Bildschirm. Niemand schaute ihn an, die Blicke aller Beteiligten suchten Halt in ihren Papieren, auf den Monitoren oder einfach im Raum. Neal Brown klopfte mit verzogenem Mund sein Sakko ab und blickte zu den Botschaftern.

Allington konnte sich nicht mehr zurückhalten und schlug mit der Hand auf den Tisch. »Das kann doch nicht wahr sein! Sie war nicht bewaffnet.«

»Ich fürchte doch«, lächelte Brown überlegen. »Wir haben dazu folgende Bilder bekommen.« Mit einem Tastendruck auf den Laptop vor ihm startete er eine Aufzeichnung. Sie zeigte in einer dürftigen Auflösung, wie Rebecca sich mit der Waffe in der Hand aus einem Wagen stürzte und sie verlor, bevor sie sich in einen Wald rettete. Allington hätte die Szene zu gerne für eine Illusion gehalten und verstummte.

Dem beiläufigen Kopfnicken von Rupert Carter, dem Director of National Intelligence, und dem schockierten Blick von Paula Harrison folgte eine pathetische Bewegung von Neal Brown, der ein Papier hochhob und damit herumwedelte, als wäre es ein geschriebenes Urteil.

»Nur damit Sie langsam aufwachen, Mr Allington! Sie haben die Erklärung für die Geheimhaltung von Staatsgeheimnissen unterschrieben«, sagte Neal Brown.

»Ja, und?«

»Das verpflichtet Sie zur absoluten Wahrheit, und bevor ich jetzt die Aussage von einem Ihrer Mitarbeiter und der IT-Abteilung, sagen wir mal, in den Raum werfe, gebe ich Ihnen die Gelegenheit, sich selbst zu retten. Sie haben kurz vor dem Eintreffen des MI6 am Morgen die Daten auf zwei externe Datenträger abgespeichert. Einen davon haben wir. Damit fehlt noch einer …«

»Sehr richtig, die Betonung liegt auf ›bevor das MI6 eintraf‹, nur für das Protokoll, und dann kam die Sintflut! Befreien Sie Winter, und Sie bekommen die Daten!«

Als würde Brown Applaus erwarten, schaute er mit einem Achselzucken in die Gesichter der Runde.

»Wusste ich es doch. Wir wissen nicht, wo sie ist. Und selbst wenn, wir können ihr angesichts der Ereignisse nicht helfen. Ms Harrison, ich möchte, dass alle Anwesenden des Serious Fraud Office befragt und notfalls festgesetzt werden.«

Allington war sich zwar selbst absolut sicher, dass die Chinesen diesen Mord an dem ehemaligen Mitglied des Politbüros und auch alles andere gegen Rebecca fingiert hatten, aber was ihm wirklich Angst bereitete, war, dass Paula Harrison nicht eingriff. Sie starrte wortlos und mit ausdruckslosen Augen zu Neal Brown, hob von dem Multifunktionstelefon vor ihr den Hörer ab, wählte eine Nummer und wollte offenbar den Forderungen Browns nachkommen. Sie musste doch wissen, dass diese ganze Geschichte nicht die Wahrheit war! Allington saß inmitten eines Minenfeldes menschlicher Emotionen. Gut fühlte sich hier gerade niemand, aber genauso wenig war irgendeiner bereit, einen anderen Weg zu suchen. Die Kriegsgefahr, die Ängste beider Seiten, dass die Machenschaften ihrer Eliten ans Tageslicht kommen würden, machte jede Option, Winter zu helfen, zur Farce. Nun würde alles an ihm hängen.

Neal Browns Gesicht hatte sich verfinstert. Er flüsterte dem Director of National Intelligence etwas ins Ohr, stand auf, atmete tief ein und setzte eine Miene auf, als würde er zu einem finalen Schlag ausholen wollen.

»Mr Allington, wir haben hier weitere Mitschnitte von einer Überwachung aus dem vergangenen Jahr. Sie haben gewusst, dass Rebecca Winter einen gewissen Patrice Lascaut, einen einflussreichen Börsenguru und einen der Hintermänner des Anschlags auf die Börsen, absichtlich nicht festgenommen hat. Lascaut hatte die Programmierung der Algorithmen finanziert, mit denen die Börsen attackiert wurden. Zwar starb er, kurz nachdem Winter ihn quasi gewähren ließ, an einem Herzinfarkt, er hatte aber genug Zeit, einen dieser Algorithmen an die richtigen Leute zu bringen und …«

»Sie sind ein kompletter Vollidiot« unterbrach Allington und versuchte so herablassend wie möglich zu lachen. »Alle Beteiligten wissen, auch die Börsenaufsicht SEC, dass dieser Algorithmus nicht relevant war. Und Rebecca Winter hat diesen Fehler nicht absichtlich oder aus idealistischen Gründen gemacht, sondern aus Überforderung und aufgrund einer falschen Einschätzung …«

Mit peitschender Stimme fauchte Paula Harrison plötzlich dazwischen. »Robert, somit hast auch du damals das MI6 und die Ermittler belogen! Gut … wie auch immer.« Sie notierte sich etwas auf einem schwarzen Block. »Alles, was ich hier höre, sagt nun mal sehr viel über Rebecca Winter aus. Wir können das Risiko nicht eingehen und uns für sie einsetzen, wenn am Ende doch rauskommt, dass sie in Peking die Kontrolle verloren hat. Es tut mir leid, Robert!«

Nun befiel Allington eine Angst, die er in der Form lange nicht gespürt hatte. Er war auf völlig verlorenem Posten. Warum folgte Harrison diesem Wahnsinn? In ihrem Gesicht machte sich keinerlei Widerstand oder Skrupel breit. War sie vorab so sehr politisch unter Druck gesetzt worden?

»Paula. Es reicht. Ich muss dich unter vier Augen sprechen!«

Rupert Carter knurrte dazwischen.

»Ms Harrison. Wir haben es mit der Downing Street vereinbart – keine Alleingänge in dieser Sache!«

Paula Harrison starrte in den Raum, ihre Augen wanderten hin und her, ihre Hand drückte an einem Kugelschreiber.

»Paula!«

»Wie Sie vielleicht wissen, Mr Carter, genießt unsere Regierung in Sachen Offshore-Konten selbst nicht mehr allzu großes Vertrauen. Und hier drin habe ich das Sagen. Wir unterbrechen!«

Unter den wütenden Blicken aller Beteiligten stand Harrison auf und ging mit Allington hinaus. Sie liefen wortlos durch den Flur zu Harrisons Büro. Sie öffnete es, setzte sich an ihren Schreibtisch und signalisierte Allington, auf einem Stuhl vor ihrem Tisch Platz zu nehmen.

»Fünf Minuten, Robert!«

»Paula, ich kann vielleicht beweisen, dass sie es nicht war, wenn du mich mit ihrem Partner in Peking sprechen lässt.«

Harrison verzog den Mund, schüttelte den Kopf und blies die Luft aus dem Mund.

»Robert, du musst aufhören. Du verstehst es immer noch nicht. Es spielt keine Rolle, ob sie es war oder nicht. Die Chinesen haben entschieden, dass sie es war.«

»Nein, das waren nicht die Chinesen, diese Herren sitzen hier!«

Allington trieb noch ein ganz anderer Gedanke um. Wenn es dem MI6 oder der CIA gelingen würde, Sally mit dem Datenstick zu erwischen, könnte er seinen einzigen Trumpf verlieren. Zwei Anrufe, zumal ohne Mitschnitt oder ohne Überwachung, würde die Leiterin des MI6 ihm nicht zugestehen. Die Zeit rannte ihm davon. Er musste alles auf eine Karte setzen, solange sein Blatt noch verdeckt war.

»Ich habe die Möglichkeit, Wikileaks die Daten zukommen zu lassen. Wir können das nicht tun, nein, wir dürfen Rebecca nicht im Stich lassen, Paula!

»Möchtest du die Verantwortung übernehmen, Robert, und für den Rest des Lebens ins Gefängnis gehen?«

»Gib mir die Möglichkeit zu einem Gespräch. Ich will wenigstens wissen, wo sie ist. Wenn sie das getan hat, gut, aber sie war ununterbrochen mit ihrem Partner zusammen. Gib sie nicht auf! Paula, wir sind die Säulen des Rechtsstaates.«

»Robert, auf internationaler Ebene gibt es diesen Rechtsstaat nicht, wie du wissen solltest.«

Harrison sagte dies mit einer solch stoischen Ruhe, dass es Robert schwerfiel, auf die vergangenen Jahre in der alten Freundschaft und Sympathie zurückzuschauen. Die Chefin des MI6 wirkte eiskalt und war offenbar nicht in der Lage, sich in das Schicksal Rebeccas einzufühlen.

»Wenn das rauskommt, dass wir Rebecca haben fallen lassen – was glaubst du, was dann da draußen los ist?«, fragte Allington und versuchte Rebecca weiter in Schutz zu nehmen. Trotz aller Kritik an ihrem unnachgiebigen Ermittlungsstil, hatte sie sich stets an die Prinzipien von Recht und Ordnung gehalten. Aber wie Rebecca hatte auch Allington als Spezialist für Wirtschaftsverbrechen eines nicht mehr leugnen können: All jene, die sich das Szenario eines totalen Zusammenbruchs der Wirtschaft nicht einmal vorzustellen gewagt hatten, mussten nun erkennen, dass sie genau diesen Punkt für ihre Lebensplanung seit dem Crash von 2008 nie in Erwägung gezogen hatten. Doch dieses Ereignis war die Quelle der meisten nationalen und internationalen Konflikte, die derzeit schwelten, es bestimmte das Lebensgefühl einer ganzen Generation, in einem Dauerkrisenmodus zu leben.

»Die wirkliche Ursache für diesen ganzen Konflikt«, sagte Allington, »kannst du seit Monaten in den Zeitungen lesen. Was da zwischen China und den USA geschieht, ist nichts weiter als der hilflose Ausdruck einer Politik, die über Jahrzehnte als alternativlos bezeichnet wurde. Ja, meine Liebe, noch kämpfen die Institutionen mit allen Mitteln gegen den Untergang. Die Zentralbanken pumpen rund um die Uhr Geld in das System, währenddessen bringen die Eliten ihre Schäfchen ins Trockene. Und wenn wir sie dabei erwischen, ja, dann ist das Gebrüll groß. Was kann Rebecca Winter dafür, dass sie als Ermittlerin auf Spuren gestoßen ist, die das ganze Ausmaß der Korruption in Peking aufzeigt, dass hier zwei Weltmächte, beide in Gier vereint, wie tollwütige Akteure den Frieden aufs Spiel setzen? Wieso soll sie dafür büßen? Paula, es ist ihr verdammter Job, genau so was aufzudecken!« Allington atmete tief ein.

Harrison vermied es, ihn direkt anzusehen, und starrte

nachdenklich aus dem Fenster. Warum reagierte sie nicht?, fragte sich Allington.

»Paula. Ich sag dir, was Rebecca mir letztes Jahr nach ihren Recherchen rund um den manipulierten Crash von 2008 erklären konnte. Sie konnte mir plausibel machen, warum immer wieder die gleichen Player von den Krisen profitieren. Wie sie schon beim Lehman-Crash mit Insiderwissen und manipulierten Handelsalgorithmen ganze Volkswirtschaften betrogen haben. Dass sie bei diesen Erkenntnissen für einen Moment auch mal an ihrem Job zweifelte – Gott, wer will das einer 29-Jährigen wirklich übel nehmen? Und das wollt ihr hier ausnutzen, um sie fertigzumachen? Also, wenn du das nicht erkennst, Paula, dann weiß ich auch nicht.«

Harrison schwieg immer noch. Aber ihr abgebrühter Gesichtsausdruck wandelte sich. Sie wusste, dass er sie nicht anlügen würde, dachte Allington. Sie nahm einen Stift vom Tisch und spielte in ihrer Hand damit. Im Spiegel an der Wand neben einer Garderobe konnte Allington sein rötliches Gesicht erkennen.

»Danke für deinen ausführlichen Vortrag, Robert, aber mir sind die Hände gebunden. Außerdem kannst du davon ausgehen, dass diese Beweise, während wir hier reden, gerade untauglich gemacht werden.«

»Was? Wenigstens gibst du es jetzt zu!«

Harrison stand auf und ging umher, verschränkte die Arme, senkte sie wieder und strich sich über ihr dunkles Kostüm.

»Wem hast du die Daten gegeben?«

»Das sag ich dir, wenn ich sie nicht mehr als Druckmittel brauche.«

Mit weit aufgerissenen Augen ging Harrison auf Allington zu. »Robert, es geht um zu viel. Bist du wahnsinnig?«

Allington schaute ihr in die grünen Augen. So nah, wie er

ihr jetzt gegenüberstand, konnte er hinter der Fassade von Worten und Gestik mit einem Mal Furcht in ihren Augen erkennen.

»Paula, nur ein Anruf. Ihr Partner von Interpol China wird sämtliche Aussagen, die die CIA hier macht, widerlegen können, da bin ich mir sicher. Wenn wir sie schon fallen lassen, dann will ich, dass das alle in dem Raum wissen, auch die Geier im Nebenraum.«

»Was?«

»Die Botschafter. Sie schauen diesem Schauspiel doch die ganze Zeit genüsslich zu!«

»Nein, Robert, da irrst du dich. Sie versuchen, einen Krieg zu verhindern!«

Paula Harrison ging zu ihrem Tisch und ergriff Allingtons Handy, das ihm am Morgen abgenommen worden war.

»Okay, einen Anruf, aber nur in Anwesenheit aller Beteiligten. Die Uhr tickt, Robert! Du wartest hier in dem Raum, bis ich dich abhole«, sagte Harrison und sperrte ihre Telefonanlage. »Ich sehe, was ich machen kann.«

SECHZIG

PEKING, AN EINEM UNBEKANNTEN ORT, 1. MÄRZ, 4.45 UHR

Rebecca hörte näher kommende Schritte. Sie konnte sich keinen Zentimeter bewegen, war mit Klebeband an den Füßen und Handschellen um die Gelenke auf der Pritsche gefesselt und hatte jedes Gefühl für Zeit und Raum verloren. Sie zitterte am ganzen Körper.

Die Tür öffnete sich. Der Mann, der sie bereits mehrfach geschlagen hatte, riss ihr die Augenbinde vom Kopf, zog ihre Augenlider nach oben und leuchtete mit einer Taschenlampe in ihr Gesicht. Er wedelte mit dem gleichen Schriftstück herum, das zu unterzeichnen sie schon mehrmals verweigert hatte.

Ein weiterer dicker Mann in einer gelben Kunststoffjacke und einem fast wahnwitzigen Ausdruck im Gesicht löste Rebeccas Fesseln und richtete ihren ausgebrannten Körper auf. Sie fühlte sich wie von der Seele getrennt, leblos, kraftlos. Selbst die Schmerzen im Gesicht und in den malträtierten Hüften wirkten dumpf. Die Drogen hatten wohl noch ihre Wirkung, alles fühlte sich weit weg an, als wären die Wunden nicht die eigenen.

»Wir haben die Festplatte gefunden. Wer hat die Daten in

London bekommen? Seit wann kannten Sie Gabriel Huldon? Warum sind Sie geflüchtet, Ms Winter?«, fragte der Mann zum wiederholten Male. Was sollte sie schon sagen. Das alles war nur eine Show, um sie zu schwächen. Dann schnellte die Erinnerung hoch. Hatte man ihr eine Waffe in die Hand gepresst? Die Vorahnung ließ wieder Adrenalin in die Adern gelangen, plötzlich spürte sie wieder den Druck auf den Wunden. Selbst die Rippen auf der rechten Seite zu bewegen, um zu atmen, war eine einzige Qual. Der von einer Eisenstange brutal getroffene Oberschenkel war unter ihrer engen Jeans sichtlich angeschwollen.

»Sie glauben mir doch sowieso nichts. Was kann ich für die Korruption Ihrer Regierung?«

»Sie sind eine Spionin, Ms Winter! Unterschreiben Sie dieses Verhörprotokoll, und Sie kommen in ein normales Gefängnis!«

Rebecca wurde übel. Sie hatte kaum etwas gegessen in den letzten Tagen.

Der Mann winkte mit der Lampe in der Hand. Ein weiterer Mann, er war mit einem weißen Kittel bekleidet, betrat den Raum.

»Hören Sie doch auf. Fragen Sie doch Huan Ching. Wir haben von Interpol …«, setzte sie an.

»Tut mir leid, Ms Winter, aber Huan Ching hat das Land längst verlassen, nachdem er Sie in Treue zur Partei an uns ausgeliefert hat, und seine Aussagen stehen nun mal gegen Ihre Version …«

»Sie lügen!«

Rebecca presste die Lippen zusammen, obwohl es schmerzte und aus der aufgeschlagenen Platzwunde das Blut herausströmte, spuckte sie dem Mann ins Gesicht. Das war Taktik, alles nur, um sie weichzukochen, damit sie das Protokoll unterzeichnete. Man wollte ihr das Gefühl geben, dass es niemanden mehr gäbe, der ihr helfen würde.

Ein Schlag mit der flachen Rückhand ins Gesicht ließ ihren Kopf gegen die Betonwand knallen. Der Mann zog ein Tonbandgerät aus seiner Innentasche und spielte es ab.

Sie konnte Chings Stimme hören und die jenes Anzugträgers, der ihr vor ein paar Stunden den Lauf einer Pistole an die Stirn gehalten hatte und nun versuchte, ihren letzten Widerstand zu brechen.

»Ich verstehe das nicht!«

»Das ist bedauerlich, Ms Winter, denn wenn Sie es verstünden, wüssten Sie, dass sie sich mit jedem weiteren Widerstand nur etwas vormachen. Aber vielleicht interessiert es Sie, dass man in London beschlossen hat, keine Intervention zu Ihren Gunsten zu starten, also unterschreiben Sie das, und ich werde sehen, dass Sie in eine Einzelzelle für politische Gefangene nach Peking kommen.«

So unerschrocken wie noch möglich sah sie ihn an. »Verpissen Sie sich!«

Der Mann schüttelte den Kopf.

»Sie sind nach Peking gekommen, um einem amerikanischen Spion zu helfen. Sie haben ihre Position missbraucht, einen Polizisten manipuliert, einen Informanten getötet und sich in die inneren Angelegenheiten der Volksrepublik China eingemischt. Ihr Ziel war es, den Feinden des Volkes zu helfen und der Partei zu schaden, indem Sie gefälschte Daten und Anschuldigungen nutzen wollten, um damit amerikanische Interessen durchzusetzen.«

Winter schoss eine unfassbare Angst in den Körper. Sie hatte keine Zeit gehabt, die Daten genau zu analysieren. Der Folterarzt im weißen Kittel fragte, ob sie ausreichend Luft bekäme. Bevor sie etwas sagen konnte, spürte sie einen Stich in ihrem linken Arm. Sie hörte dreckiges Lachen der Männer. Ihre Sinne schwanden. Sie wurde von ihren Fesseln befreit und aus der Zelle geschleift.

EINUNDSECHZIG

PEKING, JUYONGGUAN, 1. MÄRZ, 6.15 UHR

Nachdem es Ching mehrfach bei ihr versucht hatte, hatte Lila sich endlich gemeldet und Ching rund 60 Kilometer vom Zentrum Pekings in die Nähe von Juyongguan, einem beliebten Touristenort zur Besichtigung der Chinesischen Mauer, gelotst. Dass sie dabei genaue GPS-Daten angegeben hatte, war eines dieser typischen Spiele seiner Schwester, dachte Ching. Er hatte keine Ahnung, was sie dort hingetrieben hatte.

Den ganzen Tag war er umhergeirrt in Gedanken an Winter und daran, wie er das Land verlassen könnte. Ohne Hilfe von außen konnte er nichts mehr ausrichten. Vergeblich hatte er versucht, Allington auf dem Kryptohandy zu erreichen. In der Zentrale anzurufen erschien zu gefährlich. Die Nacht hatte er sich in einer heruntergekommenen Spielhalle in der Nähe des Busbahnhofes vertrieben und immer wieder im Staatsfernsehen von der Verhaftung Winters und der drohenden Anklage gehört. Nun saß er übermüdet im ersten Bus und kauerte sich auf der hintersten Bank zusammen.

Ausgerechnet Lila, die sich rund um die Uhr in zwielichtigen Ecken Pekings herumtrieb, ihr mit Auszeichnung absolviertes Informatikstudium nur dazu nutzte, um als Hackerin brisante Informationen zu verbreiten und vermutlich noch weitaus Schlimmeres, die ununterbrochen Schwierigkeiten mit den Behörden hatte – ausgerechnet sie wurde nun Chings Rettungsanker. Die Wahrheit war, dass er sie für ihren Ausbruch aus den Konventionen der widersprüchlichen chinesischen Moralvorstellungen beneidete. Sie war seine Schwester, und nun brauchte er ihre technischen Fähigkeiten.

Der Bus hielt, und Ching stieg aus. Für Touristen war es zu früh und nirgends Polizei oder Militär zu sehen. Ching wanderte ein paar Minuten einen Landweg entlang, schaute auf sein Kryptohandy und wurde von der Hauptstraße in einen immer enger werdenden Weg gelenkt. Er lief auf einen undurchsichtigen Wald zu, bis er auf ein kleines, altes, etwas verkommenes Haus traf, vor dem er Lilas rotes Motorrad sah. Er ging auf das Grundstück, und kaum hatte er die Tür erreicht, öffnete Lila und sah ihn fragend an.

»Du siehst fürchterlich aus. Was ist passiert? Ich hab die Propaganda gesehen.«

»Ich weiß nicht, wie ich es dir sagen soll, aber wir sind aufgeflogen, und es geht um sehr viel, was unsere Führung in Peking unter den Tisch kehren will«, sagte Ching, trat ein und setzte sich auf eine Bank vor dem Fenster mit Blick in das Gebirge vor der Chinesischen Mauer. Ching erklärte seiner Schwester vorsichtig, was geschehen war und dass die Eltern bereits in Sicherheit wären.

»Du hast sie ausgeliefert?«

»Hätte ich das nicht getan, wären Vater, Mutter und der Rest der Familie nicht mehr am Leben. Sie hätten uns früher oder später sowieso geschnappt. So konnte ich wenigstens fliehen, und jetzt brauche ich deine Hilfe!«

»Du bist geflohen. Mein Bruder? Ich werde verrückt, du weißt, dass ich …«

»Ich weiß, dass du Peking schon lange verlassen willst. Jetzt ist die Gelegenheit! Wir haben in London alles, was wir brauchen! Es gibt keine Zeit zu verlieren. Wir können unter keinen Umständen zurück nach Peking.«

»Auf was seid ihr gestoßen?«

»Kann ich dir nicht sagen, aber es ist Grund genug, dass sie sie dafür an die Wand stellen, Lila.«

»Mich nicht!«

»Spinnst du?«

Chings Augen wanderten im Raum umher. Der Wohnraum war spärlich eingerichtet. Neben einem alten chinesischen Bauernschrank stand auf einer Kommode eine aus Holz geschnitzte, wuchtig nach oben geschlungene grüne Schlange. Solche Gebilde waren zur Zeit des Opiumhandels im 17. Jahrhundert gebräuchliche Geschenke zwischen Triaden, wie Ching wusste. Und heute waren solche Artefakte nicht nur selten, sie hatten inzwischen auch einen hohen symbolischen Wert.

»Woher hast du das?«

»Geht dich nichts an!«

»Dann hatte Vater also doch recht, du treibst dich mit den Triaden rum. Wie hältst du es dann aus, dass dein Bruder ein Bulle ist und …«

Lila ging mit dem Finger vor dem Mund auf Ching zu.

»Halt einfach die Klappe, in Ordnung? Ich habe die Kontakte immer nur genutzt, um damit einigen Dissidenten helfen zu können. Und nun setz dich hin«, sagte Lila und fuhr zwei Laptops hoch, die auf einem kleinen Schreibtisch am anderen Ende des Raumes standen.

»Wem gehört das Haus?«

Lila antwortete nicht. Ching sah durch das Fenster in einen verwilderten Garten. Einige China-Zypressen trieben erste Knospen, Wildbüsche wucherten bis an die Hauswand. Der Geruch des Hauses und der Staub auf fast allen Möbeln wiesen darauf hin, dass sich schon länger niemand mehr um dieses Haus gekümmert hatte. Ching knurrte der Magen, er hatte seit gestern nichts mehr gegessen.

»Was glaubst du, wo das endet, zu welcher Triade gehörst du? Und überhaupt – bist du völlig verrückt, du bist eine Frau, du …«

»Meine Kontakte zu den Triaden sind vage. Aber sie werden uns zufällig dabei helfen, deine Partnerin zu finden!«

Ching schüttelte unwillig den Kopf. Zugleich war er genau deswegen hier. Lilas Kontakte zu den Triaden zu nutzen war die einzige Hoffnung, Winters Aufenthaltsort herauszufinden. Die ganze Fahrt über hatte er nachgedacht, wie er es selbst anstellen könnte, ihr zu helfen, aber in Peking würde man seiner in kürzester Zeit habhaft werden.

»Wie willst du das anstellen?«

»Ich habe einen sicheren Zugang zum Darknet, dort gibt es entsprechende Foren. Und wenn Rebecca dort ist, wo ich sie vermute, dann wird eine Langnase wie sie, zumal so eine attraktive, genug Aufmerksamkeit bekommen haben. Es gibt für einsitzende Mitglieder der Triaden ein ausgeklügeltes System, um zwischen verschiedenen Gefängnissen kommunizieren zu können. Aber was willst du dann tun? Sie alleine befreien?«

Ching schüttelte erneut den Kopf.

»Ich muss ihrem Boss in London die Information als Hilfestellung geben. Ob er es schafft, damit was anzufangen, kann ich nicht sagen. Aber das ist das Mindeste, was ich tun kann, ansonsten ist sie vielleicht verloren!«

»Und wie fühlt sich das an?«

»Was meinst du? Vernichtend natürlich. Ich hatte nur Sekunden, um eine Entscheidung zu treffen. Was hätte ich denn tun sollen?«

»Gut, das reicht mir. Schön, dass mein Musterbruder auch mal in Schwierigkeiten ist.«

»Das Problem ist, dass ich Allington seit geraumer Zeit nicht erreiche. Wer weiß, was ihm in London gerade droht«, sagte Ching und stellte sich hinter Lila auf, die begann, sich an ihrem Rechner in das Darknet einzuloggen. Das digitale Tor in eine Welt, in der sich Chinas Kriminelle genauso trafen wie Oppositionelle oder Menschen, die sich einfach nur über die Machenschaften der Regierung auslassen wollten.

»Lila, die Staatssicherheit hat Dutzende Agenten im Darknet …«

»Hey, bitte. Die Chats sind nie mit mehr als fünf Teilnehmern besetzt, und wir haben alternierende Codes. Ich bin nicht auf den Kopf gefallen. Setz dich irgendwo hin. Du siehst bleich aus. Im Rucksack auf dem Tisch liegt etwas Obst. Das wird etwas dauern. Aber, verdammt, worum geht es hier eigentlich wirklich?«

»Um Macht, um Geld, um Mikrochips, Autos und Märkte!«

»Ah ja, und um den Einfluss der Amerikaner!«

»Nein, um den Einfluss Chinas!«

Lila hatte sich inzwischen in einen der Chats eingeloggt. Sie fragte nach, ob Winter irgendwo in einem der staatlichen Gefängnisse aufgetaucht wäre, jedoch ohne Erfolg. Sie verließ den Chat wieder und meldete sich beim nächsten an.

Ching nahm sich einen Holzstuhl, setzte sich neben Lila und vergrub sein Gesicht in den Händen. Als er wieder aufsah, war Lilas Mimik zwar zuversichtlich, aber es gab in der Umgebung von Peking unzählige schwarze Gefängnisse, dachte Ching, wie sollte Lila diese Nadel im Heuhaufen wirklich finden? Tausende Chinesen büßten in diesen illegalen Einrichtungen, versteckt in Hotels, Gasthäusern oder Lagerhallen, ohne Gerichtsverfahren ihre oft marginalen Vergehen ab. In den überfüllten Zellen mussten sie oft tagelang ohne Essen, Wasser, Tageslicht und medizinische Versorgung ausharren. Offiziell dienten diese Gefängnisse der Partei, um eine soziale Stabilität aufrechtzuerhalten. Die Chance, Winter in einem staatlichen Gefängnis zu finden, war verschwindend gering – auch und gerade weil das chinesische Staatsfernsehen sie bereits als Spionin verurteilt hatte, resümierte Ching. Doch er sah, wie Lila unentwegt von einem Chat in den anderen hüpfte, sie war sich ihrer Sache wohl sicher.

»Sag, welche Bruderschaften waren in die Sache verwickelt?«, fragte Lila.

»Die Bou und die 14K!«

Wieder tippte sich Lila durch die Chats. Während Ching sich ein paar Weintrauben aus ihrem Rucksack angelte und sie hastig in den Mund schob, klatschte Lila plötzlich in die Hände.

»Wann ist sie weggebracht worden?«

»Hast du etwas gefunden? Es muss heute früh am Morgen gewesen sein, kurz nachdem ich niedergeschlagen wurde. Sie war in Vaters verlassenem Haus.«

Lila tippte eifrig weiter und stoppte plötzlich. Sie drehte sich um, sah Ching mit traurigen Augen an und zeigte auf den Laptop. Dort hatte sie eine Karte geöffnet, die einen Ort in der Provinz Hebei im Nordosten Chinas zeigte.

»Qinhuangdao. Wieso bringt man sie so weit weg?«, fragte Lila.

»Was weiß ich, aber das ist kein offizielles Gefängnis. Ich fürchte, bis irgendwer da was ausrichten kann, wird es für sie zu spät sein«, sagte Ching und ließ den Kopf hängen, während Lila einen Schrank öffnete und ihm einen Motorradhelm reichte.

ZWEIUNDSECHZIG

LONDON, MI6,
28. FEBRUAR, 23.30 UHR

Paula Harrison und Allington betraten wieder den Raum. Neal Brown und der Director of National Intelligence, Rupert Carter, blickten gleichzeitig auf das Handy in Allingtons Hand, während Paula Harrison an ihren Platz ging und auf einen Knopf an ihrem Konferenztelefon drückte. Allington hängte sein Sakko an einen Kleiderständer neben den Eingang und setzte sich. Schlagartig schloss sich das Sichtfenster zu dem Raum, aus dem die Botschafter Chinas und der Vereinigten Staaten der Szenerie weiter aufmerksam folgten.

Rupert Carter, mit einem Becher Kaffee in der Hand, räusperte sich.

»Ms Harrison, was wird das jetzt hier? Sie haben klare Anweisungen bekommen. Mr Allingtons Kommunikation ist bis auf Weiteres …«

»Keine Sorge. Was immer jetzt besprochen wird, bleibt in diesem Raum«, versicherte Harrison mit Blick auf die verblendete Fensterscheibe, die den Diplomaten die Sicht nahm.

Allington wählte sich durch, verband das Smartphone mit der Telefonanlage von Harrison, stellte die Lautsprecher an.

Harrison schaltete das Tonband ein, was Rupert Carter mit einem Kopfschütteln und rot anlaufendem Gesicht kommentierte.

»Ms Harrison«, versuchte Brown zu intervenieren.

»Das wird aufgezeichnet. Falls es zu einer Untersuchung kommt, will ich mir nichts zuschulden kommen lassen!«

Es dauerte für alle Anwesenden fast unerträglich lang, das Rufzeichen vibrierte in den Lautsprechern.

»Mr Ching?«

»Mr Allington? Ja!«

»Das ist vielleicht die einzige Gelegenheit«, kam Allington direkt zur Sache. »Was hat Winter mit dem Mord an dem chinesischen Politiker zu tun?«

»Was? Tse Wuang? Gar nichts. Das ist Unsinn – wie alles andere, das man ihr unterstellt! Wir haben von seinem Tod über den Polizeifunk erfahren und waren nie an dem Ort. Wir sind die ganze Zeit in Peking beobachtet worden, so wie Sie vermutlich auch. Die Wanzen, die wir gefunden haben, stammen aus britischer Herstellung. Es tut mir leid, wir haben die Dimension zu spät erkannt.«

Harrison schüttelte den Kopf und blickte Rupert Carter mit einem Blick an, der an Frostigkeit kaum zu überbieten war.

Allington beobachtete die Mimik von Brown und Carter. Ihre Augen glühten förmlich vor Wut.

»Wo ist sie?«

»Meine Schwester ist sich sicher, dass sie in ein geheimes Gefängnis nahe der Küstenstadt Qinhuangdao in der Provinz Hebei verlegt wurde. Das spricht dafür, dass man es mit der Hinrichtung ernst meint. Ich schicke Ihnen die genauen Koordinaten, aber alleine kann ich nichts mehr ausrichten. Wir werden versuchen, dort hinzukommen, aber wir müssen das Land schnellstmöglich verlassen. Ich brauche …«

»Ihre Schwester? Ching?«

»Die Verbindung ist gestört. Wir versuchen es später!«

»Ching, lassen Sie Rebecca wissen, dass Liverpool immer gewinnt!«

»Wie bitte, was?«

»Ching? Ching! Mist!«

Allington sah, dass die SMS mit den exakten GPS-Daten durchkam. Er notierte sie auf einem Notizblock. Dann legte er das Handy demonstrativ in die Mitte des Tisches und sah in die verwunderten Gesichter. Er ließ das Telefon mit der Anlage von Paula Harrison verbunden.

»Gut, Mr Allington«, sagte Neal Brown. »Sie glauben jetzt vielleicht, dass das etwas ändert, aber da irren Sie sich. Wenn ich das alles richtig sehe, Mr Allington, haben Sie persönlich Vorkehrungen getroffen, um Rebecca Winter zu decken. Das ist an sich ehrenwürdig, zeigt aber, dass Sie offensichtlich sich und Ihre Leute nicht unter Kontrolle haben.«

»Ich habe einer jungen und sehr begabten Ermittlerin …«

»… geholfen, ihre wahren neurotischen Absichten zu verheimlichen. Angesichts der für das Profil von Rebecca Winter relevanten Fakten und den Beweisen, die uns aus Peking vorliegen, kann ich der britischen Regierung nur empfehlen, nicht in Peking zu intervenieren. Ein solches Vorgehen würde die Lage extrem verschärfen. Ms Harrison, ich denke, wir sind hier fertig«, sagte Brown und klappte seinen Laptop zu.

»Wie bitte?«

Allington wischte den Stapel Papier, der vor ihm lag, über den Konferenztisch und wollte den Saal verlassen. Aber was sollte er schon ausrichten können? Obwohl zutiefst zerrissen, drehte er sich wieder um. Konnte es sein? Musste die Regierung Rebecca aufgeben? Er fuhr sich mit der linken Hand durch die schweißnassen Haare. Mit der anderen stützte er sich an der Stuhllehne ab und sah von der Seite, wie sich Paula Harrisons Augenlider schlossen. Sie wirkte niedergeschlagen.

Sie seufzte, richtete sich dann aber in dem offensichtlichen Versuch, sich zusammenzunehmen, wieder auf und betätigte den Knopf, der die Sichtverblendung zum Nebenraum wieder hochfuhr.

»Mr Allington, kooperieren Sie, dann kann ich vielleicht zumindest Winters Leben retten«, preschte Brown vor, und seine Augen richteten sich zu dem Glasfenster zum angrenzenden Raum, hinter dem die Botschafter nun wieder sichtbar wurden.

Allington krallte seine Fingernägel in seinen Handballen. Aus dem Raum der Botschafter kam überhaupt kein Signal, das Browns Angebot bestätigen würde. Sie müssten ohnehin erst Rückendeckung bekommen, bevor sie je nach Befindlichkeit der Strategen in Washington oder Peking eingreifen könnten.

»Oh ja, dafür werden Sie sorgen, denn Sie haben sie in die Falle laufen lassen! Halten Sie mich für einen Vollidioten? Sie hätten sie aufhalten können!«, brüllte Allington und zeigte mit dem Finger auf den chinesischen Botschafter, der dies regungslos registrierte. »Falls nicht, werden alle Daten morgen Mittag bei Wikileaks landen!«

Brown schlug mit der Hand auf den Tisch. »Sind Sie völlig wahnsinnig geworden?!«

»Ja, na sicher! Das ist vermutlich die richtige Annahme. Ich bin völlig verrückt geworden, und alle anderen sind normal. Na, dann sind Sie doch fein raus, nur darum scheint es hier jedem zu gehen, oder etwa nicht? Glaubt einer von Ihnen ernsthaft, wir könnten diesen Krieg noch verhindern, nur weil wir eine 29-jährige Ermittlerin über die Klinge springen lassen? Glaubt einer von Ihnen, dass wir noch Werte haben, wenn wir diese Frau fallen lassen? Ich bin verrückt? Ich?!?«

Brown riss beide Arme nach oben. »Jetzt beruhigen Sie sich

doch! Ich weiß, was Sie gerade mit Ihrer Frau durchmachen, aber jetzt …«

»Sie gottverdammtes Arschloch, was wollen Sie noch alles gegen mich verwenden, um sich zu schützen?«

Brown ließ seine Faust mit voller Wucht auf den Tisch prallen.

»Darum geht es nicht! Verdammt. Ich versuche auch nur, dieses Desaster unter Kontrolle zu kriegen. Und, ja, da zählt Winter einen Scheißdreck. Sie kapieren gar nichts! Wir haben da unten selbst fast unser Leben verloren in dem Versuch, Ihre Ermittlerin vor sich selbst zu schützen. Einer meiner Männer liegt mit einer durchschossenen Hand im Krankenhaus, und wir sind selbst nur knapp davongekommen, um einen Verräter zu finden! Und da ist sie es nun mal, es tut mir leid, nicht wert …«

»Doch!«, schrie Allington. »Doch, doch, genau darum geht es! Ich …«

»Ruhe, verdammt!«, schrie Harrison.

Die ganze Szene wurde von Thomas Parker unterbrochen, der atemlos die Tür aufriss.

»Neal. Ich muss dich sofort sprechen!«

»Nicht jetzt!«

»Sofort, hab ich gesagt«, polterte Parker in den Raum.

Brown, tief durchatmend, knallte seinen Stuhl zurück und ging raus.

DREIUNDSECHZIG

LONDON, MI6, 1. MÄRZ, 0.45 UHR

Parker war außer Atem und schaute sich mehrmals um, als Brown und er schnellen Schrittes und wortlos durch die Flure des MI6 gingen, bis sie Parkers Abteilung erreichten. Sie durchquerten den Konferenzraum und öffneten die Tür zur Überwachungseinheit.

»Wir haben die letzten Kamerabilder von Scotland Yard und die Überwachungsprotokolle angezapft«, sagte Parker und öffnete die Bild- und Audiodateien an einem der Rechner.

Die Bilder zeigten, wie Allington von seinem Platz erst durch ein Großraumbüro in ein anderes Zimmer lief und anschließend mit einer Dame zum Lift wanderte. Statt den Fahrstuhl zu betreten, kehrten sie aber fast postwendend wieder zurück. Brown ahnte, welchen Gedanken Parker hatte: Allington war durch die Mail von Rebecca Winter vor der Überwachung bereits gewarnt worden. Der Lift hätte eine schnelle Gelegenheit geboten, unbemerkt einen Datenträger auszutauschen. Doch sie waren in dem Flur stehen geblieben.

»Wusste er nicht, dass die Flure regulär überwacht werden?«

»Weiß ich nicht, aber er ahnte wohl, dass das MI6 bereits auf dem Weg war«, sagte Parker, und Brown sah bei der Wiederholung der Aufnahme, wie Allington der Frau etwas in die Seitentasche ihrer Kostümjacke steckte.

»Wer ist die Frau?«

»Allingtons Sekretärin, Sally Weaver. Warte, und jetzt das«, sagte Parker und spielte die Audiodatei ab. Brown hörte, wie sich die Sekretärin, wieder im Büro angekommen, um einen Urlaub bemühte.

»Hört sich ziemlich gestellt an.«

»Ja, dachte ich auch. Ich habe ihr Handy verfolgen lassen! Sie ist ins Krankenhaus gefahren, hat dort auch nach Angaben der Ärzte die Frau von Allington besucht. Sie hat das Handy im Krankenhaus liegen lassen und ist abgetaucht. Wie auch immer. Von dort kam der Anruf, den Allington entgegennehmen durfte. Kurze Zeit später erschien in den Nachrichten …«

»… eine Meldung, die ganz im Sinne von Allington war, verdammter Hund!«, schloss Parker.

»Sorg dafür, dass wir diese Sally Weaver finden. Sie trägt die letzte Kopie bei sich! Das war es. Damit haben wir ihn am Arsch. Gute Arbeit, Thomas! Und lösch die Logfiles deiner Recherchen«, sagte Brown und senkte kurz den Kopf.

»Du siehst scheiße aus, Neal.«

»Ich halt auch nicht mehr lange durch.«

»Hier, nimm das«, sagte Parker und gab Brown eine Tablette.

»Was ist das jetzt wieder?«

»Modafinil, hält dich wach.«

»Warst du im Irak so was wie ein Sani?«

»Mein Vater ist Pharmazeut«, erklärte Parker und zeigte auf dem Bildschirm vor ihm eine interne Meldung des Pentagons. »Perfekt, nun droht also auch Washington, die diplomatischen Beziehungen zu Peking abzubrechen, sollte es bis morgen nicht zu einer Verständigung wegen des Gipfels kommen.«

»Ah ja. Das nennt Ron Spencer also auf Entspannung setzen«, ätzte Brown und machte sich wieder auf den Weg in den Verhandlungsraum. Nach über sechs Stunden Marathon sollte es nun ein Ende finden, bevor Washington und Peking Ernst machen würden. In nur wenigen Tagen war man von der sanftesten Variante der diplomatischen Kritik in Form einer Einladung des Botschafters, verschärft über dessen Einbestellung, nun zum letzten und stärksten Mittel des diplomatischen Kodex angekommen, dem Abbruch der Beziehungen. Das bedeutete, dass in den kommenden Tagen rund eine halbe Million Geschäftsleute in Peking die Zelte abbrechen müssten, um sich vor einer militärischen Eskalation in Sicherheit zu bringen. Ein unvorstellbarer Schritt. Aber jetzt hatte Brown alles, um Allington fertigzumachen.

VIERUNDSECHZIG

PEKING, AN EINEM UNBEKANNTEN ORT, 1. MÄRZ, 9.00 UHR

Rebecca erwachte mit rasenden Kopfschmerzen. Das rechte Auge war inzwischen so geschwollen, dass sie auf der Seite nichts mehr sehen konnte. Etwas Licht drang durch eine unerreichbare und vergitterte Luke über ihr in den Raum. Sie hörte Stimmen und auch Schreie aus Richtung der Zellentür. Ihre Hände und Beine waren nicht mehr gefesselt, aber wieder lag sie auf einer Pritsche, nur der Raum war ein anderer. Offenbar hatte man sie während ihrer Bewusstlosigkeit hierher verfrachtet. Gegenüber auf einem mit dem Mauerwerk verbundenen Stahltisch und einem Hocker davor standen ein großer Krug, daneben ein Gefäß. Handtücher lagen daneben. Links neben dem Krug stand eine Schüssel mit Obst. Der Versuch aufzustehen scheiterte, die Beine trugen sie nicht, sie fühlte sich benommen und völlig ausgehungert.

Was war geschehen? Sie erinnerte sich an weitere Schläge. Sie blickte an sich herunter und sah, dass nicht nur die Jeans zerrissen war, auch der Oberschenkel war sichtlich weiter angeschwollen. Trotz der Schmerzen kroch sie von der Liege. Schrie einmal auf, schleifte sich zu dem Tisch und schaffte es, sich an dem Holzstuhl hochzustemmen, bis ihr geschundener Körper sich auf dem Tisch abstützen konnte. Sie griff zu den Früchten, und ohne sehen zu können, was sie da eigentlich aß, brannte die Säure der Frucht an der aufgeplatzten Lippe wie Feuer. Sie ließ die Frucht fallen, kaute, schluckte, schüttete sich aus dem Krug Wasser in das Gefäß und führte langsam mit der Hand das rettende Nass an ihren Mund. Plötzlich hörte sie eine Stimme. Es war ein gebrochenes Englisch, aber nicht verständlich. Ihre Sinne waren so betäubt, von einem vergangenen Schlag dröhnte ihr linkes Ohr wie eine Sirene. Sie schaute sich um. Woher kam die Stimme? Am Ende der Zelle konnte sie erkennen, dass der Beton Risse hatte. Sie kroch auf allen vieren hinüber.

»Hallo?«

Keine Antwort.

Hatte sie sich das nur eingebildet? Aber nein – inzwischen kamen auch andere Geräusche aus dem Zellentrakt. Gerede, Radioklänge und der ein oder andere Schrei. Wo hatte man sie überhaupt hingebracht? Die letzte Szene in der Folterkammer kroch empor, als sie hochgehoben und durch den Raum geschleift wurde, als ginge es zu ihrer Beerdigung. Sie war in einen Wagen verfrachtet und hierher gebracht worden. Vielleicht gab es eine letzte Chance. Vielleicht sollte sie das Geständnis unterschreiben, und man würde sie am Leben lassen. Würde man sie sonst nicht als gemeine Verbrecherin verurteilen? Langsam sollten ihre Beine sie wieder tragen können, dachte Rebecca und versuchte aufzustehen. Die Schmerzen der Prellungen am Schenkel waren fast nicht auszuhalten. Doch sie schaffte es zur Tür und klopfte mit letzter Kraft an einer Luke, durch die gerade mal zwei Hände zum Öffnen von Handschellen oder eine Portion Essen passte.

»Hallo? Hört mich jemand? Ich unterschreibe das Geständnis, hallo?«, rief sie mit gebrochener Stimme.

Keine Reaktion. Ein Wärter, der gerade vorbeiging, hatte ihr Rufen ignoriert. Es war zu spät. Sicher würde sie jeden Moment abgeholt werden. Man würde sie in einen Innenhof bringen und wie eine räudige Hündin erschießen oder hängen. Rebecca ließ sich mit dem Rücken zur Tür hinabsinken. Das Salz der Tränen schmerzte auf der geschundenen Haut.

»Hey!«

»Was?«

Wieder hörte Sie diese Stimme. Jetzt wurde sie lauter.

»Sie durchhalten müssen. Hilfe kommt! Liverpool gewinnt immer.«

FÜNFUNDSECHZIG

LONDON, MI6,
1. MÄRZ, 2.15 UHR

Neal Brown sah, dass Paula Harrison alleine an einem Arbeitsplatz vor dem Eingang zum abhörsicheren Konferenzraum stand und gerade das Handy wieder in ihr Blouson steckte. Er ging auf sie zu und blickte sie mit ernster Miene an.

»Ich muss Sie darauf hinweisen, dass der Superintendent uns ununterbrochen belogen hat. Er hat die Presse informiert, die Daten beiseitegeschafft und …«

»Um seine Ermittlerin zu schützen, Mr Brown. Ich habe gesagt, dass das eine harte Nuss wird!«

»Was?«

»Egal. Sie werden ihm was anbieten müssen. Reden Sie mit dem chinesischen Botschafter. Ich bin mir sicher, dass Allington sofort kooperiert, wenn er bekommt, was er will!«

Brown drehte sich, die Hand auf die Stirn gelegt, einmal um die eigene Achse.

»Das kann doch wohl nicht wahr sein! Ms Harrison, ich muss Ihnen doch wohl nicht erklären, was hier auf dem Spiel steht.«

»Nein, müssen Sie nicht, aber es geht nicht um Rebecca

Winter. Das ist Symbolpolitik, und das weiß auch der Botschafter, und ihm sind genauso die Hände gebunden wie uns.«

»Und wie stellen Sie sich das vor? Tut mir leid, so wird das nichts. Ich verlange, dass Allington festgenommen und härter rangenommen wird, oder ich wende mich an das Außenministerium.«

Harrison schien das alles nicht zu beeindrucken. Sie öffnete die Tür zum Konferenzraum und sah mit finsterem Blick in den Raum der Botschafter.

Und als wäre es von ganz fern, hörte Brown ein Wispern: »Anfänger!«

»Was haben Sie eben gesagt?«

»Ihr Platz ist da drüben«, raunte Paula Harrison.

SECHSUNDSECHZIG

LONDON, MI6, 1. MÄRZ, 2.20 UHR

»Mr Allington, betrachten Sie es nüchtern«, setzte Carter einen unverlangten Vortrag fort. »Es gibt kein Schwarzweiß, kein: Das sind die Guten und das die Bösen. Hier geht es um den Wettkampf, wer in der Globalisierung gewinnt. Ich kenne nur wenige Bürger Großbritanniens, Amerikas oder eines anderen verbündeten Landes, die bereit wären, an der Stelle nachzugeben oder etwas zu verändern, an der es sie ihre Pension oder ihren Arbeitsplatz kosten würde.«

»Wenn Gier belohnt wird, wird sie zum allumfassenden korrumpierenden Motiv, und dafür werde ich Rebecca Winter nicht opfern«, sagte Allington und sah, wie Brown, gefolgt von Harrison, wieder den Raum betrat und sich wieder an seinen Platz setzte, dabei die MI6-Chefin mit einem hasserfüllten Blick bedachte. Etwas war geschehen, das spürte Allington. Brown wirkte kurzatmig, irgendetwas hatte ihn aus der Fassung gebracht. Er wühlte in den Papieren vor sich und sah immer wieder auf die Uhr.

»Hören Sie«, setzte Carter fort, »Sie mögen glauben, dass es sich um eine Verschwörung handelt, aber da irren Sie sich. Es gibt da nicht irgendeine kleine Gruppe von Männern, die sich in einer finsteren Stube zurückgezogen haben. Das, was Verräter wie Gabriel Huldon als Komplott einer geheimen Konzernelite aufblasen, ist ein kompliziertes Regelwerk internationaler Politik …«

Mit unter dem Tisch geballter Faust würgte Allington den Director of National Intelligence ab. »Wenn ich die Offenbarungen dieses Gabriel Huldon in Winters Aufzeichnungen richtig verstanden habe, dann ist es sehr wohl eine Elite von Männern und Frauen, die internationale Finanzorganisationen dazu benutzen, um Bedingungen zu schaffen, mit denen andere Menschen, ach was sage ich, ganze Nationen unterworfen und ausgebeutet werden. Und wie eine Mafiaorganisation verlangen die großen Mächte neben Zinsen und Tilgung auch noch andere Gegenleistungen für Kredite, wie die Kontrolle über Stimmen in der UNO oder die Errichtung von Militärstützpunkten oder den Zugang zu Ressourcen – aber nicht nur das. Obwohl diese Länder ohnehin schon mit dem Rücken zur Wand stehen, werden die Kredite der Weltbank oder anderer Banken ja nicht erlassen. Und so ist ein Land dauerhaft unterworfen, und jetzt wollen die Chinesen es ihnen gleichtun und …«

»Die Regierung der Vereinigten Staaten hat damit nichts zu tun!«, empörte sich Carter.

»Können Sie eigentlich noch in den Spiegel sehen?«, fragte Allington zynisch.

»Tanken Sie Ihr Auto an einer Tankstelle, oder was glauben Sie, wer seit Jahrzehnten dafür sorgt, dass Sie hier Sprit bekommen?«, entgegnete Carter.

Aus und Ende, dachte Allington. Mit Argumenten war diesem Betonkopf nicht beizukommen. Es war fast so, als würde er sagen: Sorry, wir müssen diese Praxis durchziehen, sonst machen es andere. Als ob es dadurch zu rechtfertigen wäre.

Im Vergleich zu diesem aalglatten Director of National Intelligence hatte Brown sichtlich Mühe, weiter selbstbewusst zu wirken. Er saß neben Carter, hatte seine Faust vor dem Mund und schaute Allington nicht einmal an, seit er den Raum wieder betreten hatte. Er schien mit seinen Entscheidungen zu kämpfen, vielleicht sogar mit der Illusion, er habe am Ende mit alldem nichts zu tun. Einen Moment dachte Allington daran, an seinen Anstand zu appellieren, aber dieser junge Agent hatte keinen Anstand, er wollte so schnell wie möglich seinen Job beenden – und koste es auch Rebeccas Leben.

Allington stand auf, nahm sein Sakko und stellte sich mit breiten Schultern tief ausatmend vor die versammelte Mannschaft.

»Wissen Sie, diese Ermittlerin ist das Neugierigste, was mir in den letzten 30 Jahren über den Weg gelaufen ist. Ja, sie ist anstrengend, hat wenig Freunde und Privatleben, aber sie hat sich nach der Finanzkrise dafür aufgeopfert, um möglichst viele der Zocker hinter Gitter zu bringen, bis sie merkte, dass das am System nichts ändern wird. Und dann hatte sie kurze Zweifel zuzuschlagen, da sie mit Informationen versorgt worden war, die ihr aufzeigten, wie unsere Regierungen mit unserem Leben und unserer Zukunft zugunsten einer kleinen Elite spielen, anstatt Reformen anzugehen. Da wir an solche Dinge herankommen, ist das Serious Fraud Office ja auch ein begehrtes Ziel für Geheimdienste. Und als Dank für unseren Einsatz werden wir unter Generalverdacht gestellt. Wenn Sie von mir eine Kooperation erwarten, dann sagen Sie dem Botschafter, dass ich die Daten erst rausrücke, wenn Rebecca Winter China verlassen hat.«

Das Gesicht von Neal Brown wirkte plötzlich wieder entspannter. Er stand auf und ging um den Konferenztisch auf und ab.

»Mr Allington. Wir wissen, wem Sie die Daten gegeben haben und dass Sie die Presse verständigt haben. Es ist nicht so, dass ich Ihrem Einsatz nicht auch etwas abgewinnen kann. Was es für Sie bedeutet und was das aber über Ihre Glaubwürdigkeit aussagt, können Sie sich selbst ausmalen. Ms Harrison, nach den Gesetzen des Vereinigten Königreiches und in Anbetracht der …«

In dem Moment riss Parker plötzlich wieder die Tür zum Konferenzsaal auf und stand atemlos im Raum.

»Was ist denn jetzt schon wieder?«, rief Brown und folgte ihm nach draußen.

SIEBENUNDSECHZIG

LONDON, MI6,
1. MÄRZ, 2.35 UHR

Abermals rannten Brown und Parker durch die Korridore zu einem Rechner der Überwachungseinheit. Zur Überraschung Browns saß Ethan Maloway an einem der Computer, die linke Hand professionell verbunden und mit der anderen dabei, Dateien zu öffnen.

»Ethan, gut, dich zu sehen!«

»Später, Neal, erst das«, sagte er und nickte in Richtung Monitor.

»Halt dich fest«, pustete Parker atemlos. »Die TAO-Einheit hat gemeldet, dass sich Kingston frei in Peking bewegt, und jetzt kommt es! Wir haben einen Mitschnitt aus dem Ministerium für Staatssicherheit. Hier, eine Kopie für dich«, sagte Parker und legte einen Datenstick auf den Tisch.

»Sag nicht, dass ich die ganze Zeit recht hatte!«, sagte Brown und blickte mit verschränkten Armen auf den Bildschirm, vor dem Parker herumhantierte.

»Doch. Kingston hat über die Ziele gesprochen, die man mit der Bestechung verfolgte, aber durchaus in einem Stil, dass es nichts mit der Politik in Washington zu tun hätte. Das haben die Männer der Staatsicherheit allerdings nur mit einem Lachen bekundet. Weniger witzig fanden sie etwas anderes. Er hat unsere Operation in Peking verraten und was Winter mit den Informationen von Huldon anrichten könnte«, erklärte Parker und zog seine Augenbrauen hoch.

»Ich fasse es echt nicht. Dieses verdammte Schwein!« Brown zog einen Stuhl von einem benachbarten Schreibtisch heran und setzte sich.

Als Nächstes zeigte ihm Parker einen Ausschnitt der besagten Datensätze, die die TAO-Einheit vom Server von Scotland Yard geholt und anschließend gelöscht hatte. Aus ihnen ging hervor, dass Duke Kingston selbst im großen Stil für Spitzen der chinesischen Führung Briefkastenfirmen in etlichen Steueroasen angelegt hatte. Huldon mochte ein verrückter Idealist gewesen sein, aber so hatte Kingston also tatsächlich und wissentlich Chinas innere Stabilität gefährdet, die Elite im Reich der Mitte erpressbar gemacht – und das Ganze vermutlich schon seit Jahren.

»Wo ist er jetzt?«

»Ich fürchte, auf dem Weg in die Pekinger US-Botschaft!«

»Schnell, druck mir das Foto von ihm aus!«

»Neal. Spencer und Kingston hatten mehrfach Kontakt, bevor und während wir schon in Peking waren. Kann es sein, dass Spencer uns nur die Hälfte gesagt hat?«

Brown durchfuhr ein Schmerz. Er blickte in die Monitore an der Wand. Mit der Hand griff er sich an den Magen. Er versuchte die Schmerzen mit einer gleichmäßigen Atmung unter Kontrolle zu bringen.

»Ich werde wahnsinnig! Duke Kingston unantastbar? Nach diesem Verrat? Das kann Spencer jetzt vergessen. Ich brauche das Rescue-Team. Wie heißt der Commander? Ich selbst will mit Ron Spencer keinen Kontakt mehr, bis wir hier fertig sind.

Aber sag ihm, dass wir einen Weg gefunden haben, Winter zu befreien …«

»Die Suwon Air Base kommandiert Commander James Tucker«, antwortete Parker und setzte sich an das Telefon.

»Informiere ihn, dass ich ihm gleich das Signal für einen Einsatz gebe, und dann kommst du nach!«

Neal stand auf, nahm sich den Datenstick sowie das Foto Kingstons und rannte, so schnell er konnte, durch die Flure. Eine Dame mit Akten kreuzte seinen Weg, er rammte sie leicht, Papiere flogen durch die Luft. Er erreichte das Großraumbüro, eilte unter erschrockenen Blicken der Mitarbeiter des MI6 zwischen den Plätzen hindurch und knallte die Tür zum Glasbunker auf.

Bevor Harrison, Carter und Allington reagieren konnten, blies er einen Luftstoß aus, versuchte seinen Puls unter Kontrolle zu kriegen, lief um den Tisch an Harrison vorbei und stürmte das Botschafterzimmer.

Die beiden Diplomaten saßen nebeneinander mit Sicht in den abhörsicheren Konferenzraum am Tisch. Vor ihnen eine Telefonanlage, weiter hinten im Raum hatten sich Mitarbeiter der Botschafter platziert. Neben ihnen standen Drucker, Scanner, weitere Telefone auf dem Tisch, und von der Wand ragten mehrere Bildschirme, auf denen sowohl das chinesische Staatsfernsehen wie auch CNN lautlos vor sich hin flimmerten.

Der US-Botschafter sprach gerade noch mit jemandem am Telefon, und der chinesische war gerade im Begriff, ein Gespräch anzunehmen, legte den Hörer nach Browns Eindringen jedoch wieder auf. Durch eine für sein Gesicht etwas zu groß geratene Brille starrte er Brown mit verzogenen Mundwinkeln an und bot ihm einen der Ledersessel an, die neben dem Eingang standen. Doch Brown zog es vor, stehen zu bleiben.

»Mr …?«

»Wutao!«

»Mr Wutao«, Brown hielt ihm Kingstons Foto unter die Nase. »Dieser Mann ist für alles verantwortlich. Er ist auf dem Weg in die amerikanische Botschaft, setzen Sie ihn fest! Tauschen Sie Winters Leben und Freiheit gegen ihn aus. Ich treibe Superintendent Allington so in die Enge, dass er mitspielt. Wir vernichten die Datensätze, und Winter wird öffentlich derartig demontiert, dass ihr nie wieder jemand glauben wird. Dann ist die Sache hier und heute beendet, alles andere verhandeln wir nach der Deeskalation. Aber es muss jetzt schnell gehen!«

Der Botschafter der USA schaute entsetzt auf das Foto von Duke Kingston.

»Sind Sie wahnsinnig?!«

»Er!« Brown schlug mit Nachdruck auf das Foto. »Handeln Sie, oder die Daten sind in ein paar Stunden im Netz! Schnell!«, schrie Brown.

»Wissen Sie, was Sie da verlangen? Offiziell wird das unsere Regierung nicht machen«, erklärte der chinesische Botschafter. »Winter freizulassen wäre nicht nur ein inakzeptables Risiko, es wäre innenpolitisch …«

»Wenn Sie nicht dafür sorgen, dass Winter binnen zwei Stunden das Land verlassen hat, bekommt Ihre Regierung ein viel größeres Problem – und wir auch. Wir können mit einem Kommando aus Südkorea in zwei Stunden vor Ort sein und Winter ausfliegen!«

»Sie wollen in den chinesischen Luftraum! In dieser Lage?!?«

»Ja! Landen, einladen, wegfliegen – und niemand spricht darüber. Die Männer sind nicht als US-Soldaten erkennbar«, erklärte Brown, und er sah an den Gesichtern der beiden Botschafter, dass dies genau der kleine Vorfall sein könnte, der die Thukydides-Falle zuschnappen lassen könnte, jede falsche Entscheidung könnte dies nun tun.

Der chinesische Botschafter griff zum Hörer, winkte gleichzeitig seinen Assistenten heran und trug ihm auf, das Bild einzuscannen und für den Versand nach Peking vorzubereiten.

»Dafür landen Sie vor dem Kongress«, sagte der US-Botschafter zu Brown.

»Nein, dafür bekomme ich den Intelligence Star.«

Der chinesische Botschafter sprach hektisch und ohne Pause in den Hörer. Auch wenn er schnell redete, konnte Brown dem klaren chinesischen Dialekt folgen und hörte im Gegensatz zu seinem Landsmann, der ihn wie einen Verräter ächtend ansah, dass der Chinese damit kämpfte, im Ministerium für Staatssicherheit an die richtigen Leute heranzukommen.

Dann wurde es einen Moment still. Brown wollte gerade etwas sagen, aber der Chinese hob die Hand. Die Stille wurde nur durch ein leises, aber deutlich hörbares Stimmenwirrwarr vom anderen Ende der Welt unterbrochen. Der Botschafter signalisierte Brown, er solle sich endlich setzen.

Wortlos ließ er sich in einen der Ledersitze fallen. Er schaute in den Nebenraum, von dem aus die anderen ebenso sprachlos wie fragend zu ihnen hinüberblickten. Schließlich legte der chinesische Botschafter den Hörer auf und signalisierte Brown, sich in Geduld zu üben, bis er einen Rückruf bekommen würde.

Aus den Augen des chinesischen Botschafters versuchte Brown herauszulesen, ob auch er sich bewusst war, was eine Verletzung des chinesischen Luftraums, wenn sie offiziell werden würde, nach sich ziehen könnte, aber er schien die Ruhe zu bewahren.

Nach Minuten des unerträglichen Wartens klingelte das Telefon. Der Botschafter Wutao nickte, nickte nochmals und legte auf.

»Der Termin für die Hinrichtung um zwölf Uhr Pekinger Zeit steht, aber in der unübersichtlichen Lage gibt es Kräfte, die diese nicht wollen. Ich konnte dafür sorgen, dass das Militär vor Ort nicht eingreifen wird. Eine spektakuläre Befreiungsaktion durch den offiziellen Feind dient am Ende der Stabilisierung der Lage. Aber Sie müssen Winter von der Bildfläche verschwinden lassen!«

Was? Wie soll ich …?, fragte sich Brown und wusste doch in der Sekunde, worum es ging. Es würde zwar zu keinem Schusswechsel kommen, aber die Kameras des chinesischen Staatsfernsehens würden Bilder von hilflosen Gefängniswärtern aufzeichnen, die von einem Spezialkommando heimtückisch überfallen wurden und um des Friedens wegen nicht von der Waffe gebraucht gemacht hätten. Eine schöne Inszenierung für die Propaganda.

»Ich sorge dafür!«, sagte Brown schließlich, er hatte keine andere Wahl. »Es fallen garantiert keine Schüsse?«

Der chinesische Botschafter nickte abermals, blickte auf die Uhr und hob die Hände. Es war in Peking bereits kurz vor zehn. Damit blieben vielleicht nur noch Minuten, um angesichts der benötigten Flugzeit des Rescue-Teams den Helikopter und das Team in Südkorea in die Luft zu bekommen. Immerhin lag der Küstenort Qinhuangdao etwas näher an Südkorea als Peking. Das könnte der entscheidende Puffer an Zeit sein, der Winters Leben retten würde, hoffte Brown.

Der amerikanische Botschafter schien überfordert, als sein Kollege sich zu ihm drehte und ihm mit einem erleichterten Lächeln die Hand reichte. Widerwillig nahm er an, stand auf und verließ den Raum.

Brown nahm sich sein Kryptohandy.

»Ron Spencer. Ich brauche das Rescue-Team, um Winter rauszuholen. Wir haben einen Deal.«

»Das geht nicht mehr! Das Pentagon …«

»Du hast gesagt, wir können uns darauf verlassen!«

»Hast du Sicherheiten vom Botschafter für diesen Einsatz?«

»Ja! Ron, wieso hast du mir nicht gesagt, dass du schon länger Kontakt zu Kingston hattest?«

»Dreh jetzt nicht durch, Neal, und behalte den Weitblick. Was glaubst du denn? Dass ich damit was zu tun habe?«

»Ron. Nicht nur Huldon, auch dein Freund Kingston hat uns verraten. Er sitzt, wenn nicht jetzt schon, dann vermutlich schon sehr bald in der Folterkammer! Winter ist keine Verhandlungsmasse mehr für die Chinesen, sehr wohl aber für ihren Vorgesetzten. Und wenn sie nicht freikommt, drückt Wikileaks die ganze Geschichte ins Netz! Auch die enthüllende Biografie von Gabriel Huldon, alles klar? Ich kann deinen Freund nicht mehr schützen!«

»Er ist nicht mein Freund. Erklärungen später. Alles andere ist deine Entscheidung, Neal!«

»Du bist ein Feigling, Ron. Hast du deine Agenten schon immer so beschissen gebrieft, oder steckt mehr dahinter? Habe ich Zugriff auf das Rescue-Team?«

»Sag mal, Junge, wofür habe ich dich ausgebildet? Was habe ich dir gerade gesagt? Wenn ich sage, das ist deine Entscheidung …«

»Ach, Scheiße. Du stehst also dahinter? Gut, wir sehen uns in Washington!«

»Das hoffe ich doch!«

ACHTUNDSECHZIG

LONDON, MI6, 1. MÄRZ, 3.05 UHR

Es war eine völlig absurde Situation, dachte Allington. Während sich im Raum mit den Botschaftern etwas Entscheidendes zu entwickeln schien, wie er den Mienen und fahrigen Gesten entnahm, saßen Harrison, Rupert Carter und seine Assistentin sowie der Mitarbeiter Harrisons am Tisch, schauten hinab auf den Boden, in die Bildschirme oder einfach in die Luft. Es war nicht unbedingt eine Situation, in der es nichts mehr zu sagen gab. Allington spürte, dass die Gewissheit der amerikanischen und chinesischen Verhandlungsführer, man könne Winter hier einfach opfern, gerade durch eine unerwartete Entwicklung zerstört wurde. Als Allington aber die Zeitverschiebung nachrechnete und auf die Uhr sah, wurde ihm warm und kalt, es blieben kaum noch zwei Stunden, bis es in Peking Punkt zwölf Uhr war und Rebeccas Hinrichtung folgen sollte. Er sah, wie der US-Botschafter mit dem Handy den Raum verließ, was wiederum Rupert Carter zum Handy greifen ließ. Er hastete ebenso hinaus, telefonierte, kam wieder hinein, setzte sich und rückte sichtlich verunsichert sein Sakko zurecht.

Plötzlich knallte die Tür auf, und Neal Brown kam wieder rüber in den Konferenzraum. Er hatte rote Wangen, und Schweiß tropfte von seiner Stirn. Er schmiss sein Sakko auf einen Stuhl, tupfte sein Gesicht mit dem Hemdsärmel ab, setzte sich und schien sich unter dem Tisch an den Magen zu greifen.

»Und?«, fragten Rupert Carter und Paula Harrison im Einklang.

»Wir haben einen Deal, und das ist nicht mehr verhandelbar«, sagte Brown.

Er war wie ausgewechselt, dachte Allington. Was immer geschehen war, seine aufgetragene Selbstsicherheit von vor ein paar Stunden war wie weggeblasen.

Paula Harrison schaute erst zu Allington und dann zu Brown. »Woher der Sinneswandel, Mr Brown?«

»Zeichnen Sie bitte Folgendes auf. Das alles hier wird Gegenstand einer Kongressuntersuchung sein«, sagte Neal Brown und wartete ab, bis Harrison den Knopf auf der Anlage vor ihr drückte.

»Mr Carter, ich danke Ihnen für Ihre Bemühungen, aber wir kommen jetzt wohl klar«, sagte Brown, und Carter schüttelte den Kopf.

»Das können Sie vergessen. Ich werde …«

»Schöne Grüße nach Washington, Mr Carter. Ich übernehme die Verantwortung. Sie bekommen die Aufzeichnung, aber solange ich nicht offiziell abgezogen werde, ist das hier meine Entscheidung. Wenden Sie sich an Langley oder an wen Sie wollen, aber Sie verlassen jetzt den Raum!«

Rupert Carter war Neal Brown vorher nie über den Weg gelaufen, und was Brown soeben getan hatte, war mehr als eine Kompetenzüberschreitung – es war ein Affront. Aber es ging nicht anders, und zu Browns Überraschung schien Carter zu lächeln.

»Sie haben also eine Lösung gefunden?«, fragte er, packte seine Sachen und wies seine Sekretärin an zu gehen. Er schaute in den Nachbarraum und schien sich von dem US-Botschafter, der wieder zurückgekehrt war und eifrig mit seinen Kollegen aus China debattierte, ein Signal geben lassen zu wollen, das ihm bestätigte, dass es eine akzeptable Lösung gab.

»Ja, und jetzt wird es Zeit!«

»Wie Sie meinen«, sagte Carter. »Ms Harrison, die Aufzeichnung brauche ich morgen früh. Alles Gute, Mr Brown.«

Brown sah Allington mit einem bestechenden und entschlossenen Blick an.

»So. Mr Allington. Wir wissen, dass Sie Ihrer Sekretärin die Daten gegeben haben. Wo ist sie?«

»Sie können mich mal!«

Brown schlug auf den Tisch.

»Folgendes Angebot: Vor ein paar Minuten wurde ein weiterer US-Amerikaner in Peking verhaftet. Dafür werde ich meinen Kopf hinhalten müssen. Die Führung in Peking ist nicht bereit, Winter offiziell auszutauschen, aber sagen wir mal so, es wird eine militärische Befreiung werden, die ein gewisses Restrisiko bedeutet, da nicht alle vor Ort eingeweiht werden können, aber …«

»Moment, Sie wollen mir sagen, dass …«

»Mr Allington, um zwölf Uhr Pekinger Zeit ist die Hinrichtung von Winter. Das ist in gut zwei Stunden. Die Flugzeit des Einsatzkommandos von Südkorea hinzugerechnet, wird es mehr als knapp, und der Botschafter hat dafür alles in Bewegung gesetzt. Es wird vor Ort zu keiner Gegenwehr kommen, aber diese Aktion wird der Führung in Peking innenpolitisch zu Propagandazwecken gegen die USA so weit nützlich sein, dass sie die Befreiung verschmerzen können. Solche Bilder im Staatsfernsehen gegen den Erzrivalen haben einen großen Wert für das angeschlagene Regime. Das ist Ihre einzige Chance«, sagte Brown.

Allington nickte. »Wir lassen sie also damit durchkommen, mit Billionen von …«

»Ja, Mr Allington, genau das tun wir!«

»Was ist mit Ching und seiner Schwester?«

»Es ist genug Platz in den Helis, wenn Sie das meinen, aber sie müssen vor Ort sein. Haben Sie ein Foto von ihm?«

»Sie waren sowieso auf dem Weg dorthin. Ich kümmere mich darum«, versprach Allington.

»Im Gegenzug wird Rebecca Winter öffentlich so weit von uns diskreditiert, dass ihr kein Schwein in dieser Welt noch etwas glauben wird!«

»Dann kann ich sie auch gleich dort lassen, Mr Brown!«

»So einen Sturkopf hab ich noch nicht erlebt«, sagte Brown und sah fassungslos in die Gesichter von Harrison und ihrem Mitarbeiter, der diesen Verhandlungsmarathon die ganze Zeit über stillschweigend verfolgt hatte.

»Gut, was soll's. Die Sache ist ohnehin entschieden. Sie bekommen, was Sie wollen«, sagte Brown und wählte die Kommandozentrale der Suwon Air Base an. »Hallo? Verbinden Sie mich sofort mit Commander Tucker.«

Allington spürte das erste Mal seit dem vergangenen Morgen so etwas wie Entspannung. Der etwas dickliche Mitarbeiter des MI6, der das ganze Verhör nahezu wortlos verfolgt hatte, stand auf und stellte Allington einen Laptop hin.

»Sie können für das Foto von diesem Ching Zugriff auf den Server von Interpol nehmen«, sagte er und ging zurück an seinen Platz.

Allington brauchte nicht lange und lud das Foto von Ching hoch. Als Nächstes schickte er Ching die Nachricht, dass er und seine Schwester die Chance hätten, sich mit einem Team, das

Winter befreien würde, ausfliegen zu lassen. Allington signalisierte Brown, dass er das Foto Chings vom Server holen konnte. Er war hundemüde, und die nächsten Stunden war an Schlaf noch nicht zu denken.

»Commander, hier Neal Brown, CIA. Ich übermittele Ihnen jetzt alle notwendigen Daten, die Koordinaten und den Einsatzcode. Starten Sie die Operation umgehend. Sie müssen vor zwölf Uhr vor Ort sein!«, sagte Brown, klärte Chings Rolle, sandte das Foto, wartete, schien die Bestätigung für den Einsatz zu bekommen und legte sein Handy beiseite.

»Gut. Die Suwon Air Base hat mir bestätigt, dass sie vor zwölf landen, auch wenn es eng wird. Mr Allington, und jetzt schließen wir das hier ab. Also, wo ist Sally Weaver mit den Daten?«

Allington schwieg, setzte ein breites Grinsen auf, lehnte sich ganz langsam in seinen Lederstuhl zurück und blickte in die Runde.

»Was denn? Haben Sie im Ernst geglaubt, dass ich so verantwortungslos bin? Sally Weaver hat einen leeren Datenstick bekommen.«

Paula Harrison entglitt kopfschüttelnd ein fast jauchzendes Lachen.

»Sie haben die ganze Zeit geblufft?« Neal Brown sackte im Stuhl zusammen und hielt sich den Magen. »Ich halt das nicht aus!«

NEUNUNDSECHZIG

NÄHE DER KÜSTENSTADT QINHUANGDAO, 1. MÄRZ, 11.45 UHR

Rebecca glaubte Schritte zu hören. Ein kalter Luftzug zog über ihren Nacken und schmerzte an den Wunden im Gesicht und am Hals. Sie hörte entfernte Schreie, wie von dichtem Nebel gedämpft. Das Licht in der Zelle war plötzlich erloschen. Was würde jetzt kommen? Noch ein Verhör mit Folter ohne Sinn und Ziel? Oder hatte man nun ihre Hinrichtung beschlossen? Die dubiose Nachricht des Gefangenen hätte sie beruhigen können. In Wirklichkeit zeigte diese konspirative Note Allingtons in Anspielung auf ein unvergessenes Fußballspiel allerdings nur, dass man offiziell nicht bereit war, ihr zu helfen. Ausmalen konnte sie sich viel, auch was Allington vermutlich anstellen würde, um sie vor ihrem Schicksal zu bewahren, aber letztlich war er nur ein Superintendent bei Scotland Yard.

Sie versuchte die von Blut und Schwellungen verklebten Augen zu öffnen. Nur ein kegelförmiger Sonnenstrahl erhellte etwas den Raum. Dann hörte sie gleichmäßiges Trampeln von Schritten. Bewegungslos kauerte sie am Boden neben dem Tisch. Die schwere Stahltür wurde aufgestoßen. Drei Chinesen in dunkler Kleidung zogen sie schweigend mit einem Ruck hoch und legten sie in Handschellen. Die Schmerzen am ganzen Körper ließen sie keine Sekunde sich selbstständig auf den Beinen halten.

Der Tod, der Tod ist die Erlösung. Jetzt verstand Winter die Berichte von Gefangenen in Guantanamo, die sie in einer Zeitschrift vor Jahren gelesen hatte. Der Punkt, an dem die Folter so viele Wunden hinterlassen hatte, dass der Tod nur noch die erhoffte letzte Etappe eines nicht enden wollenden Martyriums war.

Sie schleppten ihren Körper aus der Zelle. Rebecca hörte weitere Schreie aus allen Richtungen. Hatte sie gerade Englisch gehört? Ihre Wärter änderten die Richtung und schleiften sie in einen anderen Trakt des Gefängnisses. Sie konnte vage hinter Gittern andere Gefangene erkennen, die teils stumm in einer Ecke kauerten. Ein mit Tätowierungen übersäter Mann spuckte in ihre Richtung.

Sie erreichten eine Stahltür. Einer der Chinesen öffnete sie, atemlos blickten ihre Peiniger mit weit aufgerissenen Augen auf drei Männer in Tarnanzügen, schusssicheren Westen, Helmen und Gewehren im Anschlag. Sie hatten weder Rang- noch Hoheitsabzeichen.

Nachdem ein Chinese hinter den Soldaten mit einem martialischen Ausdruck im Gesicht losbrüllte, ließen die Wärter Rebecca, ohne eine Sekunde zu zögern, frei. Die Beine trugen sie nicht, und sie fiel in die Arme von einem der Soldaten vor ihr.

»Es ist gleich vorbei! Sie sind frei. Wir fliegen Sie aus!«, sagte der Soldat, der weitaus stämmiger und größer als die beiden anderen Soldaten des Einsatzkommandos war.

Rebecca hörte das Klicken der Handschellen, die ihr abgenommen wurden. Der Soldat versuchte sie weiter auf den Beinen zu halten und flößte ihr eine orange süßliche Flüssigkeit aus einer Plastikflasche ein.

»Vitamine und was gegen die Schmerzen«, sagte er in einem amerikanischen Slang, und so langsam begriff Rebecca, dass es tatsächlich das Wunder war, auf das zu hoffen sie nicht gewagt hatte. Eine Welle der Freude und Erleichterung durchlief ihren geschundenen Körper. Ein kleiner, aber nicht minder stämmiger Soldat kam hinzu. Gemeinsam stützten sie Rebecca und eilten mit ihr ohne Rücksicht auf ihre Wunden aus dem Gefängnistrakt.

Gute hundert Meter vor dem Eingangstor standen einige der Wärter und bestaunten zwei Militärhubschrauber, wie auch Rebecca sie noch nie gesehen hatte. Die Soldaten bestiegen mit ihr den Helikopter. Auf dem Dach konnte sie noch Chinesen mit Kameras sehen. Was war hier los? Es waren keine Schüsse gefallen? Die Wärter standen einfach herum, kurz konnte sie noch erkennen, wie ein Soldat sogar einem der Männer die Hand gab und sich mit einer salutierenden Geste verabschiedete. Als die Türen des zweiten Helikopters geöffnet wurden, erkannte sie einen winkenden Ching. Er sah unverletzt, aber komplett niedergeschlagen aus. Sie konnte durch die geschwollenen Augen nicht alles erkennen, aber Chings Gesicht hatte jeden Ausdruck verloren, er wirkte so, als wäre es ihm peinlich, dass er sie vor diesem Schicksal einer Folter nicht hatte bewahren können. Neben ihm winkte ihr Lila zu, auch in ihrem Gesicht schlug sich plötzlich ein Schock nieder, und sie vergrub ihr Gesicht in ihren Händen.

Die Türen wurden wieder verschlossen, und die Helikopter hoben ab. Erst jetzt konnte Rebecca in dem Spiegelbild der Scheibe das ganze Ausmaß ihrer Wunden erkennen. Die Schwellungen hatten sie völlig entstellt. Ihr schossen Tränen in die Augen. Jeder weitere Versuch, die Fassung zu bewahren, scheiterte. Ein Soldat zog seine Sturmhaube hinunter und legte ihr eine Decke um. Ein Sanitäter setzte sich zu ihr, nahm sie in die Arme, jede Schulter war nun ein Trost, mit einem Wimmern brachen alle Dämme, und die Weinkrämpfe ließen sie jede Zelle ihres Körpers spüren.

»Für so was sollte man die Dreckschweine eigentlich erschießen«, sagte der Soldat, der sie als Erstes mit Vitaminen versorgt hatte, und setzte sich zu seinen Kollegen.

Es war vorbei, es war wirklich vorbei, dachte sie und brach zusammen.

SIEBZIG

LONDON, 1. MÄRZ, 5.05 UHR

Während bei Allington die Nerven so blank lagen, dass er sich mit der Hand sein linkes zuckendes Auge rieb, kam der chinesische Botschafter in den Raum und flüsterte Paula Harrison etwas ins Ohr. Sie sah Allington an und wedelte mit einer Hand, als würde sie ihn um Geduld bitten.

Allington stand auf und ging zu einem der Teewagen neben dem Eingang zum Glasbunker, die für die Nacht mit Sandwichs und Kaffee aufgefüllt worden waren. Er nahm sich einen Teller, zwei Käsesandwichs, einen Apfel und einen Kaffee, trug alles zu seinem Platz, setzte sich und schwieg. Die Minuten vergingen. Die Landung hätte längst stattfinden müssen, die Frist für Rebeccas angekündigte Hinrichtung war abgelaufen. Den chinesischen Luftraum Richtung Südkorea zu verlassen sollte normalerweise nur zehn Minuten dauern. Wieder sah er auf die Uhr. Er war es gewohnt zu warten – auf Informanten, auf Verhaftungen oder auf den Sonnenaufgang nach Sondereinsätzen, nicht selten mit jener Frau, auf deren Freiheit er nicht mehr länger warten konnte. Allington drehte sich weg, damit er nicht mehr auf die Weltuhren über den Bildschirmen blicken musste.

Dann rückte Neal Brown, den Laptop vor sich im Visier, seinen Stuhl näher an den Tisch. Thomas Parker betrat den Raum und setzte sich mit erhobenen Daumen neben Brown und trocknete sich seine Stirn mit dem Hemdärmel.

»Ja!«, schrie er, und Paula Harrison erlaubte sich ein kurzes verzweifeltes Lächeln, warf dann aber einen vernichtenden Blick in Richtung ihrer amerikanischen Kollegen. Allington hatte keine Ahnung, inwieweit man sie vorab unter Druck gesetzt oder gar belogen hatte, aber dieser Ausdruck in ihren Augen, die Verachtung war das Resultat einer tiefen Demütigung, dachte er.

Es knackte in den Lautsprechern, die Verbindung zum Helikopter war schwach, und die Stimme, die zu ihnen drang, nur sehr schwer zu verstehen. Neal Brown bat um Mitteilung und Kontakt zu Rebecca Winter.

»Sir! Wir haben Rebecca Winter an Bord. Aber sie ist ziemlich angeschlagen. Wir bringen sie auf eigenen Wunsch von der Air Base nach …«

»Major?«

»Das möchte sie für sich behalten. Sir, sie wurde ziemlich zugerichtet. Wir melden uns nach der Landung.«

Allington fragte sich, was Brown denn anderes erwartet hatte, als er nun doch so etwas wie Scham in seinen Augen erkannte. Er schien sich langsam seiner persönlichen Verantwortung für Rebeccas Zustand bewusst zu werden.

»So eine gottverdammte Scheiße«, sagte er mit Blick zu Allington. »Wenigstens wird jetzt einer dafür seinen Arsch hinhalten.«

»Wer? Der Mann, den Ihre Regierung retten wollte? Hätten Sie das nicht gleich so einfädeln können?«

Brown lehnte sich in seinem Stuhl nach hinten und schwieg. In dem Moment kam der chinesische Botschafter aus dem Beobachtungszimmer und ging schnurstracks auf Allington zu.

»Man sagt uns nach, dass wir listenreich wären, bei Ihnen nennt man das wohl Poker. Gratuliere, Mr Allington«, sagte er mit einem wenn auch milden Lächeln, das Allington angesichts der ganzen Dramatik dieser Nacht für völlig unangebracht hielt. Eine Entschuldigung wäre offenbar ein Gesichtsverlust. Irgendwo auf dem Meer Richtung Südkorea war seine Ermittlerin, und sie war gefoltert worden. Er verweigerte den Handschlag.

»Gehen Sie mir besser aus den Augen, bevor ich mich vergesse!«

Der Botschafter ließ sich von Allingtons Abweisung nicht irritieren und hatte ein zutiefst zufriedenes Gesicht. Mit nichts anderem hatte Allington gerechnet. Ohne Anzeichen von Mitgefühl oder Verantwortung für das, was Rebecca widerfahren war, ging der Chinese wieder zu seinem US-Kollegen. Und als würde es sich nur um eine verlorene Schachpartie handeln, reichte er dem telefonierenden US-Botschafter, der bei Weitem nicht so entspannt aussah, die Hand und verließ die Beobachtungslounge.

Im abhörsicheren Glasbunker sah Allington, wie Paula Harrison still und mit verkniffenem Mund an ihrem Platz ihre Akten schloss. Sie trank einen Schluck Wasser und blickte zu Allington.

»Gut gemacht, Robert. Du hast echt Nerven. Vielleicht können wir irgendetwas für Rebecca tun. Wenn sie gefoltert wurde, nicht auszudenken. Wo immer sie landet, wir haben Spezialisten für so was.«

Dann stellte Paula Harrison ihr Glas ab und verließ ohne weitere Worte und mit einem letzten strengen Blick zu Neal Brown und Thomas Parker den Raum.

»Mr Allington, verstehen Sie mich nicht falsch. Ich habe nur meinen Job gemacht. Ich habe hohen Respekt vor Ihnen und Rebecca Winter«, sagte Brown, und bevor er fortfahren konnte, stellte Thomas Parker den Ton lauter, und alle blickten gebannt auf einen der Bildschirme über ihnen und zu den aktuellen Nachrichten der BBC.

»*In China gab es einen weiteren ernsten Zwischenfall. Soeben meldet das chinesische Staatsfernsehen, dass ein weiterer US-Spion vom chinesischen Geheimdienst verhaftet wurde. Das US-Außenministerium bestreitet hingegen, dass es sich bei diesem Mann um den Mitarbeiter eines US-Geheimdienstes handelt. Über die Identität des Mannes wurde nur bekannt, dass er als Mitarbeiter eines international agierenden US-Konzerns in Peking tätig war.*

Gleichzeitig wurde von offizieller Seite gemeldet, dass die unter Mord- und Spionageverdacht stehende Scotland-Yard-Ermittlerin Rebecca Winter entlastet wurde. Der Leiter des chinesischen Ministeriums für Staatssicherheit bescheinigte, dass es sich bei Winter nur um eine verwirrte Frau handelte, die mit gefälschten Informationen versucht haben soll, dem Ansehen der Staatsführung in Peking zu schaden. Aus unbestätigter Quelle hatte der Guardian gestern noch berichtet, dass Rebecca Winter offiziell als Interpolbeauftragte rund um die Ermordung des chinesischen Handelsattachés Ta Liang in Peking ermittelte. Gerüchte, dass der Diplomat in die Affäre um die Offshore-Leaks sowie die Panama-Papers verwickelt war, wurden von Scotland Yard dementiert. Der im April 2016 ausgelöste Skandal um Abertausende Scheinfirmen in Panama und anderen Steueroasen sorgt seit Langem weltweit für Unruhe unter aktiven sowie ehemaligen Spitzenpolitikern und anderen Prominenten. Die chinesische Regierung war jedoch schon 2013 durch die sogenannten Offshore-Leaks in Bedrängnis geraten, zuletzt gab es sogar Gerüchte um einen drohenden Militärputsch in der von Korruption gebeutelten Großmacht. Beweise für eine direkte Beteiligung der Staatsspitze an den Briefkastenfirmen wurden aber bis heute nicht gefunden. Dennoch blockieren die chinesischen Behörden dazu jedwede Berichterstattung im Land.

Trotz dieser aktuellen Entwicklung gibt es auch Zeichen seitens der amerikanischen und chinesischen Regierungen, dass sie willens sind, die Lage zu entspannen. Am Rande einer Dringlichkeitssitzung des UN-Sicherheitsrates lud die chinesische Delegation zu einem bilateralen Gespräch zwischen den Vertretern der Vereinigten Staaten und Chinas. Der Chef der chinesischen Marine hatte zuvor die USA im Streit über das Spratly-Archipel im Südchinesischen Meer vor weiteren Provokationen gewarnt. Die USA hatten in dieser Woche weitere zehn Kriegsschiffe in die Zwölf-Meilen-Zone rund um die Spratly-Inseln geschickt.

Erste Anzeichen deuten allerdings darauf hin, dass man in Washington bereit ist, die Spannungen rund um die Inseln im Südchinesischen Meer weiter mit diplomatischen Mitteln zu lösen. Erste Flottenverbände würden derzeit wieder zurückgezogen. China erklärte sich im Gegenzug bereit, bei dem anstehenden Handelsgipfel gemeinsam mit den USA nach einem neuen Sicherheitskonzept für eine der wichtigsten Handelsrouten der Region zu streben. Und damit zurück ins …«

»Na, fein. Dann sind ja alle zufrieden. Was ist mit den Propagandabildern von Winters Befreiung?«, fragte Allington.

Neal Brown schüttelte den Kopf. Er wirkte auf Allington zwar erleichtert, aber keinesfalls zufrieden. Auch wenn er sich am Ende für Rebecca eingesetzt zu haben schien. Das hatte er nur getan, da Allington erfolgreich geblufft hatte. Als die Vertuschungsstrategie noch aufzugehen schien, hatte Brown keinen Augenblick dieses Verhörs auch nur die geringsten Skrupel gezeigt und war bereit gewesen, Rebecca, eine unschuldige Ermittlerin, zu opfern.

»Die haben die Chinesen nur für den Fall gemacht, dass wir uns nicht an die Vereinbarung halten! Dann hätten diese Bilder gereicht, um die Mobilmachung des chinesischen Militärs zu rechtfertigen. Ich hoffe, Sie sind zufrieden.«

Mit diesen Worten nahm Neal Brown sein Sakko und verließ den Raum, Parker folgte ihm. Als Allington die beiden beobachtete, brach kurz so etwas wie Verständnis in ihm durch. Brown und sein etwas stiller Kollege Parker waren jung, zu jung für solche Aufgaben, dachte Allington.

Er drehte sich um und erblickte durch die Scheiben des Glasbunkers in das Großraumbüro, wie Paula Harrison draußen mit ersten Mitarbeitern, die zum Frühdienst erschienen, sprach. Die Kaffeemaschine auf einem Beistelltisch am Rande des Ausgangs summte vor sich hin, und auch Neal Brown war dabei, sich zu ordnen. Ein Resümee wollte oder konnte nach dieser durchgemachten Nacht noch keiner von sich geben.

Die Geheimdienste dreier Länder hatten sich intensiv darum bemüht, mit aller Gewalt zu verhindern, dass die schmutzigen Geschäfte von Politikern und Unternehmen ans Licht kamen, dachte Allington. In dem Moment begriff er, dass sie selbst alle nur Gefangene in einer Welt waren, deren Nationen so abhängig voneinander geworden waren, dass die Werte, für die die westliche Demokratien einst eingestanden hatten, immer mehr verloren gingen. Vielleicht hatte es sie schon immer nur auf dem Papier gegeben.

In Zeiten digitaler Speichermedien brauchte man keinen James Bond mehr, der mit einer Mikrokamera brisante Daten abfischte. Heute reichte ein kleiner Speicher, um Millionen von Dokumenten zu stehlen. Und die Wahrheit landete einfach im Netz, das war für viele Verantwortungsträger das eigentliche Problem. Rebecca würde ihm in ihrem rebellischen Charakter vielleicht an dieser Stelle widersprechen, aber er hatte durchaus Verständnis dafür, dass es nicht immer von Vorteil war, wenn brisante Informationen, erst recht von diesem Ausmaß, für alle zugänglich wären, frei für jedwede Interpretation und mit dem Potenzial, Revolutionen und sogar Kriege auszulösen. Sicher wäre es besser, wenn solche belastenden Dokumente erst einmal von Experten wie ihm und anderen Behörden oder von integren Journalisten ausgewertet werden würden.

Aber diese Zeit war vorbei, und der Glaube, allmächtig und geschützt zu sein, war nichts weiter als das Zeichen unfassbarer Dummheit. In diesem Zeitalter digitaler Spuren war niemand mehr geschützt.

Auch seine Welt war das nicht mehr, dachte Allington, nahm sich vom Tisch einen Apfel und biss hinein. Die Pension vor Augen, war es vielleicht auch nicht mehr seine Sache, aber irgendwo in einem Hubschrauber oder Flugzeug war eine Frau unterwegs, die an dem, was man ihr angetan hatte, zerbrechen könnte. Desillusionierung war der Sprengstoff, der eine Gesellschaft auseinanderbrechen ließ. Und die internationalen Eliten waren dabei, diese durch ihr Verhalten jeden weiteren Tag zu verstärken.

Scheißjob, dachte Allington und stand auf. Niemand schien sich noch für ihn zu interessieren. Er griff sich sein Sakko und ging durch das Großraumbüro zum Ausgang.

»Robert?«, hallte es in den Flur.

»Hier ist doch alles erledigt, Paula, und wir können einfach weitermachen wie gehabt. Lass mich einfach, ich will zu Rose!«

»Robert, warte doch!«

»Was denn noch, Paula?«, raunte Allington und sah, dass sie einen Briefumschlag in der Hand hatte.

»Gib ihr das. Wir müssen etwas für sie tun!«

EINUNDSIEBZIG

PEKING, GEFÄNGNIS PEKING NO. 1, 2. MÄRZ, 7.15 UHR

Es war ungewöhnlich kalt an diesem Morgen. Keine Sekunde hatte Duke Kingston mit einem Anwalt oder der Botschaft der Vereinigten Staaten sprechen können.

Seinen feinen Anzug hatte er gegen eine graue Stoffhose und eine löchrige Jacke tauschen müssen. Beide Kleidungsstücke waren ihm viel zu klein und zu kurz. Nach einem Medizin-Check hatte man ihm wie allen anderen Gefangenen die Haare abrasiert, ihm zwei dünne Decken in die Hand gedrückt und in eine Zelle mit Mongolen, einem Afrikaner und zwei Chinesen gesteckt.

Das Licht in den Zellen war die Nacht über nicht ausgeschaltet worden. Es war vermutlich nur seiner Größe von über 1,90 Meter zu verdanken, dass die Mitgefangenen ihn in Ruhe ließen. Die Zelle war überfüllt, und nachdem Kingston einem Mongolen lange genug bedrohlich in die Augen geschaut hatte, konnte er zumindest auf einer harten Pritsche anstatt auf dem kalten Betonboden schlafen. Gegen sieben Uhr sollte es Frühstück geben, doch niemand kam.

Die ganze Nacht über hatte sich alles in Kingstons Kopf

gedreht. Sicher würden die Botschaft und die CIA versuchen, ihn so schnell wie möglich hier rauszuholen. Aber die ganze Art, wie man ihn verhaftet, beschimpft und bedroht hatte, sowie die abrasierten Haare ließen ihn nicht an dem Ernst seiner Lage zweifeln.

Er schaute aus dem schmalen, vergitterten Fenster, der Regen sprühte Wasser in die Zelle. Es gab nur eine kleine Stromheizung. Kingston zog die Decke wieder über die Schulter, der Gestank von zwölf Männern auf so kleinem Raum war unerträglich. Sobald er hier raus wäre, würde er sich diesen Neal Brown und Ron Spencer vorknöpfen. Spencer hatte diesen Grünling offenbar auf ihn angesetzt, anstatt die Situation wie besprochen zu bereinigen. Für diesen Verrat sollten sie büßen.

Plötzlich öffneten die Wärter die Gefängniszelle. Ein Chinese in einem Anzug und einem Dokument in der Hand zeigte auf Kingston. Die Wärter steuerten auf ihn zu und wollten ihm Handschellen anlegen.

»Hören Sie zu. Ich bin ein einflussreicher Geschäftsmann mit Beziehungen direkt ins Weiße Haus. Sie werden mich jetzt mit dem Botschafter der Vereinigten Staaten sprechen lassen, oder es wird Konsequenzen für Sie haben!«

»Mr Kingston«, begann der Mann in klarem Englisch zu sprechen. »Ihre Regierung und auch der Botschafter haben keinerlei Reaktion gezeigt. Sie wurden in Abwesenheit vom obersten Volksgerichtshof in Peking wegen Spionage und Sabotage zum Tode verurteilt!«

»Was wird das hier? Sind Sie verrückt geworden!«

Die Wärter legten ihm die Handschellen an. Kingston versuchte sich zu wehren und kassierte mit einem Gummistock Schläge auf den Kopf und in die Nieren. Von Schmerzen wie betäubt gab er nach. Sie schleiften ihn aus der Zelle durch den Gefängnisflur. Sie erreichten einen nur von einem Wachturm einsehbaren kleinen Innenhof, auf dem fünf Polizisten Wache schoben. Die Männer verbanden ihm ohne Vorwarnung von hinten die Augen. Das Adrenalin schoss ihm in die Blutbahn. Er hörte Stiefel durch den Hof stampfen, das Durchladen von Waffen.

Aber die Schüsse, die durch den Hof hallten, hörte Duke Kingston nicht mehr.

ZWEIUNDSIEBZIG

WASHINGTON, D.C., 3. MÄRZ, 10.20 UHR

Neal Brown, Ethan Maloway und Thomas Parker hatten sich nach der Anstrengung noch einen Tag in London erholt und dann auf den Weg nach Washington gemacht. Sie kamen in den Genuss einer Diplomatenmaschine. Parker und Maloway waren, die Füße ausgestreckt, nach ein paar Whiskeys eingeschlafen. Maloways Schusswunde war in London gut versorgt worden, er konnte wieder herzlich lachen. Kurz vor ihrem Abflug hatte er sich am Flughafen noch mit Süßigkeiten versorgt, auch seine geliebten Red-Vines-Stangen waren vorrätig gewesen.

Neal Brown schaute durch die Wolken auf Washington herab. Er hatte mit diesem Team auf den ersten Blick etwas sehr Großes erreicht, aber je länger er den Flug zum Nachdenken nutzte, desto mehr verstand er, dass Lebensläufe wie seiner und auch jede Auszeichnung, die nun folgen würde, die dahinterliegende Realität verbargen. Aber am Ende hatten sie Erfolg gehabt. Dass Ron Spencer ihn mit weitaus weniger Informationen in diese Operation geschickt hatte, als es für das über Jahre gewachsene Vertrauensverhältnis angebracht erschien, empfand

Brown zunächst als paranoid. Was hatte er denn geglaubt? Dass er sich von Kingston oder sonst wem hätte einlullen lassen? Oder selbst für Bestechung hätte anfällig werden können? In Wirklichkeit wusste er vermutlich tatsächlich weitaus weniger, als es Brown zwischenzeitlich angenommen hatte. Aber diese Fragen sollten bei ihrer Begegnung heute keine Rolle spielen. Das würden interne Berichte und Untersuchungen vor dem Kongress erledigen, und Spencer war ein Schakal, den man so schnell nicht in die Enge treiben konnte.

Was die ganzen Hintergründe der Economic Hit Men und der Interventionspolitik zugunsten der westlichen Wirtschaft anging – die Lage in China ließ wenig Spielraum. Das Reich der Mitte war kein Opfer. Die Leiterin des MI6 hatte recht, die Gangart gegen Winter, deren Verhaftung und drohende Hinrichtung waren reine Symbol- oder Machtpolitik. Winter hatte Pech gehabt und einen hohen Preis bezahlt. Doch mit ihrer Befreiung und den Enthüllungen, die ohne Winters Hartnäckigkeit kaum ans Licht gekommen wären, waren die Eliten in Peking und Washington gezwungen gewesen, eine Schlacht am Verhandlungstisch zu führen. Der Krieg um die Vorherrschaft auf den Märkten der Zukunft war jedoch gerade erst vollends entfesselt worden. Wer würde ihn gewinnen? Die USA oder China? Alle Vorhersagen waren reines Lotto. Aber auf Dauer hatte sich in der Geschichte der Menschheit noch kein Imperium halten können, und wer auch immer sich jetzt die Oberhand erkämpfen würde – das Pendel würde irgendwann in eine andere Richtung schlagen.

Heute war es aber keine Nation mehr, es war das Geld, sehr viel Geld, in den Händen einer kleinen Elite, die sich zu einem einzigen Imperium entwickelt hatte. Sollte es vergehen, und viele Zeichen deuteten derzeit darauf hin, wäre es das Ende des ersten globalen Imperiums, und es würde Platz für ein neues machen. Ob es besser oder schlechter sein würde, war eine Frage, die Brown nicht zu beantworten wusste.

Zu gerne hätte er Robert Allington noch gesagt, was er von ihm und Rebecca Winter wirklich hielt, aber er war mit Parker übernächtigt gleich nach dem Ende des Verhörs ins Hotel gefahren, und er musste sich eingestehen, dass er diesem alten Polizisten gegenüber so etwas wie Scham empfunden hatte. Allingtons Einsatz war mehr als respektabel gewesen, aber manchmal war man nun mal zufällig zur falschen Zeit am falschen Ort. Zufällig war es ihm und seinem Team nicht anders ergangen, und zufällig konnten alle lebend nach Hause zurückkehren.

Und die chinesische Führung? Es war nur eine Frage der Zeit, bis der rote Adel für seine Maßlosigkeit würde zahlen müssen. Er hatte sich diese Falle selbst gestellt, und solche dramatischen Fehler waren immer schon politisch genutzt worden. Und wer weiß, was nach den Offshore-Leaks und den Panama-Papers demnächst noch von anderen Oasen zu hören wäre – neue Skandale, die das Imperium des Geldes produzieren würde.

Für Rebecca Winter hoffte Neal Brown, dass es ihr zumindest eine Genugtuung wäre, dass Duke Kingston – der Mann, der sie wirklich verraten und verkauft hatte – nicht ungeschoren davongekommen war und am Ende den teuersten Preis gezahlt hatte. Das war seine Entscheidung, dachte Brown, und das ist das Einzige, was man bei solchen Zufällen immer haben wird: die Option, sich unter maximalem Druck entscheiden zu können. Wie wir das tun, sagt etwas darüber aus, wer wir wirklich sind, dachte Brown. Rebecca Winter war, ohne dass er sie ein einziges Mal gesehen hatte, eine der mutigsten Frauen, die er je erlebt hatte.

Brown nahm sich seinen Whiskey vom Klapptisch vor sich und atmete aus.

»Neal?«

»Ja, Thomas?«

»Alles in Ordnung? Du siehst nachdenklich aus.«

Neal Brown grinste. Er hatte Nathalie eingeladen, um zwölf Uhr ins Restaurant des Capitols zu kommen. Sie hatte ihm am Telefon zwar keine Szene gemacht; dennoch würde er ihr eine einigermaßen plausible Geschichte für sein vorübergehendes Verschwinden präsentieren müssen. Eine halbe Stunde vor Nathalie sollte Spencer auf einen Drink erscheinen. Seine Magenprobleme waren nach einer ersten Nacht in dem Londoner Hotel und über zwölf Stunden Schlaf für den Moment vergessen. Erste Meldungen aus dem Pentagon ließen die Hoffnung aufkeimen, dass sich der Konflikt im Südchinesischen Meer zumindest für den Moment entspannte. Sie hatten dazu ihren Teil beigetragen, und nur darum ging es jetzt. Dass die Weltöffentlichkeit dabei nie erfahren würde, was sich wirklich zugetragen hatte, erschien fast wie ein Wunder in Zeiten des Internets. Und Brown hatte seine Zweifel, ob dies von Dauer sein konnte und nicht bald ein einziger Datenstick ausreichen würde, um ein ganzes Regime zu stürzen.

Spencer hatte vorab gratuliert, und für den nächsten Tag waren sie ins Weiße Haus geladen, um sich unter Ausschluss der Öffentlichkeit ehren zu lassen.

Die Gulfstream-Maschine sank in Richtung Landebahn. Auch Maloway erwachte und blickte mit halb geöffneten Augen hinab.

»Ja, alles in Ordnung, und ich hab jetzt so richtig Hunger auf einen Burger im Capitol. Nun, Jungs, das war's. Wir sind gleich zu Hause. Wir sehen uns also morgen zum Bankett. Ach, Thomas, ich bin übrigens sehr froh, dass wir nicht als stille Helden mit Kugeln durchsiebt worden sind. Ich bin … ja, ich bin stolz, dass wir das hinbekommen haben, egal wie. Es war ein Erfolg! Danke!«

»Hey, cool bleiben. Mir kommen gleich die Tränen. Es war einfach unser Job, den Schleim dazu gibt es dann morgen im Oval Office«, kommentierte Parker und sah, wie Maloway seine linke Hand hob.

»Unglaublich, der Kerl«, sagte Brown.

Die Maschine setzte auf, und nachdem sie zum Stehen gekommen war, blickte Brown zu Maloway.

»Danke für alles!«

»Es war mir eine Ehre, Neal Brown. Wir sehen uns morgen!«

Brown ließ sich mit einem Taxi zum Capitol fahren. Die Touristen strömten unter strengen Sicherheitsvorkehrungen wie üblich in Scharen zu den Führungen durch den klassizistischen Bau mit der markanten Kuppel. Im unteren Stockwerk des Besucherzentrums erreichte er das Restaurant, ein mit über 400 Plätzen fast immer gefüllter Selbstbedienungsbazar, mit einer breiten Auswahl an Gerichten. Brown ging an den Dutzenden Stationen für die Essensausgabe vorbei, nahm sich einen Burger und eine Cola, suchte nach Spencer und sah ihn ganz am Ende, hinter einer Gruppe von japanischen Touristen mit einem Kaffeebecher, die Zeitung lesend, am Tisch sitzen.

Als er Brown bemerkte, verzog er keine Miene. Neal setzte sich, dann regte sich in Spencers Gesicht doch so etwas wie ein zaghaftes Lächeln.

»Und, zufrieden?«, fragte Neal.

»Zwei tote Verräter, die die Sicherheit unseres Landes aufs Spiel gesetzt haben, eine fürs Leben eingeschüchterte Ermittlerin, ein vorerst verhinderter Krieg – ja, ziemlich zufrieden.«

»Du bist nicht zu schlagen, Ron Spencer. Weißt du eigentlich, wie knapp das war? Warum hast du uns über Kingstons wahre Rolle nicht aufgeklärt?«

»Akzeptiere die Spielregeln, Neal. Das geht dich nichts an!«

»Er hat unser Leben aufs Spiel gesetzt.«

»Und seinen Preis dafür bezahlt, was willst du eigentlich noch? Glaub mir, wir hatten keinen Überblick, was da in Peking vor sich ging. Aber gut. Es war Kingston, der die CIA um Hilfe gebeten hat, wir konnten nicht ahnen, was er damit bezwecken wollte. Du hast einen gefährlichen, aber guten Job gemacht, doch du ...«

»Was ist mit der Geschichte von Gabriel Huldon? Wie lange gibt es dieses System der Economic Hit Men schon?«

»Neal. Das ist nun mal unser Wirtschaftssystem, du solltest das nicht moralisch sehen. Die Welt ist ein Schachbrett für die Spielzüge der Geopolitik. Wir sind dazu da, dass dieses machtpolitische Spiel gelingt, und um alle eventuellen Konkurrenten klein zu halten. Und die Chinesen vernichten hier Jobs und manipulieren ihre Währung, um ihre Exporte wettbewerbsfähiger zu machen. Es war Zeit, dass wir ihnen Grenzen aufzeigen.«

»Und um dieses Ziel zu erreichen, sind alle Mittel erlaubt, schon klar.«

»Kaum alle, aber Skrupel sind gerade jetzt ein Luxus. Wir stehen immer noch zu unseren Werten: Demokratie, Freiheit, Menschrechte und freier Handel – falls es dir darum geht. Aber ab und an müssen wir diese Werte, sagen wir mal, etwas ausreizen, sofern es dem Erhalt der weltweiten Vormachtstellung dienlich ist. Und davon profitieren viele, wie du weißt.«

»Es geht mir nicht um Skrupel, Ron, aber die Ermittlerin war von Verbündeten.«

Ron Spencer wischte mit der Hand über den Tisch. »Huldon wusste in dem Moment, als Scotland Yard die Ermittlungen aufnahm, dass er keine Chance mehr hatte. Ich weiß es auch nicht genau, aber sein Ziel konnte er nur noch durch einen Strategiewechsel erreichen. Er musste beiden Seiten einen so hohen Schaden zufügen, dass nur noch der Verhandlungstisch eine Lösung bringen konnte. Huldon und nicht nur

Kingston haben sie ans Messer geliefert, mein Lieber, und als Krönung beinahe noch ein CIA-Team. Das war schon ein Glanzstück, wenn er das wirklich so geplant hatte. Wir werden es nie wirklich erfahren, aber es hat funktioniert. Und, Neal, eines vergiss bitte nie. Auch Freunde sind immer potenzielle Konkurrenten«, sagte Spencer und trank von seinem Kaffee. »Wie auch immer. Du hast gut reagiert. Glückwunsch! Du hast jetzt eine große Karriere vor dir!«

Brown sah von der Seite, wie Nathalie mit einem Strahlen in den Augen vom Eingang aus auf beide zulief.

Spencer folgte Browns Blicken und drehte sich diskret um.

»Neal. Wer ist das?«, fragte Spencer, dem eine Begegnung dieser Art anscheinend unangenehm war, denn er hatte schlagartig zu seinem Mantel gegriffen, der neben ihm auf der Bank lag.

»Ich habe mich auch noch für eine andere Karriere entschieden, Ron!«

Ron Spencer schüttelte den Kopf, lachte laut auf.

»Kümmere dich gut um sie. Und solltest du Vater werden, kannst du stolz darauf sein, dass du deinen Kindern gerade eine Zukunft bewahrt hast«, lachte Spencer.

»Ron. Ich weiß, ich hätte dich früher einweihen sollen, aber…«

»Oh, Neal. Du hast die Regeln etwas zu eng ausgelegt. Wer immer sie ist – eine Sicherheitsüberprüfung, und du kannst deinen Job weitermachen«, sagte Spencer mit einem väterlichen Lächeln im Gesicht.«

Brown rang mit sich und schaute kurz an die Decke.

»Das ist nicht alles, Ron. Ich kann so nicht mehr weitermachen. Mein Magen ist ein einziges Geschwür, seit zwei Jahren kennt meine Putzfrau mein Haus besser als ich. Ich muss endlich irgendwo ankommen, und, ja, Nathalie ist sicher der beste Grund dafür!«

Spencer sah nachdenklich in Browns Gesicht und setzte sich eine Sonnenbrille auf.

»Sei nicht zu voreilig. Ich verstehe, dass du von der Arbeit als operativer Agent die Nase voll hast. Aber vielleicht haben wir da einen Job am Schreibtisch für dich. Und vielleicht ist das sogar mein Job.«

»Du willst aufhören?«

»Bald, mein Junge. Ich bin nicht mehr der Jüngste, aber keine Sorge, auf meine Nachfolge bereite ich dich besser vor als für diesen Trip nach Peking. Wir sehen uns morgen, und dann fährst du in den Urlaub und denkst drüber nach!«

Spencer zog sich den Mantel an. Als Nathalie den Tisch erreichte, stand er auf, begrüßte Nathalie mit einem Handkuss, bemerkte nur kurz, nicht stören zu wollen, und ging ohne ein weiteres Wort davon.

Neal sah ihm ein letztes Mal nach, als er durch den Ausgang verschwand. Er blickte durchs Fenster in die hoch stehende Sonne, stand auf und nahm Nathalie in die Arme.

»Wer war das?«, fragte Nathalie.

»Ach, nur ein alter Freund meines Vaters. Ein Geschäftsmann, der mir den Job in Peking besorgt hatte …«

DREIUNDSIEBZIG

14 TAGE SPÄTER, ÖSTERREICH, 13.30 UHR

Rebecca war mit einer Decke über den Beinen in ein Buch versunken. Sie senkte es und blickte durch das Fenster am Eingang zur ihrer Almhütte auf die Berglandschaft. Dass sie hier Zuflucht finden konnte, hatte sie ausgerechnet einem der Männer zu verdanken, die sie bei ihren Ermittlungen rund um den Börsencrash im vergangenen Jahr ins Wanken gebracht hatte. Nachdem sie in einem Krankenhaus in Klagenfurt versorgt worden war und sich in der Stadt mit neuer Kleidung eingedeckt hatte, hatte sie sich in diese Siedlung aus Dutzenden Almhütten bringen lassen. Sie war erbaut worden, um Menschen auf Zeit einen Rückzug von den vielen Unruhen und Ungewissheiten dieser Epoche zu bieten, hatte Patrice Lascaut ihr vor seinem Tod gesagt.

Das traditionell erbaute Hüttendorf lag nur durch eine Straße erreichbar auf über 2000 Meter Höhe und bot Rebecca vor allem eines – das Gefühl von Sicherheit und Abgeschiedenheit. Die Hütte war mit einem offenen Kamin, flauschigen hellen Stoffsitzen und einem breiten Sofa, hellen Gardinen, antiken Holzschränken und vielen liebevollen Details ausgestattet.

Scotland Yard würde vermutlich die nächste interne Ermittlung gegen sie anstoßen, wenn sie wüssten, dass sie das Angebot eines Verstorbenen angenommen hatte, der in den Augen der Justiz ein Verbrecher war. Aber es war der einzige Ort außer London, der ihr im Hubschrauber auf dem Weg zu dem Luftwaffenstützpunkt in Südkorea in den Sinn gekommen war.

Ching hatte sich bis heute nicht getraut, sie zu besuchen. Nachdem er sicher mit Lila in London gelandet war, hatte er ihr nur eine Mail geschrieben und sein ehrliches und tiefes Bedauern geäußert, dass er sie an den chinesischen Geheimdienst ausgeliefert hatte. Er hatte in der Situation einfach keine Alternative gesehen. Rebecca machte ihm aber keine Vorwürfe. Sie hatte keine Ahnung, wie sie sich verhalten hätte, wenn man ihr in wenigen Sekunden ein ganzes Leben, die ganze Familie hätte nehmen wollen. Sie hatten sich hingegen gerade mal etwas mehr als eine Woche gekannt. Vermutlich hätte sie dasselbe getan.

Die Ruhe in der paradiesischen Umgebung ließ sie das Geschehene schneller vergessen als gedacht, alles schien für den Moment ganz weit weg. Wenn es das war, was sich ihr Gönner von diesem Ort versprochen hatte, dann war es gelungen. Nur der ungebetene Besuch eines Teams für Traumabewältigung des MI6 hatte ihr am Morgen die Laune verdorben. Alles, was sie damit erreicht hatten, war, wieder die Gedanken anzustoßen, die sie die Tage zuvor immer mehr hatte loslassen können.

Im Studium hatte sie sich mit den Folgen von Folterung befasst. Aber das war nur theoretisch gewesen. Die Realität war anders, denn in der chinesischen Folterkammer hatte sie gedacht, dass man sie einfach totschlagen würde. Das Schlimmste waren die Pausen zwischen den nächsten Tritten und Schlägen und das Gelächter gewesen.

Die Sorge der Traumaexperten, dass die seelischen Folgen schwerwiegender und langfristiger wären als die körperlichen

Schäden, hatte sie erfolgreich zerstreut. Nachdem sie plausibel erklären konnte, dass sie einfach nur Glück gehabt hatte, dass die Folter und Schläge nur von kurzer Dauer waren, war das Team des MI6 unverrichteter Dinge wieder abgezogen.

Die Berichterstattung über ihre Person und über den Konflikt beider Supermächte hatte sich verflüchtigt. Gelöst worden war nichts. Hinter den Kulissen tobten die Kämpfe weiter. Mehrmals hatte sie mit Robert Allington am Telefon darüber gesprochen. Zuerst hatte sie ihm sein schlechtes Gewissen ausreden müssen, schließlich hatte er sie am Ende mit einer ziemlichen Finte mal wieder gerettet. Jeden Tag sei er bei Rose und von Scotland Yard auf unbestimmte Zeit beurlaubt, hatte er gesagt.

Trotz allem, was sie durchgemacht hatte, fühlte sie sich zu ihrem eigenen Erstaunen wie von einer Täuschung befreit. Das erste Mal fühlte sie sich frei von jeglichen Vorstellungen, wie etwas in ihrem oder dem Leben anderer beschaffen sein sollte. Und sie empfand weder Wut noch Hass auf ihre Peiniger. Sie hatte sich zu lange von ihrem Idealismus in diesem Job treiben lassen, sich selbst in Gefahr begeben und keine professionelle Distanz gewahrt. Allington hatte recht, als er sie nach der internen Ermittlung gegen sie in seinem Büro zusammengestaucht hatte. Wie sie aber ihren Anspruch an Wahrheit und Gerechtigkeit von diesem Job würde abkoppeln können, erschien ihr im Moment als eine unlösbare Aufgabe. Genauso war eine Rückkehr nach London nach den peinlichen Veröffentlichungen in den Medien eine unvorstellbare Option. Zu gerne würde sie die Agenten, die ihre Geschichte, ihre Herkunft bezüglich ihres Vaters und seiner Börsengeschäfte, ihr Privatleben und alles, was sie sonst noch auf die Spur gebracht hatten, um die britische Regierung von einer Intervention zu ihren Gunsten abzuhalten, zur Rede stellen.

Allington hatte sich rührend darum bemüht, innerhalb der Abteilung und überall, wo er konnte, die Darstellung der Medien über ihren geistigen Gesundheitszustand als Propaganda der Chinesen abzutun. Das linderte allerdings nicht ihre Scham und das demütigende Gefühl, für die Aufdeckung der Machenschaften in China selbst zur Verbrecherin abgestempelt worden zu sein. Sich für den Einsatz als Polizistin am Ende bestraft zu fühlen war nicht das erste Mal.

Auch die Beteuerungen des Assistent Commissioner, dass schon Gras über die Sache wachsen würde, wollte sie nicht mehr hören. Ihr Leben hatte sie nur Allington zu verdanken, aber ihre Reputation konnte er ihr nicht wiedergeben. Dass sie all die letzten Jahre ausschließlich ihrer Arbeit gewidmet hatte, war ihr in den ersten Tagen nach der Folter als völlig sinnlos erschienen. Und die Zukunft – so ungewiss wie nie – lag in den Händen einer weltweit agierenden Elite, erpressbar, korrupt, zusammengeschweißt in Steueroasen, in denen kein Unterschied zwischen Terroristen, Menschen- und Drogenhändlern und Politikern gemacht wurde. Rebecca war vielleicht zu jung, um aufzugeben, aber was sollte noch der Anreiz sein weiterzumachen, wenn der Rechtsstaat vor den Machenschaften seiner eigenen Anführer kapitulierte?

Ein Lichtblick an diesem Morgen: Der Arzt hatte eine Wanderung in den Bergen erlaubt. Alle ihre Wunden, verteilt über den ganzen Körper, waren weitestgehend verheilt. Die Narben im Gesicht, der tiefe Riss in der Mitte der Unterlippe und die Platzwunden an Augenbrauen und Haaransatz ließen sich vielleicht mit etwas Make-up abdecken, dachte Rebecca.

Die Tür öffnete sich, und ein Mann des Hausservice brachte das Mittagessen. Er grinste leicht, Rebecca schaute ihn nur kurz an. Erst im zweiten Moment erkannte sie in ihm eine vertraute Silhouette.

»Robert? Was machst du hier? Du solltest bei Rose sein.«

»Wie geht es dir? Ich, ich musste herkommen, du fehlst uns, fehlst mir, und ich wollte dir sagen, wie stolz ich …«

»Robert Allington, wenn du diesen Ausdruck im Gesicht hast, willst du etwas, von dem du weißt, dass du es von mir nicht bekommst. Fahr zu deiner Frau, verdammt!«

»Es geht ihr den Umständen entsprechend gut, besser, als wir je gehofft hätten. Die Bestrahlung spricht sehr gut an, und Rose hat wieder etwas Hoffnung geschöpft.«

»Kein Grund, diese Reise auf dich zu nehmen, oder willst du deine Ehe so weiterführen wie in den vergangenen Jahren?«

Allington setzte sich in ein Sofa gegenüber von Rebecca, schaute sich bedächtig um und faltete die Hände übereinander.

»Du bist nicht wütend auf mich?«, fragte er.

»Ich hatte Zeit nachzudenken. Komisch. Ich habe die ganze Zeit das Gefühl, ich müsste die anderen trösten«, erwiderte Rebecca.

»Ist das jetzt der Moment, in dem du mir sagen willst, dass du mit nicht mal 30 Jahren in den Ruhestand willst?«

Rebecca wandte den Kopf wieder zum Fenster und blickte wortlos in die Mittagssonne, die die schneebedeckten Gipfel in gleißende Lichtkuppeln verwandelten. Sie drehte sich wieder zu ihm und schwieg.

Allington kniff die Augen zusammen, die Hände wanderten hinter seinen Kopf, er lehnte sich zurück und versuchte eine ernste Miene zu machen.

»Ich kann dich wieder einsetzen. Das MI6, die CIA und alle anderen haben die Sicherheit, die sie wollten. Und sie wissen, dass du ihnen nicht mehr in die Quere kommen wirst, also zumindest, was diese Geschichte angeht. Denn es gibt da etwas, was du dir ansehen solltest.« Er legte eine mit Gummiband verschlossene Mappe vor sich auf den Couchtisch.

»Nein!«

»Schau es dir einfach nur an. Es hat Zeit, glaube ich jedenfalls.«

»Also, Moment mal. Du glaubst doch nicht, dass ich, nachdem man mich offiziell für durchgeknallt erklärt hat, mich gefoltert, gedemütigt und fast umgebracht hat, dass ich auch nur noch einen Schritt in meine Heimat setze oder wieder meine alte Stelle annehme? Auch wenn du mich nicht hängen gelassen hast – alle anderen haben es. Und seien wir doch ehrlich, das, was wir ermitteln, will keiner wahrhaben.«

»Wer hat gesagt, dass du dafür nach London musst, und wer hat gesagt, dass du deine alte Stelle wiederbekommst? Aber vielleicht hast du recht. Du hast genug gegeben, Rebecca, zu viel sogar, vielleicht ist es tatsächlich besser, wenn es hier für dich endet. Ich hatte gedacht, es wäre das Beste, ich betraue dich gleich mit einer neuen Möglichkeit, vergib mir.«

Dem lauten Stöhnen Rebeccas folgte ein Moment des Schweigens. Offenbar ging es Rose besser, sonst würde Allington nicht schon wieder in diesem Pathos und mit diesem nachdenklichen Schmunzeln seinen Dreitagbart reiben, dachte Rebecca.

»Wie auch immer. Ich respektiere deine Entscheidung. Aber ich sorge dafür, dass du völlig rehabilitiert wirst, und du bekommst eine satte Entschädigung, ist alles schon ausgehandelt.«

Rebecca nahm die Mappe vom Tisch, öffnete das Gummiband und schlug die ersten Seiten auf.

»Das ist nicht dein Ernst!«

»Doch, und es wartet ein neuer Partner auf dich im Gasthaus!«

»Wie bitte, was? Wer soll das sein?«

»Schau es dir doch erst mal an und überlege es dir. Ich werde jetzt zu ihm gehen«, sagte Allington und legte Rebecca einen Datenstick auf den Tisch.

»Was ist das?«

»Die Wahrheit. Du kennst sicher jemanden, der das in ein paar Wochen oder Monaten in Chinas Netz verbreiten kann«, sagte Allington und beugte sich zu Rebecca hinunter, deutete einen Kuss an, hielt einen Moment inne und streichelte ihr dann kurz über den Kopf.

»Hast du verstanden, was da liegt?«

»Das chinesische Internet kann das sperren, Robert. Vergiss es.«

Sie wusste nicht, wo Lila jetzt war, aber das würde sie schnell herausbekommen, dachte sie. Vielleicht würde sie mit mehr Motivation einen Versuch wagen. Sie beobachtete Allingtons zaghaftes Lächeln und seinen verwunderten Blick. Etwas hatte sich verändert. Er war nicht mehr ihr Vorgesetzter, er wurde nun zu ihrem Partner, vielleicht auch zu einem weisen Freund.

Allington nahm seinen Mantel auf, sah wortlos auf sie herab, ging zur Tür und verließ den Raum, ohne sich noch einmal umzudrehen.

Rebecca blickte erst auf den Stick und dann aus dem kleinen Hüttenfenster auf die schneebedeckten Gipfel. Sie schloss die Mappe, ließ sie auf den Boden gleiten, lehnte sich in den weichen Sessel und zog die Decke weit über ihre Schultern.

Einen Moment zögerte sie, schaute dann doch wieder hinunter zur Mappe. Es war noch ein Umschlag herausgerutscht mit dem Emblem des MI6. Rebecca riss sich die Decke beiseite, beugte sich hinunter, öffnete das Kuvert. Sie las nur die ersten Zeilen des Schreibens vom Recruitment Department des Geheimdienstes. Unterzeichnet war es persönlich von der Leiterin des MI6, Paula Harrison.

Im ersten Augenblick hatte Rebecca gedacht, der Mann wäre aus einer anderen Abteilung von Scotland Yard. Wenigstens hatte Allington den Anstand gehabt, ihn nicht gleich mit in die Hütte zu bringen. Sie schüttelte den Kopf, überlegte hin und her, ob sie aufstehen oder den Brief und die restlichen Unterlagen einfach im Kamin vor ihr entsorgen sollte.

»Robert Allington. Was hast du dir dabei gedacht?«, sagte sie laut vor sich hin, ging zum Kleiderschrank, zog sich einen dunklen Wollpullover und schwarze Lederstiefel über, schüttelte lächelnd den Kopf, knallte die Tür hinter sich zu und bewegte sich in Richtung des Gasthauses.

ANMERKUNGEN DES VERFASSERS

China Dawn ist ein Roman. Die in diesem Werk vorkommenden Personen und Ereignisse sind das Produkt der Fantasie des Autors oder von ihm fiktionalisiert worden. Jede Ähnlichkeit mit lebenden oder verstorbenen Personen, Firmen, Unternehmen, Ereignissen oder Schauplätzen wäre rein zufällig.

Wie auch das erste Buch der Rebecca-Winter-Reihe, *Quantum Dawn,* hätte auch dieses Werk nicht ohne die Hilfe von zahlreichen Gesprächspartnern entstehen können. Mit dem Start der Recherche und der Entwicklung der Geschichte im Januar 2015 waren darunter verschwiegene und entsprechend ihrer Positionen in Botschaften und Politik einflussreiche Akteure, die hier nicht namentlich erwähnt sein wollen. Sie teilten mit mir ihre Sorgen hinsichtlich der Entwicklungen in China, seiner Korruption, dem Einfluss der USA und einer auf Wachstum fokussierten Weltwirtschaft – eine Situation, die zu einem Brandherd werden kann, erst recht, wenn die aktuelle und fragile internationale Wirtschaftslage weiter eskalieren sollte.

Der französische Schriftsteller Honoré de Balzac sagte einmal, dass hinter jedem großen Vermögen ein großes Verbrechen stecken würde. Die These einer Erpressbarkeit der chinesischen Eliten ist zwar fiktiv in den Handlungsrahmen eingeflossen, erscheint aber im Kontext meiner Gespräche und Recherchen als sehr wahrscheinlich und allein dadurch brandgefährlich und tauglich für einen Politthriller. Dass zum Abschluss dieses Romans auch noch die Affäre um die Panama-Papers wie eine Bombe einschlug, bestärkt mich darin, diese Art von aktuellen Politthrillern auch in Zukunft fortzusetzen, auch wenn es mitunter Nerven kostet.

Für die Umsetzung dieses Manuskriptes habe ich zwischen 2014 und 2016 unzählige Artikel über das sich stets verändernde Verhältnis zwischen Washington und Peking kritisch ausgewertet und bin auf viele Fragen gestoßen, die Rebecca Winter bei ihrer Recherche begleitet haben.

Wenn es um den Alltag und das Selbstverständnis der Chinesen geht, um ihre Veränderung durch die prosperierende Wirtschaft und den Versuch, zwischen Tradition und Wirklichkeit einen neuen Weg zu finden, waren es Menschen hier in Europa, Mitglieder der Triaden, einer wahrlich geheimnisvollen und zugleich brutalen Mafia, die mich inspiriert und informiert haben. Durch ihre Augen konnte ich Dinge sehen, auf die ich ohne sie nicht im Traum gekommen wäre. Sie zu Aussagen zu bewegen war eines der schwierigsten Unterfangen dieses Romans.

Im Jahr 2013 wurden die sogenannten Offshore-Leaks bekannt. Der in diesem Roman zugespitzte Skandal um die Verwicklung der gesamten Elite Chinas in eine gigantische Korruption kann kaum ohne Hilfe westlicher Banken und Kanzleien abgewickelt worden sein, was die Sache besonders pikant macht. Nur durch Zensur und Unterdrückung gelingt es Peking bisher, diesen gigantischen Raubzug vor dem chinesischen Volk zu verbergen.

Mitten in die Schlussphase der Entstehung dieses Romans

im April 2016 fiel dann auch noch ein weiteres Ereignis, welches das Ausmaß internationaler Korruption nahezu eskalieren ließ. Ein weiteres Datenleck, bei dem Millionen von Dokumenten einer Anwaltskanzlei in Panama Einblick in die Geschäfte internationaler Superreicher, Politiker, Sportler und anderer Prominenter bot. In E-Mails, Urkunden, Kontoauszügen und Geschäftsbriefen sind 214 000 Briefkastenfirmen in internationalen Steueroasen aufgeflogen. Auch hier wurden abermals sehr viele Chinesen als Besitzer der Offshore-Firmen benannt. Die geleakten Dokumente stammen aus der Anwaltskanzlei Mossack-Fonseca in Panama. Etwa 400 Journalisten aus fast 80 Ländern waren an der Aufdeckung und Analyse der Unterlagen beteiligt. Gegen Mitarbeiter der Kanzlei Mossack-Fonseca wird seither wegen des Verdachts auf Beihilfe zur Steuerhinterziehung ermittelt. Ausgang offen.

Die wechselseitige Abhängigkeit der beiden Supermächte USA und China ist fragil. Das zeigt nicht zuletzt der offene Streit um die Inseln im Südchinesischen Meer. Dieser andauernde Konflikt markiert längst einen Wendepunkt der Beziehungen zwischen Washington und Peking. Eine alte Weltmacht stellt sich einer neuen mit aller Entschlossenheit entgegen. Etwas, das ein hochrangiger Militär des Pentagons mir gegenüber als die klassische Thukydides-Falle bezeichnete. Thukydides war ein griechischer Historiker, der die Geschichte des Peloponnesischen Krieges im fünften Jahrhundert vor Christus betrachtete – einer Auseinandersetzung zwischen dem von Athen geführten Attischen Seebund und dem von Sparta dominierten Peloponnesischen Bund. Schuld am Krieg war die Befürchtung Spartas, Macht und Einfluss an Athen abgeben zu müssen. Sparta wurde nervös, Athen wollte mehr Macht. Auf beiden Seiten kam es zu Hetzreden und einer Aufheizung des Konflikts. Anschließend bekämpften sich beide Mächte über zwei Jahrzehnte lang.

Die daraus abzuleitende These, dass sich bei einer weiteren Zuspitzung der Finanz- und Währungskrise der Kampf um den Zugang zu den letzten vielversprechenden Wachstumsregionen der Welt, sprich in und um Asien, verschärft, liegt auf der Hand und ist längst Realität. Aber die USA sind in vielerlei Hinsicht gegenüber China bereits in der Defensive. Im Jahr 2015 haben chinesische Hacker bei einer Cyberattacke gegen die US-Regierung Millionen sensibler Personaldaten gestohlen. Dass darunter auch die Daten von aktiven Agenten waren, könnte dem ein oder anderen ein ungläubiges Schmunzeln ins Gesicht treiben, angesichts der Fahrlässigkeit, wie die US-Regierung nach dem NSA-Skandal mit Daten umgeht. Aus meiner langjährigen Arbeit weiß ich, dass Geheimdienste keine Monster sind, sondern von Menschen betriebene Kolosse. Und sie machen Fehler. Die USA sahen sich gezwungen, ihre Agenten aus China abzuziehen, und verfügen seither kaum noch über relevante Informationen von operativen Agenten aus China.

Diese Fakten bilden die hochspannenden Hintergründe eines neuen Abenteuers von Rebecca Winter und Robert Allington. Aber auch die vielen Gespräche mit Ermittlern haben mir gezeigt, wie oft ihre Arbeit und ihre Aufdeckungen mit den Interessen des Staates und/oder seiner Eliten kollidieren.

Die Hintergründe rund um die Figur des Economic Hit Man Gabriel Huldon basieren auf Recherchen und dem Sachbuch des ehemaligen Mitarbeiters von Chas. T. Main Corporation, Richard Perkins, der seine Erkenntnisse und zu verantwortenden Taten in seinem viel beachteten Sachbuch *Bekenntnisse eines Economic Hit Man* niedergeschrieben hat. Viele seiner biografischen und faktischen Aussagen deckten sich mit den Berichten des CIA-Agenten Philip Agee, der 2008 in Kuba verstarb und den ich lange Jahre bei seinen Enthüllungen rund um die Machenschaften der CIA in Lateinamerika begleiten durfte.

DANKSAGUNG

Mein Dank gebührt mehreren amerikanischen und einem israelischen Informanten. Sie haben mich während meiner Arbeit nicht immer ohne Kritik begleitet, dennoch wurde auch ihnen klar, warum ich am Ende das Genre des Thrillers gewählt habe, um dieses Thema aufzugreifen – denn es gleicht einem Krimi, was auf internationaler Ebene geschieht. Und es ist unvorstellbar, wie oft wir an Szenarien vorbeischrammen, die, wie hier gezeigt zwischen China und den USA, jederzeit eskalieren könnten. In einer Sache waren wir uns jedoch einig. Es sind die Menschen im Hintergrund – Autoren, die investigativ recherchieren, wie auch ehemalige Agenten, die sich diese Dinge tagtäglich ausmalen müssen, um ihren Regierungen gute Berater zu sein, und die dann aus ethischen Gründen zu dem werden, was man heute als Whistleblower bezeichnet.

Mein besonderer Dank gilt dem Team des Europa Verlages und dem Verleger Christian Strasser, der mich nun seit Jahren begleitet. Ich danke Alexandra Riedl – sie war nicht nur die erste aufmerksame Leserin, sie sorgte auch mit Liebe, Geduld und Kritik dafür, dass dieses Buch so umfangreich entstehen konnte. Sie war dabei, als ich Rebecca in die Folter schickte, sie hörte zu, als ich verschiedene Versionen der Geschichte entworfen und dann wieder verworfen habe, bis ich dann mit den Ausdrucken vor ihr stand und milde um eine erste Meinung bat.

Ganz besonderen Dank gilt meiner Lektorin Ilka Heinemann, von der ich viel über meine Schwächen lerne, die sie stets auszumerzen weiß. Sie hat das Manuskript an vielen Stellen verbessert, und alle Fehler, die das fertige Buch noch enthalten mag, lasten allenfalls auf meinen Schultern.

Nicht zuletzt danke ich Tyark Thumann, Magda Woitzuck und zahlreichen Freunden, die mir bei diversen Fragen und Ideen beratend zur Seite standen.

DER TAG, AN DEM DAS GELD VERSCHWINDET

Eine Serie mysteriöser Todesfälle in der Finanzwelt sorgt für Unruhe in den geheimen Zirkeln des Geldsystems. Die Scotland-Yard-Ermittlerin Rebecca Winter entdeckt, dass die Morde im Zusammenhang stehen mit einem rätselhaften Computer-Algorithmus, der nicht in falsche Hände geraten darf. Hilfe erhält sie von dem undurchsichtigen BND-Agenten Erik Feg. Bald schon befinden sich beide in ernster Gefahr, und den Börsen, durch ihre technische und globale Vernetzung angreifbar und manipulierbar wie nie zuvor, droht ein gigantischer Crash. Am Ende stößt Winter auf einen Plan, der die uns bekannte Zivilisation bis ins tiefste Mark treffen wird.

»*Quantum Dawn* ist Aufklärung und super spannender Thriller in einem. Danach werden Sie Ihre Geldanlagen völlig neu überdenken.«

NDR Info

www.europa-verlag.com

Klappenbroschur, ISBN 978-3-944305-79-0

EUROPAVERLAG

DAS FULMINANTE SPIONAGE-DEBÜT AUS RUSSLANDS GEHEIMNISVOLLEN TIEFEN

Max Rushmore, abgehalfterter Russland-Experte und eben von seinem Arbeitgeber, der CIA, wegrationalisiert, soll den Nachlass von Sonja Ostranowa ordnen. Ihre halbgefrorene Leiche wurde in einer eiskalten Januarnacht auf einer Parkbank am Moskauer Patriarchenteich aufgefunden. Angebliche Todesursache: Herzversagen. Doch Max entdeckt schnell Unstimmigkeiten und logische Lücken in den Dokumenten der Expertin für Nuklearabfall. Kann es sein, dass sie gar nicht tot ist? Was hat die russische Behörde für nukleare Sicherheit zu verbergen? Und was hat es mit dem sagenhaften, blau schimmernden Diamantring auf sich, den Sonja noch beiseiteschaffen konnte?

»Sally McGranes fantastisches Debüt [...] *Moskau um Mitternacht* ist eine von Randbemerkungen und Beobachtungen volle Liebeserklärung an den Wahnsinn namens Russland im Allgemeinen und Moskau im Besonderen.«

Elmar Krekeler, Die Welt

www.europa-verlag.com

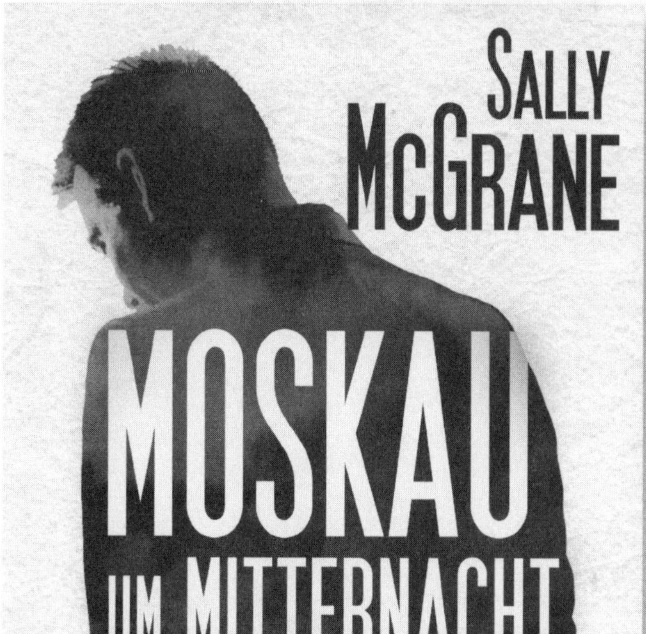

gebunden mit Schutzumschlag, ISBN 978-3-95890-013-4